도즈워스

휴머니스트 세계문학 010

도즈워스

DODSWORTH

싱클레어 루이스 | 이나경 옮김

차례

일러두기

1. 번역 대본으로는 Sinclair Lewis, *Dodsworth*(Oxford City Press, 2011)를 사용했다.
2. 주석은 모두 옮긴이 주다.
3. 본문 중 굵은 글씨는 원서에서 이탤릭체로 강조한 부분이다.

제1장

제니스시의 귀족들이 케네푸스 카누 클럽에서 춤추고 있었다. 그들은 소나무 기둥이 떠받치고 일본식 종이 초롱이 흔들리는 넓은 포치에서 스텝을 밟았다. 댄스용 드레스의 소맷자락이 풍성하기 짝이 없었고, 미소 짓는 작은 얼굴 위로 틀어 올린 머리는 몹시 요염했으며, 달빛 은은하고 공간이 넓어 점잖은 연애에 적당했다.

손님 셋이 새로 유행하는 자동차를 타고 도착했다. 때는 1903년, 문명의 절정기였으니까. 네 번째 자동차가 들어왔다. 새뮤얼 도즈워스의 차였다.

감상에 젖게 하는 광경이었다. 잔잔한 호수, 카누에 타고 〈넬리는 숙녀였네〉를 부르는 연인들, 모두 감상에 젖어 행복해했다. 샘 도즈워스는 즐거웠다. 체구가 크고 당당한 그는 숱 많은 갈색 콧수염을 기르고, 머리가 크고 갈색 머리를 헝클어뜨린 청년이었다. 스물여덟의 나이로 시끄럽고 감성과는 거리가 먼 회사, 제니스 기관차 회사의 부감독관 자리에 오른 그는 (1896년에 졸업한) 예일대 시절에 평균을 웃도는 풋볼 실력을 자랑했고 우수 어린 달빛을 좋아했다.

그날 밤 그는 첫 자동차를 모느라 더욱 들떠 있었다. 좌석 아래 엔진을 설치한 구식 '가솔린 마차'가 아니었다. 엔진은 길이 60센티미터가 넘는 보닛 아래 설치됐고, 조향 핸들 축은 수평이 아니라 비스듬히 기울어져 있었다. 차는 날쌔고 위험해 보였고, 라이트는 아세틸렌가스로 켰다. 샘은 권력을 쥔 느낌, 우주를 지배하는 느낌으로 달렸다. 어지러울 만큼 빠른 시속 32킬로미터로.

카누 클럽에서 그는 하얀 가죽장갑을 멋들어지게 낀 터브 피어슨의 환영을 받았다. 터브(토머스 J. 피어슨)는 둥글둥글하고 키가 작고 유쾌한, 예일대에서 잘 웃기고 멋 부리기 좋아하던 친구였다. 샘 도즈워스의 룸메이트였던 그는 대학 시절 내내 샘을 졸졸 따라다녔지만, 제니스에 있는 부친 은행의 직원이자 장차 회장으로서 예민하고 근엄한 사람이 되어가고 있었다.

"차가 달리긴 하네!" 샘이 차에서 내려 당당히 걸어오자 터브가 놀란 표정으로 외쳤다. "돌아갈 때 필요할까봐 말을 준비해뒀는데!"

터브는 어떤 상황에도 우스갯소리를 해야 직성이 풀렸다.

"달리고말고! 시속 29킬로미터까지 냈다고 장담해!"

"그래! 언젠가는 자동차가 시속 65킬로미터로도 달리겠지! 그렇고말고! 이제 곧 고속도로에서 가엾은 늙은 말들이 쫓겨나겠네!" 터브가 야유했다.

"그럴걸! 새로 생긴 레벌레이션사와 합병해서 자동차를 만들까 해."

"설마 진심은 아니지, 불쌍한 친구?"

"진심이야."

"오, 이런!" 터브는 애정을 담아 한탄했다. "정신 나간 짓 그만둬, 샘보! 아버지는 자동차가 지나가는 유행일 뿐이라고 하셨어. 움직이는 데 비용이 너무 많이 든다고. 5년 뒤엔 사라지고 없을 거라고 하셔."

샘은 엉뚱한 말로 대답을 대신했다.

"포치에 있는 저 어린 천사는 누구지?"

샘이 가리키는 여자가 천사라면, 얼음 천사였다. 빛나는 은발과 가녀린 몸매의 그녀는 대여섯 명의 추종자가 던지는 찬사와 농담을 아주 차갑고 침착한 음성으로 받아쳤다. 흑백으로 꾸민 남자들 사이에 있는 크리스털 촛대 같은 여자였다.

"프랜시스 볼커 기억하지? 프랜 볼커 말이야. 허먼의 딸이잖아. 1년 동안 외국에 나가 있었고, 그전에는 동부에서 학교를 마쳤어. 아직 어려. 열아홉이나 스물도 안 됐을 거야. 와, 독일어랑 프랑스어랑 이탈리아어, 멍멍까지 온갖 언어를 다 한다더군."

허먼 볼커는 백만장자로서 존경받는 현재의 위치를 직접 빚어냈다. 볼커의 집은 제니스에서 가장 큰 편(지붕 위에 올린 탑과 색유리창, 레이스 커튼의 양은 단연 최고였다)이었고, 그는 주 전역에서 뉴잉글랜드인을 제치고 자금 조달과 상품 판매를 장악하던 독일계 미국인의 대표 격인 인물이었다. 그는 강의와 관광을 하러 미국에 건너오는 독일인 교수들을 접대했고, 얼마 전 뉘른베르크에서 가져온 진품 회화는 만 달러 가까이 된다는 설도 있었다. 허먼은 훌륭한 시민이었고, 그의 타트 맥주•는 칭찬할 만했지만, 그 거무죽죽한 촌사람이 프랜처럼 차분하고 빛나는 존재를 낳았다는 건 기적이었다.

프랜의 모습에 샘 도즈워스는 하얀 아기 고양이를 보는 세인트버나드처럼 어색해졌다. 그는 자동차의 승리를 예언하고 다른 여자들과 춤추면서도 프랜의 사뿐거리는 춤과 웃음을 관찰했다. 보통 그는 젊은 여성을 그다지 두려워하지 않았지만, 프랜 볼커는 그의 두툼한 손에 비해 너무 연약해 보였다. 10시쯤 술에 취해 얼굴이 붉어진 파트너가 프랜을 근처 의자에 앉혀놓고 자리를 비운 뒤에야 샘은 비로소 말을 걸었다.

"나를 기억해? 도즈워스. 오랜만이야."

"기억하지! 세상에! 날 알아볼까 궁금하던 참이야. 아빠가 보던 신문을 몰래 가져다가 네 풋볼 경기 활약 기사를 보곤 했어. 그리고 내가 여덟 살짜리 악마였을 때, 네가 너희 집 과수원에서 사과를 훔친다고 날 쫓아냈었잖아."

"그랬나? 지금이라면 감히 그럴 수 없을 텐데! 혹시 다음 춤은 나랑 추겠어?"

"음…… 어디 보자. 아, 다음은 레버링 모트인데, 벌써 내 구

• 사워 맥주라고도 하며, 젖산균이나 야생 효모 등으로 인해 신맛이 두드러진다.

두를 두세 켤레 망친 사람이거든. 좋아."

비록 특별히 깔끔한 동작으로 춤추지는 못하더라도 샘 도즈워스와 춤추는 여자는 상대가 자신을 어떻게 생각하는지 알 수 있었다. 젊은 여성에게 누가 이끄는지 알려줄 수 있을 만큼 도즈워스는 강한 힘과 정확성을 가졌다. 프랜 볼커와 춤추며 샘 도즈워스는 자신감을 얻었다. 그는 빛나는 상대를 자랑스럽게 들어 올리며 왈츠를 췄다. 그는 프랜 볼커를 가볍게 안았다. 당시의 순수한 관습에 따라 손에는 장갑을 끼고 있었지만 손끝이 그녀의 몸에 닿으면 감전된 듯했다. 도즈워스는 그녀가 세상에서 가장 절묘하게 아름다운 아이라고 생각했다. 그녀와 결혼해 영원히 신전에 모실 생각이었다. 오랜 세월 인생의 목표가 무엇일까 궁금해하다가 비로소 그것을 발견했다는 확신이 들었다.

'그녀는 백합 같아. 아니, 너무 활달해. 그녀는 벌새 같아. 아냐, 너무 위엄 있는 편이지. 그녀는 오, 그녀는 불꽃이야!'

두 사람은 자정에 호숫가에 앉아 대화를 나눴다. 자욱한 버드나무 잎 사이로 보이는 물결치는 호수에서 카누를 타는 젊은이들은 〈내 고향 켄터키〉를 부르고 있었다. 제니스는 아직 평온한 윌리엄 딘 하우얼스• 시절을 거치고 있었다. 딱딱하

• 미국의 평론가이자 소설가인 윌리엄 딘 하우얼스(1837~1920). 대표작은 《사일러스 래펌의 출세》다.

고 사무적인 태도, 라디오와 재즈, 진•을 아는 것이 젊은이의 의무가 되기 이전이었다.

노란색 얇은 무도회 드레스 위에 레이스 숄을 걸치고, 샘이 풀밭에 근엄한 표정으로 펼쳐준 신문을 들여다보는 프랜은 하얀 그림자 같았다. 샘은 조금 떨더니 소년처럼 거만한 목소리로 말했다.

"유럽은 전부 다 돌아봤겠군."

"그런 셈이지. 프랑스와 에스파냐, 오스트리아, 스위스……. 아, 달빛이 비치는 마터호른이랑 새벽의 산타 마리아 델라 살루테를 봤어. 그리고 아비뇽에선 겨울바람에 얼어 죽을 뻔했지!"

"제니스가 지루하겠어."

프랜은 살짝, 능숙하게 웃었다. "유럽에 대해선 너무 많이 알지. 지나치듯 구경하는 성격은 아니거든! 그래서 오히려 아무것도 모른다는 걸 알지! 프랑스어로 할 줄 아는 건 아침 식사를 시키는 것뿐이야. 지금부터 여섯 달쯤 지나면 독일에서 기억나는 건 소도시 열아홉 곳의 이름이랑 드로슈케••를 기다릴 때 본 포츠다머 광장뿐일걸. 하지만 넌 **일을** 했잖아. 참, 지금은 뭐 하지?"

"기관차 회사 부감독관이야. 하지만 큰 도박을 해보려고. 자동차 타봤어?"

• 보통 토닉 워터를 섞어 마시는 독주.

•• 말 한 마리가 끄는 이륜 또는 사륜 마차.

"아, 응. 몇 번. 파리랑 뉴욕에서."

"음, 난 20년 뒤, 그러니까 1923년이나 1924년쯤이면 자동차가 지금의 마차만큼 흔해질 거라고 믿어! 여기 새로 생긴 회사인 레벌레이션 자동차에 들어갈 거야. 보수는 적지만 굉장한 도박이거든. 멋진 미래가 될 거야. 얼마 전부터 기계 설계도를 그리고 있는데, 마차를 모방하는 데서 벗어날 아이디어가 떠올랐어. 그러니까…… 유식한 척하는 것 같지만, 자동차에 새로운 아름다움을 부여할 거야. 기다란 직선으로. 레벌레이션 사장은 내가 미쳤다고 해. 네 생각은 어때?"

"오, 대단해!"

"그리고 내 차도 샀어."

"어머, 정말?"

"오늘 밤에 집까지 태워줄게!"

"아니, 미안. 어머니가 데리러 오실 거야."

"그럼 내 차에 꼭 타봐. 곧!"

"다음 일요일이 어떨까……. 클럽하우스로 돌아가야겠다, 안 그래?"

샘은 온순히 일어났다. 프랜을 일으켜 세우느라 가녀린 손을 느끼면서 샘이 중얼거렸다. "언젠가 유럽을 꼭 보고 싶어. 졸업했을 때 토목기사가 돼서 브라질의 정글과 중국과 온갖 곳을 다 보리라 생각했어. 리처드 하딩 데이비스•처럼 말이

• 미국의 기자이자 작가인 리처드 하딩 데이비스(1864~1916). 미국-에스파냐 전쟁, 제1차 세계대전 등의 종군기자로 유명하다.

지! 하지만…… 어쨌든 유럽은 꼭 보러 가겠어. 거기서 너와 마주치면, 네가 몇 군데 구경시켜줄 수도 있겠네.”

“그러면 좋겠다!”

아, 프랜이 유럽을 원한다면, 샘은 그것을 정복해 번쩍이는 금 접시에 담아 바칠 생각이었다!

샘은 레벌레이션 자동차 회사에서 기계를 설치하고 있어야 할 시간에 프랜에게 전화했다. 새 차에 프랜을 태우고 아주 조심스럽게 몰았다. 그래도 잠시 호기롭게 시속 27킬로미터로 달렸다. 기둥을 호프브로이하우스•처럼 조각한 볼커의 집 식당에서 저녁을 먹었다. 샘은 프랜이 구운 거위고기나 속을 고기로 채운 양배추, 레버크뇌델•• 같은 음식을 계속 먹으면 경주마처럼 날씬한 체격을 잃게 될까 염려스러웠다.

그리고 예일대를 졸업한 뒤 매사추세츠 공대에 들어가서 미국을 벗어나 넓은 세상을 보겠다던 맹세를 떠올리고, 프랜과 새로운 자동차 산업에 매이면 꼼짝 못 할 거라고 스스로 경고한 순간도 있었다. 샘은 리처드 하딩 데이비스 같은 영웅이 된 자기 모습을 아련히 떠올렸다. 안개가 자욱한 골짜기에서 600미터 높이의 산길을 오르는 모습. 햇빛 가리는 헬멧, 능직 바지, 양철 지붕 오두막에 내리는 열대 소나기, 귀족 출신이지만 누더기를 걸친 부랑자와 진을 앞에 놓고 앉아 있

• 독일의 유명한 양조장.

•• 고기와 채소로 둥글게 빚은 완자를 넣어 만든 수프.

을 때 어둠 속에서 들려오는 총성. 하지만 샘의 마음은 프랜의 모습이 일으키는 흥분으로 되돌아왔다. 섬세한 머리카락, 간지럽히는 손길, 언제나 꼭 다물고 환상적으로 살짝 내민 입술, 불쑥 알 수 없이 조용해지는 말소리, 샘을 안개 속에서 느릿느릿 헤매게 만드는 그녀의 냉정한 확신.

11월의 보슬비 속에서 그들은 찰루사강을 따라 절벽을 걷고 있었다. 프랜은 뺨이 붉게 달아올라 콧노래를 흥얼거렸지만, 범람한 강에 떨어진 나뭇가지들이 휩쓸려가는 걸 보자 샘은 프랜을 지켜줘야 할 것 같았다. 프랜은 가을비를 맞기에는 너무 가녀리고 소중했다. 샘은 우비 끄트머리를 프랜의 영국제 양모 코트 위로 덮었다.

"다 젖겠어! 밖에 나오자고 한 내 잘못이야!"

프랜은 아주 가까이서 미소를 지었다. "난 좋아!"

샘에게는 프랜이 더 가까이 다가와 몸을 붙인 것 같았다. 샘이 키스했다. 처음으로, 아주 서툴게.

"어머, 이러지 마!" 프랜은 조금 놀랐고 평정심을 잃었다.

"프랜, 나랑 결혼해줘야 해!"

프랜은 샘의 우비 속에서 벗어나 양손을 허리에 짚고 장난스레 답했다. "아, 그래? 새로 법이라도 생겼어?"

"응!"

"예일의 위대한 운동선수가 그렇다네! 자동차 업계의 거물이!"

샘이 매우 진지하게 말했다. "아니, 그저 너를 숭배한다고 말하는 겁먹은 고깃덩어리일 뿐이야."

프랜은 강둑의 가을 잡초 사이에서 여전히 샘을 빤히 보고 있었다. 무례한 시선이었지만, 문득 프랜은 시선을 떼고 양손으로 눈을 가렸고, 샘은 커다란 손수건으로 프랜의 뺨을 어설프게 닦았다. 프랜이 흐느꼈다.

"오, 샘. 하지만 난 너무 욕심이 많아! 제니스뿐만 아니라 온 세상을 갖고 싶어! 좋은 아내와 엄마가 되어 예쁘장한 모습으로 카드놀이나 하고 싶진 않아! 난 찬란한 걸 원해! 거대한 지평선들! 우리 함께 그런 걸 찾을 수 있을까?"

"물론이지!" 샘이 말했다.

1908년, 프랜 볼커와 결혼한 지 5년째가 되고 두 아이, 에밀리와 브렌트를 낳고 나서야 새뮤얼 도즈워스는 레벌레이션 자동차사에서 정말 힘든 일을 겪게 됐다.

회사에서 상사들은 그가 꾸준하고 근면하다며 칭찬하면서도 몽상가라고 다그쳤다. 저 친구는 시인처럼 미쳤다고 그들은 말했다. 샘은 위대한 르노-다라크사의 자동차 설계 신조에 신성모독을 범할 뿐 아니라 긴 '유선형'에 대해 헛소리를 지껄였으며, 자동차를 최대한 싼 가격으로 최대한 많은 고객에게 파는 데 최대 수익이 있다고 주장하기까지 했다. 1908년에 그는 부감독관에 불과했지만 약간의 주식이 있었고, 장인인 허먼 볼커는 더 많은 주식을 보유했다. "레벌레이션 차를 계속 말 한 필이 끄는 마차 꼴로 만들면 우린 파산할 겁니다." 샘이 사장에게 이렇게 으르렁거려도 파면할 수는 없었다.

그들은 샘의 주식을 사들여서 내보내려 했고, 청사진과 주강 주조에 몰두했던 샘은 재무 기술을 배워야 했다. 채권, 주식양도, 당좌대부금, 중개인 할인 등. 볼커의 재산을 등에 업은 그는 주식 23퍼센트를 확보해 부사장 겸 생산관리자가 됐으며, 최초의 4문형 모델을 발표하고 레벨레이션이 한 시즌 동안 미국에서 돌풍을 일으키고 20년간 미국의 베스트셀러 자동차를 만드는 모습을 지켜봤다.

그리고 그 20년 동안 샘은 브라질의 정글보다는 월 스트리트에, 동양의 탑보다는 캔자스시티의 레벨레이션 대리점에 더 가까웠다.

하지만 그는 너무 바빠 불만을 느낄 새가 없었다. 그리고 프랜이 자신을 사랑한다고 믿을 수 있었다.

제2장

새뮤얼 도즈워스는 폭풍설에 가까운 눈보라가 집 주위에 휘몰아치는 것을 봤다. 창문을 쾅 닫고 실내가 따뜻해질 때까지 침대에 다시 누웠다. 동작이 예전만큼 빠르지 않았고, 프랜이 우겨서 산 실크 잠옷을 입은 그는 머리가 잿빛이었다. 아주 건강하고 평온했지만 피곤했고, 쉰 살보다 훨씬 더 늙어 보였다.

프랜은 트윈 베드의 안쪽, 노란 실크 휘장을 친 커다란 호두나무 침대에서 자고 있었다. 샘은 침실을 둘러봤다. 이따금 그곳을 너무 공들여 꾸민 게 아닐까 싶었지만, 침실의 화려함은 대체로 마음에 들었다. 성공했다는 뜻일 뿐만 아니라 고급스러운 프랜에게 어울리는 곳이니까. 샘은 녹색과 은색 가운이 걸쳐진 긴 의자를 만족스럽게 봤다. 이름 철자를 새긴 문구류가 놓인 책상은 굉장히 엄격하고 거의 영국적이며 속물 같았다. 보석 박힌 휴대용 시계와 담배, 새로운 소설이 놓인 프랜의 협탁, 자줏빛 타일로 장식한 욕실.

뒤척이던 프랜이 한숨을 쉬었고, 다시 잠들려는 아이 같은 그 모습에 샘이 웃는 동안 프랜은 작은 레이스 베개에 눈을 파묻었다. 다시 자려는 프랜의 의지에 베개가 구겨졌다.

"소용없어." 샘이 말했다. 그의 묵직한 음성이 프랜을 달랬다. "깬 거 알잖아! 일어나서 세수해! 인류의 문제와 자몽을 마주하라고!"

프랜은 일어나 앉더니 결혼한 후로도 한결같은 놀란 표정으로 샘을 보며 미소를 지었고, 하품을 하며 흰머리 하나 없이 여전히 옅은 금빛인 단발머리를 흐트러뜨렸다. 샘이 나이보다 더 늙어 보인다면, 프랜은 훨씬 더 젊어 보였다. 1925년 현재 그녀는 마흔한 살이었지만, 잘 자고 혈색이 좋은 모습은 서른한 살 같았다.

"침대에서 아침 먹을래. 당신 또 식전에 담배를 피우네. 난 어제 이후론 침대에서 아침 먹은 적 없으니까." 샘이 연보라색 새틴 이불 위로 두꺼운 다리를 꺼내더니 담배에 불을 붙일 때, 프랜은 사랑스럽게 하품했다.

"그래, 침대에서 나오지 마. 나도 그러고 싶군. 눈보라가 굉장해." 샘이 허우적거리며 몸을 돌려 프랜의 머리를 쓰다듬고는 보드랍고 흰 피부에 붉은 뺨을 문질렀다. "참, 당신을 흠모한다는 말을 내가 잊지 않고 했던가?"

"글쎄…… 어디 보자……. 아니, 안 한 거 같아."

"저런, 내가 정신이 나갔군! 비서에게 내일은 그걸 일러달라고 해야겠어." 그리고 진지하게 말했다. "오늘 우리가 레벨레이션을 마무리하는 거 알고 있어? 좀 서운하군."

"아니! 난 전혀 안 서운해! 반가워. 이제 당신은 처음으로 자유로워질 거야. 어딘가로 떠나자. 참, 새로운 일에 엮이지 마! 어리석은 짓이야. 돈은 충분히 있는데, 당신은 계속 '기화기 플로트실의 설계를 바꿔야겠어. 메디신햇과 울라울라 사이 구역에서 차를 더 팔아야 해'라고 하잖아. 너무 바보 같아! 다 무슨 **소용**이라고! 가정부 좀 불러줘, 여보."

"음, 그렇지. 소용없는 일일지 모르지만, 사람은 자기 일을 하는 걸 좋아해. 전투와 비슷하지. 다른 녀석을 이기고 어마어마한 판매고를 올리는 거. 하지만 이제 좀 지쳤어. 플로리다나 어딘가로 떠나는 것도 좋겠어."

"그러자!"

샘은 충실히 프랜의 묵직한 은거울, 솔빗과 빗, 파우더, 너무 화려한 중국 비단 가운을 가지고 왔다. 프랜은 젊게 꾸미느라 조금 더 나이를 먹은 뒤 침대에 앉아《제니스 애드버케이트 타임스》를 읽었다. 프랜의 외모는 보송보송하고 할 줄 아는 게 없어 보일지 몰라도 뉴스에 대한 예리한 논평에는 보송보송한 면이라곤 없었다. 많은 일에 관심을 가지고 참여하는 여자처럼 말했다.

"흠! 멍청한 애송이 부시장 클린겐저가 우리가 제출한 놀이터 법안에 반대하려 드네. 목을 졸라버리겠어! ……미국혁명여성회에서 또 가장행렬을 한다네. 난 마사 워싱턴은 **안** 할 거야! 당신은 조지 워싱턴을 해. 당신에겐 조지 워싱턴처럼 밉살스럽게 위풍당당한 구석이 있으니까."

"내가?" 샘이 욕실에서 나오며 말했다. "난 광대야. 플로리다에서 날 만날 때까지 기다리라고!"

"응, 편자 던지기. 당신이라면 쉽게 해내겠지, 내 사랑! ……어머! 캔들라이트 클럽에서 휴 월폴의 강연을 다음 시즌에 열 거라네. 우리 프로그램 위원회에서 그를 빼라고 해야지."

샘은 천천히 옷을 입었다. 그는 늘 갈색이나 회색, 청색으로 비싼 값을 주고 옷을 맞췄지만, 그다지 재미는 없는 큼지막하고 근엄한 정장에 점잖고 재미없는 실크 타이를 매었으며, 시곗줄 외에 장신구는 하지 않았다. 하지만 옷차림을 보지 않더라도 그는 중요한 인물, 임원처럼 보였다. 키가 크고, 가슴이 넓고, 인자한 눈에 반항심을 띤 적 없으며, 진지해 보이는 입매 옆에는 초승달 같은 주름살이 있었다. 최고 호텔의 최고 이발사가 매주 다듬어주는 그의 희끗희끗한 갈색 콧수염은 문 앞의 깔개처럼 독특하고 눈에 띄었다.

그는 절대 동작을 낭비하지 않으며 완벽하게 정리된 집에 사는 사람처럼 몸치장했다. 그의 손은 거대한 네덜란드제 장식장에 높다랗게 쌓인 셔츠(프랜이 저민 거리에서 주문한 것이다)와 항상 가정부가 살펴보고 조금이라도 해진 곳이 있으면 버리는 칼라로 향했다. 그는 재빠르지는 않았지만, 공장뿐만 아니라 매일의 가정생활에도 '과학적 효율성'을 도입해온 남자답게 낭비와 모험심 없이 정확한 손놀림으로 타이를 맸다.

프랜에게 키스한 그는 프랜이 새처럼 조금씩 빵을 먹고 커피를 홀짝이며 침대에서 신문을 요란하게 부스럭거리는 동안 참나무 기둥이 받치는 아래층 식당으로 내려갔다. 그는

《애드버케이트》와 시카고 신문을 보면서 오렌지주스와 포리지, 크림, 베이컨, 옥수수빵과 시럽, 프랜이 위층에서 신문을 훑어보며 가녀린 손으로 들고 있는 것보다 두 배는 더 큰 잔에 따른 커피를 묵묵히 전부 먹어치웠다.

샘은 가정부에게 거의 말을 걸지 않았지만, 말할 때는 다정하게, 봉사에 만족할 것을 확신하는 사람처럼 했다. 그는 매력적인 딸 에밀리가 댄스파티에서 늦게 돌아와 아침을 먹으러 내려오지 않을 거라는 전갈에도 그다지 화내지 않았다. 에밀리가 아침마다 들려주는 소문 이야기가 좋았지만, 딸에게 함께할 것을 요구하는 건, 딸에게 그 무엇이든 요구하는 건 꿈도 꾸지 않았다. 샘은 예일대 3학년인 아들 브렌트가 보낸 편지를 보며 미소를 지었다.

새뮤얼 도즈워스는 흠잡을 데 없는 미국의 실업가였으며, 공화당과 높은 관세, 개인적으로 자신을 괴롭히지 않는 한 금주법과 미국 성공회를 지지했다. 그는 레벌레이션 자동차사의 회장이었다. 그는 백만장자였지만, 그 이상은 아니었다. 그의 저택은 제니스에서 가장 세련된 지역인 리지크레스트에 있었다. 그는 동판화에 안목이 좀 있었다. 문법에 맞지 않는 말은 잘 쓰지 않았다. 그리고 가끔 베토벤을 즐겼다. 그는 확실히 (관찰자는 그렇게 여겼다) 훌륭한 자동차를 만들 사람이었다. 직원들에게 인상적인 연설을 할 사람이었다. 하지만 그는 열정적으로 사랑하거나 비극적으로 패배하거나 열대의 섬에서 아무것도 안 하고도 만족하며 앉아 있을 사람은 아니었다.

쉰 살의 샘 도즈워스가 어떤 사람인지 정의하려면, 그가 무엇이 아닌지 말하는 것이 가장 쉬운 방법이다. 그는 대부분의 유럽인과 많은 미국인이 미국 산업 지도자에게 기대하는 것은 하나도 갖지 않았다. 그는 배빗•도, 로터리 클럽 회원도, 엘크스회 회원도, 교회 집사도 아니었다. 그는 고함치는 일이 드물었고, 남의 등을 두드리는 법은 없었으며, 1900년 이후 야구 경기에는 여섯 번밖에 안 갔다. 배빗들과 야구팬들은 아주 잘 알았지만, 사업상의 관계일 뿐이었다.

샘 도즈워스는 자유시와 입체파를 지루하게 여겼지만 드라이저••와 캐벌•••은 좋게 평가했고, 프루스트는 아주 좋아한 나머지 탐독해서 통달한 편이었다. 그는 골프를 꽤 잘 쳤고 점수는 잘 이야기하지 않았다. 온타리오의 낚시터를 좋아했지만 매트리스보다 나뭇가지를 깔고 자는 것이 좋다고 여기지는 않았다. 그는 상식의 화신이었고, 증기기관차 같은 에너지와 확실성을 지녔으며, 위스키와 포커와 푸아그라 파테를 좋아했고, 늘 번개처럼 빠른 자동차를 꿈꿨다. 그보다 앞서 간 시인들이 별과 장미와 연못가의 님프를 꿈꾸었듯이.

• 중산층의 기준에 아무 생각 없이 따르는 사업가나 전문가를 뜻한다. 싱클레어 루이스의 소설《배빗》(1922)의 주인공 이름이 일반명사화됐다.

•• 시어도어 드라이저(1871~1945)는 미국의 자연주의 소설가로, 대표작으로《미국의 비극》이 있다.

••• 제임스 캐벌(1879~1958)은 미국의 소설가로, 대표작으로《매뉴얼 일대기》가 있다.

자동차 제품 일곱 개, 차체 제조 공장, 수십억 달러의 자본을 가진 U. A. C. 제국인 유닛 자동차사에 레벌레이션사가 흡수되면서 샘 도즈워스에게 일생일대의 위기가 닥쳤다. 유닛의 회장인 앨릭 키넌스가 제니스에 왔고, 그날 보유 주식의 최종 양도가 이루어질 예정이었다.

샘은 유닛에 맞서 싸우고 25년간 키워온 회사를 독립적으로 유지하고 싶었지만, 동료 임원들은 이를 우려했다. 유닛은 레벌레이션과 같은 성능의 차를 더 싼값에 시장에 내놓아 그들을 시장에서 몰아낼 수 있었다. 필요하면 유닛은 한두 해 동안 원가 이하로 차를 팔 수도 있었다. 그러나 그들은 레벌레이션 브랜드를 원했고 그 값을 치르겠다고 했다. 유닛의 기동대원은 좋은 사람들이었다. 샘을 포로가 아닌 같은 전사로 대우하고 자신들의 더 큰 부대에 온 것을 환영했다. 그래서 샘은 결국 대량생산으로 가격을 내려 레벌레이션을 망가뜨리고, 자신의 걸작을 평범한 차로 바꾸어놓으리라 생각하면서도 유닛이 관대하게 제시한 매수 가격에 합의했다.

추상적인 사고를 스스로에게 허락할 때면, 샘은 이 일이 기쁘지 않았다. 하지만 제니스 고등학교에 입학하던 첫날부터 샘은 추상적 사고처럼 파괴적인 짓을 하지 않으려고 열심히 노력했다.

샘이 뚜벅뚜벅 위층으로 올라가자 몹시 바쁘고 상당히 쾌활한 프랜이 여전히 가운 차림으로 책상에 앉아 빠른 손놀림으로 편지를 쓰고 있었다. 다양한 클럽 회원들에게 보내는 제안, 프랜이 후원하는 연맹(민주주의 연구 연맹, 맹인 연맹, 미시시피주 농장 노동자에게 미치는 알코올의 영향에 관한 통계 수집회)의 총무들에게 보내는 우편환이었다. 프랜은 이 연맹들의 일거수일투족에 관심을 가졌는데, 아마도 설립 목적만 제외됐을 것이다. 인디애나주의 어떤 정치인도 그녀보다 더 솜씨 좋게 적을 회유하고, 친구들에게 조언하고, 특별히 하는 일 없는 정치기구를 만들지는 못했다.

프랜은 걸어오는 샘을 향해 환히 웃더니 불쑥 말했다. "앉아. 할 이야기가 있어."

'오, 이런. 내가 또 무슨 잘못을 했지?' 샘은 꽃무늬·천을 씌운 푹신한 의자에 온순히 앉았다.

"샘! 요즘 생각해봤는데, 유닛과의 일을 다 마친 다음에 말하려고 했어. 하지만 당신이 또 새로운 일에 얽힐까봐 걱정돼서 말이야. 난 유럽에 가고 싶어!"

"음……."

"내 말 들어봐! 이번이 우리 마지막 기회일 수 있어. 우리가 너무 늙어서 돌아다니기 싫어지기 전에 당신이 자유롭게 다닐 수 있는 때는 지금뿐일지도 몰라. 기회를 잡자! 돌아와도 당신이 새 차를 열두 대는 만들 시간이 있을 거야. 정말 푹 쉬고 나면 모든 일을 더 잘하게 될 거야. 진짜 휴식 말이야! 몇 달 정도가 아니라 1년 동안 떠나고 싶어."

"세상에!"

"그렇지, 대단하지! 생각해봐! 에밀리는 다음 달에 결혼하잖아. 그 후엔 우리가 필요 없을 거야. 브렌트는 학교에 친구들이 있잖아. 우리가 필요 없을 테고. 이 지긋지긋한 클럽은 다 그만둘 수 있어. 그런 건 아무 의미도 없어. 날 정신없게 만드는 가짜일 뿐이지. 샘, 난 아주 활동적인 여자야. 그러니까 제니스에 앉아 있는 거 말고 뭔가 하고 싶어. 뭘 할 수 있을지 생각 좀 해봐! 이탈리아의 호숫가에서 봄을 보내고! 차로 티롤을 지나고! 런던에서 사교 시즌을 보내는 거야! 난 어릴 적 이후엔 유럽에 가보지 못했고, 당신은 한 번도 못 봤잖아. 한 번이라도 좋은 시간을 보내봐! 내 말 믿어봐. 응, 여보?"

"흠, 일에서 벗어나면 좋긴 하겠군. 롤스로이스와 메르세데스 공장을 보고 싶기도 하고. 파리와 알프스도 보고. 하지만 1년이라니…… 긴 시간이야. 호텔에서 지내다보면 유럽이 지겨워질 텐데. 하지만…… 아직은 아무 계획이 없어. 유닛과의 거래가 너무 갑작스러웠거든. 이탈리아는 보고 싶어. 그곳 언덕 도시는 굉장히 특이하겠지. 오래된 곳이기도 하고. 오늘 밤에 의논하자. **다시 봅시다**, 부인."

샘은 뉴펀들랜드 개처럼 믿음직하게, 뼈다귀를 숨기는 것 이상으로 복잡한 고민은 해본 적 없는 표정으로 걸어 나갔다. 하지만 스미스가 운전하는 리무진에 꼿꼿이 앉아 있던 샘은 조바심이 났다.

샘이 혼자일 때는 이렇게 차를 타는 시간뿐이었다. 그는 미친 듯이 인기가 있었던 대학 시절, 운동선수로서 호감 가는 사람이 되는 것, 결코 혼자 있지 않고 가만히 앉아 생각하지 않는 것이 '대예일에 대한 의무'였던 시절처럼 사람들(아내, 딸, 아들, 하인, 사무실 직원, 점심시간과 골프 코스에서 만나는 친구)

에게 에워싸여 있었다. 사람들은 샘을 찾아오고, 주위에 몰려들어 샘이 조심스레 내어주는 조언과 돈과 영적 지지를 구했다. 하지만 샘은 혼자 있는 것을, 명상하기를 원했고, 이렇게 차를 타고 출근할 때 그 소망을 채울 수 있었다.

"그 사람 말이 옳아." 샘이 염려스러운 표정으로 중얼거렸다. "그 사람 생각이 얼마나 옳은지 알리지 않는 게 좋겠어. 안 그러면 내가 술병 하나 챙기기도 전에 런던으로 끌고 갈 테니까. 도대체…… 오, 아니지. 물론 그 사람은 나를 소중히 여기지. 많이. 하지만 가끔은 그렇게 훌륭한 관리자가 아니면 좋겠어. 아기 고양이처럼 구는 건 내 기분을 맞춰주려는 행동일 뿐이지. 그 사람은 어느 모로 봐도 고양이는 아니야. 사냥개지. 가끔 피곤할 때면 그 사람이 내게 안겨 빈둥거리기만 하면 좋겠어. 그 사람은 수은 같은 여자야. 수은은 압축하려 들면 힘들지! 오, 이런 소린 부당해. 그 사람은 최고의 아내였어. 이놈의 일 때문에 그 사람에게 잘해주지도 못했는데. 그리고 일이 지겨워. 가만히 앉아 나 자신과 잡담이나 나누면서 친해지고 싶군. 이 거리도 지겹고!"

리무진이 몰아치는 눈보라를 뚫고 끼익끼익 느리게 움직이다가 얼어붙은 아스팔트에서 조금씩 미끄러졌다. 차창에 서리가 두껍게 내려앉았다. 샘은 밖을 내다보려고 장갑 바닥으로 창문을 쓱쓱 문질렀다.

콩클린 거리를 지나고 있었다. 하숙집과 싸구려 식료품점, 더러운 세탁소와 '장례식'과 '식사'라는 직설적이고 칙칙한 간판을 붙인, 언제 봐도 그다지 끌리지 않는 식당들 사이에서 쇠퇴해 우울하게 늘어선 오래된 붉은 벽돌 건물들은 눈보라 때문에 벌목장처럼 황량하게 변했으며, 거리 폭이 넓어 더욱 은신할 곳 없이 삭막하게 느껴졌다. 양쪽으로 휘발유와 담배 광고판이 붙은 거리와 눈 때문에 빛이 비치지 않아 어두컴컴한 구식 노란 벽돌 공동주택 사이에 단층 목재 창고가 있었다. 생기 없는 빈곤과 희망 없는 노동의 지역이었다.

"아, 나도 벗어나고 싶군! 지중해와 햇빛을 보면 좋겠지." 샘이 중얼거렸다. "가자!"

레벌레이션 본사는 컨스티튜션 거리 북쪽, 코트하우스 광장에 선 플리머스 국립은행의 눈부신 새 고층 건물 맞은편에 유리와 대리석으로 지은 거대한 건물이었다. 임원층 입구는 화려한 호텔의 로비처럼 양단과 태피스트리와 전성기 그랜드래피즈•가 꾸민 대기실이었다. 그리고 매우 바삐 일하는 타이피스트와 타이피스트와 타이피스트, 사무직원과 사무직원과 사무직원이 서류를 바스락거리는 작은 책상들이 펼쳐져 있었다. 마치 식탁처럼 큼지막한 유리판으로 덮어 서류 한 장, 기분 좋은 흐트러짐 하나 없는 책상들이 특징인, 가구 회사의 전시실을 닮은 개인 사무실이 줄지어 있었다.

도즈워스 회장의 도착은 사령관의 도착 같았다. "안녕하십니까!" 퇴역한 병장 도어맨이 제복을 입고 외쳤다. "안녕**하세**

• 가구 공장이 많은 미시간주의 도시.

요!" 모피 사업에서 굉장히 높은 자리에 있는 신사와 사귄다는 매력적인 여성 안내 직원이 노래하듯 말했다. "안녕하세요!" 샘이 지나갈 때 산들바람에 흔들리는 나뭇잎처럼 고개를 끄덕이며 타이피스트와 사무직원 들이 말했다. "**안녕**하세요!" 샘이 사무실에 들어서자 개인 속기사가 노래했다. "**안녕하세요!**" 샘의 비서, 기분 나쁠 정도로 고압적이며 사람들을 노예 부리듯 하는 젊은이가 외쳤다. 심지어 붉은 머리의 유대인 사환도 샘의 코트를 받아 걸면서 "안녕하세요, 회장님"이라고 인사했다.

하지만 그 위대한 인물에게 불쾌하지 않았던 이런 아부가 그날은 거슬렸다. 이 모든 활동, 그렇게 많은 사람이 중요하다는 일에 관해 그렇게 많은 서신을 보낸다는 사실이 샘에게는 짜증스러운 호들갑 같았다. 브렌트에게 남길 유산 10만 달러가 더 생기는 게 무슨 상관인가? 존스버그의 존 B. 존슨이 레벌레이션 대리점을 맡든 말든 무슨 상관인가? 어째서 이 많은 젊은이가 서류를 뒤적이고, 회장에게 인사하기 위해 기계로 변하고자 하는가?

위대한 도즈워스는 책상으로 가서 안경을 쓰고 성공한 기업가로서 주가 보고를 받았다.

하지만 위대한 도즈워스는 생각했다.

'이자들은 날 지치게 해. 젠장! 프랜, 그러자! 가자! 중국으로 떠나자!'

유닛 자동차사의 회장 앨릭 키넌스는 부하 직원과 변호사,

비서 부대를 거느리고 삼십 분 뒤 도착할 예정이었다. 샘은 속기사에게 충동적으로 말했다. "래크먼 양, 손리의 여행사에 가서 거기 있는 증기선 안내지와 유럽 여행 정보 따위를 모두 가져다주지 않겠소? 그리고 세계 여행도."

속기사를 기다리는 동안 샘은 비서가 유리를 깐 넓은 책상 위에 고이 모셔놓은 철제 바구니에서 서류들을 꺼냈다. 이것들은 며칠 전만 해도 전투명령처럼 중요하게 느껴졌건만, 레벌레이션이 더는 그의…….

샘은 한숨을 쉬고 무심하게 서류를 뒤적였다. 노스웨스턴 지사 임원 파견에 대한 기밀 보고. 유닛과 레벌레이션의 합병 공지를 반갑고 떠들썩한 공식 축하와 함께 발표하려는 광고사 계획서. 이제 그가 산적 두목에서 직원으로 강등됐는데, 그게 무슨 **상관**인가?

샘은 유닛으로 간다면, 비록 부회장이라 할지라도 사환이나 다름없음을 처음 시인했다. 그렇게 되면 혼자 무모한 결정을 내릴 수 없었다. **그들**은 그의 인생에서 가장 중요한 개척에 대한 자부심을 앗아 갔다. 그런데 **그들**이 누군지 그는 잘 알지 못했다. **그들**은 유닛의 앨릭 키넌스와 몇몇 직원만이 아니었다. **그들**은 샘을 덮치는 급속한 산업 발전의 홍수였다. **그들**은 그에게 더 큰 집과 요트를 줄 테지만, **그들**은 그에게 주인 자리를 주지는 않을 터였다. 샘은 자신에게서 달아나는 기계를 만드는 것을 도왔다. 그는 이제 장인의 위엄을 갖지 못했다. 그는 아무것도 아니었다. 아무 의미도 지니지 못했다. 이젠 새뮤얼 도즈워스가 아니라 어디로 가는지도 모르고 서로를 열심히 밀쳐대는 군중의 일원일 뿐이었다.

샘은 창가로 다가갔다. 플리머스 국립은행 건물은 눈보라 속에서 성당처럼 꼿꼿이 솟아 있었다. 회색의 20층 건물이 샘의 시야 너머 눈안개 속에서 수직으로 쭉 뻗어 있었다. 고귀한 느낌도 있었지만, 시베리아 평야의 아무도 모르는 탑처럼 고독하고 친절한 인간의 노력을 경멸하는 듯이 보이기도 했고, 잔인하게도 느껴졌다. 샘이 굶고 얼어 죽는다고 해도 그 건물은 얼마나 무심하게 바라보기만 할 것인가!

속기사가 가져온 여행 책자를 보고 샘은 안도했다. 활달한 속기사는 작은 모자에서 눈을 털어내면서 샘을 향해 환히 웃어 샘이 여전히 존재하는, 중요한 존재임을 확인시켰다. 그리고 샘은 사진을 보느라 정신없었다. 그랜드 캐니언의 거대한 절벽, 붉은 기둥과 주황 피라미드. 알제•의 황갈색 도로와 햇볕을 받으며 끄덕이는 낙타들과 터번 아래 탁하고 해로워 보이는 얼굴로 올라탄 사람들. 산그늘이 진 장크트모리츠와 터보건••을 탄 예쁜 소녀. 대추야자나무와 야자수와 장미꽃 사이로 작은 범선 한 척이 떠다니는 바다가 보이는 칸의 테라스. 다트무어의 작은 신사 옆 벚나무 사이에서 뛰노는 일본 아이들. 프랑크푸르트 뢰머 광장에 버티고 선, 검은 목재를 깎아 만든 중세의 건물들. 피아체타의 환상적인 기둥과 공작궁의 연분홍과 크림색이 어우러진 대운하. 라구사의 바다를

• 알제리의 수도.

•• 앞이 위로 솟은 좁은 썰매.

마주한 오래된 벽들. 파리의 거리들……. 가판대와 버르장머리 없는 광고, 휘날리는 치맛자락, 정신없이 달리는 자동차, 온종일 앉아 빈둥거릴 작은 탁자들.

'그렇게 나쁠 것도 없지!' 샘은 생각했다. '몇 달은 돌아다니고 싶군. 다만 프랜의 꾐에 넘어가 집 없이 외국을 떠돌아다니며, 인생이 두려워 리비에라 호텔을 신경증 환자 요양원으로 삼고 사는 처지가 되진 않을 거야. 나는 살면서 뭔가 해낼 것이고, 내가 살 곳은 여기야. 외국에 가긴 하겠지만, 프랜이 외국 여행을 싸워서 얻게 만들 거야. 그러지 않으면 프랜이 모든 걸 지휘한다고 느낄 테니까. 그리고 이곳으로 돌아와서 앨릭 키넌스의 쇼를 당장 빼앗아야지!'

"키넌스 씨가 오셨습니다." 비서가 알렸다.

제3장

유닛 자동차사 회장인 알렉산더 키넌스는 큰 머리, 작고 부산한 몸에 퉁명스러운 목소리, 적극적인 마음 자세를 지니고 양심의 가책은 전혀 없으며, 웅변술과 코로나-코로나 시가를 좋아하는 사람이었다. 그는 철도 보선공으로 일하다가 철도 감독관이 됐고, 디트로이트에 최고의 버건디 저장고를 갖고 있었으며, 사람들에게 고함을 치는 것으로 몸집의 왜소함을 만회했다.

"다 준비됐습니까? 전부 다 준비됐어요?" 두 회사의 대표 10여 명이 금빛을 칠한 참나무로 장식한 임원실의 거대한 거울 같은 탁자에 자리를 잡고 팔꿈치를 괴는 사이 키넌스가 샘 도즈워스에게 고함쳤다.

"그런 것 같습니다." 샘이 중얼거렸다.

"몇 가지가 남았죠. 우린 레벨레이션을 크롬카와 하이로드 사이의 급으로 정했습니다. 그쪽 가격에서 300달러 낮춰 투도어 세단은 1150에." 키넌스가 말했다.

샘은 반대하고 싶었다. 그도 같은 차종 안에서는 최저 가격을 유지하지 않았던가? 그런데 문득…… 그게 무슨 소용이란 말인가? 레벌레이션은 그의 주인도, 종교도 아닌데! 샘은 프랜과, 사랑스럽고 의리 있는 프랜과 자신의 삶을 살 생각이었다. 자신이 이곳 제니스에 가둬두었던 프랜과!

가자!

샘은 "레벌레이션을 타고 행복을"이라는 슬로건은 그대로 쓰겠다는 키넌스의 의견을 귀담아듣지 않았다. 샘은 그 슬로건이 항상 싫었다. 판매원들은 YMCA에서 규칙적으로 운동하는, 유난히 밝고 통통 튀는 젊은 카피라이터가 만든 그 슬로건을 좋아했다. 키넌스가 잘라 말했듯이 "좋은 슬로건이지. 좋은 슬로건이고말고…… 활기 넘치고"라며 샘이 혼잣말했다.

'죄다 인간 확성기야. 난 지쳤고.'

좀 서글픈 마음으로 유닛에 지배권을 넘기는 데 서명하면서 평생의 과업이 끝나자 샘은 많은 사람과 여러 차례 악수한 뒤 앨릭 키넌스와 단둘이 남았다.

"이제 진짜 거래를 합시다." 키넌스가 말했다. "그저 그런 조력자 몇 명에게 의존해서 근근이 기어가는 대신에 세계시장을 좌지우지하는 제국이나 다름없는 회사에 연결되고 싶어 견딜 수 없을 겁니다. 물론 회장님과 함께하고 싶어요. 제가 그런 언질을 준 적은 없지요. 넌지시 떠보는 건 내 방식이 아니거든. 앨릭 키넌스는 할 말이 있으면 그냥 해버립니다! 회장님에게 유닛의 두 번째 부회장 자리와 레벌레이션을 포함한 여덟 개 자동차 생산 라인의 총괄직을 제안하고 싶습니다. 주식 이외에 6만 달러를 받았죠?"

"네."

"8만 5000달러와 임원 자금에서 지분을 드리겠습니다. 몇 년 안에 연봉은 10만 달러가 될 가능성이 크고, 내가 밀주를 마시다 뻗어버리는 날이면 당신이 내 자리에 앉게 될 겁니다. 그리고 일급 생산자들을 거느리게 될 겁니다. 편안하게 앉아서 치고 올라갈 비열한 아이디어만 내면 됩니다. 전기스토브와 라디오와 온갖 것이 장착된 호화 이동주택을 만들고 싶다면서 군침을 흘렸지요. 해봐요! 자금은 있으니까. 그리고 여름에 남자아이들을 위한 자동차 여행 학교 아이디어! 그것도 해봐요! 그럼, 그럼, 여름 캠프를 운영해서 끝내주게 만들 수도 있지. 고객을 50만 명 데려와요. 우리 자동차 여행을 못 해본 아이는 상류층에 발도 못 디디는 걸로! 해봐요! 그리고 유닛의 항공기 제작, 계속해봐요. 계획을 짜봐요. 그렇고말고. 최고 능력자에겐 이 정도로 후원할 겁니다. 언제 일을 시작하겠습니까? 디트로이트로 옮겨야 할 것 같지만, 여기도 자주 돌아올 수 있을 겁니다. 당장 시작해서 달려보겠습니까?"

최고급 이동주택이나 남자아이들이 메인주의 소나무 숲부터 샌와킨의 밀밭까지 전국을 돌아보는 여름학교 기획 등 자극적이긴 하지만 현실성이 없다고 치부됐던 샘의 계획에 바닷가재 얼굴을 한 조그마한 남자가 자금을 대겠다고 했다. 아니!

"우선 휴가를 낼 생각입니다." 샘이 의심쩍은 표정으로 말했다. "휴가를 제대로 낸 지 오래됐으니까요. 유럽으로 가볼 생각입니다. 석 달 정도 지낼 수도 있습니다."

"유럽? 젠장! 송장 같은 곳이지! 여자들이나 머리 기른 화가나 가는 곳이고. 죽었어! 미국의 융자 덕분에 시체를 파묻지 않고 버티는 곳이에요! 온갖 예술! 유럽에서 내놓은 뚱뚱한 밀로의 비너스보다 새로 만든 점화 플러그가 더 예술적입니다. 자! 캘리포니아를 한 바퀴 돌거나 멕시코에서 좋은 술을 한잔하고 와서 우리랑 함께합시다. 보세요, 도즈워스. 내가 생각하는 외교란 딱 잘라 말하는 겁니다. 다른 회사를 살피는 겁니까? 우린 기다릴 수 없어요. 차를 만들어야지! 이 제안을 계속 열어둘 순 없고, 확-실-히 최고 연봉을 제안했어요. 우린 그런 식으로 사업을 하니까 말이죠. 좋습니까, 싫습니까?"

"다른 회사는 없습니다. 서너 곳에서 제안받았지만 거절했습니다. 좋은 제안이라고 생각합니다."

"됐네! 당장 계약합시다. 좋아요! 당신 서명을 하고 지금부터 연봉을 받아요. 한 달 유급휴가를 가지고! 어떻습니까?"

키넌스는 작은 체격에도 멋지게 보이려고 계약서와 큼지막한 붉은색과 검은색 만년필을 번쩍이는 임원 탁자에 탁 내려놓더니 거만하게 샘의 어깨를 찔렀다.

샘은 짜증을 내며 중얼거렸다. "생각 좀 해보기 전에는 매일 수 없어요. 되도록 빨리 답변을 드리죠. 일주일 정도 걸릴 겁니다. 하지만 유럽에서 넉 달 정도 쉬고 싶을 수도 있습니다. 그사이 급료는 신경 쓰지 마세요. 홀가분하네요."

"세상에, 인생의 목적이 뭐라고 생각해요? 빈둥거리는 거?

적게 일하는 거? 내가 늘 하는 말이지만, 야근보다 좋은 휴식은 없습니다! 당신은 지친 게 아니에요. 이 산간벽지가 지겨워진 거지. 디트로이트로 와서 공장 돌아가는 모습을 봐요. 우리와 같이 앉아 국회에 지시하는 소리를 들어봐요. 일해야지! 일이 바로 놀이라고! 내 말해두는데……." 그가 기괴한, 전도자처럼 낭랑한 목소리로 말했다. "내 말해두는데, 도즈워스, 내게 일은 종교입니다. '네 손에서 쟁기를 놓지 말라.' 큰일을 해요! 생각해봐요. 우리는 자동차를 만들어 문명 세계의 절반이 돼지우리에서 벗어나 영화를 보러 가게 해주고, 나머지 절반은 도시에서 벗어나 자연을 훑어보게 해줍니다. 미국에 자동차 2000만 대! 그리고 20년 후에는 한창 발전하는 티베트와 아비시니아의 시멘트 도로를 유닛 차가 달릴 겁니다! 나폴레옹이 대수입니까! 셰익스피어가 무슨 대수냐고요! 우린 천지창조 이래 가장 큰 기적을 일으키고 있는 겁니다! 유럽이요? 대체 넉 달을 어떻게 지내려고? 미술관을 열 곳 이상 갈 수 있을 거 같아요? 난 알아요! 유럽을 봤으니까! 거기 노트르담은 삼십 분 정도야 괜찮지만, 오래되어 우중충하게 다 쓰러진 교회들을 보느니 차라리 미국 조립 공장에서 수천 명이 시계 속 톱니바퀴처럼 일하는 걸 보겠어요."

샘이 키넌스를 적으로 돌리지 않고, 계약서에 서명도 하지 않고 나오는 데는 삼십 분이 걸렸다.

"보리수나무 아래 앉아 내리 6개월을 보내는 한이 있어도 효율이니 큰일을 하니 맥주 온도보다 더 중요한 일이니 하는 소리를 듣지 않는 게 더 낫겠어. 맥주 온도보다 더 중요한 일이 있다면 말이지." 샘이 중얼거렸다.

샘의 일과에는 별로 융통성이 없었다. 대부분 회사와 집 사이, 겨울에는 유니언 클럽에 걸어갔고 여름에는 골프장으로 차를 몰고 갔다. 하지만 그날 밤 샘은 그 일과를 잠자코 지키지 못했다. 클럽 단골들의 케케묵은 소리를 견딜 수 없었다. 기사가 거기서 기다리고 있었을 텐데, 클럽으로 가는 길에 샘은 막연히 외국의 맛을 보겠다는 생각으로 싸구려 독일 식당에 들렀다.

어둡고, 조용하고, 키넌스의 활기와 화려함은 없었다. 기름이 번들번들한 천을 깐 식탁에서 샘은 커피를 마시며 설탕 뿌린 커피 케이크를 먹었다.

"어째서 내가 자신을 위해, 아니 키넌스를 위해 돈을 더 버느라 기운을 빼야 하지? 그자는 내게서 이동주택 아이디어를 싹 빼앗아 갈 텐데!"

샘은 이동주택을 걸작으로 만들 꿈을 꿨다. 전기스토브와 전기냉장고가 딸린 작은 주방, 샤워기가 있는 작은 화장실, 라디오와 진짜 책상이 있고 밤에는 침실로 바뀌는 거실, 이동주택 한 면이나 뒤쪽에는 접이식 베란다. 고객들이 주거지에서 80킬로미터 떨어진 숲속에서 이동주택 베란다에 앉아 식사하는 광경이 눈에 선했다.

"그들이 자연을 더 해치게 된다면 아쉬운 일이긴 하지. 아, 그건 그저 싸구려 감상일 뿐이야." 샘이 혼잣말로 장담했다. "어디 보자. 그걸 만들자면……." 그는 메뉴에다 계산했다.

"1700달러에 대량생산해야 하고, 호텔비를 아낀다고 홍보해야지. 나도 그걸 타고 캠핑하고 싶군! 키넌스에게 내 아이디어를 넘기지 않겠어! 그자는 조잡하고 불편한 이동주택을 1100달러에 내놓을 거고, 시장에 몇 대나 팔 수 있는지만 생각할 거야. 키넌스! 세상에, 겨우 쉰 살에 그자의 명령을 받고, 그자가 등을 두드리는 걸 참다니! 안 돼!"

어떤 계절, 어떤 상황에도 만족해하는 독일 식당 직원이 말했다. "오늘 밤에 눈이 꽤 많이 오네요."

"그렇군요."

샘이 생각했다. '저 친구는 큰일을 해야 한다고 걱정하지 않아. 그리고 일이 종교도 아니지. 그의 종교는 구운 거위고기야. 일리 있는 생각이지. 그래, 가자, 프랜! 그리고 돌아와서 이동주택을 만들자. 아니면 정교한 장비로 이동주택 두 채를 연결할까? 하나는 주방과 화장실과 창고, 또 하나는 거실 겸 침실을 만들어서 기차처럼 문으로 연결해 4인용 저택을 만들면 어때? ……몬테카를로를 보고 싶군. 한 편의 희극 오페라 같겠지.'

몬테카를로와 야자수와 햇볕과 모나코 대공의 훌륭한 물고기에 대한 기대감은 차로 폭풍설을 뚫고 달리고, 눈보라에 멈추고, 리지크레스트로 숨 가쁘게 올라가다가 미끄러질 때 시트를 꽉 붙잡으며 더욱 커졌다. 하지만 따뜻한 저택에 들어가 위스키소다를 한 잔 따라 마세릴 목판화집을 들고 서재에 혼자 앉아서(프랜은 아동복지 브리지 모임에서 돌아오지 않았다) 푹신한 의자와 벽난로 통나무와 장미를 생각하니 샘은 집이 주는 안정과 익숙한 일과 직원들, 클럽과 습관, 무엇보다도 친구들과 프랜과 아이들이 선사하는 확신을 느꼈다.

샘은 만족스럽게 서재를 둘러봤다. 역사, 철학, 여행, 탐정소설 등 많은 책을 읽기도 했다. 메리 커샛이 그린 아이들의 초상을 올려놓은 참나무 벽난로, 파란 소파, 프랜의 독일 친척이 보내준 비더마이어 깔개, 특히 정교한 술병 진열대.

"이만하면 좋군. 호텔은…… 끔찍하지! 그래, 유닛으로 가야 할지도. 하지만 유럽에서 육 주 또는 두 달쯤 지낸 뒤 디트로이트로 가지. 그래도 이 집은 안 팔아! 여기서 참 행복했으니까. 이곳으로 돌아와 노년을 보내고 싶어. 정말 큰돈을 벌면, 제니스를 제2의 디트로이트로 만들기 위해 일하겠어. 이곳 인구가 100만 명 늘어나도록. 다만 도시계획을 잘해야지. 세계에서 가장 아름다운 도시로 만들어야지. 유럽에서 유명한 도시를 구경할 게 아니라 그런 도시를 만들자!"

샘의 가장 친한 친구들, 센토 주립은행의 머리 희끗희끗하고 근엄한 은행장이 된 유머러스한 동창 터브 피어슨과 심장 전문의 헨리 해저드 박사, 터핀 판사, 통조림 공장의 거물 휠러가 저녁을 먹고 포커 게임을 하러 한 달에 한 번씩 찾아왔다. 프랜은 저녁 식사 때는 손님을 맞지만, 그 후에는 편하게 사라졌다.

샘이 옷을 갈아입으러 위층으로 올라가는데, 프랜이 자선모금 브리지 모임에서 돌아왔다. 날렵한 회색 코트를 입은 프랜은 떨어지는 낙엽을 향해 뛰어오르는, 눈 맞은 고양이 같았다. 그녀는 코트와 모자를 하녀에게 던져주더니 불쑥 샘에게 키스했다. 그녀는 겨울바람처럼 싱그러웠다. 결혼할 나이가 된 에밀리의 엄마인데도.

"브리지 게임은 끔찍하게 지겨웠어. 17달러를 땄어. 나 브리지 게임을 꽤 잘해. 서둘러야겠어. 저녁때가 다 됐잖아. 아, 정말 지루했어. 루실 매켈비가 이탈리아에 관해서 주절주절 떠들어대는 소리라니. 그 여자가 이탈리아에 세 번 가면서 배운 이탈리아어보다 내가 삼 주 만에 더 많이 배울 거야. 여보, 서둘러. **늦었어!**"

"그럼 갈까?"

"어딜?"

"유럽에."

"아, 글쎄. 터브 말마따나 당신이 플로리다에서 '사악한 편자 던지기'를 하면 얼마나 좋을까 생각해봐."

"아이고, 그만둬!"

함께 위층으로 올라가면서 샘이 프랜에게 팔을 둘렀지만 프랜은 몸을 빼며 너무 밝은 미소를, 새하얀 에나멜페인트처럼 빛나지만 활기 없는 미소를, 지난 20년간 아내에 대한 샘의 욕망을 부끄럽게 만들어온 세련된 미소를 지으며 말했다. "서둘러야 해." 그리고 너무 밝게 덧붙였다. "오늘 밤에는 술 너무 많이 마시지 마. 터브 피어슨 같은 사람들과는 괜찮지만, 터핀 판사는 너무 보수적이야. 그 사람은 그런 걸 안 좋아한다는 거 내가 알거든."

프랜은 아무렇지 않게 던지는 한마디로 샘의 기운을 빼고 주눅 들게 하는 고급 기술을 지녔다. 새로 장만한 두툼한 코트에 대해 스치듯 던지는 프랜의 한마디에 샘은 그걸 입은 망나니가 된 듯한 느낌이 들어버렸다. 말재주가 뛰어난 상원의원과 어마어마한 만찬을 하러 가는 길에 "자동차와 주식 말고 다른 이야기를 한번 해봐"라고 활달하게 던진 한마디에 샘은 자신이 무식하게 느껴진 나머지 저녁 내내 입을 다물고 있었다. 샘이 몇 주 동안 사업의 성공으로 쌓아 올린 편안한 자신감을 프랜은 오 초 만에 무너뜨릴 수 있었다. 사실 프랜은 샘에게 열등감을 확실히 심어주는 데 천재였다. 이날 밤도 프랜은 상냥하고 친절하기 그지없는 방식으로 재주를 발휘했고, 둔한 아이아스•는 늘 즐겼던 포커를 의심쩍은 눈으로 바라보며 터핀 판사가 자신을 어떻게 생각할지 두려워하게 됐다. 터핀 판사는 언제나 샘을 존경하는 것처럼 보였고, 샘과 함께 밀주를 마심으로써 법에 대한 존중심을 드러냈는데도 말이다.

샘은 옷을 갈아입고 딸 에밀리의 모습에 기운을 내기 전까지 자신이 쓸모없고 실수만 저지르는 존재라고 느꼈다.

어릴 적의 에밀리는 샘의 친구였다. 샘은 언제나 에밀리를 이해했고, 프랜보다 가깝게 느꼈다. 에밀리는 각진 어깨에 산

• 그리스 신화에 나오는 영웅으로, 지략이 달려 오디세우스에게 패배하고 아테나에게 속아 수치심에 자살한다.

책하러 나간 집 안의 늙은 개처럼 명랑하고 씩씩한 아이였다.

샘은 아이 방문 앞에 가서 한탄하는 목소리로 외치곤 했다.

"세상에, 버킹엄 공작이 성문 앞에 쓰러져 있구나!"

에밀리와 브렌트는 신이 나서 "심각한 건 아니겠죠!"라고 외쳤고, 샘은 "중상 같은데"라고 대답했다.

아이들이 함께 놀고 싶어 하면 샘은 으쓱했고, 진지한 브렌트보다는 에밀리가 더 열정적으로 아빠와 놀기를 원했다.

하지만 에밀리는 지난 5년 동안 댄스파티, 영화 파티, 여름 수영 등 제니스 청년들의 질풍도노 같은 삶으로 끌려 들어갔다. 에밀리는 놀랍게도 청년이라면 누구나 친하게 지내는 듯했다. 샘은 딸의 삶이 당혹스러웠다. 스무 살 에밀리는 밴더링 볼트 앤드 너트(제니스에서 매우 고상하게 여기는 곳)의 부지배인이자 전직 테니스 선수권대회 우승 선수, 제1차 세계대전 중대위로 참전했으며, 옷을 잘 입고 은어를 쓰는 서른네 살의 해리 매키와 결혼하겠다고 했다. 파티는 두 배로 늘었고, 샘은 에밀리와 예전처럼 편안하게 웃어대며 나누는 대화는 끝났음을 깨닫고 아쉬워했다.

만찬에 내갈 칵테일을 점검하러 내려가는데, 에밀리가 눈보라에 떠밀려 들어오더니 샘을 향해 외쳤다. "오, 새미블! 멋진 아빠! 만찬 재킷을 입으니까 대공작 같아요! 상냥한 아빠! 젠장, 이십 분 만에 메리 에지의 집에 가야 해!"

에밀리는 위층으로 달려 올라갔고, 샘은 그 뒷모습을 보고 한숨을 지었다.

"외로운 60대에 대비하기 시작해야겠군." 샘이 중얼거렸다.

샘은 만찬 담당 집사에게 칵테일 준비를 지시하러 나가면서 몸을 떨었다. 그래봐야 집사는 자기 마음대로 칵테일을 준비할 것이고, 아마 대부분 스스로 마실 것이 분명했다.

샘은 이 파티 전담 집사 문제에 대해 프랜과 여러 번 의논했음을 기억했다. 프랜은 늘 제대로 된 집사를 두고 싶어 했다. 집사를 둘 경제적 능력은 충분했다. 하지만 누구에게나 감히 저지르지 못하는 낭비가 있기 마련이다. 다정하고 야유하기 좋아하는 젊은 시절 친구들의 기분이 상할까봐 (과감히 각반을 찬 사람이 외알박이 안경까지 끼지는 못하듯이) 과감히 농담하는 정치가도 과감히 솔직해지지는 못하는 법이다. 어째서인지 샘은 평소에도 집사를 두는 무기력한 짓을 한다면 터브 피어슨을 똑바로 볼 수 없을 듯했다. 그리고 프랜은 아직 샘을 이기지 못했다…… 아직은.

전직 주지사 토머스 J. 피어슨, 위너맥 대학교의 명예 법학박사, 센토 주립은행의 행장이자 열두 개 회사의 임원, 로링 중등학교와 제니스 예술협회의 이사, 시장 도시계획 위원회 회장인 터브 피어슨은 예일대 시절처럼 익살꾼이었다. 그와 활달한 아내, '메이티'라는 애칭의 머틸드는 아이가 셋이었지만, 그러한 명예나 가장의 지위도 스스로를 타고난 코미디언으로 보는 터브의 시각을 바꾸지는 못했다.

샘의 서재에서 커다란 탁자 앞에 앉아 소맷부리를 걷어 올리고, 옷깃을 풀고, 위스키소다를 들이켜며, 만족스러운 한숨을 쉬어가며 포커 게임을 하는 내내 터브는 터핀 판사가 제니스의 다른 누구 못지않게 위스키를 실컷 즐기면서도 밀주업자들에게 유죄판결을 내린다고 놀려댔다. 11시에 잠시 쉬면서 잔을 다시 채운 뒤 샘이 넌지시 이야기를 꺼냈다. "자네들과 한동안 포커를 못 할지도 모르겠어. 프랜과 6개월쯤 유럽에 갈까 해서." 그러자 터브가 재능을 발휘할 기회를 잡았다.

"6개월이라고! 그거 우아하군, 샘보. 영국식 억양을 얻어서 돌아오겠어. '안녕하세요, 친구. 화분에 베리를 두어 그루 심는 영광을 누려도 될까요? 내 오랜 소중한 꿈인데?'"

"영국인이 그렇게 말하는 걸 들어봤나?"

"아니, 하지만 듣게 될걸! 6개월이라니! 아이고, 바보처럼 굴지 말게! 2개월만 가보면 얼음이랑 욕조가 있는 나라로 돌아오고 싶을걸."

"이단 같은 소리란 걸 알지만, 유럽에도 욕조는 몇 개 있지 않을까? 가서 확인해봐야겠어. 결정했네." 샘이 느릿느릿 말했다.

샘은 속내를 드러내지 않았다. 각진 얼굴에 덩치 큰 남자의 모습으로, 시가를 물고서 큼지막한 손에 비해 작아 보이는 카드를 쥐고 차분히 게임을 했다. 하지만 속으로는 화를 내고 있었다.

'평생 사람들이 내게 기대한 일들을 했지. 대학에서는 풋볼을 했어. 곧 물리학 실험실에 갇힐 건데도. 돈을 벌고 골프를 치고 내내 선량한 공화당원으로 살았어. 인간 현금 출납기로! 이제 끝이야! 난 떠난다!'

하지만 그들은 샘이 "자네 둘 더 걸어. 카드 돌릴까?"라고 말하는 것만 들었다.

제4장

포커 게임이 1시가 넘도록 계속되는 바람에 샘은 늦은 시각에야 하품하며 잠자리에 들었다. 널찍한 침실은 욕실 불빛에 반쯤 밝혀져 있었다. 침침한 불빛이 프랜의 침대 옆 노란 실크 커튼과 넓은 화장대의 크리스털을 비췄다. 프랜이 창문을 닫아뒀지만 크림과 파우더, 목욕용 소금 향이 나는 뜨거운 목욕물의 증기가 가득한 공기는 불쾌하지 않았다.

샘은 프랜의 숨결이 닿는 곳에 있고 싶었다. 함께 탈출하겠다고 결심한 덕분에 프랜이 지난 몇 달 중 가장 친근하고 매력적으로 느껴졌지만, 샘은 아내를 깨우는 것에 죄책감을 느꼈고, 그렇게 불친절한 짓은 용인할 수 없었다. 다만 구두를 요란하게 벗어놓았다.

프랜은 깨더니 놀란 표정을 지었다. 잠에서 깨어나 곁에 있는 남편을 보고 믿을 수 없다는, 놀란 표정을 지은 것이 몇 번이었던가! 프랜은 침대 옆의 스탠드를 켜고 샘을 멍하니, 누군가 싫은 표정으로 쳐다봤지만 결국 인간은 예의를 차려야 했다. 프랜은 대단히 젊고 주름살이 없었다. 목둘레에 흰 모피를 댄 레이스 잠옷을 입은 소녀 같았다.

샘은 프랜의 옆에 앉아 어깨에 키스했다. 프랜은 반응 없이 견디더니 지나치게 명랑하게 말했다. "그만해줘! 지금은 안 돼. 잘 들어, 여보. 할 말이 있어. 오오오오오, 이런. 지금은 졸려! 당신이 올라올 때까지 기다리려고 했는데, 그만 잠들었네. 부끄러워라! 그렇지만 의자를 끌어와 앉아서 잘 들어봐."

"내가 키스하는 게 싫어?"

"왜 늘 그걸 물어? 그렇게 상처받은 듯한 말투로? 당신은 너무 바보야! 술 마신 거 알지. 아, 난 상관없어. 하지만 터브와 당신은, 책임감 있는 시민으로서 금주하는 사람들치고는 늘 너무 많이 마시고 만다니까! 난 상관없어. 하지만 당신이…… 음, 신이 났을 때 갑자기 안으려고 하는 거 좀 이상하지 않아?"

"내가 키스하는 게 싫어?"

"세상에, 여보. 우리 결혼한 지 22년이나 되지 않았어? 제발, 여보. 싸움 걸지 마! 내가 당신 마음을 상하게라도 한 거야? 정말이지 너무 미안해! 진심이야, 여보. 키스해줘!"

여태까지 한 것 중 가장 냉정하고 짧은 키스였고, 성가신 일이 끝나자 프랜은 아주 씩씩하게 말했다. "이제 저 의자 좀 가져와 앉아서 들어봐, 여보. 아니면 내일까지 기다리겠어?"

프랜은 평소라면 샘을 기분 좋게 만들곤 하던 옹알이 같은 말투로 덧붙였다. "아쭈아쭈 중요한 일이라니까!"

샘은 안락의자를 프랜의 침대 옆으로 끌어와 왁스 칠을 한 구두 한쪽을 흔들며 점잖게 앉았지만, 짜증을 내며 말했다. "아이고, 그렇게까지 할 것 없어. 이야기합시다."

"아이, 불평쟁이 노인처럼 굴지 마! 그럼 한번 물어보자. 그게 공평할까? 난 위스키 냄새를 싫어하니까. 당신은 내 입에서 위스키 냄새가 나는 게 좋아?"

"아니, 하지만 별로 마시지 않았어. 그렇지만…… 아니, 됐어. 들어봐, 프랜. 당신이 원하는 게 뭔지 알아. 그리고 결정했어. 키넌스가 당장 일하라면서 계약하자고 했지만 거절했어. 그래서 우린 유럽에 갈 거야. 네다섯 달쯤!"

"아, 그거."

프랜의 좌충우돌하는 변덕과 출처를 알 수 없는 잡다한 지식, 이루기 위해 노력할 가치가 없어 보이는 꿈과 소망, 샘 자신이 의도한 적 없는 상처에 대한 감춰진 분노, 화낼 줄 알았을 때 보여주는 상냥한 태도를 평생 겪고 살았는데도 샘은 그 순간 프랜의 무심한 태도에 놀라고 말았다.

"유럽에 가는 것보다 이게 더 근본적인 문제야. 생각해봐, 샘. 내가 당신에게, 음, 키스하는 걸 원하지 않았더라도…… 좀 더 성의를 보이지 않았다면 미안해. 내가 좀 더 열정적이면 좋겠어. 당신을 위해서. 하지만 그렇지 않은 거 같아. 그래도 우린 행복했잖아! 꽤 멋진 삶을 이뤘잖아!"

"그래, 그랬지. 걱정스러운 건……."

"우리가 오페라에나 나오는 미친 사랑에 빠지지 않았어도 서로에게 굉장히 소중하고, 무엇으로도 바꿀 수 없는 존재라고 생각해. 그렇지 않아?"

샘의 과민한 욕망이 애정으로 변했다. 샘은 프랜의 가녀리고 섬세한 손가락으로 긴 팔을 뻗었다. "응, 우리는 여러모로 다르지만, 타인에게선 찾을 수 없는 가치를 발견하는 사이라고 생각해."

"정말 영원한 가치 말이지, 샘? 믿을 수 있는 거? 그래서 무시무시한 길거리 싸움에서 서로를 지켜주는 퍽 좋은 친구 사이라고?"

"그렇지. 하지만 걱정……."

"잘 들어봐. 우리는 첫 번째 일은 마쳤어. 돈도 충분히 벌었고, 아이들도 키웠어. 당신은 직장에서 대단한 일을 했지. 당신이 만든 그 멋진 차 말이야. 그래도 우린 아직 젊어. 비교적 말이야. 오, 남은 삶은 만족하며 주저앉지 말자! 완전히 새로운 삶을 살자. 의무 때문에 걱정하지 말고(내게도 나 나름의 의무가 있다고. 이런 집을 관리하고 모두를 접대하는 게 쉽다고 생각한다면 말이야!). 우리…… 아, 뭐라고 말해야 할지 모르겠지만, 내 말은 말이야. 유럽에서 돌아오자는 말로 우리를 얽매지 말자(하지만 여보, 내가 조르지 않는데도 동의해준 건 참 고마워). 내 말은, 넉 달 뒤에 돌아와야 한다고 정하지 말자. 그래, 4년이라도 마찬가지야! 반대로 마음에 들지 않으면 꼭 거기서 지내야 한다고 느끼지도 말자. 당장 배를 타고 돌아오자. 하지만…… 오, 내 말을 잘 이해해줘! 유럽에 가서 정말 원할 때 돌아오고, 내킬 때는 내키는 곳으로 떠나자는 것 말고는 아무 계획도 정하지 말고 이 지겨운 도시를 벗어나자. 리비에라에서 두 달을 지내고 돌아올 수도 있고, 지금부터 40년 후에 자바의 대나무 오두막에서 살면서 왈가왈부하는 사람들에게 신경 쓰지 말라고 말하겠지! 있잖아, 이 집을 팔아버리고 싶은 마음도 들었어. 아무 데도 묶이기 싫어서."

"진심이야? 세상에, 그럴 순 없지! 여긴 우리 집이잖아! 돌아올 안전한 항구 없이는 갈피를 잡을 수 없을 거야! 라디올라부터 새로운 차고 문까지 이 집은 우리가 직접 지었잖아. 정원의 달리아 한 송이 한 송이의 이름도 다 아는 느낌인걸! 에밀리와 당신과 아들을 사랑하듯이 이곳을 사랑해. 문을 쾅 닫고 모두 꺼지라고 하고 마음 편히 있을 수 있는 곳은 여기뿐이야!"

"하지만 예전의 우리 자신을 잃지 않으면서도 새로운 자신을 찾을지도 모르잖아. 당신은…… 당신은 정말 당당하고, 크고, 훌륭하고, 좋은 사람이 될 수 있어. 당신이 마음만 먹으면. 당신이 그놈의 중저가 자동차의 부속물이 돼야 한다는 생각만 버리면 말이야. 사람들에게 제대로 된 예의를 요구한다면, 당신이 잘난 체하는 속물이라고 생각할 거라는 어리석은 두려움만 버리면! 세상에는 위대한 사람들이 있어. 공작이니 대사니 장군이니 과학자들 말이야. 그리고…… 그리고 근본적으로 따져서 그런 사람들이 우리보다 더 대단할 건 조금도 없어. 그 사람들은 바나듐 가격이나 아무개 부인이 핼러윈 파티에서 낼 요리 이야기 대신 세계정세를 이야기하는 것뿐이지. 나도 그런 사람이 될 거야! 그런 사람들이 두렵지 않아! 당신이 '소박한' 것이나 온갖 착한 농부의 가치를 추구하겠다는 순진한 생각을 버리고, 당신답게 위대한 사람이 되겠다면 말이야! 황태자처럼 생겼으면서 장관들에게 제니스에 사는 미친한 새미 도즈워스일 뿐이라고 겸손하게 말하지 말고! 당신이 말하지 않으면 그들도 모를 거야! 혹시 모르지. 외국에서 오래 지내 요령이 생기면 당신도 대사직 정도는 맡을 수 있을지……. 그러려면, 세상을 손에 넣으려면 죽음이 우리를 모험의 즐거움으로부터 갈라놓을 때까지 이 느려터진 제니스에서 벗어날 수 없다고 생각해선 안 돼!"

"하지만 집을 파는 건……."

"아, 물론 그럴 필요는 없지. 처음부터 그럴 건 없어. 우리가 얼마나 자유로워져야 하는지 예로 든 것뿐이야. 집은 당연히 안 팔지. 6개월 후에 여기로 돌아오면 기쁠지도 몰라! 하지만 그런 계획을 세우지 말자는 말이야. 오, 샘. 난 마흔에, 아니 마흔하나에 인생을 끝내고 싶지 않아. 아무도 나를 서른다섯, 심지어 서른셋 이상으로 안 봐. 그리고 이 덜떨어진 도시에서 바보 같은 짓이나 하면서 영영 산다면 내게 인생은 끝난 셈이야! 그러지 않을래. 내 말은 그거야! 당신은 꼭 원한다면 여기 있어도 좋아. 하지만 나는 멋진 일을 할래. 나는 그럴 권리가 있어. 그것들을 이해하니까! 안경 쓴 얼룩 고양이 같은 인간들, 아니 덜떨어진 인간들이 모인 클럽이 내년에 영양학을 연구하든 리투아니아 미술을 연구하든 내가 무슨 상관이람? 잘난 체하는 백만장자 청년 사장들이 모여서 영국 폴로 팀 흉내를 내든 말든 내가 무슨 상관이냐고. 영국에서 진짜 폴로 팀을 볼 수 있는데? 그런데도 여기서 계속 살면, 우린 같은 일을 자꾸만 반복하게 될 거야. 제니스가 우리에게 줄 수 있는 건 이미 바닥났어. 응, 뉴욕과 롱아일랜드가 줄 수 있는 것도 마찬가지야. 그리고 이 불쾌한 나라에선…… 유럽에선 여자 나이 마흔이면 권위 있는 남자들이 진지하게 관심을 가져. 하지만 여기선 그냥 할머니가 돼버리지. 신여성들은 내가 주교의 부인처럼 공경할 상대라고 생각해. 그리고 망할 공경심 때문에 나를 늙은이로 **만들어**. 내가 댄스파티에서 일찍 자리를 뜨면 걔들이 **귀엽게** 즐거워하지. 걔들보다 춤도 더 잘 추고, 그래, 더 오래 출 수 있는 내가……."

"그만, 그만!"

"그럴 수 있고말고! 당신도 마찬가지야. 사업에 모든 에너지를 다 빼앗기지 않았다면 말이지! 하지만 말이야. 내겐 젊게 지낼 수 있는 시간이 5년이나 10년뿐이야. **마지막 탄창**이라고. 그리고 난 그걸 허무하게 써버리지 않을 거야. 이해가 안 돼? 이해해줄 수 없어? 난 진심이야. 간절하다고! 내 목숨을 걸고 애원할게. 아니, 아니야! 요구할 거야! 점잖고 빠르게 다녀오는 단체 관광 정도론 안 된다는 뜻이야!"

"하지만 생각 좀 해봐! 프랜, 제니스에서 파리로 가기만 해도 당신 인생이 전부 바뀌고 다시 어려질 수 있다고 생각한다는 말이야? 파리 사람들도 대부분 여기나 다른 사람들과 같으리란 걸 모르겠어?"

"그렇지 않아. 그리고 같다 하더라도……."

"유럽에서 뭘 기대하지? 풍요로운 문화?"

"아니! '문화'란 말은 혐오해. 그런 소릴 하는 사람도 혐오한다고! 화가나 수프 이름만 잔뜩 주워듣고 돌아와 자랑할 생각은 없어. 아휴, 그런 건 유럽이 아니야! 아예 거기서 지내지 않을 수도 있지. 어디든지 마음에 드는 곳에, 마음에 드는 기간만큼 자유롭게 돌아다니다가 자리를 잡고 싶으면 어떤 지역이나 동네의 일원이 되는 것뿐 여기 돌아와야 할 의무가 없다는 거지. 오, 우리가 물레방아에 묶인 늙은 말 한 쌍이 아니라면 당신을 훨씬 더 사랑할 수 있을 거야!"

그들은 에밀리의 결혼식을 치르고 삼 주 뒤인 2월에 사우샘프턴으로 떠났다.

샘은 레벨레이션의 이전을 끝내고 프랜이 이렇게 불평할 때 대답하느라 정신이 없었다. "오, 당신은 일중독이야! 그럴 필요가 없는데도 일을 계속하네. 부하들에게 마무리하라고 해. 여보, 당신을 정말 사랑해서 말인데, 당신도 여가를 즐기면서, 직책이 아니라 당신 자신으로서 사는 걸 즐기는 법을 배울 수 있겠어? 당신을 끌고 가는 것에 가책을 느끼게 하지 않을 거지?"

"맹세하는데, 삶이 날 죽인다 해도, 아마 그러겠지만, 즐길 거야." 샘이 중얼거렸다. "시간을 좀 줘. 난 '자유'롭게 사는 일을 35년쯤 늦게 시작했잖아. 난 선량한 시민이야. 삶은 현실이고 삶은 열심이고 회사 회장직이 목표라고 배웠다고. 즐기며 사는 것처럼 타락한 일을 내가 어떻게 하겠어?"

제5장

3만 2000톤급 S. S. 얼티마호가 뉴욕에서 출발한 지 네 시간째였다. 굽이치는 검은 파도 위에 겨울 석양이 비출 때, 새뮤얼 도즈워스는 바다가 얼마나 크고 드센지, 그 큰 배와 모든 인간이 얼마나 하찮은지 깨달았다. 서쪽 수평선을 길게 가로지르는 금빛 한 줄을 제외하면 온통 잿빛인 망망대해 속에서 그는 길을 잃은 느낌이었다. 배를 타본 경험은 호수에서나 뉴욕의 페리뿐이었다. 난간 앞에 서서 선미가 아래로 내려갈 때(마치 배가 가라앉는 것처럼 믿을 수 없이 깊이 내려갈 때) 배를 위협하는 바다를 보고 있으니 불안했다. 하지만 갑판을 돌아다니며 샘은 다시 확신을 느꼈다. 힘과 큰 행복을 느꼈다. 멀미가 난 건 처음 한 시간 정도였다. 바람이 샘의 가슴을 채우고 환희를 느끼게 했다. 이제야, 짐을 싸고 작별 인사를 나누는 정신없는 과정이 끝나고 나서야 항구에서 친구들에게 어색하게 한참 손을 흔들고 나서야 샘은 정말로 의무를 벗어나 떠나는, 기묘한 빛깔의 신나는 장소로, 미지의 영웅적인 일들을 찾아 떠나는 실감이 났다.

샘은 〈집시의 길〉을 흥얼거렸다(샘 도즈워스에게 키플링은 셸리도, 단테도 선사할 수 없는 의미를 지녔으므로).

로마인들의 모범을 따라 북쪽으로 가라
파란 빙산이 떠다니고
뱃머리엔 바닷물이 회색으로 얼어붙으며
돛대에는 쇠사슬이 박혀 있는 곳으로.
로마인들의 모범을 따라 서쪽으로 가라
해가 지는 곳으로
정크 돛이 정처 없는 바람을 뚫고 솟을 때까지
동방과 서방이 하나가 될 때까지.
로마인들의 모범을 따라 동쪽으로 가라
오팔색 해변의 자줏빛 파도 옆
고요한 마힘 숲에서 침묵이 사색하는 곳으로.

"자유!" 샘이 중얼거렸다.

그는 〈집시의 길〉을 처음 노래했던 기억을 더듬으면서 산책 갑판 앞쪽의 음악실 유리창 앞에 우뚝 섰다.

그 시를 처음 노래로 만든 때였을 것이다. 어쨌든 프랜과 그는 상대적으로 가난했었다. 장인인 허먼 볼커가 빌려준 돈은 사업에 투자했었다. (저 차가운 바다에 갑자기 무의미한 눈이 내렸다. 음악실의 불빛은 참 평화로웠다! 샘은 그 배, 한동안 지낼 집이 믿음직하고 안전하다고 느끼기 시작했다.) 그렇다. 그들이 휴가를 떠난 때였다. 당시에는 운전기사도 없고, 최고급 호텔의 스위트룸도 아니었다. 샘이 낡은 레벨레이션을 온종일 몰았으며, 흙냄새가 나고 바람에 흔들리는 텐트에서 잤다. 그들은 서쪽으로, 석양을 향해 3200킬로미터 서쪽으로 차를 몰았다. 정말로 태평양에 다다라 안개 낀 태양을 배경으로 정크 돛을 올린 것처럼 느껴질 때까지. 그들에겐 지위에 따르는 책임이 없었다. 둘은 〈집시의 길〉을 부르며 언젠가는 함께 떠나자고 맹세했다.

그리고 그 맹세를 지키고 있었다!

마음속에 차오르는 크나큰 기쁨에, 만감이 교차하는 느낌에 샘은 선실로 달려 내려가 여전히 마법 같은 프랜에게 동지애를 얻고 있음을 확인하고 싶었다. 하지만 그녀가 얼마나 짜증을 내면서 짐을 착착 풀고 있었는지 기억났다. 둘은 결혼한 지 20년이 지난 부부였다. 샘은 갑판에 머물렀다.

샘은 증기선을 탐색했다. 배는 기계공인 그가 본 것 중 가장 확실하고 인상적인 기계장치였다. 그에겐 벨라스케스의 작품과 동급인 롤스로이스나 들로네-벨빌 자동차보다 더 만족스러운 기계였다. 샘은 뱃머리가 파도를 당당하고 꾸준하게 다루는 모습에 감탄했다. 갑판이 이루는 선과 잘 정돈된 밧줄이 만드는 강렬한 곡선에. 샘은 선교를 태연히 거니는 일등항해사를 존경했다. 따지고 보면 물에 뜨는 강철 달걀 껍데기에 불과한 이 탈것에 장밋빛 음악실과 튜더 양식의 벽난로가 딸린 흡연실(성처럼 견고하고 육지 같았다), 로마 양식의 기둥 아래 녹색등이 비추는 수영장이 있다는 게 놀라웠다. 샘은 구명정이 설치된 갑판에 올라갔고, 넓게 펼쳐진 통로와 커다란 구명정, 거대한 색소폰처럼 생긴 환기장치, 검은 양털 같은 연기를 조용히 뿜는 높다란 굴뚝을 지나 앞쪽 돛대까지 살펴보는 동안 전혀 몰랐던 항해의 욕망을 채울 수 있었다. 갑판에 휘몰아치는 눈발과 성에 낀 불빛에 어른거리는 이 신세계의 신비는 샘을 자극할 뿐이었다. 그는 몸을 떨며 옷깃을 세우긴 했지만, 멀리 평야의 밝고 아늑한 도시들을 향해 바다에 에워싸인 황량한 허공을 가로질러 치직치직 메시지를 내보내는 전보실 앞에서 상상에 자극을 받았다.

"바다에 왔다!"

샘은 프랜에게 이야기하려고 터벅터벅 내려갔다. 그러나 증기선은 굉장히 훌륭한 것이며, 흐릿한 전방으로 영국의 길이 보인다는 것 말고는 무슨 말을 하고 싶은지 알 수 없었다.

두 개의 황동 침대가 놓여 있고 청회색 프랑스 판화의 모작이 걸려 있는 선실에서, 프랜은 가방에서 한꺼번에 털어낸 외투 여러 벌, 구두 한 무더기, 가운, 코티 파우더, 《영원한 독신남》 증정본 세 권, 쌍안경, 증기선 편지, 증기선 전보, 사탕과 찰스 앤드 컴퍼니의 지나치게 익은 과일 바구니, 증기선의 하루 일곱 끼니가 부족하면 꺼내 먹을 작은 통조림, (샘이 매일 새로 입기로 되어 있지만 필시 그러지 않을) 셔츠들, (그녀가 매일 갑판에서 우아하고 태연하며 고상하게 읽을 생각이었지만 필시 그러지 않을) 프랑스 소설 사이에 있었다.

"끔찍하네!" 프랜이 탄식했다. "도착할 무렵에나 다 정리할 수 있을 거야……. 참, 에밀리가 캘리포니아에서 보낸 전보가 왔어. 착한 것. 해리와 그 애는 다른 희생자들처럼 신혼여행을 잘 견디고 있는 것 같아."

"그건 그만두고 갑판으로 나와. 이 배가 마음에 들어. 정말…… 인간이 이번만큼은 자연을 정복했어! 나도 배를 만들 걸 그랬나! 나와서 구경해."

"당신은 정말 즐거워 보이네. 다행이야. 하지만 짐을 풀어야 해. 당신은 돌아보고……."

샘이 아양을 자주 부리지 않은 지 한참 됐지만, 그때만큼은 프랜을 안아 들었고, 발버둥을 치며 웃어대는 프랜을 스웨터와 테니스 신발과 수영복과 스케이트 더미 위에 내려놓고 키스하면서 외쳤다. "나가자니까! 이건 우리 신혼여행이야! 애정의 도피! 당신을 흠모한다는 말을 내가 잊지 않고 했던가? 올라와서 나랑 같이 바다를 보자. 이 배 주위에 바다가 엄청나……. 아이고, 짐 풀기 따위는 그만두라고!"

샘의 말투가 명령조였지만, 그는 노련하게 명령할 때, 프랜이 명령받는 걸 허락할 때 늘 만족감을 느꼈다. 프랜이 그렇게 삶을 즐기는 일에서 효율을 따지지 않고 오로지 즐겁다는 이유로 승낙하자 샘은 만족스러웠다.

죽은 단풍잎 색의 두툼한 바바리코트와 주황색 빵모자를 쓴 프랜은 가을날과 갈색 고원을 떠오르게 했다. 프랜은 젊었다. 결혼한 딸을 둔 엄마는 절대 아니었다. 샘은 갑판을 돌아보던 남자 승객들이 프랜에게 던지는 시선이 성가시면서도 그녀가 자랑스러웠다.

“참 희한하군. 이렇게 갑작스럽게, 그러니까 우리가 연인처럼 여행을 떠나는 건 이번이 처음이잖아. 돌아와서 반드시 할 일도 없이. 당신 말이 옳았어, 프랜. 일은 이제 할 만큼 했어. 이제 인생을 살자! 항상 함께! 하지만 배울 게 아주 많을 거야. 당신과 보조를 맞추려면. 당신, 그리고 유럽과! 젠장, 너무 울컥하는걸! 괜찮겠어? 방금 주립 교도소에서 출소한 것 같아! 20년 형을 마치고!”

그들은 갑판을 빙빙 돌았다. 우현 쪽으로 길게 뻗은 공간은 갑판 의자와 파도가 높아지면서 창백한 초록색으로 낯빛이 변한 채 무릎 덮개로 꽁꽁 싸맨 승객들, 바람에 날리는 잡지들, 차를 마시고 남겨둔 잔들, 장난감 카트를 타고 돌아다니는 아이들로 정신없었다. 선미 쪽의 좁은 통로에선 바람이 덮쳐와 그들을 밀어냈고, 증기선이 푹 꺼지는 바람에 납처럼 무거운 팔다리로 몸을 숙인 채 힘겹게 위로 올라가야 했다. 그러나 그렇게 고생하는 동안 육지에 익숙해진 상상력을 뒤흔드는 배의 신비를 엿볼 수 있었다. 두 사람은 해치 쪽(누군가가 브라질 쿠거 여섯 마리를 그 아래 싣고 간다고 했다)을 내려다봤고, 후갑판과 조타실 쪽의 아찔한 공중 통로를 따라 감아 드는 어둠 속 한 가닥 빛줄기를 봤다. 뉴욕까지 길게 이어지는 항적의 마지막 희미한 흔적이 보였다.

그리고 위로 오르기에서 벗어나 바람에 밀려 모퉁이를 돌아서 의자와 느끼한 시선이 없어 홀가분한, 쌀쌀한 좌현을 따라 질주. 시속 8킬로미터로 흔들리며. 흡연실 문틈으로 담배 연기와 기분 좋은 맥주 냄새, 목청 좋은 미국인들의 소리가 흘러나왔다. 갑판 폭이 넓어지며 벽감(흰 페인트를 두껍게 칠하고 리벳을 줄지어 박은 두툼한 철벽)과 오후에 셀 수 없이 많은 샌드위치와 케이크와 컵과 찻주전자가 나오는 직원 창고의 문이 있는 곳. 어찌 된 일인지 제복을 입은 여승무원이 항상 남승무원과 이야기를 나누고 있는 중앙 계단으로 들어가는 이중문. 강철 창틀과 창문으로 들여다본 음악실에는 우울한 젊은-늙은 여인들이 어머니의 해외 나들이에 동행하여 잡지를 뒤적이고 있었다. 갑판이 트인 곳에서는 노란 난간과 갑판 불빛에 빛나는 하얀 지지대가 시커멓게 소용돌이치는 바다를 배경으로 더욱 밝게 보였다. 앞에는 항상 악보의 마디처럼 견고하며, 빛나는 콜타르로 이음매를 메운 목갑판이 길게 뻗어 있었다. 갑판, 배, 바다였다!

그리고 전방에 난간을 따라 선 사람들(유리창을 통해 한겨울의 대서양을 마주한 대담한 여행객들), 성가시게 갑판을 빙빙 도는 사람들이 지나갈 때면 재빨리 서로에게서 떨어지는 신혼부부들, 유산으로 신사 계급이 된 사람들이 거들먹거리며 지켜보는 것을 전혀 모른 채 아래 갑판의 방수포를 덮은 해치 옆에서 아코디언의 신나는 음악에 맞추어 춤추며 언 손가락을 호호 부는 삼등 선실 승객들이 질 낮다고 하는, 나이 들고 현자연하는 신사들.

그리고 더 빠른 걸음으로, 슬슬 걸어 다니는 사람들에게서 벗어나 해양 마라톤 경쟁자들의 틈바구니에 끼어 다시 한 바퀴. 더 빨리, 더 급하게 모퉁이를 가로질렀다. 몰아치는 바람보다, 기울어지는 갑판보다 더 힘차게. 홀로 선, 날씬하고 운동신경 좋은 여성을 따라잡고, 지나쳐서…….

"산책은 이렇게 해야지! 있잖아, 프랜. 나중에 호텔에서 벗어나 리비에라를 따라 도보 여행 같은 걸 하면 어떨까 싶어. 재미있지 않을까…… 여보!"

외알박이 안경을 번득이며 트위드 코트를 입은 남자를 따라잡긴 했지만 지나치지는 못했다. 샘과 프랜이 처음에는 혐오했지만, 사귄 사람 중에서 그가 가장 소박하고 다정한 사람임을 사흘 만에 알게 됐다.

항해의 동반자들, 이 바다의 사막 가운데 세운 용감한 마을의 이웃 주민들이 스쳐 가는 모습. 보자마자 싫어하게 되는, 먼저 무시당하지 않으려고 무시하는, 하지만 경계심 많은 육지에서 평생 알고 지낸 이웃보다 곧 더 잘 알게 되고 더 좋아하게 되고 더 오래 기억하게 되는 이들.

일주일간 지내는 영원한 고향. 여행이 선사하는 축복을 받아 감수성이 예민해진 덕분에 오랜 세월 서성인 곳들보다 더 익숙한 곳이 됐다. 구명보트에 묻은 그을음 하나하나, 흡연실의 의자 하나하나, 식당에 늘어선 식탁 하나하나 기쁜 마음으로 자세히 눈여겨보고 기억했다.

"기분이 정말 좋긴 하군." 샘이 말했다. 프랜도 말했다. "나도. 이렇게 함께 걸어본 지 정말 오래됐어! 계속 이렇게 지내자. 사람들에게 발목 잡히지 않을 거야. 하지만 이제 일어나 이니스프리호의 섬으로 가서 콩밭 아홉 이랑의 짐 풀기를 마쳐야지. 오, **왜** 그렇게 옷을 많이 가져왔을까! 옷 갈아입을 때 봐,

여보!"

만찬을 위해 샘이 먼저 옷을 차려입었다. 프랜은 꽤 오랜 대화 끝에, 처음 밖에 나와 먹는 저녁 식사에 옷을 차려입지 말아야 한다는 말은 미신이라고 판단했다. 샘은 승선 이후 첫 칵테일을 마시러 흡연실로 걸어가면서 말쑥하고 근사한, 여행 경험이 풍부한 사람 같은 기분이 들었다. 그리고 매우 외로웠다. 흡연실에는 서로 다 아는 듯 보이는 호감 가는 외모의 사람들이 가득했기 때문이다. 그런데 샘은 프랜 이외에는 배에 아는 사람이 없었다.

"이게 문제란 말이지. 터브와 해저드 박사와 나머지 친구들이 끔찍이 그리울 거라고." 샘이 중얼거렸다. "그 친구들도 함께 왔으면! 그러면 거의 완벽할 텐데."

샘은 반원형의 가죽 소파와 묵직한 탁자가 놓인 벽감 하나를 차지했다. 실내는 북적였고 축축한 바다 공기와 함께 밀려들어온 어깨가 떡 벌어진 영국인이 샘의 탁자 앞에 멈추더니 불쑥 물었다. "여기 앉아도 되겠소?"

영국인은 능숙하게 칵테일을 주문했다.

"잘 듣게, 승무원. 부스 진과 프랑스 베르무트를 반반씩 넣고, 오렌지 비터스를 네 방울만 넣게. 이탈리아 베르무트는 안 되네. 기억해. 이탈리아 베르무트는 안 돼." 영국인이 술을 들이켜는 동안 샘은 그에 대한 혐오를 즐겼다. 그는 네모난 머리가 달린 나무 우상처럼 완전히 무표정했고 얼굴색도 삼나무 우상 조각 같았다. '거만하기 짝이 없는 작자로군. 절대 상냥하게 굴지 않을 인간이야. 10년쯤 알고 지내기 전까지는. 뭐, 저자는 걱정할 것 없어! 나는 말을 걸지 않을 거니까! 저런 영국인은 어떻게 제대로 보지도 않고 상대를 주눅 들게 하고, 기를 죽이고, 타이도 제대로 못 맨 것처럼 느끼게 하는지 모르겠군! 음, 저자는…….'

영국인이 퉁명스럽게 말했다.

"2월 항해치곤 괜찮은 날씨군요."

"그런가요? 전 잘 모릅니다. 처음이라서요."

"정말입니까?"

"자주 다니는가보죠?"

"아, 한 스무 번째 될 겁니다. 지난 분쟁 중에 영국 전쟁 파견단에 있었거든요. 늘 여기저기 파견됐죠. 내 이름은 로커트입니다. 지금은 영국령 기아나에서 코코아를 경작하고 있어요. 거긴 참 덥죠! 런던에서 지낼 건가요?"

"그럴 것 같습니다. 당분간은요. 무기한 휴가 중이라."

샘은 사람을 사귀면 자랑을 하려는 것이 아니라 자신의 가치를 확인시키기 위해 자기 업적을 전부 이야기하고 싶어 하는 미국인 특유의 열망을 지녔다.

"자동차를 만들었습니다. 레벌레이션이요. 이제 그만두고 세상을 둘러볼 때라는 생각이 들었어요. 도즈워스라고 합니다."

"반갑군요." (대부분의 유럽인처럼 로커트는 모든 계급의 모든 미국인이 늘 "반갑군요"라고 말한다고 믿었고, 같은 인사를 받으리라 예상했다.) "레벌레이션이요? 아주 좋은 차지. 켄트에 한 대 갖고 있어요. 내 사촌은(본국에선 사촌과 함께 지내요) 정정한 퇴역 장군이죠. 사촌이 자동차를 아주 좋아해요. 놀랍게 오래된 모터바이크를 타고 요란하게 돌아다니죠. 아침 바람에 턱수염과 위엄을 휘날리면서. 사촌이 돌보는 거위와 부목사 들 때문에 엄청난 돈이 들어요. 사촌은 상식을 넘어서는 미국 찬양론자입니다. 나도 마찬가지고. 선생님 나라의 끔찍한 얼음냉수만 빼면. 칵테일 한 잔 더 하겠어요?"

이십 분 뒤, 샘과 클라이드 로커트 소령은 '노동이동'이 너무 높고, 야간에 전조등 불빛을 마주하고 운전하는 것은 바람직하지 않으며, 보비 존스는 골프 선수고, 자신들이 세상 물정에 밝고 기분 좋은 동행이라는 데 의견을 같이했다.

"많은 사람을 만날 겁니다. 이 배가 마음에 들어요. 오늘은 평생 최고의 날이에요. 물론 결혼식 날 다음으로 말이죠." 두 번째 만찬을 알리는 종이 날카롭게 울리고 어디서 뭘 하는지 알 수 없는 프랜을 데리러 나가면서 샘이 기분 좋게 말했다.

그의 선실에는 터브 피어슨이 보낸 전보가 기다리고 있었다.

좋은 여행
런던 내 조카 잭 스털링 꼭 만나
미국 대사관 조지언 하우스 거주
오픈 엔디드 스트레이트• 에서 올리지 마
함께 가고 싶네 터브

• 포커 게임에서 쓰는 용어.

샘은 프랜에게 로커트 소령을 소개할까 생각했다.

샘은 밖에서 만나 자랑스레 데려가는 사람들을 프랜이 어떻게 받아들일지 짐작할 수 없었다. 그가 강직하고 활기차다고 여기는 사업가들을 프랜은 종종 지루하다고 했다. 그가 우아하다고 생각하는 유럽 손님들을 두고 프랜은 "그다지 진짜는 아니더라"라고 했다. 그가 중요한 인물이지만 좀 어리바리하다고 의심쩍게 소개하는 사람들을 프랜은 멋지고 매우 섬세하다고 했다. 게다가 말로는 집이 샘의 안식처고 누구나 초대할 수 있는 곳으로 만들겠다면서도 프랜은 손님들에 관한 의견을 꼭 말해야 직성이 풀렸다. 손님들이 지루해지면 프랜은 "이제 자러 올라가도 될까요? 두통이 심하네요"라면서 자신 이외에는 아무도 속이지 못하는 밝고 다정한 말투로 이야기했고, 그 탓에 손님들은 흥이 식고 어색해졌다.

프랜은 로커트가 둔하다고 여길까?

두 사람이 저녁 식사 후 커피를 마시며 음악실에 앉아 있을 때, 비어 있는 구역에서 춤이 시작됐고 로커트가 어슬렁거리며 다가왔다.

"로커트 씨…… 아내입니다." 샘이 중얼거렸다.

고개 숙여 인사하고, 짧은 초대에 응해 자리에 앉는 로커트의 무신경함에는 변함이 없었지만, 샘은 그의 연한 파란색 눈동자가 빠르게 살아나며 마음에 든다는 듯 프랜을 살피는 것을 봤다. 프랜의 날씬한 몸만이 견딜 수 있는 로브 드 스틸•과 곱고 하얀 피부. 샘은 시가를 들고 기대앉아 두 사람이 대화하도록 했다. 그에게 최고의 대화는 자신이 화술을 발휘하는 대화가 아니라 프랜을 즐겁게 하거나 샐쭉 토라진 상태에서 끌어내는 대화였다.

"미국에 오래 계셨나요, 로커트 씨?"

"이번엔 아닙니다. 영국령 기아나에서 살았는데(농장을 경영하죠) 위스키에 넣을 소다도 없고, 베란다의 의자에는 늘 뱀이 똬리를 틀고 있을 가능성이 있습니다. 아주 크고 줄무늬가 있는, 잘생기고 친근한 녀석이죠. 그래도 익숙해지지는 않아요."

로커트는 샘을 향한 거리감 있는 친절이나 제니스 남자들이 열여덟 살이 넘은 플래퍼 같은 여자 모두에게 보여주는 지루한 의무감 없이 집중하며, 매력적인 여성과 함께할 때의 적극성과 여성에 대한 진정한 간절함을 드러내며 이야기했고, 그 덕분에 프랜은 기분이 좋아지고 열의를 느끼면서도 수줍어하는 듯했다. 처음에 프랜은 냉랭하게 예의를 갖추며 로커트를 봤다. "샘이 늘 끌고 다니는 잘난 사업가가 또 납셨네." 그랬던 프랜은 로커트에게 집중했고, 샘을 잊고 아이처럼 중얼거렸다.

"끔찍하네요. 하지만 참 흥미진진해요! 저도 때로는 멋진 줄무늬뱀을 보게 되면 좋겠군요! 앉아서 조간신문이나 읽는 일보다 신나는 게 없는 미국의 견실하고 안전한 도시가 지긋지긋하거든요. 뱀을 찾으러 나설까봐요!"

"동양으로 갑니까?"

● 1920년대 유행한 이브닝드레스로, 꼭 맞는 상의에 풍성한 치맛자락이 달렸다.

"모르겠어요. 그거 멋지지 않아요? 런던 이후로는 아무 계획도 없거든요."

"런던에서 좀 지낼 건가요?"

"네, 미국인이 너무 많지 않다면요. 여행하는 미국인은 왜 그렇게 지겨운 걸까요? 저기 두 번째 탁자에 앉은 기분 나쁜 사람들 좀 보세요. 아뇨, 기둥 바로 뒤에. 뿔테 안경을 쓴 아버지는 쿨리지 대통령이나 금주법 이야기를 하고 있을 테고, 문화를 좇아 집에서 지은 외투를 입고 나온 진지한 어머니는 너무 엄숙하고, 쇠줄 긁는 소리를 내는 딸까지. 대체 왜 그런 거죠?"

"그럼 당신 같은 미국인들, 멋진 분들은 어째서 영국인보다 더 속물인가요?"

프랜이 놀라 숨을 들이쉬었고 샘은 벼락이 떨어지기를 기다렸지만, 아무 일도 없었다. 로커트는 침착하고 쾌활했고, 프랜은 놀랍게도 로커트의 단언에 당혹스러운 표정으로 이렇게 말하며 굴복했다. "우리가 정말 그런가요?"

"끔찍할 정도죠! 자기 인종(이든 종족이든 민족이든 뭐라고 하든지)을 싫어하는 사람들, 자신 같은 사람들에게서 벗어나려고 여행하고, 그들에 대해서 혐오하는 말만 하고, 그들에게 속하지 않는 걸 좋아하는 부류는 딱 둘뿐입니다. 미국인과 유대인이죠!"

"어머, 그만둬요. 바보 같은 말이군요! 전 자랑스러워요. 아뇨! 그러네요. 약간은 그래요. 그 말이 맞아요. 왜 그럴까요?"

"미국을 지지하는 자들이 반대쪽 극단으로 너무 많이 가기 때문인 듯합니다. '신의 나라'라는 둥……."

"하지만 그런 표현은 이제 안 쓰는걸요."

"그런가요? 어쨌든. '지구상에서 가장 위대한 국가'라느니 '우리는 승전했다'라느니. 게다가 끔찍한 도시 홍보 순방과 엘크스회 회원 대회…… 부인 같은 사람들은 이렇게 외쳐대는 걸 싫어하죠. 그리고 영국인이, 미국식 표현을 빌리자면 '뭔가 속임수를 쓰는' 것도 있다고 생각해요……."

"저라면 그런 표현은 **절대** 쓰지 않을 거예요!"

"가만히 앉아 아무 말 없이 우리가 세상에서 가장 고결하고 올바른 사람인 척하니까요. 사람이든 국가든 용감하고 자기중심적이라서 아주 오랫동안 그렇게 고결하고 올바른 척할 수 있다면, 거의 모두 기정사실로 받아들이게 될 겁니다. 거참, 영국인이 미국인보다 본질적으로 더 견디기 어려워요."

"하지만 영국인은 그런 말을 요란하게 하지 않죠." 프랜이 생각에 잠겨 말했다.

샘은 이 대화가 그다지 즐겁지 않았다.

"그럴 겁니다." 로커트가 말했다. "하지만 영국인이 '그렇게 떠들지 말게, 친구!'라고 할 때의 작고 고른 음성보다 더 요란한 소리가 있을까요. 그 목소리가 물리적으로는 1미터까지만 들릴지 모르지만, 영적으로는 천국까지 울려 퍼질 겁니다! 게다가 저도 듣게 될 겁니다. 식민지 사람이 됐으니까요. 제 사촌은(부군께는 이야기했습니다만) 모터 달린 탈것에 광적인 사람이죠. 켄트에서 그 사촌과 함께 지냅니다. 그 사촌도 제게 잘해주면서 부드럽게 비난할 겁니다. 점잖은 노인인데도 말이죠. 헌던 장군이라고."

"장군이신 헌던 **경**이요? 이탈리아에서 차를 모는?" 프랜이 물었다.

"네, 아시다시피 제 존경하는 증조부께서 면화 사업에 성공하셔서 작위를 받으셨죠."

"그럼 참 자랑스럽겠군요! 그래서 그렇게 즐겁게 겸손할 수 있군요. 사촌이 귀족이라고 밝힐 때 미국인처럼 전율을 느끼셨죠. 그건 뻥…… 아니, 터무니없는 소리예요. 미국인만 작위를 진지하게 받아들인다는 영국인들의 주장 말이에요. 당신도 사촌이 '경'이라고 하면서 똑같이 만족하잖아요."

"매력적인 미국 여성이 그를 '경'이라고 부를 때만큼 만족스럽죠!"

프랜은 로커트의 단조로운 무례 앞에서 속수무책인 듯했다. 무례를 당하면서도 즐기는 듯했다. 프랜이 인정했다. "그런 것 같네요." 그러더니 두 사람은 마주 보고 미소를 지었다.

"진심으로 하는 말인데요. 부인이 저보다 더 영국인처럼 될 겁니다. 1년만 거기서 지내면 말이죠. 전 남미와 콜로라도, 실론을 떠돌아다녀서 부랑자나 다름없어요. 정글 들쥐가 됐죠." 로커트가 말했다.

"정말로 그렇게…… 제가 영국인처럼 되리라고 생각하시나요?"

프랜이 방어벽을 내리고 솔직하게 말했다. 언제나 철벽을 치는 그녀가.

"그럼요. 그런데 이번 춤을 함께 춰도 될까요?"

그렇게 각진, 가장 좋아하는 양고기 촙스테이크처럼 딱딱하고 우아한 구석은 없어 보이던 로커트가 편안하게 춤췄다. 샘은 부루퉁한 표정으로 의자에 앉아 그들을 봤다.

"프랜이 벌써 놀아줄 상대를 사귀다니 다행이군." 샘이 고집스레 중얼거렸다.

그리고 사흘 만에 프랜에겐 '놀아주고' 춤추고 토론할, 갑판에서 '나 잡아봐라' 하며 뛰어다닐 남자가 열둘은 더 생겼다. 하지만 프랜의 보호자 역할을 맡아 새로 알게 된 사람들을 하나씩 살피고 부끄러움 없이 그들을 평가하는 건 늘 로커트였다. 프랜은 로커트가 넘겨짚는 것에 어쩔 수 없이 화를 냈고, 그가 상냥하되 성의 없이 사과하면 배에 비치된 가운을 껴입고 갑판에 앉아 몇 시간씩 말다툼하기를 즐겼다. 그리고 로커트와 프랜이 둘 다 개를 좋아한다면서 털이 빳빳한 테리어에 대한 이야기를 나눌 때, 샘은 똑똑한 딸을 둔 아버지처럼 편안히 기대앉아 대화를 경청했다.

프랜은 몇 년 전보다 더 명랑하고 다정하게 샘을 대하곤 했다. 그리고 샘 같은 제조사 회장에게 어울리는 태평함은 날마다 놀라운, 이름 모를 감정으로 분해됐다.

제6장

바다에서의 마지막 날(이튿날 정오 사우샘프턴에 도착할 예정이었다) 얼티마호에는 크리스마스이브 같은 기분 좋은 흥분과 기대, 웃음이 가득했다. 도즈워스 부부가 저녁 식사 전 칵테일을 마시러 흡연실에 올라오자 선내 모두와 친한 로커트가 가운데 둥근 탁자로 모아들인 여남은 명이 환영했다.

참 기분 좋은 사람들이지! 샘은 환히 웃었다. 그들과의 여행은 참으로 즐거웠다. 무신경하고 수다스러운 영국인 모험가 로커트, 덴버 출신의 유쾌하고 저속한 유대인 모자 상인(그는 배 안에서 가장 약삭빠른 사람이었다), 피아니스트 레친츠키, 콘스탄티노플 대사관의 미군 담당관 엔덜리 대령, 본명은 궨덜린 앨코바라는 성녀 같은 영화배우 샐리 올리리, 친절하고 사색적인 아시리아 전공 학자인 노교수 디킨스, 노르웨이의 비행기 조종사 막스 리스타드, 뉴욕의 은행가 피어스 패티슨.

"어서 와요. 늦었군요!" "여기 앉으세요. 제 자리는 있으니까." "기다렸어요!" 사람들이 외쳤다. 그들은 대학 동창처럼 다정하고, 질투도 차별도 없었다.

유대인 상인에게 두 가지(당연히 그의 민족에게 불리한) 새 이야깃거리가 있었고, 그들은 무리를 지어 식당으로 흘러 들어갔다.

얼티마호 선장의 만찬은 항해 마지막 날 밤에 열렸고 대단히 성대했다. 식당은 주홍빛으로 장식됐고, 승무원들은 붉은 사냥용 외투를 차려입었으며, 여객선 측에서 샴페인을 제공했다. 금주법 찬성자들도 이 평온한 일주일간 맺은 우정을 지키고자 미소를 지었다. 탁자마다 모인 사람들이 건배하고 고개를 숙이며 인사했고, 매사에 적정선을 넘는 시애틀 건설업자는 색종이 조각을 던졌지만, 그날 밤만큼은 아무도 술김에 달아오른 그의 인류애에 개의치 않았다. 시카고에서 태어나 900만 달러와 성 두 채, 아름답게 광을 낸 남편의 일부를 소유하고, 1년에 두 차례 규칙적으로 대서양을 건너고 살면서 너무 귀족적이라 친구라곤 고용인밖에 없는 밸 몬티크 백작 부인조차 그날 밤에는 지나가는 사람들에게 유쾌한 표정을 지어 보였다. 그리고 빗자루 같은 턱수염이 난 노선장이 식당을 돌아다니며 사람들의 어깨를 두드리곤 껄껄 웃어댔다. "아버지와 또 바다를 건너는군, 응?"

그들 모두를 향해 샘은 미묘하게 떨리는 감정을 느꼈다. 분명 술에 취한 건 아니었지만, 칵테일 두 잔, 샴페인 반병, 코냑 두어 잔을 마시고 나자 평소의 경계심과 타인에 대한 무관심에서 벗어날 수 있었다. 처음에는 사람들의 즐거움에 흥분을 느꼈다. 그리고 직장과 집안과 학식 따위가 중요하다는 고집에서 벗어나 순수한 우정 속에서 기뻐하는 경우가 그렇게 드물다는 사실에 그들 모두와 자신이 가엾게 느껴졌다. 샘에게 그들은 신이 나서 놀지만 곧 지친 어른이 되어야 할 아이들 같았다. 온 세상의 라크리마이 레룸●을 조금 느꼈다. 샘은 불붙은 아이스크림 접시를 나르는 웨이터들에게서 느껴지는 자부심(그들이 항해 중 중요하고 아름답고 사람들 눈에 띄는 단 한순간이기에)에 울고 싶어졌다. 신혼여행이 그렇게 아름답지도, 바다가 그렇게 편안하지도 않다는 사실을 잠시 잊은 추레한 소도시 신부의 모습에 울고 싶어졌다. 그리고 프랜이 어딘가 떠나기만 하면 젊음을 되찾으리라 기대한다는 사실 역시 가련하게 느껴졌다.

그러는 내내 샘은 되도록 감상에 빠지지 않는 얼굴을 했다. 그는 인생의 여정을 걸어가는 크고 근엄한 남자였다.

그것이 그 여행의 대무도회였다. 종이 초롱 때문에 희한하게도 우현 갑판이 오래전 샘이 프랜을 만난 케네푸스 카누 클럽의 베란다처럼 보였다. 하지만 샘은 프랜에게 그 이야기를 하지 않았다. 그럴 수 없었다. 이렇게만 말했다. "당신을 흠모해! 금색이 섞인 상아색 드레스를 입으니 대단히 근사하군." 사실 샘에겐 감상적인 이야기를 할 겨를이 거의 없었다.

● 라틴어로 '불행해서 흘리는 눈물, 인생의 비극'이라는 뜻이다.

선상의 어떤 여성도 프랜만큼 파트너가 많지 않았다. 춤을 그렇게 미끄러지듯 추는 사람은 확실히 없었다. 로커트는 프랜에게 항상 소유욕을 드러냈고 샘에게 이렇게 잘라 말했다.
"원한다면 주말에 헌던 경의 집에 초대하고 싶습니다. 런던을 좀 안내하고 싶어서. 클래리지 호텔에서 식사하죠."

샘은 로커트가 정말로 그런 일을 할지 확신이 서지 않았다. 로커트는 사람을 사귈 때처럼 잊어버리는 것도 빠르지 않을까 싶었다. 그래도 그의 초대 덕분에 런던이 덜 낯설게 느껴졌다. 그리고 미국 대사관에서 근무하는 터브 피어슨의 조카와 런던 레벨레이션 대리점의 점장인 허드도 물론 있었다. 지인들이 있었다!

샘은 고혹적인 영화배우 샐리 올리리에게 과감히 춤을 청하기도 했다.

"이쪽 방면으로는 소질이 없어서." 증기선이 흔들리자 오르막에서 춤추느라 애쓰던 샘이 중얼거렸다. "젊은이와 춤추셔야겠군요."

"바보 같은 소리! 당신은 멋진 파트너예요. 당신은 남자잖아요. 저 지골로•인지 뭔지 하는 작자들이 아니고. 당신에게 저렇게 예쁜 부인이 없었다면 내가 그 멋지고 넓은 가슴에 안겨 할리우드로 가서 귀여운 미용실 카우보이를 두엇 죽여 달라고 했을걸요!"

• 돈 많고 나이 많은 여자에게 붙어사는 남자.

샘은 그 말이 진심이라고 믿고 기뻤다. 예민해진 감수성과 세상의 고독을 깨닫고 느낀 아쉬움이 들뜬 행복감 속에서 사라졌다. 프랜에게 춤이 거칠다고 지적당해도 샘은 웃어넘겼다. 프랜은 항상 샘의 동작이 둔하다며 적절하게 지적하고, 더 능숙하게 춤추는 남자들과 섬세하고 정확하게 비교함으로써 우월한 위치를 차지하는 재주가 있었다. 하지만 그날 샘은 웃으며 대답했다. "난 니진스키가 아니야. 하지만 너무 즐거워서 그런 소릴 들어도 화가 나지 않는군!" 샘은 다시 프랜을 가차 없이 빙빙 돌렸다. 긴 갑판을 미끄러지듯 내려갔다가 프랜을 이끌고 제자리로 돌아왔다.

그리고 프랜이 더는 와인이 필요 없다고 했을 때, 샘이 신나서 흡연실로 쳐들어가자 자리마다 가득한 흥에 겨운 사람들이 그를 맞이했다. "어서 와서 앉아요!"

그들은 샘을 좋아했다! 샘은 거물이었다! 레벌레이션의 회장으로서가 아니라 그 자신으로서! 어떤 곳에서도!

샘은 정말로 자리를 잡았다. 다정함이 주는 환희에 겨워 이 자리 저 자리로 돌아다녔고…… 앞이 조금 어른거리고, 조금 어지러웠지만…… 하지만 그들, 승객 전원, 모두가 샘에게 최고의 동행이었다……. 그래도 조심하는 게 좋았다. 샘은 약간 취했다……. 하지만 그들은 정말 **좋은** 사람들이었고…….

샘은 술을 깨려고 갑판으로 나갔다. 휘청거리며 구명정 갑판으로 갔다. 그리고 가만히 섰고, 높아진, 열고 명징한 황홀감 속에서 떠들썩한 흥분은 사라졌다.

흔들리는 파도와 미끄러지는 선체에서 보낸 그날들이 지

나고, 저 멀리 **육지에**, 불빛이 가만히 있었다. 샘은 확실히 보일 때까지 기다렸다. 그렇다! 그건 불빛을 흔드는 등대였다. 그들은 해냈다. 그들은 모험을 이뤄냈고, 앞이 안 보이는 망망대해를 건넜고, 불모의 머나먼 바다를 지나 영국에 도착했다. 샘은 그 불빛이 비숍 록에 있는 건지, 영국 본토에 있는 건지 알지 못했다(항상 그랬다). 하지만 샘의 자유로워진 상상력은 북쪽의 어둠 속에서 영국을 보았다. 어머니의 나라 영국! 그의 조상들의 땅. 미국의 소년에게 진정한 군주였던 왕들, 찰스 1세와 헨리 8세와 빅토리아 여왕의 땅. 온갖 혼란스러운 프랑스나 독일의 통치자가 아니라. 제대로 철들지 않은 새미 도즈워스에게 리처드 1세가 말을 탔고, 검은 게으름뱅이가 아이반호를 구하러 말을 달렸으며, 올리버 트위스트가 어두운 골목을 돌아다녔고, 폴스타프•의 쩌렁쩌렁한 웃음소리가 경건한 이들을 괴롭히고, 폰데리보 아저씨••가 담배를 피우며 사람들과 어울리고, 주드가 해 질 녘 황무지를 돌아다니고, 졸리언•••이 인간의 일생보다 더 긴 영원 속에서 고요한 눈빛으로 앉아 있는 땅. 그리고 샘의 친족들이(정확한 촌수는 잊었지만), 먼 친척들이 윌트셔와 더럼에 살았다. 그런데 배에 탄 모두가 모터보트를 타면 삼십 분 만에 상륙할 수 있었다! 어쩌면 그곳 바로 옆에 도시가 있을 것 같았다. 그는 《펀

• 윌리엄 셰익스피어의 역사극 《헨리 4세》의 등장인물.

•• 허버트 조지 웰스(1866~1946)의 소설 《토노-번지》의 등장인물.

••• 존 골즈워디(1867~1933)의 소설 《포사이트가 연대기》의 등장인물.

치》와 《일러스트레이티드 런던 뉴스》의 사진에서, 어린 시절 봤던 크루크섕크의 삽화에서 그곳을 봤다.

바닷가의 소도시, 앞쪽이 납작한 집들이 초승달 모양으로 모여 있고, 술집에는 황동을 입힌 문이 달려 있고, 농촌 쪽으로 가면 높다랗게 자란 울타리 사이를 이륜마차가 끽끽거리며 푸른 시골 마을을 향해 달렸다. 로마인들이 세운 토루가 있는 흰 언덕을 향해 흰 수염을 기른, 정글과 인도의 군주들과 공작새가 울어대던 잃어버린 신전을 통치하던 예전 식민지 총독 곁에서 책 읽는 것밖에 모르는 교구 목사가 헉헉거리며 올라가는 모습이 눈에 선했다.

어머니의 땅 영국! 고향!

샘은 프랜에게 달려갔다. 그 감정을 프랜과 나눠야 했다. 그녀에게 적당한 동행이 되어주고 자신보다 나은 남자들을 방해하지 않기 위해 열심히 단련했지만, 샘은 춤추는 무리에서 멀찌감치 떨어져 로커트와 단둘이 있는 프랜을 향해 추종자들을 뚫고 다가갔다. 샘은 프랜의 어깨를 잡고 말했다. "저 앞에 불빛이 보여! 이제 다 왔어! 맨 위 갑판으로 나가자. 까짓것, 외투 따위 신경 쓸 것 없어! 잠깐 보기만 하면 돼!"

샘은 고집스럽게 프랜을 데리고 나왔고, 유쾌한 로커트 소령의 보호자 노릇 없이 그녀와 단둘이서 구명정 옆에 꼭 붙어 섰다. 그리고 정장 재킷을 프랜에게 걸쳐주고 셔츠 바람으로, 명랑하게 깜빡이며 그들을 맞이하는 불빛을 바라봤다.

그들이 오 분 동안 다정한 시간을 낭만적으로 보내자 로커트가 감기에 걸리겠다면서 차분하게 따라 나왔다……. 켄트에 가보면 감탄할 거라고 했고…… 도즈워스에게 같은 가게에서 부츠와 승마화를 주문하는 실수를 저질러서는 안 된다고도 했다.

런던의 냄새는 안개, 숯, 석탄 난로의 냄새지만, 어떤 방랑자에게 그것은 봄의 산기슭이나 쌀쌀한 가을밤의 달콤한 냄새보다 더 큰 기쁨을 주고, 생명의 위대함과 활력을 느끼게 한다. 그리고 사람들이 오리노코강의 썩는 듯한 냄새 속에서, 남부 시카고의 기름 악취 속에서, 메뚜기가 가득한 앨버타의 밀밭 속 뜨거운 흙먼지 냄새 속에서 그리워하는 그 뚜렷한 냄새, 도시 가운데 검은 거인이 뿜어내는 유혹적인 입김이 사우샘프턴까지 날아와 여행객을 맞이한다. 샘은 불안한 마음으로 안절부절 그 냄새를 맡으면서 사람들의 발목과 잡지와 로터리 클럽 배지, 성직자 복장, 그 밖에도 여행을 재미있게 만드는 온갖 세세한 것을 관찰할 수 있는 기다란 통로가 있는 열차가 아닌, 영국의 칸막이 객차가 참 이상하다고 생각했다.

게다가 좌석 뒤에 풍경 액자를 걸어둔 것도 이상했다. 문 옆에 손잡이가 있는 것도. 손끝에 닿는 자수 실크 덮개는 너무 거칠고 안쪽의 가죽은 너무 매끄럽고 차가웠다. 그리고 이 좌석이 미국 호화 침대칸의 딱딱한 의자보다 편안하다는 것은 더욱 이상했다. 그리고 밖을 내다보니 눈 쌓인 들판이 아니라 봄날처럼 푸른 풀밭을 희미한 2월의 햇볕이 내리쬐고 있었다. 잘라낸 버드나무와 이엉을 올린 지붕, 절반은 목재로 지은 건물 정면…….

꼭 그림 같은! 영국!

해외여행을 해본 적 없는 사람들이 대부분 그렇듯 샘은 이 '외국의 풍광'이 실제로 존재한다고 내심 믿지 않았었다. 인간이 제니스 외곽의 앞마당과 이렇게 다른 환경에서 정말로 살 수 있다는 사실도, 유럽이 베누스베르크 같은 신화가 아닌 존재라는 사실도 믿지 않았었다. 하지만 그곳이 실제로 눈에 보이자 샘은 오랜 세월 자동차를 만드는 데 헌신했던 것만큼이나 열정적으로 파악하기에 나섰다.

제7장

샘은 부르릉거리며 달려드는 거대한 붉은 버스, 템스강 옆 웨스트민스터 첨탑들의 광경, 칼턴 하우스 테라스의 하얗고 높다란 주택들보다 오후 배달을 나온 우유 수레가 반가웠고, 런던에 왔다는 믿을 수 없는 사실을 실감했다. 값진 유리병을 가득 실은 트럭 대신 조랑말이 끄는, 커다란 황동 우유통을 하나 실은 엉성하고 작은 수레 말이다.

"저건 정말 구식이군!" 샘은 매우 흡족해하며 택시 안에서 중얼거렸다.

그들은 버클리 호텔에서 묵을 계획이었지만, 샘이 접수계 앞에서 최대한 크고, 무심하고, 여행 경험이 많아 보이는 모습으로 아무렇지 않게 "스위트룸으로 주시오"라고 말하자 직원은 "정말 죄송합니다, 선생님. 만실입니다"라고 답했다.

"하지만 전보로 예약했는데!" 프랜이 잘라 말했다.

"그러고 보니 전보 보내는 걸 잊어버렸군." 샘은 프랜이 자기 아이인 양 변명하듯 직원을 보며 무례를 사과했다.

프랜은 화가 나서 씩씩거렸지만, 사람들 앞에서 남편과 싸운 적은 없었다.

"사보이에 가보시죠, 선생님. 아니면 리츠나. 피커딜리를 건너가시면 바로 있습니다." 직원이 제안했다.

두 사람은 거절당해 풀이 죽은 채 짐을 내리려고 기다리던 택시로 돌아갔고, 차에 타고 나자 프랜이 입을 열었다.

"당신이 전보 부치는 것쯤은 기억할 줄 알았어. 배에서 할 일이 전혀 없었잖아. 술 마시는 것 말고는! 짐 싸는 건 내가 다 했으니. 샘, 당신이 이따금 조금이라도 날 배려한다면, 집안일이나 여행 준비를 완전히 내게 맡기지 않는다고 해도 거창한 사업만 생각하는 당신의 머리에 해로울 건 없다는 걸 알긴 해? 정말 너무했어. 그리고 세관이니 뭐니 지금 너무 피곤하다고."

"젠장! 유럽 티켓은 당신이 가진 줄 알았지. 우리 여권도 당신이……."

"아니, 당신 비서가 갖고 있었어! 그 점에서도 당신이 잘한 것 없다고 봐, 여보!"

리츠 호텔에서 내리기 전까지 부부 싸움을 할 시간은 그 정도뿐이었지만, 프랜은 내내 순교자인 척 짜증을 부릴 수 있었다. 리츠도 거의 다 차서 다음 날까지 스위트룸을 받을 수 없었기 때문이다. 그날 밤, 프랜은 고작 더블베드와 개별 욕실이 딸린 객실을 견뎌야 했다.

"런던에서 지내는 내내 짐을 싸고, 풀고, 옮기고, 또 풀고 해야 할 것 같아! 이 방 꼴이라니! 오, 당신이 잊지 말았어야지."

샘의 커다란 얼굴에서 즐거움은 죄다 사라지고 없었다. 그는 프랜의 팔을 꽉 쥐고 으르렁거렸다. "제발 그만하면 됐어! 당신도 부끄러운 줄 알아. 나는 늘 아니라고, 당신에게조차 아니라고 하지만 당신도 바가지를 긁는 마누라가 되기도 해! 당신이 싫어하는 딱 그런 마누라! 이보다 더 좋은 방에서 묵어본 적 없고, 내일은 스위트룸을 준다고 하고, 오늘 저녁에는 칫솔 말고는 짐을 풀 필요도 없어. 만찬용 복장도 필요 없다고. 당신이 이런 식으로 힘들다고, 괴롭다고, 비극이라고 난리를 치면 속이 울렁거려. 당신이 피곤하고 긴장해서 그러는 거 알지만, 주위 사람들까지 죄다 피곤하고 지치게 만들지 않을 순 없는 거야?"

"당신은 침착하다는, 우월한 남자답게 침착하다는 증거로 꼭 나한테 고함쳐야 해? 그리고 꼭 내 팔을 부러뜨려야 하냐고? 난 바가지 안 긁어! 그런 적 없다고! 하지만 자기가 세세한 것 하나까지 잊은 적 없는 훌륭한 중역이라고 떠벌리는 당신이……."

"그런 소린 한 적 없어!"

"전보를 잊어버리더니 어찌나 잘나셨는지 미안하다는 소리도 안 한다는 사실이……."

"프랜!" 샘이 프랜을 팔로 감싸고는 창가로 이끌었다. "저 아래를 봐! 피커딜리잖아! 런던이라고! 당신만큼 나도 이곳을 보고 싶었어. 지금 꼭 싸워야겠어? 당신이 유럽에서 돌아온 후, 내가 당신을 처음 만났던 날 저녁에 여기 함께 오자고 한 거 기억해? 그래서 왔잖아. 함…… 아, 너무 감상적인 소리군. 하지만 우리 조상이 살던 영국에 당신과 함께 오니…….”

“미안해. 내가 못되게 굴었어. 미안해.” 그러더니 프랜이 웃었다. “하지만 내 조상은 여기 살지 않았어! 내가 존경하는 조상들은 초록색 반바지를 입고 바이에른의 산속을 뛰어다니면서 요들송을 불렀지. 아마 기회만 되면 그분들은 당신 조상들과 싸웠을 거야!”

그렇지만 프랜의 웃음은 그다지 설득력이 없었다. 행복으로 온전히 돌아간 게 아니었다. 프랜은 작은 가방을 풀고 욕실에 드나들면서 좀 외롭게, 기죽은 투로 말했다.

“마찬가지야, 여보. 당신도 나를 항상 배려하진 않아. 미국의 남편들은 그러지 않거든. 당신이 더 심한 건 아니지만, 똑같아. 사업과 골프 말고는 아무것도 생각하지 않지. 당신이 꽃을 보내는 걸 기억하거나 의외의 순간에 전화를 걸어 사랑한다고 말해주면, 여자는, 가련하고 어리석은 여자는 새 차를 사주는 것보다 훨씬 더 기뻐한다는 생각은 못 하지. 내가 바가지 긁는다고 생각하지 마. 전에는 그랬을지 모르지만, 지금은 아니야. 정말로! 우리가 정말로 함께 행복하길 원해! 그리고 이제 당신이 사업 생각을 안 해도 되니까 나를 좀 알아가면 좋지 않을까? 난 사실 꽤 좋은 사람이야!”

“좋은? 오, 이런!”

긴 키스 후 프랜은 더욱 명랑해졌고 샘은…… 샘은 배려하는 남편이 되려고 노력하느라 매우 바빠졌다.

그리고 프랜은 만찬을 위해 차려입지 않아도 돼서 다행이라면서 저녁에 입을 옷을 꺼냈다.

저녁때가 되어가고 있었다. 샘은 프랜을 위해 런던에서의 신나는 첫 밤을 만들어야 했다. 미국의 남편 대부분이 그렇듯이 샘은 누군가를 초대하는 게 가장 좋은 방법이라고 여겼다. 되도록 자신보다 조금 젊고 활기찬 사람을.

로커트 소령?

오, 빌어먹을 로커트 소령!

그자는 배에서 너무 많이 봤다. 게다가 그가 기차의 그들 칸으로 잘난 체하며 어슬렁어슬렁 들어와서 《그래픽》지와 《태틀러》지를 쥐여주던 태도라니, 동전을 혼동하면 안 된다고 설명하던 태도라니. 그래도 로커트는 샘보다 여섯 살쯤 젊었고 바카라 게임과 파리 플라주 축제, 프랜이 중요하게 여기는 것들에 관해 지껄일 수 있었으며…….

"저녁 식사에 누굴 데려가자, 여보." 샘이 말했다. "그다음에 공연을 보든가. 어때? 로커트를 부를까?"

"어머, 아니!"

샘은 기뻤다. 하지만 프랜이 이렇게 덧붙이자 기쁨이 확 줄었다. "그 사람은 우리한테 참 친절했고 도움을 많이 줬으니 고국에서의 첫날 저녁에는 성가시게 하면 안 돼. 미국 대사관에 있다는 터브의 조카, 스탈링이란 사람은 어때?"

"물어볼게."

대사관은 닫혀 있었고, 그의 숙소 문지기인 덩거가 스탈링 씨는 이 주 동안 리비에라에 갔다고 알려줬다.

"어릴 때 만난 사람 중에 기억나는 사람 있어?" 샘이 물었다.

"아니, 없어. 그리고 여긴 친척도 없고. 모두 독일에 있지.

참, 세월이 그렇게 흘렀는데 우리 가족은 괜찮은 영국 백작 친척 하나 내게 못 만들어주다니!"

"레벨레이션 대리점의 허드는 어때? 제니스에 왔을 때 우리 집에도 들렀던 것 같은데?"

"아, 그 사람은 끔찍해. 완전히 깡패 같아. 런던 대리점에는 선량한 영국인을 둬도 될 텐데, 허드 같은 미국인을 어쩌다 보낸 거야? 어머, 그 사람에게 우리가 온다는 말 하지 말라는 거 잊었어? 난 그렇게 등을 두드려대는 끔찍한 영업자들에게 '회장님 부인' 노릇은 안 할 거야!"

"거참, 허드는 아주 좋은 친구야! 거만하고, 어릴 적 시어스-로벅 백화점 카탈로그에서 속옷 광고를 찾아보던 때 이후로 책은 한 권도 안 읽었을 것 같지만, 영업 능력은 대단하다고. 아주 재미있는 이야기도 많이 알고, 런던에서 제일 좋은 레스토랑도 알 거야."

프랜은 마음이 누그러져 어머니처럼 혹은 적어도 누나처럼 샘을 위로했다. "그 사람을 정말로 보고 싶구나? 그럼, 좋아. 아무튼 그 사람을 부르자."

"아니, 이건 당신 파티야. 당신이 좋아하는 사람을 부르고 싶어. 허드를 만날 시간은 많으니까. 내일 찾아가든가 하지."

"아냐, 정말이야. 허드 씨를 불러도 좋겠어. 그렇게 나쁘진 않았어. 내가 너무 부풀려 말했지. 그래, 그 사람에게 전화해. 그렇게 해줘! 당신이 만나는 걸 내가 막는다면 미안해질 거야. 그리고 회사를 위해서도 그렇게 해야지. 그 사람이 유닛에서 전보를 받았을지도 모르잖아."

"음, 그러지. 그 친구가 못 나온다면 엔덜리 대령과 그 부인에게 물어보면 어떨까? 배에서 꽤 좋은 사람들이었고, 오늘 밤 약속이 없을지도 모르지. 아니면 비행기 조종사 리스타드?"

"훌륭해."

허드의 사무실은 문을 닫은 뒤였다.

허드의 집 주소는 전화번호부에 없었다.

엔덜리 대령 부부는 사보이에 없었다.

막스 리스타드는 귀가 전이었다.

그렇다면 누구?

몇백만 명의 미국인 남편이, 샌프란시스코부터 스톡홀름에 이르는 몇백만 개의 호텔 침대 끄트머리에 앉아 동정심 없는 전화기에 대고 한숨을 쉬면서 "오, 안 들어왔습니까?"라고 말한 뒤 전화번호부를 뒤지다가 또다시 한숨을 쉬고 "오, 안 들어왔습니까?"라고 말했을까. 어여쁜 아내의 놀이 상대를 찾아서. 아내들은 담담히 앉아 경청하고는 단 한 번도 "하지만 다른 사람은 필요 없어! 우리 둘이면 됐잖아?"라고 말하지 않는데.

제2의 신혼여행을 조력자 없이 헤쳐나가야 하는 상황에 조금 우울한 상태로, 둘은 호텔에서 식사하고 극장에 갔다. 택시 안에서 샘은 공연히 소심해졌다. 폭력에 대한 두려움도, 죽음의 위협도 없었지만, 그 낯선 땅에서 무능하고 어리석어진 듯했고, 프랜과 이 확신에 찬 외국인들에게 무시당하는 느낌이 들었다. 외로움에 대한 두려움, 제니스에서처럼 자신감을 되찾지 못할 수도 있다는 두려움. 샘은 런던에 줄지어 늘어선 근엄한 건물들, 요란한 광장과 신문 가판대로 떠들썩한 모퉁이들, 어디로 가는지 알 수 없어 짜증스러운 거리들을 배경으로 자신의 클럽, 사무실, 소중하지만 갑갑한 집을 보았다. 그리고 뉴욕의 어떤 떠들썩한 차일즈 레스토랑 지점보다 커 보이는 굉장한 레스토랑도. 모든 것이 일본 장난감 정원처럼 작고 빽빽하고 소박하리라 예상했던 땅이기에 짜증스러웠다.

그리고 택시 기사가 샘의 발음을 알아듣지 못해서 호텔 짐꾼에게 극장 이름을 알려달라고 부탁해야 했다. 그러면 그 친구에게 팁을 얼마나 줘야 하나? 프랜에게 조언을 구할 수 없었다. 호텔 예약 전보를 잊은 데 대한 보상으로 샘은 활달하고 능숙하게 움직이고 있었다. 프랜이 의지할 수 있는 사람, 새로운 환경에서 우월함을 보고 더욱 사랑하게 될 사람이 되기 위해서. 아, 샘은 그녀를 그 어느 때보다 더 사랑했다. 사랑할 시간도 생겼으니!

그리고 반 크라운(보자. 그건 거의 정확히 50센트가 아닌가?)과 플로린•을 혼동하지 말라는 말은 무엇이었던가? 어째서 로커트는 가버렸고, 온갖 잔소리를 해서 더욱 혼란스럽게 만드

• 예전에 영국에서 사용하던 동전으로, 지금의 10펜스에 해당한다.

는 걸까? 빌어먹을 로커트. 좋은 친구이긴 하지만, 끔찍이 친절한 사람이지만, 그는 샘이 무슨 옷을 입고 무슨 말을 해야 하는지 알려주는 고상한 가이드가 없으면 점잖은 영국 사회에서 무시당하는 어린아이라는 듯 취급했다. 샘은 로커트의 도움 없이도 상당한 규모의 회사 회장이 되지 않았는가!

샘은 극장에서 더욱 버려진 느낌이 들었다.

배우들이 하는 말의 3분의 2는 알아듣지 못했다. 샘은 영국 영어와 미국 영어는 하나라는 믿음을 갖고 자랐다. 하지만 "저런, 아직 화장실에 있는 거야?"를 영국 사투리로 발음하면 제니스 사람이 어떻게 알아들을 수 있을까?

대체 무슨 소리지? 연극 내용이 뭐야? 미국에, 심지어 공장이나 고층 빌딩이 옥수수밭에서 불어오는 선선한 바람과 그다지 멀지 않은 제니스처럼 중서부의 건전한 정신이 깃든 곳까지 미국이 지닌 위대함의 근간이 되는 가정생활에 엄청난 무질서가 비집고 들어왔다는 것을 샘도 알고 있었다. 지인 중에서도 샘의 사촌 제리 로링 같은 사람도 은행가로서 점잖은 경력을 쌓은 뒤 아무 여자나 만났고, 아내에게 연인이 생겨도 살려뒀다. 신께 맹세코 샘 도즈워즈 자신이 아내가 어떤 남자와 너무 **친한** 것을 알게 되면…….

아니, 샘은 아마 그러지 않을 것이다. 둘 다 죽이지는 않을 것이다. 프랜에게는 자기 삶을 살 권리가 있었다. 프랜, 저 날씬하고 빛나는 존재, 의류 트렁크에서 굳이 파낸 금빛 드레스를 입은 그녀는 샘보다 뛰어났다. 그녀는 신성한 존재였고, 샘은 촌뜨기였다. 싸늘하리만치 냉정한 주위 사람들에게 충격을 안기지만 않는다면, 샘은 프랜에게 간절히 키스하고 싶었다! 혹시라도 프랜이 다른 남자에게 눈길을 줄 수 **있다면**, 샘은 그녀는 놔두고…… 스스로 목숨을 끊을 터였다.

하지만 샘은 연극에 집중해야 했다. 교육받는 중이며, 그렇게 비싼 값을 치른 것을 생각하면.

샘은 그 연극이 터무니없다고 결론지었다. 미국에서는 이혼과 이혼의 찬양이 범죄에 가까울 만큼 흔했지만, 전통의 영국, 수백 년 동안 가정과 교회, 국왕을 받들어온 나라에서는 점잖은 모든 가치가 무너질 순 없었다! 하지만 그곳 무대에서는 영국 신사가 화학자의 점잖은 부인의 연인으로 등장하고, 그 화학자의 돈으로 차를 마시고 사랑을 나눌 수 없어져 함께 도피하지 않겠다고 해도 아무도 비난하지 않았다. 겉보기에 선량하고 정직한 영국 관객들은 오히려 웃음을 터뜨렸다.

프랜과 함께 로비를 걸어 나가면서 샘은 기이하고 싸늘한 당혹감을 느꼈다. 주위 사람들이 그에게 너무나 무관심했다. 제니스에서는 극장에만 가면 지인을 만났다. 뉴욕에서도 동창생이나 자동차 업계 사람을 만날 가능성이 있었다. 하지만 이곳에선…… 샘은 길 잃은 개가 된 느낌이었다. 대학교에 입학하던 날 같았다.

게다가 야회용 옷차림이 완전히 틀렸다는 것을 샘은 깨달았다.

두 사람은 별 대화 없이 잠자리에 들었다. 프랜이 이튿날 미국으로 돌아가는 증기선을 타자고 했다면 샘은 큰돈을 지불할 의향이 있었다. 과연 프랜이 무슨 생각인지 샘은 알 수 없었다. 케네푸스 카누 클럽에서 처음 사랑을 속삭인 밤 이후 프랜은 본질적인 자아를 미지 속으로 감췄다. 프랜은 유쾌했다. 지나치게 유쾌했다. 연극이 재미있었다고 너무 쉽게 말했다. 그리고 말하지 않고도, 자신과 샘 사이에는 먼 거리가 있으며, 샘은 자신의 성스럽고 자랑스러우며 열정적으로 가꾼 몸을 만질 수 없다는 뜻을 전했다. 짧은 굿나잇 키스만 예외였다. 샘에게 프랜은 극장에 모인 런던의 관객만큼 낯설었다. 그녀와 20년 넘게 살았다니 상상도 할 수 없었다. 그녀가 두 아이의 어머니라니 있을 수 없는 일 같았다. 그와 함께 여행하는 것이 그녀에게 조금이라도 의미가 있다니 그 역시 상상할 수 없었다. 그처럼 늙고 지치고 어쩔 줄 몰라 하는 남자와 그녀처럼 생기 넘치고 주름살 하나 없고 자신감 넘치는 여자라니.

그날 밤, 프랜은 마흔둘, 샘은 쉰하나가 아니었다. 그녀는 서른, 그는 예순이었다.

샘의 귀에 터브 피어슨의 우스갯소리와 개인 기사의 다정한 목소리, 속기사의 깍듯한 질문이 쟁쟁거렸다.

샘은 프랜도 잠들지 못하고 있으며, 베개에 얼굴을 파묻은 채 소리 죽여 울고 있음을 깨달았다.

그런데 두려워서 달래줄 수 없었다.

제8장

프랜이 오랜 세월에 걸쳐 고상하고 우월한 관습이라고 가르쳤는데도 샘은 침대에서 하는 아침 식사를 즐기지 못했다. 지저분하게 느껴졌다. 시트 사이에 꺼끌꺼끌한 토스트 가루가 떨어졌고, 잠옷에 꿀이 묻었고, 제대로 된 식탁 앞에 앉지 않으면 제대로 된 커피 한잔 즐길 수 없었다. 샘은 런던에서 맞는 첫날 아침에 프랜을 혼자 두기 싫었지만 배가 고팠다. 레스토랑으로 슬그머니 내려가기 전, 샘은 프랜이 제대로 아침을 먹도록 수선을 떨었다. 객실 담당 직원은 몹시 뚱한 표정으로 크림 대구와 훈제 청어를 들먹였다. 새뮤얼 도즈워스가 정치와 사륜 브레이크에 대해서는 제아무리 진보적이라고 해도 미국식 아침 식사에 관해서만큼은 정통파였으며, 프랜이 훈제 청어를 기꺼이 먹는 모습을 보고는 우울한 표정으로 크림 오브 휘트•를 먹으러 갔다.

아니, 프랜이 아침을 먹고 나서 말했다. 10시까지 침대에 누워 있을 거라고. 하지만 샘에게는 운동을 하라고 했다. 기분 좋게 산책이나 다녀오지 않겠냐고, 프랜이 지어 보인 미소는 당겼다 놓은 고무줄처럼 착 제자리로 돌아갔다.

샘은 기분 좋게 산책했다.

세인트 제임스 거리의 구식 가게들이 정겨웠다. 18세기의 온갖 멋쟁이와 시인을 지켜봤던 작은 창문이 딸린 벽돌 가게들. 창가에 고색창연한 실크해트와 헬멧을 진열한 모자 가게. 오래전 손으로 잡고 불어 만든 유리병이 놓인 와인 가게. 그 유물들 너머에는 아름답게 빛나는 엽총이 진열된 현대식 진열창이 있었다. 샘은 어쩐지 영국에는 그처럼 아름답게 빛나는 엽총이 없을 줄 알았다. 전망이 밝아졌다. 영국과 잘 지낼 수 있을 것 같았다.

하지만 안개가 자욱했고, 약간 낯설었으며, 그 잿빛 공기 속에서 팰맬에 늘어선 무심하고 하얀 클럽들을 보니 샘은 우울했다. 미국 은행인 개런티 트러스트사가 널찍한 창문 뒤에서 바쁘고 활기차게 움직이는 광경에는 마음이 놓였다. 거기 들어가서 인사하려고 했지만 그날 그곳을 찾아갈 구실이 떠오르지 않았다. 돈은 충분했고 우편물이 도착할 때도 아니었다. 젠장! 터브 피어슨의 재미있고 가벼운 편지, 심지어 유닛에서 보낸 까다로운 질문이 가득한 사업 서신이라도 오면 좋을 텐데. 이 전통적이고 무뚝뚝한 위엄의 도시 속에서 그를

● 뜨겁게 먹는 시리얼의 상표명.

완전히 무시하는 느긋하고 잘 차려입은 사람들 가운데 그가 중요한 사람이며 중요한 의미를 지녔음을 확인해줄 것이라면 무엇이라도.

다음 증기선으로 돌아갈…….

제니스에서 '새로운 연줄을 만들기'라고 부르는 활동을 하기에 샘은 너무 늦었다.

샘은 그들이 처음 유럽으로 갈 계획을 세우던 시절에는 어느 정도 설득력 있게 느껴졌던 프랜의 주장이, 좀 더 복잡하고 고상한 문명의 땅으로 떠나기만 하면 좀 더 열정적인 삶을 살 수 있으리라는 프랜의 믿음이, 뉴욕에만 가면 마술처럼 아름답고 영리하고 행복해지리라고 믿는 시골 소녀의 믿음만큼이나 철없는 것임을 깨달았다.

샘은 어디에 가나 익숙한 자신의 자아와 함께해야 하며, 그 자아가 제아무리 장밋빛일지라도 새로운 환경 앞에 버티고 있음을 며칠 동안 잊었다. 물론 샘의 자아는 선량했다. 샘은 그 자아를 좋아했다. 함께 일했으니까. 이런저런 것을 배울 수도 있을 듯했다. 하지만 이 낯선 환경에서 싸늘하게 식은 자아가 더 많은 것을 배울 것인가? 제니스의 조용한 서재에서, 혼자 하던 산책에서 솔직히 인생을 회계감사하며 배우는 것보다? 게다가 프랜이 배울 거라고 자신만만해하던 새로운 것은 대체 무엇인가?

그림? 엔진에 관해 지적으로 이야기할 수 있는데 그림에 관해 어눌하게 이야기할 까닭이 있을까? 언어? 할 말이 없는데 3개국어를 할 줄 아는 게 무슨 소용인가? 예절? 팰맬에서 스치던 잘난 귀족이나 공직자가 궁전에 으스대며 들어갈 수 있을지는 몰라도 샘은 궁전에 들어가고 싶지 않았다. 고작 왕이라 불릴 권리를 물려받은 사람보다는 유닛의 앨릭 키넌스가 더 존경스러웠다!

그렇다. 샘은 그 어느 때보다 더 샘 도즈워스다운 사람이 될 터였다. 유럽에서 스스로를 변명하지 않기로 했다. 프랜은 필시 이런저런 생각에 빠져들 것이다. 멋들어진 옷차림과 귀족 작위를 가진 이들의 모임에 들어가고 싶어 할 터였다. 오, 이런. 샘은 프랜을 좋아해서 아마 도와주겠지! 하지만 싸울 거다. 6개월 뒤에 프랜과 행복하게 집으로 돌아갈 생각이었다.

그렇다면!

샘은 이제 어떻게 해야 할지, 프랜에게 무엇을 시켜야 할지 알 수 있었다!

샘은 다시 행복해져서 런던 사람들을 친근하게, 부러움 없이, 거의 우월한 느낌으로 바라봤다. 그리고 자신이 쓴 모자가 간밤에 입은 옷만큼이나 잘못됐음을 깨달았다. 그것도 좋은 모자였고, 수입품이었다. 제니스의 허브 모자 가게가 미국에서 가장 멋진 모자라고 보증한 보르살리노였다. 하지만 너무 카우보이처럼 삐딱하게 미끄러졌다.

샘은 영국의 행인들에게 **그 자신**이 무엇을 입고 쓸지 지시받지 않겠다고 맹세하며 피커딜리 쪽으로 걸어가 기억해둔 모자 가게로 들어갔다. 한번 보기만 할 생각이었다. 그들이 그에게 뭐든 **사게** 할 수는 없다! 영국인은 미국인처럼 물건을 팔 줄 모르니까! 그래서 그는 가게에 들어갔다가 실내용

회색 펠트 모자와 야외용 갈색 모자, 중산모, 실크 이브닝 모자, 챙 달린 모자를 사서 나왔고, 시작하지 않으려던 유럽화를 시작한 스스로가 자랑스러웠다.

샘은 점심 식사에 허드를 불렀다. 레벌레이션 자동차사 런던 대리점의 점장 A. B. 허드는 영국에서 6년 동안 산 미국인이었다.

프랜은 허드와의 만남에 대해 꽤 상냥하게 반응했다. 호텔 측에서 그녀가 요구한 파란색과 금색으로 장식한 널찍한 응접실이 딸린 스위트룸을 내줬기 때문이다.

"어제는 좀 짜증스러웠어." 프랜이 샘에게 말했다. "외로운 느낌이 들었달까. 내가 못되게 굴었는데, 당신은 참 다정했어. 이제 착하게 행동할게."

하지만 허드가 들어왔을 때 프랜이 조금 지나치게 깍듯이 구는 건 어쩔 수 없었다.

허드는 둥근 얼굴에 뿔테 안경을 쓰고 목소리가 굵은 사람인데, 자기 행동거지와 말투가 너무 영국인 같아서 아무도 자신을 미국인으로 여길 리 없다고 믿었지만, 영국에서 50년을 산다 해도 미국인으로밖에 보이지 않을 사람이었다. 제니스 체육관에서 네 명에 한 명꼴로 마주치는 남자와 너무 비슷한 나머지 중서부 출신 여행자라면 허드를 보기만 해도 향수병에 걸릴 정도였고, 굵직하고 듣기 좋은, 굴절 없는 아이오와 억양의 목소리를 듣고 나면 향수병이 더욱 깊어졌다. 허드는 "모터 달린 배달 트럭들이 옮겨지고 있었습니다"라고 영국식 어휘를 써서 말하는 것을 자랑스러워했다. 하지만 급하면 미국식으로 말할 확률이 높아 보였다.

자신이 영국을 잘 알고 있으며, 처음 온 친구들을 도와줄 수 있다는 데 으쓱해진 그는 예전에 샘과 우아한 프랜에게 느낀 경외심을 그만 잃어버렸다.

스위트룸으로 들어온 허드가 악수를 한 뒤 외쳤다.

"세상에나, 두 분이 여길 오시다니 깃털에 맞고도 쓰러질 만큼 놀랐어요! 아니, 오신다고 말씀만 하셨으면 관악대를 동원해서 환영식을 했을 텐데! 와, 회장님, 우리가 유닛으로 들어간다니 슬플 지경이네요. 회장님처럼 견실한 분 밑에서 일하는 건 항상 큰 기쁨이었고, 우리는 모두 회장님도 유닛과 함께하길 바라고 있어요. 뭐, 영국에서 남은 옛날 시리즈 V를 밀어 넘기는 것도 아니니까요! 두 분이 무슨 계획을 하시는지 모르겠지만, 여기 영국에서 손님맞이에 관해 배운 게 하나 있다면……."

(A. B. 허드의 손님이 될 수도 있다는 말에 프랜이 흠칫 굳어버린 것을 허드가 알아차렸는지 샘은 궁금했다.)

"……미국인들처럼 신경 쓰지 않는 겁니다. 손님이 혼자 있고 싶어 하면 그냥 두는 거죠. 그럼 오늘 정오에 두 분 모두 사보이 그릴에서 저랑 점심을 드시죠. 그러니까 거기 웨이터들을 훈련시켜놓았고, 두 분을 보통 미국인처럼 대하지 말라고 말해두겠습니다. 전부 제가 영국인인 줄 알거든요. 제가 미국 놈이고 그게 자랑이라고 하면 농담인 줄 안다니까요. 그리고 내일 저녁에는 아내가 시골에서 돌아오니까(비컨스필드에 삽니다. 거기 땅이 거의 4000제곱미터는 된다니까요) 모두 함께 극장에 가죠. 영국 공연이 마음에 들 겁니다. 뉴욕의 깡패들 말고, 영국 영어를 할 줄 아는 진짜 고급 배우들이 나오죠. 그리고 다음 주말쯤에는 우리 집에 오셔서 지내세요. 차로 한 바퀴 돌면서 진짜 영국의 풍경을 보여드리지요. 그리고 진짜 영국인들도 좀 만나시고. 우리 집 근처에 진짜 높은 영국인이 살거든요. 실은 작위도 받은 분이랍니다. 윌키 앱설럼 경이라고, 유명한 변호사죠. 사모님께서 아주 좋아하실 겁니다, 회장님. 그분과 함께 골프도 자주 치거든요. 진짜 민주적인 사람이에요. 두 분을 영국인처럼 대해줄 겁니다!"

"제 **생각**에는요, 허드 씨." 프랜이 말했다. "그만 나가봐야 해서……." (정말이지 상냥한 말투였다. 다음 토요일에 해고할 하녀에게 하듯이.) "……계획은 가면서 이야기하죠. 이렇게 신경을 써주시다니 참 친절하지만, 앞으로 며칠 동안은 굉장히 바쁠 거예요. 불행히도 이미 예전 친구들에게서 주말 초대를 받았고(그러니까 결혼 전에 전 여기서 오래 살았거든요) 내일 저녁에는 밖에서 식사할 거예요. 하지만 그만 나가서 점심을 먹도록 해요. 샘과 허드 씨는 유닛 합병 건에 관해 이야기할 좋은 기회가 될 거예요. 제가 함께 있다는 건 잊어버리세요."

그러나 허드는 그것이 무슨 말인지 알아듣지 못했다.

"아이고! 사모님께서 여기서 사셨던 걸 잊기는 상당히 어렵죠! 하지만 저라면 진짜 순수하고 진정한 영국 생활을 겪어보고 싶을 겁니다. 그럼 그다음 주말에 내려와 보시죠. 우리가 버리지 않는 미국 것 중 한 가지는 진짜배기 중앙난방

입니다! 여기 대단한 저택 같지는 않지만 훨씬 편안하죠!"

"오, 그렇겠죠. 이제 가볼까요?"

샘은 속으로 분개했다. '프랜이 저렇게 거만하게 구는 건 참지 않겠어! 저 친구는 최대한 예의를 다하는데.' 그래서 샘은 허드만큼이나 열심히 외쳤다. "잠깐! 기다려, 프랜! 허드가 비싼 음식을 산다는데 칵테일을 먼저 대접하지 않을 수 없지. 여기서 잠시 집들이를 하자고."

샘은 단호한 발걸음으로 걸어가 웨이터를 부른 뒤 칵테일을 주문했다. 나중에 대가를 치러야 한다는 걸 알면서도 프랜의 번뜩이는 분노를 무시했다. 하지만 허드가 술을 마시며 "회장님 앞날을 위해 건배!"라고 하지는 않기를 바랐다.

허드는 그러지 않았다. 대신 이렇게 말했다. "흠, 원 샷 합시다! 하, 하, 하! 이렇게 미국식 건배사를 들은 지 1년은 된 것 같네요. 하지만 저처럼 영국에 오래 살아도 친근한 미국식 표현 몇 가지는 계속 쓰고 싶다니까요. 흠, 가서 식사하죠. 두 분이 여기 오시다니 정말로 좋네요. 자주 만나요."

프랜이 점심을 먹으며 무례한 말을 한 건 아니었다. 차라리 그랬더라면 나았을 것이다. 프랜은 그저 이맛살을 찌푸리고 괴로운 표정을 지었다. 다행히 허드는 신경 쓰지 않는 듯했다. 아마 프랜을 쳐다보지 않았을 것이다. 그는 프랜이 열아홉 살이 넘은 여자에겐 눈길도 안 준다고 비난하는 미국 남자였으니까.

허드는 지칠 줄 몰랐다. "두 분이 미국 음식도 드시고 싶을 것 같네요. 여기서 이렇게 오래 살고도 전 좀 먹고 싶거든요."
그는 껄껄 웃더니 조개수프와 프라이드치킨, 옥수수를 주문했다. "두 분은 이 도시에서 잘 지낼 겁니다." 허드가 말했다. "아주 좋은 사람들을 만날 거예요. 시티(월 스트리트에 해당하는 곳을 이렇게 부르죠)에선 회장님 이름을 아는 사람이 꽤 될 겁니다. 그리고 사모님은 이곳 부인들과 잘 지내실 것이고요. ……아, 그렇죠. 어릴 때 여기서 지내셨다고 했죠. 흠, 곧 다 기억나실 겁니다. 저보다 더 빨리 영국 생활에 적응하시겠군요. 그러니까 전 물 만난 오리처럼 적응했어요. 물론 100-퍼-센-트 미국인이지만, 전 영국의 방식이 좋습니다. 게다가 이 망할(실례합니다, 도즈워스 부인. 전 금주법에 반대하거든요) 영국 친구들이 미국에 대해서 놀려댈 때 곧바로 받아칠 수 없는 건 금주법뿐인 듯합니다. 그리고 이곳의 하인 급료는 그냥 놀랍지 않으세요? 그러니까 미국에선 주방 기술자들이 그렇게 받고도 일 하나 안 하는데! 이곳이 분명 마음에 드실 겁니다. 하지만 말이죠. 상류층 미국인들도 처음 이곳에 오면 많이 저지르는 실수를 하지 않도록 주의해야 합니다. 돈을 얼마나 버는지 절대 자랑하지 마시고……."

(필시 허드도 프랜이 화가 나서 말문이 막힌 걸 알아차렸다.)

"……영국인들은 그걸 젠체한다고 여기니까요. 물론 두 분이 그러실 거라는 말은 아닙니다. 하지만 진짜 점잖은 분들이 얼마나 많이 그러는지 알면 놀랄 겁니다. 그리고 물론 회장님 같은 사회적 지위가 있는 분들이 미국처럼 호텔 바에서 만나는 사람과 쉽게 말을 트면 안 된다는 말씀은 드릴 필요 없겠지요. 오, 그럼요. 두 분이 영국식을 더 빨리 따라잡으리라고 믿습니다. 흠, 말씀드렸다시피 두 분에게 방해가 될 생각은 없지만, 영국식 견해를 조금이나마 알려드리고 진짜 영국인 지인들을 소개할 수 있다면 기쁘겠습니다."

"정말 친절하시네요. 그리고 정말 좋은 점심 식사였어요." 프랜이 말했다. "하지만 이제 그만 가봐도 될까요? 미용실 예약에 조금 늦을 듯하네요."

거의 말없이 트래펄가 광장을 지나다가 샘이 프랜에게 외쳤다. "오, 그냥 **말하라고!**"

"그럴 필요가 있을까?"

"해버리는 게 낫지!"

"당신이 스스로 아주 잘 말하는 것 같네!"

"그래, 그래도 당할 건 빨리 당해야지. 나는 상상력이 풍부해서."

"그래? 정말 그렇다면 저 매력 만점에 도움이 되고 요령도 많은 A. B. 허드 씨를 나와 함께하는 점심 식사에 초대했을까? 굉장히 영국적인 그를 당신 혼자서 즐길 순 없었을까?"

"프랜, 당신이 그런 식으로 말한 사람은 너무 많아. 내가 잘 안 맞는 사람들을 모아들이는 바보라는 점을 고려하더라도……."

"내 사랑, 당신은 그런 사람이야. 그런데도 다들 당신이 충직하고 호의적인 사람이라고 칭찬하지!"

"그렇군. 그리고 허드가 자신에게 만족하는 것도 인정해. 또 관대하고 정직한 사람이지. 어릴 적에 가정교육을 별로 못 받은 사람일지는 몰라. 그리고 그건…… 아니, 잠깐만! 내가 무슨 이야기를 할지 모르잖아! 그 점은 우리가 오후 내내 다투는 동안 나도 인정했어. 당신은 계속 그 친구가 얼간이라고 하고 나는 그 친구가 친절한 마음을 갖고 있다고 할 뿐이지. 혹시라도 내 실수를 질책하는 즐거움을 좀 포기할 순 없어? 지금 우린 런던에 와서 자유로운 오후를 앞두고 있고 허드와 점심 먹는 일은 끝났잖아. 그렇게 꼭 부루퉁해야겠어?"

"부루퉁한 거 아니야! 다만 그런 일을 겪고도 활짝 웃기를 바랄 순 없어! 아냐, 상관없어." 프랜은 반쯤 미소를 지었다. "신경 쓰지 마. 여기서 곧 괜찮은 사람들을 만날 테니까. 아니, 허드도 괜찮다는 말은 하지 마. 어쩌면 그럴지도 모르지. 어쩌면 아내를 때리는 사람은 아닐지도 몰라. 그 사람의 놀이 친구 토핑엄 코언 경은 어느 살롱에서나 환영하는 사람일 거야. 오, 알았어, 샘. 빈정거리지 않을게. 다만 젠장, 젠장, 젠장, 시간을 그렇게 낭비하다니. 본드 거리에 가서 굉장히 비싼 물건을 잔뜩 사자."

리젠트 거리와 본드 거리를 오르내리며 두 시간 동안 쇼핑한 뒤 프랜은 마음이 넓어지고 젊어져 말이 많아졌고, 이렇게 외쳤다. "호텔로 돌아가자. 응접실이 정말 좋으니까. 그리고 우리 난롯가에 앉아서 차를 마시자."

응접실의 큰 탁자 위에 장미꽃 상자가 놓여 있었다.

"오, 당신이 오늘 아침 날 **생각했구나!**" 프랜이 기뻐했다.

샘은 그녀 생각은 했지만 꽃 생각은 못 했다. 로커트 소령이 보낸 것이었다.

"어머, 그건 중요하지 않아." 프랜은 확실히 중요하다는 어감으로 말했고, 프랜이 차와 함께 무슨 케이크를 먹고 싶어 할지 샘이 생각을 집중하는 사이에 로커트가 등장했다.

로커트는 오 분 전에 만난 사람처럼 말했다. "두 분이 어디 있는지 찾느라 클럽 전화기에 1실링은 썼네요. 도즈워스, 제 사촌이 당신의 유압식 브레이크는 완전히 틀렸다고 하는데, 주말에 그 사촌 집에 가보지 않겠어요? 아주 소박한 시골 오두막인데 사촌이 당신을 꼭 초대하고 싶대서. 아뇨, 아뇨, 차는 됐습니다. 가봐야 해요. 무례를 용서하세요. 장군의 미망인이, 아니 헌던 부인이 와서. 꼭 오세요."

"게다가 허드와 당신 친구 로커트는 본질적으로 다르지 않아. (오, 헌던 경의 집에 갈지는 모르겠어. 그 사람이 날 보고 싶어 할 이유가 없잖아. 그리고 하인이 마흔 명쯤 되는 저택일 거야.) 아, 로커트가 허드보다는 예의를 차려 말하지만 결국 둘 다 세련되지는 못했지. 둘 다 당신이 원하지 않는 일을 해주려고 들어. 터브 피어슨이 여기 있으면 좋겠군!" 샘이 불평했다.

"그렇겠지! 당연히 헌던의 집에 갈 거야. 그 사람이 장군이고 귀족이라서가 아니라…… 음, 그래. 그 사람이 장군이고 귀족이니까. 나에 대해 탐색해볼 재미있는 사실이네. 내가 속물일까? 멋지다! 그 질문에 분명하고 확실한 대답을 알 수 있다면 좋겠어."

제9장

로커트는 길고 호화로운 2인승 선빔을 직접 몰고 찾아왔다. 그는 셋이 타기에 충분하다고 했지만 샘은 좁다고 느꼈고, 회색 다람쥐 코트를 입고 작은 모자로 멋을 낸 프랜이 로커트의 어깨에 너무 기분 좋게 기대는 듯했다.

그런 점은 런던의 자욱한 연기를 벗어나 농촌의 겨울 햇볕을 향해 달리는 즐거움 속에서 잊었다. 잿빛 들판에 초록 새싹이 돋아나 희미한 안개를 뿜어내기 시작했고, 그 위로 빛나는 나뭇가지 속에서 떼까마귀들은 신이 났다. 소박한 찻집과 여인숙 간판('더 로즈 앤드 크라운', '더 그린 드래건', '더 페이스풀 프렌드')이 보이는 작은 마을들이 있었다. 그리고 농장의 초가집들, 홉 건조장들(마을 안의 등대 같은 건물은 뭔지 알 수 없었다), 어느 산마루에는 무너진 성이 펼쳐져 있었다. 샘이 처음 보는 성이!

말을 타고 겨루는 기사들. 흰색 비단옷을 입은, 신비하고 경이로운 일레인…… 아니, 흰색 비단옷을 입은 건 귀너비어가 아니었던가? 테니슨의 시를 다시 읽어야겠군. 노래하는 음유시인들을 거느리고 십자군 전쟁에 나가는 공작들……. 그게 뭐였지? 중세의 3현 악기 이름이? 나부끼는 깃발과 번쩍이는 천 개의 검. 이 동화 속의 이야기들은 정말로 있었던 일이다. 저기 무너진 탑이 있는 성벽 위에서! 바로 이 길을 따라가는 기사들의 대열은 샘에게 자동차보다 더 현실감 있게 느껴졌다. 프랜과 로커트의 대화가 지루해져서, 반가우면서도 어쩐지 서글프게 떠오르는 오래된 책의 삽화 같은 기억 속에서 그 대화의 가닥을 놓쳐버렸기 때문이다. 나머지 둘은 로드에서의 크리켓과 헐링엄에서의 폴로 이야기를 떠들고 있었다. 그들은 얼티마호에서 매일 저녁 바지 허릿단을 헐렁한 흰색 조끼의 벌어진 틈 사이로 좁다란 검정 스카프처럼 드러내고 만찬에 오던 가난하고 늙은 시골 은행원을 악의적으로 곱씹고 있었다. 그들의 거만함은 친절하고 늙은 은행원과 함께 샘도 차단해버렸다.

샘은 관광객이 보는 호텔과 극장뿐인 런던에서 벗어나 진짜 영국을 보고 싶었다. 도싯의 양치기, 섈퍼드의 면직 공장 직원, 브리스틀 항구의 석탄선 선장, 콘월의 광부, 케임브리지의 교수, 켄트 퍼브의 홉 따는 사람, 공작 영지의 저택. 하지만 그들은 프랜의 관심을 끌기에는 너무 지위가 낮거나 높았다. 프랜이 선택하지 않는 것을 볼 수는 있을까? 샘은 한숨이 나왔다.

샘은 좀처럼 믿기 힘든 심정으로 로커트에게 끌리는 프랜의 모습을 지켜봤다. 차를 마시는 자리에서 아주 사소한 장난에도 넘어가지 않던 그녀, 강연하러 온 영국인 소설가나 자동차 공장을 연구하는 젊은 이탈리아의 귀족 등 최고의 유명 인사가 보이는 관심에만 얼굴을 붉히고 표정이 부드러워지던 그녀가. 제니스에서 '목 애무'라고 부르던 한밤중의 밀회를 즐기는 여자들에게 짧고 냉랭한 무례로 일관하던 그녀가. 하지만 로커트는 무덤덤한 무뢰한 같은 짓으로 성적 접근을 향해 쳐놓은 프랜의 철벽을 깨뜨린 듯했다. 그렇게 까다롭고, 그렇게 예민한 프랜이 가장 오랜 친구를 대하듯이 로커트와 말다툼을 하고 웃어댔다.

"차를 너무 빨리 모는군요." 프랜이 말했다.

"운전 실력이 나만큼 안 되는 사람에겐 너무 빠르겠죠."

"어머, 정말요! 자동차경주에서 여러 번 우승했겠네!"

"했죠. 독일 포탄을 상대로. 아메리카에 가기 전에는 차량 수송부대에 있었습니다. 포탄 구멍이 가득하고, 가로등도 없는 길을 밤중에 시속 50킬로미터로 달렸어요. 늘 말했지만, 도즈워스 부인은 너무 미국인 같은 분입니다. 미국인은 세상 어느 나라 사람보다도 스스로를 잘 이해하지도 못하고 세계에 이해받지도 못하죠. 미국인은 잘하지 못한다고 여기는 온갖 것…… 서정시, 형식적인 예절, 탐욕의 절제 등에서 뛰어납니다. 그런데 미국인이 잘한다는 평판이 있는 것들, 고속운전, 항공기 조종, 사업의 효율성, 개척 같은 면에서는 너무나 소심하고 무능하죠. 뭐, 시기를 막론하고 영국이 10년 동안 캐나다와 아프리카, 오스트레일리아와 중국에서 한 개척이 미국이 20년간 이룬 개척보다 많으니까요. 그리고 아주 유럽적이라고 느끼는 부인은 너무나 전형적인 미국인이에요! 부인은 자신에 대해 참 귀엽게, 어린아이처럼 착각하고 있어요. 자신이 거만하고, 독립적이고, 이성적이고, 야심 있는 여성이라고 생각하지만, 사실은 마음이 따뜻하고 쉽게 현혹되죠. 그저 열심히 사는 젊은 여성이에요. 당신이 눈을 반짝이면서 뭐든지 쉽게 믿는 어린 조카딸 같은 짓을 안 하는 건 그저 수줍음이 많아서입니다."

"로커트 소령님, 각별히 주의하며 운전하는 동시에 각별히 너그럽게 남의 마음을 읽어내도 전혀 피곤하지 않은가보네요!"

하지만 샘은 프랜이 말투까지 못되게 만들지는 못했음을 깨달았다.

프랜은 로커트 쪽으로 몸을 완전히 돌리고 있었다. 샘이 "저기 멋진 옛 석조 교회가 있군"이라거나 "저게 흡 기둥인가 보군"이라고 중얼거릴 때 프랜은 관심도 보이지 않았다. 샘이 프랜의 손을 잡고 살짝 힘을 주며 영국의 시골 풍경을 함께 보고 있다고 말하고 싶었을 때도.

"어, 음……." 샘이 생각에 잠겼다.

그는 《픽윅 보고서》•와 명랑하고 기분 좋은 철학자들을 가득 태우고 시골에서 크리스마스를 보내러 언 길을 달려가는 마차를 떠올렸다.

• 찰스 디킨스(1812~1870)의 첫 번째 장편소설.

"멋지군!" 샘이 말했다.

그들은 점심을 먹으려고 마을 여인숙에 들렀다. 아치형 입구를 지나 마차 시절의 뜰로 차를 몰고 들어가자 샘은 주위를 둘러보며 만족해했다. 그는 아치형 입구 아래의 낮고 검은 문에 '커피 룸, 라운지, 술집'이라고 적힌 간판을 보고 기뻐했다.

그들은 픽윅의 주인공들이 바로 이런 여인숙에 들렀을 때 그런 것처럼 발을 구르고 팔을 흔들었다. 직전까지 샘을 무시하던 프랜이 미소를 지으며 흥분해서는 "여기 근사하지 않아, 샘? 당신이 원한 곳이네!"라면서 다시 알은체하고 마음을 따뜻하게 해줬다. 로커트가 골치 아픈 표정으로 까탈을 부리며 반대하는데도 프랜은 바에 들어가자고 우겼고, 진짜처럼 보이는 낮은 서까래와 검은 오크 패널, 체리처럼 붉은 타일 바닥으로 꾸며진 그곳에서 긴 나무 탁자를 사이에 두고 벤치에 앉아 샘과 로커트는 위스키로 몸을 덥히고 프랜은 주석 잔으로 맥주 300밀리리터를 홀짝였다. 샘은 나중에 여종업원을 통해 그 잔을 몰래 샀다가 파리에서 잃어버렸다.

식당으로 올라가는 계단에는 따뜻한 분위기의 진홍색 카펫이 깔려 있었다. 벽에는 워털루의 웰링턴, 달빛이 비치는 멜로즈 수도원, 정장한 왕자, 로체스터성 등 빅토리아 시대의 그림이 장식되어 있었다. 그리고 층계참에는 샘이 어릴 적 이후 처음 보는 진귀한 것들이 든 장식장이 있었다. 자바의 부채, 조각한 체스 말, 중국 동전, 오스트레일리아의 금덩어리.

식당 가운데에는 튜더 왕조를 상징하는 장미와 그 지역 백작의 화려한 문장이 새겨진 석조 벽난로가 있었다. 그 옆에 놓인 참나무 뷔페 탁자에는 커다란 은접시에 커다란 햄, 겉이 갈색으로 탄 송아지고기, 햄 파이, 구스베리 타르트가 차려져 있었다. 그리고 한쪽 식탁에서 여행객 두 명이 요크셔푸딩을 곁들인 로스트비프를 잔뜩 먹고 있었다.

"멋지군!" 샘이 기뻐했고, 그의 즐거움은 흐물거리는 채소와 암담한 미니 양배추를 먹는 동안에도 계속됐다.

세븐오크스를 지나자 로커트는 경적으로 신나는 나팔 소리를 내더니 외쳤다. "거의 다 왔어요! 영국의 저택에 오신 걸 환영합니다!"

그들은 담이 높고, 대문 창살 틈으로 사슴이 보이며, 소나무 숲 너머 비틀어진 튜더 양식의 굴뚝이 보이는 커다란 저택이 있는 영지에 도착했다.

'오, 이런. 여기인가?' 샘이 내심 생각했다. '끔찍할 거야! 하인이 열 명은 되겠군. 정말로 둥그런 반바지를 입을까? 팁은 누구에게 줘야 하지?'

하지만 차는 이 웅장한 광경을 지나쳐 붉은 벽돌로 이뤄진 작은 마을로 들어가 하이 거리에서 방향을 꺾어서는 울타리 사이 어둡고 울퉁불퉁한 골목길로 접어들더니 방이 열 개나 열두 개쯤 되는 아주 소박한 신축 주택 앞 진입로로 들어갔다. 런던에서 나오며 지나쳤던 수천 채의 집들과 마찬가지로 자전거, 장화, 좀 시들한 제라늄이 여기저기 흩어져 있는 유리문 딸린 현관이 있었다. 집 한쪽에는 테니스장과 정자, 뼈

대만 남은 장미 정원이 있었지만, 잔디밭으로 따지면 1000제곱미터도 안 됐다.

"조그만 집이라고 했잖아요." 로커트는 문 앞의 자갈을 튕겨내며 차를 세우면서 말했다.

집 안에서 요란한 소리가 났다. 문은 모자를 쓰고 앞치마를 두른 뻿뻿한 태도의 하녀가 열었지만, 그녀를 지나쳐 요란한 소리의 진원지, 작고 매우 마른, 뺨이 비현실적으로 분홍빛이고 콧수염은 비현실적으로 반듯하고 은색이며, 그렇게 작은 군인이 내는 소리라고는 믿을 수 없을 만큼 우렁찬, 열병식에 어울리는 목소리를 가진 남자가 나왔다.

"안녕하시오, 도즈워스 씨. 와주셔서 진심으로 반갑소!" 남자가 천둥 같은 소리로 외쳤고, 로커트가 중얼거렸다. "이분이 장군입니다."

모험을 찾던 샘에게 집의 외부가 충격이었다면, 응접실은 그가 원하는지 알지도 못하면서 원한 바로 그것이었다. 그곳은 확실한 '집'이었다. 대형 가구 공장과 '조화'와 '시대'에 관한 엄선된 관념을 지닌 젊은 여성 실내장식가 사이에서 괜찮은 거실로 일컬어지는, 새로 산 안전면도기처럼 반짝거리고 인간미 없는 제니스의 부유한 주택 대부분에는 존재하지 않는 아늑함이 있었다. 헌던의 집은 다행히도 같은 부류나 시대에 속하는 가구가 한 점도 없었지만, 가구 덮개와 벽난로, 황동 불쏘시개, 하얀 벽이 모두 잘 어울렸다. 구석의 둥근 탁자에는 장군이 받은 폴로 트로피, 골프 트로피, 인도 군대에서 준 트로피, 훈장 서너 개, 음흉한 눈초리의 시바 신상이 놓여 있었다. 그리고 낮은 창문을 통해 목초지와 버드나무가 에워싼 연못으로 연결되는 잿빛 정원이 보였다. 하녀가 오래되고 커다란 은제 찻주전자와 오래된 은제 그릇, 버터를 발라 높다랗게 쌓은 스콘, 샘이 처음 보는 버터 바른 얇은 빵을 실은 간식 카트를 밀고 들어왔다.

그들은 동료 군인들의 명예를 좀 훼손하는 헌던의 이야기를 들으며 차를 마시고, 골목길로 걸어 나가 당나귀들과 시달린 거위들이 풀을 뜯는 공유지를 가로지르고, 사탕이 든 병이 보이는 작은 진열창이 있는 목골조 가게들을 지나쳐 그 자체로 켄트 전역의 역사나 다름없는 15세기 회색 석조 교회 앞에 다다랐다. 탑은 사각형에 삐죽삐죽 튀어나온 문양이 있었고 영원히 버틸 것 같았다. 바닥에 돌을 깐 낮은 포치에는 교구 명부와 1190년 노르만족 질 드 피에르포르 이후 교구 목사의 이름들이 적혀 있었다. 신도석을 따라 세워진 기둥은 묵직한 석재였다. 벽에는 검은색과 붉은색으로 글귀를 적은 황동판이 걸려 있었다. 합창대석에는 로마 가톨릭 시절 오래된 돌로 만든 성수반과 켄트의 토스 시위클리를 기념하는 석판이 있었다. 이름과 화려한 문장 이외에는 여러 세대에 걸친 사제들의 발걸음에 전부 닳아 사라졌다.

헌던이 교회의 아름다움에 대해(여행객들, 특히 미국인 여행객들이 지붕 복원을 위해 기부하게 되어 있는 헌금함의 존재를 꽤 분명하게 알려주면서) 강의하던 중 사제가 들어왔다. 마흔다섯 살에 키가 크고, 구부정하고, 도수 높은 안경을 쓴 순수하고 열정적인 남자로, 옥스퍼드 억양이 너무 강해 샘은 "강렬하게 비율 좋은 아치"라는 말 말고는 아무것도 알아듣지 못했는데, 그것조차 이해에 큰 도움은 되지 않았다.

집으로 걸어가는데 시골집 창문을 통해 촛불이 보였다.

그들은 찌그러진 검은 모자와 헐렁한 검은 옷, 정교한 장갑과 구두를 신은, 뺨이 도자기 같은 자그마한 노파에게 인사를 하느라 걸음을 멈췄다. 헌던은 아무개 부인이라고 소개했는데…….

'하지만 이건 현실이 아니야! 허구라고! 이 모든 것, 마을과 사람들과 전부가 영국 소설인데, 그 안에 내가 들어온 거지! 제2장인데, 아름답군. 하지만 제20장이 궁금해. 결투라도 있을까? ……이곳의 삶이 더 편안하고 인간적이란 이유만으로 나는 더 동떨어진 느낌이야. 사무실과 이것저것 명령할 부하들에 너무 익숙해져서. 일을 그만두고 나니 나 자신(그리고 물론 프랜) 말고는 나를 바쁘게 만들 것이 하나도 없군. 이 사람들, 로커트와 헌던 경은 더 자신답게 살 수 있어. 그들은 영화에 나오는 성이나 큰 차고 없이도 만족하잖아. 나도 그걸 배워야 하는데. 아, 저 교회 구경은 즐거웠는데, 그래도 터브가 떠들어대지 않으니 외롭군.' 샘이 생각했다.

잡담을 나누는 프랜과 헌던의 뒤에서 로커트와 말없이 터덜터덜 걷고 있으니 샘은 마음속의 빛이 사라졌다.

그리고 헌던이 비위를 맞춰주는 말투로 이렇게 말하자 샘은 짜증이 났다. "저, 도즈워스 부인과 선생을 미국인이라고는 도저히 생각도 못 했을 거요. 식민지에서 한동안 살다 온 영국인 부부라고 생각했겠지."

샘은 유치하게 속으로 불평했다. '영국인이 생각하는 최고의 찬사겠지!'

하지만 헌던이 너무 다정해서 반감을 드러낼 수 없었다. 그 순간만큼은 무례와 활기찬 다툼이 더 좋게 느껴졌다. 헌던과 로커트가 감기와 그 밖의 질병을 막기 위해 저녁 식사 전에 마셔야 한다면서 권하는 위스키소다를 마시니 샘의 외로움과 알 수 없는 불안이 사라졌다. 침실(가장 붉고 가장 번쩍이는 황동으로 장식하고 난롯불이 요란하게 타는)로 올라가는 길에 샘이 조바심치며 생각했다. '난 노처녀처럼 까탈을 부리고 공상을 하고 변덕을 떨고 있어. 사무실에서는 심술부린 적이 없는데…… 심술을 심하게 부린 적이 없는데. 빈둥거리는 법을 배우기엔 너무 늙은 걸까? 아니야!' 그리고 방으로 들어가 하얀 실크 옷을 입은 프랜의 빛나는 모습에 또다시 놀라며 말했다. "오, 여보, 옛날 교회 이야기가 나왔으니 말인데, 당신은 저택의 귀부인처럼 그 석조 교회에 잘 어울렸어!"

"그리고 당신은 정말 당당하고 꼿꼿했어! 로커트와 장군은 상냥하지만…… 오, 근사한 석조상 같은 당신!"

그 따뜻하고 붉은 방에서 두 사람이 옷을 입으면서 따뜻하게 나눈 웃음과 애정을 샘은 몇 주 동안 기억했다. 로커트가 외풍이 들이치는 복도처럼 어딘가 싸늘한 방에서 혼자 옷을 갈아입을 거라고 생각하니 슬쩍 들던 질투심도 사라졌다.

제10장

저녁 식사에는 이웃만 함께했는데, 올스였나, 올디스였나, 앨리스였나, 홀이었나, 오였나, 호스였나 하는 사람과 그의 아내, 미혼 여동생이었다. 자세한 설명 없는 소개 방식에 영국인들이 집착한 덕분에 샘은 올스(이름이 그것이라면)의 직업을 알지 못했는데, 미국인에게는 낯선 사람의 직업이 그의 수입이나 사회주의에 대한 의견이나 금주법에 대한 생각이나 자동차 종류보다 더 중요한 문제다. 대화를 듣던 샘은 도중에 올스가 변호사라고, 투자은행 직원이라고, 극장 운영자라고, 작가라고, 국회의원이라고, 교수라고, 로마 유적과 자동차경주 도박을 좋아하는 은퇴한 상인이라고 짐작했다.

올스에겐 화젯거리가 가득했기 때문이다.

그리고 저녁 내내 샘은 올스 부인과 올스 양이 헛갈렸다.

그들은 똑같았다. 둘 다 키가 크고 말랐으며, 수줍고 유쾌하고 과묵하고, 양식도 시대도 모를 칙칙한 검은색 드레스를 입고 있었다. 그들의 소박하고 수수한 외모에 견주니 화려하게 움직이는 오른팔에 진주 팔찌를 하고 하얀 새틴 드레스를 입은 프랜은 극장의 스타였다. 게다가 그녀는 살짝 공격적이고 요구가 많기도 했다.

샘이 올스 부인(또는 올스 양일 수도 있다)을 소개받자 그녀가 말했다. "영국에 처음 오신 건가요? 오래 계시나요?"

반대로 올스 양(올스 부인이 아니었다면)을 소개받자 그녀가 중얼거렸다. "처음 뵙네요. 영국에서 얼마나 지내시나요? 처음 오신 걸로 알고 있어요."

샘이 기억하기로, 두 사람은 돌아갈 때까지 다른 말은 하지 않았다.

대신 헌던, 로커트, 프랜, 올스가 그들의 침묵을 채웠다. 장군은 경청해주는 관객을 좋아했고 프랜이 훌륭한 관객이라고 생각했다. 프랜은 수고할 가치가 있다고 생각하면 광대와 귀부인, 바람둥이 역을 동시에 맡을 수 있었다. 프랜은 헌던을 자극할 만큼만 불손하게 굴면서도 실제로는 그를 나폴레옹보다 위대하고 카사노바보다 멋지게 여긴다고 넌지시 암시했다. 그래서 장군은 빌헬름 황제, 은여우 교배, 마이클 알런의 《초록 모자》의 비현실성, 테니스에서 백핸드 스트로크를 모두 게을리하는 가증스러운 상황, 송어 요리법, 윈스턴 처칠의 실책, 로이드조지의 실책, 키치너 경의 실책, 램지 맥도널드의 실책, 버컨헤드 경의 실책, 덴마크 버터의 실책, 해외 이주와 개 먹이는 법에 대한 로커트의 견줄 데 없는 착각에 대해 굉장히 모순되는 의견을 외쳐댔다. 그것 이외에 장군은 거의 아무 말도 안 했다.

"이 나라의 문제는 '이 나라의 문제는……'이라는 소리를 하는 사람이 너무 많다는 겁니다. 그리고 나라를 통치해야 하는 우리 같은 사람 중에 '장군'이니 '대령'이니 '박사'니 하는 호칭에 방해받는 사람이 너무 많아요. 이름에 경칭이 붙어 있으면, 쾌활하고 민주적인 사람처럼 구느라 몰려드는 자들을 통제할 수가 없거든." 헌던이 말했다.

"미국으로 오시면 자유롭게 해드리죠." 프랜이 말했다. "팬지를 키우는 제임스 헌던 씨라고 소개하고, 저희 집사에게 장군께서 자유로운 전원생활을 좋아해 '지미'라고 불러주면 기뻐하실 거라고 하겠어요."

"부인, 부인의 집사가 절 뭐라고 부르든지 좋다고 해야 하는 겁니까? 사실 그 사람에게 그렇게 격식 차릴 것 없이 '휘핀스'라고 부르라고 하고 싶군요. 하지만 안타깝게도 내 이름은 제임스가 아닙니다."

"그리고 안타깝게도 우리 집에는 집사가 없어요. 샌티 타운에서 설교하느라 너무 바쁘지 않으면, 고맙게도 파티 때 우리 집에 와서 칵테일 만들기를 도와주는 유색인 신사가 있을 뿐이죠. 하지만 솔직히…… 제가 악취미인가요? 그게 아니라면, 각하라는 호칭이 사실 좀 기쁘지 않으세요?"

"오, 그 경칭은 내가 소위였을 때(돌아가신 친척을 애도하기 좋은 날은 아니군요. 아주 우울한 숙부님에게서 물려받았어요. 그전까지는 대령을 꾸짖을 수 없었지만) 어린 치기에 나름대로 써봤지만, 대령이 알아차리지 못했거든요. 작위를 물려받고 난 뒤에 대령이 내게 상관 노릇을 하려고 애쓰는 걸 보니 내가 대단하구나 싶었어요. 사실 대령이 어찌나 빳빳하게 구는지 병사들이 나를 좋아할 정도였다니까요. 하지만 물론 두 사람 같은 미국인은 넓은 초원을 돌아다니며 시시한 대결에서 승리할 생각 따위는 하지 않겠지요."

"그렇죠. 이분들은 소에게 구멍을 뚫느라 바쁘니까요." 로커트가 말했다. 올스가 물었다. "불운한 소에게 어떻게 구멍을 뚫는 거죠?"

"지금은 자동기계로 합니다." 로커트가 설명했다. "귀에 깔끔하게 작은 구멍을 뚫죠. 도즈워스 부인은 전문가예요. 여섯 마리의 귀에 동시에 구멍을 뚫죠. 미국 국가를 부르면서, 권총을 쏘면서."

"하지만 제 진짜 업적은……" 프랜이 잘라 말했다. "인디언들에게 총을 쏜 거죠. 다섯 살도 되기 전에 아홉 명을 쐈어요."

"맵시 있는 미국 여성들은 항상 머리 가죽으로 만든 허리띠를 한다는 게 사실입니까?" 헌던 경이 따져 물었다.

"아, 물론이죠. 영국 여성이 정원 파티에 미니 양배추 부케를 가지고 가는 것만큼이나 **꼭 지키는 관습**이니까요."

'거참, 별스럽게 말하는군!' 샘은 짜증이 났다. '일리 있는 말을 못 하겠으면 어째서 입을 다물지 않는 거지? 아니, '소금 좀 주세요'라든가 '1톤에 얼마면 됩니까?'란 말 말고 말을 할 필요가 뭐가 있나? 이 사람들이 진지할 때가 있긴 한가?'

문득 그들은 진지해졌고 샘은 더욱 불편해졌다.

"도즈워스 씨, 어째서 미국은 소련을 인정하지 않는 겁니까?" 올스(또는 호스)가 물었다.

"거야, 음…… 그들의 선전에 반대하니까요."

"하지만 미국 정책에 책임을 지는 건 누굽니까? 국회입니까, 외무부입니까?"

"정확히 기억이 안 나는군요."

샘은 미국과 러시아의 관계에 대한 정보가 전혀 없다는 생각이 들었다. 러시아 내 자동차 판매에 관한 협의가 있었다는 희미한 기억뿐이었다. 그들이 연합군의 전쟁 부채와 일본에 대한 미국의 태도에 대해 물었을 때도 샘은 똑같이 얼버무렸다.

'내가 늙기 시작한 건가?' 샘은 궁금했다. '전에는 온갖 것을 다 알았는데. 지난 5년 동안 자동차 파는 것과 골프 치는 것 말고는 아무 생각 없이 산 것 같군.'

샘은 자신이 늙었다는 느낌을 받았다. 프랜과 헌던이 사자 사냥에 대해 장난스러운 논쟁을 시작하자 점점 더 늙은이가 되는 느낌이었다. 프랜이 그렇게 상상력을 발휘할 수 있다는 걸 샘은 몰랐다. 그곳에서 프랜은 늙은 사자를 반려동물로 키웠다는 터무니없는 이야기를 하고 있었다. 샘이 어느 추운 밤 성질을 내며 녀석을 아래층으로 걷어찼다는 이야기, 가엾은 사자가 호전적인 검은 고양이에게 쫓겨 거리를 내달리다가 동물원의 우리에 넣어달라며 울었다는 이야기. (제니스에는 동물원이 없는데도 말이다!)

늙었어! 게다가 소외됐다. 허튼소리든 강경파 토리당원이라고 주장하기 이십 분 전에 자신이 사회주의자라고 열렬히 주장하던 헌던이 이끄는 광산 국유화에 관한 토론이든 샘은 그들의 이야기에 참여할 수 없었다. 샘 자신이 중요한, 이끄는 위치가 아닌 대화는 참 오랜만이었다. 제니스의 저녁 식사에서 스트라빈스키나 알제리 여행 이야기를 할 때 자신이 권위자가 아니라는 생각이 들면 대화 주제는 곧 자동차와 '사업 조건'이라는 수수께끼로 돌아가게 마련이었고, 그러면 샘은 모든 토론을 끝내곤 했다.

샘은 별안간 불안해졌다.

이튿날 아침 교회로 걸어가는데, 샘은 마치 몸집이 작아진 상냥한 할머니에게 느끼는 소중함과 비슷한 감정이 그 켄트의 마을에서도 느껴졌다. 그리고 교회 건너편에 레벌레이션 차가 세워진 것을 보고는 자신이 중요한 인물임을 다시 확신했다. 하지만 아침기도회에 모인 고상하고 신실한 신도들이 예의를 갖춘 관심을 드러내면서 셀룰로이드 덮개를 씌운 한 기도서 너머로 흘깃거리는 가운데, 샘은 다시 불안을 느꼈다. 그는 늙고, 둔하고, 무식했다. 그는 이 전통적이고 차분한 곳에서 달아나 런던이 부여하는 익명성과 방어막이 되어주는 소란 속으로 가고 싶었다.

교회가 끝나고 점심을 먹기 전, 그들은 마을 마구간의 거칠지만 튼튼한 말을 탔다. 올스 부인은 프랜에게 낡아빠진 승마복을 빌려줬다. 주황색 빵모자를 쓴 프랜은 불량하고 명랑해 보였다. 평소의 긴장한, 매끈한 모습이 아니라 명랑해 보였다. 그들은 마을에서 시작해 들판과 숲을 지나 노스 다운스의 산등성이까지 말을 탔다.

프랜은 전직 마부였다가 런던 사투리의 억양이 영국 신사의 숨결로 인정받는 제니스에서 신사 교사 겸 훈련사가 된 영국인에게서 몇 년 동안 일주일에 두 번 승마를 배웠다. 프랜은 날씬하고 꼿꼿한 몸매로 기갑부대의 젊은 기사처럼 늙은 말을 탔다. 로커트와 헌던 경은 어느 때보다도 프랜을 우러러봤고, 그녀가 자기들 중 하나라는 듯 더욱 쾌활하게 말을 건넸다.

샘에게 승마는 소년 시절 방학에나 하던 성가신 활동이었다. 말에 관해서는 비행기에 관해서만큼이나 자신감이 있었다. 그는 말에 타면 땅에서 무시무시할 정도로 높은 곳에 있다는 느낌을 떨칠 수 없었다. 다리가 약한 헌던은 샘과 함께 느리게 말을 몰았다. 갑자기 로커트와 프랜이 그들을 버리고 다운스 꼭대기의 상쾌한 평원을 달리기 시작했다.

"함께 가고 싶지 않아요? 나는 오늘 다리가 별로 안 좋아서." 헌던이 말했다.

"네, 뒤따라가렵니다." 샘이 한숨을 쉬었다.

십오 분 뒤, 프랜과 로커트가 돌아왔다. 프랜은 웃고 있었다. 빵모자를 벗어서 머리가 흐트러져 있었다.

"도망가서 미안해. 하지만 공기가 너무 상쾌해서 꼭 달리고 싶었어!" 프랜이 샘에게 외치며 말했다. "어머, 혼자 두고 갔네. 불쌍해라!"

돌아오는 내내 프랜은 샘 곁에서 말을 몰며 위로하려고 들었다.

한 달 전, 샘은 연약한 프랜을 보호해야 한다고 느꼈었다. 그때 샘은 숨이 가빴고 동지가 있었으며…… 지금은 로커트를 돌아보며 부르는 프랜이 자기 때문에 지루해한다는 것을 의식했다.

무엇보다 샘이 가장 불안했던 건 그날 오후 의회 진보당의 새로운 희망이 된 프랜시스 우스턴 경의 시골 별장인 우프턴 홀로 차를 마시러 자동차를 타고 갔을 때였다. 그곳(너무나 압도적이라 샘은 숨을 흡 들이쉬었다)은 샘이 경계했던 큰 저택이었다. 느릅나무가 늘어선 긴 진입로를 1.6킬로미터쯤 달려가자 법원처럼 장중한, 높다란 팔라디오풍 기둥으로 장식한 건물 정면이 나왔고, 한쪽 끝에는 거친 석조로 지은 부속 건물이 있었다. "저기가 오래된 부분이에요. 저 석조 건물은 1480년쯤 지었지." 헌던이 말했다.

정면에는 수탉, 초승달, 피라미드 모양으로 깎아놓은 사이프러스 나무와 옛 이탈리아의 와인 주전자 모양의 석재로 가장자리를 두른 테라스가 있었다. 오른쪽, 테니스장 두 곳 뒤에는 겨울의 옅은 녹색 잔디밭이 800미터쯤 펼쳐져 거친 목초지로 연결됐다. 그 거대한 저택 주위에는 참새와 멀리서 까옥거리는 까마귀 소리 말고는 정적이 내려앉아 있었다. 그 순간 샘에게 롱아일랜드와 시카고 위쪽의 노스 쇼어에서 본 백만장자의 별장들(튜더 왕조의 성, 이탈리아의 저택, 프랑스의 고성, 거대한 버넌산, 우러러보며 살짝 탐냈던 저택들)은 오래되고 평범한 목초지 옆에 들어선 새 공장처럼 날것으로 느껴졌다.

그들은 조각한 스투코 벽에 태피스트리로 장식한 드넓은 입구와 호두나무 계단 발치의 높다란 이탈리아제 촛대를 지나 교회처럼 천장이 높고 훨씬 더 소리가 울려대는, 참나무 세공으로 장식한 응접실로 이끌려 갔다. 그다음 샘이 기억하는 것은 혼란과 왁자지껄함뿐이었다. 우선 차를 마시러 온 사람이 쉰 명은 됐다. 화려한 경칭과 활달한 태도를 가진 사람들, 그에게 너무나 다정해서 미워하고 싶어도 그럴 수 없는 사람들이었다. 샘은 그들이 전부 무슨 이야기를 하는지 알 수 없었다. 그들은 배우인 듯한 시빌• 이야기를 했고, 낸시와 F. E.•• 와 직스•••와 윈스턴과 P. M.••••이라고 일컫는 (샘의 짐작에) 정치인들 이야기를 했다. 한 남자는 그랜드 내셔널이라는 것을 언급했는데, 샘은 그것이 은행인지 보험사인지 호텔인지 알 수 없었다.

정체를 전혀 알 수 없는 부인이 "H. G.의 최근작을 봤나요?"라고 물을 때 샘이 뭐라고 할 수 있을까?

"아직 못 봤습니다." 샘이 지적으로 대답했지만, H. G.가 누구인지 무엇인지 배우지 못했다.

그리고 울긋불긋하게 차려입은 사람들 무리 속에서 외로움

• 《시빌》은 벤저민 디즈레일리(1804~1881)의 소설로, 영국 노동계급의 고통을 다룬다.

•• 영국의 보수당 정치인인 프레더릭 에드윈 스미스(1872~1930)를 말한다.

••• 영국의 보수당 정치인인 윌리엄 조인슨-힉스(1865~1932)의 별명이다.

•••• 영국 수상(Prime Minister)의 약칭.

에 쓰린 가슴을 안고, 샘은 프랜이 차분히 빛을 발하면서 남자를 의식하고 정복하며 편안하게 움직이는 모습을 봤다. 그들은 모두 한 가족이었다. 그들은 프랜을 일원으로 받아들였다. 하지만 샘은 어떻게 들어가야 할지 알 수 없었다. 샘은 은행가 협의회에서 연설도 했었다. 유니언 클럽의 무도회에서 춤추는 천 명의 사람들에게 지시를 내리기도 했다. 하지만 이곳에선, 이 사람들은 너무나 가깝고 너무나 차분하고 확신에 차 있어서 샘이 아웃사이더였다.

샘은 H. G.를 아는 부인에게서 달아났다. 사람들이 들고 있는 찻잔들 사이를 기어 프랜의 곁으로 갔다. 프랜은 외알박이 안경을 쓴 남자에게 폴로에 대해 대단하고 열정적이며 끝없는 관심이 있다고(그다지 진실하지 않은) 고백하고 있었다.

샘은 기회가 생기자 프랜에게 속삭였다. "나가자. 내가 감당하기엔 너무 사람이 많아!"

"좋은 사람들이잖아! 그리고 우스턴 부인이랑 정말 죽이 잘 맞아. 시내로 저녁을 먹으러 오래."

"음…… 난 그저…… 저녁 식사 전에 바람 좀 쐬고 싶었는데. 여기는 좀 어색한 것 같아. 너무 빨리 떠들어대."

"당신도 그렇게 나쁘지 않던데. 구석에서 밸리얼 백작부인과 있는 걸 봤어."

"내가? 누구? 내가 이야기한 여자들은 다들 그냥 여자들 같던데. 대체 왜 다들 왕관을 안 쓰는 거야? 솔직히, 프랜, 여긴 내가 감당하기엔 너무 호화스러워. 200명 정도는 한꺼번에 만날 수 있지만, 영국 귀족 전체를 감당할 순 없어. 그들은……."

"내 소중한 샘, 당신 꼭 A. B. 허드 씨처럼 말하고 있어."

"내 기분이 꼭 A. B. 허드 같아!"

"어딜 가나 제니스를 끼고 다니자고 할 거야? 터브 피어슨의 포커 파티랑 조금만 다른 곳이면 마음에 안 든다고 고집을 부릴 거냐고? 나도 겁이 나고 늙었다고, 그래서 내가 배울 수 있는 멋진 삶에 손을 뻗을 수 없다고 할 거야? 오, 난 할 수 있어. 할 수 있다고! 지금 하고 있잖아! 내가 지금 당신과 헌던 경의 저택으로 돌아가 《업저버》를 읽거나 당신의 부루통한 표정을 지켜보는 벌을 꼭 받아야겠어?"

그런데 부루퉁한 건 프랜이었고, 샘은 프랜이 원하는 만큼 혹은 헌던이 원하는 만큼 오래 있으라고 했는데도 마찬가지였다. 프랜은 저녁 내내 잔뜩 흐린 날씨처럼 부루퉁해 있었는데, 헌던을 향한 것도, 분명 로커트를 향한 것도 아니었다. 다른 손님 없이 저녁 식사로는 차가운 햄과 소고기만 먹었고, 프랜은 대놓고 가볍게 굴었다. 피아노를 치고 또 쳤고, 헌던이 샘과 자동차 전조등에 관해 이야기하려는 욕구에 사로잡히는 바람에 로커트는 피아노 근처에서 맴돌았다. 헌던과 샘은 응접실 반대편, 벽난로 앞에 앉아 피아노를 등지고 있었지만, 벽난로 위 베네치아 거울을 통해 샘은 두 사람의 모습을 불편한 마음으로 지켜봤다.

샘은 그제야 비로소 로커트가 프랜과 점잖은 우정 이상을 바란다는 확신을 얻었다.

로커트는 프랜의 음악을 들으며 단순한 아첨보다 훨씬 더 매력적인, 상냥한 비난을 계속 퍼부었다. 그의 손이 프랜의 소맷자락을 건드리더니 한번은 어깨에 닿았다. 프랜은 그 손을 떨치고 고개를 저었지만, 화를 내지는 않았다. 프랜이 이렇게 말하는 것도 들렸다. "당신이 왜 좋은지 모르겠어요. 당신의 너무나 당황스러운 자기애하며……."

샘은 딸과 딸의 구혼자를 바라보는 선량한 부모가 된 듯한 기분이었다. 체념이 느껴졌다. 그러다 화가 나기 시작했다.

'젠장, 이러려고 로커트가 우리를 여기로 불러들인 건가? 프랜과 연애하려고? 내가 그런 꼴을 두고 볼 거라고 생각하나? 프랜도?'

잠자리에 들 때, 쌓였던 샘의 분노가 싸늘한 일갈로 표출됐다. "이것 봐, 여보! 백작이니 백작부인이니 유서 깊은 영국이니 궁전 같은 저택이니 하는 것 다 좋아. 즐거웠어. 하지만 당신은 그것 때문에 제정신이 아니야. 로커트가 너무 제멋대로 굴도록 내버려두고 있잖아. 당신은 정도에서 벗어났어. 미국에서라면, 당신은 그자가 듣기 좋은 칭찬만 할 생각이 아니라는 걸 알았을 거야……."

"친애하는 도즈워스 씨, 혹시 지금 슬쩍 하려는 말이……."

"아니, 똑바로 말하는 거야! 미국에서처럼 거칠게!"

"로커트 소령이나 다른 누군가가 내게 부적절한 추파를 던지도록 내버려둔다는 뜻이야? 미국에선 허튼 댄스 한번 참아 준 적 없고, 평생 마차를 오르내릴 때 손을 잡은 것뿐인 내가? 당신의 남자다운 열정에 맞추기엔 너무 섹스에 관심이 없다고 당신이 비난하다시피 한 내가…… 이것 참, 멋진 아이러니 아니야? 오, 이건 진짜 너무해!"

"그래, 미국에선 그랬지. 하지만 난 당신이 섹스에 무관심하다고 비난한 적 없어. 내가 그렇게 힘들었어도! 난 참았어. 기다렸어. 아주 오래 기다렸지. 그래서 지금 더 싫은 거야. 내겐 그렇게 끌리지 않던 당신이 그 남자에게 넘어가는 걸 보자니, 아니 적어도 그 남자에게 확실히 끌리는 걸 보자니. 그 자가 단지……."

"아, 그냥 말해버려! '그자가 단지 귀족의 사촌이라는 이유로!'라고! 말해! 나를 경멸스러운 촌년으로 만들어버리라고!"

"그런 소린 할 생각 없었어. 음, 그랬다면 내가 하려던 말은 이거야. 그러니까, 그자가 여기저기 돌아다니면서 여자들을 때려 멋대로 휘두르는 방법을 안다는 이유로 말이야. 나는 못해. 당신을 절대 때릴 수 없어. 할 수 있다 해도 안 해……. 아, 그만두자. 심각한 이야기는 아니야. 그저 당신이 아무리 유럽인에 가깝게 타고났다 해도 여긴 꽤 현명하고 위험한 구식 국가라는 걸 기억해야 해. 하지만 물론 당신에겐 충분히 지각이 있지. 괜한 소리를 해서 미안해."

프랜은 목이 깊이 파이고 레이스로 장식된 노란 잠옷을 입고, 조금 굳은 채 서 있었다. 샘은 양손을 내밀어 더듬으며 프랜에게 다가갔다. "미안해! 키스해줘!"

프랜은 몸을 떨며 울부짖었다. "아니, 날 만지지 마! 오, 그런 소리는 다시 하지 마! 로커트? 그 사람에겐 조금도 관심 없어. 당신이 부끄러워! 당신도 부끄러운 줄 알아야 해!"

그들이 잠자리에 들기 전 프랜은 결연히 더는 아무 말도 하지 않았다. 그리고 아침에는 기묘하게 조용했고 눈에 피로가 가득했다.

친절하기 짝이 없는 주인이자 아침 식사 때 명랑하고 아이디어로 가득한 몇 안 되는 사람 중 하나인 헌던 경은 두 사람의 냉담에 상처 입은 듯했지만, 로커트는 꼬치꼬치 캐묻고선 약간 즐거워했고, 기차역에서(도즈워스 부부는 기차를 타고 돌아가기로 했다) 프랜의 눈을 심문하듯 살폈다……. 아주 큰 기대감을 드러내면서.

기차가 출발하자 샘은 기뻤고 프랜은 그에게 상냥한 미소를 지어 보이려고 했다. 하지만 샘은 스스로를 비하하며, 자신에 대한 강한 경멸로 가득했다. 촌스러운 의심으로 딸 같은 아내의 행복한 파티를 망쳐버리다니. 프랜은 영국의 농촌을 발견하고, 로커트와 믿음직한 우정을 나누고, 헌던과 잡담하고, 머리를 휘날리며 다운스를 가로질러 말을 달릴 때 너무나 순수하게 행복해했는데, 그 모든 것을 망쳐버린 샘은 신음했다.

샘은 프랜의 손을 잡았지만, 맞잡은 손은 느슨했다. 전날만 해도 고삐를 그렇게 꼭 잡았던 손에서 아무런 힘도 느껴지지 않았다.

제11장

프랜시스 우스턴 경의 재산은 다양하고 보기 좋았다. 그는 웨일스의 석탄 광산 수천 제곱미터를 소유했고, 켄트의 우프턴 홀과 이턴 광장의 높고 삭막한 저택도 소유했으며, 유명한 암말 카프리초사 3세도 소유했고, 애스퀴스와 로이드 조지를 뒤따라 진보당에서 의석도 차지했다.

그 자신은 아내에게 소유당했다.

우스턴 부인은 아름다운 여성이었고, 위엄 있는 사람이었다. 높고, 빠르고, 열정적인 음성과 여러 가지 단호한 의견을 가졌다. 부인은 드레스에 있어서 푸아레보다 제이스가 낫다는 점, 노동당의 기만, 프랜시스 경이(오로지 나라를 위해서) 수상이 되는 것이 좋다는 점, 노동계급에서 맥주를 마시는 것의 극악무도함, 제대로 된 브레드 소스 없는 로스트 치킨의 불량함, 특히 나쁜 태도, 문맹, 미국의 탐욕에 대해 단호하고, 심지어 약간 호전적이기까지 했다.

우스턴 부인은(그리고 부인의 부모도) 테네시주 내슈빌에서 태어났다.

그녀는 손님 초청에 어마어마한 노력을 들였다. 살롱을 가지고 있었고, 탐험가와 화학자와 모닝코트를 이해하는 몇몇 작가는 초대했지만, 작품을 전시하는 입체파 화가나 힌두 민족주의자, 미국의 카우보이, 또는 경쟁 중인 능숙한 여성 주최자가 끌어들이는 여타 괴짜들로 응접실을 채워본 적은 한 번도 없었다.

부인의 만찬은 대단했다. 나폴레옹 브랜디, 공작의 사촌, 뉴욕의 천박함을 보여주는 최신 이야기가 꼭 있었다.

로커트가 설득한 덕분에 도즈워스 부부가 초대받은 우스턴 부인의 만찬은 비밀 내각 각료가 참석하고 클로부조 와인과 케임브리지 대학교 학장이 있는, 비록 최고는 아니었지만 훌륭한 중상급의 만찬이었다.

샘은 스무 명이 모여 연어와 남의 평판을 참으로 섬세하게 씹는 모습을 조용히, 굉장히 찬찬히 관찰하며, 그다지 즐겁지 않은 심정으로 앉아 있었다. 누구도 저속한 의견은 없는 듯했고, 모두가 그에게서 두 가지를 알고자 하는 듯했다. 영국에 처음 온 것인가? 얼마나 머물 것인가? 그런데 어느 쪽 대답에도 크게 신경을 쓰는 것 같지는 않았다.

샘은 자신이 레벌레이션 공장에 찾아온 외국인 손님(영국인, 스웨덴인, 독일인, 프랑스인)에게 미국에 처음 온 것인지, 얼마나 머물 계획인지 몇 번이나 물어봤었는지 궁금했다.

'**그 소린** 다시 하지 않겠어!' 샘은 맹세했다.

저녁 식사는 그럭저럭 계속됐다. 수프와 방송과 버나드 쇼에 대한 중얼거림, 연어와 무솔리니와 독감에 관한 조심스러운 중얼거림, 구운 양고기와 고양이 도둑에 대한 약간 심드렁한 비밀 교환. 샘이 탐식과 예절 사이에서 정신을 못 차리는 와중에 우스턴 부인이 미국에 대해 말을 걸어왔고 식탁에 모인 모두가 관심을 보이는 것을 깨달았다. 그는 부인이 미국인으로 태어난 것을 모르고 몹시 불편한 마음으로 부인의 말을 경청했다.

"……그리고 물론 상냥한 부인이나 도즈워스 씨를 세실 극장이나 기차에서 보이는(또는 들리는) 끔찍한, **끔찍한** 미국인 여행객과 동류로 보려는 생각은 아무도 하지 않겠죠. 대체 그런 미국인들은 어디서 오는지! 사실 전 두 분 모두 영국인이라고 오인당할 거라고 확신해요. 여기서 몇 년만 사신다면 말이죠. 그러니까 이건 개인과는 무관한 질문이에요. 하지만 활력과 기계적인 독창성이 있는데도 미국은 사상 최악의 국가라고 느껴지지 않나요? 금관악기 같은 그 목소리! 그 무례함! 과묵이라고는 모르는 태도! 그리고 물질주의적 이상! 그리고 표준화……. 모두가 모든 것에 대해 똑같이 생각하죠. 여기서 2년만 지내면 그 지독한 나라를 버린 게 정말이지 다행이다 싶어 다시는 돌아가고 싶지 않을 거라고 장담해요. 그런 느낌이 벌써 좀 들지 않나요?"

샘 도즈워스는 평생 미국인임을 자랑한 적 없었지만, 잘못이라 여긴 적도 없었다. 샘은 너무 당혹스러워 부끄러운 목소리로 중얼거렸다. "저, 미국에 대해선 대체로 생각해본 적이 없습니다. 뭐랄까. 당연히 받아들여서……."

"곧 그러지 않게 될 거예요! 참 대단한 나라죠! 끔찍한 정치가들, 동물 중에서 최저 수준이죠. 아일랜드 공화주의자보다 더 심해요! 그리고 미국이 전쟁 부채를 우리에게 갚게 한 걸 생각하면, 미국인인 것이 부끄럽지 않아요? 따지고 보면 미국인들이 다 한 것인데?"

"그렇지 않습니다!" 샘은 문득 화가 났다. 격식을 차리는 사람들 앞에서 느꼈던 소심함이 갑자기 사라졌다. "전 애국을 외치는 사람은 아니었습니다. 미국이 어느 모로 봐도 완벽하다고 생각하진 않아요. 얼간이와 협잡꾼도 많고, 그자들을 욕하는 건 상관없습니다. 하지만 이견을 내놓아도 용서해주신다면……."

로커트가 달래듯 말했다. "도즈워스 씨가 동의하기를 기대하실 순 없죠, 우스턴 부인. 그분이……."

샘은 참을 수 없어 일갈했다. "전 미국이 지상 최고의 국가라고 여겨온 모양입니다. 어쩌면 그럴지도 모르죠. 흠이 너무 많은 나라니까 그럴지도 모르죠. 성장하고 있다는 뜻입니다! 미국인임을 부끄러워하지 않는 게 나쁜 태도라면 죄송하지만, 태도가 나쁜 사람이 돼야겠군요!"

샘은 퉁명스러운 말 뒤에서 소심하게 혼자 생각했다. '저 아니꼬워하는 표정 좀 봐! 프랜에게 못 할 짓을 했어. 프랜이 얼마나 난리를 칠까!'

하지만 놀랍게도 프랜이 공격에 나섰다. "친애하는 우스턴 부인, 11억 미국인 중에 듣기 좋은 목소리를 가지고 달러 말고 다른 생각을 하는 사람이 몇 명은 있겠죠! 우리 중에 영국에서 온 지 한 세대도 안 된 사람이 얼마나 많은지 생각하면, 좋은 사람도 몇몇은 될 겁니다! 그런데 영국 의회에는 완벽한 신사들만 있을까요? 분란이 벌어진다는 이야기를 들은 것 같은데요. 미국에는 다른 어떤 나라보다 자기비판이 많습니다. 우리나라 작가들은 우리를 서민이라는 둥 무교육자라는 둥 별소리를 다 하죠. 하지만 희한하게도 우리는 너그러운 외국인의 도움 없이 운명을 개척해가야 한다고 믿는답니다!"

"도즈워스 부인의 말씀이 옳습니다." 프랜시스 경이 말했다. "영국에서도 프랑스인과 이탈리아인이 우릴 야만인이라고 하면 전혀 기쁘지 않아요. 그들은 신이 나서 그러잖습니까!"

프랜시스 경이 점잖고 결연하게 말했지만, 샘은 그때부터 프랜과 자신이 우스턴의 저택에서 한 쌍의 미친개 취급을 받으리라는 걸 알 수 있었다.

프랜은 10시 15분에 전략적인 두통을 일으켰다.

프랜시스 경과 우스턴 부인은 헤어질 때 매우 상냥했다.

프랜과 말없이 가던 중에 샘이 한숨을 쉬었다. "미안해, 여보. 내가 잘못했어. 성질을 부려서 정말 미안해."

"상관없어! 당신이 그렇게 해서 기뻐! 그 여자는 바보야! 오, 내 사랑……." 프랜이 날카롭게 웃어댔다. "우스턴 부부와 우린 절친한 친구가 될 거야! 우리더러 요트를 타고 세계 여행을 하자고 할걸!"

"그리고 요트에 구멍을 내겠지!"

"그들에게 귀여운 딸이 있지 않아? 브렌트랑 결혼할?"

"프랜, 난 당신에게 미쳤어!"

"나도! 늙은 곰! 당신이 정말 곰이라서 기뻐! 샘, 끔찍한 생각이 들었어. 저 바보 같은 여자가 미국인으로 태어났다는 데 뭐든 걸겠어! 전향자! 전문 국외 거주자! 저 여자는 너무 영국인 같아서 영국인일 리 없어. 그렇다고 진짜 영국인이 우릴 좋아한다는 건 아니지만, 저 여자는 런던에 사는 아일랜드 비평가나 유대인 귀족 같아. 왕의 측근 말이야. 오, 여보, 여보, 난 국외 거주자 신세가 됐을지도 모르겠어. 샘 도즈워스, 내가 미국인 말고 다른 사람이 되려는 걸 보면 날 때려줄래?"

"그럴게. 하지만 한 번에 오래 때려야 할까?"

"아마도. 내가 좀 제멋대로 굴잖아. 한 가지 좋은 점은, 내가 그걸 안다는 거지. 그리고 난 헌던 경의 집에서 클라이드 로커트랑 정말 연애하는 척했어! '당신 눈 따위' 하며 잘난 체하는 그자를 흔들어놓는 게 기분 좋았거든. 그리고 정말로 내가 흔들어놨어! 하지만 너무 부끄러워!"

프랜은 숙소로 돌아와 샘의 어깨에 뺨을 비비며 속삭였다. "오, 당신에게 기어 들어가 당신의 일부가 되고 싶어. 날 보내지 마!"

"그럴게!"

우스턴 저택에서의 낭패는 프랜의 사교에 상당한 지장을 줬지만 로커트가 계속해서 조언자 노릇을 했다. 그는 이튿날 아무 일도 없었다는 듯 차를 마시러 와서 이렇게 말했다.

"뭐, 멀 우스턴이 어젯밤 사람들 앞에서 좀 성가시게 굴었죠. 도즈워스, 당신도 마찬가지였고!"

"흠, 거기 앉아 가만히 있을 순 없었소만……."

"미소만 지었어야죠. 미국인은 항상 참 예민해요. 영국인이라면 영국 비판에 신경 쓰지 않는데. 웃어넘기지."

"흠! 전에도 그런 말을 들었어요. 영국인에게서! 그것도 당신들이 지닌 스스로에 대한 착각이 아닐까 싶군요. 미국인은 모두 대접하기를 좋아해서 낯선 사람에게 셔츠를 벗어줄 거라는 우리의 믿음처럼. 음, 엘리스 섬 쪽에 사는 뉴욕 은행가 중에 폴란드 이민자들에게 일자리를 구할 때까지 같이 지내자고 하는 사람은 한 명도 못 봤는데. 보세요, 로커트! 우스턴 여사는 우리 정치가들이 전부 돼지라고 했어요. 왕과 왕태자에 대해 내가 못된 비난을 시작했다면……."

"그건 전혀 다르죠! 그건 좋은 취향의 문제라고요! 신경 쓰지 마세요. 헌던과 저는 절대적으로 미국에 찬성하니까."

"알아요." 프랜이 말했다. "당신은 미국을 사랑하죠. 음식과 관습과 사람들만 빼고."

"적어도 제가 높이 평가하는 미국인이 한 명은 있습니다!" 로커트가 열렬한 시선으로 프랜을 바라보며 말했다.

샘은 프랜이 로커트를 나무라기를 기다렸다. 그런 일은 일어나지 않았다.

로커트는 그들을 데리고 시로스로 춤추러 갔다. 그들을 '리고동'이라는 소란스러운 나이트클럽 회원으로 만들었다. 다정과 진과 냄새가 넘치는 곳이었다. 영국 자동차 회사의 통치자들이 그들을 찾아와 샘을 공장에 모셔 갔다. 그들은 헌던 경이 콤바인드 서비스 클럽의 여성용 별관에서 주최한 만찬에서 서너 명의 튼튼한 여장부를 만났고, 이따금 지루하고 위험한 만찬 파티에 다시 초대받았다.

그사이 샘과 프랜은 역에서 대륙행 열차를 기다리는 사람처럼 실제 영국 생활과는 무관하게 지냈다. 로커트는 우스턴 만찬 일주일 뒤 리비에라로 떠났다. 샘은 마음이 놓였다. 그리고 놀랍게도 그가 그리웠다. 로커트가 떠나자 초대도 거의 없어졌다.

"흠." 샘이 말했다. "이곳에서 사람들을 더 사귈 때까지는 시내를 돌아보자. 유적지 등을 말이야."

샘은 카를 베데커•가 런던에 관해 쓴 철학서를 읽었었고, 런던 탑과 국회의사당, 큐 식물원, 사원, 로마 시대 욕장, 국립미술관을 보고 싶었다. 스트랫퍼드로 달려가 셰익스피어를 기리고 싶었다(지난 25년 동안 셰익스피어의 작품을 읽으며 기렸다는 말은 아니다). 그리고 캔터베리로 달려가고 싶었다(초서를 읽을 정도로 관심이 있었단 말도 아니다).

그러나 프랜은 이렇게 불평해서 샘을 불편하게 했다. "오, 세상에, 샘. 우린 관광객이 아니잖아! 엽서에나 나오는 그런 곳은 싫어. 현지인은 그런 곳에 안 간다고. 클라이드 로커트는 런던 탑 안에 한 번도 안 들어갔을걸. 물론 미술관과 성당

• 독일의 출판업자인 카를 베데커(1801~1858). 그가 설립한 베데커 출판사는 권위 있는 여행안내서의 표준이 됐다.

은 다르지. 세련된 사람들은 그곳을 연구해. 하지만 아이오와와 오클라호마에서 온 사람들과 체셔 치즈 술집에 앉아서 존슨 박사에게 감탄하는 건…… 끔찍해!"

"이해할 수가 없군. 유명한 도시에 찾아와서 거길 유명하게 만든 곳을 안 보는 건 왜지? 원하지 않으면 기념엽서는 안 보내도 돼! 그리고 아이오와 사람들을 당신이 먼저 공격하지 않으면, 그들도 물지 않을 거야!"

프랜은 여행에 있어서 속물성이 왜 아름다운지 설명하려고 했다. 하지만 외로운 나머지 프랜은 샘을 따라갔고, 체셔 치즈 술집에서 종달새와 굴 파이를 먹기도 했다. 그러면서도 방명록을 보여주려는 웨이터에게는 퉁명스럽게 굴었다.

특별한 목적지 없이 런던을 거닐던 샘은 그 차분하고 넓은 도시를 자연스럽게 여기게 됐다. 수백만 채 주택의 커튼을 친 창문 뒤에서 일어난 숱한 역사를 느꼈다. 맑은 날, 귀한 햇살이 런던 주택의 뒤쪽 회녹색 벽돌을 어루만지면, 부슬비를 내리는 먹구름이 지나간 것에 마음이 놓인 샘은 그 못난 벽들에서도 제니스의 맑은 겨울날 눈이 부신 햇살에서 발견한 적 없는 매력을 느꼈다. 그곳이 익숙해지면서 화려한 진열창과 금색 간판이 있는 이상하게 으스대는 듯한 가게들도 좋아졌다. 상자에 왕족의 그림을 넣은 초콜릿 가게, 일요일 산책을 하는 점원들을 위한 모조 은 담뱃갑을 파는 담배 가게, 튀긴 생선 가게의 열기와 냄새까지. 샘은 버스 노선을 배우며 희열을 느꼈다. "92번을 타고 2층에 앉아 집으로 가자"라고 신중하게 말하는 것에서. 야만인을 정복하고 고독한 사막을 다스리고 돌아오는 이들의 도시, 런던의 정력은 샘에게 가깝게 느껴졌다……. 하지만 프랜은 파리에 대해서, 그 여성적이고 난잡한, 현실에서 벗어날 곳을 이야기하기 시작했다.

이곳저곳을 탐험하는 사이, 그들은 제니스를 통치하느라 바쁘던 시절에는 몰랐던 외로움을 맛봤다.

매일 저녁 두 사람은 온종일 '관광'하느라 지친 척 스위트룸에 앉아 있었다. 지쳤고, 단둘이 저녁을 먹으러 나가는 것이 반가운 척. 그러는 사이 샘은 프랜이 기다리고 있다는 것을, 자신도 기도하는 마음으로 전화가 울리기만 기다린다는 것을 알고 있었다.

서너 차례 만찬 파티에서 "우리 집에 곧 놀러 오세요!"라고 하곤 싹 잊어버리는 호감 가는 사람들을 만나기도 했다. 프랜은 런던이 자신들의 매력에 무관심한 것을 우울해했고, 겁내는 것 같기도 했다. 샘이 꽃을 주문하고, 뜻밖에 즐거운 식당을 찾아내면 프랜은 아쉬운 듯 고마워했다. 그러는 동안 샘은 프랜이 자기 경력을 쌓지 못하는 것이 가엾었다. 함께 고립된 상태로 평생 가장 가까이 붙어 지내는 것이 기쁘기도 했다.

터브 피어슨의 조카이자 런던의 미국 대사관에서 근무하는 잭 스탈링이 런던으로 돌아온 뒤 정식으로 찾아와 프랜의 얼굴색과 샘의 어법을 살피고는 서먹하게 받아들였을 때, 프랜은 거의 수줍어했다. 잭은 유쾌하고 깔끔한, 춤을 잘 추는 청년이었고, 아이디어가 많았다. 딱히 좋은 아이디어는 아니라도 활기차고 말 많은 사람이었다. 그는 샘을 '서(sir)'라고 불렀는데, 샘은 부끄럽기도 하고 기쁘기도 했다. 제니스에서는 제1차 세계대전에서 장교로 복무한 사람 말고는 흠씬 때려 주려는 다섯 살짜리 남자아이를 화가 나서 부를 때 이외에는 그런 경칭을 쓰지 않았다.

그리고 갑자기, 스탈링이 찾아온 뒤 로커트가 떠난 적 없다는 표정으로 걸어 들어왔고, 헌던 경이 한 달 동안 런던에서 지내게 됐으며, 특별한 이유 없이 도즈워스 부부는 사자 사냥꾼도 견디기 힘들 만큼 점심 식사와 티타임과 만찬과 댄스파티와 극장 모임에 가게 됐다. 프랜이 들떠서 바쁜 것에 샘은 너무 기뻐 이 주 동안은 댄스파티에서 거대한 벽지 무늬 노릇을 하는 것보다 더 지루한 건 만찬 파티에서 졸리고 배부른 상태로 남의 이야기를 경청하는 것뿐임을 내심 인정하지 않았다. 그리고 그들이 **반드시** 방문해야 하는 이들, 저녁 식사에 초대하는 것을 **결코** 잊어서는 안 되는 이들을 다시 만나지 못해도 다행이라는 사실 역시 인정하지 않았다. 또한 샘은 자신들이 주관한 모임(리츠 호텔의 객실에서 만찬 전 칵테일을 감독하는 척하고 프랜이 꽃꽂이를 두고 야단법석을 부리는 것)이 남들이 주관한 모임보다 더 활기차다는 생각도 들지 않았다. 대화는 마찬가지로 조심스러웠고, 브레드 소스에서는 빵 맛이 났으며, 9시 30분부터 10시 30분까지 지루한 시간은 웃음의 날개를 달고 빠르게 지나가는 법이 없었다.

프랜이 바빠진 덕분에 샘은 몰래 빠져나가 A. B. 허드와 함께 업계 후문과 자동차 가격, 외설적인 이야기와 전반적인 미국의 열등함에 관해 떠들며 즐길 수 있어 다행이었다.

허드는 손님 접대에 최선을 다했고, 프랜처럼 접대를 원하지 않는 사람이 있다는 생각을 못 했기에 당황해서 소심해졌다. 뛰어난 영업가인 그의 자신감마저 꺾이고 말았다. 그는 한 차례, 여러 차례 전화 끝에 프랜에게 차를 마시러 오라는 초대를 받았고, 시골에서 오클라호마 출신의 아내를 데리고 좀 낡은 모닝코트를 입고 새 각반을 차고 왔다.

허드는 도즈워스 부부의 스위트룸에 씩씩하게 들어왔지만, 허드 부인이 활기 넘치는 남편 뒤에서 살그머니 들어왔을 때 샘은 크게 감동을 받아 드물게 예의를 차려 일어났다. 부인은 파란 실크 옷을 입었는데, 뒤쪽 치맛자락이 올라가 있었다. 직전에 장밋빛으로 칠하고 다듬은 손톱 때문에 손은 더 거칠어 보였다. 허드의 봉급은 충분했지만, 허드 부인이 오랫동안 직접 설거지를 하고, 기저귀를 빨고, 흙바닥을 치우며 살았던 듯했다. 스위트룸의 작은 흰색 현관에서 샘과 악수할 때 그녀의 입은 웃고 있었지만 눈은 겁에 질려 있었다.

"어머나! 도즈워스 씨, 말씀 많이 들었어요! 앨이 늘 도즈워스 씨 이야기를 했거든요. 참 좋은 사장님이라고도 하고, 지난번 제니스에 갔을 때 좋은 시간을 보냈다고 하고, 두 분과 식사도 즐거웠다고 했어요. 이번에 런던에 오셔서 참 반갑네요. 저희를 만나러 도즈워스 부인과 함께 시골에 내려오시면 좋겠어요. 파티도 많고 바쁘실 테지만……."

샘은 부인을 응접실로 맞이했다. "프랜, 허드 부인이야. 부군을 그렇게 오래 알고 지냈는데, 이제야 만나다니 참 반갑지." 이렇게 큰 소리로 말하면서 프랜에게 친절하게 대하라고 눈짓하려고 했다.

"안녕하세요, 허드 부인." 프랜의 말투는 가장 예의 바르면서 동시에 무례한 우스턴 부인과 어깨를 나란히 했다. 프랜의 영국식 발음과 끝을 퉁명스럽게 딱 잘라 올리는 어조에 허드 부인은 말문이 막혀버렸다.

허드 부인이 당황해서 말했다. "뵙게 돼서 정말 기쁘네요. 그럼요." 그리고 부인은 의자에 등도 못 기대고 앉아 먹고 싶은 케이크를 사양하고 프랜이 파리에 대해 고상한 척 말하는 동안 겁에 질린 표정을 짓고 있었다. 허드 부인은 결국 초대 이야기를 꺼내지 못했다. 샘이 허드를 열렬히 칭찬하고, 허드가 샘을 열렬히 칭찬하며, 프랜이 "우리를 만나러 여기까지 오시다니 **참** 친절하시네요, 어…… 허드…… 부인"이라고 말하는 사악하게 상냥한 태도 사이에서 허드 부인은 당황한 나머지 "어머나, 참 멋진 방이네요. 영국 사람들, 귀족들을 아주 많이 아시겠어요. 그렇죠?" 말고는 대화에 끼어들지 못했다.

그러고 나자 허드는 화가 나서 전화 걸기를 그만뒀다.

하지만 로커트와 잭 스탈링이 돌아와 프랜이 당연히 여기는 흠모를 누리게 되자 샘은 이따금 몰래 빠져나가 허드와 식사할 수 있었다.

이 주 뒤, 허드가 점심을 먹다가 제안했다.

"저기, 회장님. 언제 남자들끼리 저녁 식사 자리를 만들어 보려고 하는데요. 여기 런던에 와 있는 미국의 고위 사업가들을 모아서 말이죠. 모여 앉아서 자연스럽게 이름을 부르는 그런 자리요. 사모님 몰래 나오셔서 고향에서처럼 시간을 보내실 수 있을까요? 다음 주 토요일 저녁 어떠세요?"

"좋지. 아내에게 일이 있는지 알아보겠네."

"음, 그러길 바랄게요. 런던에 어찌나 엄한 경찰이 많은지! 하, 하, 하, 하, 하!"

샘은 기분 나쁘지 않았다. 허드는 지저분한 말장난을 하고, 젊은 매춘부들을 보고 키득거리는 버릇이 있었지만, 그의 건강한 저속성이 샘에게는 뉴욕과 런던에서 점점 더 많이 들려오는 도착적 행동에 관한 언급보다 훨씬 더 깨끗하게 느껴졌다. 그런 이야기에 샘은 속이 울렁거렸고, 자신이 정상적이고 지방 출신의 구식이라는 사실이 다행으로 여겨졌다. 허드, 까짓것, 허드가 좋았다! 그가 등을 두드리는 건 진심에서 우러난 행동이었다. 등 좀 두드리면 어떠랴! 어째서 그걸 싸늘한 악수나 잘난 체하는 영국식 인사보다 천박하다고 여겨야 하는가? 샘이 호텔로 돌아왔을 때 프랜은 로커트와 차를 마시고 있었다.

"쾌활한 미국인 친구를 다시 만나고 계시군요." 로커트가 말했다.

"어떻게 알았어요?"

"일주일쯤 우리하고만 어울리면 점잖은 목소리가 되거든요. 생기가 느껴지는. 하지만 미국 쪽으로 미끄러지는 순간, 목소리가 날카롭고 단조로워집니다."

"거참 안됐군!" 샘은 중얼거리면서 난롯가에 기대서서 잔에 든 차를 로커트에게 뿌리면 어떻게 될까 생각했다. 저주받을 놈! 오, 물론 로커트는 친절했고, 좋은 뜻에서 한 말이었으며,

영국에서 혼란해진 미국 야만인의 행동에 대한 언질이 옳을 수도 있다. 하지만 그래도…… 젠장, 샘 도즈워스의 본래 모습 그대로도 좋아하는 듯한 점잖은 사람들도 있단 말이다. 그는 프랜이 늘어놓는 쇼핑과 리버티 백화점의 실크 이야기를 가로막고 이렇게 내뱉었다. "여보, 허드가 다음 주 토요일 저녁에 저녁 식사를 하자는군. 이곳에 있는 미국인 사업가들과 모이자고. 가야 할 듯해. 잘해주려고 그렇게 애를 쓰는데."

"당신은 거기 가고 싶어? 제니스의 로터리 클럽 모임으로 돌아가고 싶은 거야?"

"그럼 가고 싶지! 내 기억이 맞는다면 그날 저녁에 모임 없잖아. 당신도 여자들끼리 파티를 하거나 영화관에 갈 수 있을까? 난……."

"여보, 저녁 외출 허락을 받을 필요는 없어!"

('젠장, 당연히 없지!') "응, 물론이지. 하지만 당신이 외로울까 봐."

"있잖아요, 프랜." 로커트가 말했다. "그날 저녁에 저랑 같이 저녁을 먹고 오페라를 보러 가실래요?"

"음……." 프랜이 망설였다.

"잘됐네. 그렇게 해." 샘이 말했다.

바로 그 순간, 잭 스탈링이 아주 신이 나서 등장했고, 나머지 셋이 웃어대며 미국을 경멸하는 동안 샘은 입을 다물고 있었다. 샘은 자신과는 관련이 없는 위치에서 생각했다. 그건 그의 새로운 일이었고, 그래도 약간 혼란스러웠다. 샘은 이 영국 대 미국이라는 토론이 양국의 고질적인 질병이 되어버렸다고 생각했다. 끊임없이 짜증을 내며 가족 간에 잔소리하는 것. 물론 중서부의 옥수수밭 사람들은 그런 이야기를 자주 하지 않았고, 요크셔 시골 마을 사람들도, 콘월의 어부들도 하지 않았다. 하지만 여행하며 상대 나라의 친척들을 만나본 이들, 양국의 신문을 읽는 사람들은 모두 그 문제에 집착했다.

프랜과 로커트, 스탈링이 그 문제를 놓고 떠들어댔고…….

그들은 웃음거리를 참 많이 발견했으며…….

샘 자신은 허드의 이야기나 듣고 싶었는데…….

아니, 그렇지는 않았다. 그렇지 않을 것이다. 이 런던 사람들(프랜과 스탈링은 런던 사람이 되려고 노력 중이었다)은 제니스 시민들보다 말을 확실히 잘했다. 종종 약간 어리석은 소리도 했고, 약간 키득거리기도 했고, 악의적일 때도 있지만, 그들은 고향의 사업만 추구하는 친구들보다 인생을 더 즐겼다.

영국과 미국에 A. B. 허드처럼 열심히 일하고 소박하고 다정하면서 프랜이나 잭 스탈링처럼 명랑하고, 지루한 척하면서 부두교와 인도의 왕들, 진지하고 잘 속는 학생이었던 시절 버크셔의 아버지 교구에 있는 긴 강가에서 보낸 휴가 이야기를 슬쩍슬쩍 던지는 로커트처럼 희한하게 유식한 사람이 존재할 수는 없을까, 존재하지 않을까?

로커트…… 젠장, 로커트가 항상 샘의 머릿속에 있어야 할까?

그건 사실이었으며 샘이 계속 무시하려고 노력하는 부분이었다. 이 주일 동안 프랜과 샘이 단둘이 지내며 느꼈던 아름다운 친밀감, 그에 대한 프랜의 만족, 세상 따위는 아무래도 좋다는 마음가짐은 열어져 사라졌고, 프랜은 어느 때보다도 열심히 샘과 거리를 두고 있었다.

허드가 샘을 위해 준비한 저녁 식사는 8시 30분이었다. 로커트와 프랜은 오페라를 보기 전에 식사하려고 리츠에서 7시에 출발했다. 샘은 아버지처럼 그들을 배웅했고, 프랜은 꼭 딸처럼 외쳤다. "멋진 시간 보내기를 바랄게, 샘. 허드 씨에게 내 안부 꼭 전해줘. 그 사람도 실은 좋은 사람이라고 믿어. 정말로." 하지만 프랜은 승강기를 타러 복도를 걸어가는 그들을 지켜보는 샘을 돌아보고 손을 흔들지 않았다. 프랜은 로커트의 팔짱을 끼고 완전히 집중한 채 수다를 떨었다.

샘은 한 시간 동안 숙소를 서성였다. 너무 외로워서 생각도 할 수 없었다.

허드의 저녁 모임 장소는 소호의 댕도노 레스토랑 별실이었다. 30석 규모의 말발굽 모양의 탁자가 있었다. 탁자에는 물망초와 조그만 성조기를 꽂은 화병이 놓여 있었다. 의장 자리 뒤에는 빨강, 하양, 파랑의 장식 깃발을 늘어뜨린 쿨리지 대통령의 초상화가 걸려 있었고, 벽은(허드가 그걸 어디서 전부 모았는지 알 수 없었지만) 예일과 하버드, 위너맥 대학교, 엘크스, 오드펠로스, 무스, 우드먼, 로터리, 키와니스 클럽, 제니스 상공회의소의 깃발과 레벌레이션 자동차의 포스터로 장식되어 있었다.

프랜이 봤더라면 코웃음을 쳤을 것이다…….

어둡고 구불구불한 소호의 골목길에 실론 레스토랑과 프랑스 서점, 가발 제조상, 굴 식당의 침침한 불빛이 비쳤다. 별실은 간판(또는 헛간) 칠하는 사람이 그려놓은 프레스코화로 장식한 굉장히 이국적인 곳이었다. 벨라 섬, 피에솔레, 산탄젤로성 따위였다. 그러나 샘은 그것들을 보지 않았다. 로터리클럽 점심 식사에 평생 한 번밖에 참석하지 않았던 그는 로터리 클럽의 표식을 봤고, 희한하게 소심한 미소를 지었다. 어쩐지 이유는 알 수 없었지만, 문득 이 깃발들이 외국 생활에서 받는 싸늘한 냉대 가운데 그가 여전히 중요한 인물이라고 느끼게 해줬다.

손님들의 소개를 받으며 샘은 자신이 점점 더 중요한 사람이라고 느꼈다.

영국에서 산 지 한 달 된 사람부터 30년 된 사람까지 있었고, 동물원의 원숭이 우리 곁에 있는 사자만큼이나 제각기 달랐다. 그러나 모두에게서 미국인의 다정함과 코로 말할 수는 없지만 '코로 말하기'라고 부르는 비음이 느껴졌다. 피츠버그 앤드 웨스턴 국립은행 헤이마켓 지점의 스터브스는 쉰 살에 머리가 희끗희끗하고 탄탄한 몸집의 골프광이었다. 시카고 《레지스터》지의 런던 통신원인 어트먼은 옥스퍼드의 로즈 장학생 출신으로 매우 고급스럽고 문학적인 청년이었다. 볼티모어 《이글》지의 서펀은 얼굴이 매우 붉고 어깨가 넓으며 시끄러운 청년이었다. 라이트풋 재봉틀의 영국 대리점 책임자인 도블린은 나이가 들고, 빼빼 말랐으며, 상냥했다. 오리엔트 껌 회사의 마카트, 시리얼 현금 출납기 회사의 네이브, 미국 탁송사의 피시, 인터네이션 여행사의 스미스, 앵글로-페루 은행의 너설(그는 랭커셔에서 태어났지만 오마하에서 18년 동안 살았고, 300퍼센트 미국인이었다), 미국 자동차 대리점들에서 온 사람들.

그들 모두 샘의 손을 으스러질 듯 잡고 으르렁거렸다(로즈 장학생만 개보다는 고양이에 가까운 소리를 냈다). "만나게 돼서 정말 반갑습니다. 여기서 오래 지내십니까?"

문 옆에는 마티니 칵테일, 맨해튼 칵테일, 브롱크스 칵테일, 스카치위스키, 캐나다 클럽 위스키, 미국 호밀 위스키, 버번위스키 병이 차려져 있었다. 샘은 네 잔의 칵테일을 마실 수밖에 없었고, A. B. 허드 옆에서 흔들거릴 무렵에는 외로웠던 것도, 프랜이 로커트와 함께 있다는 것도 모조리 잊을 수 있었다.

저녁 식사 중 상당히 요란한 농담이 오갔다. 탁자 끝에서 끝까지 외치기도 여러 번이었다. "유대인 두 사람 이야기 들어봤나"로 시작하는 이야기가 여러 번 나왔다. 그리고 적절한 영국 사교계의 변방을 즐길 수 있게 된 샘은 보름 동안 참석했던 어떤 만찬보다 그 시간을 즐겼다고 말할 수 있었다. 디저트 다음에 코냑과 위스키소다가 나오고, 영국 생활로 말미암아 남성의 권리를 금지하는 여성의 권리가 약화되지 않은 미국인 아내들로부터 일주일에 단 하루의 저녁만 자유 시간을 얻을 수 있는 손님 몇몇이 적당히 취할 기회를 잡아 미국 노래를 불러댈 때도 마찬가지였다. 〈노익장 귀환하다〉와 〈그는 제시 제임스를 무덤에 묻었네〉와 〈저 아래 빙고 농장〉과 그들이 생각하는 정확한 런던 사투리로 부르는 〈그녀는 가난해도 정직했네〉를 거쳐 승리감에 겨워 이렇게 노래했다.

내 이름은 욘 욘슨
비스콘신 출신
거기 저목장에서 일했지
길거리를 걸어갈 때면
만나는 사람들마다
이렇게 말했지
"이름이 뭐디?"
그러면 나는 대답하디
내 이름은 욘 욘슨이라고
비스콘신 출신이라고

좋은 노래 같았다. 어느 정도 취한 단계에서는. 그래서 그들은 십 분 동안 노래를 불러댔다.

하지만 그렇게 흥이 고조되는 사이사이, 샘 도즈워스는 그조차 걸려버린 고질병 같은 질문을 세미나라도 하듯이 떠올렸다. 미국은 세계의 로마인가, 아니면 영국과 유럽보다 열등한가? 아니면 둘 다인가?

총 서른 명 중 해외에서 산 듯한 말투를 가진 사람은 열 명이 안 됐다. 그들이 이따금 영국식 어휘를 쓰는 것을 보면, 영국 소설을 읽는 모양이라고 여겼을 것이다. 미국인이 영국인으로 착각한 사람은 여섯 명이 안 됐고, 영국인이 영국인으로 착각한 사람은 세 명이 안 됐다.

그러나 여생을 미국에 돌아가 보내고 싶은 사람도 여섯 명이 안 된다는 사실에 샘은 믿을 수 없는 심정이 됐다.

샘은 경칭과 바카라 게임을 좋아하는 변종 세계주의자, 외도 상대와 체스를 좋아하는 별난 예술가, 빈둥거릴 사람이 필요한 백수라면 해외 생활을 선호하리라고 생각했었다. 하지만 정직한 영업자와 현금 출납기와 자동차 타이어에 관한 전도유망한 권위자를 엄선한 서른 명도 그렇다는 사실은 샘에게 심란하고 이해할 수 없게 느껴졌다.

그 사람들은 미국이 자원과 늘어나는 인구, 비길 데 없는 편안한 일상생활뿐만 아니라 에너지와 기계적 천재성, 관대함, 다정함, 유머, 학습 지향적인 면에서도 '세계에서 가장 위대한 나라'라고 믿었고 열렬히 주장했다. 그러나 그중 단 한 명도 샘이 사랑하는 미국을 그리워하지는 않는 것 같았다.

겨울밤, 극장은 떠들썩하고 파크 거리를 따라 늘어선 아파트 건물들은 수백만 개의 불빛에 붉게 달아오른 하늘로 향하며 사라지는 뉴욕. 가을 오후, 횃불처럼 단풍나무가 붉게 물든 버몬트. 한여름, 옥수수밭이 자기들끼리 속삭이고 끝없이 펼쳐져 산들바람에 한들거리는 들판을 가로질러 높다랗고 붉은 밀 승강기와 독일 가톨릭 성당의 첨탑이 보이는 미네소타. 대자연의 장중한 침묵. 시에라네바다의 삐죽삐죽한 봉우리 사이의 평원들, 애리조나의 울긋불긋한 산들, 검은 물결로 노르웨이 소나무의 금빛 둥치를 쓰다듬는 위스콘신의 호수들. 리치필드와 샤론의 고요한 옛 코네티컷 문 위에 낸 작은 창문들. 추수감사절 중에 벌어지는 큰 경기(일리노이 대 시카고, 예일 대 하버드)의 마지막 오 분. 그렇다. 그리고 마찬가지로 감상에 젖어 잊을 수 없는 달콤한 기억이 된 슈너츠 칼리지 대 매지니스 농업학교의 경기. 지난 20년 사이, 아무도 안 사는 모래 황무지 위에 미치광이의 성당처럼 근사한 연기를 내뿜는 철조 건물들이 들어선 인구 25만의 도시들. 긴 도로와 삐걱거리는 싸구려 차, 새 유개 마차를 타고 시애틀부터 탤러해시까지 온 세상을 보러 나서서는 추수를 도와 먹을 것과 연료를 장만하는 가난하고 아주 모험심 넘치는 가족. 밤이면 넓은 잔디밭이 펼쳐진 도시의 가장자리, 여행자 야영장에서 노래를 부르는…….

"나는 앨라배마에 꼭 돌아가고 싶군요. 여자들이 아주 친절하고 조지아 거북 이야기들을 하는데, 저기, 들어보라니까." 피츠버그 앤드 웨스턴 국립은행의 스터브스가 말했다. "앨라배마엔 세상에서 제일 푸짐한 음식이 있다니까."

그리고 국제 영화 배급사의 프림블이 말했다. "1년에 한 번쯤은 오자크산에 돌아가서 낚시해야 한다니까요."

하지만 향수병 걸린 대여섯 명을 빼면 모두 미국을 사랑하고, 자랑하고, 우러러보면서 되도록 오래 유럽에서 지낼 거라고 했다.

그들의 고백은 재봉틀의 총독, 미국 비즈니스 식민지의 원로, 빼빼 마르고 상냥한 노인 도블린의 반추로 요약되는데, 그는 이렇게(다른 이들이 경청하고, 끄덕거리고, 초조한 표정으로 담뱃재를 떨거나 비딱하게 물고 있던 시가를 잡는 동안) 중얼거렸다.

"음, 내 개인적인 의견을 말해보지요. 미국인의 절반 또는 3분의 2는 세계에서 가장 좋은 사람들이라고 생각해요. 친근하고 모든 일에 관심도 많고 유쾌하지요. 그리고 나머지는 지독하게 성가신 작자들, 최악의 간섭꾼들, 무식하고 허세 넘치는 얼간이들이지 싶어요. 남녀 모두! 미국에서 살고 싶어 견딜 수 없어요. 단, 금주법을 철폐하면. 그래서 진이나 밀주 대신 맥주를 한잔 마실 수 있다면 말이지요. 자기 홍보에 여념이 없는 제대로 못 배운 설교자들과 편집자들과 정치가들을 진지하게 받아들이는 걸 그만두고, 온갖 정신적·윤리적 경찰들에게 이리저리 떠밀리는 대신에 조금이라도 제대로 사고하는 법을 개발한다면 말이지요. 미국의 거리가 그렇게 끔찍하게 시끄럽지 않다면요. 카페가 훨씬 더 많아지고 자동차가 훨씬 줄어들면…… 도즈워스 씨, 자동차를 만드시는 데 죄송합니다. 하지만 말이 튀어나와버렸으니 어쩔 수 없군요.

하지만 전체적인 문제, 근본적인 문제는 그보다 훨씬 더 말하기 힘들어요. 금주법처럼 간단한 게 아니에요. 아이고, 한 가지 문제에 관해서 이야기하면서 아주 심오해진다고 생각하는 사람들이 참 많지요! ……전체적인 문제는, 여기서 살기가 더 쉽다는 겁니다! 이웃이 지켜보고 소문을 내고 이렇게 살아라, 집에서는 이렇게 해라, 간섭해야 한다고 여기지도 않지요. 그렇다고 숨길 일이 있는 건 아니에요. 30년 동안 술에 취한 적이 없으니까요. 아내에게 정직하게 살았어요. 발트해에서 자그마한 과부에게 키스한 것만 빼면 말이죠. 게다가 맹세코 그게 전부였어요! 하지만 온갖 악덕에 대해 듣고도 외국에서 살고 싶어지는 이유가 있다면, 항상 내 뒤를 킁킁거리면서 윤리 잣대를 들이대는 사냥개들을 생각할 때라고요. 미국에서 그러듯이 말이지요. 게다가 여기 하인들이 더 나아요. 그렇죠. 이곳 하인들은 미국에서 고용하는 거친 여자들보다 자기 일을 훨씬 좋아해요. 이곳에선 하인도 기술이 있어 존중받고 안정되고, 여자들이 온종일 냉장고나 연애편지를 들여다보지 않으니까 그렇지요! 그리고 사업은…… 우리 위대한 미국의 신화는 우리가 영국인이나 유럽인보다 훨씬 더 효율적으로 일한다는 거지요. 밀어붙이는 영업 기술이 뛰어나다는 헛소리! 뭐, 그런 소리가 고객을 더 붙잡기보다는 등을 돌리게 한다고 믿어요. 여기선 그런 걸 참아주지 않는다니까요! 잉글랜드 사람은 자기가 사고 싶은 물건을 알고 있고 떠밀려서 다른 걸 사지 않아요. 스코틀랜드 사람은 자기가 뭘 사고 싶지 않은지 알고! 우리의 효율이라는 게 절반은 뛰어다니면서 허세를 부리고 시간을 낭비하는 것뿐이죠. 나는 늘 이상적인 '근사한' 미국의 사업가란 절반의 시간을 편지를 정리하는 데 쓰고 나머지 절반의 시간은 그걸 다시 찾는 데 쓰는 사람이라고 생각해요. 그리고 영국인은 근무 중 남는 시간에 아무것도 안 하는 것으로 스스로를 훌륭하다고 여기지 않아요. 일찍 퇴근해서 골프를 하거나 테니스를 하거나 정원을 가꾸지요. 심지어 독서를 하거나! 그리고 취미를 얻어 은퇴하고 나면 할 일이 생기지요. 우리처럼 늙으면 죽도록 지루해하면서 세월을 보내지 않아요.

영국인은 일을 열심히 하지만, 일(어떤 목적의 어떤 일이든)이 그 자체로 고귀하다는 헛소리를 믿지 않아요. 뭐, 미국으로 돌아가면 흠, 우리 회사의 대표인 이매뉴얼 화이트라는 분이 있어요. 일흔둘이지요. 그분은 휴가를 한 번도 안 썼어요. 200만 달러의 가치가 있는 분인데 8시면 출근해서 밤 11시까지 일하다가 누가 불을 켜놓고 갔는지 돌아다니며 확인해요. 그게 재미있는지 모르겠지만, 그런 표정은 확실히 아니에요. 그분은 식초만 먹고 사는 표정이고, 그분과 회의하는 건 병든 호랑이를 돌보는 것만큼 유쾌하죠. 그리고 오후에 반차를 낼 때도 편히 쉬지 못하는 마흔 살, 마흔다섯 살 된 사람들은 골프 코스로 미친 듯이 달려가지요. 세계 최대의 수수께끼라니까요!

하지만 미국에서도 여가를 누리는 법을 조금씩 배우기 시작한 듯해요. 언젠가는 우리가 낙관주의와 웅변 병도 고칠 수 있으리란 희망이 생겨요. 하지만 내가 죽기 전에는 그럴 수 없을 테고, 은퇴한 뒤에도 영국에 계속 머물 거라고 장담해요. 그럼요! 서리에 땅 4000제곱미터와 장미 정원이 딸린 작은 집을 장만했어요. 하지만 난 미국인이죠. 예전이나 다름없이 미국인이에요. 그리고 다행히, 여기도 미국인은 아주 많아서 많이 만날 수 있어요. 영국인을 우러러보지만, 그들을 만나면 내가 좀 거친 사람처럼 느껴지거든요. 하지만 여기 사는 건, 장담합니다! 뭐, 그게 미국이 세계에서 가장 훌륭한 나라라는 최고의 증거이기도 하지요. 파리와 런던은 미국 최고의 두 도시가 된 셈이라고나 할까요! 그럼, 그렇지요!"

샘은 당혹스러웠다. 도블린은 온갖 거슬리는 비즈니스 전도사들보다 샘의 마음에 드는, 미국적인 구식 미국인이었다.

미국 탁송사의 피시(웨스턴 콘퍼런스 대학교에서 센터를 맡았던 덩치 크고 유쾌한 피시)가 웃으며 이렇게 말하자 샘은 더욱 당혹스러웠다.

“그렇습니다! 여기서 지낸 첫해에는 내내 고향이 그리웠어요. 고향에 가서 계속 지낼 생각이었죠. 음, 그리운 시카고에서 딱 1년 살았어요! 세상에, 시카고 루프 지역, 고가철도, 매일 저녁 윌메트로 차를 몰아 나가는 것, 투자니 중개니 끝도 없이 왱왱거리는 소리! 골프조차 재미가 없더군요! 아이고, 골프도 잘하려고 노력하더군요! 전날 한 타 더 치면 엄청난 죄책감을 느껴요! 그리고 대부분은 클럽에서 고객을 사귀려고 골프를 시작했어요. 열여덟 홀에서 채권 열여덟 가지를 팔려고. 이곳으로 돌아왔죠. 세상 어느 잘나가는 나라를 상대로든 미국을 위해 싸우러 나서겠지만. 미국이 어쩌면 세련되어질 수도 있겠죠. 그러길 바라겠어요. 두 아들은 모두 미국 대학에 보낼 생각이고, 거기서 살든 여기로 돌아오든 결정하게 할 겁니다. 미국에서 살면서 도덕군자들과 싸워야지 그 사람들을 피해 나오는 게 잘못일 수도 있죠. 하지만 인생은 짧으니까요. 훌륭한 애국자가 되고 싶지만, 뭐! 첼시의 제 집을 보여드리고 싶네요. 트래펄가 광장에서 이십 분이면 갑니다. 런던의 구식 택시를 타고도 말이지요. 하지만 네브래스카의 시골마을처럼 조용해요. 더 조용하다니까요! 진을 마시고 싸구려 차를 타고 고함을 치는 애들도, 커다란 텐트를 치고 법석을 떠는 도덕군자들도 없으니까요. 그렇답니다!”

샘은 생각에 잠겼다.

그는 영국을 좋아하게 됐다. 어쩌면 정말로 거기서 살 것 같았다. 어느 자동차 대리점에 관심이 가고, 켄트에 4만 제곱미터의 땅을 사들여 흑백으로 꾸민 엘리자베스 시대 양식의 주택을 사들이고, 아메리칸 클럽에 가입하고, 모두 좋은 친구였다. 서너 명은 프랜의 검열도 통과할 듯했다. 샘은 외롭지 않게 지낼 수 있었다. 여가를 누리는 법을 배울 수 있었다. 그리고 여름에는 터브를 불러 함께 지낸다고 생각하면! 터브와 차를 타고 잉글랜드와 스코틀랜드를 돌아다닌다면, 세인트앤드루스에서 골프를 치고…….

좋군.

그러나 잭 스탈링이 세인트 존스 우드에서 데려간 고상한 티파티의 공포가 떠올랐다. 만찬 파티(모인 사람들 속에서 혼자 식사하는 것)의 지루함이 떠올랐다. 옥스퍼드 졸업자와 런던대학교 졸업자 사이, 사립학교 졸업생과 그렇지 않은 사람의 극심한 차이를 이해할 수 없는 불편함이 떠올랐다. 그래도 이곳의 삶에는 **뭔가**가 있었고…….

런던의 거리를 걸을 때면, 샘은 서둘 필요를 느끼지 못했다. 얼마 전부터는 제니스의 사무실로 돌아가 창문 와이퍼에 대해 패트릭 헨리•처럼 웅변하는 패기 넘치는 청년들의 말을 듣고 싶지 않아졌다. 1미터에 0.06774센트 싼 가격에 시트

• 미국의 정치가인 패트릭 헨리(1736~1799). '자유가 아니면 죽음을'이라는 연설로 유명하다.

가죽을 제공하겠다는 회사의 스케줄을 살피고 싶지도, 골프 클럽의 익살꾼 윔폴 박사가 스웨덴 사람 시늉을 하거나 이렇게 반기는 인사를 듣고 싶지도 않았다. "어이쿠, 여기 살인마가 오시는구먼! 이번 주에는 그놈의 레벌레이션 차로 과부랑 고아를 몇이나 만드셨나?"

싫어!

샘은 엄청나게 다정한 악수를 하고, 그 어느 때보다도 새로 얻은 모험가 역할에 취한 기분으로 돌아왔고, 프랜이 "위대한 미국의 상업 지식인들과 즐거운 시간을 보냈어?"라고 묻지 않기를 바랐다.

프랜은 그렇게 말할 것이 분명하다! 샘이 아무리 살그머니 들어가도 프랜은 깨어나서 말할 것이다(샘은 택시 안에서 모든 것을 예상했다). 프랜은 이렇게 말할 것이다. "음, 허드 씨랑 다정한 로터리 클럽 회원들과 즐거웠길 바랄게!"

"이것 봐! 신사들은 국회의원처럼 말하려고 하고, 국회의원들은 신사처럼 말하려고 하는 당신의 만찬을 다 합쳐도 오늘 밤에 나눈 대화가 더 유익하고 진지했어……."

"어머, 사랑하는 샘, 우리 완전 문학적인 대화를 나누고 있네! 친애하는 허드 씨의 영향력이 놀랍다! 그 사람 부인도 왔어? 남자들끼리 모이는 만찬에 딱 어울릴 사람인데!"

"이것 봐! 당신이 얼마나 깊이 있는 학자인지 알고 있고, 나는 촌스러운 사업가라는 것도 알지만, 내가 청년들을 위한 꽤 유명한 학교에 다녔다는 걸, 책도 꽤 읽었다는 걸 떠올려줘야겠어……."

완승이었다. 거기 택시 안에서는.

샘은 환한 얼굴로 스위트룸에 들어갔다. 프랜은 소파에서 금빛 이브닝 랩•을 구기며 흐느끼고 있었다.

샘은 현관에서 오 초는 족히 입을 딱 벌리고 서 있다가 오페라 모자를 탁자에 내던지고 달려가 소파 앞에 무릎을 꿇고 외쳤다.

"왜 그래? 여보! 무슨 일이야?"

프랜은 얼굴을 샘의 무릎에 파묻을 정도만 들며 울먹였다.

"난 항상…… 오, 열받아! 난 항상 여자가 이른바 '모욕'당하는 건 칭찬의 뜻이라고 말했어. 음, 그럴지도 몰라. 하지만 샘, 난 싫어! 싫다고! 아, 집에 가고 싶어! 아니면 영국을 떠나든가. 감당할 수가 없어. 내 잘못이었는지 모르지……."

"아니, 당신 잘못은 아니야! 맹세코 아니야! 그 작자에게 아주 작은, 아주 조금이라도 구실을 주지 않았…… 오, 이런. 그 작자가 정말 싫군! 정말 거만한데, 응? 결국 뭐냐고? 그 얼간이가 따지고 보면 실패자, 국제적인 떠돌이가 아니면 뭐냐고? 그 작자 사촌이 진짜 귀족이라고 해도! 그 작자가 대체 뭐냐고? 대답해봐!"

"어떻게 됐냐면 말이야. 오, 샘, 샘, 여보. 이런 이야기는 하고 싶지 않아. 내가 잘못한 일이니까. 조금은 말이야. 클라이드, 로커트 소령에게 어디 가서 춤추자고 했는데, 그 사람이

• 가운 위에 걸치는 옷가지를 가리킨다.

좋은 곳은 다 너무 시끄럽다고 여기 올라와서 한잔하며 이야기나 하자고 했어. 난 싫지 않았어. 좀 피곤했으니까. 음, 처음에는 정말 착하게 굴더라(오, 지금은 그 사람의 꿍꿍이를 확실히 알겠지만, 그때는 나쁘지 않았어!). 그 사람이 앉더니(바로 그 의자에 앉았어) 어릴 때 외로웠다고 하더라고. 내가 아이라면 얼마나 어리석어지는지 알지? 누구든지 행복한 어린 시절을 보내지 못했다는 말을 조금만 해도 내가 얼마나 괴로워하는지 알잖아. 물론 울 뻔했지. 그러더니 그 사람이 끔찍이 말주변도 없고 수줍지만(참 그렇기도 하겠지!) 나를 알게 되어서 얼마나 좋은지 말하고 싶댔어. 내가 상냥하고 여성적인 감화를 줬다나. 정말로 그렇게 말했어. 물론 일주일에 두세 번 이상은 상냥하고 여성적인 감화를 못 받는 모양이지! 자기 농장에서 인디언 여자들에게 무슨 소릴 하는지 상상이 된다고! 정말 싫어!

하지만 어쨌든 그 사람은 내가 친동생 같다고 했고, 얼간이 중의 얼간이가 되다보니 난 그 말을 믿어버렸고, 정신을 차리고 보니 그 사람이 여기 소파에 앉아서 내 손을 잡고 있는 거야. 그래서 고백하는 거야. 오, 나 너무 솔직하게 말하네! 당신이 혹시 이 고백을 내게 불리하게 이용한다면 **죽여**버릴 거야. 맹세코 죽일 거라고! ……손을 잡는 건 조금도 싫지 않았어. ……내가 멋대로 구는 여자일까? 그럴 수 있으면 좋겠어! 하지만 어쨌든 내 말은, 그 사람에겐 전기가 통해. 손을 굉장히 잘 잡아. 너무 꽉 잡지도 않으면서 몸이 떨리게…….

어쨌든 그 사람은 내 손이 성스러운 유물이라도 되는 것처럼 잡고 있었어. 그러더니 나를 모범으로 삼아 방황을 그만두고 나처럼 훌륭한 여자와 정착해야겠다고 결심했다는 거야. 그래서 난 그 말을 다 믿었지! 병상에서 죽어가는 사람을 보는 수녀라도 된 느낌이었어!

어쨌든 그 사람이 여기저기 떠돌아다니는 걸 그만두고 인생에서 뭔가 해보겠대. 그렇게 **말했어!** '인생에서 뭔가 해본다'고! 그때 알았어야 했는데!

그러더니…….

오, 그 사람이 뭐라고 했는지 알 거야. 당신에게 내가 말할 필요는 없어. 어쩌면 당신도 귀여운 여자한테 그런 말을 했을 거야! 다만 당신이 그런 짓 하는 걸 내게 들키면, **죽여**버릴 거야! 당신이랑 나는 이 순간부터 모범적인 일부일처주의자야. 알겠어? 어쨌든 그 사람이 뭐라고 했는지 당신도 짐작할 거야. 나랑 똑같은 훌륭한 배우자를 어디서 찾을 건지?

물론 나는 기분 좋은 고양이 같은 소리를 냈어!

그리고 정신을 차려보니 그 사람이 나를 끌어안았고, 키스하려고 하면서 동시에 내가 유혹했다는 소리를 하려는 거야. 오, 이제는 웃음이 나오네. 아니, 그러려고 노력하는 거야. 하지만 정말 끔찍했어. 그 멍청이가 정말로 '여자여, 네 독 묻은 미소로 나를 지옥으로 유혹했구나'라는 멜로 연기를 하더라니까. 오, 샘, 샘, 샘, 여보, 사랑하는 여보! 당신은 정말 **점잖아!** 하지만 내 말은, 내가 절대 안기지 않으려고 하니까 그 작자는 아주 못되게 굴었어. 그거 하나는 아주 잘하더라! 내가 자길 유혹했다는 거야. '세련된 사람들' 사이에는 '게임의 규칙'이 있고, 내가 어깨에 키스를 허락한 건 오, 맞아. 그 작자가 그것도 했어. 저녁 먹으러 가는 길에 택시에서. 오, 나 정말 **정직하지.** 너무 정직해서 재앙이 될 것 같아! 하지만 여보, 그걸 기억해뒀다가 세상사 잘 아는 줄 착각했던 가련한 얼간이에게 불리하게 이용하지 마! 그리고 솔직히 그 작자가 내 어깨에 키스했을 때, 그냥 무시하면 내가 받아들이지 않는다는 걸 알 거라고 생각했어. '세련된 사람들 사이 게임의 규칙'이라니! 멍청이! 내가 자기만큼 그걸 모를까봐. 훨씬 더 잘 알지! 하지만 어쨌든…….

그런데 그 작자가 내 어깨에 키스하는 게 **좋았을지도** 모르겠어. 오, 모르겠어! 끔찍한 저녁을 보내고 나니 **아무것도** 모르겠어! 하지만 어쨌든…….

그 작자는 내 잘못이라는 둥 이러쿵저러쿵했고(당신도 상상이 될 거야), 그러더니 나를 윽박지를 수 없다는 걸 알고서는 '진짜 감정을 드러내서' 미안하다고 끔찍이 사과하더니(그 돼지 자식에겐 진짜 감정 따위는 없어! 어쨌든 내 귓불과 코에 키스하더니), 썩어빠진 놈! 사정하더니 오, 당신이 이 지독한 이야기를 죄다 들어야 할 이유를 모르겠네! 어쨌든 그 작자를 내쫓았고, 그 작자는 매력적이긴 했는데, 여보! 미국 여자들은 죄다 남자들이 얼간이 짓을 하는 걸 보고 좋아하는 냉혈한이라는 자기 생각을 확인했지…….

오, 맞아. 그 작자가 이런 말도 했어. 이건 정말 듣기 좋았으니까 당신도 재미있을 거야! 내가 피도 눈물도 없는 세이렌이라는 소리와는 앞뒤가 안 맞았지만 말이야! 그 작자가 위로의 키스 몇 번만 기대한 게 아니고 내게 섹스에 대한 열정이 얼마나 감춰져 있는지 모른다고 했어. 당신이, 당신이 유능한 자동차상이고 착하고 친절한 친구이며 도둑이 공격하면 방어는 할 수 있을지 몰라도 성적인 열정은 없대. '영적인 불꽃', 정확히는 그렇게 말한 것 같아. 나는 '각성 전'이라나? 그리고 자기가(그 소중하고 친절하고 이웃다운 영혼에 축복을!) 기꺼이 각성시켜주겠다고 했어.

오, 샘, 우스운 이야기처럼 하려고 노력 중이지만, 그렇게 모욕을 당하고, 상처를 입고, 끔찍한 오해를 받고도 아무것도 모르겠는 건 처음이야…….

아니면 **당신도** 내가 그 작자를 유혹했다고 생각해?"

프랜이 격렬하게 이야기하는 동안 샘은 그녀에게 연민을 느끼는 데 꽤나 성공했다. 프랜의 말에 동의하려고 노력했지만, 그건 그다지 성공하지 못했다. 샘은 프랜의 머리를 쓰다듬으면서 벽에 걸린 그림을 살폈다.

그때까지 샘은 응접실을 별로 의식하지 않았다. 하지만 그 순간에는 응접실에 너무 집중한 나머지 아주 작은 부분까지 잊을 수 없었다. 벽은 하늘색, 천장은 탁한 금색, 안락의자는 장미가 그려진 크레톤 사라사, 마호가니 책상과 프랜이 얼마 전 사들인 영국인의 회고록이 꽂힌 책꽂이. 책상 위에는 깨끗한 리츠 호텔의 문구류와 미국에서 도착하기 시작한 편지들이 놓여 있었다. 차를 마시는 낮은 탁자와 프랜이 본드 거리에서 신나게 사들인 골동품 은제 홍차 세트. 샘은 프랜이 늘 호텔 스위트룸을 집처럼 꾸미는 것에 감동했다. 하지만 무엇보다도 샘은 맞은편 벽에 걸린 컬러 복제판 그림에 무심결에 빠져들었다. 특별한 그림도 아니었다. 나이 지긋한, 글 좀 아는 화가라면 누구나 그릴 만한 것이었다. 그런데도 이 민감한 순간, 탑과 장미를 배경으로 좀 긴 다리에 타이츠를 신은 젊은 기사가 미소를 지으며 꽃 장식 모자를 쓴 젊은 여인에게 허리를 숙인 그 그림이 샘을 현혹했다.

샘은 프랜이 따져 묻는 소리에 그 그림에서 시선을 뗐다.

"내가 그 작자를 유혹했다고 생각해?"

"아니, 아니라고 확신해, 프랜. 하지만 그래도……."

갑자기 샘은 자기 말을 통제할 수가 없었다. 이렇게 말하는 남자는 자신이 아니었다.

"오, 이런. 너무 피곤하군! 피곤해!"

"나는 안 피곤한 것 같아?"

"이것 봐, 프랜. 나는 우리 집안에서 일어나는 연애를 다루는 데 그다지 익숙하지 않아. 그런 삶을 살지 않았거든. 참, 당신이 로커트가 당신의 친절을 사랑 놀음으로 받아들이는 걸 몰랐다는 건 알고 있어. 그 작자는 돼지야. 나가서 그놈을 쏴버리는 건 내 몫이겠군."

"오, 바보 같은 소리 하지 마!"

"음, 아주 얼간이가 된 것 같지만, 당신이 원하면……." 샘은 생각대로 말하지 말라고 스스로에게 경고하고 있었다. 그런데도 불쑥 이렇게 말했다.

"하지만 사실, 로커트만 탓하지는 않아. 당신이 그자에게 추파를 던졌잖아. 헌던 경의 집에서도 그랬고. 당신은 배에서도 그자가 당신을 위해 모든 걸 다 바친다는 듯이 행동했지. 그러니 그자가 당신을 멋대로 할 수 있다고 생각할 구실이 있었어. 그자가 있을 때 당신은 나를 아주 친절하게 나무라며 쫓아내지. 이렇게 말하잖아. '아무개 부인이 미국인에게 익숙하지 않다는 걸 좀 기억해봐. 그리고 제니스 이야기는 하지 마' 등등. 그래서 내가 전류계처럼 초조해져서 본드 거리의 도자기 가게에 온 중서부의 황소 꼴이 된 것 같아. 로커트가 그런 소릴 다 들으니 당신이 나를 얼간이라고 여긴다고 생각하는 반면 자기는 최고라고……."

"내가 저지른 중범죄가 또 있어?"

"응, 몇 가지. 허드랑 그렇게 점잖은 사람들을 무시하는 걸 즐기지. 당신이 하도 예의를 차리니까 그 사람들은 헛간지기가 된 느낌이 들잖아. 당신은 그들을 고양이가 쥐를 가지고 장난치듯이 대해. 그리고 로커트는 당신이 그러는 걸 다 듣고 당신이 칭찬해달라고 하니까 당신은 나랑 내 친구보다 자기가 우월하다고 여기는 줄 알겠지……."

"이제 **내** 말 좀 들어봐! 당신이 한 소리는 전부 틀렸어! 난 바가지 긁은 적 **절대** 없다고! 당신을 부끄럽게 만든 적도 **절대** 없어! 당신도 몇 가지 면에서는 내가 당신보다 더 요령 좋고 참을성 있다는 걸 인정할걸! 그리고 순수한 우정에서, 오로지 당신을 위해서 당신이 잘못 판단한 사람들을 이해하도록 도운 건데, 내가 괴롭혔다고 하네! 오, 정말이지 저열해! 그리고 어리석고! 당신이 그렇게 쉽게 화내지 않는다면, 내 말을 듣고 내 도움을 받는다면 당신이 우스턴 부인을 모욕하고 모두를 그렇게 끔찍이도 불편하게 만든 날처럼 지독하게 절교당하진 않았을 거야…….”

“하지만 당신은 내 편을 들었잖아! 내 말이 옳다고 했고!”

“당연하지! 난 당신 편이니까. 난 항상 당신 편이야. 그 점에 있어선…… 그리고 다른 점에서도 당신을 배신한 적 없어!”

“아이고, 그랬나! 난 무식한 사업가일 뿐이고, 영국이나 프랑스 억양을 가진 사람은 아무나(아무나!), 여자들 등쳐먹는 백수를 아무나 붙잡고 신사고 학자라는 암시와 언질을 끊임없이 주는 걸 내 편이라고 부르나보군! 따지고 보면 나도 유럽 수입업자들을 만나서 꿀리는 것 없이…….”

“계속해! 당신이 위대한 헤어 게하임라트•라고 설명해봐! 당신이 자동차 산업 전체를 만들어내고 발전시켰다고! 참 새롭고 재미있다! 오, 이런 말 하기 싫었지만 샘, 당신 때문에 어쩔 수 없어! 당신이 잘한 건 나도 알아. 당신보다 뛰어난 사람은 거의 없어. 제니스에는! 하지만 어쩌다보니 지금 여긴 당신의 소중한 제니스가 아니라 영국이고, 여긴 당신이 잘 모르는 것이 몇 가지 있는데, 난 안다고! 따지고 보면 난 유럽 여행이 처음이 아니잖아! 하지만 당신은 거만해서 내 가르침을 받지 못하지! 당신이 못 배웠다거나 천하다는 말은 아니고, 솔직히 이렇게 말하긴 싫지만, 당신은 당신을 이해 못 하

• 신성 로마 제국 황실 최고 자문관의 직함.

는 사람들에겐 확실히 저속하고 못 배운 것처럼 보여…….”
“로커트에게 말이지!”
“……그리고 유럽의 위대한 전통이 제니스의 떠들썩한 활기보다 조금 더 우월하다고 믿는 사람들에게도! 당신에게 그 전통을 가르쳐줄 수 있는데, 당신은 싫다니…….”
“당신이 권위자인가보군!”
“그렇고말고. 비교적 말이야! 따지고 보면 난 유럽에 온 적 있잖아! 그리고 아버지 집에는 유럽인들이 항상 찾아왔어. 그리고 지난 20년 동안 난 프랑스와 독일과 영국의 책을 당신이 본 탐정소설보다 더 많이 읽었다고! 여기 사람들은 날 받아줘. 오, 샘, 당신에게 내 도움을 받을 생각만 있다면…….”
“아무것도 모르는 여보, 나를 저속하다고 야단치면서 동시에 상냥한 엄마 노릇을 할 순 없어! 그건 도저히 견딜 수 없다고! 그리고 사실, 저속하다고 하니 말인데, 으…… 대체 담배는 다 어디 간 거지?”
갑자기 담배를 찾는 것이 증오의 고통을 즐기는 것보다 더 중요해졌다. 진정한 흡연가는 담배 없이는 편안해지지도, 감정적이 될 수도, 적극적으로 싸울 수도 없으니까. 두 사람은 전투를 중단하고 함께 수색에 나섰다. 샘은 디너 재킷을 뒤집고 코트 주머니에 손을 쑤셔 넣고 서랍장의 서랍을 전부 뽑았고, 프랜은 소파에서 일어나 전날 산 검정과 주홍으로 장식한 러시아제 상자를 보란 듯이(그리고 멍하니) 들여다봤다.
“또 있어…… 또……. 그런데 담배는 죄다 어딜 간 거야? 골드 플레이크 반 갑이랑 캐멀을 남겨놨는데.” 샘이 찾으면서 중얼거렸다.

프런트에 전화할 생각을 한 건 프랜이었다. 아무리 늦은 밤이라도 고용인을 부릴 줄 안다고 여기는 프랜. 반면 샘은 늘 미국인답게 고용인에게 낯을 가렸다.

프랜은 소파 끄트머리에 앉아 치맛자락의 주름을 펴고 담배가 나오자 고개를 숙인 채 샘에게서 아주 짜증스러울 정도로 우아하게 라이터 불을 받았고, 정말이지 짜증스럽게 이렇게 말했다.

"샘, 다시 지적하고 싶지 않지만, 대화 중에 성을 내면서 '까짓'이나 '젠장' 같은 크고, 강하고, 남자다운 말을 쓰는 게 그다지 도움은 안 돼. 그리고 늘 그렇지만, 당신은 요점을 놓치고 있는 것뿐이야. 난 당신이 우아하게 표현한 것처럼 '야단'치는 것도, 엄마 노릇을 하려는 것도 아니야. 골프나 투자에 관해서는 난 늘 당신의 의견을 경청해. 그저 가련하고 무식한 여자도 당신보다 조금 더 잘 아는 게 몇 가지는 있을 수 있다는 점을 인정하길 바라는 것뿐이지! 오, 당신은 꼭 미국 남자들 같아! 말이 안 통해. 로댕과 모차르트의 차이도 모르지. 시리아를 통치하는 게 프랑스인지 영국인지도 모르고. 당신, 자동차 전문가인 당신은 차에서 숙녀가 당신 오른쪽에 타야 하는지 왼쪽에 타야 하는지도 기억 못 해. 바흐나 앤타일• 을 모두 지루해하고. 나랑 지극히 아름다운 러시아 자수 작품

• 미국의 작곡가 조지 앤타일(1900~1959).

을 사러 가는 것도 지루하지. 만찬에서 예쁜 여자는 그냥 넘기지 못하고. 그리고…… 하지만 그건 그저 증상일 뿐이야! 따로 놓고 보면 상관없어. 문제는 당신이 유럽의 문명이 뭔지 기본적으로 조금도 모른다는 거야. 여가 생활, 명예, 기사도, 타고난 세련됨이 미국의 물질주의와 어떻게 다른지 말이야. 그런데 배우려고도 하지 않아. 당신은 유럽인이 **절대** 될 수 없어."

"프랜, 빈정대지 마!"

"빈정대는 거 아니……."

"그만해! 여보! 내게 그런 미덕이 있다곤 안 해. 모두 사실이야. 나는 유럽인이 절대 될 수 없어. 하지만 왜 돼야 하지? 난 미국인이고, 그게 좋아. 그리고 당신이 원하는 만큼 유럽인이 되는 걸 내가 방해한 적 없잖아. 그리고 로커트한테 당하고 내게 분풀이하지 마. 부탁이야!"

끌어안는 샘의 팔은 그보다 많은 말을 했고, 샘은 흐느끼는 프랜의 머리를 어깨로 받쳐줬다.

"알아. 미안해. 하지만 오……."

프랜은 허리를 세우더니 결연히 말했다.

"로커트 일은 정말 부끄러워. 뼛속까지 부끄럽다고. 견딜 수가 없어! 샘, 당장 영국을 떠나고 싶어. 저 남자랑 같이, 저 남자가 여기서 날 비웃었다고 생각하며 이 나라에서 지낼 순 없어. 아니면 정말로 당신에게 나가서 저자를 쏴버리라고 부탁할 거야. 그런데 이 나라 법은 정말 편파적이라고! 프랑스로 가고 싶어! **당장!**"

"하지만 이런, 프랜, 난 이 나라가 좋아! 런던을 알아가는 중이라고. 여기가 좋아. 프랑스는 낯설 거야."

"바로 그거지! 낯선 곳을 원해! 다시 시작할 거야. 다시는 바보짓 안 할 거야. 오, 샘, 여보, 아이들처럼 손을 잡고 달아나자! 그리고 생각해봐! 파란 소다수 병이랑 브리오슈랑 가판대랑 붉은 창문이랑 빨갛고 푹신한 극장 의자랑 뚱뚱한 여자 계산원을 보는 즐거움을! 그리고 가게를 나갈 때 작은 종처럼 '**안녕하세요, 므시외 에 마담**'이라고 인사하는 소리를 듣는 것도! 가자!"

"음, 여기서 비행기 공장을 좀 둘러볼 생각이었는데. 사실 약속도……."

나흘 뒤 그들은 파리로 갔다.

샘은 해협을 건너는 여객선이 그레이하운드처럼 느껴졌다. 작고, 날렵하고, 두껍고 땅딸한 굴뚝을 보면 힘이 느껴졌다. 갑판 사이의 좁은 통로에서, 뱃머리 쪽으로 날렵하게 빠지는 곡선이 속력을 알리는 것을 보며 샘은 대서양에서 발견한 항해의 즐거움을 다시 느꼈다. 속물 같은 금빛 짐가방 더미 사이, 단정 갑판의 의자에 프랜을 앉힌 뒤 샘은 바로 내려갔다.

어떤 배의 바든지 배의 바에는 아무리 작더라도 인생이라는 어둡고 원칙주의자 같은 계곡에서는 찾을 수 없는 활기가 있었다. 그곳에는 영국의 여인숙 같은 푸근한 안정감과 둥근 창문으로 파도가 넘실대며 지나갈 때, 승객들(중국과 브라질, 서스캐처원●에서 오는 사람들, 이탈리아와 라이베리아, 시암으로 떠나는 사람들)을 곰곰이 생각해볼 때의 모험하는 느낌이 함께

한다. 샘은 프랜과 함께하러 올라가면서 유럽 대륙에 대한 기대감이 점점 차오르는 가운데, 영국에 관한 아쉬움을 잊었고, 갑판에서 원숙한 월트셔 교구 목사와 그의 고모, 고모의 친한 친구인 일링워스-돕스 부인 사이의 다음과 같은 적절한 선상 대화를 듣는 동안에도 그 기대감을 유지했다.

"오, 그렇지. 피렌체에서 대부분 지낼 거예요."

"스텔라 로사에 **다시** 들를 건가요?"

"아뇨, 브라운-블로터 부인의 펜션에 들러야 한다고 생각해요. 스텔라 로사에는 늘 갔지만, 거긴 정말 너무 터무니없어요. 작년에는 홍찻값을 추가로 물리기 시작했다니까요!"

"추가 비용을? 홍차에?"

"네, 전에는 참 좋은 곳이었는데 말이죠! 손님들이 알 수도 있는 사람들이었죠. 하지만 지금은 유대인과 미국인과 결혼도 안 한 연인과 심지어 독일인까지 온다니까요!"

"끔찍해라! 하지만 피렌체는 참 아름답지요."

"예쁘죠!"

"정말이지 예술적이고!"

"그래요. 참 예술적이죠. 그래서 윌리엄 경은 거기 사교 시즌 동안 저택을 빌린다고 해요."

"그것참 즐겁겠군요!"

"**네, 네, 정말 그럴 겁니다.** 오, 정말 멋질 거예요. 윌리엄 경

● 캐나다 중남부의 주.

은 예술적인 걸 **참** 좋아하거든요. 그분이 거기 오면 정말 고향 집 같을 거예요. 그리고 브라운-블로터 부인에게 홍찻값을 추가로 받지 않는다는 확답을 받아뒀죠!"

샘은 일링워스-돕스 부인들이 가득한 유럽이 되리란 예상은 잊었다. 여객선의 속도에 들뜨는 바람에 배가 많이 출렁거리는 게 마치 샘 탓이라는 듯 프랜이 짜증을 내는 것조차 잊었다. 뱃머리는 미늘 장갑을 낀 주먹처럼 파도를 내리쳤다. 실제로 바다에 있다는 느낌이 들 정도의 움직임만 있었고, 그들은 영국 해안을 떠나 상쾌한 바람을 가르면서 이국적인 배들을 지나치고 나아갔다. 프랑스의 증기 트롤선 한 대가 줄무늬 티셔츠를 입고 손을 흔드는 체격 좋은 선원들을 싣고 해협에 나타났고, 독일의 연락선과 네덜란드의 동인도 무역선이 햇살을 가득 받은 바다를 헤치고 나갔다.

샘과 프랜이 앉아 있는 갑판의 의자를 지나가는 선원들, 선교의 장교들은 모두 튼튼하고, 마호가니 빛깔의 얼굴을 한 몹시 듬직하고 몹시 영국적인 사람들이었다.

금빛 턱수염을 길게 기르고 외알박이 안경을 쓴 남자가 지나갔다. 프랜은 그가 토머스 쿡 앤드 더 선스•의 토머스 쿡이라고 주장했다. 그럼 카를 베데커는 어떻게 생겼을까? 프랜은 추측했다. 그는 키가 작고, 어깨가 딱 벌어지고, 짧고 각진

● 영국의 여행사.

갈색 턱수염에 두꺼운 안경을 쓰고, 메뉴와 폐허가 된 신전과 '로마 3킬로메트로'라고 적힌 표지판을 읽을 것 같았다.

"그렇지. 그럼 베이스 씨는 어떨까? 헤이그 형제는? 그들이 스미스 형제와 비슷할지 궁금하군." 샘이 말했다. "거참, 이거 재미있군, 프랜!"

그리고 하얀 선이 보였다. 프랑스의 해안선이었다.

하지만 샘은 선미 쪽으로 걸어가 영국을 돌아봤다. 그곳 절벽의 그림자가 보일 거라고 상상했다. 보이는 것은 멀리 모인 구름이 분명했지만, 샘은 그곳의 상쾌하고 예쁘장한 언덕, 사람을 반기는 듯한 구불구불한 거리, 건전한 얼굴들을 떠올렸다.

"영국이여! 아마 다시 보지 못하겠지……. 프랜과 로커트, 그들이 내게서 영국을 앗아 갔어……. 하지만 그곳을 사랑한다. 미국은 내 아내이자 딸이지만, 영국은 어머니야. 그런데 얼간이들이 영국과 미국 사이의 전쟁을 운운하다니! 그런 일이 일어난다면……. 전쟁에 반대하다 교도소에 간 데브스가 어리석다고 생각했지만, 이제는 그의 감정을 더 잘 이해할 수 있을 것 같다. '오, 영국이여, 내가 그대를 잊는다면, 내 오른손이 재주를 잊게 하라. 내가 그대를 기억하지 못한다면, 내 혀가 입천장에 들러붙게 하라.' 예배당에선 어떻게 했지? 아, 그렇지. '내가 가장 큰 기쁨보다 예루살렘(런던)을 더 아끼지 않는다면!' 음, 영국을 미국보다 더 아낄 순 없겠지만. 하지만 미국 다음으로…… 오, 이런. 거기 계속 있었으면 좋았을걸!

도즈워스 조상들은 미국에서 300년밖에 지내지 않았지만, 영국에서는 3000년을 지냈어.

영국이여!"

그리고 샘은 프랑스를 향해 간절히 돌아섰다.

항구로 들어선 그들은 작은 등대가 있는 방파제를 지나 거친 석조 부두에 부딪히며 낯선 언어로 적힌 낯선 음료의 광고를 봤고, 자그마한 체구로 고함을 질러대는 파란 옷의 짐꾼들에게 에워싸였다. 아이들이 모국어처럼 프랑스어를 말하는 걸 들었다. 그리고 새뮤얼 도즈워스는 평생 처음으로 진짜 외국 땅의 손아귀에 들어섰다.

제12장

디트로이트 모터쇼 같은 법석거림 속에서도 샘은 침착했다. 그는 12월 31일에 브로드웨이의 인파를 뚫고 걸어가며 뿔을 달고 깃털을 흔들면서 웃어대는 젊은이들을 툭툭 털어냈던 사람이니까. 하지만 칼레의 세관에서 샘은 대경실색했다. 짐꾼들이 팔꿈치로 밀고 산더미 같은 짐을 끌고 가면서 '조쉼'하라고 사납게 외쳐댔다. 승객들이 아래쪽 수하물 집하장에 가득 차 있었다. 세관원들은 샘에게 냉혹하고 적대적으로 보였다. 그들은 모두 언어 같지도 않은 소리로 으르렁거리고 울부짖었다. 그리고 샘은 작은 가방에 담배 400개비가 있다는 것을 기억했다.

배에서 그들의 가방을 맡은 짐꾼이 '카트라반 되스' 비슷한 말을 외쳤는데, 프랜은 그가 92번 짐꾼이라는 뜻이라고 했다. 그러고 난 뒤 카트라반 되스는 그들의 재산을 싹 들고 사라졌다. 샘은 괜찮다는 걸 알면서도 믿지 않았다. 그는 프랑스의 짐꾼이 가방을 훔칠 확률은 그랜드센트럴역의 짐꾼이 그럴 확률과 같다고 스스로를 안심시켰다. 다만 카트라반 되스는 훔쳐 간 것이 틀림없다는 생각이 들었다. 물론 프랜의 보석 이외에는 큰돈 들이지 않고 모두 장만할 수 있었지만 젠장, 오랫동안 신던 붉은 슬리퍼를 잃어버리긴 싫은데…….

카트라반 되스가 세관 사무소에 나타나 듬성듬성한 턱수염을 달고 환히 웃으면서 가장 중요한 승객들을 제치고 검사할 수 있도록 검색대에 가방을 내려놓는 것을 보고 샘은 시시한 결말에 실망했다.

모자를 쓴 세관원의 도저히 알아들을 수 없는 말에 프랜이 "레-앙"이라고 대답했을 때, 샘은 프랜의(코네티컷주 스트랫퍼드의) 프랑스어가 자랑스러웠다. 샘은 프랜이 유식하다고 느꼈다. 자신은 무식하고 촌스럽다고 느꼈다. 그는 프랜을 우러러보며 의지했다. 그러다가 작은 가방을 열자 400개비의 담배가 드러났다.

세관원은 놀란 표정으로 입을 딱 벌리더니 두 팔을 벌리고 자유, 평등, 박애, 배상금의 이름으로 저항했다. 프랜이 대답하려고 했지만 프랑스어가 더듬거리다 막히자 날아갈 듯한 자신감을 잃고 샘에게 울부짖었다. "뭐라고 하는지 모르겠어! 저, 저 사람은 사투리를 쓴다고!"

프랜의 호소에 샘은 갑자기 힘을 얻어 유럽 대륙 전체를 상대할 자세를 취했다. 모든 경찰과 법, 법정과 벌금까지.

"괜찮아! 사람을 불러오지!" 샘이 프랜을 안심시키고 프랑스어로 패트릭 헨리의 웅변을 하던 세관원에게 말했다. "잠깐만! 기다려요!"

샘은 여객선에서 대화를 듣던 영국인 교구 목사를 찾을 생각이었다. "그 사람이 유럽 말을 아는 것 같던데." 샘은 터치다운을 하듯이 사람들 사이를 휘저으며 나가다가 모자 위에 쓰인 '아메리칸 익스프레스사'라는 금빛 단어를 발견했다. 레벌레이션 자동차사의 새뮤얼 도즈워스 씨가 "와서 잠깐만 통역 좀 해주겠소?"라고 하자 아메리칸 익스프레스 사내는 환히 웃으며 튀어나왔다. 샘은 한순간 자신이 새뮤얼 도즈워스 씨이지 프랜 도즈워스의 남편이 아니라고 느꼈다. 그리고 더욱 짧은 순간, 샘은 마크 트웨인•과 부스 타킹턴••의 자신만만한 양키처럼 굴고 있다고 인정하기도 했다. 그리고 그 점에 대해서는 제대로 후회할 수 없었다.

아메리칸 익스프레스 사내는 기다리던 기차(샘에게는 아주 삭막하고 크고 암회색의 기차로 보였다)까지 그들을 배웅했다. 그는 샘이 짐꾼에게 가게를 차릴 만큼이나 많은 팁을 주지 못하도록 막았다. 그래서 샘과 프랜은 안전하게 파리행 기차 칸에 단둘이 남았다.

샘이 껄껄 웃었다. "거, 프랑스어 두 마디는 배워야겠어. '얼마요?'랑 '꺼져'. 하지만 여보! 프랑스에 왔어. 유럽에!"

프랜은 미소를 지었다. 샘이 으스대도록 내버려두고 샘의 미국주의를 비난하지도 않았다. 그들은 손을 잡고 앉아 있었고, 미국에서 떠나온 이후 가장 친밀하고 행복했다. 모든 것

• 《톰 소여의 모험》을 쓴 미국의 소설가 마크 트웨인(1835~1910).

•• 《위대한 앰버슨가》를 쓴 미국의 소설가 부스 타킹턴(1869~1946).

이 유쾌했다. 점심 식탁에 놓인 붉은색과 금색의 병이, 웨이터가 아이스크림콘을 자르는 능숙함이, 체크 무늬 정장과 붉은 타이, 네모나고 검은 턱수염(대서양을 건너와 구경할 만한 수염이라고 프랜이 중얼거렸다)을 합친 비밀스러운 프랑스 남자를 꾀려는 비밀스러운 과부가 유쾌했다.

샘은 차창을 지나가는 인간 군상의 '이국적인 느낌'에도 자극을 받았다. 우차를 모는 여자들, 길가에 카페가 늘어선 도시들, 붉은 회반죽으로 쌓아 올린 울퉁불퉁한 돌 사이 노란 벽돌로 지은 못난 새 집들과 땅 자체에서 느껴지는 '이국적인 느낌'의 부재까지. 어쩐지 프랑스의 나무와 풀이 미국처럼 자연스럽고 적절한 나라와 같은 초록이고, 프랑스의 흙이 같은 갈색이며, 프랑스의 하늘이 같은 파랑이라는 것이 옳지 못한 듯했다. 촘촘하게 울타리를 친 영국의 작은 들판을 보고 나니 4월이 다가와 푸르고 널따란 피카르디 평원이 일리노이와 아이오와의 평원과 굉장히 비슷해 보였다. 그렇게 오랫동안 큰돈을 들여 여행한 뒤라 그 광경이 좀 실망스럽고, 옳지도 흡족하지도 않게 느껴지긴 했지만, 샘은 인간의 활동 중 가장 순수하고 자기중심적인 것, 아는 것을 보는 듯한 느낌에, 관찰 대상을 이해하고 통달한 느낌에 유쾌해졌다. 샘은 신문에서 아는 사람 이름을 본 골목길 무명의 존재처럼 기분이 좋았다.

"즐거운걸!" 샘이 말했다.

샘은 미국 소도시들을 '가늠'하는 데 익숙했었다. 기차 차창으로 캘러머주나 타이터스 센터를 보고 오차 10퍼센트 범위 내로 인구를 짐작할 수 있었다. 그럴 수 있었고, 자주 그렇게 했다. 그는 온갖 수치에 매료됐고, 20년 동안 인구와 면적과 등급 비율과 타이어 평균수명을 기억하는 것에 비열한 점은 없다고 프랜을 설득하려고 노력했다. 샘은 영국 소도시의 규모도 꽤 잘 짐작할 수 있었다. 영국에서는 우스꽝스러운 모자를 쓴 집배원과 중간 이상의 속도를 내지 못하는 택시를 보고 충격받은 이후로 크게 당황한 적 없었다. 그러나 파리에서는, 북역에서 호텔까지 부딪히고 미끄러지고 달리는 동안 샘은 눈에 보이는 것이 대체 무엇인지 확신할 수 없었다.

프랜은 그것에 대해 썩 잘 설명했다. 그녀는 택시에서 일어서다시피 하고는 외쳤다. "오, 저것 봐, 샘, 저거! 귀엽지 않아! 너무 신나지 않아! 오, 귀엽고 우스운 아연 통들! 껌 대신 쿠앵트로• 광고가 있어! 대머리처럼 생긴 높다란 흰 건물들! 모두 너무 시끄럽지만 너무 명랑해! 오, 정말 좋아!"

하지만 샘에게 그곳은 정신병원에서 만든 활동사진이었다. 화산이 폭발하는 지진이요, 잠자리에 들자마자 울리는 전화였다. 번갯불과 기적과 호외와 전쟁이었다.

그들이 탄 택시는 버스 한 대를 아슬아슬하게 피하더니 버스 뒤쪽 승강장 뒤에서 미끄러졌다. 이상하게 자그마하고 이

• 오렌지 껍질로 만든 프랑스 술.

상한 흰 곤봉을 든 경찰. 카페에서 맥주잔을 앞에 놓고 앉은 두 사제. 런던의 금빛 갈색 대신 사방이 은빛 회색이었다. 지나치게 벌거벗은 채 5층 발코니를 떠받친 석고 여성 둘. 가게 앞 낡은 러그 더미와 뉴욕이나 시카고나 제니스에서처럼 맞은편 백화점을 부러워하며 죄책감을 느끼는 대신 그 옆에서 작은 자기 가게에 몹시 만족해하는 프랑스인. 생선. 빵. 턱수염. 브랜디. 아티초크. 사과. 에칭화. 생선. 냄새날 것 같은 골목. 화려하게 펼쳐진 큰길. 용도가 무엇인지 짐작할 수 없으며, 샘에게 라틴계의 예절에 대해, 그들을 향해 달려오는 겉보기에는 훌륭하고 분명 턱수염이 난 신사들에 대해 충격적인 새로운 관념을 갖게 해준 원형의 양철 구조물들. 얇아 보이는 노란 종이로 제본한 책들. 초조한 자동차 경적들이 끊임없이, 신경을 긁어대며 짜증스럽게 신이 나서 울려대는 빵-빵-빵 소리. 텅 비어서 열 배 더 높은 미국의 고층 빌딩보다 어쩐지 더 높아 보이는 건물들. 프랑스 혁명과 붉은 모자를 쓰고 주름치마를 입고서 날뛰는 여자들이 떠오르는 작고, 꾀죄죄하고, 다정해 보이는 주택의 정면. (샘이 판단컨대) 진짜 예술가, 붉은 턱수염에 넓은 검정 모자를 쓰고 외투를 입고 모퉁이를 접어 표시하고 마블지 표지의 포트폴리오를 겨드랑이에 낀 사람. 웃고, 비난하고, 용서하고, 웃어대며 수다를 떠는 여자들. 지브롤터처럼 단단해 보이는 탁월한 공공건물들. 또 다른 택시를 겨우 피한 뒤 들리는 양쪽 기사들의 대단한 욕설…….

"확실히 바쁜 도시군. 하지만 교통정리는 잘 안 돼 보여." 새뮤얼 도즈워스가 이렇게 말할 때의 목소리는 유난히 굵고 엄숙했다. 그가 유난히 혼란스럽고 소심해졌기 때문이다.

그랑 오텔 데 되 에미스페르 에 디종에 와서야 샘은 칼레의 세관에서 (그가 바라건대) 프랜에게 좋은 인상을 주었던 유쾌하고 숙련된 태도를 되찾을 수 있었다. 호텔의 부지배인은 영어를 잘했고, 적수가 점잖고 알아들을 수 있는 언어를 말하는 한 샘은 당황하는 법이 없었다.

제니스의 루실 매켈비는 프랜에게 에미스페르가 "참 좋은, 조용한 호텔"이라고 했고, 샘은 런던에서 전보를 보내 예약했다. 혼자였다면 샘은 분명 체크인을 하고 무슨 방이 주어지든 얌전히 받았을 것이다. 하지만 프랜은 스위트룸을 보겠다고 했고, 그곳이 햇볕 안 드는 정원을 내다보는 습하고 얼룩진 곳임을 알게 됐다.

"오, 이건 안 되겠어!" 프랜이 울부짖었다. "좀 더 좋은 곳은 없어요?"

루마니아에서 태어나 알제를 거쳐 온 유창한 프랑스인 부지배인은 경멸하는 눈초리로 두 사람을 훑어봤다. 부지배인들이 파리에 처음 온 외국인들을 위해 아껴놓는, 어디에도 비할 데 없이 사람의 기를 꺾는 경멸 섞인 표정이었다.

"만실입니다." 부지배인이 콧방귀를 뀌었다.

"다른 방은 전혀 없어요?" 프랜이 항의했다.

"네, 부인."

말은 그랬지만, 말투는 "네, 이 성가신 외국인아. 여기서 받아주는 게 아주 다행인 줄 알아라. 너희 둘이 진짜 부부인지도 모르겠는데. 뭐, 그건 눈감아줄 테지만 양키의 건방진 태도는 참아주지 않겠다!"였다.

태연한 프랜조차 주눅이 들어 이렇게만 말했다. "음, 마음에 안 드는데……."

그때 새뮤얼 도즈워스가 다시 등장했다.

파리의 호텔과 부지배인에 대해 샘이 아는 건 부족했지만, 건방진 직원에 대해서는 박학했다.

"아니." 샘이 말했다. "좋지 않소. 마음에 들지 않아. 다른 곳을 알아보겠소."

"하지만 선생님께서 이 스위트룸을 예약했습니다!"

국제주의자와 지방인은 서로를 죽일 듯 노려봤고, 샘이 앞발을 꼭 쥐고 거센 분노로 뒷덜미의 털을 세울 때 부지배인은 눈을 내리깔고 부끄러운 표정을 지었다.

"이것 보시오! 여기가 지독한 방이라는 건 당신도 알지 않소! 지배인, 뭐라 부르는지 몰라도 상사를 부르고 싶소!"

부지배인은 어깨를 으쓱이더니 차갑고 빠르게 사라졌다.

샘은 별말 없이 프랜 옆에 서서 택시로 갔다. 짐을 다시 싣는 것을 지켜본 뒤 그 호텔에서 데리고 나올 수 있는 모두에게 끔찍하게 많은 팁을 줬다.

"그랑 위니베르셀!" 샘이 택시 기사에게 외치자 기사는 그의 프랑스어를 알아듣는 듯했다.

택시에서 샘이 중얼거렸다. "프랑스어로 '꺼져'를 배워야 한다고 했지."

침묵. 그러자 샘이 천천히 말했다. "거기서 나와서 다행이야. 하지만 내가 그 가련한 생쥐 같은 직원에게 으름장을 놓긴 했지. 지저분한 짓이었어! 미안해! 내가 그자보다 덩치가 세 배는 크잖아! 나 같은 미국인을 싫어하는 이유를 알겠군. 미안해, 프랜."

"당신이 좋아!" 프랜의 말에 샘은 살짝 놀랐다.

리볼리 거리의 그랑 위니베르셀에 튀일리 정원을 내려다보는 스위트룸은 마음에 들었고, 프랜은 짐을 풀며 한 시간에 스무 번은 창문으로 달려가 도시의 카사노바라는 파리의 풍경을 만끽했다.

벽에는 노란 브로케이드를 덮고, 은색과 레몬색의 줄무늬 천이 덮인 가녀린 의자가 놓인 응접실은 매우 탄탄하고 여성적으로 느껴졌다. 장엄한 상감 세공의 캐비닛도 가벼워 보였고, 벽난로는 생기 있되 좀 어울리지 않는 분홍색 대리석이었다. 샘은 그곳이 경솔한 방, 잠옷을 입고 죄를 짓기 좋은 방이라고 느꼈다. 샘은 파리가 전부 그렇다고 판단했다.

샘은 무늬를 새긴 철제 발코니로 나가 오른쪽으로 콩코르드 광장과 센강 건너 국민의회를 둔 샹젤리제의 출발점을 바라봤다. 샘은 불현듯 꼼짝 않고 서서 또 다른 파리, 웅장하고, 무심하고, 오랜 역사로 빛바랜 회색의 파리, 겉은 요란해도 심장부는 영원히 고요한 파리를 느꼈다.

꽥꽥거리는 자동차 경적 아래 음산한 사형수 호송차의 소리가 들렸다. 샘은 유럽을 하찮은 군주들로부터 지켜낸 나폴레옹의 나팔 소리를 들었다. 듣는다는 것도 잘 모른 채 혁명주의자였던 황제의 대포 소리를 들었다. 샘은 새뮤얼 도즈워스가 들은 적도, 들을 수 있으리라 생각한 적도 없는 것들의 소리를 들었다.

"와, 프랜, 이 도시는 참 오래 여기 있었던 것 같아." 샘이 사색에 잠겨 말했다. "이곳은 많은 걸 알고 있어." 제니스의 새뮤얼 도즈워스가 말했다. "그래, 아는 게 많아."

그리고 조금 서글프게 말했다. "나도 그러면 좋겠군!"

파리는 여럿이 존재하는데, 서로 리옹과 몬테카를로만큼, 백 만(灣)과 다코타의 밀밭처럼 무관하다. 우선 관광객의 파리가 있다. 여남은 곳의 호텔, 여남은 곳의 바와 레스토랑. 프랑스보다는 미국에 가까운 곳이다. 외설적인 풍자극 세 개. 기차역 세 곳. 카페 드 라 페. 에펠 탑. 개선문. 루브르. 드레스와 향수, 뱀 가죽 구두, 실크 잠옷 가게. 파리 택시 기사의 아쉬운 태도. 뚱뚱하고 두개골이 분홍색인, 란제리를 사들이는 미국인들이 모조품이지만 엄청나게 비싼 샴페인에 취해 결국 뾰족한 종이 모자를 쓰고 색종이 가루를 뿌리며 스스로를 위대한 연인이라 여기면서 불행한 운명을 모두 잊으려는 몽마르트르의 댄스홀들.

소르본 대학교 주위 학생들의 파리는 안경 쓴 사람이 아주 많고 꾸준한 곳이다. 가짜 예술가들의 파리는 매우 문학적이고 취해 있으며 온갖 이론으로 가득한 곳이다. 진짜 예술가들의 파리는 감추어져 있으며 바쁘고 조용한 곳이다. 범세계주의자의 파리는 식물원에서 아침 식사, 리츠 호텔에서 티타임,

누가 시로스에서 공주들과 식사하다가 목격됐는지 알려주는 사교 칼럼을 읽는, 즉 관광객보다 우월하다고 느끼는 게 주된 즐거움인 이들의 파리다.

300만의 프랑스인 이외에는 아무도 살지 않는 파리도 있다고 한다.

이 미지의 파리에서는 회계장부 담당자들과 전기 기사들과 장의사들과 기자들과 할아버지들과 식료품 가게 주인들과 개들과 미국의 고향 사람들만큼 로맨스와는 거리가 먼 사람들이 산다고 한다.

이 마지막 파리를 제외하면 미국인이 대부분이다.

파리는 가장 큰 도시에 속하고 분명 가장 유쾌한 곳이다. 현대 미국의 도시 중에서 말이다. 그곳은 기쁨 가득한 도시고 주된 기쁨은 질투다. 모든 시민은 프랑스어와 박물관, 와인, 레스토랑에 대한 지식으로 다른 모두와 경쟁 중이다.

다양한 계급은 저마다 자기 아래 계급을 무시하며, 그 순서는 다음과 같다. 오랫동안 파리에서 정말 정착한 미국인과 프랑스 귀족과 결혼으로 연결된 이들, 오랫동안 정착했지만 귀족과 무관한 미국인들, 파리에서 1년 산 미국인들, 3개월 산 미국인들, 이 주, 삼 일, 반나절, 방금 도착한 미국인들. 세련된 프랑스인 친척을 두고 거주하는 미국인이 단순히 사업을 위해 파리에서 몇 년 산 가련한 자들을 비웃듯이 사흘 지낸 미국인은 반나절 관광객을 우습게 여긴다.

그리고 그들은 예외 없이 환율을 이야기한다.

실은 모두 매우 비슷하고 대체로 향수병에 걸려 있다.

그들은 미국에서는 살 수 없다고 하지만, 유럽에 진정 동화된 10퍼센트를 제외하면 미국 소식이 너무 간절한 나머지 아이오와 키어컥이나 뉴욕이나 포츠빌에서 고향 신문을 받아 보고, 매주 가장 좋은 날은 미국에서 우편물이 도착하는 날이다. 그걸 받은 그들은 이렇게 외치며 반긴다. "어이, 메이미, 이것 좀 들어봐! 링컨 학교에 새로 중앙난방 시설을 놓는대." 그들은 워싱턴 거리의 연장 공사가 언제 끝날지 미국의 루이자 수녀만큼이나 잘 안다. 그들은 《르 마르탱》이나 《르 주르날》을 으스대며 훑어볼 수 있어도 《뉴욕 헤럴드》나 《시카고 트리뷴》의 파리판을 1면 기사부터 한마디도 빠짐없이 진지하게 읽는다. "의회 선거비용 조사 착수"와 "대서양 횡단 항공노선 계획"부터 스크랜턴의 위트니 T. 워렌스타인 부인이 브리스틀의 만찬에 게하임라트와 보프 부인을 초대했고, 작가이자 강사인 메리 밍크스 미턴 양이 페도크 호텔에 도착했다는 등의 "유럽의 미국인 소식"까지.

이 계급은 각기 세련된 집단, 너무 고귀해서 세련될 필요가 없는 집단, 싸구려 술집과 진지한 음주를 좋아하는 집단, 사업 발전을 위한 집단 또는 그저 빈둥거리는 가장 중요한 집단에 대한 선호에 따라서 세분된다. 이 집단 중 한 곳에 완전히 집중할 수 있는 사람은 행복하다. 그는 같은 열정을 가진 사람들을 만나 술을 마시거나 쇼핑을 하거나 예술을 하거나 한마음 한뜻인 동지들과 함께할 수 있다.

그러나 샘 도즈워스는 불행했다. 그의 아내는 세련됨과 예술을 향한 관심을 연결하려고 애썼고, 그는 사업과 싸구려 술집을 선호했으니까.

프랜이 제아무리 '관광'을 무시해도 처음 파리에서 두 사람은 외로웠고, 샘은 안내서에 나오는 온갖 곳에 프랜을 끌고 갈 수 있었다. 젤리스에서 춤추고 에펠 탑에도 올라갔고, 프랜은 구석에서 토할 뻔했다. 루브르에는 세 번 갔다. 샘이 프랜을 달래 위스키소다를 마시러 간 뉴욕 바에서 모르는 남자와 스키와 브롱크스에 관해 활기찬 대화를 나눈 적도 있었다. 프랜은 소규모 식당을 새로 찾아내는 데 샘보다 더 열을 올렸다. 샘은 웨이터를 정복하고 와인 리스트를 알게 된 곳을 매일 밤 다시 찾는 데 만족했을 것이다.

그리고 희한하게도 샘은 프랜보다 미술관과 그림 전시를 더 즐겼다.

프랜은 예술에 관한 글을 많이 읽었다. 매달 스튜디오 잡지를 훑어보고 5번가의 미술관은 전부 알고 있었다. 하지만 프랜에게 회화는 모든 '문화'처럼 자신을 사교계에서 장식해줄 때만 흥미로웠다. 마크 트웨인의 전통을 모방하는 여러 소설에서 미국의 아내는 여전히 남편을 미술관에 끌고 가고 남편은 거기서 달아나려고 한다. 하지만 현실에서 샘의 상상력은 파란 눈과 금빛 어깨와 역동적인 삼각형에 프랜보다 훨씬 더 자극받았다. 그가 흐릿한 인상주의나 입체파의 재즈 수학에는 멈칫했을지 모르지만, 그 순간 샘이 가장 좋아하는 화가는 베네치아 블라인드 틈 사이로 눈이 부신 햇살이 비집고 들어오는 실내나 침침한 숲을 비추는 놀라운 햇빛을 그린 로비노프였는데, (프랜이 차를 마시러 가자고 성화를 부리는 동안) 샘은 그 그림들을 오랫동안 만족하며 바라보고 뜨거운 태양의 냄새가 나는 것처럼 숨을 들이쉬었다.

매 순간 프랜은 샘의 사업 동료에게 그러듯이 '관광'에 대해서도 변덕을 부렸다. 어느 날 프랜은 관광객의 표식, 붉은 베데커 가이드북을 가리지 않고 다닐 만큼 용감해졌다. 또 다음 날 프랜은 샘과 야외 카페(나폴리탱인가 클로즈리 데 릴라)에 함께 앉으려 들지도 않았다.

"왜 그래? 세상을 구경하기 제일 좋은 곳이잖아. 다들 거기 가는데." 샘이 물었다.

"세련된 사람들은 안 가."

"음, 난 세련되지 않았어!"

"음, 난 아니야!"

"그럼 남들의 생각에 신경 쓰지 않을 만큼 세련돼야겠군!"

"그럴지도 모르지……. 하지만 레인코트를 입은 관광객 무리랑 앉아 있는 모습을 보이기 싫어."

"어제는 카페에 앉아서 즐거워했잖아. 노래하던 걸인이 기억 안 나?"

"바로 그거야! 이제 됐다고! 오, 당신의 친애하는 미국인 동료 관광객을 바라보고 싶으면, 진심이니까 어서 가. 사랑하는 새뮤얼! 난 크리용에 가서 괜찮은 차를 마실 테니까."

"그리고 어쩌다 부자가 된 친애하는 미국인 동료 관광객을 바라보겠지!"

"내가 하고 싶은 걸 한다고 항상 나랑 다퉈야겠어? 난 당신이 길가에 앉아 있는 걸 막지 않아. 크리용에 가지 마! 당신이 좋아하는 미국 술집에 가고 싶으면 가. 가서 술 취한 사업가들이랑 친분을 쌓으라고……."

두 사람은 크리용에 가는 걸로 타협했다.

샘은 프랜이 자기가 존재하는지도 모르는 상류층 사람들의 눈에 멋지게 보여야 한다고 느끼는 것이 의아했다. 제니스에서는 프랜이 '이웃 속여 넘기기'라는 장구한 역사를 지닌 스포츠를 하느라 길 건너 저택의 여주인보다 더 속물적으로 구는 것에서 매우 인간적인 만족감을 느낄 수도 있다고 이해할 수 있었다. 프랜이 소중한 친구이자 얄미운 경쟁자인 루실 매켈비보다 옷을 잘 차려입은 것을 보고 부적절하게도 기뻤었다. "멋진 여자 같으니. 이 안에서 당신이 가장 잘 차려입었군!" 샘은 중얼거렸었다.

그러나 마차를 타고 지나가는 이름 모를 파리의 귀족이 어느 날 두 사람이 카페에 즐겁게 앉아 있는 것을 보고 못마땅한 표정을 짓든지 말든지, 어째서 프랜에게 중요하단 말인가?

샘은 카르나발레 박물관이 있는 고요하고 고전적인 보주 광장이 팻스 시카고 바보다 더 고급인 모양이라고 인정했다. **칸통 프레스**•가 서배너 그릴의 옥수수튀김보다 더 우아한 음식이라는 것도. "하지만." 샘이 짜증을 냈다. "어째서 둘 다 즐기지 못하는 거야. 실제로 맛있게 먹으면서? 우리더러 여기 와서 세련되게 지내라고 시킨 사람은 아무도 없다고! 우리에

• 프랑스의 전통적인 오리 요리.

겐 아무런 의무도 없어! 미국에선 우리가 원하는 대로 즐기는 것을 금지하는 법이 있었을지 몰라도 여긴 없다니까!"

"사랑하는 샘, 이건 자존감을 지키는 문제야. 정글에서 혼자서도 늘 저녁 식사 때는 옷을 갖춰 입는 영국인과 같은 거라니까."

"그래, 나도 그 이야기는 읽었어! 우선 그 작자는 그렇게 안 했을지도 모르고, 그렇게 했더라도 멍청이야! 난 늘 그렇게 생각했어."

"그랬겠지! 당신은 그 사람에게 그게 어떤 의미였는지 이해 못 하니까……."

"뭐, 그 작자의 자존감이 고집부리면서 셔츠 입는 데 달려 있다면 때려치우는 게 나았다고 생각해! 플란넬 셔츠를 입었다고 자존감을 잃는다면, 부두에서 뛰어내리고 말지."

"아, 당신은 **이해를** 못 한다니까!"

제니스에서 그들은 다투고 부부 싸움을 하는 데 진지하게 신경 쓸 겨를이 없었다. 샘은 온종일 회사에 있었다. 저녁때는 주로 다른 사람들을 만났다. 일요일이면 골프와 친척과의 약속이 있었다. 지금은 다투면서 동시에 친밀하게 모험을 즐기며 행복해할 시간이 넉넉했다. 어느 날, 그들은 싸웠다. 그리고 싸움은 끝이 안 났다. 특정한 한 가지에 대해 다투는 것이 아니라 인생철학의 차이를 놓고 다퉜기 때문이다. 다음 날은 퐁텐블로 숲을 살펴보러 나가(그리고 가끔 프랜은 샘이 주머니에 샌드위치를 넣고 다니게 해줄 만큼 소박하고 명랑해지기도 했

다) 4월의 산들바람에 흔들리는 나무 사이를 걸으며 웃었다.

샘은 프랜을 알게 됐고, 가끔은 자신도 조금씩 알게 됐다.

샘은 호텔 직원, 웨이터, 점원 이외에 프랑스인을 거의 만나지 못했지만, 그들에게서 본 것, 프랑스 생활의 겉모습에서 본 것에 어리둥절했다. 비슷한 처지의 많은 여행자는 거기서 느낀 혼란이 싫어 떠나고, 나라 전체를 하찮고 미친 곳이라며 저주한다. 하지만 샘에게는 마주치는 어떤 상황이라도 이해해보려는 끈덕진 소망이 있었다. 그는 신기한 것, 소동을 일으키는 것, 특이한 사람들과 교류하는 것, 심지어는 여행에서 즐거움을 찾는 사람이 아니었지만, 일단 새로운 것에 끌리면 그것을 이해하고 싶었고 이해할 수 없을 때마다 부끄러워지면서 자신의 무지를 마음 깊이 확고하게 인정하게 됐다.

그런데 샘은 그 프랑스인들을 이해할 수 없었다.

카페에서, 극장에서, 가게에서, 투르와 베르사유로 가는 기차 안에서 샘은 프랑스인들을 지켜봤다. 어떻게 그들은 커피(게다가 그들은 어째서 커피를 도자기 잔이 아니라 유리잔에 마시는가?)처럼 시시한 것을 두고 앉아서 편안하게 도미노 게임을 하거나 수다를 떨 수 있는가?

그들은 이야기하기를 참 좋아했다. 대체 그들은 어떻게 끊임없이 이야기할 거리를 찾는 것인가? 어떻게 **할** 일도 없이 그걸 견딜 수 있는가?

어째서 집 주위에는 풀밭이 그렇게 없는가? 어떻게 점잖은 늙은 부부, 은발의 남편과 허리가 굽은 아내가 저녁때면 평범한 카페에 앉아 있는가? 미국에서 그런 부부들은 살롱이나 카페를 가증스러운 자들의 마지막 소굴이라고 여기는데? 샘은 프랑스인들이 가게에서 우아하게 행동하고, 뤽상부르 공원에서 아기들에게 환히 웃고, 거리를 활보하며 함께 웃는 것을 보고 그들도 다정한 사람이라고 판단했다. 미국의 야만인들이 4분의 1쯤 찬 기차 칸에 들어왔다고 인상을 쓰는 프랑스인을 봤고, 좀 전까지만 해도 만면에 미소를 짓던 통통하고 깔끔하며 건전한 여점원이 장갑 드라이클리닝에 10상팀•을 더 부과했다고 주장하는 프랜을 맹렬히 비난하는 것을 봤고, 프랑스인이 밉살스러울 정도로 무례하고 비열하다고 판단했다. 그리고 프랜이 옥신각신하는 걸 즐기는 모습에 약간 심란하기도 했다.

샘은 루브르와 방돔 광장의 가게에서 파는 실크, 그랑 위니베르셀 스위트룸의 깔끔함을 보고 프랑스인이 세계에서 가장 훌륭한 안목을 가졌다고 판단했다. 어마어마한 황동으로 장식한 창문이 딸린 백화점들, 그곳에 진열된 생선과 가금류와 정원의 후작부인을 그린 다색 석판화들, 물방울무늬를 새겨 넣은 탁자들, 불편할 정도로 강렬한 붉은색으로 장식한 의자들을 봤다. 거만한 몽소 공원에서는 수입해 온 유적을 봤다. 저속한 엽서와 《파리의 삶》과 《웃음》에 나오는 영원히 변치 않는 벌거벗은 젊은 여인들의 그림을 보면서 키득거리는,

• 1상팀은 1프랑의 100분의 1이다.

지적으로 보이는 프랑스인들도 봤다. 샘은 프랑스인들에겐 아무런 안목도 없다고 판단했다.

그러나 이 모든 판단 뒤에는 샘 도즈워스가 외국의 방식에 당혹해하는 것 말고는 아무것도 하지 않는다는 판단이 있었다. 반면 프랜은, 어쩌면 외국의 방식을 너무 열심히 받아들여 두 사람의 동반자 관계가 영영 무너질 거라는 판단도 있었다.

제13장

샘은 뉴욕의 호텔에 익숙했고 미시간 북부, 메인, 버크셔의 여름 여인숙에서 이따금 이 주씩 보내기도 했었다. 하지만 몇 년씩 호텔과 펜션에서 객실 청소부와 관리자의 보살핌을 받고 지내면서 객실 담당 직원하고만 친해지며(그들이 원하는 수다를 참아줄 만큼 상냥하고 할 일 없는 직원을 찾는다면 말이다) 인생으로부터 도망치는 부자들이 있다는 것은 알지 못했다.

그리고 샘은 그게 마음에 들지도 않았다.

양로원에서 사는 느낌이었다. 직원들의 관심에 샘은 노인이 된 것 같았다. 승강기 안내원이 바닥에서 2센티미터나 높이 멈춘 승강기에서 내리도록 팔을 잡아줬을 때 샘은 화가 났다. 로비의 사환이 회전문을 돌려줬을 때(게다가 솜씨가 너무 좋아 샘의 코를 아슬아슬하게 피했다) 샘은 화가 났다. 수석 웨이터가 샘이 메뉴라는 걸 모른다는 듯 "오늘 저녁으로 수프를 드시겠어요, 새뮤얼스 씨?"라고 물었을 때 샘은 화가 났고, 무엇보다도 객실 담당 직원들이 매일 아침 유럽식 조식에 달

값을 더하고 싶다고 하면 놀라고, 나이프와 포크로 법석을 떨고, 의자를 밀고 유쾌한 신문을 치우고, 샘이 쇠약해서 집을 기운도 없다는 듯 냅킨을 들어줄 때 화가 났다.

그러나 샘은 그들 없이 살 수 없었다. 프랜이 날마다《르 마르탱》을 읽고 미술 전시회와 극장 시작 시간을 전부 알지만, 베르사유까지 무슨 기차를 타야 하는지, 슬리퍼를 어디서 사는지, 최고의 미국인 치과 의사는 누군지, 래커를 칠한 일본제 담뱃갑에 얼마를 내야 하는지, 마틸드 가게가 오늘 오후에 배달한다는 이브닝 스카프를 어째서 배달하지 않았는지, 마틸드 가게의 배달과 바가지 가격에 대한 일반적인 평판은 어떤지 알아보려면 프랜도 키 크고 잘난 체하는 관리자에게 문의해야만 했다.

죄수가 교도소를 받아들이듯이 샘도 호텔이 본래의 거주지라고 받아들일 수밖에 없었다. 그는 승강기에서 스위트룸까지의 복잡한 길(오른쪽으로 돌아 다시 오른쪽으로 꺾어 돌고, 복도에 영원히 놓여 있는 듯한 적색과 녹색 줄무늬가 있는 먼지 쌓인 오래된 트렁크 옆에서 왼쪽으로 돌면 왼쪽 일곱 번째 문, 손잡이 아래 긴 흠집이 난 문)에 신경 쓰지 않게 됐다. 농부가 오두막집으로 가는 먼 길, 어둡고 무의미하고 지친 다리에 힘이 드는 길을 받아들이듯이 샘도 그것을 받아들이게 됐다. 샘은 프랑스 승강기의 너무 탁 트인 구조와 지나치게 황동으로 꾸며진 것, 가벼운 외양에 괘념치 않게 됐다. 그는 승강기를 가리키는 말이 '리프트'나 '아상쇠르', '엘리베이터'만 아니면 무엇이나 된다는 것도 알게 됐다. 샘은 룸서비스 종은 절대 작동하지 않고 종업원을 부르려면 문 앞에 서서 '가르-송'이라고 외치는 것이 최선임을 알게 됐다. 그리고 제니스 레벨레이션 자동차 사의 총무처에서 경의가 느껴지는 인사를 받던 새뮤얼 도즈워스 씨는 복도에서 부츠 신은 그리스인이 고개를 끄덕이면 운이 좋은 것이란 사실도 알게 됐다.

샘은 동물원의 원숭이처럼 프라이버시가 부족한 상태로 사는 데도 익숙해졌다. 시간이 지나니 샘은 호텔의 구식 라운지에서 미국 신문의 파리판을 읽으면서도 자의식을 느끼지 않을 수 있게 됐다. 자기 응접실이 있지만 언젠가는 같은 미국인 해외 체류자가 알아보고 말을 걸어주기를, 인정하지는 않지만 내심 바라면서 샘은 그 라운지에 날마다 갔다. 라운지는 자갈 모양의 작고 못생긴 탁자와 여타의 대리석 묘비와 구별할 수 없는 넵투누스 동상으로 장식된 분수가 있고, 날마다 5시면 프랑스어 억양을 꽤 잘 모방한 시카고어를 하는 젊은 여성들이 칵테일을 마셔대는 현대적인 곳이었다. 그러나 라운지의 현대적 느낌이 의자에까지 미치지는 못했다. 장식 덮개를 씌워 섬세하고 정숙한 느낌을 주는 붉은색과 금색의 푹신한 의자였고, 나폴레옹 3세에게 바치는 물건처럼 보였다.

샘은 호텔 라운지의 다른 사람들 앞에서 책을 읽으며 정신을 함양하는 것에 쉽게 익숙해지지 않았다. 그는 클럽의 공동체주의에는 익숙했지만, 그곳에서는 아무도 남에게 관심이 없었다. 라운지에서는 남에게 관심을 기울이는 것 말고는 별로 할 일이 없었다. 거기 사람들은 언제나 못마땅한 표정으로 빤히 남을 쳐다봤다. 가장 배타적이고 낯선 사람을 가장 싫어하는 영국인 모녀는 라운지에서 배타적으로 남을 싫어하면서 시간을 가장 많이 보내는 사람이었다. 그날 아침 도착한 프랑스의 지역 거물은 이 주째 그곳에 자리를 잡고 있던 샘에게 가장 짜증스럽다는 표정을 지어 보인 사람이었다. 샘이 바로 옆자리에 앉아 의자를 5센티미터쯤 움직여 그를 짜증나게 했을 때였다. 샘과 눈이 마주친 뒤, 샘이 눈을 마주쳤다고 분노하며 세월을 보내는 나이 지긋하고 트림을 자주 하며 털이 잔뜩 난 부부들은 어디에 가나 있었다.

하지만 이 주 뒤 샘은 라운지에 들어가 인간 가구들을 무시하고 제니스의 서재에서처럼 편안히 신문을 뒤적일 수 있었다.

집 없는 사람의 집에 적응하고 있었던 것이다.

샘은 서서히, 그리고 항상 약간 놀라며 미국 기준에 따른다 해도 프랑스인도 인간임을 깨닫게 됐다.

그는 어떤 프랑스의 욕실에서는 온수 탱크가 작동하기를 기다리지 않고도 온수가 나온다는 것을 알게 됐다. 미국에서 좋아하는(그리고 향이 강한) 치약을 스물네 개나 가져오지 않아도 됐음을 알게 됐다. 파리에서도 미국에서처럼 손쉽게 치약, 티눈 고약, 뉴욕 일요 신문, 브로모 셀처,• 러키 스트라이크 담배, 안전면도기, 아이스크림을 살 수 있었다. 그리고 루이지스 바에서 만난 사람 말로는 열심히 찾기만 하면 남성용

• 두통약.

속옷도 구할 수 있다고 했다.

그리고 샘은 프랑스 운전사들이 미국 운전사보다 운전을 잘한다는 것도 알게 됐다.

프랜이 모자를 써보는, 안 반갑지는 않은 자유 시간 동안 샘은 베베르스 앞에서 코냑 소다("윈 피나 로 드 셀츠"라고 말하는 법을 배웠고, 웨이터들은 종종 그 말을 알아들었다)를 마시며 혼자 사색했다.

'나는 프랑스에 뭘 기대한 걸까? 잘 모르겠군. 우습지! 이젠 프랑스를 어떻게 머릿속에 그렸는지 기억이 잘 안 난다는 게. 편한 건 하나도 없다고 생각한 것 같아. 욕실도 없고, 모두 아침 식사로는 레드 와인과 달팽이를 먹고, 버스도 편안한 열차도 칵테일도 없고, 남자들은 콧수염에 왁스를 바르고 우스꽝스러운 턱수염을 기른다고. 그리고 '저 가정부는 재미있고 예쁘군요, 울랄라'라고 프랑스어 억양으로 말할 거라고.

그런데 런던 옷을 입고 이스파노 수이사•를 시속 100킬로미터로 모는 젊은 프랑스인들 말인데, 그들이 리츠 호텔에서 완벽한 영어로 영국 스테인리스 스틸과 아르헨티나의 교각 건설과 중국에 대한 소련의 영향력을 이야기하는 소리가 들린다니…….

온 세상이 제니스의 컨스티튜션 거리에 있는 레벌레이션

• 1904년 스페인에서 설립된 자동차 제조사.

자동차사의 총무부를 중심으로 돈다고 생각했는데, 항상 탑들과 성당들과 골목길들과 유럽은 샘 도즈워스가 1928년형 자동차 모델을 델프트 도자기의 청색으로 만들까 고민하는 것에 관심이 없었고……

그건 정말 중요한 것 같았어!

하지만 잊지 마. 난 미국인으로 태어나서 기뻤다고! 하지만……

그 시절에는 삶이 훨씬 더 단순했어. 우리가 바로 주인공이었다고! 유럽은 모두 지저분하고 망가졌고, 미국은 공산주의와 기아에 맞서는 세계 유일의 방벽인 걸 알고 있었지. 그렇게 거짓말하니까! 클럽 모임의 연설자들, 잡지에 기고하는 작가들이! 그들은 유럽인이 테니스를 치지도, 아이들에게 십계명을 가르치지도 않는다고, 유럽이 동굴 시대로 돌아가지 못하게 막는 건 미국의 돈뿐이라고 하니까.

젠장!

그래도 유럽인은 되지 않을 테다! 프랜이…… 오, 프랜, 여보, 당신은 내게서 떠날 건가? 당신은 날마다 내 가련하고 낡은 미국주의에 점점 더 오만하게 굴잖아! 당신은 어느 번드르르한 유럽인이 나타나기만 기다리고 있지. 그리고 말인데, 내가 참지 못하는 게 하나 있어. 프랜이 내가 어느 지골로보다도 못하다고 하는 거……

바보 같으니! 당연히 그…… 그렇지! 프랜은 아직 어린애야. 아직 소녀라고! 에밀리보다 나이는 좀 더 많지만, 판단력은 없어. 물론 유럽 때문에 흥분했지. 프랜은 할 일을 다 했잖아? 집안 살림을 하고 에밀리와 브렌트를 키웠잖아? 난 인내심을 가져야 해.

하지만 로커트처럼 가벼운 놈에게 빠지다니…….

젠장! 터브가 여기 있으면 좋겠군. 프랜과 내게는 아무도…….

아직도 문제를 피하고 있군. 이봐!

샘 도즈워스는 프레리도그처럼 시골 사람이고, 쉰한 살밖에 안 돼서 아직 30년은 더 살 수 있는데, 세상을 발견했다는 사실을 어쩔 셈인지…….

뭘 어째! 이미 늦었는걸. 여기 넘어와서 비누니 돼지고기로 돈을 벌었다는 사실을 감추려는, 그래서 초판본을 수집하고 자기 정체를 미안하게 여기는 미국 사업가로서 나는 꽤 재미있는 볼거리가 될 거야. 그렇지 않은가? 하지만 이따금 나도 이렇게 가만히 앉아 효율적으로 서두르지 않아도 된다는 걸 배울 테고…….

세상에! 5시로군! 어서 프랜을 만나러 가야지!'

그러나 샘에게는 아내에게서 받은 한 가지 위안이 있었다. 그랑 위니르베셀에서 객실 담당 직원인 마티외, 날마다 제복 옷깃에 신기하게 서로 다른 얼룩을 묻히고 나타나는 뚱뚱하고 곱슬머리의 번지르르한 그가 영어를 그렇게 완벽하게 한다는 사실에 불편할 정도로 강한 인상을 받았다.

훌륭한 미국의 관습에 따라 샘은 처음 아침 식사 시중을 받을 때 "영어를 어디서 배웠나?"라고 물었다.

마티외는 웃으며 대답했다. "시카고에서 5년 지냈습니다."

마티외는 아침 식사나 밖에 나가기에는 비가 너무 많이 오는 날 점심 식사를 제안하거나 반가운 미국의 우편물이 있을 때면 일상적인 대화가 샘보다 더 미국인 같았다. "맛깔나는 작은 스테이크 어떠세요?" 그는 시카고 억양으로 말하곤 했다. "저기, 사장님, 러시아에서 갓 들어온 맛깔나는 캐비아가 있습니다."

그래서 샘은 마티외가 미국 영어를 한다고 믿게 됐다.

하지만 셋째 날, 아침 식사 때 프랜이 말했다. "마티외! 요즘 영화를 상영하는 극장이 좌안 어디에 있는지 알아요?"

마티외는 빤히 보기만 했다.

"다시 말씀해주세요, 부인!" 마티외가 말했다.

"극장이요. 현대 영화, 시네마…… 오, 뭐라고 부르는지 모르겠지만!"

프랜은 조잡한 책상 위에 놓인 초록색과 금색 사전을 가지러 걸어갔다.

"**요즘 영화를 하는 곳이**, 그러니까 좌안에 그런 곳이 있어요?"

마티외는 아주 잘 안다는 표정으로 프랜을 봤다.

"오, 네, 관리자에게 물어보세요. 알려드릴 거예요! 오늘은 송아지 스테이크가 맛있어요. 시카고처럼 말이죠!"

마티외가 그날 그렇게 맛있다는 송아지 스테이크를 가지러 나간 뒤 프랜이 중얼거렸다. "아주 큰 발견을 했어! 음식 관련 어휘를 제외하면, 마티외의 영어는 우리 프랑스어나 다름없어! 우린 그렇게 못하는 게 아니야, 여보!"

"물론 당신은 못하지 않지. 하지만 난 지독한걸!"

"바보 같은 소리 하지 마! 어제 당신은 '**루브르 박물관은 몇 시에 문을 닫나요?**'라고 프랑스어로 말했잖아. 사실 당신이 '**루브르 박물관은 닫았나요?**'라고 말한 것 같지만, 택시 기사는 완벽하게 이해했고, 난 당신이 정말 근사한 프랑스어를 배울 거라고 믿어. 마음만 있으면 말이야."

"진심이야?" 샘이 말했다.

제14장

그들은 예술적인 미국인들이 좋아하는 카페 노브고로드에서 저녁을 보내러 좌안을 향해 나섰다. 샘에게 그 카페는 자신만큼이나 파리와 무관해 보였다……. 프랑스의 거리, 자식들과 함께 산책하는 부르주아 아버지들, 붉은 스카프를 맨 여자들과 장난치는 검은 눈의 남자들, 혼잣말을 중얼거리며 느릿느릿 걸어가는 노파들. 하지만 그곳, 차일 아래 카페 노브고로드에서는 미국인들의 목소리가 웅성거렸다.

"……조그만 시트로엥을 한 대 구해서 노르망디를 돌아봐……."

"……맛있는 로스트비프 한 끼가 6프랑인데, 말고기일지도 모르지만……."

"……엘리엇 폴이란 사람이 유일하게 정말 뛰어난 에세이 작가인데……."

그곳의 젊은 미국인들은 어찌나 없애는 걸 좋아하는지, 샘은 주위 탁자에서 그들이 캘리포니아의 경치와 결혼 제도, 휘슬러, 옥수수 튀김, 윌슨 대통령, 시멘트 도로, 케첩 사용을 없애자고 말하는 것을 들었다. 샘은 런던에서 가장 지루했던 만찬 때보다 더 우울해졌고, 여성 통역사의 음성이 우울을 방해했을 때, 잠자리 생각을 하던 중이었다.

라이커거스 와츠(다만 그는 '제리'라고 불러달라고 했다)가 그들 탁자 옆에 서서 애정 가득한 표정으로 웃고 있었다.

라이커거스(또는 제리) 와츠는 제니스의 전문 아마추어였다. 그는 트럭 운전사처럼 얼굴이 컸지만 앵앵거리는 부드러운 음성을 가졌고, 끊임없이 재미없는 농담을 하면서 자기 혼자 키득거렸다. 그는 쉰 살이라고들 했지만 스물두 살에서 백 살 사이 어느 나이로도 보였다. 그는 '훌륭한 집안' 출신이었다. 어쨌든 부자 집안이었다. 제리가 열 살 때 아버지가 돌아가셨다. 과부가 된 어머니와 함께 마흔셋까지 살며 여행했고, 어머니는 자기가 아는 가장 고귀한 사람이라고 모두에게 말했다. 어머니에 비하면 젊은 여자들은 죄다 제멋대로라 결혼하지 않겠다고 했다. 제리는 그 대신 목소리와 모친에 대한 애정이 자신과 같은 남자 여럿과 매우 비밀스러운 우정을 나눴다.

제리는 유럽과 아시아를 많이 돌아다녔지만 늘 제니스에 비워둔 아파트로 돌아갔다. 그곳은 레이스와 연철 열쇠, 오스카 와일드의 저서로 가득해서 진짜 러시아제 사모바르•와 검

• 러시아의 특유한 찻주전자.

은색과 금색 덮개를 씌운 침대를 놓을 자리가 없는 지경이었다. 그는 제니스에서 많은 시간을 레이스를 수집하는 대신 비누와 자동차를 만드는 장인들을 비난하고, 비누와 자동차에 투자한 수익률 높은 주식을 확인하며 보냈다. 그는 주에서 처음으로 슬라브족 수예품 전시회를 열었고, 시를 낭송했으며, 새 시와 새 산문을 싣는 새 잡지 출간에 대해 많은 이야기를 했다.

제니스에서 제리 와츠를 만날 때마다 샘은 귀갓길에 프랜에게 중얼거렸다. "대체 저 굼벵이는 왜 부른 거지? 저자만 보면 속이 메슥거려!" 하지만 제리가 프랜에게 3개국어로 도시에서 가장 아름다운 부인이라고 하자 프랜은 샘에게 "어머, 당연하지! 제리가 정말로 세련된 사람이라고 해서, 지저분한 사무실에서 이것저것 뒤지는 대신 세련된 여가 생활을 즐길 머리가 있다고 해서 고귀한 산업 역군인 당신들이 짐마차 말이 훌륭한 경주마를 무시하듯이 무시하는 거잖아!"라고 말했다.

프랜은 제리를 저녁 식사에 초대하기도 했다. 실제로 샘은 상당히 진심을 담아 제리를 미워하게 됐다.

하지만 파리의 억압적인 낯선 분위기 속에서는 어떤 낯익은 얼굴을 만나더라도 반가웠을 것이고, 샘은 오 분간 제리 와츠를 만나 기쁘다고 믿었다.

제리는 자리에 앉더니 키득거리며 말했다. "그 지독한 중서부에서 달아나 문명국으로 오라고 **했잖아요**, 프랜! 노브고로드는 정말 **사랑스럽지** 않아요? 참 귀여운 촌사람이 많잖아요! 참 매력적인 허세가 가득하고! 오, 두 분, 어제 여기서 정말 멋진 말을 들었어요. 토뮈 트로이츠카, 정말이지 소중한 핀란드 청년이고 훌륭한 수채화가인데, 영어를 완벽하게, 너무나 멋지게 하는 사람이죠. 토뮈가 '당신들 미국 지식인들의 문제는 대부분이 **신사를 보고도** 못 알아본다는 겁니다!'라는 거예요. 정말 대단하지 않아요? 오, 여기 파리에서 지내는 게 정말 좋을 거예요! 그렇지 않아요, 도즈워스?"

"네, 훌륭한 도시군요." 샘이 말했다.

"리옹 도르•에는 가봤어요?"

"아, 네." 프랜이 말했다.

"에밀스에서 **콩팥 요리**는 먹어봤나요?"

"네."

"그럼 당연히 란 루주와 랑데부 데 마리니에에도 가봤겠군요?"

"네."

"그럼 슈미즈 살에는?"

"아뇨, 거긴……."

"슈미즈 살에 안 가봤어요? 오, 프랜! 어쩌면 좋아요! 슈미즈 살이 파리에서 제일 유쾌하고 작은 식당인 걸 모른다고요?"

프랜은 짜증이 났다.

프랜이 유쾌하고 작은 식당이나 그 밖의 어떤 인위적인 보

• 파리의 카바레.

헤미안주의에 관심이 있는 건 아니었지만, 다른 제니스 사람이 자신보다 파리에 대해 더 많이 아는 것은 참을 수 없었다. 제리가 승기를 잡고 베르사유에 가는 건 촌스러운 일이고 프리즘 내과 의사회의 전시를 반드시 봐야 한다는 규칙을 늘어놓자 프랜이 살짝 노려봤다. 샘은 프랜이 곧 제리를 돌려보낼 거라고 짐작하며 인내심을 발휘했다. 하지만 제리가 이렇게 말하자 프랜은 기쁜 표정을 지었다.

"엔디콧 에버렛 앳킨스를 만났어요? 다음 토요일 오후 차를 마시러 내 숙소에 온다고 했는데. 프티샹 거리에 어둠침침하고 작은 집을 빌렸거든요. 부군과 함께 꼭 오시죠."

"그럴게요." 프랜의 대답에 샘은 몹시 풀이 죽었다.

택시에서 샘이 부루퉁하게 말했다. "거긴 왜 가고 싶은 거야? 엔디콧 에버렛 앳킨스가 누군데? 경영학과 동창처럼 들리는데. 그 작자도 와츠 같은 괴인가?"

"아니, 진짜 대단한 사람이야. 여기 미국 문학인회 회장이지. 프랑스 소설가와 오스트리아 농민 가구, 코레조와 영국의 사냥과 온갖 것에 관해 글을 써."

"하지만 나도 농민 가구에 대해 배워야 하는 건 아니지?" 샘이 희망을 버리지 않고 말했다.

엔디콧 에버렛 앳킨스는 헨리 제임스를 닮았다는 평판이 있었다. 커다랗고 좀 벗어진 머리에 풍채가 좋아 위엄이 느껴지는 사람이었다. 그는 침착한 음성으로 말했고(말이 많았다)

그에게 애정을 가졌다고 믿는 자그마하고 밝은 아내가 있었다. 그는 또한 유머 감각이라고는 전혀 없었지만 비평 일에는 도움이 되어 성공했고, 흥미로운 일화를 많이 알고 있어 몇 시간 동안은 그의 유머 감각을 의심하는 사람이 없었다. 앳킨스는 코네티컷의 사우스 비들스퍼드 출신이었고, "소중한, 참 고전적인 서적 애호가"였다고 종종 언급하는 그의 아버지는 탁월한 모자 제조업자였다. 그는 파리에 진짜 집을 아래위층 모두 소유했고, 미국 대사를 친구처럼 이야기했다.

그는 예상과 달리 약속을 지켜 제리 와츠의 스튜디오(새빨간 에스파냐의 성당 제단포와 자수로 장식한 사제복, 중국식 가운이 걸린 아파트였다)에 찾아왔다. 그곳을 스튜디오라고 부르는 까닭은 오직 북쪽으로 창이 나 있고 제리 와츠가 당연하다는 듯 스튜디오라고 불렀기 때문이었다. "북쪽에서 빛이 들어올 때가 아니면 사랑을 나눌 수가 없다니까요!" 그가 키득거리며 프랜에게 말했다.

긴 식탁에는 작은 찻주전자, 흐물거리는 케이크를 차린 작은 접시, 커다란 펀치 볼이 차려져 있었다. 다들 펀치를 세 잔씩 마신 뒤 대화가 매우 가열됐다. 식탁 주위로 서른 명 정도가 모였다. 샘은 엔디콧 에버렛 앳킨스 이외에는 아무도 기억하지 못했다. 샘에게 나머지는 늪에 모인 모기처럼 구별하기 어려웠다. 모기보다 더 시끄러울 뿐. 그러나 엔디콧 에버렛 앳킨스에게는 시끄러운 면이 없었다. 그의 침착한 태도에는 섬뜩한, 비난조의, 크리스천 사이언스 같은 느낌이 있어서 샘은 예일대 시절 그리스 희곡 교수에게 느꼈던 것과 같은 감정을 느꼈다.

앳킨스는 특히 유쾌하고 아름다운 것들(그리스 동전, 자바의 춤추는 소녀, 출판사에서 보낸 수표)을 생각하면 갸르릉거릴 줄 알았지만, 사람들 속에서는 바람 없는 하늘에 뜬 관측기구처럼 침착하게 버티고 서 있었다. 아파트의 가장 조용한 구석에서 그는 이탈리아 르네상스, 미국 국회보다 영국 의회가 우월한 점, 영국 가톨릭주의의 미래, 호러스 월폴의 서신, 이론상의 무정부주의(그는 실제로 1890년 밀라노 무정부주의자 회의에 열렬한 젊은 여행객으로서 참석하기도 했다)의 완성에 관해 장황하게 설파했다. 그가 한 말은 기억나지 않았지만, 그의 주장이 굉장히 탄탄하다고 느껴 검지로 옷깃과 목덜미 사이를 훑으면서 불안하게 한숨을 쉬게 됐다. "저 사람의 지식은 상당하군……."

앳킨스는 프랜에게 달려들었고, 샘에게도 달려들지는 않았지만 용인해주었다. 앳킨스는 프랜의 반짝이는 머리카락, 신선한 외모, 재빠른 움직임을 찬찬히 살폈다. 그는 프랜에게 펀치 한 잔을 가져다주고 루이 14세처럼 고개를 숙여 인사했다. 그는 1885년 만하임에서 자동차의 아버지 카를 벤츠 박사를 만났으며, 그가 최초로 만든 말 없는 마차가 자전거처럼 체인이 달렸고 조향장치와 좌석 밑에 내장을 꺼내놓은 알람시계처럼 뒤죽박죽으로 보이는 기계 덩어리를 지닌 회전식 세발자전거였다고 해서 샘의 마음을 샀다.

"나도 보고 싶군요!" 샘이 중얼거렸다. "혹시 마력이 얼마였는지 압니까?"

엔디콧 에버렛 앳킨스는 붉은 스탠드 불빛에 반짝이는 대머리를 장밋빛으로 물들이고서 자애로운 표정으로 샘을 바라봤다. "3.25였습니다."

(예순 시간 뒤, 이른 아침에 눈을 뜨고서야 샘은 앳킨스가 벤츠의 마력이 뭔지 조금도 모른다는 것을 깨달았다.)

엔디콧 에버렛 앳킨스는 남자들에게 드물게 경계를 늦췄지만 날씬하고 반들거리는 여자들에게는 거의 인간적으로 굴었다. 그는 프랜에게 라이커거스 와츠의 스튜디오에 온 건 빈민가를 찾아가는 즐거운 장난이었을 뿐이라고 알려줬다. 보통 자신은 가장 상류층 모임, 가장 아름다운 귀부인들, 가장 재치 넘치고 용감한 남자들, 귀한 초판 서적들 사이에서만 움직일 뿐이며, 프랜에게 모두를 소개해주고 싶다고 했다.

프랜은 대단히 기뻐했다.

앳킨스는 앙드레 소르숑에게서 들은 재미있는 일화를 이야기했는데, 소르숑은 그것을 E. V. 루커스•에게서 들었고, 루커스는 그것을 헨리 제임스에게서 들었으며, 제임스는 그것을 스윈번에게서 직접 들었다. 앳킨스는 프랜에게 부군(새뮤얼 도즈워스 씨)이 작고하신 말메종 공작과 굉장히 비슷하지만, 프랜은 공작부인보다 훨씬 더 상냥하다고 했다. 그는 프랜의 잿빛 감도는 금발이 스웨덴의 비극 배우 마담 셀리에와

• 영국의 유머 작가이자 에세이 작가인 에드워드 버럴 루커스(1868~1938).

놀라울 만큼 흡사하다고 했는데, 그녀는 베르나르, 두세, 모제스카를 합친 것보다 뛰어나다고 했다.

샘은 임원 회의에서 자주 그랬던 것처럼 머릿속으로 계획을 짤 수 있으면 말은 남에게 시키는 것으로 만족하고 등을 기대고 앉아 엔디콧 에버렛 앳킨스의 목적을 살펴보고자 했다.

'이자는 아는 게 많군. 흠, 적어도 읽은 건 많아. 뭐, 읽은 게 많지 않다면 읽은 걸 전부 기억하기는 해. 여기서 저자가 프랜에게 구애하니(얼마나 멋진지 칭찬하면서 말이지) 프랜은 덥석 받아들이는군. 가련한 프랜! 즐기라고 하지. 늙은 앳킨스와 시시덕거려봐야 얼마나 위험하겠어! 15년 뒤에 나도 저자처럼 늙어빠질까? 그렇다면 통나무집을 짓고 들어가서 옥수수나 키워야지!'

"도저히 말할 수가 없군요." 엔디콧 에버렛 앳킨스가 프랜에게 앓는 소리로 말했다. "정말 느긋한 순례를 하러 유럽을 찾아온 당신의 지혜를 얼마나 진심으로 존경하는지 말입니다. 그리고 미국에 애국자의 의무를 다하고(양키 관광객 여성들뿐 아니라 이 늙은 책벌레와도 친분을 쌓아주신다면, 미국에도 당신처럼 침착하고 아름다운 존재가 있다는 걸 유럽에 보여줌으로써) 있다는 걸 알고 있는지 궁금하군요. 오, 쉿소리를 내는 목소리에 고상한 어휘를 사용할 줄 모르며 날뛰는 이 끔찍한 여자들, 게다가 지독한 미국 술집을 다니며 혐오스러운 곳에서 춤추고……."

'어째서 "양키 관광객 여성들"이 몽마르트르에 가서 춤추면 안 되는 거지? 즐겁기만 하면 되잖아?' 샘은 곰곰이 생각했다. '앳킨스는 디트로이트의 예쁘장한 구매자가 자기를 즐겁게 하려고 여기 왔다고 생각하나? 해외의 미국인 식자층은 미국에 사는 청교도와 똑같군. 청교도는 술을 조금이라도 마시면 못마땅히 여길 거라고 하고, 여기 사는 미국인은 샤토 오 어쩌구를 정확한 온도로 마시지 않으면 못마땅히 여길 거라고 하니…….

이번 6월에 동창회를 하러 돌아갈 거야! 30회 동창회! 내가 그렇게 늙었나?

터브를 다시 만나고 푸들 스미스와 빌 다이어스를, 센터를 맡았던 붉은 머리의 덩치 큰 친구 이름이 뭐더라? 플로리? 플로로? 플래허티? 굉장한 친구였지!

앳킨스는 아직도 계속이군. 잘 듣고 얻을 수 있는 건 얻어야겠어. 우리의 "정말 느긋한 순례"가 거의 끝나가니까!'

"……하지만 도즈워스 부인, 우리 집에 지나치게 책만 많다고 여길까봐 걱정이군요. 부인처럼 아름다운 사람들은 책보다 뛰어나지요. 그런 분은 아무것도 읽을 필요가 없어요. 그저 살면 되지요. 부인은 와인색의 바다 어딘가에 있는 그리스의 섬에서 햇살 속에 춤추며 영원히 존재해야 합니다. 하지만 부군과 다음 일요일 점심 식사를 하러 와준다면, 음각인쇄 한두 점을 보여드릴 수 있습니다……."

일요일, 앳킨스 집에서의 점심 식사 때 샘은 난생처음 공주를, 마라비글리아시 부인을 만났다. 처음부터 그녀가 공주임을 안 건 아니었다. 사실 샘은 그녀가 착하지만 조금 초라한, 불쌍한 친척인 줄 알았다. 하지만 앳킨스는 극적인 방백으로 그녀가 공주임을 밝혔고, 샘은 올바른 민주주의의 미국인답게 강한 인상을 받았다.

그리고 그녀가 상당히 훌륭한, 지위 높은 공주였으며, 겨우 4분의 1만이 미국인의 피를 물려받았음을 프랜이 꼼꼼히 확인했다.

베네치아 유리 세공품과 차분한 플라톤 흉상이 놓인 높고 시원한 식당에서 샘은 공주 옆에 앉아 점심을 먹었다. 그리고 샘이 지나치게 스스로를 낮추지 않으며 점잖은 척하는 동안 《아이반호》와 셰익스피어와 《아서왕의 목가》를 읽었던 그의 소년 자아는 "공주 옆에 앉았다!"라며 흐뭇해했다.

공주는 무솔리니에게 한 말과 교황의 비서 추기경 예하로부터 들은 이야기를 떠들었고, 샘은 그런 세계적인 인물들을 알고 싶은 마음이 십 분 정도 들었다. 그는 자신의 큰 키가 발휘하는 위엄과 중역으로서의 경험이라면 대사가 되어 무솔리니에게 말하고 추기경에게 말을 듣는 숱한 사람과 친분을 쌓을 수도 있다는 뜻으로 프랜이 한 말(정확히 뭐였더라?)을 떠올렸다.

하지만 샘은 마라비글리아시 공주의 수다에 곧 지쳤다. 샘에게 트루빌과 비아리츠를 **반드시** 봐야 한다고 했다. 볼셰비키당을 **반드시** 증오해야 한다고도 했다. 잉그러햄 부인의 집에 차를 마시러 **반드시** 가야 했다.

샘은 새로운 의무가 두려웠다.

'내가 보기에 여행은 훌륭한 사람이 되려면 해야 하는 새로운 일들을 계속 발견하는 과정 같군.' 샘이 생각했다.

프랜은 마라비글리아시 공주에게 냉랭한 예의를 갖췄고, 샘이 보기에 그것은 프랜이 강한 인상을 받았다는 뜻이었다. 그러나 프랜이 가장 관심을 보이는 상대는 드 페나블 부인이라는 사람이었다. 드 페나블 부인은 붉은 머리에 흰 피부를 가졌으며, 모든 나라에서 영향력을 행사하는 모든 사람을 아는 전문가로 보이는 좀 통통한 여자였다. 도즈워스 부부는 드 페나블 부인의 출생지가 폴란드인지, 네브래스카인지, 아프리카인지, 도르도뉴인지, 헝가리인지 결국 알아내지 못했다. 부인의 남편이 누구인지, 남편이 있긴 한지도 알아내지 못했다. 그녀가 사업을 하는지, 이혼 수당으로 사는지, 집안 수입이 있는지 알아내지도 못했다. 샘은 부인이 국제 첩보원일 거라 추측했다. 부인은 유쾌하고 아주 똑똑했다. 자신에 관해서 끊임없이 말하면서도 자신에 관해서 아무것도 밝히지 않는 사람이었다. 부인은 영어, 프랑스어, 독일어, 이탈리아어를 완벽하게 했고, 레스토랑에서는 정체를 알 수 없는 웨이터들과 러시아어인지, 랭커셔어나 현대 그리스어언지 알 수 없는 언어로 대화했다.

부인은 도즈워스 부부가 자신의 모임으로 들어왔다고 생각하는 듯했다. 부인은 프랜과 샘을 에르미타주 점심 식사에 초대했다.

"프랜이 개시했군." 샘이 한숨을 쉬었다. "드디어 우리는 신나는 범세계주의자가 되겠어! 이제 나는 포커도 유럽 문화로 완성할 수 있게 됐으니 터브에게 얼마나 딸 수 있을지 모르겠네."

제15장

단둘이서 느끼는 외로움을 살짝 즐기며 함께 탐험하는 아이들처럼 지내던 시절은 끝났다. 엔디콧 에버렛 앳킨스와 드 페나블 부인, 그들의 세련된 모임이 이들을 지배했다. 드 페나블 부인은 프랜이 신선하고, 간절하고, 순진하다는 점에서 유럽 여자들과 달라 자신이 늘 이끌고 다니며 심부름을 시키거나 탁월한 모젤 와인을 대접하며 터무니없는 일화를 이야기해주는 숱한 유럽 남자에게 더 새롭고 매력적인 존재가 되리란 걸 알았다. 부인은 프랜에게 이런 남자가 생기는 것을 샘이 막으리라는 것도 알았다.

부인은 도즈워스 부부를 열정적으로 교육했다.

프랜의 생활은 파리에서만 가능한 일과로 정신없이 돌아갔다. 식물원 드라이브, 점심 식사, 쇼핑, 티타임, 브리지 게임, 칵테일, 옷 갈아입기, 만찬, 극장, 자르댕 드 마 쇠르 같은 얼음처럼 빛나는 곳에서 춤추기, 크림 바르기와 곯아떨어지기. 그 사이사이 프랜은 일주일에 세 시간 프랑스어 교습을 받았다.

그리고 샘은…… 함께 어울렸다.

샘도 즐거웠다. 한 달 동안은. 이 생활에는 파리라는 잿빛 절벽 아래의 파도처럼 생기와 활력이 있었다. 샘을 진지하게, 미국의 대재정가로 여기는 예쁜 여자들도 있었다(샘은 그들이 자신을 실제보다 훨씬 더 부자로 생각하는 듯하다고, 내심 껄껄 웃으며 생각했다). 화려한 옷과 훌륭한 음식이 있었다. 샘은 와인에 관해서도 좀 배웠다. 라인 와인은 차갑게 마셔야 한다는 것과 버건디가 여성스러운 샴페인보다 낫다는 것은 전부터 알고 있었다. 하지만 샘이 자동차 엔진을 진지하게 여기듯이 와인을 진지하게 생각하는 사람들을 만나고, 경의를 담아 토론하는 것을 듣고 있자니 몇 가지 버건디(뉘이 생 조르주와 뉘이 프레모, 빈티지 사이의 천지개벽하는 차이, 1911년의 위풍당당한 작물과 1912년의 평범한 산물 사이의 차이)의 획기적인 차이를 알게 됐다. 샘은 우수한 와인의 성스러운 맛을 보기 전에 칵테일로 미각을 둔화시키는 것이 죄악이며, 버건디를 마시기 몇 시간 전 제대로 디캔팅해서 **서서히,** (전문가의 숨소리) 실온이 되도록 데우지 않고 갑자기 온수에 담그는 것은 벼락 맞을 짓이라는 것도 배웠다.

새로운 흥밋거리가 태풍처럼 몰아치자 샘은 호기심을 느꼈다. 그리고 프랜은 몇 년 만에 처음으로 완전히 만족했다.

앳킨스와 드 페나블 사이에는 10여 명의 지인이 있었다. 앳킨스는 초상화가, 프랑스 비평가, 백 만과 리튼하우스 구역 중에서 더 고급 지역에 사는 미국인 숙녀들, 생물학자인 척하는 영국 시인과 시인 취급에 흐뭇해하는 영국 생물학자를 끌어들였다. 드 페나블 부인은 엄선한 직함(이탈리아인, 프랑스인, 루마이나인, 조지아인, 헝가리인을 신중히 섞어서)을 모아들였고, 세심하게 고른 별종을 항상 데리고 있었다. 기분 좋게 우스꽝스러운 소매치기나 유명하지는 않은 북극 탐험가가 거기 속했다.

이 온갖 사람 중에서 프랜이 가장 좋아한 남자는 이탈리아의 비행기 조종사인 조세로 대위였는데, 반짝이는 눈으로 잘 웃는, 그녀보다 열 살 어린 남자였다. 그는 프랜에게 반해버렸다. 프랜의 빠른 말투에 정신을 차리지 못했다. 그는 프랜이 북유럽의 여신 프레이야고, 부활절의 백합이며, 그 밖에 숱한 우아한 것들이라고 찬양했고, 프랜은 좋아서 그와 함께 승마하러 갔다.

샘은 또 한차례 로커트 사태가 일어나지 않기를 바랐다. 프랜이 조세로를 "그저 어린애"라고 생각한다고 할 때 샘은 믿었다. 하지만 혼자서 곰곰이 생각할 때면 걱정스러웠다. 샘은 프랜이 연애를 꼿꼿이 거부한 까닭이 오로지 미국 남자에게서 매력을 느끼지 못해서가 아닐까 궁금했다. 프랜은 더 부드러워졌고, 더 편안해졌고, 더 아름다워졌으며, 샘에게 훨씬 덜 의지하는 듯했다. 프랜은 재미있는 남자들에게 에워싸였고, 그들의 과장된 칭찬에 달아올랐다. 샘의 의식적 자아는 프랜이 유혹당할 리 없다고 생각했지만, 잠재의식적 자아는 두려움을 느꼈다.

그리고 곧 샘은 그들의 미친 질주를 경계하게 됐다. 목소리(멈춤 없는 목소리), 높고 가느다란 웃음소리, 마이크 아무개,

자크 아무개의 언급과 아무개 부인의 연애, 모든 전시회와 모든 고급 티파티, 모든 콘서트에 참석해야 하는 의무…….

프랜은 그들이 아는 사람들, 바에 앉아서 시간을 보내는 저질 모험가들, 호텔에서 만난 제니스에 사는 부부, 심지어 엔디콧 에버렛 앳킨스를 생산하는 생물학적 목적을 다한 불운한 제리 라이커거스 와츠와도 연락을 끊어버렸다. 그래서 샘은 건전한 저급함에 몹시 굶주리게 됐다. 포커, 셔츠 차림, 사워크라우트, 저속한 공연장, 자동차 판매와 제니스 정치에 관한 대화에 모두 굶주렸다.

프랜은 어떤 벨기에 사람에게 화려하고 매우 비싼 초상화를 맡겼다. 차를 대접하고 새로운 드레스를 평가하는 능력 덕분에 그 화가는 부유한 미국 여자들을 잡을 수 있었다. 그에게 그림은 사교적 기능이었다. 그는 작업하면서 화려하기 그지없는 인간 앵무새와 공작새에게 에워싸였고, 그 새들은 그의 뛰어난 기교를 요란하게 찬양했다. 그는 사전트•의 사진 같은 기술에 로랑생••의 흐릿한 화법을 더했다. 그는 여자 고객을 전부 비슷비슷해 보이는 부자로 그렸다.

드 페나블 부인은 프랜이 이 훌륭한 화가를 만나야 한다고 주장했다. 드 페나블이 다른 여자들에게도 그 벨기에 화가의 선물을 받으라고 한 것을 알았을 때, 샘은 혹시 활기 넘치는

• 피렌체 태생의 미국 초상화가인 존 싱어 사전트(1856~1925).

•• 프랑스의 화가인 마리 로랑생(1885~1956).

드 페나블이 사업에 관심이 있는지 궁금했다. 샘이 그렇게 넌지시 말하자 프랜은 몹시 기분 나빠 했다.

"소리에 씨는 아무것도 받지 않고 나를 그려주겠다고 했다는 걸 알아두면 좋겠어. 내가 그 사람이 본 사람 중에서 가장 완벽한 미국 미인형이기 때문이라고 했다고! 하지만 물론 그러라고 넙죽 받을 순 없지. 물론 당신은 내 외모를 좋아하는 유럽인들이 있다는 걸 몰랐겠지만……."

"그렇게 바보같이 굴지 마, 여보." 샘이 부드럽게 말했다.

프랜이 초상화 모델을 하는 자리에 샘도 한 번 갔다. 그런데 숱한 사업 위기를 오래된 바위처럼 버틴 그도 드 페나블 부인과 프랑스어만 빼고 여섯 가지 언어를 프랑스어 억양으로 말하는 여자 여섯이 '거장'은 최소한 천재이며 '피부색조' 면에서는 특히 역사에 남을 만하다고 떠들어대는 것을 보고 고함을 지르고 싶었다.

샘은 다시는 가지 않았다.

샘은 엔디콧 에버렛 앳킨스의 사근사근함이 드 페나블 부인의 값비싼 화려함보다도 싫어졌다. 드 페나블은 명랑한 사람들에게 에워싸여 있었다. '그렇게 나쁠 일도 없지.' 샘이 생각했다. '내가 랜실롯 경•과 잭 뎀프시••를 합친 것처럼 생겼다는 예쁘장한 여자들과 칵테일을 마시는 것도.' 하지만 앳킨

• 아서왕의 전설에 등장하는 원탁의 기사.

•• 헤비급 세계 챔피언이었던 미국의 권투선수 잭 뎀프시(1895~1983).

스는 칵테일이라는 것을 들어본 적도 없었다. 그리고 말이 많았다. 그는 안 가본 곳이 없었고 이야기하는 곳마다 흥미를 떨어지게 만드는 능력이 있었다. 그는 상대를 진지하게 바라보며 에트루리아 유적을 보러 비테르보에 다녀왔는지 따져 묻곤 했고, 그것을 어찌나 성가신 의무처럼 이야기하는지 샘은 비테르보 근처에도 가지 않겠다고 다짐했다. 앳킨스가 미국 음악에는 어찌나 가혹한지 샘은 늘 좀 짜증을 느끼며 혐오했던 재즈를 그리워하게 됐다.

샘은 제7의 대예술•에 대해 아일랜드 경찰관이 자기 순찰 구역에 있는 성모 마리아 제단(겨울 새벽 3시에 보이는 작은 불빛 말이다)에 대해 가질 만한, 말로 표현할 수 없는 경외심을 가졌다. 그것들은 샘에게 로맨스이자 도피였는데, 마치 설교자가 금주와 순결의 미덕에 대해 설교하듯이 그것들을 이야기하는 바람에 짜증이 났다. 샘은 바흐나 괴테에 빠져들 만큼 배우지는 못했지만, 체스터턴과 슈베르트, 코로를 즐길 때는 자동차와 앨릭 키넌스를 잊을 수 있었고, 늘 멩켄의 유쾌한 난장판 같은 글을 보면서 웃음을 터뜨렸다. 하지만 그는 시험을 통과해야 하는 것 같은 예술이라면 싹 치워버리고 포커로 만족하겠다고 점점 더 고집을 부리게 됐다.

프랜은 그날 오후 일정에 초상화와 의상실이 모두 있었으

• 건축, 조각, 회화, 문학, 음악, 공연, 영화라는 전통적인 일곱 가지 예술 분류를 기독교의 제7의 대죄에 빗대어 한 말장난.

므로(프랜의 재봉사는 초상화가보다 더 남성적이고 덜 욕심 사나운 것만 다를 뿐 샘은 두 사람이 대동소이하게 느껴졌다) 샘은 오후 내내 자유였다.

샘은 내심 조금 켕기는 마음으로 생각했다. '노트르담은 봤지. 프랜이랑. 오늘 슬쩍 나가서 그곳이 정말 마음에 드는지 알아봐야겠어! 알 수 없는 일이지! 좋아질 수도 있잖아! 앳킨스가 그래야 한다고 하지만…… 까짓것! 제니스에 돌아가고 싶군!'

샘은 엄숙한 표정으로 베데커 가이드북을 당당히 들고 노르트담 대성당 앞에서 택시를 멈췄고, 마찬가지로 당당히 강 건너 성당을 마주 보는 카페로 걸어갔다. 그곳에서 프랜이 떠들어대는 찬양 소리 없이 조용히 앉아 있으니 편안함이 느껴지기 시작했다.

샘은 노트르담의 잿빛 존재감을 인정했다. 힘이 느껴졌다. 힘과 끈기와 지혜가. 플라잉 버트레스•는 날개처럼 솟았다. 성당 전체가 눈앞에 펼쳐졌다. 인간의 손이 만든 작품이 하늘보다 더 크게 버티고 선 듯했다. 샘은 자신도 손으로 일했다고 어렴풋이, 일관성 없이 느꼈다. 자동차를 만든 건 경멸할 일이 아니라고. 샘은 자신이 '고딕 모티프의 변천'에 관해 잘난 체하는 목사처럼 목젖을 울려가며 떠드는 그 어떤 엔디콧 에버렛 앳킨스보다 이 장중하고 역사적인 석조 건물을 창조

• 건물 외벽을 떠받치는 석조 구조물.

해낸, 사람들의 기억에서 잊힌 명랑하고 저속한 무명의 장인들에게 더 가깝다고 느꼈다. 그 쾌활한 장인들이 바로 이 자리에서(아마도 와인을 마시며) 얼마나 크게 웃어댔을까!

샘은 가이드북을 읽었다(러스킨과 첼리니와 단테가 정말로 가이드북 없이 여행했을까? 참 이상하고 신기한 일이었다!).

"노트르담…… 로마 시대 초기 이곳에는 유피테르 신전이 자리 잡고 있었다. 현재의 성당은 1163년 건축이 시작됐다."

샘은 책을 내려놓고서 중요 인사들에게 간택된 후 몇 주 만에 가장 유쾌한 백일몽 속으로 빠져들었다.

유피테르 신전. 흰옷을 입은 사제들. 가만히 호기심 어린 눈을 굴리며, 화환이 쓰인 두툼한 머리를 이리저리 돌리는 제물 황소. 광장을, 바로 저 강을 건너 달리는 전차들! 풋볼을 하던 어린 샘 도즈워스에게, 자동차를 만드는 데 푹 빠졌던 남자에게 이색적인 신화일 뿐이던 과거가 불현듯 현실로 변했고, 샘은 그 순간 단순히 교과서의 삽화이자 선생들만 겨우 이해하는 복잡한 문법으로 말하는 복화술사의 모형으로부터 살아나 활기차게 말을 거는 지인이 되어 함께 술을 마시는, 현실의 루스벨트와 굉장히 닮은 율리우스 카이사르와 함께 거닐었다.

깊은 사색에 빠져 아무도 지켜보지 않고, 프랜의 광채에 맞추어 행동하지 않아도 되는 것에 만족한 채 샘은 계산을 하고 다리를 건너 성당으로 들어갔다.

언제나 그렇듯이 성당에는 미국 개신교 교회처럼 단정하게 방석을 깐 신도석이 없는 것에 샘은 신경이 쓰였다. 그것 때문에 성당은 삭막하고 좀 불친절하게 느껴졌다. 하지만 산이 나 바다처럼 영원히 버티고 서 있는 기둥 옆에 의자가 있었고, 관리인에게 팁을 건넨 샘은 다가와 안내하려는 사람들에게 느끼는 짜증을 잊고 앉아 이해할 수 없는 상념에 빠져들었다.

샘은 정신을 차리고 찬찬히 가이드북을 읽었다. "영국의 헨리 2세의 아들 제프리 플랜태저넷은 1186년 중앙 제단 아래에 묻혔다. 1430년 영국의 헨리 6세는 프랑스의 왕위에 올랐고, 1560년 메리 스튜어트(훗날 스코틀랜드의 메리 여왕)는 프랜시스 2세의 왕비가 됐다. 교황 비오 7세가 집전한 나폴레옹 1세와 조제핀 드 보아르네의 대관식(1804년)은…… 이곳에서 성대한 예식과 함께 있었다."

(그런데 소리에의 작업실에서 시끄러운 여자들은 경마 이야기나 떠들다니!)

플랜태저넷! 금으로 장식한 붉은 깃발에서 뒷발로 선 사자들! 메리 스튜어트와 그녀의 꼿꼿한 작은 머리. 나폴레옹이, 여기, 샘 도즈워스가 앉은 곳에 왔었다니.

"흠!" 샘이 말했다.

샘은 스테인드글라스를 봤지만, 눈에 보이는 것이 아니라 그 의미를 보고 있었다. 먹고 자는 것보다 더 위대하고 흥미진진한 삶을 봤다. 자신이 그저 자동차 파는 사람이 아니라고 느꼈다. 이 주위의 과거 속으로, 아마도 훨씬 더 알 수 없는 현재 속으로 모험을 떠날 수 있다고 느꼈다. 프랜이 끌고 들어간 앳킨스와 드 페나블의 세상은 그가 열망했던 '위대한 삶'의 실현이 아니라 그것의 정반대(야단법석, 속물 같은 시시한 행동, 싸구려 칭호, '예술'의 값싼 후원)임을 울적한 마음으로 깨달았다.

"이곳에서 떠나 뭔가…… 신나는 일을 하겠어. 그리고 프랜을 데려갈 거야! 프랜에게 너무 약하게 굴었어." 샘이 힘없이 말했다.

지적인 평민 친구를 갖고 싶다는 소망은 거부할 수 없었다. 샘은 뉴욕 바에 갔다. 그곳에서 샘은 제니스에서는 기자로 알고 지내던 뉴욕의 신문사 통신원을 통해 저널리스트 10여 명을 만났고 편안함을 느꼈다. 그들은 드 페나블 부인의 유명인 소굴에서 주고받는 살짝 잘난 체하는 칭찬을 늘어놓지 않았다. 샘은 저널리스트들에게는 그저 흔한 직장 이야기에 자극을 받았다. 트로츠키가 진정 어떻게 스탈린과 어울렸는가, 브리앙이 오스틴 체임벌린 경에게 무슨 말을 했는가, 국제 석유 전쟁의 '진상'은 무엇인가.

그날 오후 샘은 로스 아일랜드를 만났다.

샘은 퀴큰보스 피처 신디케이트의 해외통신원으로 돌아다니는 아일랜드가 미국 저널리스트 중 최고에 속한다는 이야기는 익히 들었다. 제니스에서 기자로 일하던 사람이 그를 샘에게 소개했다. 로스 아일랜드는 샘만큼 체격이 큰 마흔 살의 남자였고, 커다란 무테안경을 쓴 모습이 외과 의사 같았다.

"반갑습니다, 도즈워스 씨." 아일랜드의 목소리에서는 아직도 아이오와의 순수함이 묻어났다. "여기서 오래 지내십니까?"

"음, 네…… 몇 달 됐어요."

"이쪽엔 처음 여행 오신 건가요?"

"네."

"아, 인도 정글에서 레벌레이션 차를 몰았어요. 성능이 좋더군요. 거친 길에서도……."

"인도라고요?"

"네, 얼마 전에 돌아왔어요. 진짜 키플링 책에 나오는 시골에 갔죠. 아, 모글리가 사자나 5미터짜리 뱀이랑 싸웠는지는 모르겠고, 혹스비 부인보다는 황마와 인디고 이야기를 더 많이 들었지만, 정말 눈이 휘둥그레지는 곳입니다! 탄자부르의 큰 사원 말이죠. 전부 조각해서 만든 11층짜리 탑이 있습니다. 그리고 그곳 생활이란 모든 게 달라요. 냄새도 다르고(안 좋은 냄새도 있죠!), 사람들이 아직도 가면무도회 의상 같은 걸 입고 괴상한 커리 같은 걸 먹고 점원들이 엄청난 거짓말을 하는 유라시아 가게들도 있죠. 하나하나 기사로 쓰기 좋은 것들입니다. 시간을 내실 수 있으면 인도에 가보셔야 합니다. 그리고 인도 너머 버마에도(보트를 타세요) 재미있는 터번을 쓴 현지인들이 갑판 가득 쪼그리고 앉아서 물건을 파는 떠다니는 장터도 있어요. 이라와디강을 따라 만달레이에서 바모로 올라가세요. 아니면 랑군에서 피낭과 산도웨이, 아키아브니 치타공이니 하는 멋진 곳으로 가는 증기선을 탈 수 있어요."

(랑군! 아키아브! 치타공!)

"그러고 싶군요." 샘이 말했다. "파리는 아름다운 도시지만……."

"아, 파리! 파리는 브로드웨이의 대학원 수업에 불과합니다."
"내겐 좋아 보이는데." 전직 제니스의 기자가 말했다.
"그렇겠지! 파리는 일을 견딜 수 없는 미국인들을 위한 도시니까." 로스 아일랜드가 말했다. "어서 미국을 보고 싶습니다. 6월에는 꼭 돌아가고 싶어 견딜 수 없어요. 3년간 나와 있었어요. 외국은 처음인데요. 향수병이 지독합니다. 하지만 직접 겪는 미국이 좋습니다. 파리의 카페에 모여 앉은 국외 거주자들의 미국은 원하지 않아요. 그리고 여행하고 싶을 때는 제대로 여행하고 싶어요! 아, 커다란 금빛 사원이 솟아 있고 뱃사람들이 노래하는 방콕에 도착하면(무슨 노래인지는 모르지만요), 또는 모스크바에 가서 펠트 부츠를 신고 양가죽 코트를 입은 무지크와 마치 흰색과 금색으로 짠 레이스처럼 생긴 성당 첨탑이 하늘로 솟아 있는 광경을 보면⋯⋯ 자, 그게 바로 여행이죠!"

그래, 바로 그거다! 샘은 그렇게 여행하기로 했다. 오, 콘스탄티노플에 갔다가 이탈리아나 오스트리아로 돌아온 뒤 30회 동창회에 참석하러 고국으로 돌아갈 계획이었다. 서두른다면, 그 정도 둘러볼 시간이 남았다. 그런 다음 프랜과 샘은 이듬해 가을 이집트와 모로코를 보러 떠날 수 있었다. 그렇다.

미국인들은 "연기만 좋으면 모르는 언어로 하는 연극도 즐길 수 있다"라고 즐겨 말한다. 프랜은 그 말을 믿었다. 샘은 전혀 믿지 않았다. 샘은 프랑스어 연극을 보기 싫었고, 로스 아일랜드를 만나고 뉴욕 바에서(이라와디강과 치타공에서) 돌아오니 프랜이 〈말하는 원숭이〉 입장권을 가지고 살짝 기분 나쁜 상태로 비행기 조종사인 조세로와 함께 있었다.

"위스키 냄새 나! 지독하게! 어서 옷 갈아입어! 조세로 대위님과 당신과 나는 극장에 갈 거야. 어서 서둘러줘, 응? 그사이에 칵테일을 시킬게. 보다시피 난 준비 다 했어. 극장에 갔다가 르네 드 페나블과 몇 명을 만나 춤추러 갈 거야."

샘은 옷을 갈아입으며 짜증을 냈다. "프랑스 연극이라! 흠! 최소한 2막까지는 누가 남편이고 누가 연인인지 분간하지 못하겠군!"

샘이 연극을 보면서 잤다면, 아주 다소곳이 눈에 안 띄게 잤고, 드 페나블 부인에게는 평소와 달리 예의 바르게 행동했다. 귀갓길에 프랜은 흡족해했고, 옷을 갈아입는 동안 샘은 제니스 시절처럼 편안하게 말했다.

"프랜, 한 가지 생각이 났는데……."

"내 어깨끈 단추 좀 풀어주겠어? 고마워. 오늘 밤에 참 친절하네. 모인 사람 중에서 가장 멋있었어!"

"그건……."

"그리고 당신이 르네 드 페나블을 좋아하게 돼서 정말 기뻐. 참 좋은 사람이야. 의리가 있어. 하지만 음…… 샘, 프랑스가 리프에 무슨 권리가 있냐는 질문은 꺼내지 않았으면 좋았을 거야."

"하지만 세상에, 그들이 아이티와 니카라과에서 미국의 권리 이야기를 먼저 꺼냈잖아!"

"나도 알아. 하지만 그건 전혀 다른 문제지. 이건 아주 **오래된** 문제고 르네가 당연히 충격을 받았잖아. 이름이 뭐더라, 그 영국인 여자도 말이야. 하지만 상관없어. 내가 말할까 했으니까."

샘은 그날 밤 보기 좋게 행동했다고 생각했는데!

"하지만 말이야." 샘은 프랜이 머리를 빗질하며 자기 말을 얼마나 안 듣는지 알고는 슬며시 짜증을 내기 시작했다. "내가 하려던 말은…… 이것 봐, 프랜. 내게 한 가지 생각이 났어. 5월이 거의 다 됐으니까 지중해 쪽에서 한 달쯤 지내면 6월 말에는 귀국할 수 있어. 그럼 나는 동창회, 30회잖아. 동창회에 갈 수 있고……."

"정말? **30회**라고?"

"아, 난 그렇게 늙진 않았어! 하지만 내 말은, 언제 귀국할지 별로 이야기한 적이 없어서……."

"하지만 난 유럽을 더 보고 싶어. 오, 아직 시작도 안 한걸!"

"나도 마찬가지야. 동의해. 하지만 내 말은, 미국에서 정리할 회사 일도 몇 가지 남았고, 동창회도 있고, 에밀리와 그 애 새 집도 보고 싶고, 브렌트……"

"하지만 애들을 이번 여름에 불러도 되잖아. 크림 좀 갖다 줄래? 욕실에, 아니, 아니 화장대 위에 있는 것 같아. 어머, 고마워……."

"두어 달, 아니 석 달쯤 돌아갔다가 다시 시작해도 될 것 같은데. 이번에는 서쪽으로 가서 중국과 일본에 들르고 랑군과 인도를 돌아서 말이지."

"응, 나중에 그러고 싶어……. 여보, 정말 졸리다! 하지만 지금은 안 되지. 여기서 좋은 사람들을 만났잖아."

"하지만 내 말이 그거야! 난 그다지…… 아니, 활기찬 사람들이고 좋은 집안 사람도 많지만, 좋은 사람들이란 생각은 안 들어."

"무슨 소리야?"

"백수들이라고 생각해. 페나블이랑 그 패거리도, 앳킨스 주위에서 어슬렁거리는 자들도 다르지 않아. 다들 하는 일이라고는 춤이나 추고 수다나 떨고 옷 자랑밖에 없잖아. 그들이 생각하는 즐거운 시간이란 그저 밤무대에서 노래하는 여자나……"

프랜은 듣지 않았다. 그 순간 그랬다. 프랜은 레이스 숄을 집어 들더니 잠옷 위에 걸치고는 으르렁거리는 흰 고양이 같은 기세로 샘을 마주 봤다.

"샘! 이거 한 가지는 확실히 해두자. 당신이 불만스러워하는 거 느끼고 있었어. 당신이 겁나서……"

"예의를 차린 거지!"

"……당신 생각을 말하지 못한 것도. 음, 당신을 파리에서 가장 좋은, 가장 재미있는 사람들에게 소개한 죄를 사과, 그래, 사과하는 것도 당신의 상스러운 짓에 그 사람들의 기분이 상했을 때 당신 편을 드는 것도 지겹고 지쳤어! 당신이 드 페나블 부인과, 당신의 고상한 표현을 빌리자면 그 패거리를 그저 백수라고 보는 걸 내가 꼭 이해해야 해? A. B. 허드 씨처럼 타고난 귀족을 나는 그다지 높이 평가하지 않아도…….”

“프랜!”

“……그래도 정말 세련되고 외국을 잘 아는 사람들을 이해할 능력이 당신보다 내게 조금 더 있나보지! 부탁이니 르네 드 페나블은 여기 **구체제**에서 가장 특권층 귀족의 절친한 친구라는 사실을 기억해주면 좋겠어…….”

“그 여자가 정말? 무슨?”

“부탁이니 빈정거리지 말아줄래? 나더러 빈정거린다고 그렇게 비난하는 당신이 말이야! 그리고 사랑하는 새뮤얼, 당신은 빈정거리는 재주도 변변찮아! 섬세하게 비꼬는 건 당신 특기가 아니라고, 이 착한 남자야!”

“젠장, 날 마구간지기 취급하지 마!”

“그럼 그렇게 행동하지 말라고! 당신이 제기한 문제에 대답해도 된다면, 난 이 이야기 자체가 너무 불쾌해. 그리고 오, 샘, 너무 천박하다. 지독하게 천박해!” 한순간 프랜은 극적으로 슬퍼하며 상처받은 표정을 지었지만 곧 코사크 병정처럼 다시 공격했다. “하지만 당신이 르네처럼 내게 다정한 사람을 공격한다면, 내가 할 수 있는 말은(르네가 드 카트르플뢰르 공작부인과 절친한 사이라는 거 알고 있어) 부르고뉴의 공작부인 성에 데려가준다고 약속했어…….”

“안 데려갔잖아!”

“하필이면 지금 공작부인이 아파서 그래! 게다가 당신의 매력적인 말대꾸를 보면 내가 당신 조롱에 대해 무슨 말을 하는지 잘 알겠지! ……아니, 르네의 친구 시팅월 부인의 예를 들어볼게. 그 사람은 전사한 굉장히 훌륭한 영국 장군의 부인인데……"

"장군이 아니라 대령이었다고. 그리고 그 여자는 늙어빠진 프랑스인 주식중매인인 앙디예랑 약혼했고."

"그래서? 앙디예 씨가 옷을 좀 요란하게 입고 차를 너무 빨리 몰긴 하지만 아주 재미있는 노인이고 파리에서 최고의 식사를 주문한다고. 그리고 각료들과 은행가들과 외교관들과 영향력 있는 사람은 다 알아."

"음, 내 눈에는 사기꾼 같던데. 그리고 페나블 부인 주위에서 늘 얼쩡거리는 지골로들은 어쩌고?"

"'지골로'란 말을 쓰다니 참 고상하기도 하지. 애초에 내가 가르쳐준 말인데……."

"아니야!"

"……그런데 그 말로 날 공격하다니, 언어 천재 샘! 조세로나 빌리 도슨 같은 청년들 말이지. 그래, 그 사람들이 미국 사업가 같지는 않아! 여자들에게 살갑게 구는 걸 실제로 즐기고, 여가를 여자들과 보내는 것도 즐기고, 춤을 아름답게 추고 주식시장 말고 다른 이야기도 할 줄 안다고……."

"아, 여가를 즐기시겠지! 있잖아, 프랜. 그들에게 못된 소리를 하고 싶진 않지만, 당신도 그자들이 여자들 등쳐먹는 건 알고 있지……."

"여보, 조세로 대위(그 사람은 원하기만 하면 자길 조세로 백작이라고 불러도 된다고!)는 몇 세대째 내려오는 아주 많은 집안 재산이 있어……."

"어어, 잠깐! 잠깐만! 그 작자에게 아주 많은 집안 재산이 있단 말에는 의문이 드는데. 우리랑 함께 있을 때마다 항상 내게 돈을 내게 했거든. 그게 싫다는 건 아니지만, 그러니까 그자가 오늘 밤 택시 문을 열어준 사람에게 10상팀을 낸 것 말고는 단 1센트도 쓰는 걸 못 봤어. 그러니까 잘 들어봐, 프랜. 짜증 부리지 말고. 당신과 페나블 부인이 항상(음식, 택시, 팁, 공연 티켓 등등) 조세로와 도슨이 어울리는 미끈한 청년들을 위해 돈을 내는 거 아니야?"

"그래서 뭐? 우린 능력이 되는데. (참, 내가 이미 수백 번 지적했듯이 부인 이름은 드 페나블이라고!) 아니면 당신은……." 프랜은 굉장히 분노해서 차근차근 따졌다. "혹시 당신이 나를 넉넉하게 지원해주니 내가 누구에게 무슨 일로 돈을 쓰는지 일일이 지정할 권리가 있다고 생각해? 내가 사환처럼 지출 내역을 하나하나 적어서 보고해야 한다고? 그럼 내가 한마디 할게. 오, 이건 정말 불쾌하지만, 나도 연간 2만 달러의 수입이 있다는 걸 기억해주면 좋겠어. 그리고 이제 나도 재미있는 사람들과 즐겁게 지낼 기회가 생겼으니……."

프랜은 흐느꼈다. 샘은 프랜의 어깨를 잡고 따졌다. "멜로드라마연 좀 그만두시지, 아가씨? 당신도 알잖아. 그 젊은 놈들이 쓸모없는 자들이라는 걸 지적하기 위해 등쳐먹는 짓거리를 비난한다는 걸 당신도 아주 잘 알잖아. 꽃을 따라다니는 나비 떼일 뿐이야."

프랜은 샘의 손아귀와 자신의 흐느낌에서 벗어나더니 다시 신랄하게 쏘아붙였다. "그럼 나비 떼가 고맙지! 열심히 일하는 개미들은 정말 지겨워! ……샘, 이 이야기는 확실히 하는 게 좋겠어……. 우리가 함께하려면."

마지막 말에 샘은 오싹했다. 믿을 수 없었다. 프랜은 진심인 듯 결연히 말했다.

"확실히 해두자. 우리가 무슨 생각인지, 무엇을 원하는지. 지금 그런 사람들을 만나고 있으니까 말인데, 당신은 재치 있고 우아한 사람들이 좋아, 아니면 이미 지겨워? 계속 그 사람들(점잖기는 하지만 인생에서 포커나 골프나 자동차 몰기보다 재미있는 것을 보지 못하고, 세련된 태도를 두려워하고, 거친 게 강한 거라고 여기는 사람들 말이야)에게 돌아가겠다고 할 거야? 유럽의 2000년 문명이 당신에게 의미가 있기는 해? 아니면……."

"오, 그만둬, 프랜! 난 거친 무뢰한이 아니고, 그건 당신도 알아. 야만인도 아니고. 나도 좋은 태도를 좋아한다고. 하지만 아마추어 수석 웨이터 말고, 보통 사람들의 좋은 태도가 좋아. 그리고 따지고 보면 스펀지보다는 돌멩이에 더 광택이 나는 법이지! 이 사람들, 심지어 페나블도 죄다 앵무새일 뿐이야. 내가 만나고 싶은 건…… 뭐, 점령국인 영국의 식민지 관리자는 빼자고. 밤마다 지골로들이 노는 레스토랑을 찾아다니는 것 말고 뭔가 일을 하는 사람들이야……."

"샘, 있잖아. 오늘 밤 내 친구들에 대한 모욕은 더 못 견디겠어! 더 할 거면 내일 해. 난 그만 잘 거야. 지금."

잤는지 못 잤는지 몰라도 프랜은 고개를 돌리고서 조용히 꼼짝도 않고 있었다.

샘은 아침이 되면 프랜이 부드럽게 팔랑이며 미안해할 줄 알았다. 하지만 9시에 깨어난 프랜은 강철처럼 버티며 뉘우치지 않았다. 샘은 아침 식사에 관해, 세탁에 관해 이야기를 꺼내보다가 중얼거렸다. "어젯밤에 내 뜻을 분명히 밝혔는지 모르겠지만……."

"오, 그래. 밝혔어! 철저히! 그리고 난 그 이야기를 하고 싶지 않아. 그 이야긴 이제 안 하면 안 될까?" 프랜이 너무나 밝은 목소리로 용서하듯 우위를 차지하자 샘은 화가 났다. "난 이제 나갈 거야. 12시쯤 돌아올 거야. 르네 드 페나블과 점심을 먹고 당신이 내 타락한 친구들과 한 시간 더 견딜 수 있을 것 같으면 우리랑 함께하면 좋겠어."

프랜은 옷을 입으러 욕실로 들어갔고, 샘은 더 이상 말을 걸 수 없었다. 프랜이 나가자 샘은 가운을 입고 슬리퍼를 신은 채 두 잔째 시킨 커피를 놓고 앉아 있었다.

프랜이 아침까지 싸움을 끈 것은 처음이었다. 적어도 자기가 틀렸을 때는…….

아니면 두 사람의 논쟁에서 프랜이 틀리지 않았을 가능성이 있단 말인가?

그리고(샘은 갈수록 더 혼란스러웠다) 논쟁거리가 대체 무엇이었단 말인가?

어쨌든 프랜이 정말 무슨 뜻이 있어서 "우리가 함께하려면"이라고 말했을 리는 없다. 하지만 그랬다면? 믿을 수 없지만, 오랜 세월 함께 산 부부도 헤어지긴 했다. 프랜을 붙잡으려면, 샘은 프랜의 말을 듣고, 시팅월 부인이니 앙디예(페나블 그 여자와 필시 친구 사이 이상인) 같은 공작새들과 영원히 어울려야 할까?

아니, 그럴 순 없다!

하지만 그러다가 프랜을 잃는다면? 젠장! 아니, 이제 일도 없으니 샘에게 집중할 상대는 프랜, 에밀리, 브렌트와 터브 피어슨 같은 친구 서넛뿐이었다. 새로운 것도 없었다. 레벌레이션을 세우는 것만큼 그를 자극할 일이 있을지 의문이었다. 새 친구를 사귈 수 있을지도 의문이었다. 여행, 그림, 음악, 취미가 한 시간이나 즐거운 소일거리가 될지 의문이었다. 그리고 샘에게 남은, 인생을 견딜 수 있게 해주는 것 가운데 프랜이 우선이었다. 그녀는 모든 것의 이유였다! 딸 에밀리를 사랑한 건 두 번째, 새로운 프랜이기 때문이었다. 그의 사업과 돈벌이는 모두 프랜을 위해서였다. 음, 아니 전부는 아니었을지도 모른다. 젠장! 자기 자신에게 솔직하기란 얼마나 어려운가. 어쩌면 전부는 아니었을지도. 사업을 잘해내는 재미도 있었다. 하지만 프랜이 어쨌든 가장 주된 이유였다. 친구들에 관해서는 뭐, 프랜이 좋아하지 않았다면 터브도 끊어냈을 것이다!

프랜! 카누 클럽 앞에서 근사하게 반짝이며, 낯선 소녀였던 때가 바로 엊그제 같은데…….

젠장, 카누 클럽은 20년 전에 화재로 없어졌다.

환한 파리의 5월, 샹젤리제에 늘어선 마로니에 나무에서는 새싹이 텄지만, 샘은 추워서 몸을 웅크렸다.

샘은 프랜, 드 페나블 부인, 드 페나블의 수발을 드는 남자 중에서 가장 가볍고 가장 불쾌한 미국인 청년 빌리 도슨과 함께 점심을 먹으러 갔다. 샘은 진중하고 깍듯했다. 이 주 동안 샘은 프랜과 드 페나블의 호위병들과 함께 담배 냄새와 고급 향수, 세련된 주문을 풍겨대는 온갖 레스토랑에 갔다. 샘은 짬짬이 서커스를 보러 가는 아이처럼 몰래 미천한 장소로 방랑하는 통신원 로스 아일랜드를 만나러 갔고, 아일랜드가 6월 15일, 샘의 예일 동창회에 맞추어 도착하는 아퀴타니아호를 타고 출발할 예정임을 알고서 '자신과 아내'를 위한 전용 객실을 초조한 마음으로 예약했다. 샘은 로스 아일랜드가 마음에 들었다. 그는 특히 아일랜드가 아이오와어 이외에는 어떤 언어도 배울 수가 없어서 영어만 알면 "어디든지 갈 수 있다"거나 "유럽에서 정치 관련 일을 하려면 프랑스어를 알아야 한다는 자들은 자신이 얼마나 똑똑한지 자랑하려는 것뿐"이라고 외친다는 사실이 자신의 문화 허세와 똑같이 재미있다고 생각했다. 그리고 샘은 아일랜드가 버마의 신전 이야기와 고향 아이오웨이의 늙은 제번스 의사 이야기를 섞어서 들려주는 것이 마음에 들었다.

샘은 이런 천한 이야기를 아내에게 감췄고, 할 일이 없어 괴로울 만큼 지루하다는 사실도 숨겼다. 하지만 샘이 마음을 다해 헌신해도 프랜을 되찾을 수는 없었다. 그녀는 늘 깍듯하고 냉정했다.

미국에 돌아가는 문제에 대해 샘이 확실히 묻자 프랜은 빠른 말투로 대답했다.

"응, 생각해봤어. 당신이 돌아가야 하는 건 이해해. 하지만 난 안 가. 르네 드 페나블과 여름에 몽트뢰 근처에 함께 빌라를 빌리기로 약속했어. 하지만 당신은 가서 터브랑 친구들을 만나고 실컷 재미있게 지낸 뒤 늦여름에 돌아오면 좋겠어. 그런 뒤에 동양으로 갈지 생각해보자."

하지만 생라자르역에서 샘을 배웅하면서 프랜은 갑자기 누그러졌다.

프랜은 울었다. 샘을 붙잡았다. 흐느끼며 말했다. "오, 당신이 얼마나 그리울지 몰랐어! 제니스에 가서 만날까봐. 여보, 정말 즐겁게 지내도록 해. 터브랑 캠핑도 가. 내 안부 전해주고. 터브랑 메이티에게 여기 놀러 오라고 전해줘. 그리고 에밀리랑 브렌트도 불러줘. 오, 여보, 당신의 어리석고 바보 같은 아내를 용서해! 하지만 지금은 어리석은 즐거움을 누리게 해줘! 당신을 위해서 좋은 가정을 꾸렸잖아? 다시 그럴게. 몸조심해, 여보. 그리고 매일 편지 써. 내게 화내지 말고. 아니, 조금이라도 행복해진다면, 화를 내! 잘 가!"

그리고 항해 첫날, 프랜은 샘에게 전보를 보냈다. "당신은 커다란 불곰이고 7만 9000명의 지골로랑 맞먹어. 그들이 머리에 최고급 버터를 발라도 잠깐, 당신을 사모한다는 말을 내가 잊지 않고 했던가?"

제16장

앰브로즈 해협을 바라보며 샘 도즈워스와 그의 친구인 로스 아일랜드는 아퀴타니아호의 흡연실에서 다른 승객들과 미국의 영광에 대해 논쟁하며 상당한 시간을 보냈다. 샘도 충분히 찬성했지만 로스는 달변에 시를 읊듯 말했고, 굉장했다.

로스는 파리, 캄보디아, 오슬로, 글래스고, 그 밖의 외국을 찬양하는 말에 코웃음을 쳤다. "이것 봐요. 그건 죄다 허튼소리라니까. 내가 안다고! 3년 동안 돌아다녔는걸. 베슬렌 백작과 인터뷰했고 콩고강을 거슬러 올라갔죠. 레나 금광에 관해 좋은 기사를 썼고, 영국에서는 차로 5000킬로미터를 돌아다녔어요. 그러니 내 말 믿어요. 나는 진짜 나라로 돌아가게 돼서 기쁘다니까요!"

뉴욕? 시끄럽다고? 뭐, 뉴욕이 왜 안 시끄럽겠어요? 계속 무슨 일이 생기잖아요! 내 말 믿어요. 뉴욕의 고층 건물을 따라서 천국도 내부 수리를 새로 한다던데! 있잖아요, 이 바다를 무사히 건너 파크 로에 다시 갈 기회가 있다면, 애틀랜틱

시티의 엘크스회 회원 대회보다 먼 곳은 절대 안 갈 겁니다! 그리고 우리의 배금주의가 싫어서 달러는 보이는 족족 먼저 챙겨버리려는 영국 상인이나 신보다 프랑을 더 사랑하지 않는다는 고상하고 교양 있는 프랑스인보다 엘크스회와 로터리 클럽과 전국시민연맹 회원들이 더 탐욕스럽다는 말은 믿지 말아요. 참, 그러고 보니 음주에 대해서도 마찬가지예요. 불법 술집보다는 길거리 카페를 더 좋아하긴 하지만, 데니스에서 옛 친구들과 모이면, 해외에서 빈둥거리는 가짜 개구리 미국인들 대신 진짜 토종 미국인들과 모여 앉기만 하면…… 와!"

로스 아일랜드의 객실에 잠깐 들른 샘은 로스가 남몰래 지적인 일을 하는 것에 대해 죄책감을 느낀다는 것을 알게 됐다. 로스는 모닝코트를 입고 대법관이나 사령관을 인터뷰할 때를 제외하면 "어이, 친구"라든가 "그런 건 어디서 구했나"라든가 "오, 젠장" 같은 말을 해서 튼튼한 독립성을 증명해야 한다고 느꼈다. 그는 어떤 경우에도 "분석적 연구"를 하지 않았다. 기껏해야 "짧은 글을 쓰는" 중이었다. 로스는 영국인 승무원을 미국식으로 불렀고, 런던 출신의 흡연실 담당 승무원에게 청구서를 달라고 할 때도 미국식으로 말했으며, 유일하게 쓴 프랑스어 표현은 '비스키-소다'였다. 그는 자신을 '저널리스트'라고 부르는 신문기자는 골칫거리, 가짜 지식인, 가짜 영국인뿐이라고 쩌렁쩌렁 큰 소리로 말했다. 그는 역사를 읽고, 콘서트에 가고, 각반을 차는 해외통신원은 누구나 '허세'를 부리는 거라고 했다.

그러나 샘은 로스 아일랜드가 두껍고 우울한 역사책을 많이 읽는다는 것을 알게 됐다. 그가 코넌 도일보다 콘래드를 존경하는 것과 포커보다 체스를 몰래 선호하는 것, 정장을 런던에서 맞춘 것을 짜증 내며 자랑스러워한다는 것도 알게 됐다.

몹시 미국적이지만 먼 타국에 안 가본 것도 아닌 그런 남자가 귀국을 기뻐한다는 사실에 샘은 자신의 결정에 더욱 확신을 느꼈다. 샘은 아퀴타니아호의 넓고 반짝이는 아름다움에 별로 감명받지 못했다. 얼티마호에서 강철 같은 선박의 결단력에 느꼈던 흥분은 전혀 찾아오지 않았다. 그의 흥분은 전부 앞으로 만나게 될 복 많은 사람들을 향한 것이었으므로.

터브 피어슨…….

샘은 이렇게 말하는 자기 목소리가 들렸다. "이런 뚱뚱하고 모자란 녀석 같으니! 이 말 도둑놈! 세상에, 만나서 반갑군!"

샘은 산책 갑판 앞쪽에 서서 심장이 뱃머리의 오르내림과 박자를 맞추어 뛴다고 상상하면서 배가 고향을 향해 헤치고 나아가는 것을 기뻐했다. 샘은 그곳에서 친절하지만 둔감한, 회색 바바리코트와 회색 모자를 걸친 능력 있고 무뚝뚝하고 덩치 큰 남자로 보였다. 하지만 그의 속마음은 들끓고 있었다. 어느 날 밤에는 앞서가는 배의 불빛을 롱아일랜드 해변의 불빛이라고 상상하면서 소중하고 익숙한 것들을 열심히 떠올린 적도 있었다. 너른 거리, 요란한 자동차들, 벽돌 정비소, 거만하고 휘황찬란한 고층 빌딩들, 시골로 가면 몇 킬로미터나 늘어선 흰색과 녹색 집들, 그곳에서 그가 아는 포커나 브리지 같은 게임을 하고 그가 이해하는 유머와 음악을 방송하는 라디오를 듣는, 그가 이해하는 사람들. 그리고 두 집 중 한 집 앞에는 레벌레이션 자동차가 서 있었다.

"……그리고 난 돌아가지 않겠어!" 샘이 의기양양하게 외쳤다.

가는 내내 로스 아일랜드와 샘은 미국을 본 적 없는 승객들에게 노스강을 따라 올라갈 때 "눈을 믿을 수 없을 것"이라고 으스댔다. 로스가 노래하듯 말했다. "세계 최고의 광경이죠. 줄지어 선 고층 빌딩, 30층, 40층, 50층 높이에 아름다운 건물이죠. 자! 그 모습에 비하면 쾰른 성당은 감리교 교회당처럼 보이고, 에펠 탑은 덮개 벗긴 우산 같다니까요!"

두 사람 모두 뉴욕항의 광경에 대해 너무 많은 항변을 해서 샘은 정말로 그렇게 전율을 느낄 것인지 궁금해지기 시작했다. 그는 프랜과 온갖 기대에 들뜬 대화를 나눈 뒤, 노트르담을 실제로 보고 실망했던 것을 기억해냈다. 그곳은 낮고 크기만 했다. 영화에 나오는 모형 노트르담의 절반도 대단하지 않았다. 샘은 꽤 열심히 조바심을 냈다. 그는 젊은 연인이 사랑하는 여인의 모습에 황홀해지기를 바라듯이 뉴욕을 보고 행복해지기를 바랐다.

6월의 어느 아침, 일찍이 그들은 해협을 통과해 뉴욕항에 들어섰다. 5시에 일어난 샘은 파도치는 바다가 스쳐 지나가고 해밀턴 요새의 친근하고 푸른 잔디밭이 보이자 반가웠다. 초여름치고는 몹시 더워서 갑판에 나가도 좀 불편할 정도였고, 안개가 시야를 가렸다. 샘은 뉴욕을 재발견할 수 없을까 봐 염려했다. 검역 후, 스태튼 섬에서 노스강을 향해 이동하는 동안 정박한 부정기 화물선과 거대한 물방개 같은, 쉰 소리로 모욕감을 주는 페리보트 한 대밖에 볼 수 없었다. 그러다 안개가 걷히자 샘이 외쳤다. "세상에!" 저 높이, 마법에 걸린 도시의 건물과 첨탑 들이 연무 위로 떠 있었고, 이른 아침 태양에 번쩍이는 피라미드와 돔, 금빛 창문이 박힌 드넓은 벽들이 매혹적이고 믿을 수 없는 모습으로 빛나고 있었다.

"와!" 옆에서 로스 아일랜드도 작게 탄성을 올리더니 말했다. "자, 저걸 보러 귀국하면 자랑스러운가요?"

사실 노스강을 따라 올라갈 때 강가에 부두와 창고와 공장의 쓰레기가 좀 흩어져 있는 것처럼 보이긴 했다. 주위의 열기는 더욱 달아올랐고, 강은 희한한 색의 기름 막으로 번들거렸다. 하지만 느릿느릿 부두로 들어설 때, 육지에서 기다리는 검은 무리의 사람들에게서 선량한 미국인의 고함이 들려올 때("왔구먼!"이라든가 "외알박이 안경은 어디서 났어?", "메리는 어떻게 두고 왔지?", "아이고, 용기를 내라고! 한 병만 몰래 줘!") 샘은 자꾸만, 자꾸만 중얼거렸다. "돌아오니 좋은데!"

그리고 세관이 있었다.

세관원이 소문처럼 무례한 건 아니었지만, 술을 밀반입하는지 의심받는 건 짜증스러운 일이었다. 특히 샘처럼 술을 밀반입할 때는 말이다. 샘은 옷 가방의 정장 속에 제1차 세계대전 이전에 제조한 스카치위스키 1리터를 숨겨놓았는데, 조사원이 곧바로 찾아냈다.

"이건 뭡니까? 이걸 뭐라고 하죠?"

"어라! 병처럼 보이는군요!" 샘이 서글서글하게 말했다. "어쩌다 거기 들어갔지? 선물로 드리지요."

그러자 5달러의 벌금이 부과됐다. 설상가상으로 술이 없어지자 몹시 분한 마음에 갈증이 생겨났다. 단 한 번, 뉴헤이븐에서 풋볼 경기를 했을 때 외에는 평생 오전 중에 술을 마셔본 적 없었던 샘 도즈워스에게. 반드시 마셔야만 했다…….

택시 기사…… 관세를 내고, 필요한 짐꾼을 구하고, 매우 지루해진 상태로 짐을 끌고 드넓은 시멘트 바닥을 걸어 자유를 찾아 나가고, 짐이 매우 효율적이고 당황스러운 이송 장치를 따라 위험천만하게 날아가는 것을 보고, 그것을 들고서 사자 굴 같은 뉴욕의 교통 속으로 나와 입을 딱 벌리느라 몇 시간이 걸린 뒤에 만난 택시 기사가 샘에게 처음으로 미국에 온 걸 환영하는 인사를 건넸다.

"어디로 갈 거요?" 기사가 웅얼거렸다.

이런 민주주의의 시연에 얼마나 불쾌했는지 샘은 충격을 받았다. 파리의 미국인 대부분처럼 샘은 프랑스의 택시 기사는 전부 도둑놈이라고 했지만, 이제 보니 그들이 꼭 껴안고 싶은 장난꾸러기처럼 느껴졌다.

부두에서 이어지는 골목길은 괴로울 정도로 뜨겁고 끔찍할 정도로 더러웠다. 창고와 조잡한 벽돌 건물인 다세대주택 앞에는 날아다니는 신문지, 유리병과 걸레와 거름 더미가 있었다. 뚜껑 열린 쓰레기통에서 먼지구름처럼 재가 솟아났고, 열기와 함께 썩은 바나나, 더러운 빨래, 오래된 침구, 젖은 보도가 만들어내는 뉴욕의 여름 악취가 뒤섞였다. 택시 앞에 누더기를 걸친(꽤 명랑하고 비논리적으로 건강한) 작은 소년들이 뛰어들어 샘의 심장을 두려움에 멎게 했다. 그리고 화재용 비상계단의 연약한 철제 발코니에는 엄마들이 머리카락으로 눈을 가리고 앉아 이따금 부당한 더위에 항의하며 울어대는 아이에게 젖을 물리고 있었다. 샘은 그곳이 좌절한 여인처럼 불안한 도시라고 느꼈다(샘은 여전히 남성은 강하고 여성은 약하다고 믿었다). 튼튼한 건물은 참 남성적으로 보였지만, 더위에 충격받고 소음에 미쳐버린 신경에는 남성적인 구석이라고는 없었다. 교통경찰관이 샘의 택시 기사에게 화를 냈고, 택시 기사는 트럭 기사 모두에게 욕을 했으며, 그 엔진 소음 위로 트럭 기사들은 거리의 모두를 저주했다.

9번가는 고가 열차의 탕탕 소리로 제정신이 아니었다. 8번가는 작은 상점의 최전선 야영지였다. 7번가는 거대한 간판('뢰벤슈타인 앤드 푸츠키, 어린 신사를 위한 복장'과 '즐거운 인생 브래지어, 로스와이저 앤드 기츠')을 내건 높은 빌딩 사이 자동차들의 정신병원이었다. 6번가는 9번가의 굉음에 8번가의 고약함, 7번가의 교통량을 합친 곳이었다. 샘이 한숨 돌리며 휘황찬란한 5번가로 눈을 돌리자 모퉁이를 돌 때마다 번쩍이는 자동차들이 거대한 덩어리를 이루고 있었다.

스스로 지칠 줄 모른다고 여겼던 샘 도즈워스는 녹초가 되어 시원한 호텔로 기어 들어갔다. 그는 방의 창가에 앉아 반대편에 무뚝뚝이 뻗어 있는 높다란 사무실 건물을 내다보며 술을 그리워했다.

"빡빡하게 따진대도, 세관의 그자가 빼앗아 간 스카치위스키 한 병에 지금 당장 25달러라도 내겠어. 오, 이런! 이런 날씨에는 뉴욕이 그다지 마음에 안 드는군. 시골로 나가고 싶어. 거기가 진짜 미국이지……. 그러기를 바라겠어! ……파리에서처럼 여가가 너무 많다고 불평하지 않을 곳 말이야! 그리고 그 술이 정말 아쉽군!"

전화를 한 통 걸자 삼십 분 만에 위스키 한 상자가 도착했고, 샘은 파리에서보다 훨씬 이른 시각에 술을 마시게 됐다는 사실로(금주법에 대한 샘의 의견에는 변함이 없었다) 그 모든 것이 더욱 어리석고 짜증스럽고 위선적으로 느껴졌다.

동창회를 하러 뉴헤이븐에 가기 전, 뉴욕에서 만날 사람이 많았다. 하지만 샘은 밀주업자 이외에는 아무에게도 전화하지 않았다. 창가에 앉아 불어오는 바람을 쐬며, 끊임없이 들려오는 도시 소음의 위협을 무시하며, 유럽에서보다 더욱 오갈 데 없는 느낌으로, 프랜에게 명랑한 전보를 쓰고 브렌트에게 전화해 뉴헤이븐으로 부를 생각을 하면서 앉아 있을 기력뿐이었다.

샘은 브렌트에게 도착 날짜를 알리지 않았었다. "시험이니 뭐니 할 일이 많을 거야. 뉴욕에 도착한 뒤에 언제 오는 게 편한지 전화로 물어봐야지." 그런데 브렌트는 전화를 받지 않았다. 그래서 전보를 보냈고, 샘에게 의욕이 생기는 일은 그 정도였다. 1시까지, 1시 30분까지 쉬었다. 방에서 간단히 점심을 먹고 미국식 스위트콘을 제대로 먹고 나자 기운이 좀 났지만, 샘은 그러고도 3시까지 창가에 앉아 생각에 잠겼다. 무기력이 거대한 거미줄처럼 그를 사로잡았다.

이곳 뉴욕에서 샘은 뭘 하는 것일까? 다른 곳에서도 뭘 하는 것일까? 사는 이유가 무엇일까? 파리의 프랜에게 그는 필요한 존재가 아니었다. 그리고 자동차 산업 역시 샘이 없어도 아주 잘 돌아가는 듯했다.

샘은 발견한 사실을 마주했다. 호텔에 들어올 때 있었던 일이지만, 샘은 그 순간까지 그것을 의식 속에 들이지 않았었다. 택시에서 내리며 샘이 책정했던 가격보다 300달러 더 싼 가격에 유닛이 제조한 새로운 레벌레이션 차를 봤다. 마음에 들지 않는다고, 너무 작고 볼품없다고 말하고 싶었지만, 차체는 더욱 낮고 전면 유리는 더욱 날렵한, 놀라울 정도로 깔끔한 모양임을 인정하지 않을 수 없었다. 샘은 낡아빠진 존재가 된 것 같았다. 유닛은 6개월 만에 새 모델을 만들어냈다. 그의 조직으로는 1년이 걸려도 만들 수 없었을 것이다. 그러고도 샘은 가을 모터쇼까지 새 모델을 꼭 쥐고 있다가 속세 사람들에게 종교의 신비를 마지못해 내보이는 사제처럼 거만하게 선보였을 것이다. 유닛은 시즌이나 발표 날짜를 무시하고 새 모델을 옥수수 깡통처럼 투척하는 것일까?

레벌레이션의 새 모델이 언제 나올지 몰랐던 점도 떠올랐다. 회사를 그만두고 처음 몇 달 동안은 앨릭 키넌스로부터 돌아오라는 초대와 함께 온갖 뒷이야기도 자주 들었었다. 지난 3개월 동안은 소식을 거의 못 들었다. 그렇다면 완전히 은퇴한 것인가…… 아마도 영원히?

샘은 자동차 업계가 자신을 그리워한다고 생각하며 미국으로 돌아왔다. 그러나 그 뜨겁고 혼란스러운 오후, 샘은 아무도 신경 쓰지 않는다고 느꼈다. 자유롭게 지내려고 아무에게도 도착한다고 알리지 않긴 했지만 빌어먹을, 어떻게든 샘의 도착 시간을 알아낼 수도 있었을 텐데…….

생각해보니 아퀴타니아호에 탄, 입국하는 유명 인사들(폴란드의 테니스 대회 우승 선수, 베를린에서 활약하고 온 유명한 라디오 아나운서, 최근 뉴욕-파리를 오간 이혼녀)을 따라다니는 기자 중에서 단 한 명도 샘에게 관심을 두지 않았다. 그러나 해외에 머무는 동안에는 그를 '미국을 대표하는 비즈니스맨'으로 인터뷰하지 않았던가…….

샘은 무명인으로 추락한 것이 두려웠다.

3시 30분, 걸려온 전화에 놀라고 유쾌해졌다.

"여보세요? 도즈워스? 로스 아일랜드입니다. 저, 나도 같은 호텔에 있어요. 시간 있어요? 잠깐 올라가도 될까요?"

아일랜드는 붉게 달아오른 얼굴로, 옷깃을 축 늘어뜨린 채 헉헉거리며 뛰어 들어왔다.

"저기, 도즈워스, 내가 미친 건가요? 내가 미친 거 같아요?"

"아니, 더워 보이긴 하는데."

"덥긴요, 무슨! 랑군에서 더위는 겪어봤어요. 깔끔한 흰색 정장을 입고 햇빛 가리는 헬멧을 쓰고 편안하게 멋진 마차를 타고 다녔어요. 열차 충돌을 227번이나 연달아 겪은 기분은 아니었다고요. 내가 뭘 알게 됐는지 아세요? 이놈의 도시가 싫다는 거예요! 여태까지 가본 곳 중에서 가장 더럽고, 시끄럽고, 미쳐 돌아가는 곳이라고요! 정말 싫군요. 지난 3년 동안 지구 곳곳을 돌아다니고 뉴욕이 얼마나 멋진 대도시인지 떠들어대던 내가 말이죠.

뭐 마실 거 있어요? 이런, 위스키뿐? 음, 한번 봅시다.

음, 오늘 오전에는 짐도 풀지 않았어요. 그리운 고향을…… 젠장, 파크 로로 내려가 예전에 살던 동네를 돌아보려고 했어요. 쿼큰보스 사장의 사무실로 내려갔는데, 내 이름을 들어본 적도 없는 사환 아이가 있더군요. 3년 동안 일주일에 칼럼 세 편을 보내고 서명만 했거든요! 하지만 내 이름을 들어봤다는 속기사를 찾았고, 날 그 노인과 만나게 해줬어요. 참, 그 노인 만나기는 버킹엄 궁전에서 조지 왕 만나기보다 열여섯 배는 어려웠고, 들어가니 그 노인은 책상 서랍에 발을 걸치고 《뉴요커》의 유머란을 읽고 있더군요. 흠, 괜찮은 사람이었어요. 벌떡 일어나 내가 마음에 든다면서 나를 보니 장티푸스가 나을 것 같다고 했고, 우리는 삼십 분 동안 이야기를 나누고 내일 점심때 일 이야기를 마칠 약속을 잡았어요! 그렇죠, 그 노인은 그때까지 짬이 일 분도 없대요! 오늘 밤엔 안 된대요. 새 옥상정원의 개장을 도와줘야 한대요.

난 참 얼간이처럼 살았어요! 유럽과 아시아를 돌아다니며 이교도들에게 뉴욕에서 그렇게 바쁘게 사는 건 할 일이 정말 많기 때문이라고 했거든요. 지금껏 이렇게 바쁘게 사는 게, 꽉 찬 지하철에 시달리고, 팔꿈치로 사람을 밀치고 엘리베이터에 타는 게 바쁘다고 떠벌리며 아무것도 안 하기 위해서인지 몰랐던 겁니다! 자, 장담컨대 여기서 사흘 안에 하는 일보다 빈에서 세 시간 동안 하는 일이 더 많을 겁니다! 오스트리아의 촌놈들은 사업 이야기를 방해하는 똑똑한 사환도 파일 정리 시스템도 없거든요. 그러니 집에 가서 두 시간이나 점심을 먹고 오죠. 가엾은 놈들! 지하철을 탈 일도 없고! 나이트클럽도 없고, 앉아서 놀 곳은 카페뿐이고! 참 끔찍한 삶이에요!

흠, 사장과 삼십 분 동안 만났을 때, 사장은 방금 들은 지저분한 이야기를 하는 데 그 시간을 거의 다 썼어요. 1900년에 아이오웨이에서 하던 이야기죠. 그리고 《크로니클》 편집부 쪽으로 가서 예전에 함께 일하던 동료들을 만났는데…… 거기서 지역 소식 담당 기자 일을 했거든요! 그쪽 절반은 집필자였어요. 아마 정치 쪽으로 간 모양이죠. 나머지 절반은 날 보고 반가워하는 것 같았지만, 결혼했거나 브리지 게임을 배웠거나 교회학교 교사가 됐거나 뭐, 그런 부도덕한 일들을 시작했고 젠장, 오늘 밤 함께 저녁을 먹고 극장에 갈 사람은 한 명도 없었어요. 참, 도즈워스, 오늘 밤에 시간 없죠? 온몸이 근질거리는데!

흠, 일요일판 편집부의 한 명과 점심을 먹으러 나갔어요. 위스키를 마시자고 했지만 시원한 게 마시고 싶었어요. 그 친구는 진짜 이탈리아 키안티를 구할 수 있는 곳을 안다고 했죠. 그 친구도 프랑스 사람들을 흉내 내서 이상하게 발음하더군요. 장난으로 말이죠. 그 친구가 하버드에서 1년 동안 영어를 가르친 걸로 알아요. 하지만 냉철한 기자가 되려면 거칠어야 하죠. 자신이 현학적인 사람이 아니란 걸 증명하려고……

저처럼 말이죠. 저도 그렇게 저속한 척하며 살았거든요.

어쨌든요, 그 '진짜 이탈리아' 쓰레기통에 갔는데, 냄새로 판단컨대 세탁장으로 쓰다가 너무 더러워져서 옮긴 것 같아요. 그리고 거기 이탈리아 놈이 가져온 술이 키안티라면 난 은방울꽃이라고요. 솔직히 말입니다, 샘. 맛이 꼭 비트에 뿌리는 식초 같았어요.

그러다가(아, 처음으로 긴 여행을 마치고 돌아오니 미국 청년에게 보내는 하계 문화 학교 메시지라도 듣고 있는 기분이었어요) 북극 탐험을 마치고 돌아온 피어리가 된 기분이었어요. 이 친구에게 버마에 대해서 얼마나 잘 알게 됐고, 비버브룩 경과 얼마나 친해졌는지, 상부 슐레지엔의 토지 문제에 어떤 뉴스가 있는지 이야기하려고 했는데, 그 친구가 관심을 가졌을까요? 그 친구가 보여준 관심은 라이베리아의 크리스천 사이언스 발전에 관해 내가 가질 관심 정도였다니까요! 하지만 그 친구가 내게 알려줄 중요한 소식은 아주 많더군요. 세상에! 빌 스미스가 주급 20달러를 올려 받았대요! 마이크 머군 대신 피트 브라운이 하키 관련 소문을 편집할 거랍니다! 에담 레스토랑에 새로운 재즈 오케스트라가 들어온대요! 피시백 휴대용 타자기 가격이 5달러 올랐어요! 〈애무 노트〉 칼럼을 쓰는 칵테일 파티의 여왕 엘런 우지스가 종교면 편집자랑 결혼한대요!

있잖아요, 뉴욕에서 3년간 살다가 그리운 고향인 아이오웨이에 돌아갔을 때와 똑같아요! 그때는 고향 친구들에게 브루클린 브리지와 온갖 부도덕한 일들을 다 알려주고 싶었는데, 걔들은 헨리 히크가 싸구려 차를 샀다는 얘기나 하고 싶어

했거든요!

뭐, 사실 다 비슷한 거 같아요. 버마의 불교나 헨리의 차나. 전부 동네 소문이죠. 동네가 다를 뿐. 다만…….

하지만 같진 않죠! 난…… 오, 샘, 난 새벽의 정글을 보고 왔는데, 여기 이 친구들은 작은 책상에 붙어 앉아서 집에서 사무실로, 불법 술집으로, 사무실로, 극장으로, 집으로 정해진 길에서 다섯 발짝도 벗어나지 않았어요. 난 페르시아만에서 불이 난 배를 타고 있었는데…….

허영심이라는 거 알아요, 샘. 하지만 미국 이외에도 중요한 게 있다고요. 정신을 차리고 범유럽을 결성할 것인지, 영국이 러시아를 인정할 것인지, 누가 러시아의 석유를 가질 것인지, 폴란드는 어찌 될 것인지, 이탈리아에서 파시즘은 무슨 의미인지. 다음 농구 경기 정도는 흥미를 끌어야 하는 일이잖아요. 하지만 이 친구들은 여기 뉴욕에 들어앉아서(제가 전에 그랬던 것처럼!) 어찌나 자족하는지 현재 술값 말고는 아무것에도 관심이 없어요! 파리의 술집 말고는 유럽이 있는지도 모른다고요. 우리 회사에서도 나는 별 셋, 그중에서 꼬리 달린 별을 두 개나 단 위대한 특별 해외통신원이라도 되는 것처럼 유럽에서 일했는데, 여기선(사실이라니까요!) 하이럼 윈터보텀이라는 농부 이야기를 매주 만화로 그리는 친구가 나보다 봉급을 세 배는 더 받는다고요. 그러니까 그 친구가 사무실에 찾아오면, 쿼큰보스 사장이 온종일 만나줬을 거라니까요!

흠, 이제 내가 얼마나 착하고, 성실하고, 푸대접받는 사람인지 이야기했으니 우리…….

하지만 여기 돌아오길 그렇게 기다렸는데……. (참, 일주일 뒤에 아퀴호를 타고 돌아갈 수 있다는 거 알아요? 흡연실의 시원하고 아늑한 구석 자리를 생각해보세요!) 이 도시에서 어디론가 갈 수 있는 유일한, 최신의, 새로운, 신선한, 독창적인 방법은, 거길 정말 가고 싶다면, 걷는 것뿐임을 알게 됐어요! 여기 교통 상황 때문에 열 블록 가는 데 택시로는 십 분이 걸려요. 그리고 지하철은…… 지하철 타본 지 몇 년 됐어요? 음, 타지 마세요! 난 덩치도 꽤 크고 건장하다고 생각했는데, 그랜드센트럴역의 지하철 경비원이 내 등을 무릎으로 쳐서 이미 꽉 찬 지하철에 무슨 세 살짜리 어린애처럼 밀어 넣었다니까요! 그래서 브루클린 브리지까지 쓰레기-유통업자 목에 코를 박고 서 있었어요! 아나키스트가 된 느낌이었다니까요! 도시 전체를 폭파하고 싶었으니까!

그리고 점심을 먹고 나서 미국 운동선수 속옷을 진짜 초판본 세트로 몇 벌 사고 싶어 모스하임 백화점에 갔어요. 새 건물 보셨어요? 20층짜리 얼음 궁전 같아요. 다이아몬드와 새틴과 상아와 앤티크 에스파냐 가구와 영화배우도 얼굴을 붉힐 만한 란제리로 진열장이 가득하더군요. '럭셔리의 도시, 유럽이 1킬로미터 앞서 승리로군!' 저는 이렇게 말하죠. '추가! H. 로스 아일랜드가 발견한 쾌락의 세계 중심지!' 그리고 안으로 들어가려고 했어요. 솔직히 말입니다, 샘. 저도 힘 좋을 때는 꽤 건장한 축에 들었어요. 예전에 아이오와 대학교에서 풋볼은 센터였고 헤비급 레슬링도 했다고요. 하지만 말이죠. 문을 뚫고 들어갈 수도 없었어요. 불이라도 난 것처럼 미친 사람들이 한 줄은 튀어나오고 한 줄은 몰려들었고, 통로는 전부 꽉 차 있었고, 겨우 원하는 매장에 갔더니…….

음, 외국에서도 상인들에게 불친절한 대우를 당한 적이 많았죠. 내가 러그값의 두 배를 안 내겠다고 하니 터키의 러그 상인은 노발대발했어요. 냉정한 그리스인 항해사는 내 발에 걸려 갑판에서 넘어지고는 고함을 치더군요. 내가 준 팁을 놓고 이러쿵저러쿵하던 곤돌라 주인도 있었어요. 어쨌든 그자들은 우리와 동급인 것처럼 굴었죠. 체스터턴이 이렇게 말했죠. 집사를 아래층으로 걷어차는 건 민주주의의 부재를 드러내는 것이 아니다, 자기가 너무 우월해서 집사를 건드릴 수도 없다고 하면 그게 정말 오만한 것이다. 속옷 매장의 똑똑하고 잘난 젊은 청년이 절 그렇게 대하더라니까요. 그 친구는 여섯 명쯤 응대하느라 내가 빨리 말하지 않고 가져다주는 걸 사지 않으면, 내겐 시간을 낭비하려 들지 않고 "이 촌놈아, 날 속이려 들지 마. 네가 입은 그건 진짜 뉴욕 정장이 아니잖아. 양크턴으로 돌아가라고"라는 듯한 눈빛으로 계속 노려봤어요.

그다음에는 백화점에서 나오려고 했죠. 한쪽에서는 팔꿈치로 내 배를 치고, 다른 쪽에서는 등을 찌르고, 엘리베이터 안내원은 코를 부러뜨리고 싶을 때까지 "어서 타세요"라고 외쳐댔어요. 솔직히 코사크인들에게 쫓기는 난민이 된 느낌이었어요. 네, 인간다운 느낌이 아니었죠. 도살장에 끌려가는 소가 된 기분이었어요. 세상에, 이런 도시라니! 럭셔리! 금! 자존감과 점잖음과 프라이버시만 빼고 다 있는 곳이죠!

정말 긴 웅변이었군요! 버마에서 1번 심부름꾼 아이가 내

바지 중 가장 좋은 바지를 입고 있는 걸 본 후로 가장 오래 떠들었네요!"

"흠." 샘이 달랬다. "시골로 가면 나아지겠죠."

"하지만 난 시골이 싫어요! 태생이 촌놈이라 도시가 좋아요. 열네 살 때 떠나기 전에 옥수수밭이랑 거름 더미는 질리도록 봤어요. 게다가 점심 먹으면서 들었는데, 미국의 다른 도시도 전부 뉴욕처럼 되고 있다던데요. 교통 체증에, 대형 영화관에, 어딜 가나 떠들어대는 라디오, 집집마다 전기 식기 세척기에 진공청소기가 있고, 차를 한 대도 아니고 세상에, 두세 대씩 사야 하고…… 게다가 전부 할부로 말이죠! 그래도 어딜 가도 이 뉴욕 원숭이 정글보다는 낫지 싶네요.

나는 뉴욕을 좀 안다고 생각했는데도 말이에요! 여기서 10년을 지냈는데! 하지만 솔직히 3년 전보다 열여섯 배는 나빠진 것 같아요. 지금부터 3년 전에는 아름다웠을 거예요. 그리고 외국엔…… 뭐, 거리에서 진짜 구식 미국 사람의 얼굴을 보면 어떻게 여기까지 왔는지 궁금하잖아요. 런던에 돌아가서 미국인을 만날까 해요!"

샘은 로스가 과장한다고 느꼈다. 하지만 로스가 돌아간 뒤 무기력한 몸을 일으켜 산책을(더위 속을 기어가듯) 하러 나가자 찜통 같은 거리의 거대한 혼란 속에서 갈피를 잡지 못하는 작은 이방인이 된 느낌이었다.

게다가 갈 곳이 없었다. 샘은 금과 대리석으로 야만스럽게 지은 이 대도시가 인간에게 필요한 모든 것을 제공하되 앉아서 인간적인 시간을 보낼 곳, 카페나 광장, 너무 여성스럽지 않은 홍차 가게만 없음을 깨달았다. 흠! 메트로폴리탄 박물관이나 수족관, 센트럴 파크의 먼지 앉은 벤치를 찾아가거나 프로테스탄트 교회의 반짝이는 신도석에 가만히 앉아 있을 순 있었다.

슈트 케이스를 들고 달리는 사람들은 샘의 다리를 찔렀고, 자그마하고 활달한 유대인들은 그에게 부딪혔고, 얼굴을 거의 자주색으로 분칠한 여자들은 정처 없이 거닐며 시골 사람처럼 온화한 그를 조롱하듯 구경했고, 땀에 젖은 구별 안 되는 사람들 한 무리가 그를 덮치고 지나갔으며, 믿을 수 없을 만큼 태연히 값진 물건들을 진열한 가게 창문은 그를 노려봤다. 횡단보도가 나올 때마다 샘은 자동차의 파도에 멈추면서 5번가를 따라 올라가 42번가로 내려갔고, 음흉하게 쳐다보는 싸구려 노점과 식당을 지나 6번가로 넘어갔다가 그랜드센트럴역으로 돌아왔다.

(1년 전만 해도 그처럼 뻘쭘하게 서 있지 않고 가장 성실한 사람들과 함께 바삐 걸어갔을) 샘은 천장을 덮은 콩코르드 광장처럼 그랜드센트럴역의 반짝이는 넓은 바닥을 내려다보는 발코니에서 생각에 잠겨 서 있었다. 이 넓은 공간은 열차를 타러 달려가는 여행객들의 모습을 작고 우스꽝스럽게 만드는데, 어째서 거대한 노트르담이나 성 베드로 성당은 신도들의 모습을 그렇게 만들지 않을까? 성당에서 검고 하찮게 보이던 작은 사람들은 그래도 위엄 있고, 침착하며, 신의 뜻을 찾는데, 역에 모인 사람들은 벌레처럼 터무니없는 짓을 하느라 바쁜

기 때문일까?

샘은 이곳이 확실히 새로운 신, 속도의 신을 모시는 신전이라고 상상했다.

그 신도 과거의 신들처럼 신자들에게 미신적인 믿음을 요구했다. 어딘가로 가는 것, 빨리 가는 것, 자주 가는 것이 그 자체로 성스럽고 추구해야 하는 활동이라는 믿음을 요구했다. 요구 많은 속도의 신은 실수도 잦고, 연애하느라 바쁘며, 화환과 아첨에 너무나 쉽게 기뻐하는 허영심을 지닌 손위의 신들보다 성미가 고약했다. 추상적이고, 흠결 없으며, 만족할 줄 모르는 신, 시속 100킬로미터를 받고 나면 곧장 150킬로미터를 요구하는 신이었다.

그리고 샘은 자동차로 이 새로운 신앙의 탄생에 공헌했었고, 유럽에서 보낸 유쾌한 여가 동안 그 신의 수도원처럼 엄격한 요구가 그리웠었다! 그런데 파리의 가장 울퉁불퉁한 골목, 가장 허름한 바를 그리워함으로써 신성모독을 저질렀다.

가방을 잔뜩 든 짐꾼들 앞을 당당히 걷는 외판원을 향해 골프채를 꽂은 가방을 들고 녹초가 된 주식중매인을 향해, 짜증을 내는 여자, 으스대며 잘 차려입은 여자를 향해, 하얀 반바지를 입은 늘씬한 청년을 향해 샘은 커다랗고 부스스한 머리를 저었다. 샘의 눈에는 그들이 스스로 창조한(그리고 샘 도즈워스가 창조한) 미친 속도의 신에 의해 광기를 향해 몰려가는 듯했다.

샘과 로스 아일랜드는 어리석게도 택시를 타고 극장에 가려고 했다. 이미 삼십 분 늦었을 때, 그들은 택시에서 내려 마지막 여섯 구역을 걸어갔다. 벌거벗고 홍에 겨워하는 젊은 여성이 여럿 보였다. 폴리베르제르 카바레에 어울릴 만큼 벌거벗은 모습이었다.

"주위에서 나는 냄새를 맡아봤는데, 뉴욕엔 금주법이란 말을 못 들어본 사람들이 있군요." 막간이 됐을 시각, 거리를 걸어가면서 로스가 한숨을 쉬었다. "흠, 다행히 설교자들은 여자들이 벌거벗는 걸 막을 정도로 신에게 영향력을 행사하진 못하는 모양이군요. 금주법이 정말로 끝나면, 이 문제는 해결되겠죠. 여자들이 플란넬 잠옷을 입은 채로 태어나게 한다든가. 솔직히 말입니다, 샘. 여기 미국에선 이걸 이해할 수가 없어요. 도서관 사서에게 책은 검열시키면서도 이런…… 파리만큼 노골적인 뮤지컬 코미디가 있잖아요. 진정한 민주주의와 자결권의 수호자는 우리뿐이라고 외치면서도 아이티와 니카라과에서는 독일이 벨기에에서 자행했다고 비난하는 짓을 죄다 하고 있죠. 그리고…… 내 말 잘 들으세요……. 1년 안에 대영제국 같은 나라도 꿈도 꾸지 못한 정도로 세상을 겁주려고 해군 캠페인을 시작할 겁니다. 과학적 조사를 자랑하면서도 수천 명의 제정신이라는 시민이 퉁명스러운 문맹 설교자나 생물학 권위자라고 주장하면서 진화를 공격하는 정치가의 말을 경청하는 이른바 문명국은 우리뿐이고요."

피곤할 정도로 휘황찬란한 뮤지컬 코미디가 끝난 뒤, 위스키가 저질이라는 점만 제외하면 구식 바와 똑같은 주류 밀매

점에서 로스 아일랜드는 분개했다.

"그래요. 우리 미국의 패러독스를 더하기 위해 우리는 영화에 나오는 불쌍한 엄마들을 보면서 더욱 감상에 젖어 흐느끼면서도 세계 어느 곳보다 흑인에 대한 폭력은 더 심하죠! 땅덩이는 넓은데도 비좁은 다세대주택은 더 많고. 진지한 개척자가 더 많은데도 병들어 불만에 가득 찬 아내들도 더 많고. 청년 중에 호모도 더 많고. 고급 강의가 더 많은데 싸구려 만화책과 비속어도 더 많아요. 뭐, 날 예로 들어보죠. 나는 신문기자예요. 본 것도 많고, 인정하는 것보다 훨씬 더 많이 읽었어요. 여러 가지 아이디어도 있고, 어휘력도 좋아요. 하지만 난 너무 미국적이라 아이디어에 관심이 있다는 걸 인정하거나 문법에 맞는 문장을 쓰거나 부두 노동자처럼 말하려고 노력하지 않으면, 어느 망할 주유소 사장이 내가 현학적으로 군다고 생각할까봐 불안하다니까요! 오늘 나 자신과 사랑하는 미국에 대해 참 많은 걸 배웠군요!"

"마찬가지예요, 로스. 이 나라를 좋아하지만……."

"젠장, 나도 마찬가지예요! 기억나는 것들, 높은 산맥부터 코드곶 크랜베리 늪지대까지 이 나라를 돌아다니며 이야기 나눈 사람들. 포니 익스프레스• 일을 하던 팝 코노버는 인디언들 사이에서 목숨을 걸고 쏜살처럼 다녔죠. 내 고향 아이오와에서 작은 오두막을 지어 살았어요. 밀가루 통으로 만든 오

• 말을 타고 빠른 우편배달을 하던 서비스.

래된 의자도 있었죠. 자, 그 사람은 낮에는 우리 같은 애들에게 이야기를 해줬어요. 밤에는 떠돌이들을 재워줬고. 왕이 찾아와도 똑같이 맞았을 겁니다. 그는 자기가 떠돌이보다 낫다거나 왕이 자기보다 낫다고 생각하지 않았어요. 진짜 미국인이었죠. 그리고 풋볼 경기에서 사람들을 봤어요. 깔끔하고 멋진 청년들을. 하지만 우린 모든 걸 육 일짜리 자전거 경주로 만들고 있어요. 그리고 예전에는 갖고 있던 다리 대신 오토바이를 타죠!"

로스 아일랜드는 계속 미국의 부산함을 공격하다가 샘도 같이 불평하면 노발대발하면서 옹호하곤 했다. 둘은 브로드웨이의 카바레로 천천히 걸어갔다.

치킨 메릴랜드와 얌, 비튼 비스킷을 전문으로 하는 '더 조지아 캐빈'이라는 곳이었는데, 오케스트라는 삼십 분마다 〈딕시〉를 연주하고 큰 환호를 받았다. 로스와 샘을 제외하면 전부 유대인이나 그리스인이었다. 진귀한 것과 값진 것으로 가득한 곳이었다. 벽에는 기괴하고 과장되게 만든 모조 통나무집이 있었다. 브로드웨이의 철도 울타리처럼 생긴 작은 울타리를 친 덕분에 댄스 플로어를 가득 메운 채 춤추는 사람들이 갑자기 연애 감정으로 미쳐버린 러시아워의 지하철 승객처럼 보였다.

입장료는 1인당 2달러였다. 두 사람은 한 잔에 75센트짜리 레모네이드를 두 잔 시키고 그리스인 웨이터에게 25센트를 팁으로 줬으며(그걸 보고 웨이터는 불평했다) 단정하고 냉정한 눈빛의 여직원에게도 25센트를 줬다. 그걸 보고 그 여자는 "또 싸구려 손님이 한 쌍 왔네!"라고 쏘아붙였다.

그들은 거의 말없이 호텔로 걸어갔다. 샘의 머리 위로 그가 파리에서 느꼈던 무기력이 마치 수의처럼 두껍고 뚜렷하게 뒤덮었다. 꿈을 꾸는 것이 분명했다. 전차 종소리, 미친 듯한 고가 열차, 질주하는 택시, 시끄러운 사람들이 이루는 이 가혹한 현실에 그 어떤 현실성도 없었다. 열기가 모여 폭풍우로 변했다. 번갯불에 비인간적으로 높은 빌딩 꼭대기가 보였다. 공기 전체가 위협적이었지만, 샘은 태연히 그 위협을 느끼며 로스 아일랜드에게 기운 없이 작별 인사를 했다.

샘이 호텔 방의 창가에 서 있을 때 폭풍우가 터졌다. 번개가 번쩍일 때마다 맞은편 건물의 넓고 노란 벽과 번쩍이는 숱한 창문이 미친 듯이 뚜렷하게 드러났다. 그리고 번갯불 사이사이 어둠 속에서 샘은 그 건물이 자신을 덮치는 광경을 상상할 수 있었다. 두려움을 잘 모르는 샘 도즈워스에게도 그것은 화산 폭발처럼 무시무시했다. 하지만 공포는 그를 에워싸고 있는 둔탁한 고독의 껍데기를 깨뜨릴 수 없었다.

샘은 창가에서 돌아서서 생기 없는 걸음으로 침대로 가 반쯤 갠 상태로 누웠다. 그는 이렇게만 중얼거렸다. "이 부산스러운 미국 생활(끊임없는 전투), 이제 습관에서 벗어나니 감당할 수 없어진 것일까?"

"오, 이럴 수가. 프랜, 당신이 없으니 너무 외로워!"

제17장

그러나 이튿날 저녁, 굿우드 국립은행 이사회 회장인 일론 리처즈와 함께 롱아일랜드에 있는 그의 저택인 윌로 마시의 테라스에 앉아 있었을 때, 샘은 더 유쾌하고 다정한 미국을 만났다.

아침에는 샘의 아들 브렌트가 뉴헤이븐에서 전화를 걸어 이틀 뒤에 시험을 마치고 아버지와 한잔하러 오겠다고 했다. 오후에는 유닛의 뉴욕 사무소에서 앨릭 키넌스와 힘겹게 싸웠다. 샘은 유닛의 부회장직을 다시 제안받았고 다시 거절했다.

거절에 대해서 모호하게 말했다.

"앨릭, 설명하기 힘들군요. 평생 대부분의 시간을 자동차 만드는 데 썼으니 이제는 앉아서 나 자신을 알아보고 싶어요. 네, 파리에서 외로웠습니다. 인정해요. 하지만 한번 시작한 일이니 아직은 포기하지 않으렵니다."

키넌스가 날카롭게 말했다.

"이 제안을 다시 할 수 있을지 모르겠군."

샘은 그의 말을 귀담아듣지 않았다. 예전에는 항상 주의 깊게 경청하던 그가 부질없는 공상에 잠겼다. '사업 말고는 아무것도 재주가 없지만, 좀 즐기면서 새로운 걸(플로리다에서 오렌지 과수원을 하든가 부동산이라든가) 해보면 어떨까?'

샘이 굿우드의 리처즈에게 전화하자 리처즈는 그날 밤 롱아일랜드로 나오라며 졸랐다.

샘은 차를 타고 가는 동안 편안하고 명랑해졌다. 리처즈의 딸 실라가 마이클 알런의 소설을 읽자마자 아버지에게 사자고 조른 이스파노 수이사 차였다. 그들은 그랜드 센트럴 구역의 무시무시한 교통을 뚫고 공장 마을 같은 1번가로 접어들어 59번가의 근사한 아치 다리를 지나면서 리우데자네이루와 바베이도스와 아프리카에서 들어오는 증기선을 맞이하는 부두 위로 버티고 선 탑들을 내려다봤다.

그들은 공장과 노동자들의 집을 가로질러 해안선을 따라 난 도로를 달렸고, 소금기를 머금은 바람이 그 훌륭한 차의 열린 창문으로 불어왔다. 기분 좋은 교외에 들어서자 진짜 농장 사이의 시골길로 접어들었다. 옥수수밭, 호박 덩굴, 포플러 나무 장작더미를 쌓아둔 하얀 농장 집들을 보자 살짝 너덜거리던 샘의 미국주의가 의기양양하게 되살아났다.

그리고 대화도 즐거웠다.

샘은 남성적인 시민은 채권이나 권투 시합 이야기만 하고, 마티스나 카도로•에 관심이 있는 척하면 여자 같은 가식덩어리라고 할 만큼 어리석은 적은 없었다. 다만 화가가 마티스에 관심이 있고 채권이 지루한 것처럼 그 자신도 채권에는 관심이 있고 마티스는 지루할 권리가 있다고 프랜을 설득했었다. 물론 그날 오후, 앨릭 키넌스에게도 주식은 중요했다. 하지만 앨릭의 이야기는 재미가 없었다. 그 자그마한 인간은 상공업의 나폴레옹 역할을 할 수 없으면서도 만나는 사람마다 귀를 잡아당길 수 있는 충성스러운 문지기나 (앨릭으로부터) 새로운 지휘권을 받고 입을 떡 벌리는 충성스러운 육군 원수인 것처럼 취급하려 들었기 때문이다.

하지만 일론 리처즈는 합병과 투자와 골프와 은행가들의 이혼 스캔들을 소먹이에 관해 이야기하는 젖소 농장 주인처럼 단순하고 인간미 없이 이야기했다. 그는(차가 작은 농장을 지나 저택이 늘어선 지역으로 들어갈 때) K. L.과 Z.가 두 달 안에 파산할 것이며, 알래스카에서 순록 100만 마리를 키울 회사에 정말로 무언가가 있으며, 스미스 기관차사는 그다지 나쁜 구매가 아닐 것이며, 앤털로프 자동차가 안전 전면 유리창을 표준 부품으로 발표할 거라고 했다.

윌로 마시의 저택은 롱아일랜드 해협 쪽 습지를 바라보는 절벽 위에 있었다. 그들은 벽돌 테라스의 작은 탁자에 흔들리는 촛불을 켜고, 샘, 리처즈, 그의 딸 실라가 고리버들 의자를 놓고 앉아서 식사했다. 6개월 전 이스파노 수이사를 사자고 한 사람은 실라였지만, 이번 여름 실라는 사회주의자의 단계

● 이탈리아 베네치아의 대저택.

를 거치고 있었다. 저녁 식사 내내 실라가 샘과 자기 아버지에게서 노동자들이 모든 재산을 가져가면 안 되는 이유가 뭐냐고 계속 물었기 때문에 샘은 약간 짜증이 났다.

리처즈가 실라를 이렇게 놀리며 부추기는 것을 보고 샘은 믿을 수 없는 심정이 됐다.

"레닌처럼 정말 일급 지도자가 나와서 첫째, 내게서 돈을 빼앗아 가. 둘째, 실질적인 노동 국가를 만든다면 난 걱정 않겠다. 우리 주주들을 위해 일하는 것처럼 그와 그의 무리를 위해 일하겠어. 하지만 무례하고 어린 딸아, 사회주의자 기자들이 혹시, 만약에, 언젠가, 노동계급이 산업을 운영할 정도로 교육을 받을 수도 있다고 떠들어대기 때문에 나도 동조해야 한다고 생각한다면 흠, 한번 해보라고 해라!"

그렇게 한 시간.

25년 동안 거대 산업에서 일한 샘 도즈워스는 여전히 사회주의란 부를 나누는 것이고, 백만장자들이 10년 안에 그것을 도로 쥐게 된다는 뜻이라고 어렴풋이 생각했다. 그는 여전히 볼셰비키 당원은 전부 턱수염을 잔뜩 기르고 폭탄을 가지고 다니는 유대인이며 아나키스트와 구별할 수 없다고 반쯤 믿었다. 완전히 믿지 않은 것은 회사에서 레벌레이션 자동차 수입에 대해 유창하게 말하는 세련되고 수염 없는 소련 중개상들을 만났었기 때문이다. 하지만 사회주의를 진지하게 받아들이다니…….

샘은 짜증이 났다.

그가 외국에 나간 이유가 무엇일까? 외국 생활이 샘을 흔들어놓았다. 파리에서는 지루했지만, 팬케이크보다 크레프가 좋았다. 6번가를 걷는 것보다는 센강 다리에 기대고 서 있는 것이 좋았다. 당장은 레벌레이션 자동차의 새 펜더에 흥분할 수 없었다. 한때는 그토록 확실히, 편안히 그의 손아귀 안에 있던 이 미국이, 어떻게 이렇게 빠져나간 것일까?

그리고 은행가 중에서 너무나 안전한 보수주의자 일론 리처즈의 딸이 유럽 사회주의에 잔뜩 물이 들었다. 인생이란 정말 이렇게 복잡한 것일까?

실라가 자리를 뜨자 모든 것이 단순해졌다. 6월의 석양은 부드러웠고 롱아일랜드 해협을 길게 물들이는 옅은 자줏빛 너머 보이지 않는 마을들이 부드러운 불빛과 함께 살아났다. 뉴욕의 숨 막히는 이틀을 보낸 샘은 시원한 테라스의 고리버들 의자에서 편안히, 만족스럽게 어깨를 움직였다. 리처즈의 시가는 훌륭했고 브랜디는 진짜였으며 실라가 자기 차를 타고 댄스파티에 가고 나자 다시 대화도 적절해졌다.

하지만 또 시작됐다…….

"희한하지, 리처즈." 샘이 생각을 소리 내어 말했다. "어제 뉴욕에 내린 후부터 온통 바쁘고 활기찬 것이 싫었어. 오늘 저녁 자네와 한적한 곳에 앉아 인간적인 느낌을 받기 전까지진 말이야. 물론 그저 더위 때문일 수도 있어. 다만…… 프랑스와 영국에서는 여유롭다는 느낌이 들었거든. 거기서는 사람들이 자신들을 위해 일하는 것 같았어. 일하기 위해 인생을 포기하는 게 아니라. 그런데 세상에는 배울 것이 너무 많은데, 여기선 너무 바빠서 배울 수가 없는 느낌이야."

리처즈는 편안하게 담배를 뻐끔거리더니 말했다.

"내가 유럽에서 공부한 걸 알고 있나, 샘?"

"아니! 그랬나?"

"응, 아버지 어머니께서 유럽을 신봉하셨지. 우린 여기저기 돌아다녔어. 열여섯 살이 될 때까지 14년을 프랑스와 영국, 스위스의 학교에서 보냈고, 하버드에 다니는 동안에도 해마다 여름에는 거기로 돌아갔어. 4학년 방학 때만 빼고. 그러다 아버지에게 묘안이 떠올라서 나를 오리건에 보내 벌목장에서 일하게 하셨지. 나는 열광했네! 펜션이니 카페니 미국인치고는 그렇게 몹쓸 정도는 아니구나 하는 유럽의 전반적인 태도가 너무 지겨웠거든. 오리건에서는 벌목꾼들에게 일주일에 세 번씩 얻어맞았지만, 여름이 끝날 무렵에는 나더러 그곳 감독의 조수로 와달라고 졸라대더군. 기분 좋았지! 그 후로도 그곳이 계속 좋아. 자네의 단호한 친구 앨릭 키넌스보다 프랑스 자본가들이 더 고상하고 여유로울지 몰라도 앨릭이랑 싸우는 게 훨씬 더 재미있다니까!

샘, 여긴 전쟁이네. 러시아나 중국처럼 말이야. 그리고 늙은 곰 같은 친구 샘, 자네는 결코 사색하는 가젤이 될 수 없네. 싸워야지. 그리고 생각해보게! 미국이 세상을 지배할지도 모르잖나! 어쩌면 결국 러시아에게 망할지도 모르고. 하지만 그런 세계와의 싸움이 모여 앉아 말실수를 피하면서 이브닝 파티에 뭘 입어야 할지 생각하는 것보다는 낫지 않나? 인생이란 말이야!"

샘은 말없이 오래 생각했다.

"일론." 샘이 말했다. "내 마음이 어떤지 잘 알던 시절이 있었어. 그때는 신출내기 속기사가 하라는 대로 하지 않았네. 하지만 최근에 너무 많은 걸 봤어. 프랜이(아내 말이네) 여기 있다면, 난 아마 유럽이 좋다고 했을 거야. 자네는 미국에 찬성하게 만드는군."

"어째서 뭐든지 찬성해야 하나? 제일 재미있어 보이는 싸움에 그냥 뛰어드는 게 어때? 이것만큼은 확신할 수 있잖아. 결과는 아무 의미 없다는 거. 내 딸 실라는 우생학의 신중한 활용, 카를 마르크스, 테니스가 다섯 세대 안에 우리를 선한 아폴로로 만들 거라고 하더군. 하느님 맙소사! 우리 가엾은 척추동물 중에 진심으로 완벽을 원하는 사람은 아무도 없지 않을까 싶은데! 내 말은 말이야. 자네는 은퇴하는 순간부터 가련하고 열등한 존재가 됐다고 느끼면서 남은 생을 상대를(아내든 정부든) 만족시키려고 애쓰며 사는 마음씨 착하고 성실한 미국인인 거야."

"아직은 아니야!"

"잠깐! 그리고 친구들까지도 말이네. 샘, 나는 이상주의자라서 모든 이상주의자가 교수형에 처하는 협회를 만들고 싶네. 자네, 자네 자신이 미국에서 더 행복한지 유럽에서 더 행복한지 마음을 정하고 거기서 지내게! 나는 유럽 카페에 가서 웨이터들에게 햇볕이 드는 자리를 달라고 사정하는 것보다는 유럽 은행가들이 찾아와 대출해달라고 사정하는 게 더 좋네! 샘, 이 미국의 모험은(여기서 하는 모험이니까) 세계 최고의 모험이야. 그리고 유럽 전체가 그렇듯이 미래의 불확실성을 확신하는 분위기가 여긴 없잖아. 그리고 말이야. 우리 모험은 더 커질 것이네. 유럽에는 우리에게 필요한 것이 많다고 **느끼기** 때문이지. 우린 이제 통나무집이나 옥수수빵에 만족하지 않아. 유럽이 가진 걸 모두 원한다고. 그걸 가질 거야!"

"음." 샘이 말했다.

그날 밤 샘은 해협에서 불어오는 바람을 맞으며 아이처럼 잤다. 5시에 일어나 좀 구겨진 실크 잠옷을 입고 침대 가장자리에 앉은 뒤, 아침 햇살에 아지랑이를 올리는 늪지대와 빛나는 금속 위에 친 거미줄 같은 해협을 내려다보면서 사색에 잠겼다.

롱아일랜드로 80킬로미터 더 나가 있었다면 코네티컷 해안과 뉴헤이븐까지 보였을 것이다.

샘은 예일 4학년 어느 봄날, 이스트 록에서 해협과 롱아일랜드를 바라본 적이 있는데, 그 먼 해안에서 낭만적인 항구를 바라보던 날과 지금이 기괴할 정도로 비슷하다는 것을 깨달았다. 그와 이스트 록에 앉아 있던 소년의 차이는 오로지 롱아일랜드와 30년의 세월, '뭔가 가치 있는 일'을 하겠다는 소년의 확신뿐이었다. 그날 샘은 수도승 같은 운동선수의 의무에 짓눌려 지내던 풋볼 스타였던 시절보다 훨씬 더 재미있는 여러 가지 시도를 떠올릴 수 있었다. 일본을 떠돌아다니든지 실라 리처즈의 사회주의를 찬성하거나 캠페인을 벌여 반대하거나 20년 뒤 그저 담뱃대를 문 노인이 되어 오하이오강을 내려다보는 언덕의 사과나무 사이에서 만족해하며 사는 모습을 떠올리는 것, 모두 터무니없지 않았다. 하지만 그때 샘은 어린 시절 이스트 록에서는 몰랐던 사람들과 강점, 약점에 매여 있는 것이 분명했다.

샘은 프랜이 싫어하기 때문에 완전히 소박하고 안정된 미국 생활로 돌아갈 수 없었고, 습관적으로 반복되는 프랜의 감정 기복 없는 인생을 생각할 수 없었다. 그는 우아하게 빈둥거리는 범세계주의자가 될 수 없었다. 왜냐하면(샘의 생각이 비틀거리고 으르렁거렸다), 왜냐하면 그는 샘 도즈워스였으니까!

샘은 인생을 즐겁게 해준 모든 친구에게 묶여 있었다. 그들에게 충격을 주거나 그들을 잃을 수 없었다. 그는 번 돈 전부에, 만들어낸 모든 자동차에 묶여 있었다. 그것들은 그의 계층에 의무를 뜻했다. 그는 일한 모든 시간에 묶여 있었다. 그 때문에 그는 뻣뻣하게 굳어 영혼의 류머티즘에 걸려 있었다.

그래도 샘은 세상을 원했다. 그럼에도 30년 전, 리처드 하딩 데이비스 소설의 주인공이 되고 싶었던 것만큼이나 간절히 원하는 그 세상에는 구체적인 것이 하나도 없었다.

그러다가 그 생각이 떠올랐다.

샘이 놀라며 말했다. “아니, 문제는 프랜과 아이들과 몇몇 친구를 갖는 것 이외에 크게 싸워 쟁취하고 싶은 게 없다는 거야. 상상했던 것(지위를 얻고, 돈을 벌고, 재미있는 사람들을 만나고)은 거의 이뤘어. 원하는 걸 아무것도 이루지 못한 떠돌이라면 훨씬 더 운이 좋을 거야. 아, 그만두자. 별로 신경 쓰이지도 않아. 아주 높은 별을 목표로 삼지 않았던 모양이지.

이 별은 별로 좋아 보이지 않아!

젠장! 이 미친 뉴욕에서 벗어나 제니스에서 진짜, 소박하고 다정한 사람들을 만나면 그래, 맞아. 동창회에 가면 이 불평도 끝날 거야.

하지만 이게 다 뭐지. 산다는 일 말이야?

설교자들이 하는 말을 믿을 수 있다면 내 왼쪽 다리라도 내놓겠어. 영생이니 여호와께 찬양이니. 하지만 그럴 수가 없어. 모든 걸 혼자서 마주해야…….

아이고, 제발, 자기 연민은 좀 그만둬. 너도 프랜과 똑같아…….

프랜! 프랜은 나쁜 적 없었어. 정말로. 프랜, 당신을 흠모한다는 말을 내가 잊지 않고 했던가?"

네 시간 뒤, 아침 식사 때 샘은 와플에만 관심을 두는 냉정한 대재정가로 돌아갔다.

샘은 그랜드센트럴역의 탑승구에 서서 아들이 뉴헤이븐발 기차에서 내려 비스듬한 시멘트 주행로를 달려오는 모습을 지켜봤다.

'저 녀석이 옥스퍼드에 가거나 프랑스에 가는 것보다 좋은 게 있다면…….' 샘이 기뻐하며 생각했다. '하지만 나보다는 프랜을 닮았지. 프랜의 외모와 눈치를 물려받았어.'

하얀 얼굴과 길고 좁은 이마가 조금 지나친 순종처럼, 지나친 정교함처럼 느껴지는 브렌트는 젊은 경주마 같았다. 하지만 그의 장난기 어린 눈, "안녕, 아빠! 다시 만나서 좋아요. 잘

오셨어요?"라고 외치는 음성에서 건강과 활기가 느껴졌다.

"그래, 잘 왔어. 반갑다, 아들. 얼마나 있을 수 있니?"

"아침에 돌아가야 해요. 새벽 기차 타고."

"아쉽구나. 자, 가방은 짐꾼에게 맡기렴."

"그리고 25센트를 내라고요? 그럴 순 없죠. 그 돈이면 옥수수 위스키를 살 텐데."

"음, 그런 건 안 마실 거다. 하지만 너도 그건 아는 모양이구나. 오늘 밤에 어디서 저녁을 먹을까? 리츠 호텔에 갈까, 아니면 어디 떠들썩한 곳에 갈까?"

"진짜 독일 맥주 파는 데를 알려드릴게요."

"좋다. 음……."

샘은 수줍어하는 아들을 수줍게 내려다보고 불쑥 말했다. "본스와 파이 베타 카파에 둘 다 들어가다니 참 자랑스럽다."

"아, 고마워요. 참, 건강해 보이시네요."

브렌트는 뉴욕에서 겨우 열두 시간 있을 계획이면서 만찬용 복장을 가져왔다.

'프랜을 닮았다니까.' 샘은 이렇게 생각하고는 어쩐지 좀 외로웠다. 샘은 초조해하는 젊은이에게 용돈 이상을, 힘과 안정감을 주고 싶었다.

옷을 갈아입는 동안, 브렌트는 아버지에게 느끼는 수줍음을 떨치고 장대높이뛰기에서 치크 버드롱이 보여준 기적 같은 활약에 대해서, 2년 넘게 완벽하게 착한 사람으로 살던 오그던 로즈가 문학으로 전향한 것에 대해서, 유닛 레벌레이션의 새 차의 '엉망진창 차체 작업'에 대해서 떠들기 시작했다.

정장을 차려입은 브렌트는 우아한 청년으로 변했고, 샘의 침입을 싫어하는 세상…… 샘에게 줄 힘과 안정감이 있다 하더라도 아무것도 원치 않는 세상에 어울리는 사람이 됐다.

브렌트가 알려준 '독일 식당'은 완전히 모조품이었다. 펜실베이니아에서 만든 맥주잔, 오래돼 보이도록 구부린 대들보, 열 수 있다면 회벽 말고는 아무것도 보이지 않을 색유리창, 너무나 개탄스럽고 밍밍한 모조품 맥주.

이 지저분한 싸구려 배경에서, 지저분하고 무례하고 약간 애처로운 폴란드인 웨이터들 사이에서 브렌트만이 나이프의 날처럼 진짜였고, 그렇게 반짝였다.

샘은 그때가 되면 남자 대 남자로서 아들과 속마음을 털어놓을 수 있으리라 생각했었다. 브렌트에게 술에 대해, 도박에 대해, 수단으로서의 돈의 가치와 목적으로서의 그 무상함에 대해서, 무엇보다도 여자들에 대해서 이야기할 생각이었다. 오, 염탐하고 건드려보는 것이 아니라 그저 청교도적인 것도 음란한 것도 아닌 인생에 대한 생각을 이야기하고 싶을 뿐이었다. 거리 여자들의 위험성에 대해 굉장히 솔직하게 말하면서도, 세상사에 밝은 사람답게 '섹스'의 충동에 대해서도 인정하고 싶었다. 그리고 브렌트가 혹시 비밀을 털어놓는다면, 아무렇지도 않게 공감하며 들을 생각이었다.

그 따뜻하고 즐거운 생각은 브렌트의 자신만만한 모습을 보는 순간 얼어붙었다. 뭐, 아들은 자신의 취향이 나쁘고, 프랜과 에밀리 다음으로 애정을 받는 존재라 여길지 모르지만,

샘은 브렌트의 애정과 존경을 세상 누구의 것보다 더 원했다. 그래서 샘은 영혼을 드러내고 싶으면서도 두려운 나머지 헌던 경과 비행기 조종사 조세로, 베르사유 궁전 이야기를 늘어놓았다…….

하지만 샘이 할 수 있는 내밀한 이야기가 하나는 있었다.

"아들, 예일에서 졸업하면 하버드 로스쿨에 가기로 했니?"

"아직 정하지 못했습니다."

"그렇게 딱딱한 높임말은 쓰지 말거라! 봐라, 브렌트. 한 가지 생각이 있는데…… 만약 네가 졸업할 때까지 엄마와 내가 외국에 있는다면, 너도 와서 1년 정도 함께 지내면 어떻겠니? 우리 둘만 아프리카나 인도, 중국 같은 곳에 갈 수도 있을 거다. 지금 엄마는 파리에서 떠나지 않으려고 해. 세상에 참 볼 게 많더구나. 돈벌이를 시작하는 건 서두를 거 없다."

"하지만 아버지는 일찍 일을 시작하셨습니다."

"그렇게 말하지 않길 바란다(나 아직 젊다고)! 그리고 나는 일을 너무 일찍 시작한 게 아닌가 싶다. 지금 와서 생각하니 우선 세상을 먼저 돌아볼 걸 그랬나 싶어. 그리고 이렇게 공부하다가 바로 법학 공부를 시작하면……."

"음, 저기, 법 공부를 할지 정하지 못했습니다."

"음, 생각 중인 것이 있니? 의학? 자동차?"

"아뇨, 전…… 제 룸메이트 빌리 디컨 아시죠? 그 친구 아버지가 금융사 디컨, 이플리, 와츠의 회장이십니다. 그래서 빌리가 저더러 함께 채권을 팔자고 해요. 10년 뒤면 연봉 2만 5000을 받을 수 있을 것 같은데, 법조계로 가면 뉴욕 최고 법

률회사에 들어간다 해도 그때까지 사무원밖에 안 될 겁니다. 그런데 전 언젠가 연봉 15만 정도의 급에 올라가고 싶습니다."

브렌트는 언젠가 서사시를 쓰겠다고 발표하는 젊은 시인처럼 겸손한 자신감과 진지한 눈빛으로 말했다.

샘은 의심스러운 표정으로 말했다.

"벌 수 있는 돈은 한 푼 빠짐없이 번 사람이 이런 말을 하면 우스울지 모르겠지만…… 브렌트, 나는 늘 뭔가 만들고 싶었다. 은행예금 말고도 뭔가 남기고 싶었어. 네가 채권을 팔면 그러지 못할까봐 걱정된다. 채권이 나쁘다는 건 아니야. 그건 알지! 보기 좋은 그림도 찍혀 있고. 하지만 그렇게 빨리 돈을 벌어야 하……."

"아버지 때보다 사는 데 돈이 훨씬 많이 들어요. 가져야 할 것도 너무 많고요. 제가 어릴 때는 리무진이 있으면 신이나 다름없었지만, 지금은 요트가 없으면 아무것도 아니에요. 돈을 벌고 나면 쉬면서 취미도 가질 수 있죠. 유럽을 구경하고 애국심도 고취하고 그런 거요. 빌 디컨이랑 함께하는 건 좋은 기회일 듯해요."

"음, 물론 네가 결정할 일이지. 하지만 한 번 더 생각해보렴. 정말로 뭔가 만들어내는 걸 말이야."

"그럼요. 그러겠습니다."

브렌트는 샘이 배워온 유럽에 대해 환한 얼굴로 칭찬했다. 풋볼 선수로서 샘의 업적은 아직도 예일에서 전해져 내려온다고 했다.

그리고 샘은 아들을 영영 잃어버렸다는 생각에 혼자 한숨 지었다.

제18장

샘이 30회 동창회에 참석하기 위해 뉴헤이븐에 가려고 짐을 싸는데 작게 노크 소리가 들렸다. "들어오시오!"라고 외친 뒤, 처음에는 손님이 누군지 돌아보지 않았다. 문이 열리고도 조용하자 그제야 돌아봤다.

터브 피어슨이 문 앞에 서서 씩 웃고 있었다.

"아이고, 이 뚱보 돼지 녀석!" 샘의 말뜻은 '내 소중한 오랜 친구, 이렇게 보다니 꿈만 같군!'이었다. 그리고 터브가 대답했다. "이 덩치만 큰 뺏뺏한 놈! 이제 유럽에서 그만 나가달라고 하던가, 응? 그래서 몰래 여기로 돌아온 거야? 이 커다란 얼간아!" 미국 언어를 아는 사람에게 이 말은 '제니스에서 자네가 없어 정말 힘들고 외로웠네. 자네가 돌아오지 않았으면 아마 동창회를 포기하고 유럽으로 만나러 갔을 거야. 정말로 그랬을 거라고'를 의미했다.

"뭐, 보기 좋군, 터브." 그리고 두 사람은 서로의 팔을 퉁명스럽게 툭툭 쳤다.

"자네도. **아주 좋아** 보여. 유럽이 잘 맞았나보군. 그 고급 프랑스 와인 좀 가져오지 않았나?"

"물론이지. 내 칼라 보관함에 한 상자가 들어 있지."

"음, 꺼내보게. 운명의 시각을 미루지 말자고."

(새로운 미국 체제에서 모든 호텔 투숙객이 호텔 직원이 찾기 쉽도록 위스키 병을 숨겨두는) 트렁크 뒤에서 샘은 껄껄 웃으며 뭔가 꺼냈다. "이게 자네 눈에는 평범한 감리교도 밀주처럼 보일지 모르지만 터브, 자네는 나처럼 돈을 많이 들여 여행하거나 교육을 못 받았잖나. 말해보게……. 오, 터브, 진짜…… 전쟁 전에 빚은 스카치위스키 한 병을 여기 항구에서 빼앗겼어."

"저런! 그런 벼락 맞을 짓을! 자, 그럼 이야기해보게. 정말로 어떻게 지냈는지?"

"아, 좋았어. 좋았다고! 파리는 좋은 도시야. 참, 메이티랑 아이들은 잘 있나?"

"잘 있지!"

"해리 해저드는?"

"잘 있어. 손녀를 얻었지. 참, 파리에서는 밤새 떠들썩하지?"

"응, 꽤 늦도록. 에밀리를 요즘 봤나?"

"바로 엊그제 컨트리클럽에서 봤어. 좋아 보이던데. 참, 샘보, 한 가지만 설명해주겠어? 볼셰비키 당원들이 러시아 제정 지지자들의 빚을 프랑스에 갚을 가능성이 있나? 그리고 프랑스 도시 사람들은 어떤가?"

"음, 별로 알아보지 못했는데…… 아, 고위층 개구리들…….

앙디예라는 주식중매인을 만났는데, 꽤 부유한 것 같아. 하지만 우리랑은 달라. 그런 자들과는 밖에서는 진지하게 이야기할 수가 없어. 극장이니 댄스니 경마 같은 이야기만 하거든. 그런데 참, 한 가지 아주 재미있는 건 배웠어. 프랑스의 시트로엥 사람들이랑 독일의 오펠 사람들이 유럽 땅에서 포드랑 쉐보레를 몰아낼 저렴한 차를 내놓는다더군. 오! 참! 터브! 포드가 티 모델을 폐기하고 완전히 새로운 모델을 내놓는다는 소문에 대해서 아는 거 있나? 세상에, 아무리 애를 써도 아무것도 알아내지 못했네! 앨릭 키넌스에게 물어보고, 셔먼의 바이런 로저스에게 물어보고, 일론 리처즈에게도 물어봤는데, 아는 게 있어도 입 밖에 내지 않더군. 꼭 좀 알고 싶은데 말이야."

"나도 마찬가지야! 나도! 그래도 아무것도 알아낼 수가 없었어!"

두 사람은 한숨을 쉬고 잔을 다시 채웠다.

"컨트리클럽의 증축은 끝냈나?" 샘이 물었다.

"응, 보기 좋아졌어. 프랑스에서도 골프 많이 치나?"

"그런 거 같아. 리비에라에서는. 최근에 우리 집 앞을 지나가봤어? 별일 없어 보였나?"

"당연하지. 들러서 관리인과 이야기도 했어. 믿음직한 친구 같더군. 참, 파리에서 저녁때 남자는 뭘 하나? 놀러 어딜 가지? 여기 나이트클럽 같은 데?"

"음, 와인은 훨씬 좋지……. 음, 아니 미국인이 많은 곳에서는 저질 술로 사기를 치기도 해. 하지만 전체적으로…… 글쎄, 모르겠어. 돌아다니는 게 지겨워지거든. 예쁜 여자들이 전부 계속 이야기를 하니까!"

"혹시 귀여운 여자를 만난 건 아니지?"

"'귀엽다'고 했어, '순진하다'고 했어?"

그리고 둘은 함께 웃다가 함께 한숨을 쉬었고, 샘의 존재하지 않는 외도에 대해서는 함구했다.

그리고 둘은 더 할 이야기가 없어졌다.

오랜 세월 두 사람은 친구, 경기, 비밀 사업 보고를 함께 나눴다. 전날 만난 사람, 이틀 전에 했던 포커, 그 순간 일어나는 은행 스캔들에 대해서는 신이 나서 이야기할 수 있었다. 하지만 단 6개월 만에 스캔들과 골프 핸디캡이 중요했던 제니스 시민 대부분이 샘의 기억 속에서 희미해졌다. 샘은 그들을 떠올릴 수도, 그들에 대해 물어볼 일을 생각할 수도 없었다. 두 남자는 어색하게 질문과 대답을 주고받았다.

샘이 부드럽게 말했다. "외국에 일찍 나갔으면 좋았을 걸 싶어, 터브. 그 사람들이 일하는 방식을 보니 좀 재미있더군. 하지만 이젠 너무 늦었지."

샘은 영국과 프랑스에서 무엇에 흥미를 느꼈는지 정확히 설명해보려고 했다. 옷차림, 아침 식사에 나오는 베이컨, 정당, 장터의 채소, 성직자들의 작고 콕 짚어 말할 수 없는 차이를. 하지만 터브는 기다려주지 않았다. 그가 원하는 건 유혹적인 여자들, 근사한 음식, 병당 50센트라기에는 믿을 수 없이 좋은 와인, 두통을 일으키지 않는 고급 주류, 헐떡일 것 없이 끝없는 춤으로 가득한 휘황찬란한 레스토랑의 만족스러운 대리 나들이였다. 샘은 응해서 이야기하려고 했지만…….

'우습군!' 어쩐지 겨우 이 주 전에 본 댄스 모임이 머릿속에 떠오르지 않았다. 묵었던 호텔의 인내심 강한 청소 담당 직원이 청어와 가난의 냄새를 풍기며 밤낮으로 앉아 뜨개질하면서 대기하던 퀴퀴한 창고밖에 떠오르지 않았다. 대신 자르댕 드 마 쇠르에 대해서는 탁자와 매끄러운 바닥, 프랜과 춤추는 조세로의 시커멓게 도취한 두 눈밖에 기억나지 않았다.

샘은 대화거리가 너무 없어 제니스의 윌리스 포천 테이트 목사의 안부까지 물었다.

그때 로스 아일랜드가 불쑥 나타났다.

"석유 기사를 쓰려고 멕시코로 가요. 한잔 주세요." 로스가 이렇게 말하자 다시 활기가 감돌았다.

샘은 가장 오랜 친구와의 대화가 남이나 다름없는 사람에게 방해받자 안도감이 드는 것에 속이 상했지만, 터브 피어슨이 그를 좋아하자 기뻤다. 삼십 분 뒤, 로스가 수의사 필빈스와 뚱뚱한 말이 나오는 유명한 이야기를 하고 나자 세 사람은 저녁 식사와 칵테일을 마시러 나갔고 활력과 만족을 느꼈다.

실제로 다른 점은 없었지만, 여러 나이트클럽을 전전하는 저녁 동안 샘은 단 한 차례 다시 염려스러워졌다.

'세상에, 여기 미국에서 우리는 칵테일을 잔뜩 마시기 전까지는 행복해질 수도, 이야기를 나눌 수도 없게 된 건가? 우리 인생은 어떻게 된 거지?'

하지만 이튿날 오후 예일 캠퍼스에 터브와 함께 가자 샘은 지난날의 동지들을 다시 만난 기쁨에 소리를 질러댔다. 샘이 사랑해마지않는 동창들의 모든 것을 머릿속에 잘 담아둔 나머지 직업, 현재 거주지, 이름 말고는 아무것도 잊지 않았다.

파란 재킷에 흰 바지를 입고 예일 필드의 야구 경기로 들어가는 행진 가운데 1896년 졸업생들은 터브 피어슨을 따라 딸랑이를 흔들며 노래했다.

안녕하십니까, 미스터 집, 집, 집
나처럼 짧게 머리를 잘랐습니까?
안녕하십니까, 미스터 집, 집, 집
기분 정말 좋군요
재는 재로, 먼지는 먼지로
육군이 데려가지 않으면 해군이 반드시……

샘은 동창들의 모습에 슬퍼져서 기도를 올렸다. 쉰 살 또는 쉰두 살에 폭삭 늙어버린 동창이 얼마나 많은지 알게 된다는 게 동창회의 놀라운 점 가운데 하나였다. 가령 대학 시절 심각한 술꾼이었던 돈 바인더는 우윳빛 피부의 동안이었는데, 지금은 미국의 죄악을 구부정한 어깨에 전부 짊어진 예순다섯 살처럼 보이는 성공회 목사가 됐다. 그 모습에 샘 자신도 늙은이가 된 것 같았다. 하지만 쉰 살에 서른다섯처럼 보이며, 운동을 좋아하긴 하지만 광은 아니고, 모두 하루에 골프 18홀은 쳐야 한다고 외쳐서 샘 같은 사람을 짜증스럽게 하는 동창 역시 놀라웠다.

샘이 아무리 당황스러워한다 해도 터브는 환한 얼굴로 행진하며 학교의 광대로 돌아가 있었다. 터브는 길을 가로질러 다니면서 춤추고 딸랑이를 흔들며 싸구려 호루라기를 불어대더니 길가에 선 아이 앞에 무릎을 꿇고 앉아 친한 척하는 바람에 놀란 아이가 경기를 일으킬 뻔했다.

"괜찮아. 웃긴 친구야." 샘이 스스로를 진정시켰다. "멋진 얼간이라고. 젠장, 저 친구는 바보야! **어째서** 난 이렇게 인생에 불평을 늘어놓고 있지? 일하러 돌아가는 게 낫겠어."

얼간이 짓을 하는 것이 불편하기는 했지만, 샘은 동창회에서 마음의 위로를 얻었다. 동창들은 그가 누군지 알았으니까! 파리에서는(가끔 프랜만 제외하면) 아무도 그걸 몰랐다. 하지만 동창들은 그가 샘보 도즈워스임을, 위대한 수비수이며 스컬과 본스 회원이고, 창의적인 엔지니어이자 한 회사의 회장이고, '좋은 친구들의 왕자'임을 알고 있었다.

쉰 살에도 작년 예일-브라운의 경기 점수를 알고, 쉰 살에도 예일 졸업생이라는 사실 이외에는 세상의 시선을 끌 것이 아무것도 없는 몇몇 전문직 동창을 제외하면, 모인 사람들은 신이 나서 빈둥거리고 단순한 이상주의를 신봉하던 대학 시절로부터 매우 멀어져 있었다. 그들은 은행 대표이자 대학 총장이며 외과 의사였고 지방의 교사이고 외교관이었다. 농장주이자 국회의원, 전과범이자 주교였다. 한 명은 장군이 됐고 한 명(대학 시절 가장 생쥐 같은 책벌레였다)은 브로드웨이에서 가장 우스운 코미디언이 됐다. 아버지, 할아버지가 됐고 대부분은 과로하고 과음한 모습이었다. 그들 중 인생이 기대만큼 재미있고 의기양양한 모험이라고 느끼는 이는 아무도 없었다. 그들은 순진하던 황금기를 다시 느끼고 싶어서 그리운 마음으로 돌아왔다. 그들은 (일주일 동안) 동창들이 인류 전체의 비뚤어진, 분노스러운 경주와는 동떨어져 있다고 믿었다.

그리고 샘 도즈워스는 이 모든 것을 믿었다. 일주일 동안.

모모권의 해산물 파티에서 장군과 대학 총장, 철강업계 대표 둘과 함께 모래사장에 누워 다시 열아홉 살로 돌아간 것처럼 '샘보 녀석'이라고 불리고, 체면 따위 아랑곳없이 뒹굴고, 잠시나마 겉으로 드러나는 성공보다 위대한 무언가를 원했음을 인정할 만큼 감상에 빠지는 것은 즐거웠다. 하크니스의 배정된 방에서 가장이자 회사 임원으로서 책임을 잊고, 느릅나무가 내다보이는 창가에 강아지처럼 누워 아침 일찍 일어나 일하러 가야 한다는 생각 없이 새벽 1~2시까지 터무니없는 거짓말을 주고받는 것도 즐거웠다. 저녁 식사 때는 방에서 〈빙고 농장으로 내려가는 길〉을 길고 쩌렁쩌렁하게, 구슬프게 부르며 나오는 것도 즐거웠다.

> 참 좋은 대예일에 건배하세에에에에에
>
> 참 다정하고 건강한 곳……

첫날에는 기억나지 않았던 사람들도 확실히 떠올랐다. 그렇지! 저 친구가 바로 마크 더비였어. 항상 빗질은 잘하면서도 넥타이는 잊어버리는 게 우스웠었지.

샘은 열아홉 살로 돌아갔다. 동료애가 없는 것처럼 보였던 세상에서 샘은 200명의 형제를 만났다. 그리고 고향에 돌아와 기뻤다. 머물기로 한 것이!

그래서 샘은 터브 피어슨과 함께 뉴욕에서 서쪽으로 차를 달려 제니스로 향했다. 맨해튼의 요란한 거리가 빛나는 허드슨강에 자리를 내어주고, 고요한 과수원과 오래된 흰 주택과 굳건한 산으로 바뀌는 모습에 흡족함을 느꼈다.

샘의 사위인 해리 매키의 거실은 흰 벽과 프렌치 창문에 건샛노란 커튼으로 장식되어 있었고, 빨간 에나멜 새장에 말은 잘 못하는 앵무새가 있었다. 아침 식기는 노르망디에서 온 태피 사탕 같은 느낌의 거친 파이앙스 도자기였고, 식탁 위의 전기 토스터와 커피 머신은 활기찬 중서부의 아침 햇빛을 받아 번쩍이는 니켈이었다.

샘은 의기양양했다. 그는 간밤에 늦게 도착했고, 자기 집은 한동안 쓰지 않아 퀴퀴했기 때문에 에밀리의 집으로 갔다. 안정감을 느끼며 잤고, 아침에는 누구보다 명랑하고 튼튼한 딸 에밀리와 다시 만나 기뻤다. 아침 식사 때 딸 내외에게 줄 선물(해리에게는 던힐 담뱃대와 샤르베 가운, 에밀리에게는 금과 거북이 등갑으로 만든 화장대 세트와 게를랭 향수)을 가지고 갔다. 둘은 선물에 감탄하며 고맙다고 인사했고, 진짜 크림을 넣은 진짜 미국식 포리지를 먹어야 한다고 수선을 피웠다. 수십 년 동안 흰 송곳니를 드러낸 바다를 떠돌다가 깜짝 놀란 자기 일족에게 들려줄 트로이와 키르케와 머리 둘 달린 사람들이 등장하는 진귀한 이야기를 가지고 푸근한 고향 섬으로 영영 돌아온 기쁨에 겨워• 샘은 파리 이야기를 시작했고, 둘을 향해 미소를 짓고 에밀리의 손을 잡고서 아주 길고 상세하게 늘어놓았다.

"……그러니까 파리에 대해서 이해할 수 없는 건 말이다." 샘이 중얼거렸다. "대부분이 좁은 거리와 주인이 바쁘지도 않은 가게 몇 개가 있는 마을이 줄지어 있는 것 같다는 점이야. 넓은 길과 정신없는 댄스홀이 있다고들 하는데, 내가 보고 놀란 건 소박하고 작은 곳들이었어……."

"네, 전쟁 중에 제가 파리에 갔을 때도 그랬습니다." 매키가 말했다. "하지만 그 후로 변한 게 많겠지요. 저기, 아버님, 이제 어서 출근해야 할 것 같습니다. 오늘 액스턴 자동차 사람들에게 볼트를 몇백만 개 팔아야 하거든요. 파리 이야기는 더 듣고 싶어요. 6시 30분까지 퇴근할 겁니다. 돌아오셔서 정말 좋습니다. 잘 있어, 최고 에밀리!"

매키가 키스하고, 서둘러 나가 자동차의 시동을 걸고 떠난 뒤 에밀리는 환한 얼굴로 돌아와 말했다. "어머, 식은 토스트 드시지 마세요! 새로 구울게요. 이 맛있는 살구잼도 드셔보세요. 그리고 파리 이야기도 어서 더 들려주세요. 오, 아빠가 돌아오시니 참 좋네요! 해리도 둘째가라면 서러운 좋은 사람이

• 그리스 신화에서 트로이 전쟁을 마치고 고향 섬인 이타카에 돌아와 아내 페넬로페에게 청혼하는 자들을 발견한 오디세우스에 샘을 비유한 것이다.

지만, 아빠가…… 어머, 더 드셔야죠. 이제 파리 이야기를 해주세요."

"흠." 부드러운 목소리였다. "사실 할 이야기도 별로 없다. 외국에서 느끼는 감정을 표현하기 어려워. 공기가 뭔가 다르거든. 나는 그런 거 분석을 잘 못한다. 에밀리, 음…… 해리가 재정적으로는 잘하고 있니?"

"오, 잘하고 있어요! 연봉이 또 5000달러 올랐어요."

"너는 용돈 좀 필요 없고?"

"아뇨, 전혀요. 고마워요, 아빠. 저런, 해리가《애드버케이트》를 가져가버렸네. 아빠가 읽고 싶어 하실 텐데."

샘은 딸이《애드버케이트》를 이야기한 건 듣지 못했다. 그는 얼굴을 붉히며 이런 생각을 하는 중이었다. '딸에게 관심을 얻고자 돈을 주려고 한 건가? 애정을 돈으로 사려고?' 샘은 그 생각을 얼른 떨치고, 드 페나블의 동물원이, 샘 자신을 사육사로 삼아 밤새 카페를 돌아다녔을 때 본 레 알의 새벽 광경을 급하게 설명했다. 샘은 자기 이야기가 마음에 들기 시작했다. "음, 아침 식사로 화이트 와인과 양파수프는 먹어본 적 없었지만, 뭐든지 한번은 시도해볼 요량이었지." 그때 전화가 울렸다.

"잠깐만요, 아빠." 에밀리가 말하더니 오 분 동안 모나라는 사람과 테니스 경기, 손뜨개 옷, 딕, 쾌속정, 바닷가재 샐러드, 로건 부인에 대해 활기찬 대화를 나눴고, 다음 목요일을 어찌나 강조하며 말하던지 샘은 여느 목요일과의 차이를 모르는 자신이 무식하다고 느껴졌다. 그는 모나, 딕, 로건 부인이 누군지 모른다는 것도 깨달았다.

에밀리가 식탁으로 돌아왔을 때는 양파수프를 아침 식사로 먹는 경험의 중요성도 식어버렸다. 조세로 대위가 채소 트럭을 빌려 호텔로 돌아온 이야기를 꺼내기 전, 샘을 비웃듯이 전화가 에밀리를 다시 불렀고, 에밀리는 삼 분 동안 상한 고기를 보낸 듯한 상인과 통화했다. 에밀리는 능수능란했다. 스테이크 부위, 오리의 개월 수, 크라운 로스트의 곁들이를 모두 아는 듯했다.

에밀리는 뛰어다니기만 하는 아무것도 모르는 아이가 아니었다. 능숙한 젊은 여주인이었다.

"이젠 내가 필요 없겠구나." 샘이 한숨지었다.

도즈워스 부부는 집을 세놓지 않았고, 지하실 구석에서 남의 눈에 띄지 않게 온종일 쓰레기통에서 주운 옛날 신문이나 띄엄띄엄 읽으며 지내는 관리인 한 명만 두고 비워놓았다. 샘이 오 분 동안 초인종을 누르고 나서야 문을 열어준 관리인은 집을 보여주고 싶어 했지만, 샘이 잘라 말했다. "혼자 알아서 하겠소. 고맙소."

복도는 무덤처럼 어둡고 답답했다. 카펫 없는 바닥을 울리는 그의 발걸음 소리가 너무 커서 발뒤꿈치를 들게 됐다. 샘은 자기 집에서 침입자가 된 듯한 느낌이었다. 그는 서재 문 앞에 섰다. 전에는 따뜻하고 고요하던 서재가 황량하고 삭막했다. 죽은 집의 죽은 방이었다. 러그는 말아 구석에 치워두었고, 드러난 밑면은 우중충하고 거칠었다. 책장은 시트로 덮어두었고, 회색 덮개를 씌운 안락의자는 지저분한 주부의 앞치마처럼 볼품없고 혐오스러웠다. 벽난로는 싹 치워져 있었다. 하지만 한쪽 구석에는 프랜이 급히 갈겨 쓴 종이쪽지가 있었다. 샘은 천천히 허리를 숙여 그것을 집어 들고 읽어보았다. "……10시에 차를 부르고……." 프랜이 달려 들어왔다가 사라진 듯한 느낌이었다. 샘은 더욱 외로웠다.

샘은 무거운 발걸음으로 계단을 뚜벅뚜벅 밟으며 올라가 침실로 들어갔다. 조용히 주위를 둘러봤다. 덮개를 걷어놓은 두 침대의 기둥이 빈 돛 같았다. 한때는 상냥하고 포근한 안식처였던 침대 위, 베개 더미와 접어놓은 담요를 거친 시트가 덮고 있었다.

샘은 내려놓은 창문 블라인드 쪽으로 갔다.

"블라인드에 금이 갔음. 새것이 필요함." 샘이 소리 내어 말했다.

다시 주위를 둘러보고 몸을 떨었다. 프랜이 늘 자던 침대 옆에 서서 가만히 바라보았다. 그리고 침대 가장자리를 툭툭 치고는 재빨리 방에서, 집에서 나갔다.

브렌트가 이 주간 제니스로 돌아올 예정이어서 샘은 자동차 여행과 낚시 계획을 잔뜩 세워뒀다. 하지만 브렌트가 전보를 보냈다. "노바스코샤 요트 파티 초대받음. 집에 안 가면 어떨지." 샘은 완전히 무표정으로 답장을 썼다. "당연히 가야지. 즐겁게 지내라." 웨스턴 유니언 건물에서 나오며 샘은 조금 한숨을 쉬었고, 주머니에 손을 넣고서 거리를 훑어봤다. 할 일이 없었다.

레벌레이션의 회장이었을 때, 샘은 자신이 쉰 살 청년이라고 생각했다. 당시 그에게 노년은 일흔, 어쩌면 일흔다섯 살에 시작하고, 아직 사반세기 동안 쓸 에너지가 남아 있었다. 그러나 스물한 살인 에밀리가 철이 들고 자기 인생을 완벽히 꾸려나갈 수 있게 된 것을 보자 샘은 아무도 원치 않는 세대에 속해버린 것 같았다. 놀랍게도, 늙어버렸다는 느낌이었다.

엘리자베스 제인의 파티에서 샘은 자신이 이방인이라는 사실, 이 활달하고 호화로운 젊은 부부와 어울릴 수 없다는 사실을 분명히 깨달았고, 에밀리의 집에서 예의 바르게 빠져나와 토나완다 컨트리클럽에 숨어들었다.

엘리자베스 제인은 해리 매키의 열한 살짜리 조카였다. 제니스에 놀라울 정도로 많은, 겉은 단단하고 반짝거리며, 직장에서 무시무시하게 몰아붙이고, 일 이외에는 오직 스포츠와 칵테일에 취한 댄스에만 몰두하는 성공한 젊은이들과 마찬가지로 매키도 아이들에게 열광적으로 관심이 많았다. 그는 제니스의 교육위원회 위원이며 세인트 마크스 타운과 컨트리 스쿨의 이사회 이사였다. 에밀리와 해리 매키는 아이를 셋만 가질 것이지만, 빨리 완벽하게 가질 거라고 쾌활한 표정으로 아무렇지 않게 말해서 샘이 얼굴을 붉혔다(그들은 샘처럼 멋모르는 사람보다 신의 섭리를 더 잘 조종할 수 있는 모양이었다). 아이 셋이 찾아오기를 기다리는 동안 그들은 엘리자베스 제인에게 정성을 다했는데, 차분한 단발머리에 책을 좋아하는 그 아이를 보고 샘은 맥스필드 패리시의 그림에 등장하는 소년 성가대원이 떠올랐다(샘은 항상 패리시가 그리는 꿈속 같은 성에 감탄했다. 프랜의 무시에도 불구하고).

샘은 엘리자베스 제인이 마음에 들었다. "참 요즘 아이들 같지 않구나." 샘이 말했다. "정말 순수하고 얌전해."

그리고 이튿날 엘리자베스 제인은 샘과 에밀리의 티타임에 찾아와 차분하게 말했다. "숙모, 우리 선생님이 엄청 바보라고 하면 내가 굉장히 무례한 걸까요? 그럴까요? 섹스 이야기를 시작했는데, 어찌나 겁을 내고 바보처럼 구는지 모르겠어요. 물론 우리는 벌써 다 아는데 말이에요."

"세상에!" 새뮤얼 도즈워스가 혼잣말로 중얼거렸다.

매키와 에밀리는 엘리자베스 제인의 열두 살 생일 파티를 열고 아이들 마흔 명을 초대해 축하했다. 샘은 부자들의 파티가 될 것을 알고 있었다. 빨강과 하양 줄무늬 천막을 매키의 집 잔디밭에 세우고, 피치 멜바•와 비스킷 토르토니,•• 밤브 서프라이즈••• 등의 소박한 간식과 빈 페이스트리, 로건베리 주스, 수입 진저에일과 바닷가재 샐러드를 주문했으며, 출장 요리 회사에서 정장을 입은 웨이터 열두 명이 오는 것도 알고 있었다. 하지만 샘은 여전히 아이들이 수건돌리기나 집 빼앗기 놀이, 술래잡기하는 광경을 상상할 정도로 구식이었다.

• 복숭아 조림으로 만든 디저트.

•• 비스킷을 부수어 아이스크림에 얹은 디저트.

••• 대포알 모양으로 얼린 아이스크림.

샘은 파티가 열리던 날 터브 피어슨과 점심을 먹은 뒤 신이 나서 5센트 가게로 갔고, 유쾌한 장난감(가짜 코, 초콜릿 시가, 티슈페이퍼 모자 등)을 잔뜩 사서 주머니를 채우고는 파티에 온 아이들에게 그 선물을 줘서 웃길 생각으로 매키의 집으로 갔다.

샘은 늦게 도착했다. 아이들이 잔디밭 의자에 4열로 줄지어 점잖게 앉아 제니스 레퍼토리 극단이 〈한여름 밤의 꿈〉의 한 막을 공연하는 것을 보고 있었다. 그다음에는 전문 마술사가 나왔고(비록 어린 귀족들은 실크해트에서 토끼가 나오는 것 같은 시시한 마술에는 지루해했지만), 어린이를 위한 음성과 동작 훈련을 받은 몬테소리 학교의 여교사가 체코슬로바키아, 세르비아, 아이슬란드, 유카탄의 참 좋은 민담을 들려줬다. 그리고 아이들은 아무도 시키지 않아도 예의 바르게 질서를 지키며 정확히 이유는 알 수 없지만 해리 매키가 아랍인으로 변장하고 선물을 나누어주는 카운터 앞을 줄지어 지나갔다.

아이들은 모두 "감사합니다"라고 차분히 인사한 뒤 선물 포장을 뜯었고, 준비된 통에 포장지를 버리는 훈련된 자세를 보여줬다. 선물은 프랑스제 향수, 우표 1000장, 말채찍, 휴대용 축음기, 고급 문구류, 한 쌍의 모란앵무였다.

샘은 황급히 재킷 주머니의 덮개를 밖으로 꺼내 아무도 자신이 산 어처구니없는 선물을 보지 못하게 했다.

그리고 나중에 이렇게 생각했다. '그만 나가야겠다. 내가 좋아하기엔 너무 부자 취향이구나.'

매일 여덟 시간 골프를 쳐야 한다고 변명해야 했지만, 결국 샘은 토나완다 컨트리클럽의 꽃무늬 가득한 방으로 탈출했고, 거기, 골프와 술병을 감춰두는 보관함, 포커 후의 간단한 저녁, 시골 별장과 폴로 팀이 등장하는 잡지로 가득한 독서실이 있는 분위기 속에서 샘은 로터스•를 먹으며 지낼 수 있었다. 다만 차가운 콜리플라워와 질긴 양고기와 밀주가 로터스를 대신했다.

샘은 사업 때문에 제니스에 머물러야 한다고 자신을 오랫동안 설득하곤 했지만, 그렇지 않다는 사실을 더욱 오랫동안 쓸쓸히 알고 있었다.

그의 자본은 세심하게 고른 여러 가지 사업(유닛의 주식, 철도, 산업 및 정부 채권)에 투자되어 있었다. 아무리 자주 은행과 주식중매인과 의논해도 투자 대상을 바꿀 만큼 끌리는 것도 없었다.

하지만 샘은 조금 더 투기적인 관심에서 제니스 근처 리조트 호텔의 주식도 갖고 있었고, 새로 얻은 음식과 실내장식, 서비스에 대한 지식으로 그 호텔을 개선할 수 있으리라 생각했다.

굉장히 안 좋은, 수익만 높은 호텔이었다.

샘은 제니스에 도착한 이틀 뒤에 거기서 식사했는데, 지독했다.

샘은 지배인에게 식사가 지독하다고 했다.

• 그리스 신화에서 고향과 사랑하는 이들을 잊게 한다는 상상 속의 열매다. 오디세우스가 이 열매를 먹으려는 부하들을 막았다고 한다.

지배인은 지루한 표정으로 사표를 냈다.

샘이 그에게 계속 일하라고 하자 지배인은 재료비와 조리사 봉급 때문에 그 가격에 더 나은 식사를 낼 수 없다고 했다. 지배인은 파리 음식 이야기야 다 좋다고 했다. 다만 그곳은 파리가 아니라고, 더군다나 그때 킬로그램당 닭고기 가격이 얼마나 되는지 아느냐고 했다.

제니스에서 샘이 한 일은 그것 하나였다. 하지만 몇 주가 흐르고 나서야 샘은 조금 분하긴 하지만 그 일에 자신이 필요 없음을 인정하게 됐다. 브렌트에게 자신이 필요 없듯이, 에밀리에게 자신이 필요 없듯이.

하지만 확실히 프랜과 터브 피어슨 같은 친구들에겐 자신이 필요하다고 샘은 스스로를 위로했다.

제19장

토머스 J. 피어슨과 새뮤얼 도즈워스는 항상 너무 친해서 잘 알 수 없는 사이였다. 그들은 어린 시절부터 함께였다. 둘 다 서로에게 습관이었다. 터브에게는 일주일에 한 번 샘의 집에 포커를 하러 가는 것이 습관이었다. 샘에게는 매주 화요일이나 수요일에 점심을 같이 먹자고 터브에게 전화하는 것이 습관이었다. 그들은 서로를 분석했고, 아프지 않을 때 발가락 서너 개의 가치를 알지 못하듯이 서로를 개별적인 존재로 여기지 않았다. 대학 졸업 후 샘이 공대에 가느라 터브와 떨어져 있었지만, 둘은 서로가 어떤 존재인지 알지 못했다. 그들은 동창이 곧 최고라는 대학생 같은 믿음에 빠져 있었다.

하지만 샘이 해외에 나가 있던 6개월 사이 터브에게는 새로운 습관이 생겼다. 터브는 매주 포커를 하러 헨리 해저드 박사의 집을 찾았다. 샘은 해저드가 터브에게 적어도 자신만큼 필요한 존재가 됐음을 알 수 있었다. 노동이나 유럽 동맹 이야기가 나올 때, 샘 자신도 과거에는 받아들였었지만 지금은 혼란스러워진 의견을 그들이 표명할 때면 편이 갈라지는 것을 느꼈다. 샘은 약간은 질투하고 약간은 비판했다. 터브가 기억만큼 완벽하지 않다는 것도 알게 됐다. 터브가 포커를 하다가 저속한 말로 신나게 떠들어댈 때 샘은 즐겁지 않았다. 그리고 터브도 샘 자신을 그렇게 비판하는 듯했다. 콩클린 거리의 도로포장이 안 좋다고 하거나 컨트리클럽의 커피가 좀 더 맛있어지면 좋겠다고 하면 터브가 꾸짖었다. "아이고, 외국 살다 온 사람들은 참 만족시키기가 어렵지!"

그들과 식사할 때 샘은 터브보다 터브의 발랄한 아내 메이티에게 더 자주 말을 걸게 됐다.

하지만 그 사이사이 두 사람은 즐겁게, 토끼 사냥을 나간 한 쌍의 늙은 개처럼 평온하게 골프를 쳤다. 가끔 혁명과 사라진 신전에 관한 로스 아일랜드의 신파조 이야기가 듣고 싶거나 터브가 시골 사람처럼 보일 때면 샘은 몹시 놀라며 자책했다. "터브는 세상에서 가장 좋은 친구라고!"

샘은 터브 없이 지낼 수 있다는 사실을 알게 된 것과 터브가 자신 없이 지낼 수 있다는 사실을 알게 된 것 중 어느 쪽이 더 심란한지 잘 알 수 없었다.

올해 안에는 유럽에서 돌아오지 않을 거라는 샘의 첫 편지를 믿고 터브는 해저드 박사와 한 달간 자동차 골프 여행을 떠날 계획을 세웠다. 그들은 그 계획에 신이 나 있었다. 위너맥, 인디애나, 일리노이, 미시간, 오하이오 최고의 골프 코스를 돌 예정이었다. 그들은 새롭고 다양한 벙커와 들풀, 장미덤불에 걸려 넘어지는 즐거움을 이야기했다. 모래언덕을 가로지르는 롱 샷과 수십 개의 골프공을 집어삼킨 재앙의 연못에 열광했다.

그들은 둘만 갈 계획이었지만, 샘을 초대했다. 샘은 망설였다. 불청객이 된 느낌이었다.

물론 그들은 샘이 돌아오는지 몰랐다…….

물론 그들은 샘에게 함께 가자고 졸랐다…….

다만 어째서 그들은 샘이 돌아오는 것을 확인할 때까지 기다릴 수 없었을까?

샘은 한 달 중 이 주만 함께 가는 것으로 타협했다.

좋은 여행이었다. 그들은 웃었고, 여자들과 잔소리 많은 비서들에게서 벗어나 자유를 느꼈으며, 아는 지저분한 이야기를 전부 다시 하고, 신중하게 마시고, 빠르게 차를 몰고, 시카고 위쪽, 노스 쇼어의 골프 코스에 감탄했다. 샘은 즐거웠다. 하지만 그가 돌아가도 그들은 둘이서 여행을 계속할 만큼 즐거운 듯했다.

브렌트, 에밀리, 사업, 이제는 터브와 해저드까지…… 그들에겐 샘이 필요 없었다.

먹을 것, 섹스, 사업, 자녀의 안전보다 다급하지 않은 문제를 고민한다면 질병인데, 샘은 그 병에 걸렸다. 그로 인해 모든 것이 더 어려워졌다.

샘은 술을 생각했다.

샘은 자신을 포함한 컨트리클럽의 남자 대다수가 술을 너무 많이 마신다는 것을 알게 됐다. 그리고 술을 너무 많이 마신다는 말도 너무 많이 했다. 잡담에 곁들이는, 즐겁지만 그다지 중요하지 않은 음료였던 술이 금주법 때문에 열광의 대상으로 변했다. 사람들은 술 때문에 초조해졌고, 야한 포스터를 몰래 보는 아이들처럼 술에 매료됐다.

그리고 샘은 지인들에 대해 아주 솔직하게 생각해보기 시작했다.

그는 해저드 박사의 시에도, 제니스 회사들의 재정 상황에 대한 터브의 내부 사정 설명에도, 심지어 지인들의 가정불화에 대해 터핀 판사가 알려주는 귓속말에도 솔직히 만족할 수 없었다.

젠장, 파리에서의 대화는 좋았었다. 그가 전혀 이해하지 못했어도. 앳킨스가 화가들에 대해 생각에 잠겨 중얼거리던 말, 르네 드 페나블 무리가 해적에 대해 늘어놓던 화려한 수다, 로스 아일랜드가 들려준 더 많은 이야기. 러시아 황제의 딸로 선언된 아나스타시야에 대해서, 영국의 노동당을 몰락시킨 지노비에프의 편지에 대해서, 루돌프 대공의 자살에 대해서, 미라마레성의 유령 나오는 방들을 우울하게 미쳐 돌아다니는 샤를로트 황후에 대해서, 몬테카를로에서 돈을 따는 방법에 대해서, 티에라델푸에고에서 히우그란지로 이어지는 자동차 도로를 만들 플로이드 기번스의 계획에 대해서, 머리를 짧게 자르고 생물학을 공부하는 하렘 출신의 터키 여인들에 대해서, 중국의 '기독교인 장군'에 대해서…… 오, 위대한 제국과 감춰진 땅에 관한 백 가지 이야기를 들었다. 그리고 샘은 영국의 왕과 왕비가 오픈카를 타고 컨스티튜션 힐을 달리는 모습을 봤고, 프로 권투 선수 카르팡티에가 춤추는 모습을 (창백하고 근엄하고, 운동선수 같지 않은 젊은이였다) 봤고, 오페라에서 브리앙•을, 극장에서는 아널드 베넷••을 봤다.

좋은 이야기였고, 좋은 구경이었다.

하지만 샘이 이 전리품을 터브와 해저드 박사와 터핀 판사에게 전달할 만큼 말솜씨가 좋다 하더라도 그들이 관심을 가지지 않으리라고 느꼈다. 그리고 몇 차례 더듬거리며 시도한 뒤에 짐작이 옳음을 확인했다.

샘은 로스 아일랜드가 왕국에 관심을 가지고 터브가 쿠폰과 에이스에만 관심을 가지는 것이 문제가 아님을 알았다. 그는 제니스에서 산업으로 번창한 친구들은 어디에도 별 관심이 없음을 서서히 알게 됐다. 그들은 주의하는 습관을 키우다보니 관심을 가지는 능력을 잃어버렸다. 늙고 부루퉁한 농부 같았다. 그들은 가장 감탄하는 대상(돈, 골프, 술)에도 엔디콧 에버렛 앳킨스가 붓질이나 숲에 부는 바람에 매료되는 만큼 매료되지 않았다. 제니스의 귀족들에게 이런 취미는 즐거움이 아니라 지루함과 야심의 허무함을 인정하지 않기 위해 시간을 보내는 방법일 뿐이었다. 그들에게 정치란 노동자계급에 대한 짜증 섞인 두려움일 뿐이었다(샘은 온 나라가 정치라는 극적인 게임을 몇몇 더러운 전문 표 몰이꾼에게 넘겨버렸음을 불편한 마음으로 인정했다!). 그들에게 여성은 잠자리 상대에 가정부, 후계자 생산

• 프랑스의 정치가 아리스티드 브리앙(1862~1932).

•• 영국의 소설가 이넉 아널드 베넷(1867~1931).

자, 회사의 모두가 지쳐버리면 피할 수 없이 짜증을 들어줘야 하는 가정의 경청자일 뿐이었다. 그들에게 예술이란 젊은 여자들과 춤추게 하는 재즈, 집이 부유하게 보이게 해주는 그림, 존재의 무료함을 잊게 해주는 마약 같은 이야기뿐이었다.

그들은 일하고, 서두르고, 감독하고, 만족했다. 하지만 그들은 관심을 가지지 않았다.

가끔 프랜이 참 까다롭게 굴었어도, 가발을 쓰고 가짜 지골로를 끌고 다니는 드 페나블 부인이 참 어리석었어도, 엔디콧 에버렛 앳킨스가 참 거만하고 잘난 체했어도 그들은 자신의 연애부터 수프, 비행기까지 인생의 모든 것에 매료됐다.

샘은 그들처럼 되고 싶었다. 가로막는 것은 단 하나뿐이었다. 할 수 있을까?

샘 도즈워스는 혼자 컨트리클럽 앞에 앉아 터브 피어슨이 돌아오기를 기다리며 이렇게 사색했다.

여기서 대체 무엇을 하고 있는 걸까? 샘은 무덤에 묻힌 사람처럼 죽은 느낌이었다. '바쁘게 움직여야' 했다. 당장 회사로 돌아가든가, 프랜에게 가든가.

어느 쪽이 좋을까?

그러다가 샘은 상수시 가든스의 개발을 구경하느라 매우 바빠졌다.

제니스 북쪽, 찰루사강 위로 숲이 우거진 산속에 1910년 이후 미국에 등장한 놀라운 교외 지역이 생겨나고 있었다. 건설업자들은 숲과 산과 강의 아름다운 경치를 되도록 보존했다. 도로는 산을 곧장 뚫고 지나가는 대신 옆으로 돌아 굉장히 보기 좋았다. 자동차 운전자들을 다 죽여버릴 수만 있다면. 이곳에는 나무와 정원으로 가려진 뒤쪽에 굉장한 주택들이 들어서고 있었다. 라인강가에 선 삭막한 요새 같은 성이나 프랑스의 장엄하고 사람이 살기 어려운 저택보다 주거지로서 훨씬 바람직한 곳이었다. 물론 전부 모방한 디자인이었다. 이탈리아의 빌라와 에스파냐의 파티오와 티롤의 여인숙과 튜더 왕조의 저택, 네덜란드의 식민지 시대 농장 집을 너무 복잡하게 뒤섞어놓아서 보고 있으면 어지러울 정도였다. 열심히 모방하고 규격화해놓아 비웃기 좋은 곳이었다. 하지만 이탈리아를 모방한 뮌헨이나 그리스를 모방한 이탈리아, 그 밖의 이 시기 위대한 미국 가정의 건축보다 상수시가 뮌헨을 더 많이 모방하지는 않았고, 아마도 세상에서 가장 편한 주거 주택일 듯했다. 자기 집의 베네치아 발코니가 이웃집의 스위스 샬레 주택과 단 3미터를 사이에 두고 있으며, 이웃의 빨래가 마당에 차린 티 테이블에 살짝 방해되는 것만 괜찮다면 말이다.

샘은 상수시 가든스를 통과해 차를 몰고 달리며 매료됐다. 도로를 놓고, 집을 짓고, '피아자 산타 루치아'라든가 '아시시 크레센트'라든가 '플라자 레알' 등 조그맣게 흔들리는 장식 표지판에다 이름을 새겨놓은 광장에 피렌체 분수대를 세우는 에너지가 좋았다.

에스파냐와 데번과 노르웨이와 알제를 섞어 얼마 전까지 인디언들이 덫으로 토끼를 잡고 붉은 수염 양키들이 인디언을 잡던 중서부 소도시의 모래언덕에 옮겨놓는 것이 샘이 보기에도 좀 우스운 듯했지만, 제니스 구 주택가의 엄숙하고 점잖은 분위기와 못마땅해하는 듯한 망사르드 지붕을 보고 난 뒤로는 그 모든 것이 환상적이고 명랑하고 밝아 보였다.

적어도 거기에는 해외에서 찾았던 다채로움과 변칙이 있다는 생각이 들었다. 진홍색과 노란색, 화려한 분홍색, 구부러진 철물 장식과 조개껍데기 모양의 타일, 줄무늬 차일과 한 모금에 삼킬 수 있을 듯한 시칠리아의 와인 병들. 거기에 (샘은 다행이라고 여기는) 대량 생산된 미국제 전기냉장고와 석유난로, 진공청소기, 쓰레기 처리기, 푹신한 의자와 빌트인 차고 등 프랜이 아무리 경멸하고 앳킨스가 화를 낸다 해도 샘은 여전히 인정하는 요소가 함께 있었다.

샘은 자동차 제조에는 개척할 요소가 별로 남지 않았다고 생각했다. 가뜩이나 복잡한 고속도로에 자동차를 더 투입할 마음도 나지 않았다. 집을 짓는 것(이보다는 덜 코니아일랜드 분위기로), 300년이 지나도 버틸, 자동차처럼 1년만 지나면 구식이 되지 않는 고급 주택을 짓는 것은…….

"그것 참 재미있겠군." 건축업자 샘 도즈워스가 말했다.

물론 건축에 대해서 아는 것은 없었다. 하지만 샘은 엔지니어링은, 철강과 목재와 유리는, 회사를 조직하고 노동력을 모으는 일은 잘 알았다.

"그리고 말이지! 이건 프랜도 관심을 가질 일이야! 프랜은 실내장식이니 하는 것에 전문가잖아. 프랜을 여기 불러들일 수도 있겠지!"

샘은 느긋하고 태연하게 상수시의 회장과 만나 함께 골프를 쳤다. 그는 회장과 함께 상수시 가든스에 초대받았고, 그곳을 한참 돌아다니며 건축가와 목수, 정원사와 이야기를 나눴다. 그러고는 그저 기다렸다.

샘은 기다리기에 능숙했다.

일주일에 두 번 프랜이 보내는 편지가 샘을 그녀와 유럽으로 끌어당겼다. 첫 편지는 샘이 제니스에 도착한 날 왔다.

몽트뢰, 브베, 도레 저택
라 스위스

보고 싶은 샘, 여긴 너무 아름다워! 호수로 내려가면 정말 다정한 증기선들이 지나가. 당 뒤 미디의 봉우리들은(정말이지 완벽하게 탁월해) 석양이 질 때 금빛 구름이 돼. 그리고 나 정말로 산책하러 다녔어(파리에서 당신이 산책하러 가자고 할 때, 항상 나이트클럽으로 달려간 프랜이 너무 나빴어? 그럼 당신은 복수한 셈이야. 당신의 곰처럼 으르렁거리는 소리랑 언제나 의지할 수 있는 상대가 없으니 굉장히 외로워. 이곳의 아름다움이 감동적이고 조금 조용하니 고맙지만 말이야)! 포도밭을 가로질러 작은 석조 주택들이 모여 있는 곳까지 걸어갔어.

저택은 매혹적이야. 흙은 별로 없고 잔디밭이랑 장미랑 차를 마실 테라스가 호숫가에 있어. 르네 드 페나블도 시끄럽게 춤추는 젊은 애들에게서 잠시 벗어나 나만큼 좋아해. 우리 둘 다 한동안 모자를 쓰고 뜨개질이나 하는 할머니가 돼서 종교나 캐모마일 차를 즐기기로 했어. 당신 편지를 기다리고 있어. 조금 전에 배에서 보낸 편지가 도착했는데, 아일랜드 씨와 함께 항해하는 게 즐거워서 정말 다행이야. 나처럼 못된 사람보다는 그 사람이랑 훨씬 더 즐겁겠지. 이 말은 안 하는 게 나았어. 심술궂어 보이네. 당신이 남자들끼리 즐겁게 시간을 보내서 진심으로 정말 기뻐. 브렌트랑 에밀리랑 매키 이야기는 전부 알려줘. 터브와 해저드 박사님께 안부 전해주고. 지금 편지를 쓰면서 앉아 있는 창가 바로 앞 잔디밭에 엄청나게 큰 갈매기가 앉았어. 하녀 둘이 정말 우스꽝스러워. 한 명은 큐피 인형을 닮았는데 우편집배원에 대한 의도가 순수한지 의심스러워. 요리사는 일본 레슬링 선수 같은 체격인데, 물론 옷은 더 입었지. 제니스에서 잘 지내길 바랄게. 보고 싶어. 어서 돌아와서 초가을에는 함께 다니자. 파리가 좀 지겨워진 걸 알고 있으니까 난 봄까지는 거기 안 돌아가도 상관없어. 6개월 동안 이집트나 이탈리아 등을 보러 가면 되지. 르네가 사랑한다고 전해달래. 나도, 늙은 곰!

당신의 프랜

프랜의 다음 편지 세 통은 짧았고, 경치와 골칫거리에 관한 내용이었다. 프랜에겐 언제나 골칫거리가 있었다. 언제나. 샘은 그다지 심각한 문제는 아니라고 생각했다. 르네가 짜증을 냈고, 요리사가 짜증을 냈고…… 프랜 자신은 짜증을 안 내는 모양이었다. 되 몽드 호텔의 댄스파티는 지루했고, 비가 계속 와서 축축했고, 옆집 영국인 가족은 무례했으며, 치통이 있다고 했다. 편지 두 통은 딱딱한 나머지 냉기가 느껴졌다. 사이사이 애정을 담아 샘을 부르는 소리에 샘은 혼란스러워져 프랜이 조금만 덜 복잡한 사람이길 바라며 오랜 시간 고민했다.

네 번째 편지는 좀 더 활기찼다.

> 당신은 알았겠지, 샘! 춤추는 남자나 고해신부님보다 더 심란한 남자는 다시 안 만나겠다던 르네가 이미 주위에(불행히도 그건 내 주위이기도 해) 새로운 아폴로 무리를 모아들였어. 어떻게 저러는지 도무지 모르겠네! 이곳 호텔에 점잖은 엄마랑 묵고 있는 착실하고 젊은 예순 살의 남자가 올 거야. 파리에서 누가 우리를 찾아가라고 한대. 그 남자는 정식으로 티타임에 초대받았어. 이튿날에 그 남자가 또 문 앞에서 숨을 헐떡이고 있는데, 열여섯 살에서 여든 살까지, 자동차 경주 모델에서 관에 들어가기 직전까지인 남자들을 한 무리 데려온 거야. 물론 르네는 모두 알지. 되 몽드에 칵테일을 한잔하러 가도 웬 신사가 달려와 술 냄새를 풍기면서 환영하지 않는 법이 없다니까. 그래서 집 안에 온통 파우누스랑 바쿠스가 가득해. 그게 맞는 말인지 모르겠지만.
>
> 파란 칼라 달린 셔츠를 입는 랜들이라는 영국 사냥꾼이 있고, 스미스라는 멋진 이름을 가진 영국인이 하나 더 있고, 내가 알기로는 시계를 판다는 오스트리아 남작, 프랑스 증권거

래소를 세놓았다는 남자, 아널드 이즈리얼이라는 미국의 부자 유대인은 마흔 살쯤 되는데, 머리카락이랑 눈이 검고 아주 잘생겼고 좀 뚱뚱하고 내 소박한 취향에는 좀 야하게 동양적인데 손등에 키스할 때면 거의 깨문다니까. 윽! 물론 다시 춤추는 건 좋지만 그냥 빈둥거리면서 조용히 지내는 게 정말 즐거웠어. 5000(달러)만 파리 개런티의 내 계좌로 송금해줄 수 있어? 여기 음식이 예상보다 비싸고 여름 물품을 좀 더 사야 했어. 정말 예쁜 모자를 파는 몽트뢰의 가게를 발견했는데, 산책하고 전차를 타고 상냥하고 착하고 냄새나는 평민들을 살펴보는 것도 아주 좋긴 하지만, 르네가 이제 얼간이 생활로 다시 우릴 끌어들였으니 리무진을 빌리고 기사를 고용해야 해. 당신은 언제나 행복하길 바랄게, 여보.

프랜

다음 편지를 보고 샘은 짜증이 나기 시작했다. 터브 피어슨과 해저드 박사와 자동차 골프 여행을 다니던 중이었다.

참 파랗고 금빛 찬연한 날이야! 산들이 천국의 기둥 같아. 우리는 모터보트를 타고 호수의 프랑스 영역 쪽으로 가고 있어. 아널드(여기 있는 미국인 아널드 이즈리얼에 대해 이야기했지), 그 사람이 점심을 먹을 근사한 작은 여인숙을 찾아냈어. 포도 덩굴이랑 무화과나무 아래, 뭐 그런 거. 아널드는 엄청나게 좋은 사람이야. 모든 걸 다 할 줄 알고 모든 걸 다 아는 특이한 국제적 유대인 있지. 천사처럼 말을 몰고, 11킬로미터나 헤엄을 치고, 너무 웃긴 실화를 이야기해주고, 앳킨스보다 그림에 대해 더 잘 알고, 대학교수 열여섯 명보다 생물학이랑 심리학을 더 잘 알고, 모리스처럼 춤춘다니까! 그런데 미국인이야. 우습지. 당신에게 유리한 이야기라는 거 알지만, 이건 인정해야겠어. 유럽인들을 우러러보긴 하지만 르네의 날카로운 재치 등등을 겪고 나니 같은 나라 사람과 소박하고 자연스럽게 지내며 쉬는 게 좋아. "저 모자를 5센트 가게에서 산 게 분명해"라고 말할 때, 또는 "바로 그거지"라고 말할 때 알아듣는 사람 말이야. 당신, 소중하고 사랑스러운 내 속물이 떠나 있으니 누가 "오, 젠장"이라고 말하는 걸 들으면 너무 반가워. 향수병이 느껴질 지경이야. 그러게. 나는 미국인인가봐! 이제 가봐야겠어. 사랑을 담아.

F.

열흘 동안 편지가 안 오더니 두 통이 함께 왔다.

내가 얼마나 건강한 삶을 살고 있는지 알면 당신도 나쁜 프랜의 편을 완전히 들어줄 거야. 물론 가끔 댄스파티에서 좀 늦게까지 있긴 하지. 여기서 이름이 하필이면 리라는 아주 착한 미국 유대인 가족을 만났어, 아널드 이즈리얼의 친구야. 그 사람들이 글리옹 위쪽의 호숫가에 근사한 옛 성을 빌려서 아주 화려한 파티를 열거든. 하지만 그것 말고는 주로 야외에서 지내. 말을 타고, 헤엄을 치고, 돌아다니고, 자동차를 타고, 테니스를 치고. 이즈리얼의 테니스 실력이 어마어마해. 그리고 그 사람은 스무 살 난 바사르의 소녀처럼 셸리를 소리 내어 읽어! 대단한 남자지! 그런데 그 사람이 황마와 대마 수입 사업을 한다니! 비록 늙은 부친이 부추겨서 물려받은 사업일 뿐이라고 하지만 말이야. 그래서 해마다 네댓 달은 사업을 맡기고 유럽에서 빈둥거릴 수 있대.
어머, 편지에 아널드 이즈리얼 이야기만 쓰는 것 같네! 여기 사람 중에 당신이 가장 관심을 가질 사람 같아서야. 그 사람이랑 나는 사적인 관계는 전혀 없는 친구일 뿐이야. 아, 내가 허락하면 그 사람은 굉장히 감상적이 될 거 같지만, 난 절대 그러지 않을 거야. 게다가 그 사람은 인도의 왕처럼 화려하면서도 마음이 아주 섬세하고 예민해. 브렌트와 에밀리가 정말 어른이 돼서 우리가 필요 없다는 말은 이해해. 그 애들을 몹시 사랑하고 보고 싶지만, 그 애들을 보면 내가 참 늙은 듯한 느낌이 들어. 지금 내가 하얀 블라우스에 부끄러운 줄 모르고 붉은 치마를 입고 흰 구두와 스타킹을 신은 걸 보면, 당신은 내가 젊은 여자라고 할 테지만 말이야. 밤이면 호숫가가 아름답게 고요해. 편안한 잠을 **수없이** 자고 있어.

당신의 프랜

샘, 여보, 이건 사실 편지가 아니라 추신이야. 어제 적은 편지에 붙이는. 이즈리얼 씨에 대해 너무 많이 써서 내가 그 사람 생각을 너무 많이 한다고 생각할 것 같아. 편지는 그게 문제라니까. 그냥 수다를 떨다보면 잘못된 인상을 주거든. 그 사람에 대해 서너 번 이야기했다면, 다른 사람들은 아무리 춤을 추고 수영을 잘한다 해도 사실 너무 지루하기 때문이야. 하지만 그는 이야기하기 좋은 사람이거든. 물론 충성스러운 내 사랑, 이렇게 말할 필요도 없지만, 난 그에게 다른 관심은 없어. 게다가 르네가 그 사람에게 열광하고 있어서 그 사람을 꼭 데리고 다니거든. 그리고 르네가 이곳 책임자고 빌라도 찾아냈으니까. 세는 절반만 내긴 했지만, 르네가 친구 아널드를 갖고 싶으면 당연히 가지는 게 맞지. 그럼, F.

다음 편지는 거의 이 주 동안 오지 않았고, 샘은 안경을 쓰고 우표를 확인하고서야 그것이 브베가 아니라 이탈리아의 스트레사에서 왔음을 깨달았다.

샘, 정말 무서운 일이 벌어졌어. 드 페나블 부인과 난 정말이지 무시무시하게 다퉜어. 그 여자는 내가 도저히 용서할 수 없는 말을 했어. 그래서 난 빌라를 나와서 여기 마조레 호수로 왔어. 아름다운 곳이지만, 계속 지낼지는 모르겠으니 파리 개런티 전교로 적어서 편지를 보내는 게 낫겠어. 다툰 일은 아무것도 아니었어.
브베에서 만난 이즈리얼 씨에게 르네가 얼마나 열광했는지 이야기했잖아. 어느 날 저녁, 아무리 저속하고 부도덕하다 해도 내게 좋은 시간을 보내게 해준 여자에 대해서 이런 말을 하기는 싫지만, 그 여자는 좀 많이 취했고, 손님들이 가고 난 뒤에 못 배워먹은 여자처럼 갑자기 내게 달려들더니 정말 끔찍한 말로 내가 이즈리얼 씨와 바람이 났다는 둥 내가 그 남자를 훔쳤다는 둥 하는 거야. 그건 사실이 아닐 뿐만 아니라 멍청한 소리였어. 내가 조금이라도 그런 마음이 있었다 해도 그 여자가 이즈리얼 씨를 가진 적이 없는데 어떻게 훔칠 수가 있겠어! 내게 그 여자처럼 말한 사람은 없었어. 정말 끔찍했어!

물론 나는 그 여자 수준으로 내려가지 않고 아주 예의 바르게 대답했어. "친애하는 드 페나블 부인, 히스테리를 일으킨 것 같으니 당신 말에 전적으로 책임을 질 건 없겠어요. 그리고 내일 아침까지는 이 문제를 거론하고 싶지 않네요." 그래도 그 여자가 멈추지 않기에 나는 방으로 가서 문을 잠가버렸고, 다음 날 호텔로 옮겨 가서 여기로 왔어. 여긴 참 아름다워. 그 유명한 벨라 섬을 포함하는 보로메오의 섬들이 호수에 펼쳐져 있고, 호수 건너편에는 예쁜 팔란차 마을 너머 산들이 꽤 높게 솟아 있고, 마을 등등이 산으로 올라가는 도로를 따라 있거든. 여긴 너무 외롭고 런던에서 앓았던 그놈의 치통이 재발하고 있긴 하지만 뭐, 드 페나블 부인처럼 싸우기 좋아하는 저속한 얼간이랑 같이 지내는 것보다야 낫지.

털어놓기 싫고, 이 이야기를 들으면 당신에겐 나를 꾸짖을 좋은 기회가 되겠지만, 당신은 못되고 어린 아내에게 참 관대하고 이해심이 많아서 이런 걸 이용하지 않을 걸 알아. 하지만 당신이 한 말, 아니 넌지시 암시한 것이 완전히 옳았어. 당신은 상냥해서 그 페나블이란 여자랑 그 여자의 끔찍하게 저속한 친구들에 대해서 내놓고 무례한 말을 안 했으니까. 미안해. 이 일을 계기로 내가 뭔가 배웠기를 바랄게. 다만 당신이 이즈리얼 씨에게도 페나블이란 여자와 그 친구들처럼 잘못이 있다는 생각은 안 하길 원해.

그 사람도 나처럼 죄가 없고 브베의 기차역에서 날 배웅해주기도 했거든. 당신이 만나보면 좋을 남자야. 당신도 그 사람에게서 로스 아일랜드에게 발견한 선량하고 즐겁고 다정하고 재치 넘치는 것들을 다 찾고, 동시에 아일랜드에게는 부족한 섬세함과 좋은 취향과 좋은 자질을 발견할 거야. 음, 어쩌면 당신이 돌아오면 아널드와 만나게 될지도 몰라. 그 사람이 이번에는 1년 내내 유럽을 돌아다닌다고 하거든.

오, 여보, 어서 와! 오늘은 당신이 너무 그리워! 당신이 여기 있다면 작은 바텔로(내가 자랑스럽지 않아? 하루 만에 이탈리아어 단어를 열 개나 배웠어. "들어오세요"는 아반티고, 청구서는 레 콘토, 아니 일 콘토인 것 같아)를 타고 호수를 돌아다닐 텐데. 괜찮으면 파리 개런티로 2000만 더 보내줘도 좋아. 저 망할 브베 저택 임대료의 내 몫을 거기 안 살아도 내야 하거든. 절대 내고 싶지 않지만, 내가 안 내면 저 드 페나블이란 여자가 돌아다니면서 내가 남의 남자를 빼앗는 난봉꾼일 뿐 아니라 횡령까지 한다고 소문낼 테니까!

당신의 크고 멋지고 튼튼한 손으로 저 여자를 나 대신 때려주면 얼마나 좋을까! 당신은 참 침착하게 흠씬 때려줄 텐데! 물론 나는 집세와 리무진 대여료에서 내 몫을 내야 하고, 이곳 방값이나 다른 곳으로 옮겨 가면 그곳 방값도 내야 하니

(내게 연락할 때는 이곳 주소 말고 개런티 주소로 보내는 게 나을 거야) 예상보다 돈이 더 많이 들게 됐어. 오, 여보, 즐겁고 경제적인 여름을 보내게 될 줄 알았고, 하늘에 맹세코 그러려고 애썼는데, 그렇게 예상 밖의 재앙이 벌어질 줄 몰랐지. 이렇게 당신에게 말하고 나니 후련해. 어젯밤에는 거의 밤새 울었어. 이제는 수녀처럼 살면서 이탈리아 언어와 사람들을 공부하는 데 헌신해야겠어. 나처럼 늙은 여자에게 어울리게 말이야.

당신의 구겨져 후회하는 프랜

그 편지는 상수시 가든스의 회장이 샘을 점심 식사에 초대했던 날 도착했다.

회장은 아주 솔직했다. 그는 훈련받은 건축가였다. 그는 상수시가 별로라고 인정해 샘을 놀라게 했다.

"너무 여러 가지 양식이 뒤섞여 있고, 집이 너무 다닥다닥 붙어 있어요." 회장이 말했다. "하지만 미국인 대부분은 크고 인상적인 집에 거금을 들이면서도 프라이버시에는 별로 신경을 쓰지 않으니 적당한 땅에도 돈을 낼 겁니다. 그들은 헨리 포드의 땅 크기에 프랑스 성을 짓고 싶어 하죠! 하지만 적어도 도시에서 붙어 사는 대신 전원으로 나오라고 교육해왔지요. 그리고 지금 계획으론, 상수시로 망하지 않는다면 건축 양식을 섞지 않는 훨씬 큰 개발 단지를 만들 생각입니다. 아, 유럽과 식민지 시대 아메리카의 양식은 계속 빌려올 생각입니다. 타고난 천재가 등장해 주택에서 완전히 새로운 걸 만들어낸다 해도 그걸 정말 좋아하는 사람은 몇 안 됩니다. 하지만 새로운 개발 사업을 생각 중입니다. 제 동업자 중 한 명인 위대한 프랑스인 아브 블뤼망탈 씨의 작품인 상수시 가든스보다 쉬운 이름으로 말이죠. 그때는 적어도 세계 박람회처럼 생긴 단지는 피할 수 있을 겁니다. 가령 한 구역은 튜더 양식과 비슷한 주택만 짓고, 또 한 구역에는 네덜란드 식민지 또는 네덜란드 식민지 양식과 어울리는 것으로 말이죠. 또는 개발 단지 전체를 한 가지 양식으로 하든가. 롱아일랜드의 포레스트 힐스처럼 말입니다."

하지만(상수시 회장이 계속 말했다) 자신은 너무 공상이 많고 너무 조급했다. 그래서 자신이 매달 떠올린 호텔, 호화 요트 여행, 체인 식당에 관한 아이디어를 살피고, 가장 현실적인 것을 골라내고, 재정과 판매를 관리할 동업자가 필요했다.

회장은 씩 웃었다. "대단한 제안 같지는 않군요. 제가 건축과 건설에 관해 꽤 잘 알고, 새롭고 흥미로운 아이디어가 몇 가지 있다는 믿음을 바탕으로 한 겁니다. 하지만…… 우리가 잘 지낼 수 있는지 알아보고 싶군요. 회장님은 자동차 팔기가 지루해졌다고 하고, 제가 신뢰할 만한 사람인지 기록을 찾아보셨으니……."

"아, 그걸 짐작했어요?" 샘이 중얼거렸다.

"물론이죠!"

"생각해보겠습니다. 꼭 생각해보죠." 샘이 말했다.

샘은 여남은 가지 새로운 종류의 부동산 개발을 계획하며 컨트리클럽으로 돌아와 스트레사에서 보낸 프랜의 우울한 편지를 받았다.

모든 것이 맞아 들어가는 느낌이었다. 프랜을 불러들이기로 했다. 함께 주택 건설을 살펴보기로. 샘은 프랜에게 전보를 보냈다. "페나블 일은 안됐어. 치워버려서 다행이야. 제니스에 돌아오면 어떨까. 1년쯤 후 다시 나가자."

프랜이 답장을 보냈다. "아니, 몇 달 더 있고 싶어. 오는 건 알아서 해."

그러자 위대한 새뮤얼 도즈워스는 앞으로 어떻게 해야 할지, 대학 4학년 때 이스트 록에 앉아 롱아일랜드 해협을 내다보며 안데스산맥의 교각 건설자가 될 계획을 하던 날보다도 더 알 수 없었다.

샘은 프랜에게 상수시 가든스 일을 적어 보내고 기다렸다. 주택 건축에 관한 책을 읽고, 클리블랜드와 디트로이트로 가서 신축 개발 단지를 살펴봤다.

프랜의 다음 편지는 샘이 스트레사 편지를 받기 며칠 전, 그녀가 샘의 전보를 받기 전에 쓴 것이었다. 그 편지는 다음과 같은 내용을 샘에게 알려왔다.

> 응, 사랑하는 새미블, 아직 스트레사에 있어. 하지만 곧 도빌로 떠날지 몰라. 우울한 귀족들이 슈맹 드 페르•로 돈을 잃으러 가는 그런 곳을 늘 보고 싶었거든. 하지만 드 페나블 그 여자의 저질스러운 행동에 처음 느낀 당혹감을 잊고 나니 여

기서 아주 행복하게 지내고 있어. 참 착한 여자가 매일 이탈리아어를 가르쳐주고 있거든. 그 여자랑 호텔에서 사귄 몇 명이랑 함께 주위의 아름다운 마을을 살펴봤어. 팔란차와 바베노, 산 위의 지네세랑 카노비오, 아로나 등등. 증기선을 타고 호수의 스위스 쪽 끄트머리인 로카르노에 가서 전차를 타고 모타로네산 꼭대기에도 올라갔어. 샘, 너무 가팔랐어. 호수를 내려다보면 물이 기울어진 접시처럼 쏟아질 것만 같아! 그러니까 내 걱정은 마. 아주 잘 있으니까. 아널드 이즈리얼이 브베에서 여기로 왔다는 걸 이야기해야 할 것 같아. 전에 편지로 말한 착한 미국 사람 말이야. 그 사람이 같은 호텔에서 지내고 있어.

이 이야기를 당신에게 해야 할지 모르겠네. 당신처럼 상냥하고, 점잖고, 동정심 많은 늙은 곰도 혹시 오해할지 모르니까. 당신에게 장점이 아무리 많아도 상황을 미국식으로 보는 버릇이 있으니까. 하지만 언젠가 당신이 소문을 들을 수도 있으니까 이해하기를 바랄게. 두말할 필요도 없지만, 우리 사이는 여덟 살짜리 아이들처럼 순수하고 나는 그 사람이랑 정말 즐겁고 행복하고 깨끗한 시간을 보내고 있어. 샘, 아널드는 차를 당신보다도 더 빨리 몰아. 어제 그 사람이 시속 118킬로미터로 달릴 때 심장이 멎는 줄 알았어. 하지만 운전 실력이 뛰어나서 보통은 안전한 느낌이야. 이제 어서 옷을 입어야겠어. 당신에게 축복이 있기를. 건강하고 행복하기를 바라

● 바카라 게임의 일종.

겠어. 에밀리와 해리에게도 사랑한다고 전해줘.

F.

그날 오후 샘은 상수시 회장에게 전화를 걸어 외국에서 호출을 받아 몇 달 동안은 아무것도 결정할 수 없다고 알렸다. 그리고 뉴욕에 전화를 걸어 배편을 예약했다. 에밀리, 터브, 해저드에게 달려가 작별 인사를 했다. 하지만 출발까지 일주일이나 남았고, 그사이에 프랜이 도빌에서 보낸 편지 한 통이 또 왔다.

응, 난 여기 왔는데 별로 마음에 들지 않아. 여긴 명랑하긴 한데, 살짝 불쾌해. 좋은 사람도 많지만, **지독한** 사람들도 있어. 부당한 방법으로 돈을 번 사람들이 칵테일파티를 열고, 자동차 경주 암표상들이 라운지에 득시글거려. 리도에 갈 걸 그랬어. 어쩌면 거기로 갈지도 모르겠어. 있잖아, 새미블. 당신이 브베로 보냈지만 거기서 떠난 후에 받은 편지에서 내가 파리에서 겨울을 보낸 뒤 당신 말을 그대로 옮기면 "가만히 들어앉아서" "당분간 일찍 잠자리에 들길" 바란다고 했잖아. 불쾌한 말을 하려는 뜻은 아니었을 테지만, 끔찍한 페나블 사건 후로 내가 얼마나 불안하고, 상처받고, 황망했는지, 길 잃은 아이 같았는지, 당신의 꾸지람이 얼마나 상처를 줄지 당신은 몰랐지. 내가 남은 평생 되도록 우아하고 빠르게 늙어가는 게 아마 **당신의** 이상이겠지!

당신은 내가 세련된 오락을 좋아하는 세상 이치에 밝은 여자가 아니라 가는 데마다 말썽을 일으키는 여자라는 듯 말해. 봐! 당신이 꾸짖으려는 뜻에서 한 말은 아니라고 생각하지만, 내가 굉장히 스트레스를 받는 상태에서 어떤 타격을 받을지 이해해줄 수 없어? 사실 샘, 당신은 좀 더 사려 깊게 말해야 해! 가끔은 상상력을 좀 발휘해보라고! 이제 난 후련하니까 다 잊으면 안 돼? 다만 이 말은 해야겠어. 샘, 이런 소리가 부당하다고 생각할지 모르겠지만, 내가 드 페나블 일을 겪게 된 건 근본적으로 당신 탓이야. 당신이 동창회에, 따지고 보면 그렇게 필요하지도 않은데 꼭 가겠다고 우기지 않았다면, 당신이 내 곁에 있어서 내가 무슨 혼자 남자나 꾀러 다니는 여자처럼 남편 없는 이례적이고 창피하다시피 한 위치에 놓이지 않았다면, 드 페나블 그 여자가 나를 남자나 꾀러 다니는 여자 취급하면서 내게 그렇게 덤비지 못했을 테니까. 내가 아주 친절하고 상냥하게 하는 말임을 이해해주길 바랄게. 우린 결국 서로를 잘 이해해서 솔직하게 말할 수 있는 몇 안 되는 부부잖아. 그렇지? 그리고 다음에는 당신도 기억하길 바라겠어. 자, 그럼 그건 끝났고 이제 새로운 소식을 이야기할게.

응, 아널드 이즈리얼은 여기 나랑 있다고 당당히 말해둘게. 당신도 알겠지만, 나랑 사귀는 게 절대 아니라 여기 도빌에 와 있다는 말이야. 처음에 나는 올 생각이 없었는데, 그 사람이 너무 사려 깊고 다정하고 이해심이 많았어. 그 사람이 어찌어찌…… 어떻게 이런 재주가 있는지 모르겠는데, 그 사람은 재정적으로나 영적으로나 미다스의 손을 가지고 있어. 그 사람이 그놈의 황마와 대마 사업에서 벗어나 그냥 여기 유럽에서 노는 줄 알았는데 음, **합리적으로** 진품 렘브란트를 사고 파는 도박으로 4만 달러를 벌어서 내게 진주를 주고 싶어 했어. 물론 받지 않았지. 이야기가 딴 데로 새고 있네.

아널드는 스트레사에서 굉장히 점잖은 필라델피아의 노부부를 알게 됐어. 진짜 리튼하우스 구역에서 만날 듯한 사람들인데, 다만 유쾌한 걸 좋아해. 그 부부가 여기 와 있어서 아널드가 나를 그들과 함께 지내도록 여기로 초대했지. 그러면 드 페나블 그 여자가 좋아하는 짐승 같은 지저분한 헛소문을 피할 수 있으니까. 결국 나는 그이와 같이 안 간 게 바보 같았다고 생각했거든. 샘은 절대 오해하지 않을 거니까. 샘은 상상력이 있으니까. 게다가 난 바람난 젊은 여자도 아니고, 드 페나블 같은 끔찍한 탐험가도 아니고, 아들과 결혼한 딸을 키워낸 아주 점잖은 부인이잖아. 아무도 날 보고 헛소문을 퍼뜨릴 생각은 안 하니까.

그래서 난 여기 와 있고, 아까 말했듯이 이곳이 마음에 쏙 드는 건 아니지만 아널드와 나와 그 사람 친구, 정말 다정하고 일흔이 다 됐지만 참 재미있는 둔 부부랑 함께 우리끼리 재미있는 파티도 열고 바닷가에서 몇 시간씩 자꾸자꾸 빈둥거리기도 해. 굉장한 가장무도회가 있을 거라서 아널드와 나는 시로코•와 북풍으로 멋들어지게 꾸미고 갈 예정이야(내 연한 빛깔의 스웨덴 머리카락이 북풍하고 잘 어울리니까). 그

• 사하라 사막에서 남유럽으로 부는 열풍.

래서 적어도 삼 주는 더 여기서 지낼 거지만, 편지는 파리로 보내. 사랑을 담아서,

F.

샘은 프랜에게 전보를 보냈다. "카르마니아호로 감. 파리 호텔 위니르베셀 9/2에 만나." 그리고 '사랑'이라고 덧붙였다가 지웠다가 다시 넣었다.

12일 뒤, 샘은 셰르부르의 긴 요새를 바라보며, 왕복선에 탄 입심 좋은 프랑스인들을 지켜봤다.

샘은 밤낮으로 갑판을 거닐며 프랜에 대한 모든 짜증과 아널드 이즈리얼에 대한 모든 증오를 떨쳐냈다. 도빌에서 보낸 프랜의 편지를 읽고 난 뒤, 샘은 문득 23년간의 결혼 생활에서 완전히 이해하지 못한 것을 파악하게 됐다. 프랜은 성숙하고 책임감 있는 여성이자 어머니이자 아내이고 가정의 운영자가 전혀 아니라 그저 갈피를 잡지 못하고 스스로를 드라마 주인공으로 만드는 버릇을 가진 영리한 아이일 뿐이라는 사실이었다. 이것을 깨닫자 샘은 당혹스러웠다. 그리고 마음이 누그러졌다. 다른 아이들, 브렌트와 에밀리는 샘이 필요하지 않았다. 프랜에게는 그가 필요했다! 아직 삶 속에서 무언가가 그를 여전히 필요로 했다! 샘은 복잡할 것 없는 구애 시절의 프랜을 생각했듯이 파리에서 자신을 기다리는 그녀를 생각했다.

제20장

구름 낀 늦은 오후, 파리 특급열차는 요란하고 어두운 기차역으로 미끄러져 들어갔다. 샘은 도착했다는 흥분에 휩싸여 짐꾼들을 마치 친구인 양 내려다봤고, 역사 벽에 걸린 쿠앵트로•와 페르네트 브란카,•• 루앙과 아비뇽 광고판에 미소를 지었다. 샘은 재빨리 기차에서 내리며 프랜을 찾았고, 프랜이 보이지 않자 불안을 느꼈으며, 짐꾼에게 가방을 넘기면서는 완전히 실망했다.

프랜은 승강장 맨 끝에 있었다.

멀리 그녀가 보였다. 샘은 프랜이 기억에서보다 얼마나 더 사랑스러운지 보고 깜짝 놀랐다. 차가운 파란색 재킷과 스커트에 흰 블라우스, 갓 마른 지푸라기처럼 연한 빛깔의 머리카락, 매끈하고 날씬한 두 다리, 당당한 어깨의 프랜은 빠르게

• 프랑스에서 제조되는 오렌지 맛 리큐어 브랜드.

•• 이탈리아에서 허브와 향신료를 넣어 제조하는 술 브랜드.

춤추고 테니스를 치며 태풍처럼 차를 모는 미국의 탄탄한 여성이었다. 하지만 프랜의 표정이 우울하고 다가오는 승객들을 기계적으로 쳐다볼 뿐임을 샘은 알아차렸다. 프랜은 샘이 오는 걸 원하지 않았다.

샘이 수줍게 다가갔다. 프랜의 얼굴에 떠오르는 예의 바른 미소에 혼란스러웠지만, 어깨를 잡고 다가서서 중얼거렸다.

"당신을 흠모한다는 말을 내가 잊지 않고 적었던가?"

"음, 아니. 안 적었어. 그래? 참 고맙네. 정말로."

프랜의 어조는 가정 희극에 출연한 여배우의 말장난처럼 가볍고 매끄럽고 냉랭했고, 웃음소리에서는 거리감이 느껴졌다.

그들은 남남이었다.

호텔에서 프랜은 머뭇거리며 말했다. "음, 샘…… 혹시…… 당신이 여행 후라 피곤할 거 같았어. 나는 도빌에서 오니까 피곤해. 그래서 더블 룸 대신 싱글 룸 두 개를 빌렸어. 그래도 나란히 붙어 있어."

"응, 푹 쉴 수 있겠군." 샘이 말했다.

프랜은 샘의 방에 들어왔지만, 문 앞에서 어정거리더니 끔찍이 예의 바르게 말했다. "방이 마음에 들길 바랄게. 욕실은 꽤 좋아."

샘은 망설였다. "짐은 나중에 풀게. 지금은 여기서 이러지 말자. 바로 나가서 근사한 노천카페에 앉아 다시 세상 구경을 하자!" 프랜이 안심하는 표정을 보고 샘은 괴로웠다. 샘은 프랜에게 짧게 키스했다. 프랜은 그 이상의 손길을 요구하지 않았다.

샘이 제니스 이야기를 하는 동안 프랜은 예의를 지켰다. 적절한 순간에 웃었다. 그리고 계속 남처럼, 친구의 친구를 상대하며 의무가 끝나기를 기다리는 사람처럼 굴었다. 프랜은 에밀리와 브렌트에 대해 몇 가지 질문했지만, 샘이 터브와 골프 이야기를 하자 듣지 않았다.

샘은 견딜 수 없었지만, 부드럽게 이렇게만 말했다. "왜 그래, 여보? 딴 데 정신이 팔린 거 같은데. 몸이 안 좋아? 내가 반가워?"

"당연하지! 아무것도 아니야. 그저…… 어젯밤에 잘 못 잔 것 같아. 신경이 좀 날카로워. 하지만 당신이 와서 당연히 반갑지. 사랑하는 늙은 곰!"

그러고도 두 사람은 드 페나블 부인에 대해서, 아널드 이즈리얼에 대해서, 스트레사와 도빌에 대해서는 이야기하지 않았다. 샘도 프랜만큼 그 이야기를 건드리지 않았다. 그저 이렇게만 말했다. "페나블 부인과 틀어져서 안됐어. 하지만 그다음에 즐겁게 지내서 다행이야. 편지 재미있었어." 샘은 제니스 이야기를 늘어놓을 때 스스로 듣기에도 촌스러웠고, 지루하고 답답했지만, 그의 감각은 맹렬하게 깨어 있었다. 그는 프랜이 얼마나 불안해 보이는지 알아차렸다. 프랜이 칵테일을 석 잔 마신 것도 알아차렸다. 그는 샘 도즈워스가 서서히 전투를 준비하는 중이며 그것을 두려워한다는 것을 알아차렸다.

저녁 식사를 위해 옷을 갈아입을 때, 프랜은 두 방 사이의 문을 닫았다.

"부아쟁에 가자. 조용히 이야기할 수 있게." 프랜이 준비를 마쳤다고 알리러 오자 샘이 말했다.

"아, 좀 더 활기찬 곳에 가지 않을래?"

"아니!"

그때 처음으로 샘은 퉁명스럽게 말했다.

"이야기를 하고 싶어!"

프랜은 어깨를 으쓱였다.

수프를 먹고 난 뒤 샘이 중얼거렸다. "음, 소식은 거의 다 알린 것 같아. 계획 이야기를 하자. 이번 가을에는 어디로 가고 싶어? 이탈리아와 에스파냐를 즐겁게, 오랫동안 편안하게 돌아다니고 그리스나 콘스탄티노플로 가면 어떨까?"

"음, 그거 아주 좋겠네. 조금 더 뒤에. 하지만 지금은…… 따지고 보면 난 여름을 끔찍하게 시골에서 보냈잖아……. 그리고 물론 당신도, 불쌍하게도! 우리 둘 다 여기 파리에서 좀 즐겁게 지내다가 떠나도 될 것 같아. 결국 정해진 곳으로 여행을 다니면 사람들에게서 굉장히 동떨어지잖아."

그리고 샘의 동의를 구할 필요가 전혀 없다는 듯 아주 담백하게 덧붙였다. "석 달 정도는 여기서 지낼 수 있을 것 같아. 그리고 에투알 근처에 좋은 아파트를 구하자. 호텔이 너무 지겨워."

"음……." 샘은 말을 멈췄다. 그러고 나서 말이 서서히 바닷물처럼 밀려들었다. "호텔이 지겨운 건 당연해. 나도 마찬가지야! 하지만 봄 내내 그랬던 것처럼 가을 내내 파리에 죽치고 앉아서 보낼 생각은 확실히 없어……."

"꼭 그렇게 저속하게 말해야 해?"

"응, 그런 것 같군. 가을 내내 여기 앉아서 당신이 가기를 기다릴 생각은 없어. 처음 출발했을 때, 난 제니스에서 살든지 여행을 하든지 다 좋았지만, 여행을 할 거면 제대로 하고 싶어. 구경도 하고 다양한 사람과 도시도 보고. 베네치아와 마드리드를 보고 싶어. 독일 맥주도 마시고 싶고. 계속해서 당신의 사회적 지위 상승 야망에 희생될 생각은 없어……."

프랜은 발끈했다. "그건 거짓말이야. 당신도 거짓말인 걸 알잖아! 내가 르네 드 페나블 같은 사람들을 만나려면 **지위 상승**이 필요한 거 같아? **하강**이면 모를까! 하지만 뉴욕 바에 앉아서 술이나 마시는 것보다는 세련된 사람들과 노는 게 더 재미있어. 그래, 가이드북이나 들고 유적지에 가서 구경하는 것보다도! 당신이야 괜찮겠지만, 짐도 내가 싸야 하고 통역도 해야 하잖아. 여행 계획도 짜야 하고. 세상에, 베네치아에는 갈 거라니까! 하지만 여기서 우리 아파트를 빌려 사람도 고용하고 여기 있는 친구들(드 페나블과 전혀 무관한) 모두와 함께 근사한 가을을 보낼 수 있는데, 굳이 단체 여행하듯이 다 내던지고 가야 하냐고? 미안해, 샘. 하지만 당신도 가끔은 남의 관점에서 보려고 노력할 수 있다면……. 난 여기 파리에서 지내는 편이 더 좋아……."

"프랜!"

"음?"

샘은 망설였다. 이야기하는 동안 그들 주위로 훌륭한 서비스가 지나갔고, 그들이 두 개의 화산이라면 우르릉거리는 소리를 낮추고 있어서 보는 사람 누구에게든지 그들은 그저 덩치 크고 아마도 영국인으로 보이는 무표정한 남자와 약간 화가 났지만 잘 조절하는, 표정이 자주 바뀌는 여자로 보였을 것이다.

"프랜! 정말로 여기서 지내면서 날 희생시킬 건가?"

"그렇게 난리 피우지 마! 이렇게 아름다운 도시에서 지내는 게 어떻게 희생이라는 거야……."

"아널드 이즈리얼이 여기 파리에 와 있나?"

"그래, 와 있어! 왜?"

"마지막으로 그자를 본 게 언제지?"

"오늘 정오."

"그자도 여기 파리에서 한동안 지낼 건가?"

"글쎄, 내가 어떻게 알아? 그래, 그럴 것 같아."

"그자가 에투알 근처에 아파트를 빌리라고 하던가?"

"이것 봐, 새뮤얼! 소설책이라도 읽었어? 대체 이 우스꽝스러운, 헤픈-아내를-엄중히-심문하러-돌아온-남편 노릇은 어디서 나온 거야?"

"프랜! 이즈리얼이란 자와 어디까지 간 거야?"

"당신이 얼마나 모욕적으로 구는지 알고 있어?"

"이런 식으로 상처받고 순진한 척하면 내가 얼마나 더 모욕적으로 굴 건지 알고 있나?"

"당신이 계속해서 술집 불량배처럼 굴면 내가 얼마나 화를 낼지는 알고 있어. 당신은 정말 술집 무뢰한이야! 내가 오랫동안 그 사실을 나 자신에게도 감춰왔지만, 항상 알고 있었어. 위대한 샘 도즈워스, 풋볼 선수, 유명한 폭력배, 저명한 무뢰한! 뭐, 당신은 세련된 사람들과 어울리지 않아. 경찰이랑……."

"당신 대답 안 했어! 이즈리얼이란 자와 어디까지 간 거지? 염탐하는 대신 당신의 명예를 생각해서 묻는 거야. 그런데 당신은 대답 안 했어."

"난 대답할 생각이 없어! 그건 모욕이야. 그리고 이즈리얼 씨에게도 모욕이라고! 그 사람은 신사야! 그 사람이 여기 있다면 좋겠어! 그 사람이 여기 있다면 당신은 그런 식으로 내게 말하지 못했어. 그 사람도 당신만큼 힘이 세, 새뮤얼. 그리고 그 사람은 머리도 좋고, 잘 자랐고, 예의도 갖췄어. 아! '네 지옥 같은 애인이랑 얼마나 죄를 지었어!' 내가 당신에게 그렇게 뭔가 해주려고 오랫동안 애를 썼는데, 당신은 아직도 로라 진 리비• 소설 수준의 어휘를 쓰다니! 당신이 알면 놀라겠지만, 아널드는 갱생 의지가 없는 사람이라 로라 진 리비보다는 앙드레 지드와 폴 모랑을 더 좋아해. 물론 당신의 사랑스러운 친구 터브 피어슨 씨와 포커를 이야기하는 대신 그 사람과 대화하며 조금 즐거워한 나는 시커먼 죄악을 저지른 거겠지……."

프랜이 상당히 날카롭게 떠드는 동안 샘은 질문에 대한 답

• 미국의 대중 로맨스 소설가인 로라 진 리비(1862~1924).

을 알았고, 더 놀라지 않은 것이 놀랍고 더 충격받지 않은 것이 충격이었다. 샘은 프랜을 크게 압박하지 않았다. 프랜이 소리 없이 흐느끼느라 떨며 말을 멈추자 샘은 가엾게 여기며 부드럽게 말했다.

"그자가 로맨틱하던가?"

"물론이지! 그러니까!"

"그건 이해할 수도 있겠어……. 어느 정도는."

"오, 샘, 제발 인간답게 이해해! 당신은 잘하잖아. 엄격한 바위 같은 남자 역할일랑 잊고 다정하게 행동하면 말이야. 물론 아널드와 나 사이에 잘못은 없었어. 참 우습군. 당신을 비난해놓고 나도 똑같이 이렇게 케케묵은 말을 하고 있네! '아널드와 나 사이에 잘못은 없었어'라니! 하지만 따지고 보면 내가 당신에게 부당하게 굴었어. 당신은 그런 뜻이 아니라 그저…… 샘, 당신은 친절하지만, 내가 이렇게 말해도 된다면 당신은 아주 조금 어설플 때가 있어. 이따금……."

프랜은 히스테리를 억눌렀고, 상냥하게 수다를 떨면서 자신감을 되찾았다. 그러는 내내 샘은 이렇게 생각했다. '거짓말이야. 전에는 거짓말한 적 없는데. 프랜은 변했어. 그 작자가 프랜의 애인이 분명해.'

"……당신이 정말로 하려던 말은 내가 도빌을 떠나기 전에 열렬한 유대인 친구에게서 멋진 키스를 받았냐는 거지. 음, 받았어! 그리고 마음에 들었지! 그 사람을 다시 못 만나도 상관없어. 오, 샘, 여기서 지내려는 게 아널드와 조금이라도 관계있다는 말이 얼마나 창피하고 분한지 당신이 이해한다면!

하지만 그 사람이 매력적이긴 해. 당신도 그 사람을 봤더라면, 하얀 플란넬 셔츠를 입고, 머리를 휘날리면서 셔츠를 목에서 풀어 젖히고(다른 남자라면 어리석고 허세 같았겠지만, 그 사람에겐 자연스러웠어) 금색 쿠션 사이에 누운 인도의 왕처럼(그 사람에게 말했어) 모래언덕에서 뒹구는 모습을 말이야. 그리고 그렇게 모습은 화려한데, 말은 너무나 간단하게, 솔직하게 하거든. 정말이지 감동이었어. 하지만 그 사람 이야기는 이만하면 충분하지 않아? 우리 계획도 세워야지……."

"그자 문제부터 정리하자. 난……."

"샘, 당신이 그 사람을 만난다 해도 그가 얼마나 마음을 움직이는지 절대 모를 거야. 똑똑하고 잘생기고 돈 많고 등등. 그런데도 너무나 어린아이 같아! 그 사람은 나 같은 말벗이 필요했어. 아, 난 그 사람에게 그저 들어주는 사람이었어. 선하고 늙은 어머니에게처럼 속마음을 털어놓는 상대. 그 사람은 내가 마흔둘의 여자치고 예쁜 여자 시늉을 잘한다고 말해줬지만. 그리고 내가 자기보다 두 살 연상이 아니라 다섯 살 어린 줄 알았다고 했어. 그리고 내가 유럽에서 만난 사람 중에 춤을 제일 잘 춘다고도 했고. 물론 꽃다발은 그저 그 사람이 자기 자신과 불행한 어린 시절 이야기를 하기 전에 보낸 거였지. 당신은 내가 어린아이라면 얼마나 바보가 되는지 알잖아. 누가 불행한 어린 시절을 보냈다고 암시만 해도 난 울음을 터뜨리잖아! 가엾은 아널드! 그 사람은 어릴 때 똑똑하고 강해서 힘들었대. 그 사람이 얼마나 섬세한지 아무도 믿어주지 않았대. 그리고 어머니는 어떤 종류의 약점도, 또는 자기가 약점이라고 여기는 것이라면 뭐든지 미워하는 우울하고 가혹한 여자였어. 그 사람이 몽상하는 걸 알고 어머니는 빈둥거린다고 비난했대. 오, 그렇게 섬세한 영혼에겐 지옥 같았을 거야! 그리고 대학에선 너무 똑똑하고 너무 잘생긴 유대인이 늘 겪는 일들, 제일 멍청하고 재미없고 못된 양키들과 중서부 출신들이 업신여기고 그 사람을 무시한 거지. 짐마차나 끄는 말이 훌륭한 경주마를 무시하듯이 말이야. 가엾은 아널드! 물론 그렇게 자존심 강한 사람이 내게 자기 본모습을 이야기**하고 싶어** 하다니 난 감동을 받았지."

"프랜! 이즈리얼이 불우한 어린 시절을 이용해서 접근한 게 이번이 처음이라고 여기진 않겠지? 게다가 성공한 것도!"

"**또** 내가 그 사람에게 반했다는 말이야?"

"그래! 중요한 문제잖아! 그랬던 건가?"

"음, 그럼…… 그래, 그랬어."

"아!"

"그리고 난 자랑스러워! 난 한 번도, 당신의 가혹한 지도 편달 아래에선 말이야, 새뮤얼! '실수한 아내'가 될 수 있으리라고는 생각도 못 했어! 사람들이란 얼마나 맹목적인 위선자들인지! 그런데 정말로 그런 일이 벌어지니 모든 게 너무 당연하고, 자연스럽고, 다정해서……."

프랜이 떠들어대는 동안 샘은 이 가증스러운 일이, 신문 주요 면을 장식하고, 이혼 법정에 나가고, 선정적인 소설의 줄거리나 될 만한 타락이 실제로 자신에게(그녀에게, 에밀리와 브렌트에게) 일어났다는 사실을 믿을 수 없는 심정으로 받아들이고 있었다. 샘은 아널드 이즈리얼이라는 자, 검은 표범 같은 남자(아니, 검은 표범치고는 너무 덩치가 크지만 그 정도로 우아한 자)가 셔츠를 풀어 매끈한 목덜미를 드러내고 도빌의 호텔로 프랜과 함께 가는 모습을, 아니 야회복을 입고 어쩌면 망토를 휘날리며 프랜과 돌아오는 모습을 떠올렸다. 그자는 도빌의 호텔 방에 프랜과 동행했을 것이다. 그리고 속삭였을 것이다. "들어가서 작별 키스만 하겠습니다." 그러자 프랜이 또렷이 보였다. 파리에 도착한 후 샘의 눈은 프랜을 흐릿하게만 봤고, 귀는 모르는 타인으로서 프랜의 말을 들었었다. 그 순간 샘은 프랜을 직시하고, 검정과 은색 옷을 차려입은 프랜을 의식하고, 어깨에서 가슴으로 이어지는 곡선을 인식했다. 그리고 이즈리얼을 떠올리며 분개했다.

샘의 오랜 생각과 분노는 오 초 만에 사라졌고, 프랜의 말을 한마디도 놓치지 않았다.

"아널드가 전과 같은 전략을 썼다는 게 그 사람에 대한 무지막지한 공격이라고 생각하지? 물론 그랬겠지. 그 사람은 다른 여자들도 만났으니까. 아마 많이 만났겠지! 그래서 다행이지 뭐야! 그 사람은 연애의 기술을 제대로 익혔어. 여자들을 이해한다고. 여자를 단순한 사업 파트너로 생각하지 않아. 내 말 잘 들어, 새뮤얼. 당신도 여자에게 어느 정도라도 감미로운 감정을 일깨우는 경멸스러운 기술을 익히는 데 값진 시간을 조금이라도 들인다면, 당신에게나 나 모두에게 좋을 거야. 당신이 카뷰레터에 쏟는 관심을 내게 조금만 나눠줬다면, 심지어 다른 여자들에게라도 나눠줬다면 당신은 결혼한 이

후로 내게 이른바 '성실'했을 거야."

"난 성실했어!"

"음, 물론 나는 매우 고마워해야겠지……."

"프랜! 이즈리얼이란 작자와 결혼하고 싶나?"

"세상에, 아니! ……어쨌든 아니라고 생각해."

"그런데도 이번 가을에 그자를 매일 만나고 싶군."

"그건 달라. 하지만 결혼은 아니야. 그 사람은 플럼 케이크랑 비슷하거든. 크리스마스 파티에는 맛있지만, 소화불량을 일으켜. 주식으로는 선량하고 정직하고 기댈 수 있는 빵이 더 좋아. 그게 당신이지. 모욕이라고 생각하지 말아줘. 사실 큰 칭찬이니까. 그래! 게다가 그 사람도 원하지 않아! 그 사람이 한 여자를 6개월 이상 좋아할지 모르겠어. 아, 사귀는 동안에는 한 여자에게 거의 병적으로 성실하게 행동한다는 말은 믿지만……."

"어디 부인은 있나?"

"없는 것 같아. 몰라! 세상에! 그게 중요해?"

"중요할 수도 있지!"

"오, 멜로드라마 주인공처럼 굴지 마! 당신 같은 강하고 침착한 남자에게 어울리지 않아! 어쨌든 아널드는 나랑 결혼하지 않을 거야. 난 유대인이 아니니까. 그 사람은 당신이 북유럽 출신인 걸 자랑스러워하는 것만큼 유대인인 걸 자랑으로 여기거든. 멘델스존이랑 로스차일드 가문, 온갖 정말 위대한 사람들과 친척지간 비슷하대. 빈에 사는 사촌은……."

"프랜! 이 일이 얼마나 심각한 건지 알고 있어?"

"음, 당신보다는 잘 알겠지!"

"그런 것 같지 않아! 프랜, 그자와 결혼하든가 확실하고 완전하게 잘라내든가 둘 중 하나야."

"새뮤얼, 그 문제에 대해선 그 사람에게 할 말이 있을걸! 그 사람은 당신의 온순한 회사 비서가 아니라고. 그리고 난 겁먹지 않아!"

"아니, 겁먹을 거야! 이번만큼은! 이 정도면 가볍게 끝나는 거야. 아, 난 총을 들고 당신과 애인을 잡으러 가는 부류가 아니야……."

"음, 아니길 바라야겠네!"

"그렇게 확신하지 마! 당신이 계속 이러면 그럴 수도 있으니까! 아니, 난 특별히 그런 부류는 아니야. 하지만 맹세하는데, 가만 앉아서 아내가 애인과 노는 꼴을 두고 보는 말 잘 듣는 남편도 아니야. 당신은 이번 가을에 그럴 계획이었겠지만……."

"내가 무슨 계획을 세웠다고 한 적 없어……."

"당신은 그 이상을 인정했어! 이제 여길 떠나 나랑 여행하면서 그 작자와 헤어지고 잊어버리지 않으면 이혼하겠어. 간통죄로!"

"터무니없어!"

"그보다 더한 짓이야! 끔찍하다고! 브렌트와 에밀리가 어떤 기분일지 상상할 수 있겠지!"

프랜이 아주 천천히 말했다. "샘, 이 순간까지 이걸 의심한 적 없었어. 당신이 바보 같고 둔하고 느리고 저속한 취향인 건 알았지만, 당신이 이렇게 협박이나 하는 더럽고 비열한 인간인 줄 몰랐다고! 내 평생 이런 식으로 내게 말하는 사람은 처음이야!"

"알아. 내가 당신에게 오냐오냐했지. 철없는 여자야, 당신은 자신이 멋진 유럽을 배운 신식 미국인이라고 생각하지. 하지만 내가 당신보다 훨씬 더 신식이야. 난 이룬 게 있어. 난 작위니 옷이니 사회 계급 같은 다른 어떤 것에 기대지 않고도 뛰어날 수 있어. 그런데 당신은 그걸 몰라! 내가 느리고 둔하다고 꾸짖기만 하지. 내 자신감을 하나도 남김없이 앗아 가고 선. 당신은 내 집에서 날 배신했어. 비난하고! 잔소리를 하는 게 아니라 그저 내게 다정하게 굴고 잘난 체하고 나를 무시하면서 즐겼지. 그게 이즈리얼이란 작자와 외도한 것보다 더 나빴어."

"어머, 난 그런 적 없어! 어머, 그럴 생각은 아니었어! 당신을 존경해!"

"나더러 주저앉아 당신 애인의 시종 노릇이나 하라는 게 존경인가!"

"어머, 아냐, 아냐, 아냐, 난…… 어머, 제대로 생각할 수가 없어. 너무 혼란스러워. 난…… 그래, 당신이 원하면 내일 에스파냐로 떠나자."

그들은 떠났다.

제21장

알렉산드로스 대왕 시절 이후 여행은 즐겁고 매우 교육적이라는 믿음이 유행해왔다. 사실 여행이란 모든 여가 활동 중에서 가장 고되면서도 지루하다. 그리고 특별한 목적에서 세계 여행을 하는 몇몇 전문가 말고는 여행이란 무지를 드러낼 화젯거리만 더 제공할 뿐이다. 소설가들이 만들어내는 위대한 여행가는 키가 크고 매부리코에 9개 언어를 하며 끊임없이 고상한 행동거지로 올바른 생각을 하는 모든 사람을 짜증스럽게 만든다. 그는 "어디나 가봤고 모든 걸 다 해봤다". 그는 시베리아에서 호랑이를, 미네소타에서는 땅다람쥐를 잡았고, 스톡홀름에서는 왕과 테니스를 쳤다. 그는 투탕카멘의 무덤과 마오리족의 민족학을 이야기하며 저녁 시간을 즐겁게 보내도록 해줄 수 있다.

사실 그 위대한 여행가는 보통 빛바랜 연녹색 모자를 쓴 작고 후줄근한 사람이며, 여객선의 바 구석에서 눈에 안 띄는 존재다. 할 줄 아는 언어도 하나뿐이며, 그조차도 우울하게 말한다. 19개 국가에 관한 사실은 전부 알지만, 그 나라의 가정생활이나 임금 범위, 수출품, 종교, 정치, 농업, 역사와 언어는 예외다. 그는 호텔과 철도에 대해서는 가이드북만큼 가치 있는 존재지만, 그만큼 정확하진 않다.

성당 한 곳을 열 번 본 사람은 뭔가 본 것이다. 열 곳의 성당을 한 번씩 본 사람은 별로 본 것이 없다. 그리고 백 곳의 성당에 삼십 분씩 들른 사람은 아무것도 보지 못한 셈이다. 벽에 400점의 그림을 가득 걸어두면 한 점을 걸어놓은 것보다 사백 배 재미없다. 그리고 웨이터의 이름을 알 정도로 자주 가기 전까지는 그 카페를 제대로 아는 것이 아니다.

이것이 여행의 법칙이다.

세계 여행 광고가 유창하게 설파하듯이 여행이 사업에 영감과 정보를 준다면, 세상에서 가장 현명한 사람은 부정기 화물선의 일꾼, 기차 짐꾼, 모르몬교의 선교사일 것이다.

여행에서 가장 힘든 단계는 끔찍한 고역이 필요한 때다. 자동차 창밖을 멍하니 내다보며 뼈저리게 느끼는 지루함보다 심한 것이 있다면, 표를 사고, 짐을 싸고, 기차를 찾고, 흔들리는 배에 누워 물 없이 씻고, 여권을 찾고 싸우며 세관을 통과하는 것이다. 카를로비바리•에 사는 건 적당하고 산레모에서 놀면 영혼을 치유할 것 같지만, 카를로비바리에서 산레모로 옮겨 가는 것이 괴롭다.

• 체코 서부의 도시.

사실 여행 습관에서 벗어나지 못하는 이들은 대부분 그 즐거움과 혜택에 관해 거짓말을 하고 있다. 그들은 뭘 보려고 여행하는 것이 아니라 자신에게서(이건 성공하지 못한다), 친척과의 싸움에서 벗어나려고 하는데, 결국 새로운 친척을 만나 싸우게 된다. 그들은 생각하는 것에서 벗어나기 위해 솔리테르를 하거나 십자말풀이를 하거나 영화를 보거나 그 밖에 지긋지긋한 일을 찾는 것처럼 할 일을 갖기 위해 여행한다.

도즈워스 부부는 이를 알게 됐지만, 세상 사람들 대부분처럼 인정하지 않았다.

샘은 성당이나 성보다, 심지어 웨이터보다 여행 중 만난 미국인들을 잘 기억했다. 작가들은 '해외에서 여행하는 전형적인 미국인'이라는 동물에 대해 자신만만하게, 보통 모욕적으로 이야기한다. '전형적인 인간'에 대해서 이야기하는 것과 마찬가지다. 샘이 만난 미국인들은 보스턴의 로즈 장학생부터 아칸소의 농부까지, 리비에라의 테니스 선수부터 비료 판매상까지 다양했다.

아이오와의 오텀와에서 온 미스 부부가 이탈리아의 야자나무에 파묻힌 호텔에서 묵었다. 미스는 46년 동안 약제사로 일했고, 그의 부인은 사과 두 개를 위아래로 겹쳐놓은 것처럼 생겼다. 그들 부부는 온종일 관광을 다녔다. 그들은 가이드북이 알려준 그대로 구경했다. 미술관, 수족관, 두 가지 분홍빛 화강암으로 만든 루트비히 왕 기념비, 글래드스턴이 1887년에 이 주를 보낸 집이 있던 자리 등 아무것도 빠뜨리지 않았다. 그들이 즐거웠는지 모르겠지만, 드러내지는 않았다. 하지만 지루해 보이지도 않았다. 그들의 표정에서는 정확히 아무것도 보이지 않았다. 그들은 매일 5시에 호텔로 돌아왔고, 항상 6시에 그릴에서 식사했으며, 미스는 맥주 한 잔을 마셨다. 그가 아내에게 하는 말은 오직 "음, 늦었네"뿐이었다.

그들과 같은 호텔에 '시끄러운 한 쌍'도 있었다. 대화하는 소리가 늘 아주 크게 들리는데, 유럽인들은 비효율적이고, 자정이 지나면 온수가 안 나오고, 호텔 가격이 사악하고, 유럽의 어느 풍자극도 〈지그펠드의 우행〉만큼 재미있지 않으며, 이놈의 망할 이탈리아에선 러키 스트라이크 담배도 조지 워싱턴 커피도 살 수 없으며, **자기들에겐** 친근한 브로드웨이면 충분하다는 뉴요커 둘이었다.

다른 미국인들도 있었다. 노던 위스콘신 장로교 대학교의 교수 부부인 휘틀 교수는 그리스어를 가르쳤고, 살아 있는 미국인 중에 스테인드글라스와 베네딕트회 증류주 제조에 대해서 가장 잘 아는 사람이었으며, 휘틀 부인은 본 대학교에서 스피노자의 철학으로 박사 학위를 받았지만 실은 과수원 농사를 더 좋아했다. 그다음은 유카탄 탐험가 퍼시 웨스트, 자동차 타이어를 파는 로이 후프스, 매사추세츠의 캐디 판사 부부가 있었다. 캐디 부부는 한 집에서 다섯 세대에 걸쳐 살았다. 다음은 캔자스시티의 오토 크레치와 프레드 래러비였는데, 그들은 3년간 전 세계 골프 여행에 나선 석유 기업가였다. 그리고 완고하고 뚜벅뚜벅 걷는 손 대령, 여자처럼 옷을 입고 귀부인처럼 말하는 로런스 심턴, 해외 정치와 재무에 관한 새로운 강연 여행 자료를 모으러 왔는데 평소에는 코러스 걸처럼 보이는 애디 T. 벨처, 뮤지컬 코미디 스타이지만 평소에는 근시의 교사처럼 보이는 로즈 러브가 있었다.

전형적인 미국인들!

샘은 기차에서 파리로부터 밀라노, 베네치아, 트리에스테, 자그레브, 빈코브치, 소피아, 이스탄불로 간다는 표지를 보고 느끼는 모험심을 잃지 않았다. 비록 돌아다니는 데 지쳐 박물관이 다 똑같아 보이고 아침에 눈을 뜨면 어느 나라인지 기억하는 데 시간이 걸릴 지경이 됐지만, 외국 도시의 이름은 늘 그에게 유혹적이었다.

그들은 아비뇽으로, 산세바스티안과 마드리드, 톨레도와 세비야로 갔다. 아를, 카르카손, 마르세유, 몬테카를로로. 제노바, 피렌체, 시에나, 베네치아, 나폴리와 로마에서 두 달, 시칠리아로. 빈, 부다페스트, 뮌헨, 뉘른베르크로. 그래서 4월 말, 그들은 베를린에 도착했다.

샘은 귀국한 뒤 그 이야기를 안 할 수도 있었고, 몇 년 뒤에는 기억 못 할 수도 있었지만, 그에게 '해외여행하기'의 진짜 의미는 탑이나 고유 의상, 미술관이나 산의 경치와는 무관했다. 성가신 관광을 마치고 난 거의 매일 저녁, 거의 모든 호텔의 지루함이었다. 이따금 영화를 보거나 외국의 위협적인 어둠 속에서 호텔과 너무 멀지 않은 곳에 카페가 있다면 카페를 찾는 것 말고 "저녁에는 할 일이 하나도 없었다".

매일 저녁 똑같았다. 지쳐서 호텔로 돌아와 감사한 마음으로 차를 한 잔 마시고 천천히 옷을 입었다. 그들은 편한 옷차림으로 저녁을 먹으러 내려갔다가 영국의 구식 관광객들에게 식당을 오염시키는 사람들이라는 눈총을 받은 뒤 다시는 그러지 않았다.

바에서 울적한 칵테일 한 잔. 항상 똑같은 저녁 식사, 흰색과 금색으로 꾸민 식당, 의자를 빼주는 정중하고 효율적인 검은 머리의 웨이터, 난해한 맛의 맑은 수프, 그냥 흰 게 아니라 표백한 생선, 우울한 작은 당근을 곁들인 닭고기, 크림 캐러멜, 치즈와 과일. 억눌린 표정으로 속삭이는 똑같은 식당 손님들. 은색 드레스를 입은 쇠약한 미국인 엄마와 거의 똑같이 쇠약한 금색 드레스를 입은 딸이 덩치 큰 영국 남자 한 사람을 가련하게 쳐다보는 모습. 책을 읽는 척하며 서로를 무시하는, 프로이센의 젊은 지성인 신혼부부, 쾌활하게 굴고 싶지만 감히 그러지 못하는 뚱뚱하고 나이 지긋한 바이에른의 부부. 나이 지긋한 영국인들(삐죽삐죽한 눈썹과 아티초크와 환율에 대해 확실한 의견을 가진 남자와 웃거나 수석 웨이터에게 그라스로 가는 기차 편에 대해 물어보면 와인 잔 너머로 노려보는 여자). 눈가가 촉촉한 영국 교회의 목사는 상냥하게 다가와서 말을 걸어주는 단 한 사람이지만, 건강이 어떠냐고 묻는 걸 보니 다음 일요일 그의 예배에 가지 못할 것 같아 죄책감이 들었다.

그리고 진짜 무료함.

라운지에서 10시까지 앉아 베르디 100주년을 기념하는 오케스트라의 음악을 듣거나 낡은 타우흐니츠를 읽거나 너무 잘 알고 너무 찬찬히 살펴본 타인들과의 사적인 관계가 점점 더 조여오는 것을 느끼며 불편한 마음으로 고개를 들면서.

호텔이 반쯤 비어 라운지의 빈 의자들이 너무 외로워 보일 때면 더욱 괴로웠다.

카지노와 카바레, 유명한 레스토랑이 있는 몇몇 도시 말고는 항상 똑같았다. 피렌체와 그라나다, 예르와 드레스덴에서 전부 마찬가지였다.

지루함에 포위된 뒤 매일 저녁, 샘은 어째서 밖에 나가 이른바 그 도시의 '현지인의 삶', 관광객들이 무시하는 그곳의 눈에 안 띄는 99퍼센트 인구의 삶을 살펴보지 않는 것인지 죄책감을 느끼며 자문했다. 하지만…… 오, 그것도 시도해봤었다. 문제는 어두운 골목에 도사린 위험이 아니었다. 차라리 싸구려 바에서 싸움에 휘말리는 편이 나았을 것이다. 외국어, 그러니까 이탈리아어나 에스파냐어로 술을 시키거나 택시비를 물을 때면 찔러대는 가시나무 덤불 사이를 기어가는 느낌이었다. 그리고 관광객이 가득한 식당 이외에 성장을 하고 나가면 받는 눈총과 간섭, 웃음이 고통스러웠다. 이 이탈리아인들이 프랜을 대놓고 쳐다보는 눈빛이란…….

그렇다. 호텔에 있는 편이 쉬웠다.

이 주일에 한 번, 샘은 바에서 미국인이나 영국인을 만날 수 있었고, 그러면 환한 얼굴로 자동차에 대해, 로스 아일랜드에 대해 즐겁게 이야기했다. 그리고 프랜은 그런 구조자들을 반기고 고마워했다. 나중에 방으로 돌아가 태도가 어떠니, 저속함이 어떠니 잔소리는 했어도.

하지만 이 고립무원의 지루한 괴로움은 그들을 하나로 묶어줬고, 둘은 종종 마음이 누그러졌다.

그리고 프랜은 여행의 고립 상태에 지쳐가고 있었다. 샘은 이제 얼마 안 지나 프랜이 함께 돌아가 미국에서의 삶을 만족하리라는 데, 마침내 '로맨스'라는 들척지근한 마시멜로에 물려버리고 자신의 아내로 돌아오리라는 데 내심 기뻤다.

나폴리의 해 질 녘, 베르톨리니의 방에서 그들은 바다 건너를 내다봤다. 바다와 물에 비친 산은 연기 같은 색이었고 멀리 배 몇 척이 어두워지기 전 고향을 떠나고 있었다. 아래 정원에는 야자수 한 그루가 천천히 흔들렸고 레몬 나무들은 새콤달콤한 향을 뿜었다. 베수비오 화산 발치의 불빛은 깜빡이는 강철 화살표 같았다. 프랜이 샘의 손을 잡으며 속삭였다. "저 배들이 안전하게 돌아가면 좋겠어!" 두 사람은 야자수와 바다가 사라지고 나폴리의 등댓불만 보일 때까지 거기 서 있었다. 멀리서 누군가가 〈산타 루치아〉를 불렀다. 샘 도즈워스는 그 노래가 진부하다는 것을 몰랐다.

"티-타-타, 티 디 디, 티-타-타, 타아아아-다." 샘도 흥얼거렸다. 이탈리아와 프랜! 나폴리만! 그리고 그들은 계속 나아갈 생각이었다. 태양이 비추는 섬으로, 달빛이 고요한 사막으로, 종탑으로, 집으로! "티-타-타, 티 디 디-산타아아 루치아!" 샘은 프랜을 아내로 되찾았다!

"저 끔찍한 손풍금 쓰레기 노래를 아직도 부르네! 가서 저녁 먹자." 프랜이 말했다.

샘은 놀라 한숨을 쉬었다.

파리에 처음 도착했을 때처럼 둘은 다시 마음 맞는 사이가 됐고, 오후 내내 즐겁게, 서로를 신뢰하며 웃음과 긴 산책이 가져다주는 활기를 가득 느끼며 지내기도 했다. 그들은 다시 기분 좋게 서로에게 의지했다. 하지만 샘은 두 사람 사이가 남의 시선을 의식하게 됐음을 의식했다.

많은 시간, 프랜은 상냥하게 행동하려고 신경 썼다. 단조롭게 지내다보니 두 사람은 사소한 일에 더 자주 다퉜다.

샘은 파리에서 협박으로 프랜에게 상처를 주고, 모욕을 준 걸 알고 있었지만, 그 일을 놓고 괴로워하는 내내 그렇게 하는 것 말고 다른 방법은 생각해내지 못했다. 샘은 꽃이나 특이한 조각이 새겨진 보석 상자, 작은 선물로 프랜의 마음을 사려고 했고, 프랜이 밤이면 추울까, 낮이면 더울까, 미술관에선 피곤할까 조바심을 부렸다. 결국 프랜이 울부짖었다.

"아, 그렇게 법석 좀 떨지 마! 난 괜찮다고!"

'나도 그 이즈리얼이란 작자처럼 자연스럽고 편하게 행동할 수 있으면 좋으련만.' 샘은 혼자 한숨 쉬었고, 프랜도 한숨 짓는다고 상상했다.

샘은 비판적으로 구는 자신을 발견했다. 샘 자신의 표현을 빌리자면 '프랜에게 보상하려고 노력'하는데도 이전에는 무시했던 프랜의 유치함이 자꾸만 거슬렸다.

돈 문제에 있어서 프랜은 철부지였다. 그녀는 늘 경제적인 방법을 생각한다고 말했다. 1000프랑짜리 모자 대신 700프랑짜리를 샀고, 개인 도우미 없이 지낸다고. 하지만 프랜은 어느 도시에 가나 최고급 호텔의 최고급 스위트룸에서 자는 것을 당연히 여겼고, 객실 청소부와 미용사를 이용했으며, 개인 도우미를 쓰는 편이 싸게 먹힐 정도로 팁을 줬다.

샘은 조금 절약하길 바랐다. 상수시 가든스 일을 여전히 고민했지만, 샘은 자기 꿈을 프랜이 듣자마자 비웃을까봐 알리지 않았다. 프랜이 들으면 제니스에 이탈리아 저택을 짓는 일을 얼마나 어리석다고 할지 샘도 짐작했기 때문이다. 프랜을 달래 돌아갈 수만 있다면, 샘은(프랜이 허락한다면!) 건설에 도박할 요량이었고, 가진 자본을 거기 다 쓸 수도 있었다.

하지만 샘은 프랜에게 돈 이야기를 절대 하지 않았고, 프랜은 로열 스위트만큼 보통 객실도 충분하다는 뜻은 내비치지 않았다. 프랜은 스위트룸의 열악함만 이야기했다.

한 번에 몇 시간씩 샘은 프랜의 미모, 우아함, 재치, 유럽 언어와 관습에 대한 지식을 스스로에게 확인시켰다. 그리고 스스로 설득됐다. 베네치아에서 코트라이트 부인과 함께할 때를 제외하면.

이디스 코트라이트는 미시간 태생으로, 미국 재무장관이 된 은행가의 딸이었다. 워싱턴에서 그녀는 영국 대사관의 세실 R. A. 코트라이트와 결혼해 남편이 외교 공사로 일하는 아르헨티나, 포르투갈, 로마, 루마니아로 갔으며, 휴가 때는 영국에서 지내곤 했다. 이디스는 프랜과 같은 40대였고, 3년 전 과부가 되어 영국에서 이탈리아로, 다시 영국으로 다니며 지냈다. 런던에 사는 터브 피어슨의 조카 잭 스탈링이 이디스에게 편지를 보내 베네치아 다니엘리에 있는 도즈워스 부부를 찾아보라고 했고, 그녀는 그들에게 아스카니 저택의 한 층을 쓰는 집에 차를 마시러 오라고 초대했다. 실내는 쩌렁쩌렁 울렸고, 석재 바닥에 대운하를 내려다보는 높다란 창문, 대리석 벽난로의 불이 스모크 향을 내는 호두나무 상자와 오래돼 닳은 커다란 탁자를 비췄다.

처음에 샘은 이디스 코트라이트에게 그다지 끌리지 않았다. 그녀는 외교관들, 리비에라의 빌라, 로마 사회, 그림 이야기를 할 때 퉁명스러웠다. 좀 헐렁한 연한 검은색 옷을 입었고 창백했다. 하지만 샘은 이디스의 손이 얼마나 예쁜지 알게 됐고, 조용한 음성이 위안이 된다는 것을 깨달았다. 그녀의 또렷한 두 눈은 아무것도 놓치지 않을 듯했다.

프랜은 코트라이트 부인에게 맞장구쳤다. 프랜도 외교관 이야기를 하고, 이탈리아의 저택과 사회, 그림에 대해 의견을 갖고 있었으며, 돌아오는 길에는 샘에게 자신의 이탈리아어 억양이 코트라이트 부인보다 **훨씬** 낫다고 했다. 문득 남이 하는 험담처럼 자신이 하는 험담이 싫으면서도 샘은 프랜이 자신보다 훨씬 아는 게 적다고 느꼈다. 늘 그렇게 짐작하긴 했었다. 이탈리아어라니! 프랜은 고작 단어 백 개쯤 아는 수준이었다! 저택! 리비에라의 저택 외벽 안에 들어가본 적조차 없으면서!

샘은 프랜이 누구 못지않은 진열창을 지녔지만, 안쪽 선반에는 별것 없다고 생각했다.

그리고 샘은 자신에게 화가 났다. 그리고 프랜을 동정했다. 그녀의 어린아이처럼 가벼운 거짓말, 남의 눈에 띄고 선망의 대상이 되려는 욕망을 사랑했다.

샘은 코트라이트 부인을 더 만나고 싶었다. 그녀야말로 유럽이라는 이 알 수 없고 말수도 적은 곳에 속하는 사람이었고, 샘에게 그곳을 설명해줄 수 있을 듯했다.

샘은 프랜보다 자신이 여행이라는 불안한 기술에 더 숙달되고 있다는 사실에 놀라고, 약간 죄책감을 느꼈다. 파리에서 프랜은 탁월했다. 그녀는 언어와 예절, 음식을 미친 듯이 좋아했지만, 샘은 멀찌감치 서 있었다. 그리고 프랜은 지금도 샘이 이탈리아 웨이터와 쇼핑, 레이스 숄과 성당을 자기만큼 이해하지 못한다고 했다. 하지만 프랜은 날마다 확신을 잃어가는데, 샘은 여행의 분명한 목적을 날마다 더 알아가고 있었다.

샘은 돌아가서 상수시 가든스 같은 '개발 단지'를 만들 생각이었고, 그러면서 건축이라는 것을 의식하게 됐다. 전에는 알아차리지 못했던 세세한 것들이 살아났다. 손으로 만든 철제 발코니, 바로크 양식의 제단, 기와를 깐 지붕, 덧창, 거리에서 보이는 주방의 구리 팬. 샘은 부끄러워서 프랜에게는 감춘 채 현관을 스케치하기 시작했다. 호텔의 지루한 저녁 시간에 신문 가판대에서 산 탐정소설 대신 건축 안내서의 첫 부분과 호텔에서 발견한《전원생활》의 기사를 읽기 시작했다.

그러자 샘은 아침에 밖으로 나가 새로운 것을 보고 지식을 얻고 싶어졌다. 그러다보니 점차 어디로 가야 할지 계획을 세우는 쪽은 샘이 됐다. 샘이 나서서 지배인과 안내인에게 알아 보면 프랜이 그를 따라가는 쪽이었다.

프랜과 코트라이트 부인의 차이가 샘을 계속 괴롭혔다. 24년간 함께 살았는데 프랜을 조금도 알지 못했다는 사실에 샘은 그다지 기쁘지 않았다.

늘, 특히 처음 외국에 나왔을 때, 샘은 프랜이 다른 미국 여자들보다 분명 뛰어나다고 여겼다. 다른 여자들 대부분은 기계 같다고 샘은 혼자 중얼거렸었다. 그들은 아기와 재봉사만 가지고 징징거렸다. 그들은 단호하거나 의심쩍어하거나 잔소리를 마구 쏟아냈다. 유일한 감정은 남편에 대한 증오였고, 남편과 신이 나서 고양이와 쥐처럼 싸워대며 남편이 다른 여자와 시시덕거리거나 포커를 할 때 잡으려 들었다. 하지만 프랜에겐 상상력과 솜씨와 지식이 있다며 샘은 기뻐했었다. 프랜은 정치와 음악을 이야기했다. 잘 웃었다. 신나는 이야기도 했다. 프랜은 괴상하고 재미있는 게임도 했다. 샘은 큰 불곰이었고, 그녀는 흰 토끼였다. 샘은 참나무였고, 그녀는 그의 가지를 흔드는 서풍이었다. 샘이 제발 봐달라고 애원할 때까지 그랬다. 프랜은 응접실에 그냥 들어가는 법이 없었다. 항상 보란 듯이 등장했다. 문 앞에서 극적으로, 관심을 요구하며, 검정과 흰색으로 당당히 차려입고 걸음을 멈췄다. 하지만 다른 여자들은 안달하며 저속한 차림새로 머뭇거리며 들어왔다. 그리고 다른 여자들은 프랜이 남자들을 모으고 테니스, 이집트 발굴, 볼셰비키 사상, 세상 모든 것에 대해 이야기하는 모습을 노려봤다.

샘은 프랜이 너무나 자랑스러웠다!

그리고 파리에서 처음에는 프랜이 프랑스 생활을 집어삼키는 것이, 식당에서 작은 중서부 목소리로 "메이블이 파리에서 아이보리 비누를 파는 데를 안다는데, 팜 올리브 비누를 한 장에 7센트에 파는 곳을 찾아냈어!"라고 중얼거리는 생기 없는 미국 여자들과 얼마나 달랐는지.

아, 재빠른 은빛 사냥꾼, 용감한 여행자, 기민한 비평가, 의기양양한 동반자인 프랜이 그런 여자가 아닌 것에 샘은 기뻐했었다. 그런데 지금, 아무리 스스로를 저주해도 샘은 프랜이 정녕 그렇게 초월적인 존재인지, 그녀가 그저 그런 시늉만 한 것은 아닌지 의문을 떨칠 수가 없었다. 그는 도빌과 아널드 이즈리얼에 대한 편지를 읽을 때 생겨난, 그녀가 마음과 머리와 영혼 모두 무책임한 아이가 아닌가 하는 의심을 지울 수 없었다. 그리고 밝은 아이 같은 프랜의 성품에 기뻐하는 순간, 무책임이 짜증스러웠다. 체리를 보고 고개를 끄덕거리는 건 마흔셋의 여자에게 그다지 예쁜 모습이 아니었다.

어린애.

달빛 비치는 바다, 테너 솔로, 탁월한 아티초크 요리에 프랜은 열광했다. 샘이 이해하지 못하면 조금 지나치게 열광했다. 그리고 삼십 분 뒤, 그녀는 딱딱한 침대, 미지근한 목욕물, 없어진 손톱 다듬는 줄을 놓고 땅이 꺼져라 절망했다. 항상 샘 탓이었고, 샘이 비난을 들어야 했다. 비가 오거나 레스토랑의 창가 자리를 얻지 못하면 샘 탓이었다. 프랜이 옷을 늦게 입어서가 아니라 샘이 택시 부르는 것에 서툴러 극장에 늦었다.

프랜이 여행 중에 자신에게 관심을 보이는 모든 매력적인 남자에게 우쭐거리는 것도 아이 같았다. 수난을 통해 구원받았으니까. 그리고 프랜은 열차나 호텔에서 그들에게 친절하게 대해준 나이 많고 수수한 남자들을 비웃고 잊어버리는 것도 아이 같았다. 그녀는 정말 쉽게 잊어버렸다!

샘은 프랜이 아널드 이즈리얼을 잊었다고 확신했다. 그는 두껍고 검고 선명한 글씨로 쓴 파리에서 보낸 편지들을 이즈리얼이 보낸 것으로 확인했다. 처음에 프랜은 그 편지에 대해 초조해하며 감췄다. 그러다가 한 달 뒤, 편지를 열어보지도 않고 버려뒀다. 그리고 한 번, 프랜은 요란한 몸짓을 하는 오페라의 바리톤처럼 이즈리얼의 열정을 놀리기 시작했다. 프랜에게 아널드를 좀 더 오래 기억하는 성실함이 있었다면 차라리 더 기쁠 뻔했다고 생각하며 샘은 한숨지었다.

프랜은 예쁜 수은이었지만, 수은은 두툼한 손이 쥐기 어려웠다.

어린애!

코트라이트 같은 사람들과 있을 때 프랜이 부리는 허세도 샘의 눈에 띄었다. 프랜은 자신이 중요한 인물임을 알려야 직성이 풀렸다. 그녀는 전에 만난 적 없어서 자신이 테니스와 프랑스어, 훌륭한 예절의 전문가임을 모르는 사람들을 비난했다. 프랜은 딱히 말하지는 않았지만, 그녀의 존경스러운 아버지, 불그레한 얼굴의 허먼 볼커가 적어도 남작이었던 것처럼 말했고, 같은 여행자가 '평민'이라고 항상 비웃었고, 다른 여행자는 '꽤 좋은 집안, 꽤 점잖은 집안' 출신이라고 인정했다. 놀이 친구에게 아버지의 재산을 자랑하는 아이 같았다.

하지만 샘은 우울한 동정심을 느꼈고, 그래서 더욱 애정을 가졌다. 그 덕분에 프랜이 변덕을 부리며 샘의 삶을 좌지우지하는 데서 벗어나기는 더욱 어려워졌다.

그렇게 유럽보다는 자신들을 탐색하는 몇 달을 보낸 뒤, 그들은 4월 베를린에 왔다.

제22장

사람 좋은 **변호사** 비드너는 티어가르텐 바로 옆에 있는 아파트에서 육촌지간인 프랜 도즈워스와 프랜의 남편에게 저녁 식사를 대접하고 있었다. 비드너는 짧게 자른 머리와 작은 눈, 단단한 턱과 목 뒤쪽에 소시지 빵이 붙은 몹시 프로이센인다운 사람이었고, 도즈워스 부부가 만나본 이들 중 가장 친절하고 유쾌하며 가장 국제적인 마음을 지녔다.

그때, 1927년 봄, 베를린은 다시금 번창하는 듯했다. 비드너도 변호사 일이 잘됐고, 그의 집은 설탕 넣은 커피 케이크처럼 편안했다. 복도에는 참나무를 조각한 장식장과 수소의 뿔이 있었다. 거실에는 녹색 도자기로 만든 엄청난 난로를 중심으로 오래된 안락의자들, 카이저, 비스마르크, 폰 몰트케, 베토벤, 바흐 등의 초상화 수백 점이 그랜드 피아노 뒤에 모여 있어서 완벽한 경매장 같았다.

샘은 도자기 난로가 실제로 방을 데울 수 있다는 사실과 그 집안의 피아니스트는 비드너 부인이나 어느 딸이 아니라 아주 착실하고 성공적인 변호사인 비드너라는 사실을 알게 됐다. 샘은 각 접시에 놓인 와인 잔 세 개와 1921년산 다이데스하이머 아우스레제의 날렵한 녹색 병에도 감탄했다.

하지만 대화에는 경악했다.

비드너가 미국인 친척을 맞기 위해 부른 여섯 명의 독일인 사업가와 부인은 참 친절했고 모두 영어를 할 줄 알았다. 하지만 그들은 베를린의 연극, 오페라, 코코슈카• 전시회, 국제연맹 위원회에서 한 슈트레제만의 연설, 상부 슐레지엔의 농업 상황 등 샘에게 아무런 의미도 없는 이야기를 했다. '세상에, 이것 참 무거운 분위기로군.' 샘이 한숨지었다. '누가 재미있는 이야기 좀 해줬으면.'

그리고 샘은 옆에 앉은 여자의 무겁고 정중한 질문에 무겁고 정중하게 대답했다. 독일에는 처음 온 것인가? 베를린에서 오래 지낼 것인가? 금주법 이후 미국에서 와인 구하기가 어려운 게 사실인가?

한 줄기 빛은 저녁 식사 때 프랜 옆에 앉은 남자였다. 비드너는 만족스러운 표정으로 그를 오버스도르프 백작이라고 소개했고, 쿠르트 폰 오버스도르프는 현재 오스트리아 최고의 가문 중 한 곳의 대표라고 샘에게 따로 설명해줬다. 그의 조상들은 성과 도시, 수천 제곱킬로미터의 땅, 주 전체를 소유했었다. 그들은 생사 결정권을 지녔었다. 왕들이 그들의 지지

• 오스트리아의 화가이자 극작가인 오스카어 코코슈카(1886~1980).

를 받기 위해 홍정도 했었다. 하지만 그 가문은 지난 200년간 서서히 가난해졌고 결국 세계대전 때 몰락했다. 당시 쿠르트는 오스트리아 대포 부대의 소령으로 참전했다. 그의 어머니는 잘츠카머구트의 무너져가는 낡은 집에서 서툰 농부 둘을 하인으로 거느리고 겨우 체면을 차리고 살지만, 쿠르트는 국제 여행사(그 유명한 I. T. A.)의 베를린 지부에서 일하고 있었다. 그는 결혼할 형편이 되지 않았다. 봉급은 적당했고, 국제 여행사에서 은행업무과 과장이었다. 하지만 "출근부를 찍어야" 한다고, 비드너는 미국식 표현을 자랑스러워하는 표정으로 말했다. "일은 잘하는 사람이지요. 그리고 경칭은 잘 쓰지 않아요. 어쩌면 저 사람 조상들이 토끼를 쐈다고 내 조상들의 목을 매달았을지도 모르지만, 지금은 저 사람이 우리 집에 찾아와 함께 식사하고 베를린 어디에서도 제대로 된 레버크뇌델을 먹을 수 없다고 하지."

백작 작위와 갑옷을 입고 싸우던 조상의 모습에 감명받았지만, 샘은 자신이 작위나 조상에게 조금도 감명받지 않았다고 확신하면서 그 가문의 영웅을 찬찬히 살펴봤다.

쿠르트 폰 오버스도르프는 마흔 살 정도였다. 키가 크고, 느긋하고 활달하며, 숱 많은 검은 머리를 가진 사람이었다. 그는 위엄 있는 사람이었지만, 웃음도 많았고 광대 노릇을 하고 싶어 하는 느낌이었다. 그는 만나는 여자마다 사랑했고 만나는 남자마다 친구가 됐다. 프랜은 그가 손에 키스하자 얼굴을 붉혔고, 쿠르트가 악수를 하며 이따금 만화 같은 말투로 변하는 옥스퍼드 억양으로 이렇게 떠들어대자 샘은 외국인에게 에워싸인 암담한 느낌이 조금 줄어드는 듯했다. "레벨레이션 차에 대해서 잘 압니다. 레벨레이션 차를 만든 분이라고 비드너 변호사님에게 들었습니다. 여기 베를린에서 뵙다니 정말 반갑네요. 6년 동안 레벨레이션 차를, 같은 차를 몰았어요. 친구 것인데, 낡았지만 며칠 전에 빌트 파르크에 시속 150킬로미터로 달려 들어갔지요. 경찰에 체포됐어요!"

쿠르트는 비드너의 손자(샘은 좀 못된 아이라고 생각했지만, 쿠르트는 아이에게 잠시도 쉬지 않고 말을 걸었다)를 보자고 했다. 그리고 피아노를 쳤다. 칵테일도 만들었는데, 비드너는 그 칵테일이 미국인에게 적당하다고 했고, 착실한 시골 손님들은 정중하게 환히 웃어 보이며 불안한 마음으로 맛을 봤다.

"활달한 친구로군. 저 백작이란 사람. 너무 과시하는 편이지만. 가만히 있질 않네." 샘은 건전한 미국인답게 외국인의 바보짓을 못마땅히 여겼다. 하지만 그는 파리에서 만났던 누구보다 쿠르트가 마음에 들었다.

저녁 식사 내내 쿠르트는 프랜에게 관심을 쏟았다.

샘은 쿠르트가 프랜이 어떤 '유형'인지 기세 좋게 이야기하고 그 유형에서 자신이 좋아하는 점과 싫어하는 점을 명랑하게 말하며 모욕하는 소리를 듣고 안절부절못했다.

"그렇지." 샘이 말꼬리를 잡았다. "당신은 스스로 아주 유럽적이라고 생각하지만 매우 미국적이지, 도즈워스 부인. 당신은 눈부셔. 자동차의 전조등이지. 빨리 배우고. 하지만 서둘러서 배운 걸 전부 써먹지. 남에게 당신이 아는 걸 감추며 즐기는 법이 없어. 당신은 아주 아름다워. 특히 내가 본 사람 중에 당신 머리카락이 가장 아름다운 것 같아. 하지만 그걸 **뭐라고 하지?** 그걸 인정하지 않는 사람이 있으면 당신은 불만을 느낄 거야. 당신은 작가이자 여주인공, 배우 모두를 합친 한 편의 연극이야. 훌륭한 연극이지. 하지만 어떤 남자를 위해 식사나 차리는 일은 절대 할 수 없지."

"내가 왜 그래야 해?" 프랜이 따져 물었다.

샘은 전에도 그 말을 들었다는 사실이 떠올랐다.

로커트 소령이 프랜에게 프랜 자신에 대해 이야기했고, 그래서 프랜을 기쁘게 했으며, 자신을 원하는 남자를 욕망하도록 흔들어놓았다.

그렇다. 로커트가 그 생물학적 과정을 시작했다. 프랜에게 불을 붙이고, 샘과 함께 배를 타고 온 프랜과 전혀 다른 존재로 바꿔놓는 과정을. 아닌가? 어쩌면 첫 로맨스가 제니스에서 냉랭하고 정중하게 지내던 시절에는 샘도 그녀 자신도 몰랐던 진짜 본질적인 프랜을 드러낸 것일지도 모른다.

빌어먹을 로커트!

그리고 그 이탈리아인, 비행사 조세로도 그 과정을 계속했다. 빌어먹을 조세로!

그리고 아널드 이즈리얼은 프랜을 덮고 있던 섬세한 얼음막을 완전히 부숴다. 빌어먹을 아널드 이즈리얼!

그리고 이제는 웃을 줄 아는 남자, 쿠르트 폰 오버스도르프가 프랜을 유혹하려 들었다. 오, 빌어먹을 쿠르트!

아니면 프랜을 저주해야 할까? 인생을 패션쇼로 여기는 프랜을.

아니면 여사들의 영혼과 육체보다 카뷰레터가 더 매혹적이라고 생각했던 샘 도즈워스를 저주해야 할까?

어쨌든 샘은 또다시 아널드 이즈리얼 사태를 겪을 수 없었다. 싹을 잘라야 했다. 확실히!

샘은 쿠르트 폰 오버스도르프에게 확실히 분노를 키웠고, 쿠르트가 저녁 식사 후 프랜을 이끌고 다가오는 순간 그 분노를 누그러뜨렸다.

"도즈워스 씨." 쿠르트가 말했다. "제가 부인께 터무니없는 행동을 했습니다. 부인께서 스스로를 유럽적이라고 생각할 때 거짓말을 하는 거라고 말했더니 모욕이라고 생각하시더군요. 사실 부인이 아름다우신 건 미국인이기 때문입니다! 전 미국에 굉장히 찬성하는 편이거든요! 미국적인 것은 전부 매우 우러러봅니다. 높은 빌딩, 중앙난방, 계산기와 포드 자동차 말이죠. 부디 제가 베를린을 구경시켜드려도 될까요? 꼭 그러고 싶습니다!"

"오, 폐를 끼칠 순 없어요."

"하지만 전 기쁠 겁니다! 친척이신 비드너 씨 부부는 제가 처음 빈에서 왔을 때 참 친절하게 대해주셨거든요. 그런데 갚을 기회가 없었어요. 그런데 변호사님은 법조계 일로 너무 바쁘시죠. **하지만 다행히!** 저는 시간이 훨씬 많습니다. 제가 변호사님을 대신해서 뭔가 해드리겠습니다!"

하지만 쿠르트가 프랜을 보는 눈빛으로 미루어 샘은 그에게 더 적극적인 이유가 있지 않을까 싶었다.

"내일…… 일요일에 시간 되십니까? 점심 식사를 위해 재미있는 곳에 모셔도 될까요?"

"그것참 친절하시군요." 샘이 무덤덤하게 말했다.

"잘됐습니다! 12시에 연락드리죠."

아들론 호텔의 스위트룸은 왕실 마차와 가발을 쓴 시종들의 분위기가 느껴지는 18세기 파리저 광장을 내려다보고 있었고, 브란덴부르크 문 너머 운터 덴 린덴 거리 끄트머리에는 티어가르텐의 울창한 숲과 작은 오솔길이 보였다. 비드너의 집에서 파티가 있었던 주 일요일 아침은 봄기운이 완연했다. 북부의 도시들만 아는, 반갑고 놀라운 재생의 계절이었다. 샘은 8시 30분에 프랜을 괴롭혀 깨우고, 휘파람을 불며 면도를 하고, 유럽에서는 날마다 미국식 아침 식사를 거부하는(하지만 샘이 주문하면 항상 먹기는 했다) 프랜 앞에서 보란 듯이 달걀을 먹어치우고는 프랜을 꾀어 티어가르텐으로 갔다. 승리의 길을 따라 거창한 갑옷을 입은 호엔촐레른가 사람들의 조각상에 찬탄하며(그들 중 아무도 그 조각상이 저속하고 기괴하다는 말을 제대로 듣지 못했다) 그들은 개울 옆길을 따라 작은 다리를 건너 호수를 지나고, 동물원 주위 벽으로 이어지는 코니아일랜드 같은 작은 탑으로 갔다. 그들은 길을 잃고 동물원 주위를 돌다가 양조장을 만나 구운 소시지와 당밀처럼 빽빽한 뮌헨 맥주로 두 번째 아침을 먹었다. 나른한 분위기의 이탈리아에서 지낸 뒤라 북부 체질을 지닌 그들은 봄바람에 기운을 얻었고, 수다를 떨고 미소를 지으며, 만족스러운 기분으로 로비에서 오버스도르프를 만날 시각에 딱 맞춰 호텔로 돌아왔다.

오버스도르프는 10여 년은 알고 지낸 사람처럼 튀어나왔다. "오늘 만나기로 해서 참 다행입니다! 날씨가 정말 좋고 빈둥거리기만 할 수 있는 곳을 벗어나지 않으면, 두 분처럼 성실한 관광객은 박물관이나 궁전에 가거나 온갖 끔찍한 일을 하겠죠!"

"전 성실한 관광객이 아니에요!" 프랜이 받아쳤다.

쿠르트는 고개를 저었다. 국제 여행사에서의 경험 덕분에 그는 관광지를 모으지 않는 미국인, 여행을 가장 많은 박물관에 다녀온 사람이 우승하는 토너먼트로 여기지 않는 미국인을 상상하지 못했다. 미국인들이 독일인은 모두 매일 저녁 맥주를 마신다고 생각하듯이 그는 미국인은 모두 가이드북에 나온 장소를 전부 다녀와 표시한다고 믿었다.

쿠르트는 택시를 불렀다. 샘은 쿠르트가 리무진을 빌려 돈을 낭비하지 않는 것이 반가웠다. 혼자서 교외로 나간다면 쿠르트는 즐겁게 버스를 타고 가면서 도착하기 전에 기사와 친해질 거라고 샘은 상상했다. 그는 이미 쿠르트가 아들론 호텔 관리자, 신문 가판대 남자, 사환 둘, 택시 기사와 활기차게 대화하는 모습을 봤다. 그리고 피헬스베르크라는 형편없는 이름이 붙여진 시골 안식처로 가는 내내 쿠르트는 전쟁 동안 얼마나 무서웠는지, 아주 큰 라이플을 든 아주 작은 이탈리아인에게 어떻게 잡혔는지, 그를 심문하러 데려간 이탈리아인 소령과 피란델로의 희곡에 관한 토론에서 어떻게 이겼는지 시끌벅적 떠들어댔다.

기사가 팬 벨트를 조이려고 길가에 차를 세우자 쿠르트가 구경하러 나갔다.

"좀 미국 사람 같아. 저 친구…… 백작이라는." 샘이 말했다. "유머 감각이 있고 자기 자신을 너무 진지하게 여기지 않아."

"오, 아니지. 그건 아주 다른 문제야." 프랜이 말했다. "저 사람은 완전히 유럽인이야. 미국인은 걱정을 감추려고 농담을 이용하지. 미국인은 자기가 하는 일이 당장 급하고 중요하니 세상이 기다려준다고 생각해. 진짜 유럽 사람은 앞서 1000년 동안 살았던 조상들이 뒤에 버티고 있다고 느껴. 자기 연애나 정치나 비극이 앞서간 100명과 크게 다르지 않다고 생각하는 거야. 그리고 유럽 사람은 성공에 그다지 야심이 없어. 삶을 움직이기보다는 거기 맞아 들어가려고 해. 모르는 사람이 와서 구경하라고 언덕 위에 큰 회벽 집을 짓느니 숲속에 작은 오두막을 짓지. 오버스도르프 백작은 자신을 진지하게 여기지 않아. 하지만 오버스도르프 가문 전체랑 오스트리아인 전체, 유럽 전체는 진지하게 여기지. **참** 순한 양 같은 사람이야. 그렇지? 하지만 저 사람이 우리가 편해지면, 진짜 사려 깊은 자기 모습을 보여주면 좋겠어. 우리가 '성실한 관광객'이 아니라는 걸 알게 되면……. 상상해봐! 그게 아니라……."

"그래, 좋은 친구라고." 샘이 말했다.

샘은 프랜이 스스로 우월한 자리를 차지한 것이 짜증스러웠다. 새로운 구애자가 프랜 자신을 더 우월하다고 여기기를 원하는 것이 거슬렸다. 쿠르트가 택시로 돌아오자 프랜은 똑똑한 아이를 즐겁게 해주고 싶은 사람처럼 애정 어린 눈으로 봤다.

샘은 한숨을 쉬었다.

그들은 빽빽한 관목 소나무 숲으로 이어지는 길에서 택시에서 내렸고, 나른하고 따뜻한 날 솔잎을 밟으며 반짝이는 하펠강을 따라서 엄청나게 넓은 야외 레스토랑인 에르스터 실트호른으로 들어갔다. 강가 나무 아래에 식탁이 놓여 있고 정신없이 날아다니는 웨이터들이 있었다. 웨이터들이 서둘기는 했지만, 점심 식사가 나오는 데는 한 시간 반이 꼬박 걸렸다. 그리고 그들은 그게 좋았다. 봄바람과 물결치는 강, 숨 막힐 듯 푸짐한 음식의 마법 속에서 그들은 긴장을 풀었고, 영원히 앉아 맥주를 마시며, 도시와 호텔 로비와 자동차와《뉴욕 헤럴드》의 사회면 기사를 잊고서 만족해했다. 절인 청어와 맥주, 누들 수프와 맥주, 햄과 버터가 뚝뚝 떨어지는 매시트포테이토와 맥주, 사과 슈트루델과 휘핑크림과 커피…….
단단한 샘, 불같은 프랜, 활달한 쿠르트 모두 똑같이 먹고, 기분 좋게 말이 없어지는 의식불명 상태로 강가에서 햇볕을 쬐며 앉아 있었다. 의식불명이 너무 깊어 프랜과 쿠르트는 아무 말도 없었고, 샘만 자전거 보트를 탄 남자가 소시지 같은 다리를 움직이며(샘에겐 자동차를 노로 움직이는 것만큼이나 신성모독적인 짓이었다) 하펠강을 헤치고 묵묵히 나아가는 놀라운 광경에 약간 흥분했다.

눈에서 식곤증이 가시고 나자 쿠르트는 그들의 뜻을 묻지 않고(그는 늘 고마운 폭군 같은 안내자였다) 강가를 따라 포츠담으로 산책에 나섰다.

그곳에는 옛 융커들,[•] 전쟁 이전의 전직 대신들, 장군들, 그들의 긍지 높은 부인들이 공화국에 재산을 빼앗기고 작은 무리를 지어 살고 있다고 쿠르트가 설명했다. 그는 고모인 드라헨탈 공주의 집에 차를 마시러 그들을 데리고 갔다. 대사였던 공주의 남편은 막으려고 애썼던 비참한 전쟁에서 사망했다.

"황태자께서 자주 차를 마시러 오십니다. 두 분도 고모님을 만나면 좋아하실 거예요. 참 자상한 노파시죠." 쿠르트가 말했다.

"영어는 하시나?" 샘이 어색하게 중얼거렸다.

쿠르트는 알 수 없다는 표정으로 샘을 봤다. "영국에서 자라셨어요. 모친께서 웨섹스 공작의 따님이셨어요."

샘은 지치지 않고 걸었다. 기사 제복 같은 외투와 치마를 차려입은 프랜은 테니스 선수처럼 빠르고 민첩하게 걸었고, 쿠르트는 에어데일테리어처럼 앞으로 갔다 뒤로 갔다 옆으로 갔다 뛰어다녔다.

그들은 거대한 잔디밭에 선 하얗고 네모난 전원주택들을 지나쳤다. 흥겹고 요란한 옥외 술집을 지나쳤다. 그리고 포츠담의 점잖은 회색, 정면이 납작한 주택들이 나왔다. 그래머시 파크나 배스의 크레센트 거리처럼 고요했다. 깔끔하고, 아늑하고, 안전한 시골이었고, 샘은 이탈리아의 낭만적인 어수선함보다 그곳의 질서 정연한 모습이 더 좋다는 것을 알게 됐

● 프로이센의 지배계급을 이루는 지주 세력.

다. 그리고 그곳을 좋아할 뿐만 아니라 독일인들이 편하다는 것도 알게 됐다.

샘은 여전히 전쟁 불안증이 있었다. 독일에는 폭군 같고 '검을 휘두르는' 관리와 증오로 가득한 경찰이 있을 줄 알았다. 세관 직원들이 친절하고, 베를린의 경찰관에게 질문하자 경례와 영어로 답하고, 아들론 호텔의 객실 담당 직원이 시카고 블랙스톤 호텔에서 그들을 봤다고 하자 샘은 거의 실망할 지경이었다! 이제 샘은 유럽 전체에서 다른 나라 사람들이 아무리 흥미로워도, 이탈리아인이 아무리 명랑하고 프랑스인이 아무리 열정적이어도 영국인과 독일인만 자신과 같은 부류임을 인정하게 됐다. 샘은 영국인과 독일인에 대해서만 그들이 무슨 생각을 하는지, 어떻게 사는지, 삶에서 원하는 것이 무엇인지 이해할 수 있었다.

샘은 이렇게 일요일이면 야외로 줄지어 나오는 베를린 사람들이 좋았다. 아기가 딸린 대가족이 호밀빵과 피클과 차가운 햄을 싸서 나왔다. 열의로 가득한 젊은 남녀가 모자도 쓰지 않고 나왔고, 목덜미까지는 남자처럼 머리를 짧게 잘랐지만 그 아래로는 철저히 여성적인 여자들, 깃털 달린 초록 모자와 사슴뿔 장식과 초록 재킷과 초록 가죽 반바지에 배낭(진정한 바이에른 사람에게 배낭은 운반을 위해서가 아니라 기본적인 단정한 차림을 위해서이기 때문에 손수건 말고는 딱히 아무것도 넣지 않은 배낭)을 메고 이따금 돌아다니는 바이에른 사람들. 어떤 민족이 얼굴을, 어떤 민족이 가슴을 가리듯이 바이에른 사람들은 등허리를 가린다.

프랜은 '현지 의상'이 드문 것에 불만을 드러냈다. 이따금 바이에른 사람들이 보이는데도 소풍객 대부분인 미국 사람들 틈에서 알아볼 수 없다고 지적했다. 하지만 몇 달째 계속 신기한 플럼 푸딩을 먹고 난 샘은 바로 그 점이 마음에 들었고, 그날 오후 몇 주 만에 처음으로 향수병에서 벗어날 수 있었다. 그는 오버스도르프 백작도 좋아하게 됐다. 그날 산책이 '다리 경련을 풀어준' 것처럼 느껴졌다. 프랜이 쿠르트 같은 활달한 친구를 갖게 되어 기뻤다. 그리고 샘은 명랑한 기분으로 드라헨탈 공주의 음울한 갈색 저택으로 들어갔다.

공주는 도자기 잔처럼 연약한 노부인이었고, 도자기처럼 반투명해 보였다. 부인은 프랜을 '아가'라고 불렀고, 샘에게 독일에 온 걸 환영한다고 했다. 아마 쿠르트가 전화로 도즈워스 부부에 대해 이야기한 모양이었다. 공주는 '위대한 미국의 기업가'가 독일을 직접 보게 되어 기쁘다고 했다.

"내 가난에 찌든 나라는 미국의 협조가 필요해요. 우린 미국을 바라보고 있어요. 미국이 돌아보지 않는다면, 우린 러시아를 봐야 할 거예요."

공주는 샘이 리무진을 타고 왔다고 믿는 모양이었다. 기사는 차를 마시라고 돌려보냈는지 물었다. 쿠르트와 이 방문 중인 고위 관리들이 실은 미천한 동네 가게에서 점심을 먹고 포츠담까지 걸어왔다고 하자 이해하지 못하겠다는 듯 고개를 저었다. 기계에 잡아먹힌 이 시절에는 나이 든 공주님이 이해할 수 없는 일이 너무 많았다. 백작들이 여행사에서 일하지 않고 미국은 폭동을 일으킨 농부들이 도피하는 황무지였던 소녀 시절, 공주는 슐레지엔의 젖소 냄새 풍기는 별장과 윌트셔의 장미처럼 붉은 튜더 양식 저택의 안전함을 잘 알았는데 말이다. 하지만 공주에게는 예의범절이 실재했고, 소리 없이 유쾌한 덩치 큰 '위대한 미국의 기업가'와 화려한 러플 블라우스가 살짝 드러나는 조그만 파란 재킷을 입은 활기찬 미국 여자, 명랑한 몸가짐으로 오버스도르프 백작을 머리 빈 어린아이처럼 보이게 만드는 묘령의 미국 여자를 이해하려고 애썼다.

샘은 공주의 낡은 우아함을 보고 프랜이 경의를 표하는 데 자부심을 느꼈으며, 형편없는 금박 의자와 날뛰는 양치기들을 그린 형편없는 명판이 붙은, 지나치게 장식적인 도자기 난로, 사슴 사냥과 달빛을 그린 형편없는 그림들, 드라헨탈 공주의 장식 용품이 든 지나치게 많은 유리 함, 빛바래 잘 보이지 않지만 귀족 가문의 여러 세대를 보여주는 1880년대와 1890년대의 캐비닛판 사진 여러 장이 있는 응접실이 편안하게 느껴졌다.

은퇴한 독일 장군, 망명한 러시아의 대령-남작, 너무 유명한 사람이라 아무도 설명할 생각을 안 하는 폰 아무개 부인, 공주의 손자이며 본 대학교에서 법학 시험을 치는 중이고 미국으로 가고 싶다는 잘생기고 열정적인 소년이 차를 마시러 왔다. 그들에게는 르네 드 페나블의 허세가 없었고 터브 피어슨의 집에 모인 것처럼 소박하다고 샘은 판단했다. 아니, 그들이 더 소박했다. 터브는 아무리 괴로워도 신사 숙녀를 위해 유머 감각을 발휘해야 했으니까. 쿠르트 폰 오버스도르프는 프랜을 위해 깡충거리던 경박함을 모두 벗어던지고 전직 러시아 대령과 볼셰비키주의에 관해 토론했다.

그들은 샘까지 입을 열게 했다. 샘은 자신이 크롬강과 제너럴 모터스의 주식에 대해 유창하게 이야기하는 것을 알게 됐고, 프랜은 구석에서 드라헨탈 공주와 정중하고 활발히 대화했다.

'집에 온 거 같군. 아니, 집에 온 거보다 더 편안해. 프랜이 여기서는 만족하니까. 오, 이런. 프랜이 제니스에서 만족할까? 아, 이러지 말자! 당연히 만족하지!' 내면의 샘이 생각하는 동안 외면의 도즈워스 씨가 그들에게 현자처럼 말했다.

"……그리고 제 의견으로는 오늘날 세계 마케팅의 가장 큰 오류는 남미에서 미국, 독일, 프랑스, 영국, 이탈리아 자동차가 벌이는 경쟁입니다. 우리 모두 힘을 합쳐 남미에서 자동차를 더 이용하도록, 특히 대륙 구석구석 고속도로를 건설하도록 돕지 않고 말이죠……."

샘은 프랜이 훨씬 더 저명한 인물인 드라헨탈 공주를 상대로는 상냥하고 편안해하는데, 베네치아에서 이디스 코트라이트와는 어째서 불편했는지 의아했다.

'질투심 때문에? 미국인인 코트라이트 부인은 지위니 집이니 모든 걸 가져서? 아니면 프랜이 허풍을 떨 때 코트라이트 부인이 더 쉽게 알아차리니까? 아니! 이건 부당하지! 프랜은 허풍쟁이가 아니야! 나이 든 공주에게는 얼마나 상냥하게 구

는지, 백작과 장군과 모두가 프랜에게 반하는 걸 보라고!'

그들은 말없이 기차를 타고 베를린으로 돌아갔다. 샘은 쿠르트에게 저녁 약속이 있을 거라고 넌지시 말했지만 쿠르트는 어린애처럼 아니라고 했다. "오, 아뇨! 제가 지겨운가요? 저녁 식사에 모시고 가게 해주세요!"

"물론 우린 **반갑죠.**" 프랜이 말했고, 눈총을 받은 샘도 이렇게 말했다. "참 고맙네요, 백작."

"정말 원하시면 좋은 레스토랑으로 안내할게요. 그리고 나중에…… 부인, 너무 피곤하지 않으시면 춤추러 잠깐 갈 수도 있어요. 부인은 천사처럼 춤추시잖아요."

"캐리 네이션•이랑 수전 B. 앤서니•• 다음으로." 프랜이 근엄하게 말했다. "제가 아마 미국 최고의 댄서일 거예요."

"그 사람들은 유명한 댄서인가요?" 쿠르트가 말했다.

"그래요. 미국에서 환상의 짝꿍이라고 할 정도로 잘 춥니다." 샘이 설명했다.

"정말요? 부인도 그렇게 춤추나요? 저도 아주 잘 춰야겠군요!" 쿠르트가 말했다.

프랜이 저녁 식사를 위해 옷을 갈아입는 동안 샘과 쿠르트는 아들론 바에서 칵테일을 마셨다. 샘은 작은 버마 조각상이

• 미국의 여성운동가인 캐리 네이션(1846~1911). 금연과 금주 운동을 펼쳤다.

•• 미국의 여성 참정권, 노예제도 폐지 운동가인 수전 B. 앤서니(1820~1906).

놓인 중국풍의 붉은 벽이 마음에 들었다. 바에 걸린 그림 속에서 떠들썩하게 술을 마시는 좀 뚱뚱한 사람들도. 안락의자가 놓인 구석 자리는 술 마시는 사람에게 편안했다. 그리고 그곳이 유럽에서 외국어가(즉 영국 영어의 흔적과 미국 영어 이외에는 어떤 언어도) 들리지 않는 유일한 장소라는 사실도.

바에는 늘 베를린에서 지내는 미국 사업가(선박업자, 은행가, 영화사 대표) 여남은 명이 있었고, 미국인 기자에게 그곳은 러시아와 루마니아, 브라이트샤이트•의 다음 연설과 중앙당의 학교 장악에 관한 내부 정보를 교환하는 클럽이었다.

'여기가 좋아. 여기 꽤 자주 드나드는 내 모습이 눈에 선한 걸.' 샘이 다짐했다.

샘은 쿠르트의 고백에 신경 쓰느라 바를 잊었다. 그는 쿠르트만큼 친구들에 대해 솔직하게 감정적이고, 애정을 받으려고 애쓰는 사람은 알지 못했다.

"도즈워스 부인 이야기를 하면 무례한 건가요?" 쿠르트가 다그쳤다. "부인은 정말 아름다워요! 얼음처럼 반짝이는, 북극의 미인 같아요. 그런데 마음씨는 참 따뜻하고 우아하고 재미있는 분이에요. 그리고 탐험가처럼 참 용감하고, 로마인처럼 아주 고상하죠. 정글에서도 시중드는 사람들과 만찬 복장을 갖출 분이죠. 원하는 건 뭐든지 해낼 분 같아요. 영원히 젊고. 서른다섯쯤 되셨어요? 사람들이 보면 스물여덟인 줄 알

• 독일의 정치가인 루돌프 브라이트샤이트(1874~1944).

겁니다. 우리 유럽 여성들은 매우 **편안**해요. 함께하기 쉽고 우리 시중도 들어주죠. 하지만 도즈워스 부인처럼 날카롭고 진취적인 사람은 많지 않아요. 오, 무례가 아니길 바랍니다! 부인은 선생님처럼 위대한 붉은 인디언(추장이라고 하나요?)이 대동하며 안내하고 보호해주시니 행운이죠!"

샘은 '고맙소'와 '퍽이나!'의 중간쯤 되는 굉장히 어색한 소리를 냈다.

"전에도 말씀드렸듯이 저는 미국을 몹시 존경합니다. 두 분이 와서 저랑 **돌아다녀**주시니 참 친절하십니다! 그리고 제 친구들을 만나주시고."

"백작께서 친절한 거지요. 공주님처럼 좋은 분을 만나게 해줘서 참 고맙고……."

"오, 백작이라고 부르지 마세요. 전 백작이 아니에요. 이젠 백작이란 존재하지 않아요. 공화국이 유지되니까요. 전 국제 여행사 직원일 뿐이죠! 귀족 칭호뿐인 사람이 된다면 차라리 아무것도 안 되는 편이 좋습니다! '쿠르트'라고 불러주시면 좋겠어요. 우리 오스트리아 사람들은 미국인처럼 좋아하는 사람들 사이에서 이름을 부르기를 좋아합니다. 네."

"음, 참 친절하군요……."

샘은 활기를 얻고 싶었다. 하지만 프랜을 기다리는 것, 쿠르트가 기다리는 것을 의식하게 됐다. 드 페나블 무리와 그랬던 것처럼 또다시 프랜의 인내심 많은 호위병 취급을 받게 될 것이 짜증스러웠다. 하지만 쿠르트가 두 사람 모두를 존경한다고 말할 때 진심 같아서 억지로나마 상냥하게 말했다.

"우리 미국인들이 스스로를 속이는 것 중 하나는 세계에서 우리만 진정 친절하다는 주장 같아요. 미국에서 모르는 사람을 도즈워스 부인만큼 친절하게 환대하는 사람이 있으리라 생각하지 말아요. 프랜과 내가 이곳과 영국에서 받은 것만큼 친절한 환대를 받으리라 생각하지도 말고. 참 친절하죠!"

그때 프랜이 자주색 벨벳을, 벨벳과 함께 거만한 위엄을 걸치고 나타났다. 단순한 쿠르트는 혼란스러웠다. 프랜이 유쾌한 태도를 버린 것이 불쾌해서가 아니라 그저 다른 역할을 맡은 것임을 쿠르트가 이해하는 데 십 분이 걸렸다. 칵테일을 함께하자는 간청에 프랜은 잘난 체하며 말했다. "바에서 아페리티프•를 마실 수 있으면 너무나 즐겁겠지만, 정말 그럴 수 있다고 생각해요?"

"오, 네, 매우 적절하지요……. 괜찮잖아요!" 쿠르트가 졸랐다.

샘은 아무 말도 하지 않았다. 프랜이 너무 많은 바에서 너무 많은 술을 마시는 걸 봤으니까. '아페리티프'라고 부르지 않고도.

프랜은 푹신한 가구와 호처스 레스토랑의 고급 음식 사이에서 활기가 넘쳤고 라인라흐 집안을 관대하게 칭찬했다. 하지만 어쩌다보니 프랜은 틀에서 벗어났고, 어쩌다보니 언젠가부터 쿠르트는 그녀를 '프랜'이라고 부르기 시작했고, 프랜

• 식사하기 전에 입맛을 돋우기 위해 마시는 술.

은 '쿠르트'라고 받아줬다. 프랜은 자기 웃음을 의식하지 않고 웃었고, 자신을 주인공으로 하는 드라마 〈해외의 세련된 미국 여성〉에 그들을 출연시켜주었으며, 그들이 다시 인간적이고 즐거워질 수 있게 허락했다. 그러자 쿠르트는 덜 화려하게, 더 자연스럽게 말했고, 샘은 쿠르트가 이제 귀족이 아니고 여행사 직원일 뿐이라고 아무리 주장해도 과거 권력층에 속하며 전쟁만 아니면 성에서 화려하게 살았을 사람임을 깨달았다. 그의 아버지는 황제의 신하이자 측근이었고, 그의 작은할아버지인 육군 원수는 프로이센과의 전쟁을 조직했고, 그 자신도 어릴 적에는 미하엘 대공과 놀았다.

샘은 집안이 아무리 진짜 귀족이라 해도 쿠르트 역시 돈이나 빌리려고 들고 중서부 촌뜨기에게 사기꾼이나 소개하려고 드는 거짓말투성이 투기꾼이 아닐까 싶었다. 그러나 그렇지 않다고 판단했다. 그렇다. 샘에게 사람 보는 눈이 있다면, 쿠르트는 정직하고, 헌신적으로 남을 즐겁게 해주기를 좋아하는 사람이었다. 그리고 비드너 가족이 그를 보증했고, 약삭빠르고 늙은 양조업자인 프랜의 아버지에게 비드너 집안사람이라면 국립은행 주식만큼이나 아름답고 믿음직하고 전체적으로 진실한 존재였다.

분명 프랜은 쿠르트 폰 오버스도르프에게 전혀 의심이 없었다. 그의 경박했던 옛 빈 시절 이야기가 내뿜는 빛에 자신의 매력을 잊어버릴 정도였다. 쿠르트가 쾨니긴에 가서 춤추자고 하면 프랜은 동의했다. 잘 차려입은 융커들이 모이는 화려하지만 복잡한 곳에서 나가 저속한 페테르 카스파어 카바레에 가자고 해도 프랜은 동의했다.

그곳의 재치 넘치는 농담은 주로 화장실에 관련된 것이었고, 쿠르트의 쩌렁쩌렁 울리는 웃음에 프랜도 부끄럼 없이 함께 웃는 모습을 보고 샘은 깜짝 놀랐다. 물론 샘도 웃었다. 하지만…… 뭐, 이 오버스도르프란 친구는 너무 즐거워해서 상대도(제니스에서는 사람들이 이야기하지 않는 것, 적어도 여러 사람 앞에서는 말하지 않는 것을 보고) 웃게 했다. 그래도…….

그들은 새벽 1시에 카바레에서 나왔다.

"이제 한 곳만 더 가요!" 쿠르트가 졸랐다. "미국에선 볼 수 없는 곳일 겁니다. **지독한 곳이거든요!** 거기서는 아주 희한한 남자들이 모여서 함께 춤추거든요. 하지만 한번은 봐야 해요."

"오, 이제 상당히 늦었어요. 돌아가야 할 것 같군요." 샘이 말했다. 이런저런 이야기를 들으며 샴페인을 한 병 마신 덕분에 샘은 쿠르트를 이름으로 부를 정도는 됐지만, 기분 좋은 푹신한 베개가 선사하는 즐거움을 잊을 정도는 아니었다.

"그래요. 정말 늦었어요." 프랜의 말은 모호했다.

"오, 아니에요!" 쿠르트가 애원했다. "인생은 너무 짧다고요! 그걸 잠으로 허비하다니! 두 분은 여기 너무 잠깐 계시잖아요. 그리고 떠나면 전 다시는 못 만날지도 모르고! 참, 오늘 즐거웠죠. 그렇죠? 우리 이제 친해졌잖아요. **그렇죠?** 진지하게 굴지 말아요. 제발! 인생은 너무 짧다니까요!"

"오, 당연히 갈게요!" 프랜이 까르르 웃었다. 하지만 샘은 혼잣말을 중얼거렸다. '가끔은 잠을 자지 않으면 인생은 훨씬 더 짧아질걸!' 그들이 택시에 올라탈 때 샘도 유쾌한 표정이었다.

새로 간 레스토랑 이름은 '최신 결혼'이었고, 이 분 동안 살펴본 뒤 샘은 옛 스타일이 더 좋다는 결론을 내렸다. 미국의 주간 연재만화 정서에 따르면 베를린은 모든 남성이 팬케이크처럼 두툼하고 밭 가는 말처럼 둔감한 도시인데, 그곳에서는 코러스 걸의 음성을 가진 섬세한 청년들이 함께 춤추고, 구석에서 속닥였다. 보라색 장미 무늬 스카프를 매고, 팔찌를 차고 묵직하고 상징적인 반지를 낀 청년들이었다. 그리고 연보랏빛 시폰을 입은 여자가 있었다. 어깨 모양만 보고 샘은 그 여자가 남자임을 확신했다.

안으로 들어서니 바텐더(아주 예쁘장하고 분홍빛 뺨을 가진 바텐더였다)가 그들을 향해 행주를 흔들며 가느다랗고 장난기 넘치는 독일어로 뭐라고 했는데, 샘은 쿠르트가 더 친해지고 싶은 매력적인 남자이며 샘은 강철의 탑이자 산속의 장관이라는 뜻으로 이해했다.

샘에게는 새로운 경험이었다.

샘은 입을 딱 벌리고 섰다. 주먹을 반쯤 쥐었다. 손등의 두꺼운, 붉은 털이 곤두섰다. 하지만 그가 느낀 건 적의가 아니었다. 불경한 위험에 대한 두려움이었다. 프랜 역시 놀란 표정이었다. 프랜이 건장한 남편에게 더 다가서는 모습에 샘은 자부심을 느꼈다.

쿠르트는 쾌활한 바텐더를 봤다. 그리고 재빨리 프랜과 샘을 보고 중얼거렸다. "바보 같은 곳이군요. 가요! 가! 다른 곳으로 가요."

이미 지배인이 씩 웃으며 다가와 두 가지 언어로 외투를 벗어달라고 청했다. 쿠르트가 빠르게 쉭쉭거리는 독일어로 뭐라고(그 말에 지배인은 비웃으며 물러났다) 했는데, 너무 증오와 경멸이 느껴지는 말이라 샘이 속으로 생각했다. '이 쿠르트란 친구는 보기보다 괜찮은 사람이군. 싸울 때 한편이 되면 그다지 나쁘지 않겠어!'

쿠르트가 그들이 나갈 수 있게 묵직한 브로케이드 커튼을 들어줄 때, 바텐더가 야유하는 소리로 최후의 한마디를 외쳤다. 쿠르트의 턱에 힘이 들어갔다. 보기 좋은 턱선이었다. 하지만 쿠르트는 돌아보지 않았고, 거리로 나온 뒤 그는 괴로울 정도로 미안한 기색을 얼굴 가득 띄고서 프랜에게 애원했다.

"정말 죄송해요. 안 가본 곳이거든요. 말로만 들었어요. 저렇게 끔찍할 줄 몰랐어요. 오, 절 용서하지 않으시겠죠!"

"하지만 상관없었어요!" 프랜이 반박했다. "구경하는 것도 재미있었을 거예요. 잠깐은요."

쿠르트가 말했다. "아, 아뇨, 아뇨, 아니에요! 물론 충격받으셨죠! 가요! 길 건너에 제가 잘 아는 곳이 있어요. 같이 가셔야 용서받은 줄 알겠어요……."

그들은 3시까지 춤을 췄고, 그때가 되자 쿠르트만 빼고 카페에 모인 모두가 졸려했다. 오케스트라는 퇴근했고 샴페인에 취한 채 남겨진 굉장히 명랑한 사람들의 환호를 받으며 쿠르트는 앞으로 나가 보드빌 극장•의 연주자처럼 피아노를 쳤고, 그들 모두 마지막 남은 즐거움을 위해서 순순히 깨어 있었다. 외알박이 안경을 쓴 경찰관처럼 생긴 독일인이 프랜에게 춤추자고 했고, 샘은 몰래 삼 분 동안 잘 수 있었다.

샘이 "이제 정말 가야겠어"라고 중얼거리자 프랜과 쿠르트가 진지하게 받아들여서 기뻤다.

비가 오고 있었고 거리는 마치 광택을 낸 강철 실린더 안 같았다. 택시가 왔지만 도어맨과 충성스러운 큰 우산은 퇴근한 후였다. 쿠르트는 외투를 벗어 프랜에게 덮어줬고, 셔츠 차림으로 샘이 탈 때까지 서서 기다렸다. 그리고 그는 작은 접이식 의자에 앉아 집에 바래다준다는 말은 사양하고 아들론 호텔까지 함께 가면서 떠들어댔다. "재미있었습니다. 그렇죠? '최신 결혼'은 용서해주실 거죠? 근사한 하루였습니다. 그렇죠? 그리고 수요일 저녁에 조촐한 저녁 식사를 하면서 새 친구를 만나러 와주실 거죠? 아, 꼭 오셔야 합니다!"

그럼, 그러고말고…….

방에 돌아와 굉장히 졸린 가운데 프랜이 물었다. "즐거웠지. 그렇지, 여보?"

"응, 마지막 한 시간 정도만 제외하면 전부. 꽤 졸리는군."

"쿠르트는 참 상냥하지. 그렇지 않아?"

"응, 좋은 친구야. 아주 친절하고."

"하지만 세상에, 어찌나 이래라저래라 하는지! 그 죄악 구

● 춤, 노래, 마술 등 다양한 예능을 선보이던 극장.

덩이에서 나더러 충격을 받으라고 강요해서 맞춰주느라 애썼네. 당신도 마찬가지야. 순진한 남자들 같으니! 뭐, 쿠르트는 착해. 당신도 그렇고. 정오까지 잘래. 베를린이 **좋다!**”

제23장

박물관과 미술관, 궁전, 동물원을 찾아가는 사흘. 그들은 상수시 궁전에 갔고, 프랜은 볼테르를 이야기했으며(정말로 《캉디드》를 읽었다), 샘은 고향을 그리워하면서 제니스의 상수시 개발 단지를 떠올렸고, 이제는 프랜을 꽉 붙잡고 돌아가서 "뭔가 만들어내는" 새 삶을 시작해야 한다고 스스로를 다그쳤다.

쿠르트 폰 오버스도르프는 보이지 않았다. 그는 여덟 내지 열 번쯤 전화를 걸어 밖으로 나가 구경하라고 했다. 그가 하도 몰나르의 〈궁성에서의 게임〉을 꼭 보라고 해서 그들은 내키지 않는 마음으로 갔다. 샘은 그 무렵 이해하지 못하는 언어로 하는 연극은 그다지 좋아하지 않는다는 느낌이 옳다고 확신했고, 프랜은 비드너 부인이 여자들만 초대한 티타임에서 쏟아지는 찬사에 지쳐 평생 처음 잠자리에 들고 싶었지만 말이다.

프랜은 〈궁성에서의 게임〉을 한마디도 빠짐없이 이해했다고 했다.

샘은 연기가 꽤 좋은 것 같다고 했고, 아래층에 내려가 바에서 한잔하기로 했다.

샘은 로스 아일랜드를 아는 미국 기자와 이야기를 나누게 됐다. 술을 서너 잔 마셨고 대체로 즐거웠다. 방으로 들어오자 프랜은 잠들어 있었다. 그래서 샘은 추궁 없이 벗어날 수 있었고, 학교를 빼먹고 나서 선생님이 온종일 아팠던 것을 안 소년처럼 신이 났다.

영국에서 프랜은 엘리베이터를 리프트라고 하고, 지(z)를 제드라고 하는 등 영국식 어휘와 발음을 배웠었다. 그리고 미국을 떠나기 전에도 포크를 왼손에 쥐는 것으로 유럽에 대한 애호를 드러낼 수 있었다. 하지만 이제 프랜은 7을 쓸 때 유럽식으로 줄을 긋는 재주를 더했으며 7을 쓸 때마다, 특히 제니스의 친구들에게 쓰는 편지에 열심히 줄을 그었고, 그래서 그들은 프랜이 무슨 숫자를 쓴 건지 알 수 없어졌다.

역사와 경제와 루터 신학을 아무리 열심히 연구해도 알 수 없는 전후 베를린 생활의 네 가지 커다란 수수께끼는 모두 아파트와 연결되어 있는데, 다음과 같다. 어째서 방문객은 저녁 8시 이후에는 정해진 규약을 지키지 않고 아파트에 들어갈 수 없는가? 어째서 자동 엘리베이터는 잠겨 있어 방문객은 사용할 수 없는가? 어째서 베를린의 집주인은 현대식 열쇠를 제공하지 않아 세입자가 중세 시대 성당을 잠그는 데

썼던 것과 같은 크기의 열쇠 꾸러미를 들고 다니게 하는가? 어째서 대리석 계단(깔끔한 금박 장식과 모자이크 문양이 있는)에만 마르크를 쓴 집주인이 복도 전등에는 하룻밤에 1마르크를 쓰지 않는가? 복도는 어둡다. 매우 어둡다. 버튼을 눌러 주어진 시간 동안 켜지는 전등도 가능하지만, 베를린의 역사를 통틀어 1층에서 꼭대기까지 방문객이 오르는 동안 그렇게 불이 켜지는 일은 한 번도 없었다.

쿠르트 폰 오버스도르프는 브뤼켄 거리 아파트 건물의 맨 위층에 살았고, 거기까지 오르는 아찔한 계단에서 샘은 이 네 가지 수수께끼를 지적했고, 프랜이 동의하자 기뻤다.

쿠르트의 하녀가 그들을 맞이했다. 나이 들어 녹슬고 약한 사람이었고, 샘의 모자와 지팡이를 어떻게 해야 할지 망설였다. 하녀가 꾸물거리는 동안 샘은 주위를 둘러봤다. 아파트에는 좁은 복도가 있었고, 지저분한 회벽은 좀 벗겨져 있었으며, 누렇게 바랜 빈의 성 슈테판 대성당 조각으로 장식되어 있었다. 문 위에는 검 두 개가 엇갈려 걸려 있었다.

살이 빠져 만찬 복장이 전보다 더 헐렁해진 모습으로 튀어나온 쿠르트가 프랜의 망토를 직접 받고 느릿느릿 다가오는 하녀에게 유럽인 특유의 가족 같은 애정을 담아 나무라고는 이렇게 말했다.

"정말 반갑습니다! 며칠 전 '최신 결혼'에서 제가 미련하게 행동한 것에 화가 나서 안 오실 줄 알았어요. 다른 손님들이 누군지 알려드릴게요. 친척이신 비드너 부부, 볼린스키 남작부인, 참 예쁜 헝가리 여성이죠. 그분의 남편은 폴란드인인데 지독한 사람이에요. 다행히 안 온대요! 그리고 바이올리니스트 테오도어 폰 에셔, 정말 **대단한** 바이올리니스트랍니다! 그의 부인 미나, 그분에게 반할 겁니다. 그리고 브라우트 교수 부부, 베를린 대학교의 경제학 교수인데 정말 똑똑한 분이고 누구보다 미국을 더 잘 알죠. 그분이 200년 후 미국은 다시 황야로 돌아갈 거라고 증명할 텐데, 정말 좋아하게 될 거예요! 다양한 사람이 섞였지만 모두 영어를 합니다. 두 분이 다양한 사람을 만나보길 원했어요. 프랜, 아이보리 옷을 입으니 천국의 천사 같군요! **어서 오세요**!"

쿠르트는 그들을 왕족이라도 되는 양 세 명이 들어서기도 비좁은 작고 낡은 친근한 아파트로 맞이했다. 낡은 갈색 가죽 의자는 푹 꺼지고 기우뚱했다. 소파는 샘이 보기에 "노란 실크 비슷한 것"으로 덮여 있었지만, 나중에 프랜은 "정말이지 고급스러운 옛날 다마스크"라고 했다. 사진은 주로 친구들, 오스트리아 제복을 입은 군인들의 사진이었다. 하지만 책이 엉망으로 뒤섞여 꽂힌 책장이 있었고, 나중에 샘은 그것들이 독일어, 영어, 이탈리아어, 프랑스어 책이라는 걸 알게 됐다. 미국 법과 은행 업무, 역사에 관한 두껍고 당황스러운 책, 도서관에서는 늘 감탄하지만 집에는 들이지 않는 부류의 책도 여남은 권 있었다.

오른쪽 문이 잠시 열렸을 때, 수수한 야영 침대와 화려한 타이가 걸린 걸이, 아름다운 소녀의 그림, 십자가 정도가 놓인 좁은 침실이 보였다. 그것과 작은 식당과 어딘가 알 수 없는 주방, 역사적 가치가 있을 정도로 오래된 욕실이 집주인인 오버스도르프의 영역 같았다.

쿠르트가 유리 주전자에다 불안하게 섞은 칵테일과 (별로 훌륭하지 않은) 저녁 식사, (엄청난) 대화가 있었다. 쿠르트의 열광적인 지휘 아래 비드너의 집 저녁 식사에서 지킨 것과 같은 소심한 예절은 전혀 없었다. 그리고 샘이 라인 계곡을 찾아가도록 만든 아스만스하우저 샴페인을 포함해 술도 더 나왔다. 이따금 고함을 치지 않는 사람은 쿠르트의 염려스러운 시선을 받았다. 쿠르트는 자기 집에서 조용한 사람은 자신을 좋아하지 않게 됐거나(그럴 만했다. 그가 그들에게 무의식적으로 저지른 모종의 끔찍한 죄 때문에) 즉각 치료해야 하는 병을 감추고 있다고 믿었다.

하지만 고함 사이사이 대화는 대부분 브라우트 교수가 이끌었다.

눈에도 수염이 났다는 인상을 남기는 그 학자를 처음 살펴보고, 샘은 '이 수염 난 미남이 독일 경제에 대해서는 아는 게 있을지 몰라도 안전면도기의 나라에 대해선 아무것도 모르는군!'이라고 생각했다.

브라우트 교수가 샘에게 말했다. 교수의 억양은 쿠르트보다 강했다. "부탁입니다만, 미국의 농업 운동에 대해 알고 싶은 것을 설명해주실 수 있는지요."

"제가 잘 모르는 분야이긴 합니다." 샘이 말했다. "미국에 와보셨습니까?"

"아, 전쟁 조금…… 전에요. 하버드에서 1년간, 릴런드 스탠퍼드에서 1년간 강의하고 1년쯤 여행을 했지요. 물론 그렇더라도 선생의 위대한 나라에 대해 정말로 알 수는 없는 기간입니다."

그리고 쿠르트의 제안에 브라우트 교수는 노스다코타의 초당 연맹의 세세한 역사를 설명했다.

이야기 내내 교수는 샘을 보며 확인을 구했고, 노스다코타에 대해서 아는 것이 별로 없고 초당 연맹에 대해서는 정확히 아무것도 모르는 샘은 붙임성 있게 고개를 끄덕였다. 말미에 가서 샘은 스스로에게 강하게 말했다.

'저 사람은 너보다 네 나라에 대해 잘 알아! 샘보, 넌 아무것도 몰라. 무식한 놈아! 30년을 자동차에만 바친 게 후회되네. 유럽에서도 사실 별로 배운 게 없어. 건축에 대해 조금, 와인과 요리와 호텔 이름은 더 조금뿐. 그게 전부라니!'

쿠르트가 미하엘 대공이 헝가리 유대인의 기사로서 겪은 모험에 대해 떠드는 동안 샘은 배움과 학자, 감정적 편견 없이 정확히 여러 가지를 아는 사람, 인간의 삶이라는 넓은 흐름에 진정 영향을 주는 것들을 아는 사람을 머릿속에 그렸다. 천 명의 정치가의 목적과 천 가지 박테리아의 기능, 천 가지 이집트 문자의 의미 또는 천 가지 병든 정신의 병리학을 그 자신이 레벌레이션에서 일하는 100명의 영업자와 엔지니어, 직원의 능력을 생각하듯이 생각하는 사람. 그는 베를린에서, 로마에서, 바젤에서, 두 곳의 케임브리지에서, 파리에서, 시카고에서 그런 학자들을 봤다. 그들은 쉽게 떠들지 않았다. 아, 그중 몇 명은 맥주 한 잔을 마시며 유창하고 명랑하게 떠들었지만, 자기 전공에 관해서는 천천히 말했다. 어떤 질문에든 여러 가지 답 중에서 골라야 하기 때문이었다. 학자들은 프랜을 그다지 즐겁게 하지 못했다. 그들이 전부 우아하게 춤추는 건 아니었고 적절한 조끼를 고르지도 못했다. 그들은 브라우트 교수처럼 시시한 모습으로 눈에 띄지 않거나 건조하고 마른 외모였다. 그리고 샘은 그들의 인정이 어떤 재산이나 지위의 인정보다 자랑스러웠다.

어쩌다가 학자들을 더 알지 못한 것일까? 예일에서 교수란, 풋볼 선수가 '대예일을 위해 뭔가 이루는' 의무를 수행하기 위해서 넘어야 하는 장애물일 뿐이었다. 뉴욕은 오로지 은행가와 자동차 판매상, 웨이터, 극장 직원의 도시였다. 새로운 삶을 열어줄 이 유럽 여행에서 샘은 웨이터와 호텔에 갇힌 영국 독신녀들, 금니를 한 가이드밖에 보지 못했다.

학자들. 학식 있는 사람들. 문득 샘은 그런 사람이 될 수도 있었다고 느꼈다. 무엇이 가로막았을까? 오, 샘은 대학에서 인기가 많았고, 색색 불빛에 에워싸여야만 하는 예쁜 아내를 가진 탓에 저주받았다…….

아니, 샘은 스스로를 질책했다. 그런 변명으로 모면할 수 없었다! 우선 그는 프랜처럼 인기 좋고 아름다운 여자를 얻은 것에 감사하지 않다니 몹쓸 놈이었다. 지금 독일의 사회체제 속에서 소시지의 신성함에 대해 웃어대는 그녀를 보라. 공주들과 어쩌면 왕의 친척인 오버스도르프 백작이 뛰어다니며 우러러보는 그녀를 보라! 그렇다. 샘은 행운아였다.

게다가 남자는 뭔가가 되는 것이 아니었다! 적어도 5세, 6세, 7세 이후에는 그랬다. 그는 원래 그런 존재다! 샘에게 석학이 될 자질이 있었다면 어떤 것도 막지 못했을 것이다.

또는…….

문득 샘은 기분이 나아졌다. 혹시 모종의 설명할 수 없는 방식으로 샘 자신도 대학교수들이 학문으로 받아들이지 않는 분야에서는 석학이 아닐까? 샘은 미국의 자동차 업계에서 자신은 분명 단순한 상인이나 재정 곡예사가 아니라 자동차 설계의 권위자로, 사륜 브레이크의 최초 옹호자로 알려져 있을 거라는 생각이 들었다. 흠, 그렇다면 그도 학자가 되는 것일까. 아니면…….

아니면 혹시 예술가? 샘은 창조를 했으니까! 예술원에 걸린 그림도 없고, 양가죽으로 제본한 책도 없고, 아리아도, 자기 이름을 딴 조잡한 가구도 없지만, 미국의 도로를 달리는 2000만 대 자동차가 하나도 빠짐없이, 25년 전 그가 떠올린 길고 깔끔한 유선형에 영향을 받았다!

그렇다! 자신이 해낸 정직한 일을 조금 자랑스러워한다고 해로울 건 없다! 그것이 계속 나아갈 용기를 줬다. 특히 늘 비판하는 프랜 같은 아내를 둔 사람이라면…….

세상에, 아널드 이즈리얼 사건 이후 샘은 프랜을 성실한 반려가 아니라 두려우면서 우러러보는 적으로, 달래는 것이 인생의 목적인 상대로 보게 된 것일까? 그것이 그의 방랑, 그의 미래의 진실일까?

샘은 다시 학문에 대해 생각하면서, 지적인 표정으로 차분히 닭튀김을 먹으면서, 테오도어 폰 에셔가 크라이슬러보다 자신이 뛰어나다고 하는 말을 듣는 척하면서 이 괴로운 의문에서 황급히 벗어났다.

이제 와서 학자가 될 수 있을까? 최초의 위대한 자동차 역사학자, 따지고 보면 워털루 전투를 스무 개 합친 것보다 사회 변화에 더 중요한 영향을 미친 사건의 역사가가 된다고 생각하면 너무 유치한 상상일까? 아니면 건축에 대해 배울 수 있을까? 사실 샘은 자동차에 조금 지쳤다. 자동차는 레벨레이션 사무실 책상 앞에 앉아 있다는 뜻이었다. 샘은 정말로 상수시 가든스를 개선할 수 있을까?

어쨌든 샘은 단순히 가이드북을 든 여행자(프랜에겐 호텔 관리자와 객실 담당 직원보다 못한 존재였다)가 될 생각은 없었다. **뭔가** 할 생각이었다…….

또는 너무나 흥미진진하고 너무나 희귀한 이 내면의 빛이 그저 샴페인을 마시고 쿠르트의 환대에 달아오른 기분의 반영일 뿐일까? '뭔가 하겠다'는 막연한 결심과 '뭔가 할 수 있다'는 믿음은, 근본적으로 술 취한 사람의 맹세와 같을까?

'아니, 신께 맹세코.' 새뮤얼 도즈워스가 맹세했다.

'그렇지 않아. 술을 마시고 유쾌한 사람들과 있으니 정말 긴장이 풀리는군. 나는 시작할 때는 느려. 흠! 아주 느리지! 지금 나는 쉰두 살이지만, 작년까지만 해도 돈 찍어내는 기계 이상이 되고 싶었다……. 뭔가 되고 싶었어. 그게 뭔지 아무도 모르지만! ……음?' (샘은 입을 모아 비난하는 이들에게 열심히 대답했다.) '난 훌륭한 시민이었어! 그리고 아이들을 키웠고! 빚도 갚았어! 당장 닥친 일을 해냈다고! 그리고 친구들을 사랑했고! 이제 남은 삶 뒤로 물러나서 만족하다 죽지는 않겠어. 지쳐서 주저앉았다가 죽지 않겠어!

쿠르트를 전에도 알았더라면. 쿠르트와 로스 아일랜드와 몇 주 여행을 떠났더라면. 10년 전에만 그랬더라면 좋으련만 지금은……. 하지만 너무 늦어버리도록 **두지** 않겠어!

흠! **넌** 이미 그렇게 만들었어! 프랜이 사랑하는 남편에게 시키는 일이 그건데…….

어째서 늘 생각이 거기로 돌아가는 걸까. 마치 나를 방해한 게 프랜이라는 듯. 내가 멍청해서가 아니라?'

생각을 제멋대로 날뛰도록 내버려두자 계속 맴도는 것에 짜증이 난 샘은 사색에서 벗어나 다시금 아름다운 미국인 아내를 둔 덩치 크고 잘사는 미국인 남편이 됐다. 아내의 유럽인 친구들의 대화를 온순히 듣는 착한 남편이.

쿠르트 폰 오버스도르프가 고작 대학교수 앞에서 잘난 체하지 않는 모습을(좋은 집안 출신의 미국인이라면 누구나 잘난 체했을 텐데) 보고 샘은 좀 놀랐다. 남 이야기하기를 그렇게 좋아하면서도 쿠르트는 브라우트 교수가 이야기의 잔물결을 헤치고 무뚝뚝이 생각에 잠기곤 할 때 멈추다가 마침내 길게 이어지는 대화로 뛰어드는 동안 겸손히 경청했다.

브라우트는 작은 세미나라도 되는 것처럼 프랜에게 강의하고 있었다. 말하는 동안 영어의 W와 V와 T 발음을 멋대로 바꿨지만, 진지한 태도 덕분에 우스꽝스러운 사투리로 들리지 않았다.

"감정적으로, 피와 철, 비스마르크와 루터와 프리츠 노인•

의 상징을 가진 프로이센인으로서, 저는 제국을 가지고 노는 어린애 같은 파리와 이탈리아인의 매춘부 같은 우아함을 혐오합니다. 하지만 그러면서도 저는 저 자신이(저 같은 사람들은 대부분 그렇게 생각하지요) 독일인이나 프랑스인, 폴란드인이나 헝가리인이기보다는 유럽인이라고 생각합니다. 우리는 집안에 아무리 차이가 있어도 (유럽인이 아니라 아시아인이 분명한) 러시아에 대항해, 영국인에 대항해, 미국인에(아무리 우러러본다 해도 말이죠) 대항해, 남미인과 아시아인, 식민지인에 대항해 한편이라고 생각하지요. 유럽 문화는 귀족적입니다. 자랑하는 게 아닙니다. 우리의 친구 오버스도르프의 집안처럼 명문 가문에 대해 이야기하지 않습니다. 우리가 귀족적이라는 건 민주주의와 반대된다는 뜻입니다. 우리 민족은 정말 위대한 사람(아인슈타인이나 프로이트나 토마스 만 같은)을 가장 많이 지닌, 가장 자랑스럽고 고귀하며 찬양받을 대상이며, (그러니까 하인이나 하녀뿐 아니라 백작이나 왕까지 포함해) 평범하고 눈에 띄지 않는 사람들이 자동차나 욕조를 갖도록 하는 것보다 그런 위인을 만들어내는 데 이바지하며 더 행복해한다는 거지요.

그리고 진정한 유럽의 귀족 전통이라 해도 거만한 태도를 말한 건 아닙니다. 유럽 어디에서보다도 미국에서 하인에게 무례한 태도를(물론 주인에게 무례한 태도도) 많이 본 듯합니다.

● 프로이센의 왕 프리드리히 2세의 별명.

이곳 하인들은 그다지 좋은 보수를 받지 못하지만, 더 안정되고 더 존중받으며 살지요. 미국인은 훌륭한 조리사를 미천한 사람이라고 생각합니다. 유럽인은 그런 사람을 예술가로 존경합니다.

유럽인, 귀족은 과거 세대가 이룬 문화를 유지할 책임을 진다고 여깁니다. 우아함, 호감 가는 태도, 자기 민족에 대한 충성이 재산보다 중요하다고 여기지요. 그리고 전통을 지키기 위해 지식…… 많은 지식이 필요하다고 여깁니다. 젊은 유럽인이 스스로 부끄럽지 않기 위해 배워야 하는 것들을 생각해 보세요!

최소한 두 가지 언어를 알아야 하고, 그걸 모르면 언어 능력이 떨어진다고 친구들이 애석해합니다. 주식중매인이 되거나 수입업자가 되거나 도즈워스 씨의 자동차를 팔 계획이라 해도 반드시 음악과 회화, 문학에 어느 정도 조예가 있어 연주회와 그림 전시를 정말 즐겨야지, 단지 좋은 인상을 주려고 가서는 안 됩니다. 몸가짐이 훌륭해 무심히 행동해도 될 정도여야 합니다. 위대한 모든 나라의 정치를 알아야 합니다. 도즈워스 씨, 우리 손자 넷은 미국이나 영국에 가본 적 없지만, 또래 미국인 대다수만큼 쿨리지 대통령과 후버 장관, 스미스 주지사에 대해 알 겁니다.

요리와 와인에 대해서도 알아야 합니다. 자신은 빵과 치즈만 먹고 살아도 손님에게는 훌륭한 식사를 큰 비용 들이지 않고 대접해야 합니다. 오, 전쟁 후론 우리 대다수가 정말 적은 돈밖에 없거든요! 그리고 무엇보다도 여자들을 이해해야 합니다. 그리고 그 시작은(도즈워스 부인께서도 동의하시리라 믿습니다) 여사들을 정말로 좋아하는 것, 그들이 남자의 모조품이 아니라 여자로서 **존재하기**를 바라는 겁니다.

여기까지가 진짜 유럽인에게 요구되는 훈련 중 일부분입니다. 독일인이든 스위스인이든 네덜란드인이든 누구든지 말입니다! 그리고 그 훈련은 우리를 하나로 묶어주고, 서로 이해하도록 도와주지요. 우리가 아무리 어리석어도, 대전을 치르며 자살하더라도 말이지요! 우리가 아무리 아니라고 해도 우린 결국 모두 범유럽인입니다. 진정한 유럽 대륙은 개성과 여가, 프라이버시, 조용한 행복의 마지막 도피처라고 여깁니다. 빈이나 파리, 바르샤바의 카페에서 지적인 친구들 사이의 좋은 대화는 정화조나 전기 식기세척기보다 유쾌하고 중요하다고 생각합니다.

미국은 우리를 좋은 친구로, 최고의 자동차를 가졌지만 그걸 타고 갈 조용한 장소는 없는 사람들로 만들기를 원합니다. 미국이라고 하면 늘 절 골프장에 데려가 로커 룸에서 옷을 벗게 한 사람이 기억납니다. 거기서 부르지도 않은 사람들이 다가오더니 독일과 제가 교수라는 점을 두고 우스갯소리를 하더군요! 그리고 러시아는 우리를 기계로 만들어 최소한의 공통점에 속하지 않는 특이점은 전부 깎아내려고 합니다. 그리고 아시아와 아프리카는 인간의 삶과 인간의 삶의 즐거움이 중요하지 않다고 생각합니다. 하지만 유럽은 볼테르, 베토벤, 바그너, 키츠, 레이우엔훅, 플로베르가 인생에 재미와 의미를 준다고 믿고, 그것을 보존할 가치가 있다고 믿습니다. 그것과 그것을 이해하고 우러러보는 사람들을 말이죠! 유럽은요! 포드가 지배하는 이 세상에서 개인의 존엄을 지키는 마지막 보루지요. 그리고 우린 그걸 위해 싸울 가치가 있다고 믿습니다! 우리는 전 세계로부터 위협받고 있습니다. 하지만 아마 우리는 견딜 겁니다……. 아마도!

어쩌면 우리가 미국화(제가 감히 정의하자면 원하는 것을 사는 것보다 산 물건을 계산대에서 가지런히 계산하는 것이 더 중요하다는 신학적 믿음을 가리킵니다)에 대항해 견딜 거라고 믿는 사람들도 있습니다(참, 전 보기만큼 반미국적인 사람이 아닙니다. '미국화'라는 신비한 과정이 양키로 태어난 사람들만큼이나 독일 기업가들과 프랑스 수출업자들과 영국 광고업자들에 의해서도 진행되고 있다는 걸 잘 알고 있습니다!). **진정한** 유럽은 견딜 수 있을지 모르겠습니다. 늘 그리스와 로마를 기억하니까요. 로마는 고대사의 미국이었습니다. 그리스는 문화가 지나치게 발달한 유럽 대륙이지요. **비 에트 아르미스**,• 로마는 정복했습니다. 하지만 르네상스 때 유럽을 재생시킨 것은 로마법보다는 그리스의 건축, 그리스의 철학, 우아한 몸이었습니다.

이런! 강의를 하고 있군요. **꼴불견이지요!** 하지만 마지막으로 이 말은 해야겠습니다. 확실히 밝혀두는 바인데, 제가 유럽인이라고 할 때 아주 작고, 엄선한 특별 계급을 말하는 것임을 이해해주셔야 합니다. 그들은 외국인이라 해도 같은 계

• '힘과 무기로'라는 뜻의 라틴어.

급에 속하는 사람끼리 훨씬 더 가깝습니다. 시골 여인숙의 객실에서 맥주에 취한 농부나 이곳 베를린 클럽에서 무리 지어 춤추는 사람은 그런 의미에서는 유럽인이 아닙니다. 프리드리히 거리나 리볼리 거리에서 바쁘게 걸어 다니며 저질 도자기나 싸구려 실크를 최대한 빨리 팔아보려는 젊은 사업가 역시 아니지요. 그들은 기꺼이 미국으로 이주해 여가를 자동차로 바꿀 겁니다. 그리고 미국에서 태어났으면서도 제가 '유럽인'이라고 부르는 사람들에 속하는 이들도 있습니다. 미국의 작가 이디스 워튼 부인도 그럴 겁니다. 그들이 어디서 태어났든 확실한 귀족 문화를 대표하는 확실한 계급이 있습니다. 그리고 '유럽을 봤다'고 생각하는 미국인은 대부분 그 존재도 그것이 상징하는 바도 배우지 못한 채 돌아가고, 유럽이라면 그저 시끄러운 안내자와 쌀쌀맞은 표정을 짓고 《우후》나 《웃음》 같은 잡지를 읽는 기차 승객만 보는 겁니다. 유럽을 이루는 모든 것을 놓친 것이지요!"

샘은 이렇게 대답하는 자신에게 놀랐다.

"네, 그렇습니다. 미국은 유럽인들을 환시세 계산을 해주려는 레스토랑의 계산원 정도로 생각합니다. 유럽은 죽었다고 생각하지요. 300년 전에 죽은 사람이 그린 그림일 뿐이라고. 우리는 프로이트나 아인슈타인을 잊고 있습니다. 네, 유럽의 비행기 제작자도, 독일의 청년운동도, 우리를 이긴 프랑스 테니스 선수도 잊어요. 하지만 교수님도 마찬가지로 미국을 잘못 아십니다. 베를린 어딜 가나 서점에서는 미국에 관한 책이 보입니다. '달러의 땅' 같은 제목이요. 음, 양말에 상팀을 찔러 넣고 가는 프랑스 농부나 독일 농부가 보통의 미국인보다 달러를 열 배는 더 사랑할 겁니다. 우리는 돈 벌기를 좋아하지만, 쓰기도 좋아합니다. 우리는 모두 흥청망청 쓰러 나온 선원 같습니다. 부둣가에서 파는 앵무새를 전부 사야 합니다. 그런데…….

왜 이렇게 많은 미국인이 유럽에 온다고 생각하십니까? 미국에 가는 유럽인은 100명 중에 한 명도 공부하거나 우리가 가진 걸 보려는 게 아닙니다. 그리고 따지고 보면, 울워스 빌딩이나 시카고 트리뷴 빌딩이나 포드 공장이나 그랜드 캐니언이나 코네티컷의 샤론(그 밖에 1억 1000만 명의 사람도 말이지요)은 공부할 가치가 있을지도 모릅니다. 누구보다도 교수님은 유럽인 대부분이 미국에 오로지 돈을 벌기 위해 간다는 걸 아실 겁니다. 그렇다면 미국인은 여기 왜 올까요? 아, 몇 명은 미국에서 사회적 인정을 받으려고, 기계를 팔려고 오기도 하지만 대부분은 얌전히 학생으로서, 감탄하고 배우러 오지요!

유럽인 대부분이 미국을 어떻게 생각하느냐! 유럽인은 우리가 개척자의 나라로서 100년 전에 농장을 일구고 생선을 낚고 담배를 씹으며 지냈다고 해서 지금도 그럴 거라고 생각합니다. 신문 만화에 등장하는 미국인을 보면, 유럽을 어떻게 속일지 밤새 고민하는 고리대금업자나 담배를 씹다가 성 마가 대성당에 뱉으려는 농부나 잠든 시카고 사람들을 죽이려는 총잡이로 보고 있더군요. 제 짐작에는 그 모든 것이 유럽인이 100년 전에 시작한 전통에서 온 겁니다. 여기서 몇 주

전, 빈에 있었을 때《마틴 처즐윗》을 집어 들고 훑어봤습니다. 우습더군요. 그 사람이 그린 100년 전 미국이 말이죠. 하지만 그는 오하이오강과 뉴욕에 사는 사람들이 게을러서 손도 꼼짝하지 않고…….”

“샘!” 프랜이 말렸지만 샘은 개의치 않고 계속했다.

“……호텐토트족•처럼 무식하고 내키는 대로 서로를 권총으로 쏴 죽이면서 후회도 하지 않는 것으로 그리더군요. 사실 디킨스가 그 책에서 보여주는 모든 미국인이 멍청한 살인자인데 한 명만 예외더군요. 그리고 그 인물은 해외에서 살고 싶어 합니다! 흠! 그렇게 타락한 자들이 디킨스가 묘사하는 강바닥 늪지대를 차지했는데, 세 세대가 지나자 지금처럼 번영하는, 시멘트 도로를 깐 강대국이 됐다고 말할 수는 없지요! 하지만 유럽은 아직도《마틴 처즐윗》에서 아이디어를 훔쳐다 쓰는 작가들의 책을 계속 읽으면서 ‘저것 봐! 내가 그렇다고 했잖아!’라고 합니다. 저, 디킨스가 중서부(제가 사는 곳입니다)를 인간쓰레기로 뒤덮인 곳이라고 묘사하던 시절에 에이브 링컨이라는 사람과 그랜트라는 사람이 거기 살고 있었던 거 아십니까? 그리고 10년도 채 안 돼 윌리엄 딘 하우얼스라는 소년(그 사람 강의를 예일에서 들은 적이 있는데, 아직도 베네치아**에서** 그가 쓴 베네치아에 관한 책을 읽더군요)이 태어난 것은요? 오늘날 유럽의 관찰자들이 링컨과 하우얼스 들을 놓치

• 남아프리카의 목축민족을 가리키는 말이며, 현재는 인종차별적인 단어로 여겨진다.

고 있을지도 모르지요!

교수님께서 설명한, 진정한 귀족 유럽인에 속하는 자부심은 좋습니다. 저도 찬성해요. 그리고 미국에서도 바로 그런 자부심을 보고 싶습니다. 어쩌면 그걸 얻으려고 너무 빠르게 움직였는지도 모르지요. 하지만 유럽을 돌아다니면서 느긋하고 조용히 움직이며 사색하는 미국인도 굉장히 많이 봤습니다. 그중에는 어느 모로 보나 예술가나 교수가 아니라 은퇴한 사업가도 있더군요. 우리도 전통을 만들고 있습니다. 이런! 교수님이 강의하신다고 했는데, 저도 그런 것 같군요!"

쿠르트가 "미국을 위하여!"라고 외치더니 요약했다. "그렇습니다. 미국이 바로 희망이죠. 그리고 물론 여인들의 천국이고요."

프랜이 폭발했다.

"아, 그게 미국에 관한 정말 어리석은 착각이랍니다. 게다가 유럽에서만큼 미국에서도 그렇게 믿는다니까요. 게다가 남자들만큼 여자들도 그렇게 말하죠. 하지만 속마음은 전혀 그렇게 믿지 않아요! 아내가 맞을 짓을 하면 때릴 수 있는 남편을 원하지 않는 살아 있는 여자, 진짜 정상적인 여자는 없다고 저는 깊이 확신해요. 그 여자가 대학 총장이든 비행사든 말이죠. 잘 들으세요. 여자가 맞기를 원한다는 게 아니라 때릴 수 **있는** 남자를 원한다는 거예요! 그런 남자는 여자가 존경하는 남자가 분명하죠! 남편이 하는 일, 또는 아름답게도 일이 없는 것이 여자 자신보다 중요하다고 느껴야 해요."

샘은 살짝 놀라며 프랜을 봤다. 두 사람의 논쟁 중 확실한 게 하나 있다면, 샘의 일보다 프랜 자신이 더 중요해야 한다는 것이었다. 샘은 프랜이 어디서 이런 감탄스러운 페미니즘 논문을 구했는지 기억을 더듬었다. 몇 구절은 르네 드 페나블이 한 말이었다.

"그리고 그게 바로 유럽에는 있고 미국에는 없는 거예요. 아뇨, 샘과 저 사이를 이야기하는 게 아니에요. 샘은 제가 그럴 짓을 하면 끔찍이 유능하게 절 때리죠!"

프랜이 익살맞게 샘을 바라보는 표정을, 참석자 모두가 감탄하며 지켜봤다.

"그저 일반적인 이야기랍니다. 아, 부유한 계층의 미국인 아내는, 심지어 겉으로는 돈이 보이지 않는 사람들 사이에서도 가끔은 유럽 여자가 부러워할 특권을 지녔죠. 남편에게 돈을 달라고 사정할 필요가 없어요. 공동 명의 계좌를 가지고 있으니까요. 여자가 노래를 배우거나 생체 해부 반대를 옹호하거나 티 룸을 열고 싶거나 호텔에서 짓궂은 청년들과 춤추고 싶다고 해도 남편은 반대할 생각을 못 해요. 그러니 여자는 자유롭고 행복해야죠. 행복! 미국 남편이 왜 아내에게 그런 자유를 주는지 아세요? 아내가 무슨 일을 하든지 **상관하지** 않으니까요. 남편은 아내에게 그럴 만큼 관심이 없으니까요! 미국 남자에게(여기 샘처럼 다정한 사람들을 제외하고 말이죠) 아내란 자동차처럼 편의를 위한 존재라서 고장이 나면 정비소에 맡기고 휘파람을 불며 가버린답니다!"

그때 샘을 향한 프랜의 시선은 말할 필요 없는 것을 말해버렸지만, 프랜은 존경스러울 만큼 태연히 계속했다.

"반면 유럽인 남편은, 제가 이해하기로는 아내가 자신의 일부, 또는 적어도 가문의 명예의 일부라고 여겨서 한쪽 다리가 다른 쪽 다리 없이 신나서 돌아다니게 하지 않는 것처럼 아내에게도 이 가짜 '자유'를 허용하지 않죠! 유럽인 남편은 여자들을 **좋아해요!** 그리고 또 한 가지 있어요. 진짜 여자라면 누구나 제아무리 영리하다 해도 남편을 위해 유명해질 기회를 포기한답니다. 다만 남편이 우러러볼 일을 한다는 조건으로. 아내는 브라우트 교수님이 말씀하신 것 같은 세련된 귀족 체제를 위해 자신을 희생하는 걸 이해할 수 있죠. 위대한 시인이나 군인이나 학자를 위해서는 자신을 희생할 수 있어요. 하지만 산업 미국의 이상(올해는 작년보다 진공청소기를 더 만들자는 것이죠)을 위해서는 자기 능력을 다 포기할 의지가 없어요!"

샘이 프랜과 눈을 마주쳤다. 그리고 아주 천천히 말했다.
"아니면 자동차라든가?"

프랜은 웃었다. 자신들은 얼마나 유쾌하고, 진취적이고, 애정 넘치는 미국인 부부인지!

프랜이 다정하게 말했다.

"응, 자동차도, 여보!"

"그 점에 대해선 당신 말이 맞는 것 같군!" 샘이 말했다.

모두 웃었다.

"사람들이 미국인 아내와 미국인 남편 이야기를 할 때면요." 프랜이 계속했다. "항상 어느 쪽이 '잘못'인지 알아내려는 실수를 저지르죠. 어떤 사람은 미국인 남편이 사업과 남자 친구들에게 빠져서 아내에게는 아무 관심도 주지 않으니까 남편 잘못이라고 역설할 거예요. 그러면 또 다른 사람은 아내 탓이라고 하죠. '문제는 미국인 남편이 끔찍한 사업 경쟁에 지쳐 퇴근하면 당연히 아내의 관심과 애정을 바라는데, 아내는 남편이 서둘러 옷을 갈아입고 극장이나 파티에 데려가주기를 바라니까요. 온종일 할 일이 없어서 지루하니까.' 그런데 양쪽 다 틀렸어요. 탓할 쪽은 없어요. 어느 쪽의 잘못도 아니에요. 전 판매 강요를 이상으로 삼는 우리 미국의 산업 체제에 잘못이 있다고 확신해요. 그건 정말로 섬세한 여성은 아무도 만족시키지 못하는 대단치 않은 이상이거든요. 그렇죠! 그런 여자는 브라우트 교수님께서 말씀하신 유럽의 문화와 전통을 선호하죠."

"미국의 산업 체제를 장려하는 사람으로서 내게 좀 가혹하군." 샘이 말했다.

"어머, 여보, 당신 속마음은 사실 기업가가 아니잖아. 당신은 연구자잖아."

프랜이 또다시 몹시 감탄하는 눈빛으로 샘을 바라보자 모인 사람들은 전부 행복한 미국인 부부의 모습에 감동받았다.

식당과 응접실에서 커피를 마시며 내내 너무나 많은 대화가 더 오갔다. 샘은 열심히 들으면서도 마음속으로는 일과 아이들과 친구들을 잃은 지금, 인생에서 유일하게 안정감을 주는 프랜이 자신은 남편이 지루해졌으며, 유럽인 남편을 원하고, 유럽보다 더 유럽적인 아널드 이즈리얼과의 연애가 우연이 아니라 증상이었음을 그날 저녁 확실히 밝혔음을 깨닫곤 당혹스러워 어쩔 줄 몰랐다.

샘은 쿠르트를 바라보는 프랜의 눈빛을 살폈다. 쿠르트의 예쁘장한 친구 볼린스키 남작부인에 대한 프랜의 질투를 무시할 수 없었다.

남작부인은 아름다운 발목과 날씬하고 가냘픈 몸에 짧은 곱슬머리를 한 여자였다. 그녀는 별말이 없었다. 저녁 식사 내내 쿠르트는 그녀에게 수없이 친밀하게 굴었다. "거츠 대령을 기억해요?" "'패트리엇'에서 굉장한 첫날 밤이었지." 프랜은 볼린스키 남작부인에게 완벽한 증오를 뜻하는 싸늘하게 형식적인 질문을 던지는 데 여념이 없었다. 헝가리에 관한 질문(헝가리가 여자들이 나막신을 신는 열등한 국가임을 암시하는 질문)을 불쑥 던지고는 대답을 듣지 않았다.

이야기를 나누며 응접실로 들어가는데 쿠르트가 남작부인의 의자 팔걸이에 앉자 오 분도 안 되어 프랜이 그 의자 다른 쪽 팔걸이에 앉더니 굳이 프랑스어로 말했다. 쿠르트는 프랑스어를 훌륭하게 했지만 남작부인은 전혀 못 했다. 그러자 곧 남작부인이 집으로 돌아갔고, 비드너 부부와 브라우트 부부가 뒤따랐으며, 그다음에는 바이올리니스트 폰 에셔가 부인에게 아첨하듯 말했다. "혹시 혼자서 안전하게 집까지 찾아갈 수 있을까? 내 피아니스트랑 연습해야 해서……. 그 사람에게 오늘 밤밖에 시간이 없거든."

미나 폰 에셔는 놀랍게도 짜증스러운 말투로 전에도 여러 번 집에 혼자 갔었다고 대답했다!

불안한 독일식 작별이 이어지는 동안 샘이 프랜에게 중얼거렸다. "우리도 가는 게 어떨까, 응?" 하지만 프랜이 말했다. "어머, 좀 더 있다가 가……. 지금이 제일 재미있잖아. 그렇게 생각하지 않아?"

샘은 아무 생각도 하지 않았다. 그저 소극적인 표정을 지을 뿐이었다.

그렇게 샘, 프랜, 쿠르트, 미나 폰 에셔 네 사람만이 요란한 대화 후 기분 좋은 고요 속에 남아 있었다. 한쪽 구석에서 쿠르트는 프랜에게 어린 시절에 살던 집(티롤의 성처럼 보이는)의 사진이 들어 있는 아주 큰 구식 앨범을 보여주고 있었다. 프랜은 가죽 의자에 앉아 있었다. 쿠르트는 그 옆 바닥에 앉았다가 끊임없이 무릎을 꿇고 상체를 일으켜 늙은 하인이니 교실을 가리켰다. 그들은 타인은 전부 잊고 둘만의 세계에 빠져 있었다.

샘은 미나 폰 에셔에게 말을 걸었다. 그녀는 광대 같은 얼굴, 브라우니 모양의 얼굴에 들창코, 너무 큰 입을 가졌지만, 놀란 사람처럼 눈을 동그랗게 떴고 말투에 생기가 넘쳤으며 손과 발목이 워낙 섬세해 대부분의 예쁜 여자보다 더 매력적이었다. 그녀는 소파에 길게 몸을 뻗고 좀 심술궂게 누워 있었고, 샘은 그 옆에서 팔꿈치로 다리를 짚은 채 담배를 피우는 노인처럼 담장 울타리에 걸터앉아 있었다.

"부인이…… 유럽인 남편들을 칭찬하더군요!" 미나가 말했다. "유럽 남자와 결혼했다면 그럴까요! 아, 멋지기도 하죠. **손에 키스**하고, 생일을 기억하고, 꽃을 보내죠. 하지만 내 남편 테오도어가 만나는 여자마다 사랑하는 게 정말 지겨워요!

방금도 말이죠. 물론 한밤중에 남자 피아니스트와 연습을 해야겠죠. 지금쯤이면 엘자 엠스베르크의 아파트에 있을 거예요. 엘자가 피아니스트거나 남자라면, 지난주 동안 많이 바뀐 것일 테고요. 게다가 애초에 엘자는 **내** 친구였답니다! 오, 전 유럽인이지만 음악이나 연애질에 절 희생시키지 않을 미국인 남편을 갖고 싶어요!"

미나는 반짝이는 눈으로 샘을 평가하듯 봤고, 문득 샘은 그녀가 자신을 흥미로운 대형 동물로 여긴다는 것을, 원하면 미나와 사랑을 나눌 수 있다는 걸 깨달았다. 그리고 샘은 그걸 원하는데도 겁이 났다.

샘은 외도한 적이 없었다. 이따금 다른 여자에게 끌리긴 했지만, 그럴 때면 사제처럼 충격을 받았다. 프랜과의 부부관계가 그다지 정열적이지 않았기 때문에 샘은 성적 자극 자체를 부끄러운 것으로, 되도록 피해야 하는 것으로 느끼게 됐다. 확실히 그 문제가 떠오르면 샘은 무뚝뚝이 "사내란 부인에게 성실해야지. 그리고 복잡한 일에 얽히면 안 돼"라고 중얼거리면서 생각을 떨쳐버렸다.

하지만 바로 그때 샘은 '얽히는' 것이 그다지 두렵지 않은 듯했다. 미나의 몸매가 아름답다는 것을 알아차린 샘이 생각했다. '프랜도 한번 당해보라지.' 샘은 미나에게서 고개를 돌리고 으르렁거렸다. "아, 모든 나라의 남편들이 비슷하게 이기적인 듯합니다. 그저 드러내는 방식이 다를 뿐이지요." 샘은 고개를 돌렸지만 시선이 미나에게 되돌아갔고, 그녀의 손을 잡고 싶어졌다.

"어머, 아뇨, 당신은 이기적이지 않을 거예요!"
"이기적일 겁니다!"
"아뇨! 당신은 지각 있는 분인걸요! 당신처럼 크고, 굉장히 강한 남자들은 항상 상냥하고 친절하죠!"
"흠! 제가 풋볼을 할 때 제 가슴을 깔고 앉았던 하버드랑 프린스턴의 친절하고 상냥하고 덩치 큰 친구들을 만나보셨으면 좋겠군요!"
"어머, 스포츠에선 다른 이야기죠. 여자들에겐…… 아주 상냥하실 거잖아요. 하지만 용감하고. 사냥이나 캠핑 같은 짜릿한 것들을 많이 하시나요? 미국의 대자연 속에서?"
"음, 네, 예전엔 그랬죠. 캐나다에서 꽤 긴 카누 여행을 한 적이 있습니다."
"어머, 그 **얘기** 좀 해주세요!"
제니스를 떠난 후로 그 누구도 샘에게 그렇게 편안한 관심을 보인 적 없었다. 그때부터 샘은 미나에게서 시선을 돌리지 않았다. 그녀의 점점 커지는, 기분 좋은 눈빛을 고스란히 뒤집어쓴 채 샘은 이야기를 이어갔다.
"흠, 특별한 건 아니었습니다. 친구랑 갔어요. 예순네 번의 육로 이동을 포함해서 1000킬로미터를 여행했는데, 마지막 닷새 동안은 설탕도 연유도 없이 홍차랑 생선만 먹었어요. 텐트는 불에 타버려서 비가 오면 카누 밑에서 잤죠. 네, 좋았어요. 흠! 또 하고 싶군요."
"왜 안 하세요? 왜요? 자연 속에서 아주 멋지실 것 같은데."
"오, 프랜…… 도즈워스 부인이 그런 하이킹은 별로 좋아하지 않아요."

"하이킹이요? 하이킹?"

"아, 있잖아요." 샘은 크게 동그라미를 그려 보였다. "가는 거요. 여행."

"아, 네, 부인이 좋아하지 않아요? 어머, 전 좋을 듯한데!"

"그런가요? 캠핑에 모시고 가야겠군요!"

"어머, 네!" 미나는 샘의 소맷자락을 잡더니 신이 나서 흔들었다. "농담하지 말아요! 꼭 가요!"

샘은 그럴 수 있으리라 확신했다. 그리고 구석에서 너무 순진하게 사진을 보고 있는 프랜과 쿠르트 사이에서 애정의 거미줄에 걸렸음을 더욱 확신했다. 샘은 무기력하고 짜증스러웠고, 미나 폰 에셔에게 점점 더 매료되면서 짜증이 가라앉았다. 아니! 프랜에게 모범을 보여 장려할 생각은 없었다.

잠시 미나가 북해 항해에서 용감하고 기발했던 이야기를 더 듬거리는 동안 샘은 의혹을 확인했다. 하지만 너무 작아서 안 들리는 쿠르트의 말에 프랜이 얼굴 붉히는 모습을, 프랜의 시선이 쿠르트와 만나는 모습을 본 샘은 갑자기 화가 났다.

샘은 미나에게 중얼거렸다. "네, 아주 좋은 여행이 됐을 겁니다. 전 요트는 별로 안 타봤어요. 아, 이런. 너무 늦었군요!"

샘은 응접실을 가로질러 갔다. "프랜! 몇 시인지 알아? 1시가 다 됐어!"

"그래? 그래서?"

"음…… 너무 늦었잖아. 내일은 브란덴부르크를 보러 가야지."

"내일 갈 필요는 없어! 세상에! 우린 여행사를 따라다니는 것도 아니잖아!"

"음…… 쿠르트는 출근해야 해."

"아, 아뇨!" 쿠르트가 애원했다. "상관없습니다. 일찍 달아나시면 너무 슬플 겁니다."

"물론 굳이 고집을 부린다면……." 프랜이 말했다.

프랜은 악랄했다. 쿠르트는 두 사람을 화해시키려면 어떻게 해야 할지 모르는 사람처럼 불쌍한 표정을 지었다.

"아니, 아니! 당신이 너무 피곤할까봐 그랬지. 그리고 에셔 부인이 거의 잠들 지경이라서." 샘이 명랑하게 말했다. 그리고 모두 웃음을 터뜨리며 안도한 표정을 지었고, 모두 "그렇지. 함께하는 게 훨씬 더 재미있잖아. 가족처럼. 모두가 가고 난 뒤니까"라고 말했다.

하지만 샘 때문에 그 순간은 오염되고 말했다. 모두 어색한 표정을 짓고 음악 이야기를 했다. 샘의 수줍음이 못마땅한 미나 폰 에셔는 하품을 하며 집에 가겠다는 뜻을 밝혔고, 십오분 뒤 참 즐거웠다고 야단스럽게 말하면서 일어났다.

그리고 호텔로 가는 길과 전혀 다른 곳에 있는 주택에 미나를 내려준 뒤, 샘과 프랜은 택시 안에서 다시 전투를 시작했다.

제24장

미나 폰 에셔에게 "안녕히 가세요. 참 즐거운 저녁이었어요. 안녕히 가세요!"라고 외친 뒤, 프랜은 일 분 동안 입을 다물었다. 그것은 분노가 짓누른, 육만 초짜리 일 분이었다. 천둥을 동반한 소나기가 내리기 직전, 풀들이 두려움에 초록색으로 질리는 목초지의 긴장 가득한 일 분 같았다. 샘은 생각할 것을 생각하려고 애쓰며 기다렸다.

프랜은 마치 너무 많이 참았지만 여전히 화내지 않으려고 애쓰는 교사처럼 말했다.

"샘, 사교적인 품위에 대해서 내가 당신에게 많은 걸 요구하지 않는다는 건 하늘이 알아. 하지만 그렇게 이기적으로 굴어서 나뿐만 아니라 다른 모두의 즐거움을 망치는 일을 하지 말라고 부탁할 권리는 있다고 생각해! 어째서 늘, 한 번도 빠짐 없이 **당신이** 원하는 걸 모두에게 요구하는지 모르겠어!"

"난 그러지……."

"우린 모두 거기 앉아 즐겁게 이야기하면서 완벽하게 행복했다고. 그리고 당신만 혼자 내버려둔 것도 아니었어. 그 폰 에셔라는 강아지상 여자가 당신이랑 당신의 개척자 정신을 메스꺼울 정도로 칭찬하고 당신도 그걸 덥석 물었잖아! 게다가 별로 늦지도 않았어. 베를린과 파리가 제니스 같지 않다는 걸, 가끔 사람들이 10시 이후에도 안 잔다는 걸 당신이 배우기는 하려는지 도저히 모르겠어! 오버스도르프 백작이 자기 가족 이야기를 전부 들려줘서 끔찍이 재미있었는데, 갑자기 당신이 졸린다고 하니, 빵! 위대한 새뮤얼 도즈워스가 졸린답니다! 위대한 기업가가 집에 가고 싶답니다! 당장 모두 깨져야 합니다! 다른 사람은 아무도 배려할 거 없습니다! 위대한 내가 말했으니까!"

"프랜! 난 오늘 밤에는 화를 내서 당신이 싸움을 즐기게 하지 않을 거야……. 적어도 내 마음은 그래!"

"어디 해봐! 화를 내보라고! 뭐 그렇게 새롭고 충격적인 일은 아닐걸! 난 익숙하니까!"

"당신은 지옥 같아! 당신은 내가 제대로 화내는 거 본 적도 없어! 마지막으로 그걸 본 작자는…… 뭐, 병원비를 내가 냈어!"

"어머, 그 훌륭하고 대단한 영웅이 사람들 머리를 칠 줄 아는 모양이네! 그거 정말 주정뱅이 벌목꾼의 멋진 미덕이야! 그거……."

"프랜, 이건 논점에서 좀 벗어났어. 자랑한 게 아니야. 후회하고 있었지. 잘 들어, 여보. 이제 그만큼 화를 냈으면, 잠깐만 이성적으로 행동할 수 없겠어?"

그렇게 그들은 아들론 호텔에 도착해 도어맨에게는 기분 좋은 척 인사하고, 보기 좋고 사이좋은 점잖은 부부가 되어 대리석 로비를 가로질러 엘리베이터를 타고 차분히 올라가서 다시 시작했다.

"프랜, 요점으로 돌아가야겠어. 우린 아무 계획도 없이 방황하고 있고, 나는 계획 이야기를 하고 싶었어……. 오늘 밤 일은 당신 말이 옳을지도 모르겠어. 집에 가자고 했을 때, 투덜거릴 생각은 아니었어. 내가 그랬다면, 미안해."

"상관없어. 사실 잘한 걸지도 몰라. 그 좁은 곳에 담배 연기가 너무 자욱해서 머리가 살짝 아팠어. 당신이 항상 시가를 가지고 다니면서 피우지 않았으면 해. 너무 허세처럼 보이거든. 그리고 오늘 밤에는 계획 이야기는 하지 말자. 아니, 그렇게 달아나서 자고 싶었으면서 밤새 계획 이야기를 하는 건 좀 지나치지……."

"하지만 그러고 싶다고!"

"하지만 난 아냐! 여보, 꼭 서두를 필요가 있어?"

"하지만 내일까지 기다린다면, 계속 미뤄온 것처럼 또 미룰 거잖아."

"그러면 안 돼?"

"안 되지! 세상에, 이번만큼은 나도 고집을 부릴 생각이야!"

"이번만큼이라고? 오, 샘, 당신이 안 그런 적이 있기나 해?"

"그래, 당신 마음대로 해. 내가 늘 고집을 부린다면, 당신은 놀랍지도……."

"그리고-소리-좀-지르지-마!"

"난 소리 지르지 않았어! 프랜, 제발 날 고양이가 쥐 잡듯이 잡는 건 그만둬. 이봐, 이제 돌아가야 할 때가 됐고, 폰 오버스도르프가 마음에 들긴 하지만, 그는 늘 사람들에게 에워싸여 있는 사람이라 여기에서 지내면 우리도 온갖 사람들과 얽혀 몇 주 동안 빠져나가지 못할 거라고."

"그래서? 그게 우리가 원하는 거 아니야? 유럽 도시 **한 곳**을 제대로 아는 것도 가치 있지 않아? 그렇다고 쿠르트가 무슨 상관이 있는 건 아니야. 내 친척, 비드너 부부 때문이지."

"하지만 문제는 쿠르트잖아! 참 좋고 친절한 친구지만, 모두가 날마다 파티를 하지 않으면, 당신을 매일 만나지 못하면 만족하지 못할 거야. 특히 당신에게 좀 끌리고 있으니……."

"샘, 혹시 그 사람이랑 내가…… 아, 정말 너무해! 내가 고매하고 훌륭하고 성스러운 당신 말고 한 사람을 좋아한다고 해서 또 끝도 없이 내게 잔소리하고, 내가 남자랑 예의 갖춰 대화 좀 했다고 아주 터무니없는 소리를 하면서 즐길 태세잖아!"

"프랜, 제발 연기 좀 그만해!"

"그리고 제발 욕 좀 그만해! 오, 대체 당신은 왜 그러는지 모르겠어! 몇 년 전, 아니 몇 달 전만 해도 내게 지금처럼 말하는 건 상상도 못 했는데. 그런데 날마다 더 지독해져. 당신이 어떤 말을 쓰는지 모를 거야……."

"연기 좀 그만하라고! 오버스도르프란 자와 당신이 아직은 아이들처럼 순수하다는 거 잘 알아. 하지만 당신이 그자에게 너무 반해버릴 수 있다는 것도 안다고……."

"헛소리! 우리 사이엔 유럽 신사와 숙녀라면 누구나 서로 가질 만한 정중한 관심뿐이야. 이게 바로 내가 오늘 밤에 한 말이야! 미국 남자는 어떤 여자도 호감 가는 티타임 상대로 생각할 줄 몰라. 내가 예의를 갖춰서 당신을 지키지 않았다면, 미국의 부부 사이에 대해 훨씬 더 많은 이야기를 했을 거야! 당신은 어떤 여자든지 바람피울 상대나 너무 매력 없어 무관심한 상대로만 여기지. 반대로 쿠르트는…… '아이들처럼 순수하고!' 뭐, 물론 우린 순수했고 앞으로도 그럴 거야!"

"그러겠지! 그 이유는 하나야. 아널드 이즈리얼 사건이 반복되면 내가 가만두지 않을 테니까!"

프랜은 샘의 예상처럼 받아치지 않았다. 꼼짝 않고 서서 눈물을 글썽이며 비난하는 눈초리로 보고 있었다. 프랜은 갑자기 어리고 무력하고 불쌍해진 모습으로 천천히 말했다.

"오, 샘, 정말 너무해! 난 당신처럼 일일이 기억하고 비난하지 않아. 당신은 아널드에 대해서 착각하고 있어. 당신이 그 사람에게 화냈을 때 난 변명하지 않았어. 하지만 그 사람은 로맨스(아마 내 마지막이겠지)였고 확실히 처음이었어! 당신은 늘 참 착했어. 당신을 우러러보고 존경했어. 하지만 당신은 항상 너무 건전하고 조심스러운데 아널드에겐 위험과 흥분과 광기가 있었어. 평생 딱 한 번, 위험한 짓을 해본 거야! 그리고 내게 소질이 있다는 것도 알았어! 그러다가 당신을 위해 포기한 거야. 고분고분 따라나서서 당신이 가고 싶다는 곳마다 호텔을 전전하고 있잖아. 아널드는 계속 날 기다렸지만 난 대답도 안 했고, 물론 영원히 그 사람을 잃었어. 당신을 위해서! 그런데 당신이 그 사람을 들먹이며 날 모욕하잖아! 오,

샘, 그건 너그럽지 **않았어!**"

프랜은 큰 의자에 비스듬히 앉아 등받이에 뺨을 대고 조금 울었다.

샘은 프랜의 이야기에 틀린 구석이 있다고, 자기 각색이 있다고 느꼈지만, 속임수에 대한 불만이 아내를 좋아하는 마음에 미치지 못했다. 샘은 프랜의 머리를 쓰다듬었다. 아주 오랜만에 부드럽게, 친근하게 말했다.

"내가 짐승처럼 굴었군. 용서해. 물론 쿠르트와의 우정은 아주 다르다는 거 알아." 샘의 마음속에서 짜증 섞인 목소리가 들려왔다. '그렇지 않아. 너도 알잖아. 이 멍청아!' 하지만 샘은 덩치 큰 그가 앉으면 우스꽝스러워 보이는 작은 금박 의자를 다급하게 아내 곁으로 끌어와 앉아서 손을 잡고 말했다.

"프랜, 이제 집에 돌아가서 일하고 싶어. 난 활동을 해야 하는 사람이야. 이렇게 빈둥거리는 거 더는 못 견디겠어. 그렇다고 차를 만들고 싶은 건 아니야. 오늘 밤에 미국의 산업화에 대해서 당신이 한 말, 나도 절반은 동의해. 내가 하고 싶은 일은…… 아, 거기에도 산업화는 많이 필요할 거야. 경쟁하려면 생산과 판매, 광고에 현대적인 방법을 써야 하는 건 확실해. 하지만 개인의 성취도 있을 듯하고, 지속적인…… 이제 9~10개월째 생각해온 건데 아무 말도 안 한 건 확신을 갖고 싶어서였어. 그리고 이번에는 당신도 함께할 수 있는 일이야……."

프랜이 벌떡 일어나더니 눈물이 쏙 들어간 얼굴로 요구했다. "제발, 어서 **말** 좀 해봐! 연설 좀 그만하고! 여보, 이런 말을 해서 미안한데, 당신은 **정말이지** 서론이 길어…….”

“음, 확실히 해두고 싶어서 그래. 특히 나 자신에게. 내가 특별히 재빠른 척한 적 없잖아!”

“아니, 당신은 사실을 확인하면 생각을 아주 빨리 하지만, 잘못된 생각을 해서 그래. 내 생각에는 대학 시절, 말 없는 영웅 역할을 하던 때 시작된 것 같아. 당신은 좀 유치한 생각을 해……. 오, 당신보다 내가 당신을 훨씬 더 잘 알지! 당신은 자신처럼 덩치 크고 단단한 남자가 말을 빨리하면 어쩐지 우습다고 생각하게 된 거야. 그래서 항상 그게 괴로웠고…….”

“논점을 벗어나고 있어. 마저 이야기할게. 그러니까 당신도 함께할 수 있고, 나만큼 즐길 수도 있는 일이야. 내 생각은 이래.”

그리고 샘은 느릿느릿, 여러 차례 방해를 받으며 상수시 가든스를 개선할 아이디어를 설명했다.

샘이 미처 마치기도 전에 프랜이 외쳤다. “아, 그건 절대 불가능한 일이야!”

“왜?”

“당신에겐 그런 일에 맞는 안목이 없어. 주택 건축이나 장식 같은 거. 샘, 우리 집 응접실에 마지막으로 달았던 커튼이 무슨 색인지도 당신은 모를걸!”

“그건…… 음, 그건 말이지……. 어디 보자. 연한 붉은색이었어.”

“베이지색이었는데, 붉은 기는 상관없을 정도로 조금뿐이었어. 여보, 그런 새로운 사업이 재미있는 건 알겠지만, **당신**

에겐…….”
“음, 난 지난 5년 동안 레벌레이션 자동차의 색상과 내부 장식 선정에 직접 참석했고, 그것들이 최고였다고 다들 인정…….”
“사실이 아니야. 디자인 부서에 있던 그 끔찍한 게으름뱅이 윌리 덧베리가 다 했잖아.”
“음, 어쨌든 내가 윌리를 뽑았지. 안 그런가? 그 친구가 구레나룻을 기르고 분홍색 타이를 맨다 해도 말이야! 그리고 내 개발 단지에도 사람을 뽑을 거야. 젠장, 프랜, 나는 사람 뽑는 법은 안다고! 내가 뭐든지 안다고는 안 해. 자동차에 대해서도 말이야. 그럴 필요가 없어. 하지만…….”
“하나 더 있어, 샘. 당신이 친밀하고 오래 지속될 걸 만들고 싶어 하는 점은 정말 좋아. 하지만 미국의 교외라니, 우휴! 끔찍해. 세계 박람회 전시용 건물이 다닥다닥 붙어 있고 허세 가득한 거리 이름을 붙이고…….”
“그럼 허세도 없고 널찍한 곳을 만들면 되잖아! 사람들이 어딘가에는 살아야지! 그리고 좋은 안목이니 하는 건 당신 의견을 존중할 생각이라고…….”
“여보, 참 고마운 말이지만 난 확실히, 확실히 나이가 훨씬 더 들 때까지는 프리지데어 냉장고가 딸린 투렌의 성을 죄다 우편 판매 가격으로 원하는 끔찍한 벼락부자들에게 굽실거리면서 밤낮을 보낼 생각이 없어!”

그들은 한 시간 동안 싸웠다. 프랜은 두세• 역할에서 벗어나 가벼워졌다가 측은해하기를 반복했다. 샘은 자기 계획을 제대로 설명하지 못한 느낌이었지만 다시 잘 설명하려고 할 때마다 프랜이 가로막았고, 프랜은 막연히 4~6개월 뒤 집으로 돌아갈 수도 있다면서도 "시멘트로 지은 석조 성과 리놀륨을 깐 벽돌 저택을 짓는" 건 도와줄 수 없으며 전적으로 예술가적 윤리 때문이라고 못 박았다. 그것을 제외하면 아무것도 정한 것 없이 두 사람은 3시에야 잠자리에 누웠다.

뜬눈으로 대화 전체를 복기하던 샘은 또다시 프랜을 꾀어 돌아가는 데 실패한 원인을 도저히 알 수 없었다.

"그런데 나더러 무뢰한이라니. 뭐, 무뢰한으로 치자면 난 겨우 반 마력에 시속 3킬로미터인걸." 샘은 잠들며 한숨을 쉬었다.

샘은 프랜이 절벽에서 떨어져 저 아래 죽어 있고 미나 폰 에셔가 유혹하듯 웃는 꿈을 꿨다. 샘은 스스로를 욕하려고 깨어났지만, 꿈인 것을 알고 기뻐했다. 그래서 그는 새벽에 침대에 앉아 프랜을 봤고, 시트 아래 코를 감춘 모습까지도 너무나 아이 같아서 그녀의 권력에서 벗어나기 위한 구호를 생각해낼 수 없었다.

쿠르트와 함께 힐러 식당에서, 보르하르트에서, 펠처에서, 브리스틀과 카이저호프에서, 더 소박한 지헨에서, 프쇼르브

● 이탈리아의 여배우인 엘레오노라 두세(1858~1924).

라우에서. 윈터 가르텐 테라스에서 보드빌 공연을 보며 식사했다. 날씨가 따뜻해지고 맥주는 더 상쾌해지면서 티어가르텐 주위 야외 식당에서 식사했다. 쿠르트 친구의 별장으로 자동차를 타고 가서 어느 아름다운 일요일 오후, 정원에서 빈둥거리거나 하펠강에서 수영했다.

하지만 중요한 건 항상 쿠르트가 함께라는 사실이었다.

그리고 쿠르트는 샘을 좋아하고 우러러보면서도 샘과 프랜이 국제 여행사에서 본 수많은 미국인 부부처럼 결별 직전이라고 확신했다. 그리고 매서운 산지와 잿빛 평야에서 동쪽과 북쪽으로 떠나 헤매는 격정적인 사람들에게 익숙한 빈 출신의 그에게 이 냉정하고 열심인 미국인 여성은 어느 러시아인이나 크로아티아인, 집시보다 더 이국적이고 자극적이었다. 그리고 그녀에게는 유용한 자기 수입이 있었다. 그리고 도의적으로 보아 이혼이 닥칠 때 그가 그 자리에 없어야 할 이유도, 프랜이 오랜 오버스도르프 가문을 떠받치는 영광을 누리지 말아야 할 이유도 없었다.

적어도 샘은 쿠르트의 의견이 그러리라 짐작했고, 그것이 완전히 착각이라고는 할 수 없었다.

샘으로서는 중역의 훈련을 받고 석탄 운반부의 덩치를 가진 자신이 날씬한 아내에게 정신 차리라고 위협할 수도, 설득할 수도 없음을 인정하기란 쉽지 않았다. 프랜이 멋대로 연애놀음을 하고, 자신이 너무 우월해서 샘은 자신이 가고 싶은 곳마다 따라가야 하고, 쿠르트를 향해 환히 웃을 때 묵인하며

서 있어야 한다는 믿음을 드러내도 말이다.

있을 수 없는 일이었지만, 사실이 그랬다.

샘은 온갖 방법을 동원해서 프랜을 위협했다. 쿠르트의 집에서 모인 뒤로 두 사람의 노골적이고 괴로운 말다툼이 반복됐다. 샘은 프랜이 "미국으로 당장 돌아갈 거"라고 주장했다. 하지만 프랜이 자신에겐 수입이 있고 자기 생활비는 항상 벌 수 있다고 단언할(실제로 그렇게 믿었다) 때 샘이 어떻게 할 수 있을까?

밤늦도록 잠 못 들고 누워 온당한 분노를 삼킨 샘이 반짝이는 봄날 깨어나 대운하를 따라 걷고 점심을 잘 먹고 반제로 갔다가 돌아와 티어가르텐 너머 석양을 볼 때, 프랜이 걸음을 멈추고 샘의 소매를 잡으며 이렇게 엄숙히 말할 때 할 수 있는 일은 더욱 없었다. "오, 샘, 여보, 당신이 이렇게 아름다운 곳들에 데려와줘서 고맙다고 인사해도 될까? 내가 너무 무심하고 어리석어서 말은 잘 안 하지만, 늘 마음속으론, 여보……."

프랜의 두 눈은 젖어 있었다.

"……너무 고마워. 베네치아! 로마! 파리! 그리고 이 고요한 석양. 고마워, 여보……. 그리고 성질 나쁜 남편이 아니라서 고마워. 내가 쿠르트처럼 좋은 사람들에게 흥분하고 친해질 수 있다는 걸, 헤픈 여자가 아니라는 걸 이해해줘서!"

샘은 도대체 어떻게 해야 할까? 이렇게 중얼거리는 것 말고. "당신을 흠모한다는 말을 내가 잊지 않고 했던가?"

게다가 쿠르트는(샘은 한참을 의심한 뒤 믿게 됐다) 프랜만큼 샘도 좋아했기 때문에 샘은 그를 공격할 수도 없었다. 쿠르트는 프랜의 호의와 돈을 잃는 위기를 무릅쓰더라도 두 사람을 화해시키려고 열심이었다.

도즈워스 부부는 베를린에 연고가 없었고, 쿠르트는 사람 사귀는 데 적극적이었고, 프랜이 백작의 영광을 좋아한 덕분에 이들 셋은 가족이 됐고, 가족의 일원으로서 쿠르트는 두 사람을 위로하고자 했다. 그는 희한하게도 중립적이었다. 감정적인데도 공평한 심판이었다. 프랜이 남편을 **'츠바이말 라거 맥주'** 말고는 독일어를 배우지 못한다고 닦아세우면 쿠르트는 "아, 그렇게 심술궂게 말하지 말아요. 상냥하지 않아요"라고 했고, 샘이 새벽 2시까지 프랜이 춤추는 걸 보며 앉아 있을 생각은 죽어도 없다고 으르렁거리면 쿠르트는 "하지만 프랜이 저렇게 행복해하는 걸 보고 행복하셔야죠! 죄송해요! 하지만 프랜이 행복해할 때 너무 아름답잖아요! 그리고 섬세한 분이에요. 우리가 신경 쓰지 않는 것과 기분에 쉽게 상처를 받아요"라고 대변해주곤 했다.

쿠르트는 베를린에서 자신도 외로웠고(진심 같았다), 방해가 되고 싶지는 않지만 도즈워스 부부가 베를린에서 지내는 동안 함께 놀 수 있으면 좋겠다고 했다. 그리고 상대적으로 가난해도 그는 항상 자기 몫의 비용을 냈다.

"저자가 저렇게 공정하고 공평하지 않으면 훨씬 더 쉬울 텐데!" 샘은 한숨을 지었다.

쿠르트와 프랜 사이에 가족 사이의 애정 이상이 존재한다는 증거, 그 어떤 증거도 없었다.

한두 차례, 레벌레이션 자동차의 베를린 중개인이 샘을 찾아 아메리칸 클럽의 오찬에 데려갔을 때, 쿠르트와 프랜은 단둘이서 만났다. 샘이 아들론의 바에서 대화하며 저녁을 보내는 동안 둘은 학구적으로 오페라를 보러 갔다. 이런 외출 뒤 프랜은 얼굴이 발그레해져 만족하는 표정이었다.

런던에서는 A. B. 허드의 관심 덕분에 샘은 기업가로서의 위치를 유지했다. 그 후로 샘은 차츰, 그저 매력적인 도즈워스 부인의 남편이 되어갔다. 샘은 그걸 알았지만, 정확히 어떻게 그리된 건지 알 수 없었다. 베를린에서는 그 누구도 샘을 프랜의 수행원 이상으로 보지 않는 느낌이었다. 요한 요제프 블루멘바흐와의 불운한 사건 이후에도 마찬가지였다.

샘이 만찬을 위해 옷을 갈아입는 도중 블루멘바흐의 명함이 올라왔다. "누군지 모르겠는데. 그래도 이름은 익숙하군. 아마 **그 사람** 친구겠지." 샘은 이렇게 생각하고 사환에게 중얼거렸다. "올라오라고 하게."

자기 방에서 이브닝드레스의 스냅 단추를 꿰매던 프랜에게 알리자 블루멘바흐란 이름은 모른다고 했다. 프랜은 샘을 따라 응접실로 오더니 콧방귀를 뀌었다. 체격은 각지고, 머리는 둥그렇고 빳빳한 머리카락을 한, 코는 부어오르고 낡고 괴상한 각반을 한 남자가 요한 요제프 블루멘바흐였다.

"실례합니다, 도즈워스 씨." 그가 더듬더듬 말했다. "제 영어를 이해해주세요. 엉망일 겁니다. 하지만 자동차 공장에 조금 관심이 있어서요. 자동차 잡지를 보고 미국에, 세인트루이스에 사는 제 사촌 이야기를 듣고 자동차의 유선형을 개발하셨다는 걸 알게 됐습니다. 도즈워스 부인과 함께 우리 공장을 한번 봐주시면 정말 기쁘겠습니다."

프랜은 블루멘바흐를 매우 상냥하게 제거했다. "참 친절하시네요. 음…… 선생님, 하지만 이틀 뒤면 떠날 예정이라 **굉장히** 바쁠 거예요. 이해해주실 거라 믿습니다."

블루멘바흐는 아주 뚜렷한 비호감을 드러내며 프랜을 봤다. 그리고 콧방귀를 뀌며 말했다. "오, 아주 감사합니다." 그리고 상당히 어색하게 서두르며 사라졌다.

"뻔뻔하기도 하지! 아마 끔찍한 도박에 당신 돈을 넣으려고 했을 거야." 프랜은 스냅을 다는 중요한 일로 돌아가면서 차분히 말했다. "**끔찍한** 사람 같으니! **당신은** 그 사람을 떼어내는 데 한 시간은 걸렸을걸!"

쿠르트가 저녁 식사에 데려가려고 나타났을 때 샘이 물었다. "블루멘바크라는 사람 들어봤어요? 요한 블루멘바크라던가 그런 이름…… 자동차랑 관련된?"

"물론이죠!" 쿠르트가 말했다.

"끔찍한 사람이죠." 프랜이 말했다.

"오, 아뇨오오! 아주 좋은 사람이에요. 공공심이 투철한 사람이죠. 그리고 독일 자동차 산업에서 두세 번째 가는 인물이에요. 마르스사를 운영해요. 유럽에서 가장 좋은 자동차일걸요……."

"그렇군! 거기서 들은 이름이었어." 샘이 중얼거렸다.

"……그 사람을 만나보시면 좋을 것 같아요. 이곳 자동차 산업에 대해 전부 다 알려줄 거예요. 하지만 저는 모르는 사람이라서요. 얼마 전 어느 모임에서 봤는데."

"서둘러야 해요!" 프랜이 말했다.

그리고 샘은 아무 말도 하지 않았다.

샘은 블루멘바흐에게 전화하면 베를린에서도 예전의 새뮤얼 도즈워스로 받아들여지고 환대받을지 모른다고 여러 번 생각했다. 그렇게 다시 그 새뮤얼 도즈워스가 될 수 있으리라고.

그런데 샘은 아무것도 하지 않았다.

그들은 볼린스키 남작부인과 미나 폰 에셔와 함께 놀러 다녔다. 너무 자주, 너무 불쌍하게 마음의 상처를 받는 쿠르트가, 상처를 받고는 아무리 예쁘장한 남작부인의 장점을 홍보해도 프랜이 그녀를 좋아하지 않으리라는 것을 확신할 때까지. 샘과 미나가 잘 어울리지 않는 이유에 대해서 쿠르트는 이해하지 못하고 상처받은 표정으로 이해를 포기했다.

폰 에셔 부인으로 인해 샘은 자신이 둔하고 냉정하다고 생각하지 않는 여자도 있다는 사실을 떠올렸으며, 그런 생각에서 벗어나기를 원했다. 샘은 즐겁지만 괴로운 욕망에 빠져드는 과정을 잘 알 수 있었다. 그는 심지어 자신의 '순수'를 지키는 것이 도덕성이 아니라 감정적인 게으름과 '얽히는 것'에 대한 두려움은 아닌지조차 의문이었다. 미나의 조소하는 커다란 입술에 키스하고 싶어서 그녀에게 냉담하고 그녀의 말에 족족 반대하는 것일까? 그리고 샘이 무례했으며 그동안 호감을 얻은 것은 자신 덕분임을 지적할 기회를 프랜에게 주는 것인가?

"젠장!" 샘 도즈워스는 지친 기색으로 말했고, 아무리 애를 써도 그것을 더 잘 표현할 방법을 찾을 수 없었다.

그래서 샘은 안개 속을 더듬었지만 길은 없었다. 멀리서 위협적인 파도 소리가 들려왔고, 샘은 항상 어떤 꿈보다도 비현실적인 무아지경에 빠져서는 보이지 않는 나무뿌리에 발이 걸리곤 했다.

제25장

유난히 별다르지 않은 아침 같았다. 샘은 쿠르트와 빈 출신의 친구와 함께할 모호한 저녁만 기다렸고, 쿠르트가 친구에 대해서 "참 좋은 친구이고, 7개국어를 하고, 참 웃겨요" 이상으로 극찬하지 않는 것을 보고 별 볼 일 없는 친구임을 알 수 있었다. 오후에 그들은 카시러에서 콜베의 조각 전시, 탄호이저 미술관에서 프랑스 인상주의 전시를 볼 계획이었고, 샘은 (그다지 희망은 없지만) 프랜을 꾀어 샤를로텐부르크의 공장과 노동자 주택을 보러 가고 싶었다. 프랜은 이른바 하층계급에 대해, 하층계급의 일원만 제외하면 모두와 함께 토론하기를 즐겼다.

샘은 프랜이 늘 고급으로 사서 바꿀 거라 말만 하는 낡은 슬리퍼를 신고 가운을 입은 채 스위트룸 응접실에서 게으름을 좀 부리고 있었다. 파리의 미국 신문을 다 읽고 제니스의 T. Q. 오벨리스크가 유럽에 방금 도착해 파리에서 삼 주나 보낼 거라는 사실에 탄성을 올리고 나자 더 할 일이 없었다.

샘은 헨리 해저드의 마지막 편지에 답장을 쓸까 생각했다. 하지만…… 오, 젠장, 새로운 소식은 없었다. 술을 한잔할까 생각하다가 너무 이른 시각이라고 자답했다. 산책하러 갈까 생각하다가…… 참, 시내는 이미 다 돌아다녔다.

샘은 빈둥거렸다. 응접실을 돌아다니다가 자바, 노스케이프, 리우데자네이루의 여행사 안내물을 뒤적였다.

침실을 들여다봤다. 잠옷 위에 폭신한 분홍빛 니트 가운을 걸친 프랜은 아직 침대에 있었지만, 초콜릿을 먹으며 사전과 상상력, 신중한 생략의 도움으로 독일 신문을 읽으려고 끙끙거리고 있었다. 샘은 프랜의 학구열에 감탄한 뒤, 멋진 하루가 될 거라고 인사하고는 응접실로 돌아와 파리저 광장을 내다보면서 집에 가고 싶어 했다.

노크 소리에 샘은 무심코 "들어오세요!"라고 했다. 식기를 치우러 온 객실 담당 직원이라고 생각했다.

전보를 든 소년이었다.

샘은 전보 개봉을 잠시 미뤘다. 이곳 베를린에서 이름 없는 존재로 있어도 전보를 받는 사람이라고 생각하니 기뻤다. 그러고는 읽었다.

> 축하해주세요. 4킬로그램 아들. 에밀리 건강. 첫 손자 축하.
> 해리 매키.

샘은 자랑스러웠다. 결국, 끝이 아니었다. 그의 일부가 이 새 생명과 함께 계속되는 것이다! 그리고 에밀리는 정말 행복할 터였다! 에밀리를 얼마나 사랑하는가! 그리고 이제, 확실히, 프랜은 돌아가고 싶어 할 때였다! 다음 배를 타고 아기, 에밀리, 해리, 브렌트, 터브, 헨리 해저드를(아마 이 주 뒤) 만나게 됐다…….

샘은 침실로 들어가 연기를 하려고, 덤덤히 말하려고 노력했다. "음, 아, 프랜, 제니스에서 전보가 왔어."

"응? 무슨 일 있대?" 날카로운 대답.

"음…… 프랜!" 샘은 키스하러 다가갔다. 프랜이 살짝 조바심치는 건 무시했다. "우리, 할아버지 할머니가 됐어! 그런데 그 자식들이 아이가 생긴 걸 알리지 않았어. 아마 염려할까봐 그랬겠지. 에밀리가 아들을 낳았어! 4킬로그램이래!"

"그럼……."

"에밀리는 건강한 것 같아. 해리가 전보에서 그렇다고 하는군." 프랜의 짧게 행복해하는 표정에서 샘은 몇 주 만에 가장 큰 안정감과 부부로서 실재하는 느낌을 받았다. "세상에, 여기도 런던처럼 국제전화가 되면 좋겠어. 일 분에 100달러라고 해도 전화할 텐데. 에밀리의 음성을 듣는다면 좋겠지! 이렇게 해야겠다! 쿠르트 오버스도르프에게 전화해서 손자가 생겼다고 해야겠어. 어서……."

프랜은 긴장한 표정을 지었다. "잠깐!"

"왜 그래?"

"기뻐. 물론이지. 소중한 에밀리! 그 애가 참 행복하겠어. 하지만 샘, 쿠르트…… 오, 쿠르트 얘기만은 아니야. 물론. 유럽의 우리 친구 전부 말이지. 그들이 나를 젊게 보는 거 모르는 거야? 젊게! 그리고 난 젊어. 젊고말고! 그런데 내가 할머니라는 걸 알게 되면…… 세상에! 할머니라니! 오, 샘, 모르겠어? 끔찍해! 나는 끝장이라고! 오, 제발, 제발, 제발, 이해해줘! 생각해봐! 우리 결혼할 때 난 정말 젊었어. 지금, 마흔도 안 돼서 할머니가 되는 건 내겐 불공평해." 샘은 재빨리 마흔셋이라는 프랜의 나이를 계산해냈다. "할머니라니! 레이스 모자에 뜨개질에 류머티즘! 오, 제발 이해해줘! 내가 에밀리를 위해 정말 기쁘지 않다는 말은 아니야. 하지만 내 인생도 있잖아! 쿠르트에게 말하지 마! 절대!"

그때 샘은 충분히 깨달았다.

샘은 너무 충격을 받아 화도 내지 못했다. "그래, 무슨 말인지 알겠어. 그래, 난…… 에밀리와 해리에게 전보를 보낼게."

그날 저녁, 쿠르트와 저녁 식사를 하러 나가기 전 샘은 프랜이 오른손 손등에 향수를 뿌리는 습관이 생겼음을 알아차리고 생각했다. '쿠르트가 손에 키스하는 것과 상관이 있는 건지 궁금하군. 궁금? 궁금할 게 뭐 있어? 이미 알고 있는데!'

더욱이 프랜이 팔 안쪽에서 팔꿈치까지도 살짝 향수를 뿌리는 것을 보고 샘은 조금 속이 메슥거려 응접실로 나가 미국 익스프레스사의 《유럽 여행 가이드》에 적힌 영국 및 프랑스 순회 관광 목록으로 주의를 돌리며 프랜이 옷 입기를 기다렸다. 그 목록에 완전히 집중할 수는 없었다. 샘은 주위를 둘러봤다. 쿠르트가 보낸 장미가 있었다. 포이히트방거의 희곡 《유대인 쥐스》도 보였다. 쿠르트가 보낸 것이었다.

그리고 쿠르트 본인이 찾아와 문을 두드리고 명랑하게 외치며 들어왔다. "우리 부인이 또 늦나요? 샘, 관세 안 내고 몰래 들여온 진짜 아바나 시가를 한 상자 가져왔어요! 오, 제가 보낸 장미가 왔군요! 다행이군요. 샘, 프랜과 당신이 여기서 지내는 동안 저처럼 외롭고 가난한 사람을 (저 같은 빈 사람에게 베를린은 똑같이 타지랍니다!) 견뎌줘서 얼마나 고마운지 아세요! ……프랜! 옷 안 입었어요? 가엾은 아이들을 기다리게 하는군요! 제가 샘이라면 때려줄 거라고요! 그리고 제 친구도 로비에서 기다리고 있을 거예요."

"지금 나가요, 쿠르트!" 프랜은 종달새처럼 노래했다.

쿠르트는 프랜의 손등에 키스했다. 그리고 샘 도즈워스는 아무 말도 하지 않았다.

하지만 쿠르트의 친구를 기다리며 칵테일을 마시러 간 바에서 전과 달리 솔직하게 분석을 시작한 샘 도즈워스는 객실 안에서 일어난 그 어떤 일보다도 더 수치스럽고 기운 빠지는 처지에 놓이고 말았다. 아메리칸 클럽에서 만난 미국인 자동차 판매상이 인사하러 다가왔고, 샘은 약간 자랑스레 이렇게 말했다. "애슐리 씨, 제 아내를 소개합니다. 그리고 이쪽은 오버스도르프 백작입니다."

"굉장히 반갑습니다, 백작님." 자동차 판매상은 유럽식 예절이라고 여겨 프랜의 손에 키스한 뒤 말했다.

샘은 자신을 예리하게 심문했다. '이것 봐, 샘보. 백작을 소개할 수 있어서 으쓱했나? 이 여행사 직원을 말이야! 아내가 백작을 연인으로 삼았다고 떡하니 앉아 자랑하는 한심한 작자가 될 건가? 안 돼! 난 그 정도는 아니야. 아직은. 하지만 이제 정신이 병든 것 같아. 대체 왜 이러는 거지? 모르겠어. 에밀리, 내 딸이 아들을 낳았는데! 프랜은…….'

샘은 냉정히, 아주 따분하게 쿠르트의 말을 막고 프랜에게 말했다. "있잖아, 음, 그 젊은 부인이(내 조카가) 얼마 전에 아기를 낳았다는 말을 했던가? 이제 미국으로 돌아가서 보러 가지 않을래?"

"오, 그러고 싶어. 하지만 가을에나 만날 줄 알았는데." 프랜이 차분히 말했다.

"제 친구가 오네요. 참 멋진 친구죠." 쿠르트가 말했다.

고향 제니스에서 온 두 번째 메시지는 사흘 뒤, 쿠르트와 저녁 식사를 하러 나가는 길에 프런트에서 샘에게 전달됐다.

"터브가 보냈군!" 샘이 껄껄 웃으며 주머니에 넣었다. 자리에 앉았을 때 샘이 말했다. "편지 좀 봐도 될까?"

터브는 아이 같은 글씨체로 적었다.

> 어떻게 지내고 있나. 유럽의 아름다운 여성들은 어떤가? 음, 자네는 거기서 한참 더 지내겠지. 메이티랑 나도 드디어 거기로 가서 오래된 나라를 구경하고 좋은 술을 마시기로 했어. 멋진 아내고 술을 좋아하잖나. 5월 10일, 올림픽호를 타고 아마 16일에 런던에, 21일에 파리에 도착할 거야. 런던에서는 사보이, 파리에서는 콘티넨털에 묵을 거야. 파리에서 일

주일쯤, 네덜란드, 벨기에, 스위스, 이탈리아, 남프랑스를 돌아 6월 20일에 다시 셰르부르에서 출발하고. 음, 좀 빠른 여행이긴 하지만 놓치는 건 별로 없으리라 생각해. 자네가 지난번에 보낸 엽서랑 구두쇠처럼 조금씩 적어 보낸 편지를 보면 독일에 간다고 했는데 거기서 뭘 구경하는지 모르겠어. 거긴 맥주밖에 없잖나. 하지만 내가 다시 맛보고 싶은 건 온갖 골칫거리를 잊게 하는 거품이라고. 옛날 노래 기억하지? 샴페인 말이야.

자, 바빠도 옛 친구들을 기억한다면 런던이나 파리에서 만날 수 있으면 좋겠네. 아니면 이후 여정 중에는 페 거리 c/o 23 에퀴터블 신탁은행으로 일정을 보내주게.

사기당하지 말고.

자네 친구 토머스 J. 피어슨

편지는 파리에서 로마로, 다시 베를린으로 샘을 찾아왔다. 터브는 이미 런던에 도착했고 사흘 뒤 파리에 갈 예정이었다.

샘이 터브에게서 받아본 몇 안 되는 자필 편지였다. 보통 그의 짧은 편지는 채권처럼 단단하고 호화롭게 장식된 은행 용지에 타이피스트가 타자로 쳐서 보내는 것이었다. 그 편지에서 샘은 낯선 다급함을 느꼈다. 도즈워스 부부가 파리에 나타나 그와 명랑한 부인 머틸드, 즉 메이티를 맞이하지 않으면 터브는 화를 내고, 자신이 의도적으로 무시당했다고 여길 태세였다.

샘은 쿠르트의 말을 잘랐다('젠장! 요즘은 내 마누라에게 말하려면 저 작자 말을 가로막아야 하는군!'). "있잖아, 지금 런던에 와 있고 파리로 갈 사람이 누군지 알아? 터브와 메이티야!"

"어머, 정말?" 프랜은 깍듯이 말했다. 프랜은 훨씬 더 따뜻한 어조로 쿠르트에게 설명했다. "터브는 샘의 오랜 친구예요. 상당히 성공한 은행가죠. 베를린에 온다면 쿠르트를 만나고 굉장히 좋아할 거예요. 참! 언젠가 미국 은행에 들어가고 싶다고 했었죠. 터브(피어슨 씨 이름이에요)가 어쩌면……."

"하지만 파리에서 만날 거야." 샘이 다시 말을 잘랐다. "베를린에는 안 온대. 그리고 우리는 곧바로 거기로 가서 그들을 맞아야 해. 그 둘은 해외에 나와본 적이 없잖아. 오늘 밤 런던으로 전보를 보낼 거야. 전화가 되는지도 알아봐야겠어. 아마 내일 저녁 파리행 기차를 예약할 수 있겠지."

프랜이 친구들의 옛 친구 메이티 이야기를 듣자(제니스의 냄새가 다시 풍겨오자) 기적이 일어났다!

"하지만 샘, 여보." 프랜이 반대했다. "대체 왜 우리가 가야 하는지 모르겠는걸! 파리에서 떠날 때 파리가 지겹다고 했잖아! 친구들을 얼마나 좋아하는지 알지만, 어째서 당신이 그렇게 이용당하는지 모르겠어!"

"그럼 당신은 터브와 메이티를 보고 싶지 않나?"

"바보 같은 소리 하지 마! 물론 만나면 반갑지. 하지만 파리까지 돌아가다니……."

"하지만 당신은…… 당신이 원하지 않는다니 상상할 수가 없군……."

"음, 꼭 알아야겠다면, 당신의 좋은 친구 터브 피어슨 씨가 좀 부담스러워. 그 사람은 항상 재미있으려고 너무 노력해. 그리고 당신도 메이티가 끔찍하게 재미없다고 인정했잖아. 또 뚱뚱하다고! 세상에, 그 사람들을 20년이나 사귀다니! 그래, 당신은 원하는 대로 해. 하지만 난 안 갈래."

"하지만 난 안내에 별 도움이 되지 않을걸. 프랑스어를 못 하잖아."

"바로 그거야! 그런데 왜 가? 그 사람들도 다른 사람들처럼 어찌어찌 지낼 거야."

"하지만 당신이 가주면 훨씬 더 즐거울 텐데……."

"친절하고 그런 거 다 좋은데, 터브 피어슨 부부에게 무급으로 여행사 가이드 노릇을 하러 더러운 기차를 타고 열다섯 시간이나 가지는 않을래!"

"음, 알았어. 그럼 나 혼자 가지."

"마음대로 해!"

프랜은 재빨리 쿠르트에게 시선을 돌리더니 지나치게 상냥한 음성으로 중앙 유럽의 연극 상황에 관해 이야기했다. 쿠르트는 난처한 듯 샘을 보며 위로의 말을 건네고 싶어 했다. 샘은 그날 저녁 내내 아주 조용했다.

호텔에서 단둘이 되자 그 약속에 대해 프랜이 먼저 입을 열었다.

"터브 일은 미안해. 나도 거기로 갈게. 끔찍한 여행이지만! 당신이 고집을 부리면……."

"난 어떤 것도 고집부리지 않아."

"하지만 가이드 노릇을 해달라니 너무 황당한 것 같아. 물론 당신의 친애하는 터브는 파리에서 제일 뻔하고 바보 같고 미국적인 곳만 가고 싶어 하겠지……."

"아니, 당신은 안 오는 게 낫겠어. 당신 말이 옳은 것 같아. 터브는 몽마르트르에서 술을 마시고 싶어 할 거야."

"사랑하는 새뮤얼, 그 매력적인 일에는 나보다는 당신이 훨씬 더 잘 어울리겠어!"

"이것 봐, 프랜. 요즘 말이지. 당신이 내게 그처럼 가볍게, 모욕적으로 굴면 얼마나 위험할 수 있는지 알고 있는지 모르겠어. 내가 아주 많이……."

"사실이잖아!"

"……참고 있어. 터브가 엔디콧 에버렛 앳킨스가 아니라고 여기는 건 이해할 수 있지만, 어떻게 터브처럼 오래, 가깝게 사귄 이웃과 좋은 시간을 보내는 게 즐겁지 않을 수 있는지, 딱 한 번이라도 **당신이** 얻을 걸 생각하지 말고 **베풀** 수 있는 걸 생각하지 못하는지……."

"아이고, 설교까지!"

"……도저히 알 수가 없어! 전에는 당신이 의리 있는 사람인 줄 알았는데!"

"난 의리 있어! 당신을 비난하는 사람은 절대 그냥 넘기지 않았어……."

"잘 들어! 딱 한 번이라도 제발 그렇게 **완벽하게** 굴지 마! 전에는 의리 있는 사람이라고 생각했는데, 터브 일과 에밀리아들에게 무관심한 걸 보니……."

"이제 그만 좀 해! 내가 비인간적인 괴물이란 소리는 그만하면 충분해! 아니, 에밀리 소식을 듣고 나서 그날 밤새 울었다고. 에밀리랑 아기가 보고 싶어서. 하지만…… 오, 당신에게 어떻게 말해야 이해시킬 수 있을까!" 프랜은 가볍게 받아치기를 내던졌고, 적나라하고 무방비한 상태로 진지하게 말했다. "에밀리가 아이를 낳아서 정말 기뻐. 그 애를 정말이지 사랑해. 하지만…… 오, 머리를 써봤는데, 내 머리가 그다지 좋지 않은 건 나도 인정해. 그래도 상식은 있으니까. 감상에 빠져서 나 자신을 망치지 않으려고 애썼어. 그래, 당신도. 에밀리나 다른 누구에게도 아무 도움이 안 되잖아! 내가 거기 간들 무슨 득이 있어? 내가 에밀리를 도와줄 수 있어? 없다고! 그저 걸리적거릴 뿐이지. 아이고, 전문 유모가 나 열둘이가 있는 것보다 더 도움될 거야. 에밀리 주위에는 이미 애정과 배려가 가득해. 난 그 애에게 짐만 될 거야. 이미 짐이 많은데. 반면에 말이지…….

세상 사람들은 '할머니'란 말을 들으면 늙은 여자, **완전히 전투력을 상실한** 쭈그러진 늙은 여자를 떠올려. 난 그렇지 않고, 앞으로 20년 동안은 그렇게 되지 않을 거야. 하지만 대부분은 관습적인 사고방식을 가져서 날 알고, 보고, 함께 춤추고도 내가 할머니라는 말을 들으면 갖고 있는 감각보다 더 큰 영향을 받아서 나를 곧바로 옆으로 치워버릴 거야. 그렇게 취급당하지 않을래! 하지만 난 에밀리를 사랑하고…….

잘 들어, 여보. 내가 에밀리와 브렌트에게 할 수 있는 일이 있었을 때, 난 했어! 내가 좋은 어머니가 아니라는(그리고 의리 없다는) 말을 한다면, 난 일 초도 가만있지 않을 거야! 20년 동안, 어쨌든 브렌트가 대학에 들어갈 때까지 그 애들의 옷가지는 내가 전부 샀어. 그 애들이 먹은 음식은 내가 전부 주문했고. 당신…… 그래, 당신은 멋지게 퇴근해서 엠을 어깨에 태우고 좋은 부모라고 생각했겠지만, 그날 그 애를 치과에 데려간 게 누구였지? 나였어! 그 애 파티를 계획하고 초대장을 쓴 건 누구였어? 나였다고! 하녀들이 독감에 걸리고 유모는 유람하러 갔을 때 무릎 꿇고 앉아서 엠의 방바닥을 닦은 건 누구였지? 내가 했어. 나는 즐길 권리를 내 노력으로 얻었어. 그러니 당신이 느려터지고 상상력이 없어서 즐길 능력을 잃고 자동차를 팔고 골프 치는 것 말고는 아무 일도 생각하지 못한다는 이유로 그 권리를 빼앗기지 않을 테야!"

"그래, 나도…… 나도 당신 말이 옳다 싶어." 샘은 한숨을 쉬었다. "뭐, 이러면 되겠지. 나는 가서 터브를 만나고 돌아올게."

"그래, 당신은 아마 내가 없는 편이 더 즐거울 거야. 남자들이 가끔은 괘씸한 여자들과 떨어져서 자기들끼리 놀아야지. 내 충고 듣고 메이티도 최대한 떼어버려. 옷 많이 사라고 하고 당신이랑 터브는 함께 돌아다녀. 아마 멋진 시간을 보내게 될 거야. 이제 내가 그저 못되고 이기적으로 군 게 아니란 거 알겠지?"

그리고 프랜은 재빨리 키스하더니 신이 나서 잠자리에 들었다.

그런 키스조차도 아널드 이즈리얼 이후에는 많지 않았다.

두 사람의 친밀도가 변했다는 것을 인정한 적은 없었지만, 분명했다. 그렇다고 프랜의 매력이 덜한 것은 아니었다. 사실 그 어느 때보다도 샘은 프랜의 미끈하고 반들거리는 몸이 소중했다. 하지만 그녀는 샘에게 수녀가, 금기가 됐고, 그녀를 향한 어떤 욕망도 금지했다. 프랜은 안도하는 것 같았다. 그리고 그들은 울적한 남매 사이가 됐고, 샘은 짜증이 나고 절망을 느꼈다.

그날도 이튿날도, 그들은 샘이 파리에 가면 프랜은 쿠르트 폰 오버스도르프와 둘만 남게 된다는 사실에 대해서 언급하지 않았다. 그리고 그 둘, 프랜과 쿠르트는 아주 명랑하고 애정 어린 모습으로 파리행 저녁 기차에 탄 샘을 배웅했고, 쿠르트는 잘 다녀오라는 선물로 미국 담배, 선인장, 그것이 미국 잡지 중 가장 보수적이고 특히 백만장자 기업가가 지닌 편견에 잘 맞을 거라는 착각에《네이션》한 부를 가지고 왔다.

샘은 침대칸을 작고 수줍은 독일인과 함께 썼는데, 그는 미안하다는 몸짓으로 샘이 배정받은 불편한 위층을 쓰겠다고 했다. 그래서 독일인이 야간 등을 켜놓겠다고 할 때 샘은 반대하지 못했고, 자기 침대에 누워 무덤처럼 파랗게 깜빡이는 불빛에 더욱 우울하게 보이는 좁은 천장을 빤히 보고 있었고, 어둠이 선사하는 망각이 사라지고 나자 침대칸의 너저분하고 비좁은 모습이 더욱 드러났다. 벽에 걸린 채 흔들리는 바람에 살아 있는 듯이 보이는 바지, 창가의 작은 접이식 탁자 아래 끼워 넣은 손가방과 흐트러진 신문과 담배꽁초들. 기차는 분노로 요란했다. 기차에 몸을 맡긴 샘은 무력했다. 인생에 몸을 맡긴 샘은 무력했다. 프랜이 없으면 작고, 미숙하며, 무방비로 느껴졌다. 왜 혼자 파리로 가는 것일까? 샘은 사실 프랑스어를 한마디도 할 줄 몰랐다. 유럽에서는 아무것도 아는 게 없었다. 고립된 느낌이었다.

프랜은 아무렇지도 않게 샘을 떠나보냈다. 샘은 프랜을, 지난 24년 동안 승리할 때마다 염려할 때마다 의지했던 그녀를 잃게 되는 것일까. 늘 샘에게 따뜻하게 지켜달라고 손을 내밀던, 그 손에 샘 자신도 따뜻하게 보호받았던 그녀를?

아니면 이미 잃은 것일까?

심술궂은 파란 유령 불빛 속에서, 담요를 뒤집어쓴 커다란 덩어리꼴로 샘은 생각했다.

무엇을 **할** 수 있을까?

기차는 너무나 비정상적인 속도로 달리는 듯했다. 20세기조차 이렇게 달린 적은 필시 없었다. 뭐가 잘못된 걸까?

위층 침대에 프랜이 있다면 좋을 듯했다. 그녀의 손이 가장자리로 내려와 있다면, 그래서 손이 보이면 우연인 듯 만질 수 있을 텐데…….

그렇다고 프랜이 위층에 올라갈 리는 없었다. 둘이 정말로 함께 있다면!

3시에 잠이 깼을 때, 처음 프랜이 없어서 느낀 외로움이 가시자 샘은 상당한 분노를 끌어냈다. 그들이 알게 된다던 이놈의 '모험 가득한 새로운 삶'……. 빌어먹을! 프랜에겐 그럴지 모르겠지만, 샘은 그렇게 지루한 적 없었다. 모든 게 프랜의 변덕에 맞춰주다보니 그렇게 됐다. 그런데 결국 그녀를 잃게 되다니…….

쿠르트와 프랜은 샘이 떠나 있는 동안 무엇을 할까?

게다가 자신이 그렇게 헌신적인 어머니였다는 소리! 아이들에게 유모나 가정교사, 거기에 하녀 여럿이 딸리지 않은 적이 있었다고? 정말로 프랜이 "무릎 꿇고 앉아서 방바닥을 닦은" 적이 있다면, 한 번뿐이었을 것이다.

참, 프랜은 진심이었다. 자신이 희생적인 어머니였다고 정말 믿었다. 그게 가장 큰 문제였다. 자신의 참모습을 보지 못하는 것. 절대!

그렇다. 샘은 프랜에게 또는 프랜에 대한 숭배에 거역해야 했다. 한 번도 그래본 적 없었다. 그는 늘 프랜의 방식대로 행복해지려고 했다. 샘 자신을 위해 스스로 인생을 살아보겠다고 생각했다. 한동안은 몹시 외로울 것이다. 물론. 하지만 새로운 인생을 사는 건 불가능하지 않았다.

남자 친구들은 물론이고, 여자들은 많았다.

문득 샘은 미나 폰 에셔에 대한 욕망에 긴장됐다. 그녀의 입술이 느껴졌다. 그녀의 모습이 또렷이 보였다.

흠, 파리에는 근사한 여자들이 있다. 까짓것, 샘은 테니슨의 시에 나오는 숙맥 갤러해드•가 아니었다! 샘은 참고 희생했

● 아서왕의 전설에 등장하는 원탁의 기사이며 용감하고 순수한 인물이다.

던 것이다. 그래봐야 좋은 것은 없었다! 어째서 프랜만 온갖 연애를 다 해야 하는가? 샘도 밖으로 나가…….

그러자 프랜의 얼굴이, 푸르스름한 새벽을 배경으로, 상처 입어 비난하는, 아주 창백하고 아주 순수한 얼굴이 떠올랐다. 생각만으로도 프랜에게 상처를 줄 수 없었다. 그래서 샘은 달리는 기차 안에서 맥없이 몸을 뒤척였고, 프랜에게 봉사하겠다는 바람에서 미나의 따뜻한 품에 대한 욕망으로, 다시 프랜으로…… 또다시 미나로 갈등했다.

샘은 식당 칸에서 아침을 잘 먹었고, 프랜이 그립기는 했지만 진짜 유럽인들은 끔찍하게 거한 아침 식사를 하지 않는다는 고질적인 불평 없이 사내답게 베이컨과 달걀을 먹을 수 있으니 후련했다. 시가에 불을 붙이자 혼자 하는 여행에, 원하는 곳으로 간다는 생각에서 희미하게 흥분이 느껴졌다.

어느 미국인 여자가 아침 식사 때 동행을 향해 “하지만 내가 정말 좋아한 연극은 〈그들은 원하는 걸 알았다〉였어”라고 말하는 소리가 들렸다.

더는 듣지 않았다. 샘은 생각했다. ‘그게 바로 내 문제야. 평생. 단순히 내가 원하는 걸 가지지 못한 것이 아니야. 내가 원하는 게 뭔지 알지 못했지. 프랜보다 나은 여자들도 있어. 그렇게 이기적이지 않은 여자들. 좀 더 평화로운 여자들. 그런 여자를 찾으면…….

우리가 그렇게 지껄이던 ‘새로운 인생 모험’을 이제 정말 시작한다면 우습겠군! 그래, 난 원하는 게 뭔지 알았어. 프랜이지! 하지만 아이가 달을 원하듯이 원한 거였어(그게 프랜이기도 해. 고요한 11월 밤의 달!). 그런데 프랜을 가질 수 없으면…… 뭐, 정신 차리고 다른 걸 찾아서 가져야지……. 하지만 그러지 않겠어!'

제26장

샘은 역에서 터브와 메이티를 놀라게 할 요량이었다. 그는 터브가 예약해둔 콘티넨털 호텔로 갔다. 베를린에서 그는 런던에 있는 터브에게 이렇게 전보를 보냈다. "자네가 도착한 하루 이틀 뒤 파리에 감. 만나서 기쁨." 파리에서 샘은 런던 레벌레이션 자동차의 A. B. 허드에게 전화를 걸어 터브가 어느 기차를 타는지 사보이 호텔의 짐꾼을 통해 몰래 알아봐달라고 청했다.

신이 난 샘은 북역에서, 기분 좋게 우월한 기분으로 기다렸다. 그는 입심 좋은 파리 사람들에게 당황한 미국인 여행객이 아니었다! 그는 그들을 잘 알았다! 짐꾼에게 **"저 신사의 짐을 택시에 실어주시오"**라고 벌리츠•처럼, 거의 프랜처럼 말할 줄 알았다. 샘은 지팡이를 흔들며 승강장을 따라 걸었고, 모여

• 미국의 언어학자인 맥시밀리언 벌리츠(1852~1921).

드는 짐꾼들에게 고개를 끄덕이면서 풋볼 시즌의 마지막 경기를 마친 저녁 같은 기분을 느꼈다. 날씬하고 빠른 프랑스 열차가 승강장의 드넓은 지붕 아래 모인 자욱한 연기의 유령과 합류하기 위해 연기를 뿜어내며 들어오자 샘은 껄껄 웃었다.

"내 친구 터브! 그리고 메이티! 파리에 처음 왔군!"

샘은 사람들 머리 너머를 살피다가 터브가 차창을 통해 짐꾼에게 가방을 건네는 모습을, 그와 통통한 메이티가 기차에서 내리는 것을, 마중 나온 사람도 없고 여행이 너무 힘들다고 느끼며, 제니스식 프랑스어로(알코올 성분을 제거한 프랑스어로) 가고 싶은 곳을 설명하려고 팔을 휘두르는 남자의 얼빠진, 염려와 불안으로 가득한 표정을 지켜봤다.

샘은 큰 덩치로 빠르게 사람들을 밀치고 피어슨 부부에게 다가갔다. 터브가 직접 작은 슈트 케이스(아마 메이티의 유명하고 형편없는 보석이 들었을 것이다)를 들고 있었다. 샘은 터브에게 바짝 다가가 어깨를 잡고(연극과 무관한 그의 일생에서 극히 드문 성대모사를 시도하며) 외쳤다. "여기, 당신, 이보시오! 자기 가방을 드는 건 금지요!"

터브는 거친 바다에 기력을 잃고, 세관 직원에게 의심받고, 웨이터에게 사기당하고, 가이드에게 쓸데없는 정보를 얻고, 프랑스 차장과의 의사소통에 실패한 정직한 미국인의 분노를 모두 끌어올리며 고개를 들었다. 그 순간 그는 인내심이 바닥나 유럽 대륙 전체를 뒤집어엎고 폭발시킬 기세였다. 그는 고개를 들고 어안이 벙벙한 표정을 짓더니 천천히 말했다.

"음, 이 망할 말 도둑! 음, 이 덩치 큰 얼간이!"

둘은 어깨를 부딪었고, 샘은 갑자기 환히 웃는 메이티에게 키스하고는 한쪽 팔은 터브의 어깨에, 다른 쪽 팔은 메이티에게 두르고 함께 승강장을 걸어갔다. 샘이 짐꾼에게 날카롭게 말했다. **"택시 부탁하겠소."** 이미 짐꾼은 알아서 택시를 향해 손을 흔들고 있었다. 그러자 터브가 외쳤다. "와, 놀라 자빠지겠네! 어이, 자네 원어민처럼 프랑스어를 배웠군, 샘보!"

그들은 프랜의 안부를 물었다.

그들이 프랜이 못 와서 아쉬워하고, "독감 기운이 있어서 이 주 정도 몸조리를 해야 해서 오지 못했다"라는 말을 기꺼이 믿는 것이 샘은 마음 아팠다. 하지만 그것도 잠시였다. 터브에게 보여줄 신나는 곳이 아주 많았으니까! 늘 더 영리하고 근사한 터브가 샘을 세련된 유럽인처럼 대하며 그의 늠름한 모습과 멋을 우러러보는 것이 기뻤다. 그리고 프랜의 거만한 눈총을 받지 않고 터브와 함께 어리석고 시끄럽게 구는 것이 유쾌했다.

메이티 피어슨은 좋은 사람이었다. 그녀는 뚱뚱하고 유쾌했다. 어릴 적 메이티는 제니스에서 또래 중에 가장 명랑하고 정신 나간 소녀였다. 빠르기로 제일가는 스케이터에, 열광적인 댄서였던 그녀는 앞뒤 안 가리고 남자들을 유혹했었다. 이제 아이가 셋인(한 명은 브렌트와 함께 예일에 갔다) 그녀는 미국 성공회를 구축했고, 보기 드물게 약삭빠른 포커를 하며, 제니스 최고의 달리아를 키웠다. 프랜은 메이티가 저질이라고 했다. 메이티는 프랜이 사랑스럽다고 했다.

호텔에서 메이티는 샘에게 다시 키스하더니 외쳤다. "아이고, 정말이지 사람이 다시 **사람다워**지는 걸 보니 반갑네요. 이제 남자 둘은 여기서 나가요. 나는 짐을 풀 테니. 나가서 거나하게 한잔해요. 하지만 저녁 식사는 하러 갈 정도로 취해야 해요. 8시에 식사하려면 두 시간 남았으니 충분하겠죠. 나가요! 둘 다 사랑해요. 적당히 말이죠!"

터브 피어슨이 유럽 대륙에 첫발을 디딘 날, 단둘이 함께라니!

그들은 대학 시절 이후 둘 사이에 세워진 장벽을(다른 직장, 아이들의 재능에 대한 경쟁, 사회적 명예에 대한 경쟁, 터브가 국내에 머무는 동안 샘이 해외에서 살며 얻은 최근의 악명까지) 뛰어넘었다. 그날 그들은 4학년 시절 셔츠와 의견을 나누던 친구 사이로 돌아갔다.

이따금 그들은 서로 마주 보고 중얼거렸다. "여기서 자네랑 함께 있으니 끔찍이 좋군, 이 친구야!"

샘은 터브가 완전히 백발이 됐고, 뚱뚱해졌으며, 눈 주위에는 절망적인 사람들에게 날마다 딱 잘라 대출을 거부하는 은행가의 주름살이 졌음을 보지 못했다. 그는 건달과의 싸움에서 자신이 지켜줬던 활달한 터브, 재치를 우러러봤던 터브만 봤다. 그리고 먼저 여행하고 미식을 경험한 사람으로서 잠시 얻은 우월함을 놓치기 싫었던지라 터브에게 작은 보물들을 보여주고 싶어 안달을 냈다.

샘은 터브를 뉴욕 바에 데려가서 로스 아일랜드 소식을 들은 사람 있냐고 무심히 물어 단골임을 자랑했다. 샘은 터브를 루이지스 바에 데려가 루이지에게 소개하고 스크램블드에그를 추천했다. 그리고 터브를 채텀 바에 데리고 갔다. 운 좋게 유명한 용병인 켈리 대령을 발견했다. 샘은 말 잘하는 박애주의자가 된 기분이었다. 하이볼을 세 잔째 마시고 난 뒤, 터브가 켈리 대령을 존경하는 눈빛으로 바라보는 모습에 샘은 유럽에서 겪은 고통이 가치 있었다는 느낌이 들었다.

샘은 터브가 살아 있는 사람 중 가장 훌륭하고 사랑할 만한 사람이라고 느꼈다. 그런 친구가 있다니 믿을 수 없을 만큼 행운이라고. 그들은 박애주의와 예일 제일주의로 충천해 콘티넨털 호텔로 돌아갔다.

메이티는 그들을 보더니 한숨지었다. "흠, 생각만큼 많이 취하지는 않았네요. 이제 욕실에 가서 얼굴을 씻고 브로모 셀처를 먹어요. 샘, 저 남자랑 함께 여행을 다니려면 진짜 미국제 브로모를 꼭 가지고 다녀야 한다니까요. 그리고 둘 다 아직 걸을 수 있다면 파리에서 제일가는 저녁을 먹읍시다."

샘은 그들을 부아쟁에 데려갔지만, 자리에 앉자 터브가 실망한 표정을 지었다.

"그렇게 신나는 곳이 아니네." 터브가 말했다.

"그래, 그렇진 않지만, 유명하고 오래된 식당이야. 아마 시내에서 음식과 와인이 최고일걸. 어떤 데가 좋은데? 내일 찾아볼게."

"음, 글쎄, 파리의 식당이 어떨지는 잘 모르겠지만…… 아, 금박이랑 대리석 기둥이랑 훌륭한 오케스트라, 춤, 예쁜 여자들 가득, 멋진 사람들이 있을 줄 알았지, 이렇게 느릿느릿한 곳이 아니라. 조심해야지. 안 그러면 메이티가 질투할 거야."

"흠." 메이티가 말했다. "터브는 숙녀들에게 악마 같은 바람둥이가 되려고 착실하고 성실하게 열심히 노력하죠. 우리 뚱뚱하고 자그마한 돈 후안! 하지만 문제는 여자들이 저 사람에게 반하지 않는다는 거예요."

"이제 괜찮아졌어! 난 그렇게 나쁘지 않아! 저기, 그런 곳 하나 찾아주겠나, 내일?"

"오늘 밤에 요란하고 좋은 댄스장으로 안내하지." 샘이 말했다. "원하는 만큼 예쁜이들을 보게 될 거야. 다들 자네에게 다가와서 9개국어로 자네가 바로 아도니스라고 할 거야."

"언어는 하나면 돼. 딱 들러붙는 입술의 격렬한 언어 말이지, 요호!" 재치 넘치는 동창이 갈망했다.

"틀렸어요, 샘." 메이티가 말했다. "저런다고 내가 메슥거리진 **않아요**. 심하게 메슥거리진 않죠. 해협을 건널 때만큼은 아니에요. 그렇다고 저이가 그런 여자를 만나서 풀고 오길 내심 바라는 것도 아니에요. 전혀. 저이가 황홀해 어쩔 줄 모르는 동안 쇼핑할 돈을 더 뽑아 쓸 수 있거든요. 그리고 저이는 발이 미끄러지면 본처 메이티에게 얼른 돌아오겠죠!"

"글쎄올시다! 자, 그럼 식사할까?"

그러는 내내 수석 웨이터가 옆에서 지키고 서 있었다. 레스토랑 프랑스어를 자랑하고 싶어 근질거렸던 샘이 메뉴를 받으려고 손을 내밀었지만, 터브가 가로채더니 부아쟁에 모자라다고 생각하는 활기와 재치와 넉넉함을 불어넣을 작정이었다.

"영어 잘**합니까?**" 디브가 수석 웨이터에게 아는 내로 프랑스어를 섞어가며 따져 물었다.

"그런 것 같습니다, 고객님."

"됐네! 영국에 있었소?"

"16년간 지냈습니다, 고객님."

"흠, 나쁘지 않군. 개구리•치고 나쁘지 않아! 그러면, 이것 보시오, 구스피. 부아쟁 부인이 맛있는 걸 좀 만들어줬으면 하는데, 주문은 나한테서 받고. 프랑수아, 계산서도 내게 가져오도록 해요. 그리고 저 덩치 큰 바보와는 아무 말도 하지 말고. 저자는 스코틀랜드 유대인이오. 저자에게 주문을 맡기면 스튜나 시킬 거요. 그리고 당신은 계산서에서 10퍼센트를 팁으로 받을 테고. 자, 잘 들어요. 맛있게 구운 코끼리 귀가 있나?"

터브는 샘에게 과장되게 눈을 찡긋거렸다.

수석 웨이터는 참을성 있게, 하지만 참을성이 많이 느껴지지는 않게 말했다. "**무를 곁들인 오리고기**를 추천해도 되겠습니까?"

하지만 터브는 성실한 중서부의 익살꾼이자 위대한 농담주의자였다. 《시골뜨기, 바다를 가다》를 읽었고, 〈집에서 온 남자〉를 봤으며, 유럽 여행에 나선 미국인이 가장 잘하는 것은

• 프랑스인을 경멸하며 가리키는 별명.

'시대에 뒤진 가련한 유럽인들에게 죽어라 농담하기'임을 알고 있었다. 터브가 다시 시도했다.

"코끼리 귀가 없어요, 알베르토? 저런, 저런! 여기가 일급 식당인 줄 알았는데…… 어린이 수준은 되는 줄 알았지. 그런데 코끼리 귀가 없다고?" 수석 웨이터는 아무 반응도 하지 않음으로써 의사를 분명히 밝혔다. "새 둥지 프리카세는 어떻습니까?"

"저 신사가 그걸 먹고 싶어 하면, 중국 식당에 갔지."

"터브." 메이티가 말했다. "이 코미디는 그다지 반응이 안 좋아. 이제 샘에게 메뉴를 주고 주문하라고 해. 알았지?"

"흠, 좀 실패작이군." 터브가 부루퉁해서 말했다. "하지만 여기가 별로라고 했잖아. 내가 매일 저녁 대로에 나가서 노는 사람은 아니지만, 나한테 쏘아붙이는 집이 잘되는 집인지 아닌지는 알아. 흠, 잘해보게, 샘."

조용히 엄청난 우월감을 느끼며(하지만 프랜이 그 즐거움을 독점하는 바람에 기회가 거의 없었다) 샘은 재빨리 푸아그라, 콩소메, 개구리 다리, 양고기, 아스파라거스, 샐러드, 샤토뇌프 뒤 파프 한 병을 시켰고, 프랑스어로 주문하긴 했지만 수석 웨이터와 소믈리에는 워낙 경험이 많아 그의 말을 완벽하게 알아들었다.

그리고 다시 고향에 관한 기분 좋은 질문……. 에밀리가 정말 건강한지, 해리 해저드의 링컨 세단은 어떤지? 30층짜리 신축 호텔 건설은 무슨 일인지?

그들은 9시에 식사를 했다. 샘이 몽마르트르의 유명한 '마흔 가지 바람이 부는 러시아의 동굴'에 데려간 때는 11시였고, 터브는 상상하던 파리를 만나 만족했다. 동굴은 무척 크고, 지독하게 요란한 흑인 재즈 밴드 덕분에 아주 시끄럽고, 입장료도 엄청 비쌌고, 코트 맡기는 요금도 믿을 수 없이 비쌌고, 너무나 지독한 샴페인을 터무니없는 가격에 팔았으며, 댄스 플로어는 어마어마하게 붐볐고, 담배 연기와 향수와 땀 냄새가 무지막지했으며, 포트워스와 밀워키의 란제리 업자의 목소리와 부르지 않아도 손님들 자리로 찾아가는 땀에 젖은 여자들, 무례하기 짝이 없는 그리스인 웨이터들과 그보다 더 무례한 히브리인 매니저들이 있어 마치 브로드웨이 같았다. 1926년에 프랑스인 한 명이, 앨라배마주 버밍햄에서 온 여행객의 가이드로서 그곳에 들어갔는데, 이튿날 가이드 일에 사표를 내고 완전히 포기해버렸다.

"와, 대단한 곳이군!" 토머스 J. 피어슨(센토 주립은행의 행장이자 펀워스 여학교 이사, 제니스 상공회의소 부회장, 성 아삽 교회의 교구위원)이 기뻐하더니 곧장 황동과 상아로 깎은 조각처럼 생긴 붉은 머리 여자와 춤추러 나갔다.

"흠……." 메이티가 심각하게 말했다. "응? 아니, 난 이런 증권거래소 같은 곳에서 춤추고 싶지 않아요! 뭐, 터브가 여기 금붕어들 꽁무니를 쫓아다니는 것도 상관없는 척하는 게 낫겠죠. 어쨌든 그이는 그렇게 할 테고, 난 마음이 넓다는 칭찬을 받는 게 낫죠. 사실은 그렇지 않지만! 샘보, 오늘 밤에 갔던 거기서(뭐라고 했죠?) 거만한 웨이터한테 터브가 미국의 유머 정신을 발휘하느라 얼간이 짓 한 건 미안해요."

"아이고, 메이티, 저 친구야 그저……."

"당신은 '저 친구야 그저 학교에서 뛰쳐나온 아이처럼 신이 나서 즐기려는 것뿐이죠'라고 말할 셈이겠죠. 예비 신부 학교에서 게츠 선생님이 내 둔한 머리에 집어넣었던 수사법을 기억하자면, 그건 클리셰고 복합 은유라고 하죠. 아이고, 난 저 작달막한 뚱보 개구쟁이가 귀여워요! 집 안에 묶어놓고 보는 사람이 아무도 없으면 끔찍이 다정하죠. 하지만 저 짐승이 박수 소리만 들으면…… 솔직히 '유머 감각'이라는 **말을 하는** 사람들의 유머 감각은 음주보다 더 지독한 죄라고 생각해요. 아, 물론 저보다 더 나쁠 수도 있었죠. 종교에 귀의하거나 채식주의자가 되거나 마약을 할 수도 있었으니까요. 저 원숭이 같으니! 게다가 저이가 오늘은 술을 너무 많이 마시네요. 내일 깨질 것 같은 두통에 깨어나서 양심에 찔려 내가 혼내줘야 마음이 놓일 정도로 취하진 않기를 바라겠어요. 뭐, 할 순 있지만요. 그리고 아마 그럴 것이고! 나도 이곳에서는 즐겁게 지내다가 아주 크고 화려하고 비싼 상감 세공의 캐비닛을 사 가고 싶거든요. 수표를 위조할 수만 있다면!"

나중에 메이티는 샘과 춤췄다. 춤이라기보다는 모인 사람들을 향해 돌격하는 느낌이었지만. 통통한 체격에도 메이티는 날렵했다. 그리고 프랜처럼 샘의 동작이 서툴 때마다, 음악에 맞지 않을 때마다 지적하지 않았으므로 샘은 꽤 춤을 잘 췄고, 즐거운 마음으로 기차에서 만났을 때의 의기양양했던 기분(오래 지속되기에는 지나치게 좋고 낭만적인 기분이었다)이 조금은 회복됐다.

터브는 어딘가, 아마 바에서 인디애나 출신의 상당히 점잖은 은행가와 상업적이긴 하지만 예쁘장한 예술을 하는 아일랜드 여자 둘을 만났고, 모두 춤을 췄다. 모두 술도 꽤 마셨고, 모두 웃어댔다.

터브 자신은 너무 즐거워 미국인으로서 가장 기쁠 때의 표시를 했다. '다른 곳에 또' 가고 싶다는 말이었다.

그들은 또 갔다. 또 동굴인지 주점인지 궁전인지 카바레인지 랑데부인지, 와인과 음악과 손님 말고는 모든 것에 대해 똑같이 높은 기준을 가진 곳이었고, 너무 밝아 앉아서 술이나 마시며 농담이나 하는 것 말고는 춤이나 장난스러운 연애나 그 밖의 어느 것에도 시간을 더 낭비할 수 없어지자 터브는 뉴욕 바로 돌아가자고 졸랐다. 터브는 거기서 '보통 친구들'을 만날 거라고 메이티에게 약속했다.

그래서 갔다. 바의 구석 자리, 파리 유명인들을 그린 스케치 아래에서 중국 해안에 대해 엄청난 거짓말을 하는 미국인 해군 장교가 그들을 골랐고, 어쩌다보니 그 자리에 프리랜서 기자와 혼자 다니는 영국인 옥수수 상인까지 합석했는데, 옥수수 상인은 영국인은 말수가 적고 그나마도 수줍게 한다고 모두 인정하는 사실에 대해 아주 많이, 신이 나서 떠들어댔다.

터브는 뉴욕 바에서 단 하루 만에 1년째인 샘 도즈워스보다 더 친근한 단골이 됐다. 단순히 점잖아야 한다는 생각, 저명한 기업가는 바에 드나드는 모습을 보여서는 안 된다는 느낌뿐 아니라 바에 다니며 왕들과 조약에 관한 후문을 주고받는 날카롭고 냉정한 기자들이 자신에게 관심을 가질 이유가 없다는 합리적인 소심함까지도 샘을 괴롭혔다. 하지만 터브는 좋은 친구이자 전문가였다. 성 아삽 교회의 참나무 건물과 벨벳 신도석을 나설 때, 펀워스 학교의 위원실이나 그의 눈이 반짝이거나 약삭빠르고 유머러스하게 보이는 것을 막아주는 뿔테 안경을 쓰고 앉아 있던, 대리석과 호두나무로 꾸민 센토 주립은행의 집무실을 나설 때도 그랬다.

터브는 그날 오후 바에서 만난 남자들의 이름을 하나도 잊지 않았다. 기자 둘은 이름으로 불렀고, 장난기 가득한 얼굴로 혼자 있던 해군 장교는 안도의 눈물을 흘리며 아내와 가장 최근에 싸운 일을 털어놨다.

하지만 그런 명랑함에는 한 가지 단점이 있었다. 터브는 저녁 식사 때 버건디를 마셨고, 그 후에는 나폴레옹 브랜디를 마셨으며, 저녁 내내 샴페인을 마시고는(샘, 메이티, 해군 장교, 영국인, 기자, 웨이터, 몇몇 구경꾼의 진심 어린 조언에도 불구하고) 진품 미국제 호밀 위스키를 마셔 미국과 좋았던 옛 시절에 대한 충성심을 증명하려 든 것이다. 그리고 그가 증명한 건 매우 큰 충성심이었다.

해군 장교가 아내에 대해 이야기할 적에 터브는 윗입술 위에 가늘게 땀방울이 맺혀 어쩔 줄 모르는 기색이었다. 겨우 새벽 2시였고, 술을 계속 마신 지는 열두 시간밖에 안 됐다. 파리에 도착한 첫날 금주법의 미국을 대표하는 터브에게 기준치도 안 되는 시각이었다.

메이티가 샘에게 외쳤다. "이 사람 기절하고 있어요! 데리고 나가서 죽여버리거나 그래줄 수 있나요?"

다행히 근처 화장실에 들어가 샘은 터브의 얼굴을 씻기고 아스피린을 먹이고 꾸짖은 뒤 제정신을 찾게 했다.

샘의 낭만적인 환희는 전부 사라졌고, 반짝이던 빛도 사라졌고, 갑자기 자유를 얻었다는 아이 같은 믿음도 칙칙한 현실의 빛 속에서 사라졌다. 터브에게 화가 나지는 않았다. 하지만 샘은 다정함과 확신을 느꼈었고, 터브와의 동지애 속에서 프랜으로부터 보호받는 느낌을 받았었는데(샘도 그것을 인정했다) 술집 화장실에서 구역질하며 휘청거리는 남자를 붙잡아주는 낭만적인 구석이라고는 없는 봉사를 하다보니 그런 것은 사라지고 없었다.

터브가 이제 멀쩡해졌으니 친구들에게 돌아가겠다는데도 그들은 터브를 택시에 태웠다. 샘은 그에게 고함을 친 뒤 그를 들어서 택시에 집어넣어야 했다. 이렇게 옥신각신하는 와중에 오픈카 한 대가 지나갔는데, 샘은 거기서 혐오스럽다는 표정으로 내다보는 사람이 로마 황제 같은 매부리코에 헨리 제임스 같은 대머리의 엔디콧 에버렛 앳킨스인 것을 보고 말았다.

샘은 몸을 떨었다. 앳킨스가 그 정보를 프랜에게 전하는 것을 상상해버렸다. 프랜의 목소리가 들렸다. "당신의 소중한 친구에 대해 내가 한 말이 옳았지!" 춥고 짜증스러웠다. 샘은 생각처럼 터브에게 다정하게 굴지 못했다.

메이티와 함께 터브를 침대에 눕힌 뒤에야 샘은 자신은 잊고 메이티도 배려해야 한다는 생각이 떠올랐다.

"운도 없지!" 샘이 중얼거렸다. "하지만 누구나 이따금 실수를……."

"아이고, 얼마든지 크게 말해도 돼요." 메이티가 차분히 말했다. "가브리엘과 대형 트럼펫 밴드가 와도 저 원숭이는 이제 안 깨어날 거예요! 하지만 이야기를 좀 하고 싶어요. 저이가 깨어나서 또 나가겠다고 하면…… 음, 욕실밖에 자리가 없네요. 아이고! 제니스에 소문나겠네! 미국의 신식 재즈광들이 이런다고 하던데!"

둘은 어색하게 욕실에 앉았다. 메이티는 딱딱한 흰 의자에, 샘은 욕조의 차가운 가장자리에 아슬아슬하게 걸터앉았고, 메이티가 말했다.

"아뇨, 상관없어요. 정말로! 터브가 정말 취하는 건 1년에 한 번 정도고, 남편이 언제 실수하나 지켜보다가 그런 기회가 생기면 잡는 여자들은 별로라고 생각해요. 인생이 너무 짧잖아요! 유머랍시고 떠들면서 연설이나 하는 진짜 죄악 말고는 법석을 떨 거 없다고…… 샘! 다정한 사람! 언제 프랜을 버리고 다시 행복해질래요?"

"어, 메이티, 솔직히, 그 사람이랑 사이는 좋은데……."

"거짓말하지 말아요, 샘(터브랑 내가 당신을 얼마나 사랑하는지 알잖아요!). 아니, 자신에게 거짓말하지 말아요! 나도 알아요. 프랜이 이따금 편지를 보냈거든요. 끔찍이 똑똑하고 즐겁고 무관심하죠. 그리고 당신은 거기 앉아서 프랜이 지난여름에 귀국하지 않았고, 베를린에서 이리로 와서 우릴 만나지 않았더라도 제니스를 완전히 등지지는 않을 거라고 말하진 못

하겠죠! 게다가 프랜이 그러지 못할 이유도 없고! 어쨌든 제니스에 잘 어울리는 사람도 아니었고…… 본인 생각은 그랬죠! 다만 샘, 다만 말이에요. 프랜이 제니스를 잘라내면 당신도 잘라낼 거라는 거예요. 당신이 대법관이라 해도 여전히 당신은 제니스니까, 한바탕 놀고 나서도 세상에서 제일가게 장식해놓은 이탈리아 정원보다는 편안하고 오래된, 들쭉날쭉한 중서부의 들판에 내리는 석양을 보고 싶어 할 테니까요!"

"음…… 그래요……. 대체로 맞는 말 같아요, 메이티. 하지만……."

샘은 상수시 가든스의 꿈을 이야기하고 싶었다. 하지만 그 문제는 일축하고 더듬더듬 말했다.

"그렇다고 프랜이 제니스와 친구들의 고마움을 모르는 건 아니에요. 물론 알지요! 뭐, 항상 터브와 메이티 이야기를 하고 있어요……."

"네, 그럴 거라고 내기하죠! '여보 새뮤얼, 당신이 좋아하는 피어슨 부인 같은 여자들은 '그럴 거라고 내기하죠!' 같은 상스러운 소리를 늘 써야만 하는 거야?'"

메이티의 쾌활하고 약간 쇳소리 섞인 음성은 프랜의 쌀쌀하고 낭랑한 소리를 따라 할 수 없지만, 성대모사가 꽤 정확해서 샘은 어쩔 수 없이 웃었고, 그 웃음과 함께 샘은 패배했다. 메이티는 승기를 잡고 공세를 펼쳤다.

"샘, 내가 상관할 바는 아니니 언제든지 그만하라고 말해도 돼요. 하지만 여기서 프랜이 원하는 사람들만 만나니 정말 외로웠을 거예요. 샘, 지난 10년 동안 많이 변하는 걸 봤어요.

수다쟁이인 적은 없지만, 예전에는 토론도 즐기고 이런저런 이야기도 아주 잘했는데, 점점 말수가 줄고 겁을 먹고 자신감을 잃었어요. 프랜은 치장을 하고 자기의 사교적 품위와 귀족 같은 아름다움 덕분에 당신의 지위가 유지된다고 느끼는데 말이에요. 당신이 느리고 둔하고 천한 사람들을 좋아하고 믿을 수 없는 촌뜨기이기 때문이라면서! 게다가 당신은 뇌가 새끼손가락보다 작다고……. 하지만 당신은 친절하잖아요! 겸손하고. 지나치게 겸손하죠! 그리고 정확히 아는 사실만 이야기하는데, 프랜은…… 음, 프랜은 배우기도 전에 지껄이죠!

오, 이런. 벼락 맞을 소릴 하고 있네. 쏘세요, 유피테르…… 자, 그러니까 나도 프랜을 **좋아했어요**. 프랜을 우러러봐요. 하지만 프랜이 샘을 대하는 걸 생각하면, 자긴 마치 은으로 치장한 디아나 여신인 것처럼, 특히 사람들 앞에서 샘에게 깍듯이 예의를 지키면서 티를 내는 걸 보면…… 음, 한 대 때려주고 싶다니까요! 이제 내게 헛소리라고 해봐요, 샘……. 저기서 터브가 코 고는 소리 좀 들어봐요! 저 사람이 귀족 흉내를 내면서 대학 교육을 받은 샘의 친구라니! 불쌍한 사람! 내일 얼마나 앓아대며 당연한 꼴을 당할지. 정오까지 말이에요!"

샘은 힘겹게 시가에 불을 붙이고는 텅 빈 마음속에서 할 말을 찾았고, 그러다 몇 달 만에 처음으로 정말로 중요한 문제에 대해 솔직하게 이야기했다.

"그래요, 메이티. 메이티 말에 일리가 있어요. 근엄하게 '감히 내 마누라에게 그런 소릴!'이라고 외쳐야 할 텐데. 하지만…… 뭐, 메이티, 정말 지긋지긋하고 지쳤고 혼란스러워요!

프랜은 메이티 생각보다 훨씬 친절하고 고마워할 줄 알아요. 오만하다고 생각하는 건 대부분 태도일 뿐이에요. 실은 수줍음이 많아서…….”

“아이고, 샘, 그런 현대인 이야길 듣고 읽는 거 지겹네요. 소설마다 그런 사람들이 나오잖아요. 무례하게 굴고는 아무렇지도 않게 물러서서 **수줍음**이 많아 그렇다고 해명하는 섬세한 화초 같은 사람들!”

“입 다물어요! 내 말 좀 들어보라고!”

“그러니까 훨씬 낫네요!”

“흠, 내 말은…… 프랜은 정말 그래요. 어떤 면은요. 그리고 즐기기도 해요. 쾌감을 느끼는 거죠. 멜로드라마 주인공이 된 것 같은 느낌에……. 젠장, 이 욕조는 유럽에서 앉아본 의자 중에 제일 차갑군.” 샘은 웃지 않고 욕실 매트를 욕조 가장자리에 얹고는 다시 털썩 주저앉아 이야기했다. “게다가 프랜은 사회적 지위를 갖기 위해 희생할 가치가 있다고 진심으로 생각해요. 그리고 작위를 받는 게 아직도 중요하다고. 그리고 확실한 건 프랜 때문에 내가 둔해진다는 거예요. 하지만…… 음, 우선 나는 집이라고 부르던 것의 가치를 믿는 구식 사람이라는 거죠. 부부들이 그렇게 헤어지는 꼴은 보기 싫어요. 우리 동네에서도 별거하거나 이혼하는 사람들(대니얼스 박사 부부라든가)을 생각해봐요. 17년이나 결혼 생활을 하고, 착한 아이들을 키우고 말이에요. 그리고 이게 더 중요한 거 같은데, 프랜에게는 매력이랄지 반하게 하는 구석이랄지 다른 사람에게선 느낄 수 없는 게 있어요. 그리고 프랜은 뭔가 좋아하면(좋아하는 사람을 만나는 것이든 좋은 파티든 석양이든 음악이든), 너무 흥분해서 우리보다 더 좋은 그라운드 실린더가 들어간 고압 모터를 장착한 사람처럼 굴어요.

거만하게 굴 때도…… 아, 프랜은 우리처럼 어떻게든 대충 살아가는 게 아니라 인생에서 어떤 형태를, 어떤 기준을 갖고 싶어 하거든요. 그런데 우리는 프랜이 최고 기준에 맞게 행동하라고 요구하면 싫어하죠. 그리고 프랜의 잘못은…… 아, 프랜은 어찌 보면 어린애예요. 프랜을 바꾸려고 드는 건(그럴 수 있다 하더라도!) 햇볕 속에서 뛰어다니고 경주를 하고 신나게 노는 아이에게 설거지를 시키는 셈이에요."

"그러면서 프랜은 샘에게 설거지를 시키잖아요! 오, 샘, 남자에게 부인이 흡혈박쥐 같은 여자라고 참견하는 건 참 고약한 짓이에요. 하지만 샘이 부인에게 영영 쩔쩔매는 걸 보고 있으면 친구들은 눈꼴이 시어요. 이런 남편을 얻어서 행운이라며 샘에게 고마워해야 할 판에! 프랜은 누구에게도 베풀 것은 생각 안 하고 얻을 것만 생각하는 사람이라고 장담해요. 프랜은 세상 누구도 자기에게 봉사하거나 아첨하지 않으면 중요하지 않다고 생각해요. 하지만…… 다른 여자들에게는 관심 없었죠, 응?"

"별로."

"앞으로도 안 그럴까요? 앞으로 6개월 더 프랜의 뒷바라지나 하고 다니면 샘도 주위로 눈을 돌릴 거라고 나 혼자서 내기를 했어요. 그렇게 하면, 샘에게 반할 좋은 여자가 얼마나 많은지 놀랄걸요! 말해봐요, 샘. 그런 여자들을 만날 수 있겠어요?"

"음, 글쎄요. 나는 손해 보는 거래를 지키려고 일부러 불행해지는 게 옳다고 믿진 않아요. 프랜이랑 헤어지면 다른 곳에서는 그런 안정감을 찾을 수 없을 텐데, 그렇다고 그걸 잘하는 짓이라고 여기는 게 아니라 현실을 직면하는 능력이 없는 거죠……."

"아하! 1년 전에 샘은 그것도 인정하지 않았을 거예요! 1년 전이면 내가 감히 프랜을 향해 콧잔등만 찡그려도 샘은 날 물어뜯었을걸! 샘, 다정한 사람, 전에는 내가 프랜을 비난한 적 없죠? 그동안 한 번도. 이제 파탄이 일어난 느낌이니 샘이 그걸 깨닫고 나면 굉장히 상심하고 부루퉁하고 불행해지겠지만, 그다음에는 샘에게 홀딱 빠져 제대로 잘해주는 상대를 만나 즐겁게 트랄-라- 젠장, 꼭 터브처럼 말하네! 난 이제 자러 갈래요. 잘 자요, 샘. 11시쯤 전화로 깨워줄래요?"

호텔의 널찍한 복도를 터덜터덜 걸어 방으로 가는 동안, 너무 졸려 생각을 정리할 수 없었던 샘은 부도덕의 성자가 자신을 개종시켰다고 느꼈고, 문을 열자 높다란 나무들과 물결치는 잔디밭, 선량한 얼굴들이 내다보였다.

제27장

샘이 터브와 메이티와 함께 지낸 한 주 동안 한 일은 신문에 난 '파리의 식당과 댄스장' 목록, 재봉사, 보석상, 향수 가게, 가구상, 시사풍자극의 광고를 보면 추론할 수 있다. 그리고 매일 밤, 터브의 파리 첫날 밤을 더욱 심각하게 새로 찍어 내면 된다.

피곤한 한 주였지만, 샘에게는 위안이 됐다.

그러는 동안 메이티의 경건한 훈계와 미나 폰 에서, 타고난 자신의 미덕을 생각하며 샘은 유혹에 굴복할 마음의 준비를 했다. 다만 유혹적인 사람이 아무도 없었다.

피어슨 부부는 네덜란드에도 같이 가자고 졸랐지만 샘은 파리에 일이 있다고 했다. 자동차 대리점과 콘퍼런스가 있다고 얼버무렸다. 사실 샘은 하루 이틀 정도 호젓이 앉아 있고, 원하는 곳을 산책하며, 상황에 대해 누구의 간섭도 받지 않고 한참 동안 사색하는 시간을 누리고 싶었다.

프랜에게서 급히 휘갈긴 편지 두 통이 왔는데, 샘이 보고 싶다는 말은 매우 반갑고 고마웠지만 쿠르트 폰 오버스도르프와 새벽 3시까지 춤췄다고, 쿠르트와 시골에 놀러 갔다고, 쿠르트의 친구 폰 어쩌구들이 다음 주말 하르츠산의 별장으로 불렀다고 떠들어댔다. "당신이 그때까지 돌아오면 물론 당신도 환영이지만, 못 와서 정말 유감이라고 전해달래." 프랜의 펜이 휘갈겼다.

"흠!" 샘이 말했다.

불쑥 짜증이 났다. 아, 물론 프랜에게는 얼마든지 쿠르트와 지낼 '권리'가 있었다. 샘은 하렘 관리인이 아니었다. 그리고 물론 '프랜이 헤프게 굴 권리가 있다면 나도 마찬가지야'라고 분개하는 건 유치한 짓이었다. '권리'는 문제가 아니었다. 문제는 그가 원하는 것, 그 대가를 치를 용의가 있느냐였다. 새롭고 낯선 연애를 하고 싶은지, 그런 상대를 찾을 수 있는지, 프랜이 불안해 공격하긴 하지만, 샘에 대해 느끼는 존경심을, 품위를 포기할 마음이 있는지였다.

제니스에서 6개월 뒤 만나자는 강한 맹세와 함께 암스테르담으로 떠나는 피어슨 부부를 배웅한 뒤, 한 시간쯤 카페 데 되 마고 앞에 앉아 사업과 자동차 제작, 골프의 우주를 송두리째 대체한 프랑스 중심의 우주에 대해 곰곰이 생각하던 샘은 커다란 손으로 작은 대리석 탁자를 꽉 잡고서 더는 거리낌 없이 자신이 굶주렸다고, 프랜의 깔끔함과 미나 폰 에셔의 검댕이 묻어나는 따스함, 메이티 피어슨의 민첩한 저속성을 갖춘 연애 상대가 간절함을 인정했다.

샘은 열의가 넘치는 젊은 연인이 가득한 작은 몽파르나스의 레스토랑에서 혼자 식사했다. 스웨덴의 화가와 이탈리아 소녀 학생, 미국인 세계 여행가와 그의 폴란드인 정부, 백인 러시아인 한 쌍과 이탈리아의 반파시스트 한 쌍. 모두 원앙처럼 지저귀며 **평범한 포도주**와 말고기를 놓고 앉아 솔직하게 손을 맞잡았다. 그리고 그곳은 아주 싼 곳이라 실제로 프랑스인도 있었다. 아주 크고 시끄러운 가족 파티만 제외하면 전부 연인이었고, 그들은 서로의 손을 쓰다듬고, 부끄러움 없이 뺨에 코를 비비며 온 세상을 잊고 상대의 눈만 바라봤다.

그때는 봄(파리의 봄)이었고, 밤꽃 향기와 갓 물에 젖은 보도의 상쾌함에 샘 도즈워스는 쿠르트와 프랜과 함께 아들론 호텔에 있는 것처럼 외로웠다.

프랜이 냉정하고 깔끔하게 예의를 차리던 모습을 떠올리니 화가 났다. 주위의 젊은 연인들을 보니 더욱 화가 났다. 아낌없고 부끄러움 없는 이런 열정을 프랜은 샘에게 단 한 번도 준 적 없었다. 샘은 박탈감을 느꼈다. 아니, 프랜에게서 박탈한 것인가? 어느 쪽이든 단단히 잘못된 상황이었다. 이젠 **그만**…….

오, 그는, 덩치 크고 친절한 남자 샘 도즈워스는 외로웠고, 이야기를 나누고 으스대고 허풍을 떨 남자, 유치하게 굴며 상처 입고 위로받을 여자를 원했다. 그토록 성공했고 부자였지만, 그 둘 중 어느 하나도 없었던 샘은 아픈 상처를 드러낸 채 속수무책으로 그들을 찾았다. 그렇게 찾으면서 샘은 저녁을 먹은 후 파리를 동경하는 외국인들이 모이는 곳으로, 카페 뒤돔과 경쟁하는 셀렉트로 걸어갔다.

파리의 지적인 구역의 카페에, 보아하니 누굴 기다리지도 않으면서 혼자 앉아 있는 남자는 항상 수상하다. 고국에서는 왕자일 수도, 성공한 소매치기일 수도, 탐험가일 수도 있지만, 피할 수 없는, 지나치게 친절한 산책자들의 이 도시, 암살자나 전문 순교자보다 높은 사람이라면 누구나 쉽게 짝을 찾을 수 있는 이 도시에서는 그런 사람은 외롭다고 가정한다. 외로워야만 하니까.

하지만 소박하고 가정을 사랑하는 프랑스의 도시 파리에 에워싸인 이 영적인 모험가들의 도시, 이 새로운 허영의 시장, 더욱 알 수 없는 비밀과 새커리가 생각지도 못할 만큼 더 용감한 어밀리아들,• 더욱 친절한 도빈스 대령들의 도시에서는, 그런 외톨이가 부유해 보이면, 그가 웨이터들에게 조용히 말하고 옆자리 사람들이 청하지 않고는 말을 걸지 않는다면, **물**을 천천히 마신다면, 그는 아마 돈 많은 관광객일 것이라고, 정말로 자격을 갖춘, 관광객을 살짝 무시하는, 파리의 보헤미안 구역에 진짜 입문한 사람, 도서 리뷰를 출간해보거나 모두가 자신이 헝가리 집시라고 믿는다고 확신하는 노스다코타의 첼리스트에게 이 예술의 성채를 안내받는다면 고마워하는 것이 원칙이다.

그래서 새뮤얼 도즈워스가 셀렉트 앞의 탁자에 울적하니 동떨어져 앉아 있을 때, 다른 탁자의 젊은이 넷이 그에 대해

• 윌리엄 새커리(1811~1863)의 소설《허영의 시장》의 여주인공.

서 논평했다. 심리 분석적으로, 생물학적으로, 경제학적으로. 명민하게, 예리하게, 강력하게.

"저기 혼자 있는 커다란 덩치 보여?" 뱅고어•의 미니어처 제작자 클린턴 J. 길레스피가 말했다. "미국인 변호사라는 데 내 돈 다 건다. 정치도 했을 거야. 연설을 좋아하지. 지금은 잘려서 괴로워하고 있어."

"아이고, 헛소리!" 옆에 있던 신사가 말했다. "우선 딱 봐도 영국인이잖아. 그리고 손을 봐! 네 썩어빠진 미니어처에는 손 같은 게 들어갈 자리가 없겠지! 저 사람은 부자고 좋은 집안 출신이야. 하지만 일하는 사람의 손을 갖고 있지. 아주 간단해. 영국에서 아주 큰 시골 저택을 가지고 있고, 농사에 열광하는 사람이야. 어쩌면 준남작일지도."

"대단해!" 체격이 작고 콧대가 날카로운 세 번째 남자가 말했다. "완벽해. 하지만 저 사람은 분명히 군인이고, 이건 잘 모르겠지만, 독일인일 거야!"

"너희 때문에 메슥거린다! 맞지도 않는 걸 너무 아는 척해! 저 사람이 누군지는 모르지만, 샴페인 한 병 같이 따기 좋아 보여. 가서 마셔야지." 네 번째로 짧은 머리, 천사 같은 얼굴에 장미 봉오리 같은 입술, 얌전한 턱과 잡지 표지에 어울리는 콧날, 마흔 살의 억울하고 욕심 많은 눈을 가진 스무 살 여자가 말했다.

• 미국 메인주의 도시.

"엘사, 대체 파리에는 뭐 하러 온 거야?" 클린턴 J. 길레스피가 불평했다. "저치 같은 속물에게 매번 말을 걸 거면? 넌 절대 소설가가 **못** 될 거야!"

"열 낼 일도 아니지. 여기서 놀고 있는 소설가들을 생각하면 말이야!" 엘사가 쉿소리로 속닥이더니 샘의 탁자로 다가가 재잘거렸다. "**실례**하지만, 혹시 시카고의 앨버트 잭슨 씨 아닌가요?"

샘이 고개를 들었다. 새해가 되면 식료품상에서 보내는 달력에 나오는 '미스 순수'의 교화적인 초상과 너무 닮아 샘은 이렇게 케케묵은 속임수 전략에도 짜증이 나지 않았다. "아뇨, 유감이군요. 시카고 출신이긴 하지만, 이름은 피어슨입니다. 토머스 피어슨. 대부 은행업을 하지요. 잠깐 앉겠습니까? 파리에서 좀 외롭군요."

엘사는 서둘러 앉지 않았다. 그렇게 숙녀답지 못한 만남은 처음이라는 듯이, 언제든지 겁을 먹고 달아날 수 있다는 듯이 얌전히 의자에 미끄러져, 그냥 앉았다고 말할 수가 없었다. 엘사가 중얼거렸다. "**너무** 바보 같았죠! 이렇게 말을 걸다니. 끔찍하게 대담한 애라고 생각하셨겠지만, 저…… 잭슨 씨와 너무 닮으셨어요. 뉴로셸의 고모 집에서 만난 분이거든요(아버지가 그곳 침례교회 목사시거든요). 저도 아주 조금 외로웠던 것 같아요. 파리에 아는 사람이 별로 없거든요. 여기 온 지 석 달째인데도 말이죠. 여기서 소설 쓰기를 공부하고 있어요. 하지만 괜찮다고 해주시니 정말 친절하시네요."

"괜찮다뇨? 영광이지." 샘이 점잖게 말했다. 그리고 마음속으로 이렇게 결심했다. '그래, 요 귀여운 고양이 같은 것, 돈 냄새를 맡고 온 예쁜이, 원하는 만큼 속아주고 오늘 밤을 함께 보내겠다!'

그리고 샘은 그렇게 갈등 끝에 마침내 죄악을 향해 첫걸음을 내딛자 의기양양해졌다.

"자, 아가씨, 술 한잔 사드리지요. 고모 댁에서 **만난** 사람처럼 착하고 점잖은 사람임을 증명하기 위해서라도 말이지요. 뭘 드시고 싶은가요?"

"어머, 저…… 저…… 전 알코올은 맛본 적도 거의 없어요." 샘은 그 여자가 다른 자리에서 브랜디 두 잔을 마시는 걸 봤었다. "뭘 **마시죠?** 젊은 여자에게 안전한 게 뭘까요?"

"음…… 물론 브랜디에는 손도 안 대겠죠?"

"어머, 그럼요!"

"그렇고말고. 음, 제일 좋아하는 게 뭔가요?"

"음…… 제가 끔찍이 어리석다고 생각하시진 않겠죠? 저, 성함이……."

"토머스 피어슨이요. J. 토머스."

"그렇죠. 제가 참 바보 같네요! 토머스 씨, 제가 끔찍이 어리석다고 생각하시진 않겠죠. 사람들이 늘 샴페인 이야기를 하니까 한번 맛보고 싶었다고 한다면요?"

"아뇨, 전혀 어리석다고 생각하지 않아요. 젊은 아가씨들이 마시기에 딱 좋은 순한 술이라고 하더군요." ('그래! 그리고 오늘 밤엔! 저 여자가 날 먼저 골랐다고!') "마시고 싶은 샴페인 브랜드라도 있나요?"

여자는 수상쩍은 표정으로 샘을 봤지만, 크고 소박한 얼굴에 안심하더니 전보다 더 솔직하게 종알댔다.

"오, 제가 끔찍한 바보라고, 정말이지 빤한 풋내기라고 생각하시겠지만, 와인 브랜드는 하나도 몰라요! 하지만 어떤 남자애가(아주 열심히 공부하는 학생이죠) 폴 로제, 캥즈, 그러니까 1915년산이 아주 좋은 빈티지라고 하더군요."

"그렇죠. 상당히 좋은 와인이라고 들었어요." 샘이 그것을 주문하면서 슬쩍 쳐다보자 엘사와 함께 있던 청년들이 감탄하듯 어깨를 으쓱이더니 내기라도 한 것처럼 한 명에게 5프랑 지폐 석 장을 건네고 있었다.

'난생처음 하는 유혹에 협력자가 있을 것인가?' 샘은 의아했다. '필요할지도 모르지! 끝까지 해내지 못할 테니까! 이 조그만 악마가 반쯤 정신을 잃도록 키스하고 싶지만 오, 세상에, 딸보다 어린 여자아이에게 집적거릴 순 없어!'

그리고 엘사에게 삼십 분간 열심히 베를린과 나폴리, 이번 주에 뉴욕에서 파리로 비행한 찰스 린드버그에 대해, 예상된 화제인 금주법과 엘사가 아직 시작하지도 못한 소설에 대해 이야기하는 동안 샘은 양심의 가책을 털어버리고 점잖은 새뮤얼 도즈워스를 잊고 도둑놈이 되기로 한 결심을 되찾고자 했다.

질투심과 샴페인이 도움이 됐다.

삼십 분 뒤, 엘사는 아주 예쁜 얼굴로 외쳤다. "어머! 저쪽 자리에 제가 아는 애들이 있어요. 파리에서 적적하시다면, 저 친구들이 함께 안내해드릴 거예요. 저 친구들도 반가워할 거예요. 참 착한 아이들이고, 재능도 많거든요! 이쪽으로 불러도 될까요?"

"잘됐군요."

엘사는 함께 앉아 있던 청년 셋을 부르더니 뱅고어의 미니어처 제작자 클린턴 길레스피, 사우스벤드 출신으로 현재 광고업을 하지만 곧 급진파 주간지를 창간하려는 찰리 쇼트, 삽화가(무슨 삽화를 그리는지는 영영 밝히지 않았다) 잭 키프라고 소개했다. 엘사와 달리 그들에겐 앉으라고 청할 필요가 없었다. 그들은 재빨리 착착 앉더니 목마른 표정을 지었고, 샘이 폴 로제 두 병을 순순히 더 시키는 동안 우스꽝스럽고 정교한 눈짓을 교환했다.

샴페인을 마시는 동안 그들은 샘에게서 대화 주도권을 앗아갔다. 그들은 가장 예술적인 화제, 온갖 다른 예술가의 밉살스러움을 이야기했다. 이따금 그들은 교양 없는 피어슨 J. 토머스 씨에게 자기들이 흉보는 사람들이 누군지 강아지에게 뼈다귀를 던져주듯 설명을 던져줬다. 각자 반병씩 마신 뒤, 그들은 착실한 청년이 침례교 목사의 딸을 대하듯 엘사를 대하는 척하기를 잊었다. 그들은 엘사를 공격했다. 엘사의 말을 반박했다. 그중 하나(콧대가 날카로운 키프)는 엘사의 손을 잡았다. 샴페인을 한 병 더 마신 뒤에는 엘사 자신도 잊은 듯했다. 엘사는 크리스마스카드에 등장할 천사는 들어도 모를 이야기에 너무 요란하게 웃어댔다.

그래서 질투심과 이 오만한 청년들에 대한 진심 어린 증오심에 샘은 내키지 않는 마음을 고쳐먹었다.

'까짓것.' 샘이 생각했다. '이 여자가 저 키프라는 쥐새끼와 더 친한 건 아니라는 말은 못 하겠지! 어쨌든 이 허풍쟁이들보다 샘보 할아범이 이 여자에겐 나을 거다. 훨씬 더 즐겁게 만들어줘. 그래!'

샘은 결심했다. 일단 자신을 설득하는 사투를 마치고 엘사의 마음을 사로잡기로 하자 샘은(샴페인 빛깔이 살짝 물든 안개를 통해서) 그녀가 굉장히 마음에 드는 상대로 보이기 시작했다.

'내일 자책하겠지만, 상관없어! 이 여자를 가질 거야! 이제 이 젊은 놈들을 치워버리자! 고민 그만하고, 말을 해! 콘티넨털 호텔에 데려갈 거야! 반드시!'

프랜은 과묵한 남편 새뮤얼이 떠들어대는 걸 봤다면 놀랐을 것이다. 일찍이 샘은 이 젊은 천재들을 막아낼 방법을 배웠다. 그들이 언질을 주기 전 샘 자신이 저속하다는 걸 인정하되 그들이 교양인들 사이에서 차지한 지위보다 샘이 저속한 사람들 사이에서 더 높은 지위임을 드러내는 것이었다.

이 공격에 그들은 흐트러졌고 샘은 쾌활하고 스스럼없이 그들의 말을 반박할 수 있게 됐다. 샘은 에디 게스트가 미국 최고의 시인이며, 터브 피어슨에게서 들었지만 동의하지 않는 여러 가지 이야기를 했다. 샘이 너무 무신경하게 말하니 피어슨 J. 토머스처럼 덩치 크고 부유한 신사들이 자신의 재산과 배포를 무시하고, 길레스피, 쇼트, 키프의 교양을 우러러보는 데 익숙했던 청년들은 당황해서 비틀거렸다.

엘사는 샘의 말에 전부 맞장구쳤다. 그들과 맞서 편을 들어주자 샘은 열렬해졌다. 엘사는 (자신의 고집이 승리하는 것에 살짝 놀란) 샘이 진공청소기가 호메로스보다 중요하고 만화의 머트 씨가 솜스 포사이트•보다 순수한 혈통을 지닌 인물이라고 주장할 정도로 응원했다.

길레스피, 쇼트, 키프는 술을 사양하지 않았다. 샴페인을 마신 뒤 엘사는(들어보지도 못한 술이라고 말한 것을 잊고) 브랜디를 제안했으며, 여러 잔의 브랜디를 주문하자 내야 할 술값을 상기시키는 잔 받침이 샘 앞에 점점 높이 쌓여갔다. 길레스피와 쇼트, 키프 앞의 탁자는 순수한 개척 시대처럼 그때 놓아둔 브랜디 말고는 텅 비어 있었다.

하지만 샘은 간사하게 기뻤다. 그것 말고도 그가 콧대가 날카로운 키프보다 능력 있는 연인임을 더 잘 증명할 방법이 있을까?

샘은 청년들을 무시하고 엘사에게만 이야기했다. 이 장밋빛 아이에게 동정심을 갖고, 거의 솔직하게 마음을 털어놓고 있었다. 샘은 그녀의 눈이 실은 매정한 것이 아니라 지적이라고 판단했다.

샘은 결국 탁자 아래로 손을 넣었고, 엘사의 손이, 너무나 따뜻하고, 너무나 젊고, 너무나 생기 있는 손이 날아와 샘의 손을 꽉 맞잡으며 샘을 견딜 수 없이 휘저어놓았다. 샘은 두 사람만이 나누는 비밀을 생각하며 매우 명랑해지고 쾌활해졌다. 하지만 작은 방해가 생겼다.

• 《포사이트가 연대기》의 등장인물.

엘사가 콧소리로 말했다. "어머, 잠깐만 실례할게요. 밴 나이스 로드니가 저기 있네요. 저 사람에게 물어볼 것이 있어요. 잠깐만 실례해요."

엘사는 굉장히 털이 많고 파란 셔츠를 입은 남자가 앉아 있는 자리로 가더니 아양 떨던 태도를 싹 버리고 대화에 집중했다.

샘은 자기 탁자의 손님들에게 무시당한 채 앉아 있었다.

삼 분 뒤, 잭 키프가 일어나며 중얼거렸다. "잠시만 실례하겠습니다." 그도 엘사와 밴 나이스 로드니에게 가더니 이야기를 시작했다. 그다음 길레스피도 하품을 했다. "음, 들어가봐야겠네." 쇼트가 말했다. "반가웠어요. 저……." 그러더니 그들은 가버렸다. 샘은 그들이 거리를 걸어가는 것을 봤다. 그들에게 좀 더 유쾌하게 대하지 않은 것이 후회됐다. 쇼트나 길레스피 같은 자들도 이 명랑하고 외로운 도시에서는 함께할 가치가 있었으니까.

다시 보니 엘사와 키프, 로드니가 싹 사라지고 없었다.

샘은 엘사가 돌아오기를 기다렸다. 한 시간 동안 앞에 엄청나게 쌓인 잔 받침만 친구 삼아 기다렸다. 엘사는 오지 않았다. 샘은 웨이터에게 계산하고 천천히 일어나 굳은 얼굴로 택시를 불러 춥고 외롭게 떠났다.

밤중에 언젠가(꿈인지 생시인지 확실하지 않았다) 프랜이 냉랭하게 말하는 소리가 들렸다. "새뮤얼, 여보, 이제 알겠지. 내가 그렇다고 하지 않았어? 당신은 쿠르트 같은 유럽인의 열여덟 살 적보다도 여자들에 대해 아는 게 없다고! 당신들 미국 남자란! 잘난 체 씨근거리면서 그 쪼그만 창녀를 유혹할 수 있을지 없을지 빤한 질문이나 해대다니! 그러더니 그것조차 못하다니! 참 꼴좋다! 하지만 쿠르트…… 물론 쿠르트는 처음부터 엘사를 거기서, 기생충 같은 친구들에게서 떼어냈을 거야……."

프랜의 목소리였지만, 샘은 대답할 말이 없었다.

다시 깨어보니 프랜이 아니라 샘 자신이 경멸하는 소리가 들렸다. "게다가 거기서 가장 빌어먹을 점은 네가 그 예술가 지망생 쥐새끼들에게서 우월감을 느꼈단 거야. 가엾은 녀석들! **물론** 그들은 잘난 체하면서 거만을 떨어야 용기를 잃지 않지. 그들은 실패자니까."

그리고 다시. "그래, 다 옳은 소리야. 하지만 나는 엘사를 다시 찾아낼 것이고, 이번에는……."

제28장

샘은 잠을 설쳤다. 6시에 일어나 아침 식사를 요청했다. 하지만 아침을 먹던 중에 모든 것이 감사하게도 소중해졌다.

샘은 엘사와 잘못된 길로 가지 않은 것이 너무 고마워 그 일은 일 초 이상 생각하지도 않았다. 모든 생각은 프랜에게 집중됐다.

어째서 그는 모든 불화와 비난, 짜증, 아무것도 아닌 것들을 악몽 속에 나온 벽처럼, 현실이 아니지만 위협적인 장벽으로 만든 것일까? 필요한 건 프랜과의 정말 솔직한 대화뿐인데! 파리로 와서 메이티에게 솔직하게 털어놓고 엘사와 바보짓을 한 것, 프랜과 멀어져 혼자 지낸 것 덕분에 샘은 솔직해질 수 있었다.

그는 어리석었다. 프랜은 아이였다. 그러니 사랑스럽고 사랑받는 아이로 취급하면 안 될까. 좀 더 인내심을 가지고, 프랜의 투정에 화내지 않으면 안 될까? 아이. 햇빛 비치는 구름과 뇌우를 그대로 비추는 호수.

그냥 돌아가서 말하자. "이것 봐, 여보……."

샘은 "이것 봐, 여보" 다음에 뭐라고 말할지 알 수 없었다. 하지만 아주 다정하고 설득력 있게 말할 생각이었다. 프랜을 정말 사랑하니까! 그 열렬한 눈빛을 한 프랜을…….

하지만 쿠르트 폰 오버스도르프는 어쩌지?

음, (호전적으로) 그게 뭐! 프랜은 아직 순수하게 위험을 모르거나 타락한 뒤 후회하고 있을 터였다. 어느 경우든 쿠르트 같은 프리랜서 연인들의 위험을 차근차근 설명하고 나면 프랜은 정신을 차리고 그들 사이의 가짜 적대감을 함께 비웃을 터였다. 그렇다! 바로 그것이다. 모든 것은 가짜의, 흥미진진한 장난이었다. 그녀의 비밀스럽고 극적인 인생의 모든 것이 그렇듯이! 그리고 둘은 함께 미국으로 돌아가게 될 것이었다.

샘은 프랜을 재촉할 생각이었다. 당장! 가능하면 날아가고 싶었다! 바로 그날 오후에 프랜을 만나고 싶었다!

샘은 비행 엔진에 대한 직업적 관심이 있긴 했지만 비행기를 타본 적은 없었다. 대부분의 제정신을 가진 사람들처럼 샘도 늘 비행이 조금 두려웠지만, 그 순간 열정으로 두려움을 무시했다.

그러자 레벨레이션의 가장 결정적인 시기 이후 샘이 느껴보지 못했던 효율성이 마구 솟아났다. 짐꾼에게 베를린행 비행기가 몇 시에 뜨는지 알아보라고 시켰고(그것은 9시, 그때부터 두 시간 뒤였다), 탑승권을 구하라고 전화했다. 객실 담당 직원이 샘의 청구서를 가지러 달려갔다. 객실 담당 직원에게 짐을 싸게 했다. 비행장에 갈 자동차를 불렀다.

차를 타고 나가며 샘은 살짝 불안했다. 차를 많이 타도 비행에 용감해지지는 않았다. 하지만 프랜을 몇 시간 뒤 만난다는 생각에 불안을 극복했고, 비행장에서 내려 커다란 비행기를, 증기선처럼 튼튼해 보이는 금속 기체와 두툼하게 주름 잡힌 금속 날개를 보자, 앞에는 조종사가 편안하게 앉아 있고 승무원들이 짐을 싣는 모습을 보자 환희 속에 긴장감은 전부 사라졌다. 샘은 작은 사다리를 올라 왼쪽 날개를 가로질러 보트를 타는 아이처럼 작은 문으로 들어갔다.

객실은 아주 큰 리무진이나 좀 작은 버스의 내부 같았다. 좌석은 클럽 의자처럼 깊고 편안한 가죽 의자였다. 객실 벽은 가죽으로 덮여 있었다. 앞쪽의 작은 창문을 통해서 기장이 복잡한 장비를 앞에 두고 있는 모습이 보였다. 옆에 있는 창문 밖을 내다볼 때를 제외하면, 비행기처럼 환상적이고 연약한 것 안에 있다는 느낌이 들지 않았다. 대여섯 명의 탑승객은 아무렇지 않은 표정이었다. 한 명은 앉자마자 책을 펼치더니 한 시간 동안 고개를 들지 않았다.

샘은 소심했던 것이 매우 부끄러웠다. 약간 위험하기를 바라는 마음마저 들었다.

담당자의 손짓 말고는 아무런 의식도 없이 출발했다. 하도 오랫동안 땅을 지나가서 샘은 과적이라 날 수 없나 싶었다. 갑자기 살짝 꺼림칙한 느낌이 들었다. 오, 하늘 높이 올라가 안정적으로 날면 물론 괜찮겠지만, 땅에서 날아올라 빙빙 돌고 흔들리며 상승할 때는 기분 나쁘지 않을까?

사실 샘은 언제 땅에서 날아올랐는지 알지 못했다. 아주 요란하게 풀밭 위로 덜컹거리다 프로펠러 바람에 풀줄기가 뒤로 젖혀졌다. 그러더니 마법같이 하늘로 3미터, 격납고 지붕 위로, 저 멀리 보이는 에펠 탑만큼 날아올랐는데, 어째서 아무런 느낌이 없는지 의문스러웠다.

아래 보이는 시골은 지도 같았다. 샘은 농무(또는 비누 거품) 같은 것 위로 지나갈 때 전율을 느꼈고, 그것이 구름이며, 그 위로 1킬로미터 가까이 높이 떠 있다는 것을 깨달았다. 샘은 지도처럼 생긴 농촌, 구름 위로 지나가는 것에 대해 읽어봤었다. 사실 여러 번 읽어본 내용을 경험하는 중이었지만 잔잔한 날씨에 하는 비행기 여행은 아무것도 없는 시골에서 타는 운하 보트 말고는 인류에게 알려진 가장 단조롭고 따분한 여행 형태라는 내용은 읽어본 적 없었다. 몇 시간이나 지도를 보고 있으면 얼마나 지루할까! 아주 빠른 자동차나 아주 격렬히 달리는 기차에 탄 것보다도 더 전원 풍경에서 감흥을 느낄 수 없는 여행이었다.

너무나 단조롭고 안전하게 느껴져 샘은 불안해하던 자신을 기억하고 웃었다. 프랑스인 사업가가 휴대용 타자기를 꺼내 무릎 위의 슈트 케이스에 올려놓더니 하늘 위에서 태연히 편지를 타자하기 시작하자 더욱 웃음이 나왔다.

이제 샘은 비행에 대해 전부 잊고, 이따금 멀리 초록 언덕을 내다보며 프랜 생각만 했다. 오, 프랜을 위해서라면 뭐든지 할 생각이었다. 프랜이 샘의 그런 마음을 이해하게 할 요량이었다. 그 정도의 헌신이라면 프랜을 품에 되찾을 터였다!

9시에 파리에서 출발했다. 독일 도르트문트에는 3시 20분

도착 예정이었다. 1시가 안 되어 뇌우를 만났고, 비행의 평범한 지루함이 순식간에 사라졌다.

번갯불이 번쩍이며 지나가고, 광풍 속에서 떨며 먹구름과 마주친 이 분 동안은 캄캄한 밤에 길을 잃은 느낌이 들었고, 구름에서 벗어나자 빗줄기가 창문을 두드려 작은 객실이 무시무시할 정도로 불안하게 느껴졌다. 자동차 경주 선수들과 시속 180킬로미터로 즐겁게 차를 몰았던 샘은 확실히 신경이 쓰였다. 어쩔 줄 몰랐다! 발을 내디딜 땅도, 헤엄칠 바다도 없이 위험천만의 어두운 공기뿐이었다.

좁은 통로 건너편의 남자(심술궂게 들리는 그의 언어가 무엇인지 샘은 알 수 없었다)가 한번 쳐다보곤 기운 없이 웃더니 코냑병을 꺼내 길게 꿀꺽꿀꺽 마신 뒤 한마디 말도 없이 건넸다. 샘은 지체하지 않고 병을 받아 마시곤 고맙다고 고개를 숙였다.

샘은 다시 프랜을 생각하려고 애썼고, 프랜은 창밖에서 비행기와 속도를 맞추어 공중에 떠 있는 창백하고 젊은 얼굴이었다. 하지만 프랜의 모습은 잠깐뿐이었다.

비행기는 뇌우를 지나 악기류를 만났다. 위로 훽 날아올랐다가 30미터 아래로 떨어졌다. 그 느낌은 고속 승강기를 타고 내려갈 때 위장은 2층 위에 남아 있는 듯한 느낌과 정확히 일치했다. 거친 바다의 소형선처럼 흔들리고 떨렸다.

폭풍우 내내 무관심하게 타자를 치던 사업가가 조용히 일어나더니 작은 종이봉투에 울컥 토했다. 그 모습을 보고 코냑을 건넸던 호감 가는 박애주의자는 더, 훨씬 더 심하게 토했다. 그리고 샘 도즈워스는 토하고 싶었지만 그럴 수 없어 괴로웠다.

한 시간 이상 그들은 상자 속의 주사위처럼 부질없이 흔들렸고, 이루 말할 수 없이 감사한 마음으로 도르트문트의 비행장으로 내려갈 때, 또 한 차례 뇌우가 쏟아졌다.

프랜이나 터브 피어슨이 지켜보고 있었다면 샘은 베를린까지 한 번 더 비행기를 탈 용기가 없음을 인정할 용기가 없었을지 모르고, 요구가 많은 검열관 샘 도즈워스가 지켜보고 있을 때도 몹시 힘들기는 했지만, 비행기가 섬세하게 땅에 닿아 이동하는 동안(비행기는 공중에서 그렇게 미친 듯이 뛰노는 건 생각도 못 했다는 듯이 순진하고 얌전했다) 샘은 마음을 정했다. "음, 시작은 이 정도로 하고 기차로 가자!"

비행기에서 내리자 육지 멀미에 조금 어지러웠지만, 샘은 되찾은 땅에, 아름답게 안전하고 단단한 땅에 기뻐하며 바보처럼 웃었다.

비행장에서 기다리는 택시가 있었지만 샘은 '역'이나 '기차'가 독일어로 무엇인지도 모른다는 생각이 들었다. 베를린에서는 프랜에게 의지했었다. 샘은 짐꾼이 가방을 실어준 택시의 기사를 불안한 표정으로 보며 중얼거렸다. "베를린? 바곤? 베를린?"

"알고말고요, 사장님." 택시 기사가 말했다. "베를린행 기차. 흠, 미국은 요즘 어떤가요?"

샘은 어쩔 수 없이 미국에서 살았었냐고 물었다.

"**거기** 살았냐고요? 아이고, 웃기지 마세요! 프로이센에서 태어났지만, 필리랑 케이시•에서 26년 동안 살다가 얼간이처럼 여기로 돌아와선 군대에 잡혀갔죠. 뭐, 누가 착하고 바른 전쟁이었다고 하거든 믿지 마세요! 타세요, 사장님."

베를린행 기차에서 샘은 비행기로 가지 못한 자신에게 화가 나서 프랜을 삼 분간 잊었다. 그 일로 샘은 자신이 우유부단하고 늙은이처럼 느껴졌다. 마음이 약해진 것인가? 샘은 오는 가을, 프랜이 함께하든지 말든지 캐나다에서 다시 카누 여행을 하겠다고 결심했다. 대충 먹고, 땅바닥에서 자고, 짐을 지고, 온종일 노를 저으며, 최악의 급류를 타기로 했다. 그렇다! 프랜이 함께하든 아니든…….

하지만 **함께**여야 했다! 프랜은 샘이 파리 여행에서 가져가는 새로운 열정을 거부하지 못할 터였다.

기차는 자정 직전 베를린에 도착했다.

호텔에 도착하자마자 샘은 도어맨을 기다리지 않고 가방을 들고 로비로 들어갔다.

"아내는 있소? 도즈워스, B7 스위트룸이오." 샘이 데스크에 물었다.

"부인께서는 출타 중이신 듯합니다, 고객님. 열쇠는 여기 있습니다." 직원이 말했다.

샘은 우울한 표정으로 사환을 따라 가방을 들고 엘리베이

● 필라델피아와 캔자스시티.

터로 갔다.

열쇠는 데스크로 돌려보냈다. 지친 탓에 프랜이 돌아오기 전에 잠들 수 있기 때문이라고 스스로에게 변명했다.

프랜은 방에 없었다. 프랜의 향기는 났다. 흔적이 뚜렷했다. 화장대 유리 덮개에 분홍색 파우더가 조금 떨어져 있었다. 정돈된 침대 위에는 아이리시 레이스가 달린 잠옷이 있었다. 에밀리에게 쓰다 만 편지가 응접실 책상 위에 있었다. 그녀가 남긴 흔적에 부재가 더욱 강렬하게 느껴졌다. 자정부터 2시 반까지 샘은 잡지를 읽으며 앉아 프랜을 기다렸고, 맹렬하고 단순하던 흥분이 시시각각 식어갔다.

2시 30분, 복도에서 웃음소리가 들렸다. 샘은 그러는 자신이 싫지만 어쩔 수 없이 벌떡 일어나 응접실 불을 끄고 어두운 침실 안 문 앞에 서 있었다.

문 열리는 소리가 들렸다. 프랜의 목소리가 들렸다. "그럼, 잠깐 들어와도 되죠. 오래는 안 되고. 가엾은 프랜, 프랜은 지쳤어! 대단한 오케스트라였어요! 새벽까지 춤출 수도 있었는데!"

쿠르트가 말했다. "오, 사랑스러운 당신…… **당신!**"

"안녕." 샘이 침실 문 앞에서 말하자 프랜은 한 번, 빠르게 흐느끼는 소리를 냈다.

"파리에서 좀 전에 돌아왔어." 샘이 응접실로 걸어가 불을 켜고 멜로드라마의 한 장면을 연출한 것을 후회하며 둔하고 어색한 느낌으로 서 있었다.

"어, 샘! 잘 돌아와서 반가워요!" 쿠르트가 외쳤다. "프랜이랑 춤추고 왔어요. 이제 그만 돌아가고 내일 전화할 테니 점심 같이 먹어요."

쿠르트는 하고 싶은 말이 있는 듯 망설이며 프랜을 보더니 인사하고 돌아갔다. 프랜은 입술을 깨물며 샘을 노려봤다. 샘이 말했다.

"여보, 정말 빨리 돌아왔어. 들어봐, 여보, **비행기를** 탔어. 당신 없이는 살 수 없어서! 쿠르트와 함께 이렇게 늦게까지 있다가 와서 화난 건 아니라고……."

"화를 당신이 왜 내!" 프랜은 소파에 금색과 진홍색 이브닝 숄을 내던졌다.

"여보! 들어봐! 심각한 이야기야. 당신을 행복하게 하는 일이면 뭐든지 할 생각으로 돌아왔어. 당신이 소중해. 당신도 알지. 당신은 내가 가진 전부야. 다만 이렇게 집 없이 떠돌아다니는 건 그만두고 집으로 가서……."

"그게 당신이 생각하는 '날 행복하게 하는 일'이지! 이제 **당신이** 잘 들어. 당신이 좋아하는 말이잖아! 난 쿠르트를 사랑하고 쿠르트는 날 사랑해. 난 그와 결혼할 거야! 어떤 대가를 치르더라도! 오늘 밤에 결정했어. 내가 할 수 있는 말은 쿠르트가 신사라서 당신 머리에 주먹을 날리지 않은 게 다행이란 것뿐이야. 아마 그러고 싶었겠지만. 당신이 침실에 숨어서 우리 대화를 엿듣는, 다정하고 촌스러운 속임수를 썼을 때……."

"프랜! 프랜!"

"이제 상처받고 놀란 어린애 연기 좀 그만둬! 당신에겐 불평할 자격 없어. 당신은 날 몰라. 나에 대해 아무것도 몰라.

내가 뭘 입는지, 당신 서재에 무슨 꽃을 꽂아두는지, 당신의 어색한 태도와 지루한 친구들과 지루한 일과 지루한 평판을 막아주려고 어떤 희생을 하는지 모른다고!"

"프랜!"

"아, 알아! 못되게 굴고 있지. 하지만 쿠르트랑 너무 행복했어. 이 분 전까지 말이야. 그러다 당신이 여기 코끼리처럼 웅크리고 있는 걸 보니……. 그래, 위대한 도즈워스 씨, 자동차 업계의 거물, 내 영혼과 꿈과 몸을 좌지우지할 권리를 가진 사람! **견딜** 수 없어! 가난…… 그래, 쿠르트랑 나는 가난할 거야. 다만, 다행히 나는 매년 2만 달러의 유산을 받지! 하지만 그 사람이 아는 사람들 사이에선 그 정도면 가난할 것이고……."

프랜은 완전히 히스테리 상태로 이브닝드레스를 찢어댔다. 샘은 살인을 목격한 사람처럼 겁에 질렸다. 샘이 소심하게 말했다. "알았어, 여보. 한 가지만. 그도 결혼하길 원하나?"

"그럼!"

"그럼 내가 물러나지." 샘은 파리의 셀렉트에서 겪었던 외로움을 떠올렸다. "여기 독일에서 이혼할 수 있나?"

"응, 그렇게 알고 있어. 쿠르트가 할 수 있대."

"베를린에서 지낼 건가?"

"그럴 것 같아. 비드너 부부의 친구에게 세줄 좋은 아파트가 있대. 티어가르텐을 내려다보는."

"좋아. 그럼 내가 떠나지. 내일. 오늘 밤은 너무 늦은 것 같군. 여기 응접실 소파에서 자겠어. 당신이 괜찮다면."

"알았어……. 아, 당신은 이럴 때도 끈기 있고 고통받는 순교자 역할을 할 셈이구나! 그러면 내가 절망적스러울 만큼 잘못한 사람이 돼서 당신에게 고마운 줄 모르는 더러운 개가 된 느낌이 든다는 걸 본능적으로 아는 거야. 나는 돌아가서 의무를 다하는 지루한 배우자가 되어야 한다는 듯이. 음, 그러지 않을 거야! 그건 이해해!" 샘은 구석에 몰리는 기분이었다. "쿠르트는 내가 늘 원한 모든 걸 가졌어. 진짜 세련된 태도, 학식, 예절, 심지어 그 소중한, 바보 같은, 어린애 같은 어릿광대 노릇까지. 그래, 당신이 우아하게 내게 던지기 전에 얼른 내가 말할게. 그래, 지위까지. 나도 백작부인이 되고 싶다는 건 **인정**할게. 다만 그게 얼마나 중요하지 않은지 당신 같은 남자는 이해 못 하겠지만. 그래, 육체적으로 쿠르트는…… 오, 당신처럼 황소 같은 힘은 없지만, 승마도 하고, 펜싱도 하고, 춤도 추고, 수영도 하고, 테니스도 쳐. 오, 완벽해. 그리고 쿠르트에겐 로맨스 감각도 있어. 하지만 당신은 제니스의 온갖 지루한 사람들을 찾아다니며 내가 당신에게 고마운지 모르고……."

"그만해! 경고야!"

"……나는 어리석게 작위나 쫓아다니는 미국 여자라고 하고, 오버스도르프 백작은 작위는 있지만 그저 회사원일 뿐인데다가 재산이나 탐내는 자라고 조롱할 테고, 그러면 당신은 지루해도 정당하다 싶겠지! 오, 당신이 내 추문을 퍼뜨리며 얼마나 즐거워할지……."

"어머!" 프랜은 샘의 표정을 보고 움츠렸다. 샘은 중앙 탁자 옆에 서 있었다. 그는 커다란 오른손을 장미 화병을 쥐어 식혔다. 그 손을 서서히 움켜쥐고 어깨에 힘을 주자 화병이 부서지고 손가락 사이로 물이 흘렀다. 샘은 유리 조각과 짓이겨진 꽃을 구석에 던지고, 피가 나는 손가락을 닦았다. 미치광이 같은 짓에 분이 풀렸다.

프랜은 겁먹은 표정을 지었지만, 용감하게 외쳤다. "제발 멜로드라마……."

샘이 사업 이야기를 하듯 냉정하게 프랜의 말을 잘랐다. "어느 쪽이든 이제 멜로드라마는 없어. 내가 못 참을 거라고 경고했지. 내 성질을 건드리는 짓을 더 하면, 다음번엔 화병이 아닐 거야. 이제 두 가지만 짚고 넘어가자. 내가 가는 건 정해졌어. 하지만…… 쿠르트가 당신과 결혼하고 싶어 하는 게 확실해?"

"확실해!"

"혹시 두 사람……."

"아니, 아직은 아니야. 미안하게도! 당신이 오늘 밤 오지 않았으면 그랬을지도 모르지. 오, 미안해! 제발! 이런 못된 소리는 하고 싶지 않아! 하지만 나도 지금 좀 제정신이 아니라고. 사람들이 날 어떻게 여길지 모를 것 같아? 브렌트와 에밀리도 뭐라고 할지! 오, 대가를 치르겠어……."

"그럴 거야. 이제 약속해줘. 쿠르트를 마음대로 만나더라도 한 달 뒤 이혼소송을 시작해. 반드시."

"좋아."

"은행에 매년 만 달러를 당신에게 보내라고 지시할게. 당신 돈 이외에. 그러면 되겠지."

“오, 샘, 당신이 얼마나 무지한지, 무능한지 알려줄 수만 있다면, 그리고 내 잘못이 아니니…….”

갑자기 샘은 놀라서 흐트러진 프랜을 붙잡아 방에 밀어 넣고는 으르렁거렸다. “오늘 밤 이야기는 이걸로 됐어.” 그리고 프랜이 노발대발하는데도 문을 잠그고, 깡패 같은 짓을 자책하고, 밤새 잠들지 못하겠다고 한숨을 쉬었고, 외투와 신발을 벗는 것 말고는 잠자리 준비 없이 소파에 털썩 눕자 곧바로 곯아떨어졌다.

제29장

아침에 샘은 냉정하게, 최대한 빨리 방을 비우기로 했다. 프랜 역시 냉정했다. 8시에 샘이 침실 문을 열자 프랜은 이미 새파란 재킷과 치마에 무늬 없는 블라우스를 입고 건방져서 해고하기로 한 하인을 보듯 샘을 봤다. 프랜이 조용히 말했다.

"잘 잤어. 물론 어젯밤 내게 거칠게 굴고 위협했으니 화해 가능성이 없어진 걸 알겠지."

"그래? 잘됐군."

"오, 알겠어. 좋아. 그러니 모든 게 훨씬 쉽네. 드디어 우리 위치를 알게 됐어. 이제 당신은 파리로 돌아가겠지. 적어도 당분간은."

"그럴 것 같군. 저녁 기차를 타겠어."

"그럼 할 일이 많겠네. 성가시게 해서 미안한데, 협의할 게 많겠어. 제니스의 집이랑 재정 문제 등. 돈을 계속 보내준다니 너그럽네. 당신 집을 운영하고, 당신 사업 관계자들을 맞이하는 등 내가 번 돈이라는 생각이 들지 않았다면 거절했을 거야. 그리고 당신은 짐도 싸야 해. 트렁크에 우리 물건이 전부 뒤섞여 있으니 짐을 나눠야 할 거야. 그러니까 서둘러야 해. 아침 식사를 시켜준다면…… 그리고 면도도! 내가 이런 말을 해도 된다면, 면도는 꼭 해! 난 내려가서 호텔 직원에게 당신 **침대차**와 표를 구하라고 할게. 그리고 쿠르트에게 전화도 해야지. 당신은 그 사람을 한동안 괴롭히고 싶겠지만, 그 사람은 개의치 않을 거야! 이곳에서 내 평판을 생각해도 그러는 게 좋을 것 같아. 내가 이례적인 위치에 있으니까, 당신이 이해해주길 기대할 수는 없지만, 쿠르트와 내가 오늘 밤 함께 당신을 배웅하는 게 좋겠어."

"프랜, 엽총을 구해 올 생각은 없지만 폰 오버스도르프는 언제, 어떤 경우라도 다시 볼 생각이 없어. 나와 그 작자 둘 다를 위해서 당신 마음대로 다 해먹으려는 생각은 포기해. 날 쫓아내면서도 모두가 당신이 헌신적인, 버림받은 아내라고 여기도록 만드는 건 말이야. 그 얘긴 끝이야. **알겠나**?"

"그래, 좋아. 그리고 오늘이 마지막 날이라도 내게 더는 소리 지르지 않으면 좋겠어. 당신에 대한 기억이 조금이라도 나아지도록! 내겐 오렌지주스를 시켜줘. 아침 식사가 올 때 돌아올게. 파란 정장을 다려서 옷장에 걸어놨어. 당신 없는 사이에 시켰어."

11시, 샘이 짐을 싸고 프랜이 짐 가방을 새로 사러 나간 사이에 응접실로, 침실로, 노크도 없이 쿠르트 폰 오버스도르프가 들어왔고, 샘이 고개를 들고 보니 그가 초조함에 손을 꼭 쥐고 문 앞에 서 있었다.

"날 보고 싶어 하지 않는 거 압니다. 프랜이 전화로 그렇다고 했어요. 하지만 샘, 오해한 겁니다. 난 지골로도 돈 후안도 아니에요. 프랜을 사랑해요. 자유의 몸이라면 결혼해달라고 애걸했을 거예요. 하지만 샘을 얼마나 좋아하고 존경하는지 말한다면, 내가 감상적인 바보라고 하겠죠. 프랜에게 당신을 제대로 모른다고 계속 말했어요. 두 분을 내가 화해시킬 수 있다면……. 오, 프랜을 버리고 떠나지 마세요. 프랜에겐 샘의 안정감이 필요해요! 두 사람을 화해시킬 수 있다면, 두 사람을 내 소중한 친구로 삼을 수 있다면, 내가 대신 떠나겠어요……. 그래요. 오늘 떠나겠어요!"

샘은 옷 가방 앞에서 일어나 손의 먼지를 털고 셔츠 차림으로 근엄하게 섰다.

"자네 엄포를 내가 진지하게 받아들인다면, 폰 오버스도르프? 내가 만약 '좋아. 자네가 오늘 당장 베를린을 영영 떠나면 내가 남지'라고 한다면?"

"그렇게 하겠어요! 정말로! 샘이 프랜에게 항상 더 부드럽게 대해준다고 약속한다면 말이죠! 오, 영영 떠나 숨을 생각은 없어요. 난 가난하잖아요. 어머니도 부양하고. 하지만 부다페스트로 석 주 동안 출장은 갈 수 있어요. 거기서 새 지점을 열고 있거든요. 내가 갈까요?"

쿠르트는 광신도 같은 표정으로, 십자군처럼 말했다.

하지만 샘은 떠나고 싶다는 사실을 곧바로 깨닫고 절망스러웠다. 프랜의 연기에서 벗어나고 싶고, 쿠르트가 두 사람을 버리고 간 뒤 프랜의 분노와 단둘이 남는 건 두려웠다.

"아니." 샘이 말했다. "그리고 사과하겠어요. 그 말을 믿어요. 이제 이렇게 해야 합니다. 물론 당신이 프랜을 얼마나 좋아하는지 난 알 수 없어요. 하지만 프랜과 내가 다시 살 수는 없는 건 확실해요. 우리 둘에게 그게 좋은 일인지도 모르겠고. 우리가 할 일은 아무것도 안 하는 거요. 물 흐르듯 상황이 흘러가게 두는 거. 나는 갈 겁니다. 프랜은 남고. 당신도 남아요. 당신은 당신 감정을 알고 나도 내 감정을 아니까, 그 여자를 정말 사랑한다면(내가 신께 맹세코 사랑했고 아직도 사랑하는 것처럼!) 나를 배려하느라 방해받지 말아요. 반대 처지라면 난 안 그럴 거요. 그렇다고 '축복이 함께하기를'이라고 말하진 않겠어요. '둘 다 저주받기를!'이라고 말하고 싶으니까. 하지만 당신이 무슨 잘못인지 모르겠어요. 그래, 이제 짐을 마저 싸야 해요. 안녕히, 오버스도르프. 오늘 밤 나를 배웅하진 말아요. 절대 원치 않으니. 그리고 프랜의 말이 옳은 것 같군요. 당신이 나보다 그 여자를 더 행복하게 해줄 거 같아요."

"하지만 당신만…… 혼자 가면……."

"무슨 얼토당토않은 소리! 내 걱정은 말아요! 난 아무에게도 거리낄 것 없으니! 이 일에선 모두가 다른 모두에게 너무 신경을 쓰는 게 문제야! 우리 중 누구 하나라도 솔직하게 자신이 원하는 걸 붙잡아버리면 모든 게 더 분명해질 거예요. 그래요. 난 괜찮을 겁니다. 잘 가요."

쿠르트는 급히 내민 손을 잡고 악수했다. 샘은 등을 돌렸다. 고개를 들고 보니 쿠르트는 가고 없었다.

쿠르트가 방문한 사실을 알았다 해도 프랜은 내색하지 않았다. 온종일 예의 바르고, 사무적이며, 에나멜보다 더 딱딱했다.

샘의 여행(영영 계속될지도 모르는 미지의 장소로 가는 여행)을 위해서 필요하다고 여기고 가져온 여러 개의 트렁크와 가방을 풀어야 했다. 오랜 시간 그 짐이 그들의 하나뿐인 집이었다. 그걸 나누는 건 장례식 후의 재산 분할 같았다.

하지만 프랜은 효율적으로 움직였고, 끔찍이 친절했다.

세비야에서 신났던 날, 샘이 깜짝 선물로 사준 숄이 나오자 프랜은 천천히 보고, 쓰다듬고, 입을 열다가 단호하게 서랍장에 넣었다. 하지만 싸구려 조가비 상자가 나오자 더 힘들었다.

그 상자는 로마 캄파냐에서 보낸 어느 날, 빠르게 산책하던 바람 불고 화창하던 날을 떠오르게 했다. 그들은 아무도 모르는 풀숲 속에서 카이사르의 무덤만큼 오래된 무덤을 발견했고, 농부의 식당 앞 야자수로 이엉을 얹은 야외 자리에서 점심을 먹었다. 방물장수가 잡동사니 조가비 상자를 얹은 쟁반을 들고 그들의 자리에 다가왔고, 프랜이 하나를 집어 들더니 외쳤다. “어머, 여보, 이 귀여운 것 좀 볼래?” 그것은 걸작이었다. 싸구려 붉은 벨벳을 옆면에 풀로 붙이고, 뚜껑에는 작고 흐릿한 거울 주위로 금박을 입힌 작은 조가비를 붙였다. “이것 봐! 난 평생…… 내가 어렸을 때, 하녀가 있었는데(그런데 도우미라고 불렀던 것 같아!) 이거랑 **똑같은** 상자를 가졌었어. 난 그게 세상에서 제일 아름다운 물건이라고 생각했지. 하녀의 작은 다락방에 몰래 들어가서 그걸 보곤 했어. 그리고 항상 비슷한 걸 갖고 싶었지. 그런데 여기 있네! 물론 이렇게 끔찍한 물건을 살 순 없지만!"

"왜?"

"어, 살 수 있어? 좋은 추억이…… 오, 안 돼! 정말 말도 안 돼. 여행도 하는데……."

하지만 샘은 프랜의 마음을 맞춰줬다. 늙은 상인에게 물었다. "얼마요? 응?" 그리고 심문하듯이 다섯 손가락을 펼쳤다.

샘도 방물장수도 이해 못 한 대화를 한참 나누고 프랜이 쉴 새 없이 키득거린 뒤, 샘은 그 물건을 7리라에 샀으며, 그날 밤 프랜은 그 주위에 진주 목걸이를 두고 앞에는 촛불을 켰다. 그러곤 잊어버렸다. 그래도 버리진 않았다. 방치된 서랍장 트렁크, 수영복, 산책용 신발, 여행을 교육적으로 만들어주는 역사책들과 그 밖에 꼭 쓸 생각이지만 절대 쓰지 않는 유용한 물건들을 넣어두는 여행의 낡은 다락방에 들어갔다.

프랜은 그 다락방 서랍을 바삐 뒤지다가 조가비 상자를 꺼내 들고 서 있었다. 그윽하고 가엾은, 회한의 눈빛이 떠올랐고, 온갖 방어벽은 사라졌다. 샘이 어쩔 줄 모르고 프랜을 돌아봤다. 그리고 둘 다 할 말을 찾지 못하자 프랜이 불쑥 다락방 서랍에서 한 번도 쓴 적 없는 보온병을 꺼냈고, 그 순간은 지나가버렸다.

일 분 뒤, 무슨 말을 할지 필사적으로 더듬던 샘은 이렇게 말하면 환심을 살 수 있으리라 생각했다. "내가 혹시 에스파냐에 가게 되면, 레이스나 자수 같은 걸 사다줄까?" 프랜이 상냥하게 대답했다. "오, 고마워. 하지만 괜찮아. 곧 발칸반도에 갈 듯한데, 거기 꽤 쓸 만한 자수가 있을 거야. 있잖아, 내가 이 드레스 칼라를 당신 낮 셔츠 칼라가 아니라 저녁 셔츠와 함께 두는 거 알고 있어? 세상에, 서둘러야겠어!"

한 사람이 감방에서 작은 녹색 문을 지나 최고의 왕좌를 향해 짧은 죽음의 길을 걸어갈 때, 그는 믿을 수 없는 경계심과 함께 살아 있고 영원하다 느껴지는 우주의 중심이자 목적인 자신(단단한 이두박근과 어머니가 처음 그토록 간절히 괴로워하며 염려한 뒤로 희한하게도 뛰어대는 심장, 코니아일랜드의 짠 바닷물에 들어간 후 반짝이더니 폭음 후 칙칙한 벽돌처럼 변한 적갈색 피부를 지닌 이 단단한 몸), 신과 영원의 형상을 따라 지은 이 몸이 오 분 뒤 멈추고 굳어 흙이 되리라는 사실에 경악하면서도 모기한테 물린 곳, 치통, 사제가 전하는 전지전능한 신의 메시지의 말투가 거만한 것, 복도의 미끈거리는 돌바닥이 젖어 있는 것, 엄숙한 행진이 일으키는 메아리 따위를 그 길고 느린 순간에 의식할 것인가? 그는 죽음이라는 위대한 비밀보다도 이런 사소하게 불쾌한 것들에 더 신경 쓸 것인가?

샘과 프랜은 역에서 너무 정신이 없어서(잡지를 사고, 타우흐니츠 출판사의 새 간행물을 살펴보고, 추가로 가져가는 트렁크를 파리까지 부치느라) 이것이 마지막 작별인지 생각할 겨를이 없었다. 그들은 아들론 호텔의 복잡한 바에서 식사했는데, 남들과 너무 가까워 제대로 슬퍼할 수 없었다. 프랜은 "미국에 가기로 하면, 에밀리와 아기를 만나면 내가 몇 달 뒤 돌아가서 만나잔다고 전해줘……. 무슨 일이 있어도…… 걔들이 유럽으로 오지 않는다면 말이야. 물론 그러면 좋겠지만……. 가방 병 안에 새로 치약 넣어뒀어."

프랜은 역에서 일하는 배달원처럼 세심했다. 차장에게 샘의 자리를 1인용 객실로 바꿔달라고 한 것도 프랜의 빠르고 부정확한 독일어였고, 수화물과 부치는 트렁크를 운반해준 호텔 짐꾼에게 팁으로 4마르크 이상 주지 못하게 한 것도 그녀였다.

몇 달 동안 승차권과 짐, 예약을 담당한 것은 대체로 그였고, 냉정하고 우아하게 기대앉아 샘의 실수를 호되게 비난한 건 프랜이었다. 그러나 그날 밤에는 프랜이 앞장서서 모든 것을 미리 생각해둔 것처럼 행동했지만, 샘은 미혼 고모처럼 어쩔 줄 몰랐다. 프랜에게 새로운 존경심이 들었다. 어쩌면 쿠르트와 함께라면 프랜은 이제 아이처럼 굴지 않고 현실을 파악할 듯했다. 그렇게 생각하니 샘은 더욱 암담했고, 장차 기적 같은 화해는 더욱 가망 없게 느껴졌다. 프랜이 새로 태어난 여자로 보였다. 프랜은 미국에서 조리사의 봉급부터 여성 클럽 프로그램까지 모든 것을 관리하던 때처럼 능숙하게 유럽의 복잡한 일상을 파악하는 것처럼 보였다. 그제야 프랜이 제니스로 돌아가는 것을 상상할 수 없었다. 쿠르트 폰 오버스도르프와 드라헨탈 공주와 유럽은 샘 도즈워스와 터브와 메이티 피어슨 부부, 로스 아일랜드와 중서부를 완전히 패배시키고 그 자리를 차지했다.

이렇게 더듬더듬 괴로운 생각을 하며 샘은 프랜을 따라 역 안을 걸어갔고(신문 가판대로, 시가 가판대로, 열차 탑승구로), 직접 짐을 들고 메아리가 울릴 정도로 넓은 승강장을 걸어가는 삼등석 승객만큼이나 자신이 반짝이는 금속처럼 사무적인 프랜과 멀다고 느꼈다. 그리고 그렇게 필요한 일과 불필요한 일 모두를 필요 이상으로 마친 뒤, 그들은 짐을 맡기고 승차권을 경비원에게 건넨 뒤 침대칸 옆에 섰고, 불현듯 그들은 추락하는 루시퍼처럼 바삐 움직이던 낙원에서 감정의 지옥으로 굴러떨어졌다. 프랜은 잠시 그 감정을 미뤄뒀다. 그녀는 와인과 샌드위치, 과일을 수레에 싣고 지나가는 소년을 봤다. "오, 마실 것이 필요할지 모르겠네." 프랜은 이렇게 말하더니 달려가 코냑 한 병을 샀다.

달리 할 일이 없었다.

열차가 출발하려면 악마 같은 삼 분이 더 남았다. 그들은 서성거렸다. 키 크고, 잘 차려입은, 누가 봐도 만족스러운, 별 관심도 없고 별 감정도 없는 한 쌍이었다.

샘이 그토록 많은 기차역에서 그토록 여러 번 했듯이 프랜의 팔을 잡았다가 뜨거운 죄책감을 느끼며 놓았다.

"아니, **부탁이야.**" 프랜이 샘의 팔짱을 끼며 말했다. "실감하려면 좀 힘들겠지. 안 그래! 오, 샘, 여보, 당신이랑 나는 잘 지낼 수가 없어. 그리고 난 쿠르트를 정말 사랑해. 그건 맹세해! 하지만 우린 인생이란 이 희한한 사업에서 파트너였지. 좋은 파트너였어. ……당신이랑 나랑 함께 행복한 시간이 참 많았어!" 프랜의 음성에서 자신감이 사라졌다. "당신을 다시 만나게 될까? 그리고…… 축복할게, 여보……."

"스으응차-하십시오, 승차!" 경비원의 우울한 목소리가 외쳤다.

"타라는 말인가?" 샘이 물었다.

"응, 어서!"

샘이 객차에 오를 때 기차가 출발했다. 프랜은 혼자 서 있었다. 샘은 낯선 타인 같은 동정심을 느끼며 프랜을 봤다. 프랜은 너무나 가녀리고 젊고 무방비한 상태로, 잿빛 도시에서 너무나 외로워 보였다. 샘은 프랜이 울고 있음을 깨달았다.

샘의 묵직하고 어른스러운 음성이 젊고 떨리는 소리로 외쳤다. "여보, 오늘 당신이 소중하다는 말을 내가 했던가?"

경비원이 객실 문을 닫았다. 샘이 창밖으로 목을 길게 뽑고 돌아보니 쿠르트 폰 오버스도르프가 승강장을 달려왔고, 프랜이 그의 품에 안기는 모습이 보였다. 샘은 천천히 걸어 외로움이 울부짖는 객실 칸으로 들어갔다.

제30장

만화경. 진홍의 삼각형과 하늘색 사각형, 수정 같은 굴절과 침울한 검은 선. 무의미한 아름다움과 왜곡된 형태가 나타내는 고통의 정수. 그해 여름 몇 달 동안 샘 도즈워스의 여행이 그랬다.

샘은 제니스로 돌아가고 싶었다. 터브와 메이티가 주는, 에밀리와 브렌트가, 그를 존경하고 무식한 관광객이라고 비웃지 않는 거리와 모퉁이와 사무실이 주는 위안이 간절했다. 하지만 프랜 없이 돌아가면 쏟아질 경멸에 마주하는 것, 아내에게서 벗어나고 싶어 타인의 결혼 문제에 대해 키득거리고 음침하게 숙덕이며 소심한 증오를 드러내는 남자들이 간접 복수 삼아 신나서 속삭이는 소리를 모퉁이를 돌 때마다 듣는 것…… 그런 일을 견딜 수 없었다. 그리고 고소해하면서 눈물을 글썽이고 쓰다듬으며 건네는 동정심을 마주하는 것, 프랜을, 그의 프랜을 험담하고, 그의 영혼인 그녀와 헤어진 것을 장황하게 축하함으로써 만족감을 느끼는 속 좁은 얼간이들을 마주하는 것…… 그런 일을 당할 수는 없었다.

미국에서 할 일이 있었다면 아마 거기 처박혀 서류와 비서와 전화 통화에 매달려서 추문으로부터 자신을 감췄을 것이다. 하지만 그렇지 않았다. 당장 상수시 가든스 계획은 샘 자신이 아내를 잃지 않을 남편이라는 평생의 믿음만큼이나 터무니없게 느껴졌다.

하지만 샘은 파리에서 미국 편 배표를 두 번 예약했고, 두 번 모두 사무소로 찾아가 겸소하게 돈을 돌려받았다.

샘은 알고 있는 단 하나의 언어를 듣기 위해 런던으로 갔다가 그 언어를 알기 때문에, 누군가 자신을 알아보고 동정할까 봐 거기서 달아났다. 그는 노스 곶과 발트해 지역으로 독일어 관광을 갔다가 리가에서 독일어를 몰라 달아났다.

샘은 영국으로 돌아가 자동차를 빌려 켄트를 통과하는 옛 로마 도로를 따라 여행했고, 목제 골조의 주택과 붉은 기와지붕을 얹은 시골집이 있는 마을에 들르곤 했다. 빛나는 구릉지대 아래 여전히 숲이 우거진 계곡에 숨어 있는 서식스의 마을에도 찾아갔다. 그는 좀 작은 차를 혼자 타고 다니는 매우 덩치 큰 남자로 보였을 것이다. 하늘과 맞닿은 언덕에 혼자 앉아 몇 시간이고 무릎을 움켜쥐고 생각에 잠긴 남자로. 작은 술집에 혼자 앉아 들리는 모든 것을 들으며, 누군가 말을 걸어주면 놀라고 기뻐하는 남자로.

샘은 영국의 계곡과 농장의 평화와 안정감을 느꼈고, 거기서 너무나 확실한 외지인이라 더욱 불안했다. 샘은 파리로 돌아가 밤마다 미국 바에 앉아 과거에는 대단했지만(재정적으로

나 정신적으로나 알코올적으로나) 지금은 파산해 해변에서 물건이나 줍는 사람으로, 그래서 불쌍한 눈으로 봐줘야 하는 사람으로 취급당했다.

샘은 상황을 이해했다. 그래서 그는 많은 시간을 그랑 위니베르셀의 방에서 혼자 보내게 됐다(이제는 스위트룸 대신 저렴한 싱글 룸을 빌리는 것이 이상하게 쩨쩨한 즐거움을 줬다). 술도 많이 마셨다. 아침을 먹는 대신 코냑을 마시기도 했다. 하지만 멍한 졸음 사이사이 샘은 완전히 혼자이며, 일이나 자식, 친구, 습관적인 일, 마지막으로 아내까지 그가 '좋은 사람'으로서 함께 인생을 헤쳐온 모든 것이 사라졌으며, 자기 머릿속에서 발견할 수 있는 기쁨 이외에는 의지할 곳이 아무 데도 없음을 뚜렷이 느꼈다. 누구도 그를 필요로 하지 않았고, 그는 자신이 베풀 수 없는 상대에게는 절대 의지할 수 없는 사람이었다.

유치하고 터무니없는 방식으로, 이따금 고맙게도 새뮤얼 도즈워스가 필요로 하는 것을 감추어주는 안개 속에서 샘은 하루하루 시간을 죽였다. 정오까지 샘은 그랑 위니베르셀의 방에서 가운을 입은 채 한 시간 동안 파리의 《트리뷴》과 《헤럴드》를 읽고, 삼십 분 동안 면도를 하면서 빈둥거렸다. 이 주에 한 번 이발에 한 시간을 썼고, 스스로 바쁘고 중요한 사람인 척 노력했지만, 이발소에서 자기 차례를 기다려야 하면 반가웠다. 이상한 사람처럼 보이지 않도록 《스케치》나 《그래픽》을 뒤적이며 그 시간을 보냈다. 샘은 전에는 경멸했던 손톱 손질을 받기 시작했다. 스스로 인정하지는 않았지만, 호텔

주소를 개런티 트러스트에 알리지 않아 매일 우편물을 받으러 은행까지 걸어갈 구실을 만들었다.

샘은 아직도 자신을 중요한 사람처럼 대하는 개런티 트러스트의 도어맨과 우편 담당 직원이 고마웠다. 그리고 편지가 있을 때(얼마 되지 않았고, 대부분은 여동생처럼 지내고 싶은 듯한 프랜이 보낸 것이었다) 샘은 어리석은 자존감을 느끼며 그것을 받아서는 이탈리아 대로의 카페 앞 탁자에 앉아 읽고 또 읽었다. 내용 대부분은 프랜이 베를린에서 근사한 새 식당을 발견했다는 것이었지만.

한번은 개런티 트러스트에서 우편물을 확인하러 온 남자가 말했다. "혹시 레벌레이션의 도즈워스 씨 아닙니까? 뉴욕의 모터쇼에서 뵌 적이 있습니다."

샘은 너무 반가워 함께 점심을 들자고 했고, 자주 전화를 걸어 결국 샘을 신적인 존재로 여기던 남자가 그도 외롭고 흔한 인간일 뿐임을 깨닫고 경멸하며 무관심해지도록 만들었다.

그리고 항상 프랜이 따라다니며 샘의 나약함을 꾸짖었다. 늘 프랜의 얼굴이 보였다. 해 질 녘과 새벽 3시, 더 잘 수 없어 일어나 담배를 피울 때면 프랜의 말소리가 들려왔다. "오, 샘, 당신이 이렇게 지저분한 술주정뱅이가 되리라 믿을 순 없었어!" 샘은 프랜의 어깨에 머리를 파묻은 채 자신이 인간으로서 실패했다고 울먹이며 털어놓았고, 그다음에는 더 나은 자신이 되려는 그녀의 열렬하고 용감한 노력이 불쌍해서 괴로워하며 쿠르트가 그녀를 얻을 수 있도록 할 수 있는 일을 기꺼이 하겠다고 마음먹었다. 승승장구하던 시절의 친구들이 아무도 알아보지 못할 정도로 보기 싫게 불콰해진 샘 도즈워스는 헝클어진 머리와 구겨진 잠옷 차림으로 담배를 피우며 침대 가장자리에 앉아 파리에서 베를린으로 전화를 걸어 프랜에게 오버스도르프 백작부인이 되길 바란다고 말하고 싶었지만, 그녀가 그런 통화를 원치 않을 것이며 새벽 3시에 깨우면 아주 예민해질 거라는 생각에 참고 있었다.

샘은 불행을 자주 겪었지만 이렇게 완전한 고통은 처음이었다. 너무나 모호하고 갈피를 잡을 수 없고 불합리한 고통이라 우울하고 나약한 자신에게 화가 났다. 너무나 혼란스러운 고통이라 차라리 몸 어딘가가 확실히 아픈 것이 나았다. 프랜은 그에게 광증이었다. 샘은 프랜의 배신을 저주했고 길고 변함없는 침묵 속에서 그녀의 거만한 행동을 되짚어봤지만, 결과는 자유로워지겠다는 결의가 아니라 갑자기 그녀에게 느껴지는 동정심(그녀가 쿠르트의 가족에게 무시당할까봐 드는 두려움)과 그녀가 친구도 없이 혼자 해 질 녘에 울고 있는 모습이었다. 샘은 가장 기괴한 조합을 띄엄띄엄 떠올렸다. 프랜의 흰 모피 이브닝 숄과 디트로이트로 가던 자동차 여행 때 길가에서 커피와 샐러드, 차가운 자고새고기로 차린 점심 식사. "난 몹시 졸린 젊은 여자야"라던 말투와 프랜이 좋아하던 우스꽝스럽고 지저분한 분홍색 양모 침실용 슬리퍼. 샘은 그런 추억 속에서 환히 웃다가 정신을 차리고 더욱 괴로워했고, 결국 프랜은 그가 벗어나야 할 영혼의 바이러스가 됐다.

샘은 낭드 아제레도를 발견했다. 그는 프랜을 완전히 배신했고, 낭드를 좋아하면서도 프랜을 배신하기 잘했다고 스스로를 설득할 수는 없었다.

샘은 카페 셀렉트로 돌아가 엘사를 다시 만나고, 동화처럼 엘사를 콧날이 날카로운 키프에게서 빼앗기를 바랐다. 그즈음에는 이른바 '외도'를 할 마음이 있느냐는 문제가 아니었다. 그저 미치지 않는 문제만 남았다. 샘에게는 편안한 결혼생활을 누리는 목사들이 지킬 윤리가 존재하지 않았다.

엘사는 보이지 않았고, 샘이 혼자 앉아 있으니 타타르 사람처럼 광대뼈 사이가 넓은, 키 크고 보기 좋은 여자가 다가오더니 청하지도 않았는데 앉아 플루트로 연주하는 것 같은 영어로 말했다. "무슨 문제라도 있어요? 아래만 보고 있네."

"그래요. 뭐 마시고 싶어요?"

"그랑 마르니에요……. 그 여자 죽었어요, 아님 달아났어요?"

"이야기하고 싶지 않아요."

"그 정도예요? 좋아요. 여기 이야기를 하죠. 여기 사람들을 흉내 내볼게요."

그리고 명랑하게, 나쁘지 않게 했다. 샘에게 그녀는 베를린 이후 가장 밝은 빛처럼 보였다. 아마 화가의 모델 같았다. 아마추어가 아무리 능숙하다 해도 돔이나 셀렉트에 전문 매춘부는 거의 없었다.

낭드는 자신이 낭드 아제레도라고, 마치 자신이 누군지 알아야 한다는 듯 말했다.

페르낭드 아제레도(샘은 곧 알게 됐다)는 절반은 포르투갈인, 절반은 러시아인, 전체는 프랑스인이었다. 그녀는 스물다섯 살에 9개 국가에서 살았고, 세 번 결혼했으며, 시베리아 늑대를 쏜 적도 있었다. 코러스 걸, 드레스 마네킹, 마사지사 일을 했었고, 진열창에 세우는 밀랍 모형을 만들어 근근이 생활하면서 스스로를 조각가라고 불렀다. 그녀는 쉰일곱 명의 연인을 사귀었지만("그리고 한 명은 진짜 왕자였어요……. 음, 꽤 진짜였죠") 그중 누구에게도 드레스 몇 벌 외엔 받은 게 없다고 으스댔다.

그리고 샘은 그 말을 믿었다.

그 길고양이(또는 길호랑이)는 엘사나 키프나 길레스피나 쇼트 같은 천재들과 달리 샘의 마음을 읽었다. 그녀는 샘이 미국인이고 사업가이며 대학 졸업자임을 점괘를 읽듯이 알아냈다. 샘이 사랑에 패배한 것도 알았다. 근본적으로 샘이 친절하고 견고하며 다른 미국인 여행객들이 즐거워하는 외설적인 것에 관심을 두지 않는 사람이라는 것도 알았다.

"당신은 좋은 사람이에요. 저녁이라도 사주든가. 아니라도 상관없어요. 내 작은 아파트에 오면 요리를 해줄게요. 지금은 남자 없으니까. 마지막 만난 놈(더러운 사냥개 같은 놈)은 내 모피 코트를 훔쳐다 전당포에 맡겨서 내쫓았어요!"

그리고 샘은 그 말을 믿었다.

낭드의 상기된 활력이 기분 좋았다. 중요한 말은 하나도 안 했지만, 낭드는 남녀 간의 전쟁에 대해 사소하고, 세속적이고, 현자 같은 논평을 열심히 했고, 샘이 너그럽고 강하고 현실적인 사람이라 주위의 어떤 약해빠진 시인 나부랭이보다 그가 더 마음에 든다고 했고, 샘은 그녀와 함께 있으면 마음이 따뜻해졌다. 그리고 베를린이나 쿠르트를 입에 담지 않고, 프랜이 연인이었는지 아내였는지 밝히지 않고서 샘은 "이야기하고 싶지 않아요"란 말을 잊고 어디가 아픈지 솔직하게 털어놓았다.

그리고 샘은 호텔로 돌아가 가방 하나를 싼 뒤 낭드 아제레도의 아파트로 가 사흘 밤낮을 보냈다.

낭드는 남자에게 무심하고 행복하게, 너무나 당당히 봉사해 샘을 놀라게 했다. 샘은 독신 비서 외에 봉사를 즐거워하는 여자가 있는 줄 몰랐었다. 낭드는 샘의 양말을 꿰매주고, 코냑을 덜 마시게 하고, 샘이 좋아하도록 달팽이 요리를 해주고, 새로운 사랑법을 가르쳐줬다. 그가 그것을 모르는 걸 알고 낭드는 웃었지만, 애정이 느껴졌다. 샘은 평생 처음으로 신께서 주셨다는, 그러나 샘은 실수라고 여겼던 몸을 부끄러워할 필요가 없음을 배우기 시작했다. 샘은 평생 자신에게 부족하다고 켕기는 마음으로 믿었던 강렬한 욕망의 힘을 발견했다. 그리고 이따금 낭드의 아파트가 에덴의 나무 그늘처럼 느껴졌다.

이상하고 작은 아파트였다. 방 셋, 지붕 바로 아래, 구정물이나 더 지독한 냄새가 나는 포장된 안뜰을 내다보는 곳이었고, 온종일 싸우는 소리, 아이들 노는 소리, 석탄 배달 소리, 쓰레기통 두드리는 소리로 소란스러웠다. 낭드의 접시에는 금이 갔고 컵에는 이가 빠져 있었다. 회벽은 비가 샜고 샘이

사 온 장미는 깡통에 꽂혔다. 하지만 금색 브로케이드를 덮은 소파에는 하얀 얼굴의, 길쭉하고 비싼 인형들이 무시무시하게 뒹굴었다. 낭드의 옷가지는 무더기로 쌓여 있고 위생 용품을 감추지도 않았다. 그리고 사방에 시끄러운 소리를 내는 기구가 있었다. 낭드가 새벽 3시에도 켜두는 축음기, 지난 카니발에서 남은 딸랑이와 뿔피리, 다행히 고장 난 싸구려 라디오, 카나리아 일곱 마리.

한동안 샘은 낭드가(장점이 무엇이든) 자신에게서 무엇을 얻어낼지 계산하지 않는다고 믿을 수 없었다. 함께 페 거리(프랜이 그렇게 잘 아는 듯했던 거리였지만, 낭드가 가게 직원과 여자 점원 사이의 대단한 스캔들을 들려줘서 생생하게 다가왔다)를 거닐다가 샘이 말했다. "내가 뭘 사줄까, 낭? 진주 목걸이나……."

낭드는 샘 앞에 서더니 팔짱을 끼고 화를 냈다. "나는 남자에게 돈이나 우려내는 사람이 아니에요! 숙녀도 아니지만! 내가 지겨워지면 100달러(아니면 50달러)를 주고 싶겠죠. 하지만 낭드 아제레도가 남자를 사귀면, 좋아서 사귄다는 걸 알아야 해요. 세상에! 진주? 진주로 뭘 하게? 진주를 먹을 수나 있나?"

낭드는 매일(비록 매일 오랜 시간은 아니었지만) 형편없는 모델 일을 했고, 어찌어찌 샘에게 꼭 필요한 영어 책을 가져왔다. 샘이 실직하기 전에 대학에 다녔다는 것을 기억하고 셸리의 시집과 샘에게 정말 필요한 탐정소설을 건넸다.

'와!' 샘이 생각했다. '개척자에게 정말 좋은 아내가 될 여자로군! 누군가를 사랑하면 이 파리지앵 놀이를 바로 내던질 여자야. 옥수수밭을 일구고, 인디언들을 쏴버리고, 아기들에게 젖을 먹이겠지. 그리고 파리의 속옷을 구하지 못하면 물레를 돌려 만들어낼 여자야.'

하지만 사흘이 지나자 감탄을 자아내던 그녀의 활기에 샘은 지쳤다.

처음에는 낭드가 숄을 걸치거나 원피스 차림으로 팔짱을 끼고 식료품점 소년이 30상팀을 더 불렀다며 '낙타'라는 욕설을 갖가지 형태로 해대서 소년이 얼굴이 하얘져 달아나게 하는 걸 보면 재미있었다. 하지만 그녀가 상인, 웨이터, 택시 기사, 자동차 운전자(낭드가 자길 치려는 음모를 꾸몄다는)와 스무 번째 싸우는 걸 보니, 그리고 더 먹지 않는다고 샘과도 싸우려 드니 재미가 가셨다. 낭드는 쇳소리가 심했다. 대화는 쇳소리로 시작해 울부짖음으로 끝났다. 샘은 점잖은 고요가 그리웠다. 그리고 늘 낭드와 자신을 조롱하며 지켜보는 프랜이 보였다.

낭드가 젊은 암호랑이처럼 아름답고 의리 있고 친절한 기적이라고 꿋꿋이 다짐할 때마다 냉정한 프랜의 유령이 등장했고, 그러면 낭드는 뚱뚱한 시궁창 벌레처럼 보였다. 화가 나서 낭드를 옹호하면 프랜은 무례한 하인들에게 짓는 표정으로 답했다. 프랜은 낭드가 바닥을 닦고, 점잖지 못한 노래를 부를 때 지켜봤다. 낭드가 샘의 엉덩이를 때리며 응원할 때 프랜이 방으로 미끄러져 들어왔다. 그러면 샘은 부엌 하녀에게 들킨 아이가 된 듯했다.

그래서 샘은 낭드에게 일이 있어 이탈리아로 간다고 했다.

낭드는 믿는 척했다. 코냑과 여자들을 조심하라고 했다. 낭드는 샘이 주는 100달러를 태연히 받았다. 그리고 샘을 배웅했다.

기차가 출발할 때, 낭드는 샘의 손에 작은 상자를 쥐여주었다.

샘은 나중에 한두 시간 동안 그것을 들여다봤다. 그 안에는 100달러를 고스란히 주고 샀을 금빛 담배 케이스가 들어 있었다.

낭드 아제레도!

샘은 낭드에게 편지 쓰지를 않았다. 쓰고 싶었지만, 지면으로는 아무것도 말할 수 없는 여자였다.

낭드는 연극 속의 인물처럼 느껴졌다. 약간은 환상적이고 과장된 연기를 하는 인물로. 하지만 낭드는 확실히 샘에게 영향을 주었다. 미나 폰 에셔에게 주었던 눈길을 포함해 낭드는 샘을 괴롭히던 금욕 생활을 끝냈다. 프랜에 대해 아무리 불안해하고, 그녀가 베를린에서 외로울 거라고 상상하고, 비극으로 끝나게 될 로맨스 드라마를 스스로 연출하는 것이 가엾어 견딜 수 없다 해도 낭드 덕분에 샘은 프랜에게서 벗어난 느낌이 들었고, 이 세상이 아주 푸르고 유쾌한 곳일 수 있음을 깨닫기 시작했다.

샘은 그 어느 때보다도 침대칸이 신경 쓰였다. 이제 인생에서 도망치는 사람들을 위한 그런 집에서 인생의 많은 시간을 보내지 않을까 싶어서다. 파란색으로 장식한, 단단한 원통형

쿠션이 달린 좌석. 파란 벨벳 위로 노란색과 갈색의 화려한 문양이 찍힌 가죽은 조심스레 만져보면 거칠었다. 열차를 세우기 위한 비상경보기에는 관광객을 위해 네 가지 언어로 친절하게 지시 사항이 적혀 있었고, 샘은 500리라를 내야 한다 해도 그것을 늘 당기고 싶었다. 구석의 작고 복잡한 캐비닛은 접히는 선반을 내리면 세면대로 변했다. 그리고 이따금 통로로 살그머니 나가 낮게 달린 넓은 창문을 가로지르는 황동 레일에 몸을 기대거나 작은 접이식 의자에 앉아 떨치곤 하는 무심한 외로움. 바깥의 산들. 멍하니 바라보는 사람들이 있는 역들. 미국의 중서부와 다 똑같아 보이다가 문득 햇빛에 저 멀리 깎아지른 절벽 높이 성이 보이면 마술처럼 외국임을 상기시켜주는 평원.

그때까지 샘 도즈워스는 잡담을 나누며 한잔하기 좋은 사람으로 보이는 미국인을 제외하면 함께 탄 승객에게 별로 신경 쓰지 않았다. 여행 후 샘에게 그들이 어떤 사람이냐고 물으면 이렇게 대답했을 것이다. "뭐, 비슷비슷하게 생겼는데, 왜 그러지?" 샘은 그들을 걸어 다니는 나무가 아니라 앉아 있는 옷으로 봤다.

하지만 프랜에게 버림받은 엄청난 충격으로 세상에 불행도 존재할 수 있다는 사실에 눈뜬 샘은 영국의 불빛을 처음 보고 흥분했던 밤보다도 더욱 모든 것에 보편적 연민을 느끼게 됐다. 그는(당연히 감상적으로) 인간적인 모든 것에 친밀감을 느꼈다. 여행자들이 얼굴에 쓴 가면 뒤에서, 부루퉁한 얼굴,

멍청한 얼굴, 심술궂은 얼굴, 흔한 얼굴 뒤에서(분명 이유도 없이) 드라마를, 비극이나 희극을 봤다. 샘은 자신을(프랜과 쿠르트와 낭드 아제레도를) 조금쯤 잊고 저 입을 꼭 다문 여자가 얼마 전 남편의 장례를 치렀는지, 저 과하게 차려입은 젊은 외판원에게는 잔소리꾼 아내가 있는지, 저 심술궂게 고함을 치는 노인이 재산을 잃었는지 궁금해졌다. 샘은 기차가 지나가도록 비켜선 철도 노동자들을 살펴보고 그중 누가 결혼할 예정인지, 누가 광적인 공산당원인지, 누가 아내를 살해하고 싶어 하는지 추측하기도 했다.

그렇게 한참을 생각에 잠겨 있노라면, 침대칸으로 돌아가 프랜 생각을 하지 않아도 됐다. 그렇게 서서히, 고통스럽게 그가 알던 것보다 더 넓은 세상을 인식했다. 그렇게 프랜의 무시에 크게 타격을 받아 약해진 샘은 '불가능하지 않은 그녀'를 만나서 불가능하지 않은 자신감과 평화를 경험할 수는 없는 것인지 고민했다.

샘은 일주일간 로마를 이리저리 돌아다니며 건축 공부라고 스스로를 설득하려 했다. 날씨가 더워서 수영도 하고 시원한 산에서 지낼 생각으로 몽트뢰로 갔다. 그는 날마다 뉴욕행 배편을 알아보고 곧 증기선을 타고 달아나리라 생각했다. 그는 제네바로 가서 국제연맹 건물을 엄숙히 바라보고, 호텔에서 실크해트를 쓴 평범한 신사 중 누가 그 나라의 각료인지 생각해봤다. 그러다가 어느 작은 식당에서 마치 천사의 나팔 소리처럼 통신원 로스 아일랜드의 목소리를 들었다. "음, 샘, 반가운 사람, 어디서 나타난 거예요!"

그들은 술을 많이 마셨다.

샘은 로스와 함께 일주일 동안 배낭을 메고 베른 알프스를 돌아다녔다. 처음에는 배낭을 짊어지고 대형 호텔을 지나쳐 먼지를 일으키며 걷는 것이 어리석다고 느꼈다. 오솔길이나 골프장 이외에는 걷는 것이 점잖지 못하다고 배운 탓이다. 하지만 부유하고 바쁜 자동차 여행객으로서 급히 달려갈 필요 없이 경치를 감상하니 즐거웠다. 그는 더 깊이 숨을 쉬고, 더 깊이 자고, 더 적게 생각했고, 코냑 대신 맥주를 마시게 됐다. 실제로 샘은 산책의 의미를 알게 됐고, 프랜과 터브, 해저드 박사에게 보내는 엽서에 걷기를 열심히 추천했다. 그는 크고 편안한 호텔보다 자신이 더 우월하다고 느끼게 됐다. 로스와 함께 만두와 족발을 먹었다. 그들은 가쁜 숨을 내쉬며 땀을 흘리고, 어깨가 아파 마을을 만나면 여인숙 앞 작은 탁자 앞에 앉아 쉬었다.

로스는 "교회 첨탑이 보이고 아이들이 재잘거리는 밝은 소리가 들릴" 때마다 맥주가 있다는 확실한 신호라고 했고, 산기슭 길이 아무리 좋아도 교회 첨탑이 보일 때마다 그들은 환호하며 발걸음을 재촉해 밝게 재잘거리는 소리를 찾기 시작했다.

그리고 샘은 망가진 남은 인생에서 무엇을 할지 정했다.

샘은 로스 아일랜드와 함께한 것처럼 도보 여행이 만족스러울 수 있음을 처음 알았다. 로스는 프랜처럼 불평하거나 잘난 척하는 법이 없었고, 터브처럼 웃기려 들지도, 낭드처럼 시끄럽지도 않았다. 그는 돼지우리부터 수도원까지 모든 것에 관심을 가졌다. 그리고 인생에 관한 이론을 세우고 허무는 것을 무엇보다 즐겼다.

로스는 유럽에서 여름을 보낸 뒤 다시 동방으로 갈 계획이었다. 그는 샘에게 함께 가자고 했고, 샘도 영국으로 처음 출발하던 때 이후로 가장 크게 흥분하고 기대하면서 수락했다. 투르키스탄, 보르네오, 시암, 베이징, 피낭, 자바 헤드!•

로스는 파리에 가야 했지만, 샘에게 그 도시는 외로움과 낭드만 떠오르는 곳이라서 크슈타트에서 건강하게 신선한 공기를 마시며 지내기로 했다. 그리고 로스가 떠나기 전 마흔여덟 시간 동안, 샘은 평생 가장 안절부절못하며 조바심을 냈다.

그는 나약한 자신을 저주했다. 그는 18세기 영국의 정원과 주택 건축에 관한 두툼한 책에 빠져들기로 했다. 동방에 대한 열망을 되살려보고자 했다. 하지만 소용없었다.

샘은 도저히 극동으로 떠나 프랜을 무방비로 둘 수 없었다.

프랜에겐 보호자가 필요 없다고 샘은 스스로 다그쳤다. 그의 존재는 프랜에게 위로보다는 짜증을 선사한다고, 아내가 걸친 어머니의 앞치마 끈을 놓지 못하는 자신이 멍청이라고, 유치하고 징징대는 바보라고 꾸짖었다. 하지만 베를린에서 일이 틀어진다면, 프랜이 그에게 도움을 청하러 달려온다면, 그런데 샘이 만 킬로미터나 떨어진 곳에 있다면…….

• 인도네시아 자바섬 서쪽 끝의 곶.

어쩔 수 없었다.

샘은 자신이 프랜에게 봉사하려는 욕구를 얼마 전 발견한 여성 전반에 대한 욕구와 혼동하는 것인지 의아했다. 로스 아일랜드의 스포츠맨십과 탐구 정신을 가진 여자가 그에게 함께 가자고 했다면, "프랜이 자초한 일이니 알아서 하라지"라는 훌륭하고 당연하며 만족스러운 클리셰로 무장하고 따라나설 것인지 궁금했다.

그렇지 않았다! 프랜에 대한 애정은 진짜라고 샘은 맹세했다. 그에게 그 애정은 수도승에게 기도나 마찬가지이고, 군인에게 명예나 마찬가지라고. 그리고 그는 그런 사색을 '뭐, 까짓것, 무슨 심리인지 분석은 못 해도 프랜을 버리지 않을 거다! 그럴 수 있다면 좋겠지만!'이라며 마쳤다.

샘은 로스에게 이번 가을에 동행할 수 없겠다고 편지를 쓰고 또다시 자신으로부터, 자신과 함께 베네치아로 달아났다. 신문에 실린 리도의 사진, 바닷가에서 명랑하게 즐기는 사람들의 사진을 보고 외로운 남자가 기분을 전환하기 좋은 곳 같다고 느꼈다. 그리고 어쩌면 이 금빛과 상앗빛의 영국 여자들 중 한 사람이…….

아니! 그런 부류는 원하지 않았다. 프랜처럼 고급스럽지만 낭드처럼 튼튼하고 로스 아일랜드 같은 두뇌를 가진 사람을 원했다.

샘은 스스로를 비웃을 수 있었다. '그런 여자가 정말로 있다 해도 너랑 뭘 하고 싶겠냐?'

하지만 너무나 익숙한 파란 벨벳과 화려한 문양이 찍힌 가죽 침대칸에 앉아서 베네치아로 달려가는 동안 샘은 리도 해변의 아름다운 여인들 사진을 떨치지 못했다. 그에게 '불가능하지 않은 그녀'를 찾아 헤매는 것 말고 삶의 목적이 있는지도 확실치 않았다.

제31장

샘은 휴가철의 리도에서도 그다지 기운을 얻지 못했다. 그의 눈에 호텔들은 1893년 시카고 세계 박람회에 터키 욕장을 더한 느낌이었다. 일광욕하고, 해수욕하고, 점심을 함께 먹고, 춤추는 이 사람들의 3분의 2가 이탈리아인이든 영국인이든 미국인이든 오스트리아인이든 어쩌나 서로를 잘 알고 친한지, 샘은 완전히 이방인 같았다. 그는 베네치아의 바워그륀발트 호텔로 돌아갔고, 그곳은 베를린에서 있었던 일을 쉽게 상기시키는 독일의 분위기인데도 로얄 다니엘리 호텔•보다 더 안락했다.

베네치아는 세계에서 가장 친절한 도시다. 더 친절한 사람들이 있는 도시도 있지만, 베네치아에서는 도시 자체가, 산마르코 광장과 아늑한 작은 거리, 구리 세공인의 가게들, 늘 열

• 14세기에 지어진 저택을 개조한 베네치아의 최고급 호텔.

려 있는 숱한 성당, 소란과 싸움을 반복하는 곤돌라 사공들, 욕심 많지만 귀여운 비둘기들, 부드러운 하늘, 대운하의 물결, 광장 가운데까지 탁자를 밀어놓은 카페들, 조각으로 장식한 발코니는 너무나 화려하지만 몹시 활기차고 가난에 찌든 사람들이 사는 주택들, 어슬렁거리며 밴드 콘서트나 기다릴 뿐 할 일 없는 사람들의 광경이 다정한 나머지 이곳에서는 이방인도 지인과의 수다가 그립지 않다.

샘은 로스와의 도보 여행에서 피로에 취했을 때나 좀 때 묻은 구세군 낭드 아제레도가 그를 구원한 때를 빼면 기다림이 삶의 전부가 된 그 시기가 그나마 견딜 만하다고 느꼈다. 9시까지 침대에 누워 창밖 대운하의 소리와 곤돌라 사공들이 떠드는 소리를 기분 좋게 들었다. 일어나 창틀에 기대 경이로운 산타 마리아 델라 살루테와 산 조르조 마조레를, 작은 섬 위에서 마치 바다로 흘러갈 것 같은 그 광경을 지켜봤다. 채소 배, 벽돌 배, 시멘트 배들이 늘어서 곁의 수로로 향하는 동안, 바지선들은 귀족적인 곤돌라 사공들과 제복을 입고 관용 모터보트를 모는 사람들과 멋들어지게 다퉜다. 샘은 커피 한 잔만 마시고 파리의 《데일리 메일》, 《시카고 트리뷴》, 《뉴욕 헤럴드》를 사서 진짜 아침을 먹으러 광장으로 나갔다.

오후가 되면 내리쬐는 태양을 가려주는 플로리안스와 아우로라에 주로 가지만, 아침에는 아늑한 콰드리와 라베나스에 갔다. 그중 한 곳에서 샘은 커피를 마시고 몬테로사의 꿀 바른 크루아상을 먹고 신문을 읽으며 워싱턴과 뉴욕의 소식에 흥분하고 아는 사람, 그러니까 로스 아일랜드나 엔디콧 에버렛 앳킨스가 시로스에서 유명인과 식사했다는 기사를 보면 흥분했다……. 그리고 한 번, 베를린 뉴스에서 새뮤얼 도즈워스 부인이 드라헨탈 공주가 주최한 만찬에서 주빈이었으며, 오버스도르프 백작, 드 죈 남작부인, 연합국 위원회의 토머스 젱킨스 경, 새로 뽑힌 게하임라트, 비드너 박사도 참석했다는 기사를 읽었다. 샘은 한참 동안 광장 반대편, 성 마가 대성당 비둘기들에게 먹이를 주는 관광객들과 그 모습을 사진 찍는 부인들을 멍하니 바라봤다.

샘은 새로운 건축 게임을 만들어냈다. 러스킨의《베네치아의 돌》을 옆구리에 끼고, 날마다 새로운 성당, 새로운 저택을 찾아가 이따금 그렇게 나쁘지 않은 솜씨로 스케치도 했으며, 시끄러운 관광객들이 그를 진짜 화가로 착각해도 불쾌해하지 않았다. 샘은 간단히 점심을 먹었다. 그리고 한 시간 동안 자고 베네치아에 온 현명한 방문객이 꼭 해야 하는 일을 시작했다. 오후와 저녁 대부분을 광장에 앉아 구경 말고는 아무것도 안 하는 것이었다.

파리나 운터 덴 린덴 대로에서 사람들의 행렬을 보는 것도 즐겁긴 했지만, 자동차와 말, 바쁜 경찰관 때문에 구경하기가 어려웠고 약간 불안했다. 차가 없고 대리석으로 벽을 에워싼 광장이 매우 정교한 희극 오페라의 합창단이 딸린 무대 같은 이곳에선 아무에게도 신경 쓰지 않고 느긋이 즐길 수 있었다. 사람들은 매 순간 바뀌어갔다. 검은 셔츠에 올리브색 제복을 깔끔하게 차려입고, 금배지를 달고 술이 달린 모자를 쓴 파시스트 당원 둘이 지나갔다. 그다음에는 나폴레옹 모자를 쓰고 판사처럼 엄숙한 헌병 둘이 보였다. 그다음에는 유람선이 흥분한 초보자들(질문하는 독일인이나 무뚝뚝한 영국인, 금발의 스칸디나비아인 또는 전율하는 여자들과 시가를 비딱하게 물고서는 이곳이 베네치아라면 빌어먹을 별것도 아니라고 대놓고 말하는 남자들로 구성된 미국인들)을 토해놓았다.

구름 떼 같은 비둘기보다 수는 조금 적지만 훨씬 더 끈덕진 가이드들은 사진을 찍는 성스러운 행위에 완전히 집중하지 않는 사람에게 다가가 이렇게 떠들었다. "나 가이드 영어 잘해요. 산마르코를 보여줄게." 아이들은 사람들 발치에 걸려 넘어졌다. 꽁초를 주우러 다니는 이들은 그것이 떨어질 때마다 달려들었다. 영국인 커플들은 거만한 표정으로 꼭 붙어 지나갔다. 그리고 마지막으로 석양이 산마르코의 말들 뒤편 검은 유리창을 금빛으로 물들였다.

파리에서 느꼈던 고통에 비하면 이곳은 만족스러웠다. 하지만 광장에서 쇼가 벌어지는데도 샘은 외로웠다. 말 상대가 필요했지만 아는 사람을 아무도 만나지 못했다.

사귈 사람을 고르기가 쉽지 않았다. 한번은 미국인들 옆자리에 앉았다. 그들은 그다지 복잡하거나 까다로워 보이지 않았다. 소도시 상인과 전문직 종사자들이 부부 동반으로 온 모양이었다. 그래서 샘은 기회를 잡았다. 가장 가까이 있는, 안경을 쓴 자그마한 남자에게 다가가 물었다. "여행 왔습니까?"

작은 남자는 깔보며 경계하는 표정이었다. 신문을 읽고 있다고! 번지르르한 국제 사기꾼에게 낚이지 않을 거라고!

그는 "네" 하고 콧방귀를 뀌더니 더는 대꾸하지 않았다.

"아…… 이탈리아 재미있어요?"

"네, 고맙군요!"

작은 남자는 등을 돌렸고, 샘은 부끄러워 얼굴을 붉히고는 전보다 더 외로워졌다.

덩치가 크고 우울한 표정으로 초록 모자를 쓴, 자신보다 더 고적해 보이는 바이에른인이 다가오자 샘은 고마웠고, 그들은 영어 백 단어, 독일어 스무 단어, 이탈리아어 열 단어밖에 통하지 않았지만, 둘 다 여러 가지 손짓 발짓을 견딜 수 있는 강한 남자였다. 그들은 서로에게 곤돌라 사공과 싸울 자신감을 부여했기에 함께 콜레오니 조각상과 조반니 에 파올로 성당에 느릿느릿 걸어가고, 무라노의 유리 세공사들을 보며 입을 딱 벌렸고, 산 라차로의 평화로운 섬에 있는 아르메니아의 수도원을 찾아갔다. 샘은 인터라켄에서 로스 아일랜드를 배웅할 때처럼 아쉬운 마음으로 바이에른 친구를 역에서 배웅했고, 그날 저녁 내내 마치 하나뿐인 집인 양 플로리안스에서 가장 좋아하는 자리를 고수했다.

프랜에게서 규칙적으로 소식이 왔지만, 일단 편지 내용이 밝아지고 나자 샘은 그것을 열기가 망설여졌다.

프랜은 불평을 잔뜩 늘어놨다. 비가 왔다. 더웠다. 일주일 동안 티롤에 갔었는데(쿠르트가 함께 갔다는 말은 없었지만 샘은 짐작했다) 호텔이 북적였다. 음식 양이 많고 손님은 더 많은 작은 호텔에 묵어야 하는 불운을 겪었다. 쿠르트의 사촌, 오스트리아 대사를 만났는데, 프랜이 그자에게 재치와 예의를 다했지만, 그자는 고마워하지 않았다. 샘의 기분은 좀 나아졌는지는 묻지 않았다.

프랜의 편지를 읽고 나면 샘은 늘 조금 우울했다. 그리고 프랜이 샘을 만나고 싶어 한다는 암시는 없었다.

타는 듯이 더운 오후 4시가 조금 지난 시각, 샘은 광장에서 그런 편지 한 통을 읽고 생각에 잠겨 있었다. 낯익은 여자가 그 앞을 지나갔다. 마흔 정도 되는, 날씬하고 좀 창백한 여자였다. 장신구 없는 검은 크레이프 옷에 작고 반짝이는 브로치가 달린 챙 넓은 검은 모자를 쓰고 있었다. 손이 레이스처럼 섬세했다.

기억이 났다. 세실 R. A. 코트라이트. 주루마니아(아니면 불가리아였던가?) 영국 대사의 미국 태생 부인인 이디스 코트라이트였다. 몇 달 전, 터브의 조카가 주선해 그녀가 베네치아 아스카니 저택의 아파트에서 차를 대접한 적 있었다. 샘은 몇 주 만에 만난 아는 얼굴이 반가워 벌떡 일어났다. 그러다 망설였다. 코트라이트 부인은 아무렇게나 인사할 사람이 아니었다. 샘은 다시 시도했다. 웨이터에게 줄 10리라 지폐를 탁자에 던지고 성큼성큼 광장을 돌아 부인이 피아체타 데이 레오니를 지나 칼레 디 카노니카에 들어설 때 만나도록 조정했다.

"오, 안녕하셨습니까." 샘이 말했다. "지난봄에 제 아내와 제게 차를 대접해주셨는데, 기억하십니까? 잭 스탈링의 친구로……."

"어머, 물론이죠! 성함이?"

"새뮤얼 도즈워스입니다."

"부인과 금방 돌아오셨군요."

"아, 아내는 음, 아내는 베를린에 머무르고 있습니다."

"그래요? 여기 혼자 오셨어요? 또 차 마시러 오세요."

"정말 반갑습니다. 이쪽으로 가십니까?" 상당히 멍청하게, 좀 간절히 말했다.

"장 좀 보려고요. 저 아래 토끼장처럼 좁은 골목에 페이스트리 가게가 있거든요. 함께 갔다가 오늘 오후에 집에 가서 차 한잔 같이해요. 기다리는 친구가 없으면."

"여긴 아는 사람이 하나도 없습니다."

"그렇다면 꼭 와야겠군요."

샘은 코트라이트를 따라가며 중얼거렸다. "이제 성수기가 됐으니 리도에 아는 사람이 아주 많으시겠네요."

"그렇죠. 안타깝게도!"

"그라비어 사진• 같은 배경을 좋아하지 않으세요?"

"어머, 그렇게 부르니 참 듣기 좋군요!" 코트라이트가 말했다. "뭐라고 불러야 할까 생각 중이었는데. 물론 아주 호감 가는 사람들도 있죠. 춤추고 수영하기 좋아하는 선하고 소박한 사람들. 과시하고 사진 찍으려고 리도에 가는 게 아니라 말이죠. 하지만 국제적인, 영국, 미국, 프랑스 사람들, 약간 모호

• 오목판을 이용해 인쇄한 사진.

하게 맵시 좋은 여자들과 작위와 맞춤 정장 말고는 아무것도 없는 남자들, 브리지를 너무 잘하는 커플, 목이 셋 달린 백만장자들이 있죠. 음, 내가 보기엔 동물원 같아요. 르네 드 페나블이라는 끔찍한 여자가 있는데……."

"아, 그 여자를 아세요?"

"어떻게 모를 수가 있겠어요! 그 여자는 파리, 리도, 도빌, 칸, 뉴욕, 온갖 열차와 배, 어딜 가나 있으려고 기를 쓰는데! 그 여자 아세요? 좋아해요?"

"싫어합니다." 샘이 말했다. "아, 그렇게 말해도 될지는 모르겠습니다. 늘 끔찍이 점잖았으니까요. 하지만 사기꾼이란 느낌입니다."

"아뇨, 그보다 더 교묘한 여자예요. 만나는 사람 100명(금박을 두른 떠돌이들이죠!) 중에서 99명에게는 아주 후하거든요. 그렇게 현혹한 100번째 사람을 속여 드레스 가게나 자선 모임을 만드는데, 두 달 뒤에 신기하게도 전부 망해요. 그 여잔…… 오, 물론 흥미로운 사람이죠."

"저도 마찬가지입니다!" 샘이 외쳤다.

둘은 마주 보고 웃었고, 아무것도 안 하면서 어둠침침하고 냄새나는 소토포르티코•를 골라 찾아온 젊은 베네치아인 일곱 명도 함께 웃었다.

샘은 이디스 코트라이트가 방황하는 덩치 큰 남자를 참아

• 포르티코는 건물 입구로 이어지는 현관이나 주랑을 가리키며, 소토는 '아래'라는 뜻.

주는 인간적인 사람일지도 모른다는 사실이 반가웠다. 그녀가 케이크 열두 개를 사면서 작은 페이스트리 가게 주인과 흥정하는 소리를 들으니 더욱 확신이 들었다. 사장은 5리라, 코트라이트는 2리라를 불렀고, 아마도 제값일 3리라에 타협했다.

샘은 프랜이 흥정하는 모습도 자주 봤지만, 화를 내는 경우가 많았고, 점원을 화나게 만드는 경우는 더욱 많았다. 코트라이트 부인의 경우, 제빵사는 손가락을 흔들고 자신의 걸작에 대한 모욕에 괴로워하면서 자식 아홉과 할머니가 굶게 될 거라고 했지만 부인은 웃기만 했고, 그러자 제빵사도 마주 웃었다. 그는 아주 흔쾌히 3리라를 받더니 축복하듯 "잘 가슈!"라고 외쳤다.

"착한 사람!" 코트라이트 부인은 광장으로 돌아오며 말했다. "매번 이래요. 그래서 하녀를 보내는 대신 직접 가는 거예요. 하녀가 가면 아마 저보다 20첸테시모 싸게 사서 10첸테시모는 자기 주머니에 넣겠죠. 하지만 이 파티시에는 예술가이고, 모든 예술가가 그렇듯이 보수주의자예요. 너도나도 흥정을 하느라 이탈리아에서 물건 사고파는 게 정말 모험이었던 과거의 호시절(가이드북에 '흥정할 때는 침착하게, 유쾌한 태도를 견지하라'라고 적었던 그 시절 말이에요)을 지키려고 하죠. 하지만 전부 옛날이야기가 되는 것 같아요. 파시스트들이 단속하고 관광객을 불러 모으는 효율적인 사업을 하려다보니 상점들은 스완 앤드 에드거스나 울워스• 정도로 믿을 만하고, 딱 그만큼 흥미로워지죠. 뉴욕의 멀베리 거리에 가서 얼마 안

남은 삶을 보낼까 싶어요. 사람들이 죽어라 여행하고, 묘사하고, 색칠하고, 안내하지 않는 이탈리아는 거기뿐인 듯하니. 교구 목사의 아주머니가 살기에 안전하지 않은 곳도 거기뿐이고."

프랜이 공격적으로 잘난 체할 때, 이디스 코트라이트는 부드럽고 어정쩡한 검정 드레스 아래 탄탄하고 가녀린 몸을 감춘 것처럼 의무적인 예절 뒤에 본모습을 숨기고 퉁명스럽게 굴었다. 하지만 아케이드와 작은 거리 옆에 버티고 선 넓은 벽 아래서 해를 피해 아스카니 광장으로 걸어갈 때, 살고 있는 집의 무덤 같은 대리석 계단을 오를 때, 무시무시한 햇빛을 블라인드가 가려주는 시원하고 넓은 실내에서 숨을 돌리고 긴장을 풀 때 그녀는 편안했다. 잔잔하게 빛을 발하는 그녀는 명랑했다. 삶 속의 모든 것이 흥미로워 혼잣말을 중얼거리며 생각하기를 좋아하는 사람 같았다. 그리고 그녀는 더 젊어 보였다. 샘은 그녀가 마흔다섯쯤이라고 생각했는데, 다시 보니 마흔 같았다.

상아처럼 매끈하게 왁스를 칠한 응접실의 석재 바닥과 16세기 양식의 오래된 호두나무 장식장은 고요함을, 세대를 거치며 안정되고 차분해진 문명을 느끼게 했다. 샘이 봄에 봤을 때 실내에 근엄한 분위기를 줬던 수도원 느낌의 딱딱한 의자는(코트라이트 부인이 베네치아의 근엄한 분위기를 덜기 위해 배치

● 둘 다 영국의 백화점.

한 굉장히 푹신한 미국식 안락의자와 함께) 친츠• 쿠션을 놓은 고리버들 의자로 바뀌어 있었다.

그곳에서 샘의 영혼이 되살아났고, 뜨거웠던 몸도 상쾌해졌으며, 코트라이트 부인이 해외 미국인 특유의 행동을 따르지 않고 미국인답게 아이스티를 내오자 샘은 놀라울 만큼 진심으로 감탄했던 성 마가 대성당의 모자이크를 본 순간보다 더 기뻤다. 샘에게는 코트라이트 부인과 그녀를 잘 보여주는 응접실이 포츠담의 드라헨탈 공주의 빛바랜 영광만큼이나 전통적으로 느껴졌다. 그러나 코트라이트 부인에게는 손을 뻗고, 이해할 수 있었고, 선생님의 부인에게 초대받아 차를 마시며 얼빠져 웃어대는 아이가 된 기분이 들지 않았다. 그는 코트라이트 부인이 조금 두려웠다. 그녀의 창백한 자제심 뒤에 자신처럼 서툰 관광객에 대한 비판이 있을까봐 두려웠다. 하지만 그것은 샘이 이해하고 반응할 수 있는 두려움이지 한밤중에 낯선 곳에서 어쩔 줄 몰라 하는 당혹감이 아니었다.

모두 짧은 머리를 하는 시대라 별종 취급이 두려운 프랜 같은 사람은 머리를 기르지 못하지만, 코트라이트 부인은 머리를 길러 그저 가르마만 타고 잘 정돈하지도 않았다. 그리고 샘은 태피 색깔의 마욜리카 도자기 컵 사이를 흰 고양이처럼 움직이는 그 예쁜 손을 다시 봤다.

그때 코트라이트 부인은 외교관이나 리비에라 저택이나 회

• 꽃무늬가 날염된 면직물.

화 이야기를 하지 않았다.

“말씀해보세요. 무례하게 굴려는 건 아니에요. 저 자신에게도 같은 걸 물어보고, 스스로 대답을 찾고 있거든요. 유럽에서 뭘 찾고 있나요? 왜 계속 머무르죠?”

“음, 말하기가 어렵군요.” 샘은 혀에 닿는 묽고 새콤한 맛을 즐기며 아이스티를 홀짝였다. “아, 아마도…… 음, 아주 솔직하게 말하면 아내 때문입니다. 해외에 온 건 즐거웠습니다. 여러 가지를 배웠어요. 그림이니 하는 것뿐 아니라 저 나름대로도……. 기억하실지 모르겠지만, 전 자동차를 만들었습니다. 가령 영국의 롤스로이스 공장에 갔는데, 기계로 광택을 내는 대신 수작업으로 하면서 손해도 마다하지 않는 모습에 큰 계시를 받았죠. 그들은 수작업이 더 낫다고 생각하니까요. 하지만…… 피렌체 같은 곳에서 지내며 차와 햇빛만 좋으면 정부가 왕정이든 공산주의자든 개의치 않는 예술가들이 어떻게 몇 년씩이나 만족하며 지낼 수 있는지 이해할 수 있습니다. 하지만 전…… 전 이렇게 외부인으로 지내니 점점 가만있을 수가 없군요. 소풍 장소가 어딘지 모르는 어린아이가 된 느낌이에요. 더는 미술관이나 유적을 찾아다니고 싶지 않다니 무식꾼 같지만…… 그만 집에 돌아가서 뭔가 **만들고** 싶습니다! 하다못해 닭장이라도!”

“하지만 그건 여기서도 만들 수 있잖아요? 가령 영국에서 지낸다면?”

“아뇨, 영국 닭들은 제가 말하는 미국 영어를 이해하지 못하고, 제 관심을 끌지 못할 거 같습니다.”

"그럼 여기 있고 싶지 않아요? 왜 있는 거예요?"

"오, 음, 아내는 아직……."

코트라이트 부인은 말실수를 덮으려는 것처럼 재빨리 중얼거렸다. "물론 사랑스러운 사람이죠. 부인을 기억하면 참 즐거워요. 함께 다니기에 매혹적인 사람일 거예요……. 그리고 나를 그림이 제조업보다 우월하다고 여기는 바보로 보지 말아요. 그렇다고 스타킹 광고 그림을 안 그리는 화가는 죄다 쓸모없다고 생각하는 미국 상공회의소처럼 회화를 낮게 평가하지도 않아요. 손톱이 깨끗한 사업가는 전부 베토벤보다 골프를 선호한다고 여기면서 거만하게 예술을 동경하는 여자들처럼 회화를 높게 평가하지도 않죠."

대단한 이야기도 아니었고, 샘이 현혹될 만큼 참신한 이야기도 아니었다. 유럽과 미국에서 샘은 현대 기업가에 대한 온갖 이론을 만났었다. 그들이 산업 시대의 왕이며 유일한 창조자라는 이론. 그들이 지루하고 사악한 독재자라는 이론. 샘은 자신만의 결론을 내렸다. 그들은 다른 사람들과 비슷하고, 수선공과 노조 간부, 자바 댄서, 이비인후과 의사, 고래잡이, 성당 참사회원, 아스파라거스 농부를 다 섞어놓은 사람들이라는 것이다. 하지만 이디스 코트라이트의 말에는 샘에 대한 공감, 분명한 존경심이 있었고, 그녀가 여러 신기한 곳에 가봤고, 신기한 사람들을 아는 듯해서 샘은 기운을 얻었다. 놀랍게도 샘은 그녀에게 자신의 인생철학을 설명하려고 애썼다. 더욱 놀랍게도, 그에게 인생철학이 없음을 인정하고 있었다.

코트라이트는 고해신부처럼 고개를 끄덕였다.

샘이 다급히 말했다. "함께 대화하니 즐거웠습니다. 혹시 이제 날씨도 선선해지니 함께 곤돌라를 타고, 시간 되시면 오늘 저녁 리도에서 저녁을 함께하자고 청하면 무례한 짓일까요? 제가 음…… 좀 외로워서 말입니다."

"그러고 싶지만 안 돼요. 여기 친구들이 대부분 좀 답답하고, 굉장히 올바른, 아주 다정하고 오래된 이탈리아 집안 부류라 아직도 콜레오니가 준 충격에서 벗어나지 못했어요. 보호자 없이는(있으면 굉장히 지루하죠) 함께 곤돌라를 탈 수 없을 것 같네요. 하지만 내일 저녁 8시 30분에 정장을 하고 여기 와서 식사하지 않을래요?"

"반가운 말씀이군요. 8시 30분……. 그런데 왜 유럽에서 지내십니까?"

"아…… 미국이 두려운 것 같아요. 거기선 불안하거든요. 다들 절 지켜보고 있다가 제가 '중요한 일을 하자'고 하지 않으면 비난하는 느낌이에요. 영화관을 세우거나 아인슈타인을 공부하거나 브리지 게임에서 우승하거나 슈나우저를 교배하거나. 그리고 미국에는 사생활이 없어요. 저는 사생활을 누리는 데 있어서는 사치스러운 여자랍니다."

"하지만 보세요! 미국에서는 곤돌라를(음, 자동차를) 분명 마음대로 탈 수 있을 겁니다. 여기서는 비판을 피하려면 보호자를 대동해야 하잖습니까!"

"한 가지 계급만 그렇죠. 제가 함께 지내기로(현명하게 또는 어리석게) 선택한 격식을 차리는 사람들이죠. 제가 다니는 식료품상 주인이나 치과 의사나 아래층 이웃(상냥해 보이는 사람인데, 아마 도박꾼이 아닐까 싶어요)은 제 일에 도움을 줄 생각이 없고, 아니 제가 무슨 일을 하든지 말든지 상관하지 않을 거예요! 미국에선 간섭하겠죠. 유럽에서만 익명의 존재로서, 군중에 파묻혀 자신답게 살 수 있고, 사생활의 존엄성을 누릴 수 있어요!"

"뉴욕에 가보시죠! 거기서 파묻히면 되잖아요!"

"오, 하지만 **뉴욕**은…… 국제주의를 의식적으로 실험하잖아요! 런던제 옷을 입은 러시아계 유대인이 그리스인 웨이터가 일하고 아프리카 음악을 연주하는 이탈리아 식당에 가는! 100퍼센트 잡종들! 미국인들이 서식스나 서머싯으로 도망쳐 돌아가는 것도 놀랍지 않아요! 그리고 밤이든 낮이든 새벽이든 고상한 사람들의 소리에서 절대 벗어나지 못하는 것도! 뉴욕은…… 안 돼요. 하지만 여전히 견고한 본래의 미국이(그리고 링컨이나 프랭클린처럼 청교도적이지도 않은 미국이) 있을 거라고 믿어요. 하지만 말해봐요(길 잃고 해외에서 정처 없이 헤매는, 시시한 자아에서 벗어나기 위해서요), 솔직히 말해봐요. 유럽에서 뭘 봤죠? 그러니까 앞으로 10년 후에 뭘 기억할 건가요?"

샘은 의자에 털썩 앉아 턱을 쓱 문지르고 한숨을 쉬었다.

"흠, 증기선에서 읽은 내용이랑 뉴욕의 일요일 신문에 실린 호텔 광고 정도일 겁니다! 출발할 때보다 아는 게 좀 줄었어요. 그때는 영국인은 전부 얼음 조각이고, 프랑스인은 전부 말이 많고, 이탈리아인은 전부 햇빛에 모여 앉아 노래한다고 생각했죠. 지금은 그조차도 모르니까요. 대부분의 영국인은 친절하고 프랑스인은 과묵하고 이탈리아인은 열심히 일하는 것 같습니다. 미안하게도!"

"바로 그거예요!"

"모든 것을 의심하는 법을 배웠습니다. 상당히 성공한 중역도. 지금 제가 빈둥거리는 것처럼 보여도, 저도 그런 사람이었어요……."

"아, 저도 알고 있어요!"

"저처럼 썩 훌륭한 자동차 회사의 사장도 푸아레와 랑뱅의 디자인을 구별하지 못하고, 초기 영국 건축과 장식 건축을 구별하지 못한다는 걸 알게 됐습니다. 미국의 사업가는 로터리 대회나 외국인과 차단되어 다니는 단체 여행 말고는 외국에 나가면 안 됩니다. 불안해지거든요. 자기가 잘나고 똑똑한 줄 알며 사는 기쁨을 망치고! ……제가 뭘 배웠냐고요? 어디 봅시다. 호텔 이름 쉰 개, 그중에서 몇 년 후까지 기억할 것은 다섯 개죠. 고급 열차 대여섯 개의 시간표. 버건디 브랜드 몇 가지. 노르만식 현관과 고딕식 현관의 차이. 프랑스어 메뉴를 보고 주문하는 법. 영수증에 특이한 점이 없다면 말입니다. 그리고 '얼마요'와 '너무 비싸요'를 영어, 프랑스어, 독일어, 이탈리아어, 에스파냐어로 말할 수 있게 됐죠. 그 정도가 여기서 배운 전부인 것 같네요. 너무 늦게 왔다 싶어요!"

제32장

플로리안스에서 저녁을 먹은 후 혼자 빠른 속도로 두 잔째 술을 마시며, 샘은 여행을 생각하면서 드문 기쁨을 느꼈다. 원하는 대로 떠날 수 있었다. 북쪽, 남쪽……. 이름만으로도 황홀했다. **북쪽**과 고요한 소나무 숲의 눈보라. **남쪽**과 정글 속 대나무 오두막. **동쪽**과 자줏빛 해협을 지나가는 시끄러운 증기선. **서쪽**과 로키산맥 통나무집 옆 의자, 600미터 아래 보이는 호수와 서른 살 때처럼 힘차게 심호흡을 하며 갓 잘라낸 톱밥과 쌀쌀한 공기의 냄새를 들이마시는 자신. 그렇다! 그 모든 것을 보자! 사무실로 돌아가지 말자!

앞으로 20년, 어쩌면 30년이 더 있다. 샘은 두 번째 인생을 살 생각이었다. 새뮤얼 도즈워스로 살아가면서 마치 기적처럼 더 가차 없고, 덜 얽매이며, 덜 감상적인 새로운 사람이 되고자 했다. 시인, 주지사, 탐험가가 될 수 있다. 상업적인 마음가짐과 여자들 앞에서 소심한 태도가 그릇된 것임을 배우지 않았는가. 그것을 고치자! 아는 것 중에서 공백을 발견하지 않았는가. 그것을 채우자!

아직 20년의 세월이 더 있으니!

당장 시작하자. 다음 날부터 샘은 이탈리아어를 배울 생각이었다. 다음 날 로스 아일랜드에게 편지를 써서 동방으로의 여행을 의논할 생각이었다. 그렇다!

이디스 코트라이트와 편안히 차를 마신 뒤, 샘은 전보다 더 외로워졌다. 오 분 동안 프랜에게로 달아날 계획을 세웠다. 하지만 새우튀김과 술 한 잔에 위로를 받았다. 두 잔째에 상상력이 날뛰었다. 그리고 또 한 잔을 원했다……. 그리고 원하지 않았다.

아니야! 샘은 고개를 저었다. 알코올을 통해 자신의 힘과 자유를 믿는 이 가볍고 손쉬운 도피가 싫었다. 그는 시궁창의 안락한 평화 속에서 문제에서부터 도피하는 나약한 자가 (결코) 아니었다. 지친 사람에게 조금 더 할 수 있다고 다그치는 검열관의 목소리를 피해 귀를 막지도 않았다.

하지만 그게 정말일까? 그가 생각했던 것이 사실일까? 손쉬운 도피에 대한 이처럼 손쉬운 경멸까지도? 그가 영영 술주정뱅이, 만신창이가 되어 온갖 점잖은 경멸을 경멸하고 더러운 하수구에서 낭드 아제레도 같은 여자와 사는 데 만족하는 사람이 되어버린 건 아닐까? 그가 강인해서가 아니라 너무 나약해서, 프랜이나 터브, 메이티, 코트라이트 부인 같은 타인이 할 말이 너무 두려워서? 베를렌처럼 괴로워하면서도 점잖은 기업가로서 계속 살아가는 것보다 자의로 나선 철저

한 방랑자가 되는 데 더 큰 용기가 필요할까? 실은 눈물 흘리며 저항하는 분노보다 말라붙어 가루가 되는 것이 더 용감한 것일까?

샘은 포기했다.

시시한 영혼을 지키고 염려하는 것에 너무 지쳐버렸다! 터브 피어슨과 함께 아무 생각 없이 웃을 수만 있다면! 또는 코트라이트 부인이 함께 식사만 하자고 했다면…….

코트라이트 부인. 대단한 여자였다! 프랜이 세속적인 것만큼이나 올바르지만, 낭드처럼 작위나 호사에는 무관심한 사람.

"참 다정한 여자!"

샘은 다시 석 잔째 술을 생각하다가 결연히 저항했고, 잠시 떨칠 수 있다고 생각한 점잖은 태도로 돌아갔다. 옆자리에는 즐거워 어쩔 줄 모르는 미국인들이 있었는데, 그들이 나쁜 본보기를 통해 형제의 타락을 막아주었기 때문이다.

남자 셋, 여자 셋이 있었다. 그중 몇몇은 부부 사이인 듯했지만, 누가 누구와 결혼했는지는 본인들도 헛갈리는 모양이었다.

그들이 샘을 보더니 남자 하나가 비틀거리며 다가와 외쳤다. "미국인이쇼? 어, 왜 혼자서 파티를 하지? 이리 와서 신나는 사람들과 함께해요!"

샘은 반가운 마음으로 합석했다.

"오신 지 얼마 안 됐습니까?" 샘이 적절히 질문했다.

"그럼요. 어제 나폴리에서 내렸어요." 초대한 남자가 대답했다. "이탈리아 배를 타고 왔어요. 우아한 배였죠. 거참 대단한 여행이었다고 쳐다보는 세상에 대해 말하겠어! 있잖아요, 질풍노도의 항해란 소린 들어봤지만, 이번 여행은…… 아이고, 건너오는 내내 그리니치 평균시로 3시 이전에는 잠자리에 든 적 없다니까요! 게다가 여자들은…… 남자들 못지않았지. 여기, 도린은 두 시간 만에 볼스 샴페인 두 병을 비웠고, 전부 이탈리아인 항해사에게 어찌나 열광하는지, 그자들이 항로를 찾으려고 할 때마다 여자들을 선교에서 밀어내야 했다니까! 그 덕분에 우리 남자들도 연애할 기회가 있었지! 대단한 여행이었어요! 있잖아요, 어젯밤에 잠옷 퍼레이드를 봤는지 모르겠군요! 아이고! 대단한 여행이야!"

여자 한 명이(촉촉한 눈 말고는 가장 독신 같고 가장 매력 없어 보이는 여자였다) 외쳤다. "대단한 여행이고말고! 그리고 파리에서 이등 항해사랑 만나기로 약속했어요. 항해 한 번을 쉬겠대요. 그냥 내가 아예 쉬게 만들까봐. 멋진 애인을 사들이기로 할지도 모르죠! 아주 귀여운 남자니까! 오, 그 동-양-적인 눈! 저기 피트, 제발 부탁인데, 여기 우리 친구에게……." 그녀는 가느다랗고, 순결하며, 지나치게 가꾼, 좀 떨리는 검지로 가리켰다. "한잔 사지 그래요?"

하지만 샘은 사양했다. 시궁창의 아늑한 모습이 재빨리, 엄청 요란한 소리와 함께 사라졌다. 샘은 다시 흐트러지지 않는 자세에 자부심을 느끼는 샘 도즈워스가 됐다. 그는 상대가 짜증스러워할 정도로 고마워하며 레모네이드(몇 달 만에 처음 마시는 것이었다)를 한 잔 받고는 이 고국 동포들에 대해 생각하며 앉아 있었다.

그들은 정체를 알 수 없었다. 나이는 서른에서 마흔 사이로 보였다. 첫인상처럼 저속하거나 악한 사람들이 아니었다. 이따금 그들은 술기운에 젖어 어휘력도 풍부하고 책도 읽는 사람임을 드러냈다. 샘은 셋 중 둘은 대학을 졸업한 사람이리라 추측했다. 상스러운 난봉꾼 여섯 명 모두가 미국의 교회에서는 집사로, 장례식에서는 운구를 도맡는 사람일 듯했다. 샘은 제니스에서 '젊은 부부들', 이론적으로는 책임감 있는 젊은 의사, 변호사, 사업가가 컨트리클럽의 댄스파티를 사창가와 개척 시대 술집을 합쳐놓은 곳으로 만드는 것을 알고 있었다. 하지만 그는 그런 파티에는 가지 않았다. 그와 맞지 않는 사람들이었다! 그러다가 샘 자신도 그들과 같은 부류일지 모른다는 생각이 들어 충격을 받았다. 이 얼간이들이 더 젊고, 더 명랑하고, 조금 더 연애를 좋아하는 터브 피어슨이 아닐까?

그들만 탓할 일은 아니었다. 그들은 금주법과 대량생산, 훗날 사업에 도움이 될 인맥을 쌓기 위해 대학에 가고, 대학의 수준은 학생 수 대 운동경기 승리 수의 비율에 있다는 믿음이 지배하는 교육의 산물이었다.

샘은 그렇게 생각했다.

샘은 '성적으로 차가운 미국 여자'에 대해 많은 이야기를 들었다. 정말이지 프랜에게서 그것을 실감하며 산 것이 분했다! 하지만 이 떠들썩한 여자들에게는 냉정함이 부족한 것이 샘은 분노스러웠다. 이등 항해사를 '사려는' 다정한 여자는 샘이 합석한 사이에도 남자에게 키스하고, 또 다른 남자의 손을 잡았으며, 샘에게 다가왔다. "있잖아요, 당신 속이 텅 비었네요!

세상에, 당신이 골프공을 치면, 공도 감정이 상할 거예요!"

샘은 음산하게 웃었다.

샘은 다음 날 저녁 코트라이트 부인을 만날 생각을 했다. 그녀를 유쾌하고, 차분하며, 점잖은 사람으로만 기억했지만, 그때는 그리스 화병으로, 안에 불을 피울 수 있는 설화석고 그릇으로 보게 됐다.

'그녀에겐 유럽인 같은 느낌이 있어.' 샘이 생각했다. '하지만 미국인이지. 다행이야! 진짜 유럽인에겐 반할 수 없어. 10월의 서리 내린 낡은 잿빛의 뉴잉글랜드 헛간을 보면서 짜릿한 걸 느낄 줄 아는 사람이어야 해. 내가 설명할 필요 없이.'

샘의 길고 느릿느릿한 사색이 샘을 초대한 남자의 질문에 방해를 받았다.

"베네치아에 몇 번 와보셨어요?"

"네, 서너 번째입니다."

"음, 그러면 설명해주실 수 있겠네요. 누굴 화나게 할 생각은 아닌데요. 하지만…… 음, 해외에 나온 건 이번이 처음인데 베네치아는 뮤지컬 희극 같을 거라고 늘 생각했거든요. 그런데 이 숱한 느려터진 곳 중에서…… 여긴 시내에 좋은 카바레가 없어요! 조각만 많고 다 쓰러져가는 셋집이 가득하고, 그 사이사이 시카고 배수시설국 배수로뿐이라니까요!"

"음, 난 좋습니다!"

"뭐가 좋은 건가요?"

"뭐, 여러 가지요. 특히 건축이."

하지만 샘이 지쳐서 휴가를 보낸다는 이야기를 꺼내기 전,

머릿속에 떠오른 것은 아치형의 다리도, 감춰진 골목길과 수로에 비치는 높은 탑의 반사상도 아니었다. 그것은 베네치아 저택에 고요히 앉아 있는 이디스 코트라이트에 대한 기억이었다.

'그 여자는 프랜처럼 밖으로 나가 이런저런 것을 손에 쥐지 못했어.' 샘은 바워그뢴발트 호텔로 터벅터벅 걸어가며 생각했다. '확실히 '요조숙녀'지. 하지만 마음속으로는 외로울 거야. 낭드처럼 남자를 위해 요리하는 것도 마다하지 않을 여자야. 오, 집어치워, 샘. 왜 그렇게 단순한 거냐? 어째서 네가 외롭다는 이유로 다른 사람도 다 외로울 거라고 우기지?'

목요일 저녁, 이디스 코트라이트 집에서의 저녁 모임은 작고 차분했다. 샘 이외에 손님은 어정쩡하고 정중하게(매우 정중하게, 하지만 어정쩡하게) 높은 지위의 영국인 부부뿐이었다. 그들이 쾌활하지는 않았어도 코트라이트 부인 집의 유쾌하고 무심한 분위기가 즐거웠다.

집시에 관한 시와 프랑수아 비용과 우리가 스물한 살이었던 용감한 시절을 인용하기 좋아하던 프랜은, 사생활에서는 선임하사관이었다. 이론적으로 프랜은 모든 고용인과 배관공, 집배원, 불법 주류상에게 자상한 고해신부이자 경쾌한 친구였다. 실질적으로 그녀는 늘 그들의 무능에 노발대발했다. 프랜은 그들이 자신의 미모와 권력을 인정할 때만 다정했다. 재봉사가 프랜이 제니스에서 가장 아름다운 몸매를 가졌다고 하거나 모퉁이 약국의 약사가 자신이 새로 산 모자가 정말 영국식인지 물어볼 때.

또는 샘의 생각은 그랬다.

이디스 코트라이트는 고용인의 의무에 대해 아무런 개념도, 아무런 규율도 없는 듯했다. 그들은 이디스와 말다툼을 했다. 말대꾸도 했다. 집사는 이디스가 브로콜리를 시켰다고 했다. 하녀는 딸깍거리는 슬리퍼를 신고 들어왔다. 모두 계속 떠들어댔다. 그들은 이디스와 자기들만 아는 농담을 나누는 듯했다. 그리고 집사와 요란한 대화 후, 이디스가 특유의 지친 표정으로 샘을 향해 미소 짓자 샘은 자신도 그들과 친구 사이로 인정받고 싶었다. 식당에는 석재 바닥이 있었고 회벽에는 시리아의 자수 장식이 걸려 있었다. 대운하 쪽으로 난 창문은 굉장히 높았다. 거인들이 살 아파트였다. 이곳으로 갑옷 입은 남자들이 껄껄 웃으며 들어와 총독에게 맞서는 창백한 신교도들을 고문할 방법을 의논했을 것 같았다. 이디스 코트라이트가 상냥하긴 하지만, 그녀와 크게 다르지 않게 자주색 제복을 입은 칠칠맞고 반항적인 하인들과 그들 역시 시끌벅적 웃어댔을 것 같았다.

영국인 부부는 일찍 슬그머니 돌아갔다. 작별 인사를 나눈 뒤 샘은 일어나 한숨을 쉬었다. "저도……."

"아뇨, 삼십 분 더 있어요."

"정말 괜찮…… 호텔이 어찌나 지겨워졌는지!"

"가정이 있는 걸 정말 좋아하셨군요."

"분명 그랬습니다!"

"왜 댁에서 나와 지내시죠? 그러면……."

그러다가 이디스는 웃더니 담뱃불을 붙이고 둥그렇게 구부린 손가락으로 담배를 들었다. "제가 조언하려 들다니 터무니없는 것 같네요. 제 인생이 엉망이라 야심과 목적을 다 버리고 여기저기 떠다니면서 되도록 복잡한 일을 피하며 견디는 주제에 말이죠."

두 사람은 천천히, 대체로 침묵으로 이야기했다. 대운하를 바라보는 그 넓고 시원한 방은 평온했다. 항구 쪽에서는 곤돌라를 탄 가수들이 옛 이탈리아 발라드를 불렀다. 사실 상업적인 가수였다. 연인을 위해서, 달빛을 좋아해서 노래하는 것이 아니었다. 그들은 열광적인 탄성이 나오는 사이사이 노래를 듣는 곤돌라에 모자를 돌렸고 에센, 피츠버그, 맨체스터의 감상주의자들에게서 큰 보상을 받았다. 노래는 몹시 평범했다. 〈여자의 마음〉과 〈산타 루치아〉였다. 하지만 연극 같은 풍경과 물 위에 퍼지는 음악에 샘은 잔잔한 흥분을 느꼈다.

"당신이 복잡한 일에 얽히는 건 상상이 안 됩니다." 샘이 말했다.

"어쩌면 그 말을 잘못 쓴 것 같군요. 복잡한 건 전부 제 마음속의 일인데. 그저 인생의 몇 가지 조건이 제 자신감을 앗아 가는 바람에 잘못하는 게 두려워 아무것도 안 하는 편이 쉬워진 걸지도 모르겠어요."

"제가 그런 기분입니다! 하지만 당신이 그러리라고는…… 자신을 확신하는 분인데."

"그렇지 않아요. 새 언어를 배우는 사람과 같죠. 대화 주제를 소개하고 아는 단어를 쓰는 것까지는 멋지게 하는데, '웨이터,

커피 두 잔 주세요'나 '토리노행 다음 열차는 무엇인가요'는 훌륭하게 말할 수 있지만, 누군가가 질문하고 회화 책 60페이지 다음에 나오는 이야기를 계속하면 갈피를 잡을 수 없는 거예요! 여기, 제 집에서 아는 사람과 함께 있을 때는 60페이지 앞쪽이라 안전한데, 61페이지로 나가면 끔찍하게 흔들리는 거죠! ……참, 호텔이 지루하시면 이따금 차를 마시러 와주시면 굉장히 기쁘겠어요."

"정말 고맙……."

샘은 자신도 모르는 사이에 일어나서 열린 창가로 걸어갔다. "고맙습니다……. 뭘 해야 할지 잘 모르겠어요."

"그 이야기 좀 해보시죠? 원한다면요. 저는 속마음을 털어놓기 좋은 상대랍니다!"

"음……."

샘이 위험스럽게 반항하는 말투로 내뱉었다.

"징징거리고 싶지 않아요. 자주 그러는 것 같지도 않고, 끝장이라는 걸 인정하는 것도 좋아하지 않고. 하지만 사실이 그렇습니다. 그리고 밤에 그 생각을 하면서 잠 못 자는 것도 좀 지겨워요. 생각을 너무 많이 하는 것 같아요!" 샘은 운하 위, 물결치는 소리가 들리는 좁은 발코니로 나갔다. (샘은 알지 못했지만) 한때 이 발코니에 바이런 경이 서서 눈부신 숙녀에게 더욱 가련하고 분한 이야기를 전했었다.

이디스 코트라이트가 샘 곁으로 와서 중얼거렸다. "오, 이야기해볼래요?"라는 평범한 말이었지만, 음성은 상냥했고 이상하게 솔직했으며 낯선 남녀 간의 장벽이 기이하게도 존재하지 않았다. 그리고 그녀와 함께 베네치아와 사랑의 노래가 흘러 들어왔다.

"아, 아주 평범한 이야기입니다. 아내는 저보다 어리고, 활달하고, 베를린에서 남자를 만나 아내를 잃은 것 같습니다. 영원히……. 아, 이런 추태를 보이면 안 되는 걸 알지만, 맹세컨대 이번이 처음입니다! 전 썩어……."

이디스가 재빨리 말했다. "그만! 물론 그렇지 않아요. 제 이야기를 들려드려도 된다면 좋겠네요."

"부탁합니다!"

"저 역시 사람들에게, 친구들에게도 이야기한 적 없어요. 친구들은 짐작하겠지만. 아마도 우리는 타인이라 서로에게 더 솔직할 수 있을 것 같네요. 도즈워스 씨의 감정 이해해요. 이곳과 영국, 미국에서 아는 사람들은 제가 돌아가신 세실 R. A. 코트라이트 씨를 우상처럼 숭배하기 때문에 수녀처럼 산다고 믿을 거예요. 참 매력적인 남자였죠! 완벽한 예의, 완벽한 브리지 실력! 해병대, 수훈장 등 경이로운 참전 기록. 실은 제 남편은…… 끔찍한 거짓말쟁이였어요. 손등에 키스하고, 미소 지으면서 그럴듯한 거짓말을 하는 사람이었죠. 아무도 모르는 술주정뱅이였어요. 제가 산간벽지 미국인이라고 계속 모욕을 줬죠. 제가 미국식 표현을 쓰면, 참 보기 좋게 사람들에게 사과하곤 했었죠. 그리고 남편의 다정한 어머니는 자신의 사랑하는 아들을 제가 재수 좋게 얻었다고 축하하곤 했고요. 오, 죄송해요! 제가 너무 심했군요! 베네치아의 밤이 이렇다니까요!"

코트라이트의 숨소리는 흐느끼는 소리가 아니라 화난 소리였다. 그녀는 발코니의 얇은 난간을 꽉 쥐었다. 샘은 수줍게 그 손을 두드리며 딸 에밀리에게 하듯이 말했다. "우리 둘 다 고민거리를 조금 말하는 게 좋을 듯하네요. 하지만…… 전 제 여자를 **미워**할 수 있으면 좋겠습니다. 그럴 수가 없어요. 당신도 코트라이트를 미워할 수 없는 듯하군요. 우리에겐 좋은 일일지도 모르겠어요!"

"네." 건조한 대답이었다. "그럴 거예요. 하지만 다행히 그럴 수 있게 되고 있어요. 전…… 맬러퍼트의 동판화를 본 적 있나요? 오늘 받은 책을 보여줄게요."

샘은 동판화를 십오 분간 의무적으로 본 뒤 조금 호기롭게 작별 인사를 했다.

검게 번쩍이는 강 위에 선반처럼 드리워진 검은 길을 따라, 위험해 보이는 불 꺼진 아치 아래를 지나 숙소로 터덜터덜 걸어가면서 샘은 프랜 이야기를 한 것에 죄책감을 느꼈다가, 그렇게 과민한 양심을 가진 자신에게 짜증이 났다가, 작고한 세실 코트라이트가 나쁜 놈인 것에 화가 났다가 유난을 떨며 과묵하던 이디스 코트라이트가 속내를 털어놓을 수 있다는 사실에 기뻤다.

샘이 잠에서 깨어났을 때, 남은 것은 죄책감이었다. 이디스는 프랜 이야기로 자기 속마음을 털어놓게 한 샘을 미워할 것 같았다. 샘이 삼십 분 동안 사과 편지를 쓰려고 하는데 이디스에게서 편지가 왔다.

아뇨, 당신은 해서는 안 되는 말은 하지 않았고, 저 역시 마찬가지라고 믿어요. 이 편지를 쓰는 것은 모든 미국인이 진심을 털어놓은 뒤 얼마나 후회하는지 알기 때문이에요. 성인에 대해서는 잘 모르지만, 당신과 저 같은 감상주의자들의 수호성인일 산타 루치아 탓으로 돌려요. 오늘 5시에 차 마시러 오겠어요?

이디스 코트라이트

제33장

이 주일간 샘은 날마다 이디스 코트라이트를 만났다. 차를 마시고, 저녁 식사를 하고, 리도에서 점심을 먹으며. 그녀는 보호자가 없는 문제는 잊어버린 듯 샘과 건축 답사를 가고, 여름 오페라를 보러 가고, 오렌지색 삼각돛이 달린 곤돌라를 타고 토르첼로와 말라모코로 가며 비둘기색 물 위에 떠 있는 베네치아를 돌아봤다.

샘은 제니스와 에밀리를, 자동차와 레벨레이션 차의 장점을, 기계와 재무를 이야기했다. 크롬 금속의 매우 확실한, 사소하지 않은 용도를 분명히 설명하려고 할 때 지루해하지 않는 여자는 처음이었다. 그리고 그녀는 여러 가지 이야기를 했다. 그녀는 인생의 주위를 떠도는 문제에 대해 호기심을 가지고 두꺼운 책을 읽었다. 코트라이트는 버트런드 러셀과 인슐린을 이야기했다. 슈테판 츠바이크를, 미국의 고층 빌딩과 가톨릭교회를 이야기했다. 하지만 그녀는 꽉 막히지도 교조적이지도 않았다. 사실과 도표에서 그녀를 흥미롭게 하는 것은 상상력을 자극한다는 점이었다. 근본적으로 코트라이트는 세계가 파시즘을 향해 가든지 볼셰비즘이나 감리교파나 무신론을 향해 가든지 무관심했다.

샘은 코트라이트를 좇아 미로 같은 생각 속을 헤맸다. 프랜은 작고 사소한 것을 배우면 샘을 자주 무시했지만, 코트라이트의 생각은 그렇지 않았다(프랜은 지식을 모피 코트처럼 과시했기 때문이다).

그들은 자신에 대해서는 드물게 이야기했고, 프랜과 세실 코트라이트에 대해서는 거의 언급하지 않는다고 믿었다. 하지만 그들은 드문드문 한 문장씩 결혼 생활을 전부 이야기했고, 샘은 '세실'에 대해서, 이디스는 '프랜'에 대해서 넷이 늘 알던 사이처럼 말하기 시작했다. 이디스는 그걸 깨닫고 웃음을 터뜨렸다.

"당신이 프랜 이야기를 하는 만큼만 나도 세실 이야기를 하는 걸로 정해야 해요. 아니면 지루한 시를 짓게 될 것 같네요. '오, 이런. 세실은 아침 식사 전에 짜증을 잘 냈고, 오, 저런. 그대는 프랜이 유선형 차체의 가치를 모르는 것을 알지 않소!'"

이디스가 샘이 잠재의식에서 프랜을 쿠르트나 적당한 구애자에게 빼앗기고 싶은 거였다고 말한 적이 한 번 있었다.

그러나 그들은 늘 격식을 차렸다. 영영 골칫거리인 배우자뿐만 아니라 서로를 이름으로 부르면서도. 그들은 영혼에 관해서는 이야기하지 않았다. 어째서 서로를 좋아하는 것처럼 느껴지는지 이야기하지도 않았다. 그들이 가장 친밀해지는 때는 마치 아이들처럼 '미래'를 계획하는 순간이었다.

샘은 이디스의 집에서 저녁 식사 후 커피를 마시다가 불쑥 말했다. "어떻게 할까요? 프랜을 두고 미국으로 돌아가야 할까요? 그리고 익숙한 일을 할까요, 아니면 실험적인 일을 해볼까요? 두어 가지 허튼 생각을 해봤는데, 이야기해볼게요."

샘은 이동주택 제작 계획과 상수시 가든스 사업을 설명했다.

"둘 다 하지 그래요?" 이디스가 물었다. 샘이 원하는 실험을 프랜보다 더 진지하게 받아들이는 눈치였다. "답답하지도, 지나치게 예술적이지도 않은 교외 주택단지를 만들겠다는 생각은 마음에 드는걸요. 식료품점 점원에게 풀밭에서 춤추라고 하지도 않고. 그리고 이동주택은 재미있을 것 같아요. 세실과 영국에서 두 달 동안 거기서 산 적 있어요."

"요리를 직접 했다는 말입니까?"

"물론이죠! 전 요리 굉장히 잘해요! 프로이트니 아인슈타인이니 지껄이지만, 심리 분석에도, 수학에도 문외한이에요. 하지만 마늘과 타라곤 식초에 대해선 잘 알죠! 집안일을 정말 좋아해요. 미시간에 계속 살면서 소도시 변호사랑 결혼했어야 하는데."

"제니스 같은 도시를 좋아할 수 있을까요? 베네치아에서 살아본 사람이?"

"네, 거기 제 집이 있다면요. 여긴 모든 게 쇠락하고 있죠. 아름다운 쇠락이긴 하지만, 가을 느낌이 지겨워요. 뜨거운 여름의 활기와 봄의 시작을 느끼고 싶네요. 옥수숫대가 보기 싫더라도!"

그때 처음으로 샘은 이디스와 함께 제니스로, 일과 삶으로 돌아가는 것이 그렇게 터무니없는 망상은 아니라는 생각이 들었다. 희미하게나마 안정적이고 치유하는 사랑이 될 수 있는 관계에 대해 샘은 자신에게도 별로 말하지 않았고, 그녀에겐 전혀 말하지 않았지만, 하루 이틀 뒤 충동적으로 프랜의 편지를 이디스에게 보여줬다.

프랜의 편지는 자신과 쿠르트와의 관계에 대해 전보다 더 많은 것을 드러냈다.

> 일주일 동안 소식이 없네. 나도 별로 편지를 많이 쓴 건 아니지만, 기분이 그다지 명랑하고 밝지 않아. 도시에서 너무 오래 지냈는지 시골로 가야 할 것 같아. 쿠르트랑 나는(당신은 정말 좋은 사람이고 끔찍이 관대해. 그 사람 이야기를 솔직히 털어놓는데도 나와 아직 친구 사이가 되어주다니) 일주일 동안 하르츠산에 갈 생각이야.
> 우습지. 당신은 내게 온순함이라곤 없다고 하는데, 솔직히 나는 그 사람의 너무 다른 삶에 맞추느라 엄청난 겸손함을 보이고 있어. 그 사람의 우스꽝스럽고 **불쌍한** 아파트를 보면 호들갑을 떨지 않을 수 없어. 오, 샘, 그 아파트가 그 가난한 사람이 얼마나 **가난한지** 드러내서 마음이 아파. 조상들처럼 그 사람도 위대한 귀족이 돼야 하는데 말이야. 이게 다 전쟁 탓이니까 따지고 보면 그 사람 잘못이 아니지. 처음에는 그 사람이 아끼는 늙은 하녀가 어찌나 서툴고 한지 짜증이 났는데, 너무 **기본적인** 주방 용품뿐이라서 그런가 싶었어. 솔직히

쿠르트의 황무지 속에서 그 하녀가 계속 채워야 하는 낡은 석탄 난로랑 막힌 연통에서 기대할 게 그 정도지. 근사한 새 전기 레인지를 사주고 싶었고, 그 사람이 드디어 좋다고 했어. 솔직히 곧바로 좋다곤 안 했어. **부탁이야.** 제발, 이 이야기에 당신 감정이 상하지 않길 바라. 당신이 얼마나 관대한지 아니까. 하지만 그 사람의 자존심이 얼마나 강한지 당신은 몰라! 그런데 요리사가 싫어하더라고. 그래! 하녀가 새 전기 레인지도, 전기 식기세척기도 싫대! 익숙한 자기 물건이 **더 좋대!** 하녀는 진짜 봉건적이야. 우리 학교 시절에 말하던 '진짜 시골'만큼 어려운 일 아니야? 쿠르트도 마찬가지고. 혹시 운전기사가 있다면, 물론 쿠르트는 개인 기사를 두거나 차도 가질 형편이 안 돼. 재무에 천재적인 재능이 있으니 10년 내에 혼자 힘으로 큰 부자가 될 거라고 믿지만 지금은 그럴 형편이 안 되지. 하지만 필요할 때는 이 근처 대여 차고에서 오스트리아인 기사를 불러 쓰는데, 전쟁 중에 쿠르트의 연대 사병이었던 사람이래. 그러니 쿠르트의 개인 기사나 거의 마찬가지인 셈이지.
음, 우선 둘 사이가 끈끈한 데 충격을 받았어. 기사는 백작님에게 오늘 멋진 새 장갑을 끼셨다고 하고, 쿠르트는 그에게 애인의 안부를 묻고 농담도 하고, 쿠르트가 그에게 애인을 정직한 여자로 만들어야 한다고 하면 기사는 다 안다는 듯 손가락을 흔들어서 화가 났어. 그래서 하루는 쿠르트에게 그 일로 싸움을 걸었는데, 여보! 쿠르트가 내게 뭐라고 덤볐는지 알아?

쿠르트가 이랬어. "당신은 부르주아야! 나는 봉건귀족이고! 봉건귀족인 우리는 하인과 친하게 지낼 수 있지. 그들이 절대 건방지게 굴 수 없다는 걸 아니까!"

샘은 편지를 내려놓았고, 이디스와 고용인들에 대한 이디스의 태도가 떠올랐다.

나는 이렇게 결정을 내리고 있어. 우리가 영영 깨졌다고는 하지만, 우리가 함께한 길고 긴, 행복한 세월 끝에 스스로 고통을 준다면 좀 비극적이지 않을까. 하지만 우리가 정말 헤어졌어도 당신은 내 **친구**가 되어주고 내가 유럽인이 되는 일에 적응하고 있다는 걸 알면 반가워해줄 거라는 건 알고 있어. 쉽지 않은 일이었고, 내가 겪은 수고, 거의 고통에 가까운 일을 당신이 이해하리라고 기대하진 않아. 가끔은 솔직히 외로워. 당신이 터브나 **친애하는** 메이티에게 나에 대해서 뭐라고 하든지. 오, 샘, 파리에서 당신이 메이티에게 내 이야기를 많이 한 게 아닐까 싶어. 하지만 내 말은, 당신이 나에 대해서 무슨 말을 하든지 아마도 정당하게, 적어도 내 몇 안 되는 장점이 보기 드문 솔직함과 정직이란 걸 인정해줘야 해. 그리고 솔직히 가끔 아주 외로웠어. 당신이 함께 있어서 당신의 이상한 숱 많은 머리카락을 쓰다듬고 싶었어. 그리고 가끔은 비판적인 유럽 전체를 마주하는 단신의 미국 여성이 된 내 모습에 겁이 나기도 했어. 그리고 가끔은(그 사람이 별 분별없이 아이처럼 열정적인 거 알지) 쿠르트의 소중한 옛 친구들이 좀 지루하기도 했어. 하지만 나는 사랑하고, 유럽 생활의 **두께**를 정말로 알게 된 것 같아. 우리 미국의 삶은 너무 얄팍하고 너무 전통이 없잖아.

샘은 편지를 내려놓고 서쪽으로, 앨러게니를 가로질러 켄터키와 테네시의 숲을 뚫고, 캔자스의 피 흘리는 평원으로, 오리건과 캘리포니아로 종교 행진처럼 밀고 나아가며, 늘 위험 속에서 잠들고 한순간도 쉬지 않으며 1억 명에게 새로운 집을 열어준 개척자들의 전통을 생각했다. 하지만 아무 말 없이 계속 읽었다.

쿠르트는 지금 살아 있는 사람 중에 제일가는 문장을 가진 최고 왕자보다 바이올리니스트나 화학자를 더 귀하다고 생각한다는 걸 알게 됐어. 내 작은 자존감에 도움이 될 정도로 놀라워. 그리고 당신이 나를 어떻게 생각하든지 나는 유럽인들을 **정말** 이해하고 실제로 유럽인이 됐다는 사실을 인정해야 해! 그리고 이해해줘. 나는 그 사람을 따르는 것이 별로 어렵지 않았어. 오, 여보, 이 이야기에 마음이 아프다면 용서해줘. 하지만 그 사람은 낭만적인 소설가들이 **내 남자**라고 부르는 그런 사람이야! 그 사람을 위해 굉장한 계획을 세웠어. 물론 당신에게도 자세한 이야기는 할 수 없지만, 어떤 큰 미국 은행이 베를린에 지점을 세우고 쿠르트를 거기 지점장으로 만들 방법을 가진 것 같아.
당신의 과격한 프랜이 온갖 사소한 일에서도, 큰일에서도 쿠르트의 말을 온순히 듣는 모습을 보면 당신은 아마 재미있어 할 거야. 확실히 그럴 줄 몰랐겠지. 하지만 그 사람은 정말 상냥해. 항상 내가 입은 옷을 알아보고, 솔직히 내 옷을 보고 정말 무섭게 으름장을 놓기도 하지만 동시에 늘 나랑 같이 쇼핑하러 가. 당신은 근사하고 대단해도 한 번도 그러지 않았단 걸 인정해야 해. 오, 여보, 그 사람에 대해서 이런 식으로 편지를 쓰는 건 용서받지 못할 일이겠지. 잠시 생각해보고 이 편지를 다시 읽어보면, 조금 외로워서 길 잃고 방황하는 미국인 관광객이 되어버린 느낌이 드는 어느 날 저녁, 내 작은 콜로라투로(아니면 콜로라투라•인가) 아파트에서 쓰고 있는 이 편지를 부치지 못할 거야. 하지만 우린 친구지. 친구 맞지. 전화가 오네. 받아야 해. 당신에게 축복을. F.

샘은 이 편지를 오전 10시에 받았다. 12시에 이디스의 집 초인종을 울렸다. 샘은 말없이 그녀의 손에 프랜의 편지를 쥐여주었다. 이디스는 다 읽고 나더니 한숨을 쉬고 말했다.

"여긴 너무 더워요. 나폴리로, 맨 끝의 시원한 포실리포로 내려가서 에르콜레 영지의 작은 집을 빌릴까 생각 중이었어요. 에르콜레 남작에게 큰 집이 있는데, 굉장히 가난해요. 전직 외교관이었고, 지금은 나폴리 대학교에서 법학을 가르쳐요. 가난한 부부가 그곳 저택을 세놓아서 살림을 꾸리죠. 나

• '특색 있는'이라는 뜻으로, 특히 오페라에서 기교적으로 장식된 선율을 말한다.

랑 같이 가지 않겠어요? 이 편지를 읽고 나니 당신의 프랜에 대해서는 별로 할 말이 없어요. 여기 앉아서 생각만 하지 말고, 나폴리에 가서 수영도 하고 배도 타는 게 좋겠어요. 같이 갈래요?"

"꼭 가고 싶군요! 그렇지만 추문에 분개하려고 작정한 친구들은 어쩌고……."

"오, 에르콜레 부부는 그렇지 않아요. 그 사람들은 내가 당신과 외도한다고 믿고 기뻐할 거예요. 외교 일로 너무 많은 나라에 살아서 윤리적 원칙을 일일이 다 지킬 수 없거든요. 당신을 좋아할 거예요. 에드몬도 에르콜레와 당신은 함께 말없이 참 좋은 시간을 보낼 거예요! 저런, 방금 내가 프랜처럼 말한 것 같군요! 미안해요!"

석양 속, 비탈진 평원 가운데 불쑥 솟은 바위 위에 이탈리아의 구릉 도시와 흉벽, 허름한 탑이 있었다. 기차가 지나갈 때, 그 도시의 창문들이 저무는 햇빛을 받아 서로 눈부시게 빛을 발했다. "집에 신난 사람들이 가득한 것 같네." 이디스가 말했다. 샘은 그 광경에서 잔잔한 기쁨을 느꼈다. 이디스의 존재가 샘의 마음을 연 것 같았다. 그리고 처음으로 이탈리아를 제대로 보게 해준 것 같았다.

이론적으로 샘은 나폴리에 와본 적이 있었지만, 역에서 에르콜레 저택으로 차를 몰고 가는 동안 그가 본 것은(유럽 어디에서나 마찬가지였다) 그 장소 자체가 아니라 프랜이 정신없이 따지며 요구하는 태도뿐이었음을 깨달았다. 달빛을 본 프랜의 발작적인 기쁨, 나쁜 서비스에 대한 프랜의 발작적인 짜증. 고요하게 존재하는 이디스 곁에서 샘은 기억처럼 나폴리가 우울하고 굉장히 현대적인 고층 아파트로 에워싸인 도시가 아니라 바닷가를 따라 길게 이어지는 마을로 이루어져 있으며, 파란 바다와 언덕 사이에 인간들이 땅다람쥐처럼 그 마을을 파놓았음을 알게 됐다.

택시 기사는 나폴리 사람이라 어떤 차가 자기 앞으로 끼어들어도 분개했고, 그러다보니 그들의 여정은 구사일생의 연속이었다. 하지만 이런 전차 경주 속에서도 샘은 과로 후 짧은 휴가 동안 카누를 타고 느긋하게 즐겼던 옛날처럼 기분 좋게 어깨를 펴고 앉아 있었다.

베수비오 화산이 연기를(좋은 날씨를 약속하며 나폴리 쪽으로) 뿜는 광경이 펼쳐지자 샘은 행복을 표현하기 위해 이디스의 손을 두드렸다. 폐허가 점점이 있는 산들 사이 높은 평원에 흰 집들이 서 있는 카프리도 보였다. 거대한 곶의 발치에 햇빛을 가득 받은 소렌토도 보였다. 택시가 달려 올라가는 절벽 아래 포실리포의 저택들도 보였다.

택시는 짧은 머리의 관리인(만면에 미소를 짓고 인생을 사랑하는 통통한 이탈리아 여자가 주위에 아이들을 잔뜩 데리고 있었다)이 지키는 노란 회벽 정문 관리실을 지나쳤고, 그러자 곧바로 시끄러운 간선도로도, 빵빵거리는 자동차도, 절규하는 운전자들도, 비집고 들어오는 전차도, 목숨이 아깝지 않은 아이들도, 석탄과 와인을 파는 다닥다닥 붙은 가게들도 없어졌다. 에르콜레 저택의 드넓은 정원은 높은 간선도로에서 바닷가로 뚝 떨어져 있었고, 도로가 산길처럼 주위를 빙빙 감고 있었다. 그들은 거대한 소나무 사이로 달렸고, 샘은 나무줄기 사이로 상냥한 바다를 가로질러 후지산처럼 완벽하게 홀로 솟아 있는 베수비오산을 봤다. 오래된 금처럼 노랗고 조용한 회벽 저택을 여남은 채 지나며 그들은 그렇게 오래되지 않은 과거의 영광을 기억해냈다. 나선형으로 굽어 펼쳐진 도로 가장자리의 현대적인 석벽 안에는 헤링본 형태로 쌓은 얇은 고대 로마의 벽돌 조각이 있고, 그 위에는 대리석 흉상 파편 위에 2000년 전, 이곳에 저택을 갖고 있던 전사의 머리가 놓여 있었다.

아무런 소리도, 새소리도, 위쪽 거리(일 분 거리였지만 생각도 할 수 없이 먼 곳이었다)의 소리도 들리지 않았다.

"와, 여긴 참 조용하군요!" 샘이 말했다.

"그래서 여기 오고 싶었어요. 그리고 에르콜레 부부도 보고 싶고."

진입로의 마지막 급경사에서, 에르콜레 부부가 여전히 사는 높은 성 앞에서 그 길이 끝나기 직전, 이디스는 작은 나무다리에서 차를 세워달라고 기사에게 청했다. 그 다리를 건너면 노란 회벽의 건물 꼭대기 층으로 연결됐고, 그 건물의 아래층들은 옆의 절벽 아래 가려져 보이지 않았다.

"저기가 우리 집이에요!" 이디스가 말했다. "세상에서 제일 신기한 집이죠! 3층이에요. 정원이 워낙 가팔라 어느 층에서나 나갈 수 있어요. 그리고 방은 한 층에 두 개 정도뿐이에요."

이디스는 샘을 데리고 다리를 건너 장난감 집 같은 복도를 지나 아주 소박한 침실로 들어갔다. 바닥은 반짝이는 석재였다. 벽에는 그림이 걸려 있지 않고 마욜리카 도자기로 만든 성모상과 아기 예수뿐이었다. 헤드보드도 풋보드도 없는 높고 좁다란 침대 사방에 가느다란 기둥이 달려 있고, 좀 낡은 금색 브로케이드 시트가 덮여 있었다. 벌거벗은 느낌의 흰색 금속 세면대, 고급스러운 타원형 거울, 두 개의 묵직한 브로케이드 의자, 펜과 문구류가 놓인 묵직한 참나무 탁자, 석탄 화로 하나 말고는 아무것도 없었다. 그래도 부족한 건 없었다. 프렌치 창문 밖에는 아랫방의 지붕인 듯한 테라스가 있고, 바다를 내다보고 있어 방 안으로 남쪽 바다를 비추는 남쪽 태양빛이 가득했고, 베수비오산과 멀리 게으르게 솟아오르는 연기가 다 보였으니까.

"여기가 당신 방인가봐요." 이디스가 말했다. "하지만 옷장도, 빗이랑 면도기를 놓을 자리도 없네요! 비안카(에르콜레 남작부인)가 아직 그런 걸 장만할 여유가 없나보군요. 이 집을 다시 꾸미기 시작했고, 임대하고 싶다더니."

"상관없어요. 의류 트렁크에 물건을 넣어두면 되죠." 샘이 말했다. 소박함이, 가구가 가득해 답답한 느낌이 없는 것이 좋았다. 샘은 그 시원한 성소 같은 방에서 달콤한 공기와 빛나는 바다 경치로 새롭게 활기를 얻고, 이디스의 차분한 우정으로 자신감을 되찾는 자신의 모습을 상상할 수 있었다.

그들은 발코니-테라스로 나갔고, 샘은 탄성을 질렀다. 그들 아래, 저택으로 오는 동안 보이지 않았던 포실리포에서 나폴리로 이어지는 해안선은 크리스마스 달력에 어울릴 만큼 낭만적이었다. 프랜이 아무리 꾸짖어도 새뮤얼 도즈워스는 다색 석판화를 좋아하지 않을 수 없었다. 만의 가장자리는 넓은 동굴들이 있는 절벽이었다. 바닷가에서 바위를 타고 오르는 신비한 층계가 절벽 구멍 속으로 사라졌다. 샘은 어릴 적에 스티븐슨과 월터 스콧의 비밀 통로를, 밀수범들과 지하실 이야기를 읽고 이렇게 사라지는 층계를 보면 흥분했던 일이 떠올랐다.

한쪽 절벽 발치의 작은 해변에서 맨발로 노래하는 어부 소년이 배를 힘겹게 끌어올리고 있었다. 햇볕을 받아 피부는 금빛이었다.

사실 그 순간, 파시스트들이 지원하는 클럽 회원들이 젓는 노 네 개짜리 배가 시야에 들어왔지만, 템스강에서 본 것처럼 동시대적인 그 광경을 샘은 무시해버렸다. 그건 샘이 마음속에서 낭만적으로 그리는 나폴리만의 모습과 맞지 않았다.

만을 따라 늘어선 저택들은 포도 덩굴과 뽕나무가 가득한 비탈진 협곡 앞, 절벽 꼭대기에 하얗게 버티고 서 있었고, 그 아래에는 회랑이 딸리고 노랗게 바랜 대리석의 중세 궁전들이 바닷물 속에 건물 기초를 세우고 있었다. 오후 늦은 시각이었고 부드러워진 햇빛이 멀리 나폴리의, 드넓은 황갈색 피라미드가 솟아 산텔모성의 불쑥 튀어나온 요새와 만나는 곳을 비췄다. 마법에 걸려 나른한 햇볕 속에 몇백 년째 잠들어 있는 도시였다.

샘이 중얼거렸다. "여긴…… 여긴……."

"맞아요. 그렇죠!" 이디스가 말했다.

그들은 몇 시간쯤 상냥한 빛 속에 빠져 있었던 듯했지만, 아마 그 집에 들어선 지 삼 분쯤 됐을 터였다. 이디스가 들어가며 문을 두드렸을 때 대답하는 하인도 없었고, 그 후로 그들을 방해한 사람도 없었다. 그들은 계속 탐색했다. 고층-시골집의 거친 돌층계를 내려가 샘의 방만큼 원시적인 이디스의 방을 찾았다. 그리고 1층으로 내려갔다. 왁스를 발라 광택을 낸 오래된 진홍색 타일 바닥이 있는 응접실로 들어갔다. 다마스크 커튼을 친 4.5미터 높이의 창문과 꽃이 활짝 핀 동백나무가 그려진 높다란 석조 와인 항아리, 동으로 장식한 기다란 장미목 탁자, 장식이 과하지만 희한하게 우아한 탁자가 있어도 괜찮을 만큼 넓은 공간이었다. 옥양목 옷에 청소용 모자를 쓰고 무릎을 꿇은 채 바닥을 닦던 두 여자를 샘은 보지 못했다. 젊고 날씬한 쪽이 벌떡 일어나 이디스 코트라이트에게 달려가서 키스하자 샘은 놀라 입을 떡 벌렸다.

이디스는 미소를 지으며, 샘이 처음 듣는 빠른 말투로 소개했다. "비안카, 여긴 내 친구 도즈워스 씨예요. 샘, 이곳 주인 에르콜레 남작부인이에요."

그러자 에르콜레 남작부인은 가난과 노동이라는 범죄를 들킨 것에 전혀 개의치 않고 환한 미소로 그를 환영했고, 샘이 키스하도록 왁스 묻은 손을 내밀더니 저녁 식사에 초대했다.

제34장

베네치아의 예의범절에서 벗어난 뒤 샘은 새로운 이디스 코트라이트, 놀라울 정도로 활기찬 야외의 이디스를 발견했다. 이디스는 연한 검은색 옷을 포기하고 리넨 세일러 블라우스와 충격적인 치마를 입었으며, 수영, 보트 타기, 테니스, 가사 관리에 재능을 보였다. 대여섯 채의 저택이 딸린 에르콜레 영지는 개인 마을 같았고, 샘은 정신없는 마을 생활에 입문했다. 얼굴 가득 미소를 띤 고용인들은 언제 어느 방에나 경고 없이 들이닥쳤다. 면도 중인 그의 방에 들어와 부끄럽게 했고, 티타임 중인 응접실에 명랑하게 생선 상인을 데리고 들어왔으며, 언제 어느 창문 아래서나 쪼그리고 앉아 웃고 떠들고 사랑을 나누고 노래했다. 그리고 다양한 저택에 속한 고용인이 정말 많았다. 샘은 늘 새로운 시골집(절벽에 절반쯤 파묻혀 있거나 마차 보관소 위, 또는 그 아래 다른 층에 문이 열리도록 지어져 있었다)에 정원사나 문지기나 가사도우미와 그들의 아이들, 염소들, 강아지들, 토끼들, 얼굴이 길쭉한 이탈리아 고양이들이 가득한 것을 발견했다. 에르콜레 남작 부부와 그 친구들(병영에서 나온 장교들, 해군 장교들, 대학의 젊은 교수들)은 환대에 자신 있는 미국의 여느 컨트리클럽만큼이나 명랑하고 친절했다. 그들은 테니스를 치고, 댄스파티를 열고, 멀리 산속 마을의 축제로(무시무시한 속도로) 차를 몰았으며, 매번 이디스와 샘을 불렀다. 그중 절반은 영어를 못 했지만, 미소는 샘을 오랜 친구로 인정했다.

이디스와 샘은 단둘이서 카프리와 소렌토, 폼페이를 탐험했다. 베수비오 화산의 공포와 연기를 찾아 나섰다. 나폴리 구시가의 뒷골목도 찾아갔는데, 한 곳은 생선, 한 곳은 채소, 한 곳은 유쾌하게도 터무니없는 장례용 인조 화환과 성자들의 도움을 받아 난파선이나 달아나는 말, 떨어지는 벽돌을 피하는 신실한 사람들을 그린 성화를 팔았다.

'관광을 혐오한다'고 주장하는 프랜이 자신에게 강한 인상을 준 건 샘도 전부 통달해야 한다고 성화를 부려서 샘은 여행에 열심히 노력해야 했고, 맥락 없는 인상을 기억하느라 애썼었다. 이디스는 그가 무엇을 좋아하든지 느긋하게 무관심했다. 그녀와 함께 있을 때 샘은 정신을 다잡을 필요가 없었고, 서서히 진짜 이탈리아가 어떤 곳인지 느껴지기 시작했다. 그곳이 보기 좋은 공연이 아니라 보통의 진지한 삶이라는 느낌이 들었다.

두 사람은 나폴리에서 먼지를 뒤집어쓰고, 바다를 내다보는 침침하고 큰 방에 차를 마시러 돌아왔다. 겹겹의 나폴리 언덕을 비추는 늦은 오후 햇빛이 흐릿한 청색으로 엷어졌다.

그 경치의 마지막 절정은 베수비오 화산의 연기, 석양 속 황홀한 플라밍고의 빛깔이었다. 바다가 은실로 짠 파란 직물로 변해가는 동안 작은 낚싯배들의 화로 불빛이 신나게 반짝였다. 그리고 석양의 고요 속에서 이디스의 음성은 자신의 명석함이나 특별한 매력을 찬양하라고 요구하며 찔러대는 것이 아니라 함께 있어서 행복하다고, 그에게 힘을 주면서 자신도 힘을 받는다고(실제로는 에르콜레 부부와 어쩌면 정치, 전채 요리 이야기만 하면서) 다독여줬다.

샘은 자신이 서풍처럼 강하고 원초적이며, 이디스는 세련되고 연약한 온실의 화초라고 생각했는데, 함께 오렌지 과수원 옆 돌담에서 쉬던 날 깜짝 놀랐다. 아주 오래되어 무너져 내리는 더러운 돌담이었고, 도마뱀들이 빈틈에서 튀어나오고, 벨벳 쿠션 같은 이끼와 작은 잡초가 나 있었다. 과수원 아래쪽의 움푹 들어간 곳에는 타일과 회벽으로 지은, 지붕이 납작하고 테라스가 딸린 불규칙한 3층 건물이 있었는데, 각 층은 괴상한 돌층계 위의 문으로 들어가게 되어 있고 서로 연결되지 않은 듯했으며, 전체적으로 희한하게 뉴멕시코의 전통 건물과 비슷했다. 과수원은 그곳에서부터 위의 고속도로까지 이어졌으며, 오렌지 나무들, 레몬 나무들과 함께 야자나무 두어 그루가 있고, 덩굴이 뽕나무의 긴 가지 위로 이어져 있었다. 바위 무더기가 비탈 쪽으로 튀어나온 곳, 바위 사이의 땅을 작은 돌담이 에워싼 덕분에 1~2제곱미터 정도의 작은 포도나무 과수원이 됐다. 과수원은 여러 세기 동안 꼼꼼하고 참을성 있는 노력으로 일군 곳이지만, 정리가 안 되고 땅은 거칠고 버려진 것이 많으며, 나무들은 일직선이 아니라 뒤죽박죽 얽혀 있었다.

"궁금하다고 했죠?" 이디스가 담에 올라앉아 말했다. "내가 카누 여행을 하며 땅바닥에서 자는 걸 견딜 수 있는지. 이 과수원 어때요?"

"무슨 관련이 있는지 모르겠군요."

"어떻게 생각해요? 이 과수원을 보면 무슨 생각이 드나요? 효율적인 사람이 보기에?"

"음, 과일은 괜찮아 보이는데, 좀 뒤죽박죽 같군요. 게다가 이 벽 너머는 되게 덥고!"

"바로 그거예요! 이탈리아의 농부는 더위를 좋아하고 이랑진 맨땅을 좋아해요. 흙, 흙냄새 풍기는 흙을! 흙과 태양과 바람과 비를 좋아하죠. 이탈리아 농부는 신비주의자예요. 오용되는 단어지만, 가장 고귀한 의미에서 말이에요. 유럽인은 그런 면에서는 어딜 가나 똑같아요. 티롤 사람들은 빙하의 날카로운 냄새를, 뾰족뾰족한 산비탈을 좋아해서 외국에 나가면 향수병에 걸려 죽죠. 프로이센 사람들은 모래 황무지와 황량하고 작은 소나무들을 사랑해요. 프랑스 시골 사람은 집 앞의 거름 더미와 진흙 구덩이 같은 현실에 개의치 않아요. 영국 농부는 날카롭고 작은 가시금작화 덤불이 자라는 구릉을 사랑하죠. 그들은 흙과 바람과 비와 태양을 사랑해요. 그리고 나도 그들에게서 그걸 배웠어요. 땅바닥에서 자는 걸 '견딜' 수 있는지 궁금하다고요? 그렇게 자는 걸 당신보다 훨씬 더 좋아해요! 내가 훨씬 더 소박한 사람인걸요. 여기 유럽에는 유적과 그림이 있지만, 그 뒤로 들어가면 우린 당신네 미국인들보다 흙과 불, 물, 바람에 훨씬 더 가까워요. 당신들은 흙을 사랑하지 않아요. 바람을 사랑하지 않고……."

"오, 이것 봐요! 우리가 일군 수백만 제곱미터의 밭은 어쩌고요? 러시아 정도를 제외하면 그런 곳은 없다고요! 우리나라의 고위층 사람들이 신선한 공기를 마시러 나와 자동차를 타고 골프를 치는 건……."

"아뇨, 미국의 농부들은 자기 몫의 땅에서 벗어나 도시로 가고 싶어 하죠. 미국의 사업가들은 꽉 닫힌 세단을 타고 골프 클럽에 가지 맨땅을 원하지 않아요. 골프 코스의 흙이 잔디로 깔끔하게 가려져 있기를 원하죠. 그리고 난…… 당신은 내가 응접실에 앉아 있는 모습만 떠올리지만, 여기서 바닷물에 들어가 즐거워하고 해변을 달리는 걸 봤잖아요. 그리고 내가 방에서 자는 줄 알았을 테지만, 난 집 바로 위에 있는 작은 정원으로 몰래 나가 뜨거운 태양과 바람 속에 누워 흙냄새를 맡으면서 삶의 의미를 찾고 있었어요! 그게 유럽의 힘이에요. 소위 '문화'라는 미술관과 단정한 음성과 언어가 아니라. 흙과 가까이 있는 것. 그리고 그것이 바로 미국의 약점이죠. 시끄럽고 잔인하고 영화처럼 저속한 것이 아니라 철강과 유리로 된 고층 빌딩, 기적 같은 시멘트-유리 공장, 타일을 붙인 주방과 무선 안테나, 대중잡지로 흙이 가지는 좋은 저속함을 차단하는 것!"

샘은 그 말을 생각했다. 실내에 존재하는 유럽만 본 것은 인정했다. 호텔 라운지, 레스토랑, 호텔 객실, 열차 객실, 심지어 미술관과 성당과 몇몇 현지인의 주택도 샘은 꽤 잘 알았다. 하지만 시골을 돌아다니며 흙의 냄새는 느끼지 못했음을 깨달았다. 빈의 성 슈테판 대성당은 기억해도 오스트리아 알프스의 빛깔, 산속 시냇물의 소리, 새벽, 정오, 해 질 녘 빽빽하고 퀴퀴한 소나무 숲의 다양한 냄새는 기억나지 않았다. 샘은 에스파냐 웨이터들과 대화를 나눴지만 에스파냐 농부들과는 말없이 지냈다.

어쩌면 이디스의 말대로 위험에 처한 문명이 피워낸 타락하고 곧 시들 꽃은 샘이고, 죽지 않는 뿌리는 그녀인 듯했다. 이디스는 샘보다 근본적으로 튼튼했다. 활기는 있지만 온실 속에 들어 있어 즐거울 땐 생생해도 시험에 닥칠 땐 시들어 울먹이는 프랜보다 이디스는 지구력이 강했다. 에르콜레 부부, 쿠르트 폰 오버스도르프, 헌던 경, 그들은 부서지지 않았다. 샘은 부끄러워 영원한 흙을 봤고, 흙 속에서 만족감을 찾았다. 프랜 말마따나 '밖에 나가 구경'할 필요가 날마다 줄었다. 샘은 이디스와 몇 시간씩 바닷가에 함께 앉아서, 또는 혼자 앉아서 기적처럼 얽혀 있는 사이프러스 나뭇가지를 바라보고, 이끼밭에서 가득 자란 작은 고층 건물을 발견했다. 그리고 샘은 미국에(이디스와 함께) 농장을 갖고 싶다고 생각했다. 사회적 인정을 받기 위해 소유하는 전시장이 아니라 말과 소와 닭 냄새가 풍기고 정오에는 태양이 내리쬐는 옥수수밭이 있는, 정글처럼 오솔길이 얽혀 있어 신비로운 진짜 농장을 갖고 싶었다. 이 단순한 꿈은 샘의 마음을 더욱 흔들어놓았고, 자존감을 키우기 위해 떠올렸던 어떤 사업 계획보다도 비밀스러우며 흥분되는 삶의 목표처럼 느껴졌다. 하지만 이디스와 함께여야 했다. 촌스럽고 덩치 큰 자신이 이디스의 가녀리고 섬세한 손에 이끌려 흙의 매력을 되찾다니 샘은 웃음이 났다. 이디스! 태양에 검게 그을린 농부들이 이탈리아의 성당에서 고개 숙이는 날씬하고 반짝이는 성모상들을 더 잘 이해할 수 있게 됐다.

그러다 샘이 자문했다. "나는 이디스와 사랑에 빠진 걸까? '사랑에 빠졌다'는 게 무슨 뜻인지 몰라도?"

샘은 그녀에게 키스도 한 적 없었다. 서너 번 손을 토닥인 것뿐이었다. 가끔 이디스의 조심스러운 태도 이면에 좋은 사람으로 보이려는 마음 이상의, 솔직한 정열이 존재할 수 있다고 느꼈지만, 샘은 이상하게 흡족한 무기력 속에서 미적거리며 환희의 순간을 기다리기만 했다. 이디스가 멀리 있으면 그리웠다. 매 순간 떠오르는 생각이나 본 것을 그녀와 나누고 싶었다. 하지만 이디스 코트라이트가 해준 가장 큰 일은 샘의 자신감을 키워준 것이었다.

그가 이디스에게, 에르콜레 부부와 부부가 아는 여러 백작들과 교수들에게 프랜이 동정했던 촌스럽고 둔한 중서부의 제조업자 이상의 존재로 받아들여졌다는 사실을 인식하는 데 시간이 좀 걸렸다. 에르콜레 남작은 샘이 파시즘에 대해 질문할 때 지루하지만 참는다는 태도로 설명하지 않았다. 그가 나폴리 박물관의 나르키소스가 마음에 들지 않는다고 중얼거렸을 때 이디스는 쏘아붙이지 않았다.

그들은 샘이 조각이나 키안티, 로마 역사, 이탈리아 귀족계급에 대해 권위자일 거라고 기대하지 않았다. 아마 그들은 샘의 본모습 그대로도 기대하지 않은 듯했고, 그렇기에 샘을 알고 나서 존경했다. 처음에 샘은 에르콜레 남작부인이 자신을 노를 잘 젓고, 함께 있을 때 상냥하며, 대화에 솔직하고, 탄탄한 재정 능력을 가진 사람으로 우러러볼 때 부끄럽기도 하고 의심쩍기도 했다. 하지만 날마다 그것이 진심임을 알게 됐다. 가장 이탈리아다운 이탈리아에서 샘은 변명 없이 가장 미국인다운 미국인일 수 있었다. 지난 몇 달 동안 무겁고 생기 없고 병든 사람처럼 들떠 있던 샘의 얼굴에 빛이 스며든 듯했다. 딸 에밀리와 이야기를 나누던 시절처럼 두 눈이 반짝였다.

"당신은 진짜예요." 모두가 이런저런 방식으로 그렇게 말했고, "나는 **진짜야!**" 샘도 흐뭇해졌다.

샘은 아래층에서 무서운 것을 막아주는 이디스의 존재에 안정감을 느끼며 고요히 잤다. 3시에 일어나 담배를 피우고 프랜 일을 생각하지 않게 됐다.

하지만 한 번, 밤늦게 프랜이 날카로운 소리로 "샘, 오, **샘!**"이라고 애원하는 소리가 들리는 듯해서 벌떡 일어나 그녀가 곁에 없으며, 아마 다시는 곁에 없으리라는 사실을 깨닫고 당혹감에 휘청거린 적이 있었다.

그리고 샘이 글을 쓰고 있을 때 이디스가 방에 들어오자 고개를 들고 미소를 지으며 "나의 프랜!"이라고 말한 때도, 샘은 최대한 빨리 잊었다.

이디스가 샘의 촌스러운 태도를 고쳐주려고 할 때는 부드럽게 충고만 했다. "삶을 즐겨요, 샘! 당신은 뭘 하든 안 하든 죄책감에 짓눌려 있다니 전형적인 미국인이군요."

이는 아마 그가 이디스와 함께 다닐 때, 에르콜레 부부의 친구와 식사하거나 엑셀시오르 호텔에 차를 마시러 갈 때, 프랜을 위해 좋은 인상을 주려고 초조해하던 샘보다 이디스 옆에 태연히 서 있는 그에게 더 많은 사람이 흥미를 보인다는 사실과 관련이 있었을지도 모른다. 샘은 낯선 사람을 만나거나 외국인의 억양을 들어야 하는 것이 싫지 않았다. 그는 그들을 있는 그대로 받아들였다. 어느 날 아침, 깨어나 누운 채 바다를 보면서 샘은 확실히, 분명히 행복함을 깨달았다.

샘은 프랜에게 보내는 편지에 이디스 이야기를 많이 적었다. 프랜은 예의 바르게 의견을 말했다. '코트라이트 부인'에게 안부를 전했다. 그리고 베를린에서 드디어 이혼소송을 한다고 알려왔을 때는 더욱 예의 바르고, 떠들썩할 만큼 유쾌했다. 프랜이 거주 허가를 이미 얻어서 이혼 절차는 석 달이 걸릴 예정이라고 했다. 그녀는 이혼 사유가 유기고, 추문 없이 진행될 예정인 것에 매우 즐거워했다.

샘은 둘이 함께 시카고에 가서 처음으로 작은 진주 목걸이를 샀을 때 얼마나 신났던지 떠올렸다. 프랜이 그걸 얼마나 자랑스러워하고, 고마워했는지……. 그러다가 이상하게 후련해졌다.

샘이 이 결정적인 편지를 내키지 않는 마음으로 이디스에게 가져가자 이디스는 천천히 읽더니 물었다. "굉장히 신경 쓰여요?"

"아, 네, 조금."

"하지만 이렇게 해야 정리가 되죠. 그렇지 않아요? 그리고…… 당신의 멋진 새 평정심이 깨지지 않으면 좋겠군요!"

"그럴 일은 없을 겁니다!"

"하지만 프랜의 편지에 굉장히 괴로워하는 모습을 봤으니까요!"

"그래요. 하지만…… 들어봐요! 혹시 제니스 같은 곳에서 살 생각을 해볼 수 있습니까?"

"물론이죠. 다들 비슷하지 않나요?"

"이런 교외 주택단지 같은 계획을 실행하는 데 관심 있어요?"

"글쎄요. 있을지도."

한 시간 뒤, 책을 읽고 편지를 쓰느라 차분히 바쁜 척한 뒤에 이디스가 불쑥 말했다.

"샘! 교외 이야기 말인데요. 몇 가지 방법이 있어요. 이탈리아 저택이나 스위스 산장뿐만 아니라 버몬트 양키들과 사슴 가죽을 입는 버지니아 사람들의 전통이 있는 도시에 어울리는 것 말이에요. 진짜 독특한 미국 주택 건축을 만들어내도록 도와주면 안 되나요? 우리 고층 빌딩은 고딕 성당 이후 건축에서 처음 등장한 새로운 아이디어고, 그만큼 아름답잖아요! 뭔가 고유한 것을 창조하고, 배관이나 진공청소기, 전기 식기세척기를 두는 걸 두려워하지 말아요! 모조품 성은 버려요. 부자 미국인의 문제는 자신이 무식하고 전통도 없다고 생각해 얌전히 유럽에 가서 해시계니 15세기풍 벽난로, 식탁을 사는 거예요. 귀족의 낡아빠진 코트를 사서 귀족 신분을 사려는 거죠. 난 유럽에서 나만의 유럽을 좋아해요. 미국에서는 사람들이 새로운 걸 만드는 모습을 보고 싶어요. 예를 들면 당신의 자동차라든가."

"그럼 제니스 같은, 성장하는 곳을 원해요?"

"어떻게 말할까요? 그곳을 시도해보는 모험은 분명히 즐거울 거예요."

샘은 이디스의 망설임이 프랜의 열의보다 유망하다고 느꼈다. 갑자기 에르콜레 가족이 달려와 수영하러 갈 계획을 세웠고, 둘은 그날도 다음 날도 프랜이나 제니스, 그들 자신에 대해 이야기하지 않았다. 하지만 잘 자라고 인사할 때 샘은 이디스의 손에 키스했고, 이디스의 눈길은 샘에게 머물렀다.

두 사람은 나폴리 높은 곳, 카프리를 내다보는 베르톨리니에서 식사하고 있었고, 샘은 가능한 계획을 이야기했다. 2층짜리 이동주택을 만들되 아치를 통과할 수 있도록, 위층은 캔버스로 옆면을 만들어 접을 수 있도록 할 요량이었다. 선체를 접어 운반할 수 있고, 주거 보트로 변신할 수 있는 이동주택, 부모가 해외로 떠나는 아이들을 위한 여름 리조트. 환상적이고 어쩌면 실용적인 계획이 여남은 가지 있었다. 이디스는 재미있어하면서 개선 방안을 제안했고, 샘은 대단히 흡족했다.

하지만 두 잔째 코냑을 마셨을 때, 오케스트라가 프랜이 좋아하던 빈의 오페레타 곡을 연주하자 샘은 베를린에서 처음에는 프랜과 얼마나 행복했는지 기억해냈다. 쿠르트가 결혼해주지 않으면 프랜은 어쩔 줄 모른 채 외롭게 외국에서 지내야 한다는 사실이 떠올랐다. 음악 속에서, 음악 너머 어둠 속에서 샘은 프랜이 고적한 유령처럼 달아나는 모습을 봤다. 그리고 이디스가 다정하게 잡담하는 동안 두렵고 당황한 아이 프랜, 한때 자신과 함께 그토록 진심으로 웃었던 프랜이 가엾어 샘은 마음이 무거워졌다.

에르콜레 저택으로 돌아와 이디스와 함께 테라스에 섰을 때, 바다가 속삭이는 어둠 건너편, 얇은 불빛을 발하는 베수비오산이 보였다.

"너무 걱정하지 말아요!" 이디스가 불쑥 말하자 샘은 구름 낀 생각을 더욱 구름 낀 말로 포장하지 않아도 이해해주는 그녀가 고마웠다.

제35장

며칠 동안 그들은 아주 평온한 상태로 떠돌아다녔고, 샘은 프랜 생각에 기운이 빠지지 않는 것이 자랑스러웠다.

어느 날 아침, 내내 그들은 포실리포 위쪽 능선을 탐험했고, 로마 황제의 별장 잔해와 황제가 노예들을 물고기 먹이로 빠뜨리던 잉어 연못을 만났고, 역사서에 따르면 베르길리우스 또는 누군가의 무덤이라는 묘지를 발견했다. 그들은 아이들과 수레 말고는 텅 빈 길을 걸어 집으로 돌아와 시원한 응접실에 앉으며 한숨을 내쉬었다.

"아침을 줘요, 테레사." 샘이 지시하고는 말했다. "희한하죠, 이디스. 하지만 당신이 빌리고 며칠 전까지는 알지도 못하던 이탈리아인 소유의 이 집이 처음으로 진짜 내 집처럼 느껴져요. 정말로 지시까지 하다니!"

"그래도 당신의 프랜은 가정의 폭군이 될 의도는 없었을 거예요……."

정원사가 탁자에 편지를 두고 갔지만, 샘은 점심을 먹고 나서야 별생각 없이 확인했다. 맨 위에 프랜의 편지가 있었다. 샘은 그다지 요령 없이 방에 가야 하는 척했고, 혼자서 프랜의 편지를 읽었다.

> 변명할 말도 없고, 내가 바보처럼 당신 고마운 줄을 몰랐던 것 같지만, 어쨌든 이럴 자격도 없는 주제에 당신에게 간절하게 도움을 청할게. 쿠르트의 어머니가 오스트리아에서 결국 왔어. 내게 아주 무례해. 가톨릭이자 고귀한 귀족 쿠르트가 끔찍하게 이혼한(또는 곧 이혼할) 미국 여자, 너무 늙어 후계자를 낳아줄 수 없는 여자와 결혼하는 건 재앙이라고 상당히 분명하게 말했어. 그리고 쿠르트의 어머니는 나를 그런 식으로 부르는 데 가차 없었어. 보기 좋은 꼴은 아니었어. 나는 쿠르트의 아파트에 앉아 담배를 피우면서 좋은 사람으로 보이려고 애를 쓰는데, 쿠르트 어머니는 아들에게 울부짖으면서 날 무시했거든. 그리고 쿠르트는 어머니 편을 들었어. 뭐, 착하고 감상적인 마음은 나 때문에 피를 흘렸고, 그 후로 두 사람 편을 동시에 드느라 어쩔 줄 몰랐지. 하지만 "어머니를 설득할 때까지 2년쯤 결혼을 미루는 게 낫겠다"라고 했어. 세상에! 남자야, 아들이야? 설득은 없을 거고 결혼도 없을 거야! 쿠르트의 비겁함이 지겨워. 나는 그렇게 많은 걸 걸었는데, 하지만 그런 소릴 뭐하러 해.
>
> 만약 당신이 아직도 올림포스의 신 같은 고개를 돌려 사악하고 용서받을 수 없는 이 막달라 마리아를 용서할 생각이 있다면, 당신과 다시 지내고 싶어. 어쨌든 이혼소송은 중단시

켰어. 물론 대부분의 여자처럼 변명하지 않고 이렇게 솔직히 말하면, 쿠르트에게서 당한 것처럼 당신에게서도 모욕당할 수 있다는 건 알아. 물론 당신이 코트라이트 부인이란 여자와의 좀 신기한 관계에서 아주 즐겁고, 짜증스러운 나에게서 벗어나 위안을 받는 모양이라 얼마나 진심인지 모르겠네. 하지만 어떻게 감추지 않고 그 여자랑 드러내놓고 함께 살면서 올바른 이탈리아 사람들에게 무시당하는지 이해할…….

오, 용서해줘. 용서해줘, 샘보. 여보, 날 용서해줘. 당신의 나쁜 아이 프랜을! 못되고 거만하게 말하지만, 마음속으로는 피폐하고 두렵고 갈피를 잡지 못해서 꿋꿋한 바위 같은 당신에게 의지하는 거야! 너무 괴롭고 절망적이라서 이렇게 가증스럽고 부당하게 편지를 썼어. 그리고 찢어버리지도 않을 거야. 당신이 나쁜 프랜을 다시 받아준다면, 이 시시한 비극을 통해 별로 배운 것도 없고 예전처럼 똑같이 속물적이고 요구가 많을 거라는 점을 알고 있길 원해. 하지만 신께 맹세코 난 또 그렇게 못되게 굴고 싶지 않아. 이젠 낡아빠진 영광이 다 지겹고, 소박하고 정직하게 살고 싶어.

당신이 부자고 힘이 세고, 쿠르트는 가난하고 솔직해서 돌아가려는 건 아니라는 건 믿어주겠지. 그건 그냥…… 오, 당신도 알잖아! 어쨌든 예전에 당신이 날 많이 사랑했던 걸 아니까 돌아가려는 거야. 그리고 우리가 함께할 수 있으면 브렌트와 에밀리에게도 훨씬 낫겠지. 오, 알아. 내가 지금 와서 이런 소리를 하는 건 부끄러운 줄 모르는 거겠지. 하지만 사실인걸.

9월 19일에 함부르크를 떠나 다음 날 셰르부르에 도착하는 도이칠란트호라는 배가 있어. 당신이 그 배를 함께 타거나 파리에서 날 만나고 싶다면, 난…… 오, 샘, 아직 날 사랑한다면, 자존심을 버리지 말고, 날 벌줄 이 기회를 잡지 말아야 하지만, 그래도 와줘. 그렇지 않으면…… 오, 난 어떻게 해야 할지 모르겠어! 내가 너무 교만했지! 이제 온 세상이 날 야유하는 것 같아! 내 아파트에서 나가지도 못하겠고, 전화도 못 받겠어. 사람들이 날 동정하며 웃어댈 것 같아서. 하녀에게 대신 받으라고 해. 보통은 아직 쿠르트지만, 그 사람은 다시 안 만날 거야. 다시는. 자살 이야기를 하지만, 그러지 않을 거야. 엄마가 허락 안 할 테니까!

이 편지 받자마자 나폴리에서 여기로 전화해주지 않겠어?

당신이 오고 싶다면, 코트라이트 부인에게 불편을 끼치지 않기를 바라겠어. 베네치아에서 참 좋은 사람이었는데. 내 안부 전해줘. 하지만 나보다 훨씬 짜증스럽지 않은, 분명 아주 매력적인 숙녀에 대한 당신의 사교적 의무보다 내 간청이 조금은 중요한 것이길 바랄게.

그리고 프랜의 글씨체가 확 바뀌었다. 샘은 그다음 부분은 몇 시간 뒤에 쓴 모양이라고 여겼다.

오, 샘, 당신이 꼭 필요해. 당신을 사모한다는 말을 내가 잊지 않고 했던가?

당신의 부끄럽고 괴로운 프랜

샘은 응접실로 달려 내려가 말했다. "나폴리에 가봐야겠어요. 차 마시는 시간에 늦을지 모르겠군요. 기다리지 말아요."

"무슨 일이죠?"

"오, 아무것도 아니에요."

샘은 이디스에게서 도망쳤다.

전차를 타고 가는 내내 샘은 프랜과 다시 살고 싶은지, 정말로 그녀를 만나러 갈 것인지 자문했고, 두 가지 질문에 대한 답은 모두 멍한 백지였다. 하지만 이디스와 헤어지고 싶냐는 질문에는 날카롭게 화를 내며 아니라고 대답했다. 이디스가 얼마나 좋았는지, 얼마나 정직하고 이해심 많고 통찰력 있는지 떠올리자 프랜의 매력이었던 알 수 없는 짜증보다 훨씬 더 강한 감정이 이디스를 향해 솟아났다.

그런데 이디스를 버리고, 나약하게 배신할 것인가?

"오, 아마도." 한 시간 뒤, 아메리칸 익스프레스사에서 베를린에 전화를 걸기 위해 기다리고 있을 때 샘은 한숨을 쉬었다.

영원히 기다린 것 같았다.

샘은 그곳에 몇 년째 앉아 있는 것처럼 사무실 광경에 신경이 쓰였다. 커다란 뉴욕 센트럴 기관차의 사진. 버마, 방콕, 상파울루 등(프랜이 조악하고 세련되지 못하다고 느낄 터이므로 이제 샘은 보지 못할) 흥미로운 여행지 팸플릿. 편지를 쓰면서 문장 사이사이, 마르티리 광장에서 발견한 엄청난 산호를 어머니에게 자랑하는 관광객 여성…….

그러다 들려온 소리에 깜짝 놀랐다. "베를린 전화입니다!"

프랜의 목소리, 변덕스러운 목소리가 점점 바뀌는 가운데 멋대로 노는 아이의 간절함이 들렸다.

"오, 샘, 정말 당신이야? 정말 올 거야, 여보? 불쌍한 프랜을 용서하는 거야?"

"그럼. 배에 타. **배에.** 그래, 19일. 알았어. 그러지. 나중에 모두 이야기하자. 잘 있어, 여보. 독일에 있을 때 표를 구해. **증기선 표를 구해.** 잘 있어, 여보. 전보로 확인 내용 보낼게."

샘은 거의 걸어서 돌아갔다. 늙은이처럼 느릿느릿 땀을 흘리며, 이디스를 만나 어떻게 할지 고민했다. 이디스는 매우 정중하게 말하겠지만 놀랄 것이고, 마녀 같은 프랜에게 굴복해서 돌아가는 그를 경멸할 듯했다.

6시가 조금 지나서 샘은 슬그머니 들어갔다.

이디스는 응접실의 큰 창가에서 책을 읽고 있었다. 고개를 들더니 물었다. "왜 그래요? 무슨 일이에요?"

"음……."

샘은 창가에 서서 시가를 잘라 불을 붙이며 시간을 끌었고, 이디스를 보지 않고 중얼거렸다. "프랜의 애인, 오버스도르프 백작이란 자가 프랜을 거절했대요. 그 사람 어머니가 프랜 신분이 낮다고…… 이혼했니 어쩌니. 불쌍하군요. 힘들었을 거예요. 이혼할 생각을 포기하고 미국으로 간대요. 아마…… 오, 구설수에 오르겠죠. 나도 함께 가야 할 듯해요. 사실, 오늘 밤 자정 기차를 타고 로마로 가야 해요……. 당신에게 모두 말하고 싶은데……."

"샘!"

이디스가 벌떡 일어났다. 샘은 그녀의 조용한 두 눈에 서린 분노에 깜짝 놀랐다.

"그 여자에게 돌아가게 두지 않겠어요! 그리고 당신이 그 여자의 상냥하고, 명랑하고, 예의 바른, 빌어먹을 이기심에 당신이 죽는(맞아요. 죽는!) 꼴은 두고 보지 않겠어요. 그 여자가 남에 대해 생각하는 건 자기한테 주는 것뿐이라고요! 세상은 당신에게 햇볕과 바람을 주는데, 프랜은 당신에게 죽음, 두려움과 죽음만 줘요! 오, 그 여자가 불평하는 편지를 읽고 나면 당신은 오 분에 5년씩 늙는 걸 봤어요! 게다가 당신은 도움을 주는 게 아니에요. 그저 그 여자가 이기적이고 잔인한 짓을 멋대로 하고도 멀쩡하게 지낼 수 있다고 느끼게 할 뿐이지! 베이징과 카이로를 생각해봐요! 아니, 미시간 소나무 숲 속에 지을 농장을 생각해봐요! 얼마나 자연스럽게 만족하며 살 수 있을지. 그래요. **우리** 함께 거기로 돌아가서……."

"압니다, 이디스. 모두 알아요. 그래도 어쩔 수가 없군요. 프랜은 내 아이예요. 보살펴줘야 해요."

"그렇군요. 음." 이디스의 눈에서 정열이 서서히 희미해지는 게 아니라 불을 끄듯이 탁 꺼졌다. 그리고 이디스는 멍하니 말했다. "미안해요. 무례했어요. 적어도 짐 싸는 건 도와줄게요."

짐을 싸고, 저녁을 먹고, 그 후에 좀 힘겨운 기다리는 시간 내내 샘은 단 두 마디 말도 제대로 연결할 수 없었고, 이디스는 아주 정중하게, 조금 갑작스럽게 이야기했다. 제니스에 대해 질문도 했다. 그를 "도즈워스 부인과 함께" 언젠가 먼 훗날 만날 수 있기를 바란다고 예의 바르게 말했다. 딱 한 번, 몹시 괴로운 침묵 후 이디스가 불쑥 말했을 때 친밀한 사이로 되돌아갔다. "별로 할 말이 없네요. 그렇죠! 하지만 당신이 날 좋아하는 듯해서 다시 자신감을 얻었다는 건 말하고 싶어요."

샘이 화려한 칭찬으로 응수하려 들자 이디스는 주방으로 나가버렸다.

다가오는 택시 소리에 샘은 무덤 속에 영원히 죽은 채 앉아 있는 고통에서 벗어났다. 하인들이 짐을 들고나오는 동안 샘은 이디스의 손을 잡고 토닥였다.

"준비 끝났어요, 시뇨레." 하녀가 말했다. 하녀는 크게 기대했던 팁을 받고 "곧 돌아오세요!"라고 진심처럼 말하고는 사라졌다.

나무 그늘이 드리워진 문 밖의 석양 속에서 샘은 어색하게 이디스와 악수하고, 뭔가 듣기 좋은 소리를 하려고 애쓰는 사이 이디스가 외쳤다.

"이젠 너무 늦었어요. 하지만 언젠가…… 나도 말하기 쉬워질 때가 되면 당신에게 내 감정과 생각을 다 말하리라 생각했어요. 당신과 함께하는 것이 즐거웠다고. 당신은 유명한 사람들처럼 겉보기보다 작은 사람이 아니라 더 큰 사람이라고. 당신 덕분에 세상이 두렵지 않게 됐고, 다시 싸우게 됐다고. 그리고……." 이디스는 샘의 거친 소맷부리를 잡았다. "당신과 함께 있을 때마다 놀랍게도 '아, 당신이군요!'라는 묘한 느낌이 들었다고. 당신은 다른 어떤 사람과도 다르고(반드시 더 좋은 건 아니라도) 아, 다른 사람이라는 느낌! 이런 말을 하면 안 되겠지만, 너무 늦기(너무 늦기!) 전에 무모한 짓을 하고 싶군요. 하지만 생각한 건 아무것도 말할 수 없어요. 당신에게 축복이 함께하기를! 그리고 신께서 이 사악한 해피 엔딩 내내 당신을 지켜주시기를!"

샘은 이디스에게 키스했다. 무섭게 매달리며 키스했다. 그리고 길에서 기다리는 택시를 향해 걸어갔다. 샘이 돌아봤다. 이디스는 달려 나오려 하다가 후다닥 문을 닫았다. 창문을 통해 지치고 생기 없는 이디스의 음성이 들려왔다. "아침은 1인분만 준비해요, 테레사."

샘은 하품하는 택시 기사와 단둘이 남았고, 남쪽의 어두운 바닷가에서 미풍이 불어왔다.

제36장

회색 다람쥐털 망토를 두른 프랜은 사랑스럽고 아주 젊었다.

"베를린에서 여름 세일 때 거의 **공짜로** 샀어." 프랜이 말했다. "왜 여자들은 다들 절약을 못 할까? 당신의 멋진 불꽃 같은 여자, 코스트(코트라이트? 웃기지. 그 여자 이름을 자꾸 까먹네) 부인은 끔찍이 똑똑하겠지만, 이걸 샀으면 두 배는 줬을 거야."

9월 말은 대서양 가운데임을 고려하더라도 추웠다. 프랜은 모피를 매만지더니 자기 의자에 더 바짝 둘렀다. 샘에게 그녀는 팽팽한 팔다리를 가운으로 감춘 표범처럼 보였다.

S. S. 도이칠란트호에서 티타임이 끝난 뒤, 눈부신 석양이 파도를 무시무시한 진홍으로 물들였다. 폭풍우의 냄새가 났다. 배는 다가오는 파도에 움츠렸다. 하지만 프랜은 생기와 건강으로 가득했다. 그녀는 이야기하는 내내 배에서 만난 사람들에게 고개를 끄덕였다. 댄스파티 때 그녀를 늘 에워싸는 남자들, "저 매력적인 도즈워스 부인(남편보다 훨씬 어리다던데)의 남편은 조금 둔한 것 같지 않아(그런데 부인은 남편을 너무

좋아해)? 딸처럼 남편을 보살펴"라고 하는 부인들.

프랜은 풍성한 모피 속에서 몸을 웅크렸다.

"오, 어딘가 **가니까** 좋다!" 프랜이 말했다. "미국에서 몇 달 지낸 뒤에 파리라든가 어딘가로 떠난다면 우리 둘 다 미친 거겠지. (저 여자가 쓴 모자 정말 **형편없다.** 여보, 저 여자 구두 좀 봐! 왜 저런 사람들을 일등칸에 **태워주는** 거야?) 내가 베를린에 영영 붙어살면서 얼마나 지겨웠는지 모를 거야! 오, 샘, 여보, 쿠르트에 대해선 당신 말이 정말 옳았어. 당신이 어떻게 알았는지 모르겠어! 당신이 보통은 사람 보는 눈이 그렇게 **끔찍이** 좋은 건 아니라고 인정할 거야. 사업가를 보는 눈만 빼면 말이야. 하지만 당신 말이 옳았어. 오, 쿠르트는 어찌나 사람을 **쥐고 흔들던지!** 바덴바덴에 혼자 다녀오겠다는 말만 해도 노발대발했어. 그리고 대체 자기가 그렇게 중요하단 생각은 어떻게 했는지. 뭐, 그 사람 집안이 콜로세움만큼 오래됐을지는 모르지만. 하지만 그 사람 어머니를 보니 **여보,** 정말 끔찍한 시골 할머니……."

"그만!" 샘이 말했다. "왠지 모르겠지만, 당신이 쿠르트랑 그 사람 어머니를 그런 식으로 말하는 건 듣기 싫군. 그들도 아마 상처를 받았을 거야."

프랜이 아주 우아하게, 마치 용서하듯 말했다. "그래, 당신 말이 옳아. 미안해, 므시외! 착한 여자가 될게. 그리고 물론 이제 모두 괜찮아졌지. 결국, 우리의 질풍노도 불장난에 멋진 해피 엔딩이잖아! 우리 둘 다 많은 걸 배웠지? 그리고 이제 난 그렇게 변덕 부리지 않고, 당신은 그렇게 짜증스럽게 굴지 않을 거잖아. 당신이 그러리라 믿어."

베란다 카페에서 댄스파티가 있었다. 폴로 선수 톰 앨런(젊은 톰, 까맣고 상앗빛에 미소로 가득한)이 프랜에게 춤을 청했다. 프랜은 그를 보고 미소 짓더니 샘의 팔을 가볍게 두드리고 가버렸고, 톰은 다람쥐털 망토 밑으로 프랜의 손을 잡은 것 같았다.

석양은 진노하며 포트와인의 빛으로 변했다.

샘은 혼자서 기울어진 갑판을 돌고 또 돌았고, 혼자 선미에 서서 유럽 쪽을 돌아봤다. 하지만 잿빛 안개뿐이었다.

새벽 2시, 샘은 당혹감에 잠에서 깨어났다. 폭풍우가 왔다. 배가 심하게 요동치고 있었다. 샘은 잠결에 옆 침대에서 잠든 이디스가 훌쩍이는 소리를 들었다. 밝은 태양이 내리쬐는 그곳 나폴리에서 자신에게 내내 위로가 된 그녀를 위로해줄 수 있음이 반가워 샘은 잠에 취한 채 미소를 지으며 팔을 내밀어 그녀의 가녀린 손목을 쓰다듬었다.

프랜의 목소리가 들려오자 샘은 놀라서 벌떡 일어나 앉아 숨을 들이쉬었다.

"오, 고마워! 깨워주니 고맙네. 악몽을 꿨어. 이런, 파도가 거칠구나!"

샘은 불안해서 프랜의 손목을 꽉 쥐었다.

"오, 샘, **이러지 마. 열정은** 참아줘! 아직은. 적응해야 하고……. 그리고 너무 졸려!" 아주 밝은 목소리였다. "괜찮지? 그렇지? 잘 자!"

샘은 뜬눈으로 누워 있었다. 창문 위 가로대로 들어오는 희미한 빛에 서랍장에 놓인 프랜의 은색 화장품이 보였다. 이 거대한 여객선이 파도를 헤치고 나아가는 모습을 생각했다. 위층에 있는 무전기와 자동조종장치 같은 현대의 기적을 생각했다. 하지만 선교에는 자동이 아니라 영원히 인간인 선원들이 있었다. 배 역시 인류의 오랜 항해 수단으로서 영원했다. 샘에게는 그 배가 끼익거리는 소리가 고대 그리스의 군용선이 끼익거리는 소리처럼 들렸다.

하지만 이렇게 영웅적인 것을 떠올리면서도 샘은 프랜의 차분한 숨소리를 듣고, 바다 갈매기 대신 은빛 화장품 사이에 놓인 작은 크리스털 병에서 흘러나오는 향수 냄새를 맡았다. 그것은 여객선의 선체보다 더 넓고 폭풍우보다 더 강했다.

샘은 다시 잠들 수 없을 것 같았다.

커다란 주먹을 꽉 쥐었다. 그리고 손에서 힘을 풀었고, 잠들었다.

프랜이 폭풍우 치는 새벽에 떠드는 소리에 샘은 일어났다.

"깼어? 방해하지 않을게. 끔찍한 아침이야! 브리지 게임을 하자. 밸러드 씨와 톰 앨런을 부르자. 마음에 드는 청년이야, 그렇지! 톰에게는 엄마 같은 기분이지만. 오, 샘, 너무 졸리지 않으면 말인데……. 아, 뉴욕에 있을 때 괜찮은 중국 이브닝 숄을 살 수 있을까? 톰이 가게 이야기를 했거든. 물론 다른 것도 있지만 이젠 너무 낡아서 말이야. 당신도 내가 메이티 피어슨처럼 볼품없기를 바라는 건 아니잖아. 그렇지! 파리에서 산 마르셀 로샤 드레스를 입으면 메이티는 눈이 튀어나올 거야. 게다가 그걸 구하는 데 이틀밖에 안 걸렸잖아! 제니스는 입에 게거품을 물걸! 오, 따지고 보면 집에 돌아가는 것도 좋다. 당분간이지만 말이야. 따지고 보면 많은 일이 있었고……. 샘, 내가 비록 베를린에서 끔찍한 고생을 했지만, 당신도 나만큼 용감하고 정직하다는 걸 안다는 걸 당신은 이해하는지 모르겠어! 그리고…… 오, 뭐 때문에 이런 생각이 드는지 모르겠지만, 당신은 밸러드 부부에게 신경 좀 써야 해. 당신이 어젯밤에 이탈리아 자동차 이야기로 그 사람들을 지루하게 했잖아. 그 사람들은 피렌체에 별장이 있고, 진짜 이탈리아와 예술가, 귀족 등등에 익숙하다는 걸 기억해. 하지만 물론 상관없지. 그리고…… 커피 좀 시켜줄래? 고맙기도 하지!"

그녀의 향수 냄새가 밤새 자느라 탁해진 전용 객실 공기 속에서 더 강해진 듯했다.

샘은 승무원을 부르러 천천히 일어났다. 그는 아무 말도 하지 않았다.

프랜은 기분 좋게 다시 자려고 누웠고, 샘은 목욕을 하고, 옷을 입고, 흔들리며 갑판으로 나갔다. 산책 갑판의 열린 부분은 캔버스로 보호해두었고, 물이 밧줄 사이로 들이쳐 갑판을 따라 흘렀다. 샘은 힘겹게 앞으로 나아가 창문 앞에 숙연히 서서 파도 속으로 고꾸라지는 뱃머리를, 이 선두 화물창 위로 날아드는 파도 거품을, 앞쪽 갑판에서 넘어지지 않으려고 누더기가 된 낡은 우비를 입고 버티는 고독한 이민자를 내다봤다.

앞은 캄캄했다. 육지 사람에게 그것은 위협적이었다. 하지만 폭풍우 치는 하늘에는 힘이 있었고, 길게 숨을 들이쉬고 커다란 팔을 내밀고서 샘은 갑판 주위를 돌기 시작했다.

그의 눈길이 자신의 내부로 돌아간 듯했다. 입술은 사색 중에 조금씩 움직였다.

삼십 분 뒤, 샘은 아침도 먹지 않고 A 갑판에서 구명정 갑판으로 가는 계단을 갑자기 올랐고, 좁은 통로로 내려가 작은 꽃 가게를 지나서 전보실(작은 호텔의 전보 사무소처럼 작은 방에 좁은 책상 하나 있는 곳)로 들어갔다.

샘은 무표정하게 이디스 코트라이트에게 보낼 메시지를 적어 건넸다. "지금부터 삼 주 후, 나폴리에 있을 겁니까?"

샘은 아침을 먹으러 갔다. 오전 내내, 그리고 오후 절반 동안 샘은 브리지 게임을 하면서 프랜이 패기만만한 톰 앨런과 시시덕거리는 모습을 지켜봤다.

티타임 직전에 전보 답신이 도착했다. "아뇨, 하지만 베네치아에서 두 달 지낼 거예요. 축복을. 이디스."

프랜이 대여섯 명의 남자들과 차를 마시는 사이 샘은 한 시간 동안 흡연실에 앉아서 술 상대를 찾는 사람이 혼자 들어올 때마다 책을 읽는 척했다.

옷 갈아입는 시간에 샘이 프랜에게 부드럽게 말했다. "오늘 밤 여기 객실에서 저녁을 먹으면 어떨까? 의논하고 싶어. 여태 좀 피했잖아."

"세상에, 샘보, 무슨 생각이야? 이렇게 파도가 거친 날 이렇게 좁아터진 방에서 식사하는 게 그렇게 즐거울 것 같아? 게

다가! 밸러드 부부한테 그릴에서 만찬을 함께하자고 했어. 살롱에는 너무 흔해빠지고 멍청한, 상업적인 부류뿐이라."

"하지만 할 이야기가 있어."

"여보, 이 배를 나흘이나 더 타고 가야 할 텐데, 걱정 없을 거야! 난 리비에라나 다른 곳으로 안 간다니까. 당신도 알잖아!"

샘은 저녁 늦게야 기회를 얻었다. 잠들 시간에 전용 객실로 내려왔을 때, 흡연실 연주회가 끝난 뒤 매우 활기찬 프랜에게 샘은 서론 없이 말했다.

"요령 있게 할 필요는 없겠어. 그러고 싶었지만. 프랜, 우리는 안 되겠어. 난 이디스에게 돌아가서 함께할 거야."

"이해가 안 돼. 내가 뭘 어쨌다고? 오, 이런. 당신이 배운 게 없으면…… 당신은 아무것도, 단 한 가지도 못 배웠구나. 그렇게 슬픈 일을 겪고도! 아직도 날 비난하고, 내가 오늘 밤처럼 행복한 순간에 지독하게 잔인한 비수를 그렇게 상냥하게 꽂는구나!" 프랜은 주먹을 꼭 쥐고 샘을 마주했다. "도즈워스 씨, 제발 **친절을** 베풀어서, 조금 덜 어렵게, 내가 **이번에는** 무슨 짓으로 당신의 섬세한 감정을 상하게 했는지 말해줄래?"

"아냐, 그냥 우린 안 되겠어. 당신은 날 이해하지 못해. 추태 부리려는 거 아니야. 당신을 협박하려는 것도 아니고. 그냥 내가 한 말이 전부야. 난 뉴욕에서 첫 배로 이탈리아로 돌아갈 거야. 탓을 하거나 비난하는 거 아니야……."

프랜은 화장대 앞 의자에 털썩 앉았다. 그리고 나직이, 두려움이 배어나는 목소리로 물었다. "그럼 난 어떻게 돼?"

"모르겠어. 알았다면 이 배에서 당신을 만나지 않았을 거야."

프랜이 신음했다. "어머! 뼈아픈 소리를 하네! 축하해! 있잖아, 당신이 정말 내게 돌아오고 싶어 한다고 좋아라 했어!"

샘은 위로를 하려다가 위험이 닥친 듯 당황해서 멈췄다. "프랜, 예의 차리지 않겠어. 내가 당신을 오랜 세월 얼마나 끔찍이 사랑했는지 알 거야. 당신이 그걸 바꾼 거지. 당신은 어떻게 되냐고? 나도 모르겠어. 하지만 지난 2년 동안 변한 당신과 같겠지. 당신은 내가 필요하지 않았어. 함께 놀 사람들, 애인을 여럿 만났잖아. 계속 그런 자들을 만나겠지……."

"그런데 '날 끔찍이 사랑한' 사람이 이런다고……."

"잠깐! 우리 다툼 중에 처음으로, **내가** 어떻게 될지 생각해 보려고 해! 난 당신을 도울 수 없어. 난 당신의 수행원일 뿐인걸. 하지만 난……. 당신은 날 죽일 수 있어. 전에는 당신이 내게 창피를 주고 계속해서 면박 주는 것에 신경 쓰지 않았어. 당신이 그러는 줄도 몰랐지. 하지만 이젠 알아. 그리고 참지 않겠어!"

"그 아름다운 이론을 가르쳐준 게 당신의 코트라이트 부인이야? 당신에게 창피를 준다고? 그동안 단 한 명도 당신을 비난하지 못하게 했는데……."

"알겠어? 내 얘긴 **끝났어!**"

안타깝게도 샘은 영웅적이거나 위엄 있게 프랜과 헤어지지 못했다. 짜증 부리는 아이처럼 방에서 나와버렸다. 배가 요동치고 있지만 프랜의 논리에서 달아나려면 어린애처럼 난폭하게 굴 수밖에 없음을 알기 때문이었다. 프랜은 과연 완벽하게 논리적이고 제정신이었으니까. 자기가 무엇을 원하는지 알았으니까!

뉴욕에서 사흘을 보낸 뒤, 이탈리아 여객선 부두로 떠나는 택시를 타고 프랜을 내다보는 게 샘에게는 고통이었다. 그녀가 혼자, 버림받은 채 불쌍한 눈빛으로 호텔 앞에 서 있는 모습을 보며, 다시는 보지 못하리란 사실을 깨닫는 것은. 샘은 인생의 의미였던 그녀의 눈빛을 버리고 있었다.

그들, 이디스와 샘은 파리의 리츠에서 식사하며 그곳의 허세보다 우월하다고 느꼈다. 그날 저녁, 두 사람은 이혼소송이 끝나면 미국으로 돌아가 이동주택을 실험하기로 했기 때문이다. 그들은 명랑했고, 잘 먹고, 만족했다.

하지만 코냑을 두 잔째 마시고 오케스트라가 빈의 오페레타 곡을 연주하자 샘은 프랜과 자신이 베를린에서 얼마나 행복했는지 기억했다. 그날 프랜이 보낸 가련한 편지가 기억났다. 프랜은 제니스에서 에밀리와 지내고 있었다. 아무도 만나지 않는다고 했다. 샘의 '**소중한** 친구 터브와 메이티'가 좀 지나치게 예의를 차린다고 했다. 그리고 며칠 뒤에 이탈리아로 떠날 생각이라고 했다.

샘은 음악 너머 어둠 속에서 프랜이 외로운 유령처럼 달아나는 모습을 봤다. 그리고 이디스가 다정하게 잡담하는 동안 두렵고 당황한 아이 프랜, 한때 자신과 함께 그토록 진심으로 웃었던 프랜이 가엾어 샘은 마음이 무거웠다.

샘은 이디스의 시선을 의식하고 침묵에서 벗어났다. 이디스가 가볍게 말했다. "그 사람 때문에 슬퍼하는 걸 즐겨요! 하지만 다음부터 음악이 나오면 나도 세실 코트라이트를 생각하겠어요. 그이가 얼마나 잘생겼는지! 5개국어를 했는데! 내가 그 사람에게 얼마나 안달을 부렸는데! 그 사람을 얼마나 실망시켰는지! 스스로를 채찍질한다면 난 얼마나 정숙한 사람이 되는 걸까! 난 참 대단히, 흔치 않은 슬픔을 느끼는구나! 샘! ……비참하게 자신을 희생하며 느끼는 우월감을 포기하기란 참 어렵네요!"

샘은 멍하니 생각에 잠기더니 불현듯 웃음을 터뜨렸고, 그 웃음 속에서 근엄하던 젊은 시절에는 알지 못했던 젊음을 발견했다.

샘은 아주 자신만만하게 행복한 나머지 프랜을 완전히 잊었고, 다시 그리워하지 않았다. 거의 이틀 동안이나.

해설

진정한 자아와 성숙한 관계를 찾아 떠나는 여정

《도즈워스》가 출간된 1929년 무렵은 싱클레어 루이스의 삶에서 매우 중요한 전환점이 되는 시기였다. 1885년 미네소타주의 소도시 소크센터에서 태어난 그는 어린 시절부터 책을 좋아하고 글쓰기를 즐겼다. 예일 대학교를 졸업한 뒤 미국 전역을 돌아다니며 기사를 편집하고 잡지에 투고하며 경력을 쌓아가던 루이스는, 1920년에 발표한 《메인 스트리트》에 이르러 베스트셀러 작가로 등극한다. 그 후 10년은 소설가로서 루이스의 전성기였다. 《배빗》(1922)에서는 교양 없고 순응적인 중산층 주인공을 신랄하게 풍자했고, 그 인기와 상징성 덕분에 '배빗'은 '교양 없는 속물'을 일컫는 일반명사로 사전에 오르기에 이른다. 루이스가 약 2년 간격으로 내놓은 《애로스미스》(1925)와 《엘머 갠트리》(1927), 그리고 《도즈워스》 역시 모두 크게 성공하며 호평받는다. 1930년, 미국 작가로서 최초로 노벨문학상을 받으며 그의 작가적 이력은 정점에 달한다.

노벨상을 받은 뒤 "이걸로 나는 끝이야. 이 상에 부응해서 살 수 없어"라고 탄식했다는 일화는 유명하다. 이후 그의 경력이 긴 쇠락의 과정을 겪었다고 해도 루이스에게 이 시기는 새로운 시작이기도 했다. 1912년, 그는 뉴욕의 같은 건물에 있는 《보그》 잡지사에서 편집자로 일하던 그레이스와 마치 로맨틱 코미디의 한 장면처럼 부딪치며 우연히 만난다. 루이스는 미친 듯이 사랑에 빠져 연애편지와 시를 바치고, 첫 소설을 헌정하며 열렬히 구혼한다. 직업에 걸맞은 패션 센스와 미모를 지녔을 뿐 아니라 영국인 부모 아래 유럽에서 자란 이력을 지닌 그레이스는 여러모로 《도즈워스》의 프랜을 연상시킨다. 그레이스와 풍요롭고 행복한 결혼 생활을 보낸 뒤 큰 다툼 없이 이혼한 루이스는 1927년, 베를린의 한 기자 모임에서 당대의 유명 저널리스트 도러시 톰프슨을 만나 다시 열렬한 사랑에 빠진다. 톰프슨이 청혼을 거절하자 루이스는 "세상 끝까지 뒤쫓겠다"라고 선언하고, 볼셰비키 혁명 10주년 취재를 나선 그녀를 뒤따라 모스크바를 방문하며 결국 재혼에 이른다. 집권 이전의 히틀러를 직접 만나 인터뷰하고, 22년간 여성주의 칼럼을 집필해 1000만 명 이상의 독자를 얻는 등 평생 적극적이고 활기찬 저널리스트로 활동한 도러시 톰프슨은, 루이스의 생애에서 절정의 시기를 함께한 동반자이자 경쟁자였다.

바로 이 시기에 쓰인 《도즈워스》의 주인공 샘 도즈워스가 '다 가진' 인물로 설정된 것은 어쩌면 자연스러운 일이다. 그는 중산층을 대표한 배빗과 달리 자동차 회사 레벌레이션의 회장이자 지역사회를 대표하는 성공한 기업가다. 그가 평생 키워온 회사를 매각하고 자녀들은 장성해 집을 떠난다. 이 소설은 바로 이 지점에서 본격적으로 시작되며, 한 사람의 경력이 정점을 지난 뒤 일어나는 일들을 보여준다. 도즈워스는 흔한 성장소설 혹은 로드 무비의 주인공처럼 그간 쌓아온 업적과 삶의 터전을 뒤로하고 미지의 세계로 떠난다.

도즈워스의 여행은 두 가지 차원에서 작동한다. 자동차 산업의 선구자이자 자수성가한 기업가로서, 자신이 담당하게 되는 역할에 따라 성실히 살아온 그는 효율과 발전을 가장 중요한 가치로 삼는 미국의 일면을 대표하는 인물이다. 젊은 시절 해외여행과 모험을 꿈꾼 적은 있으나 그는 50대가 되도록 이국의 땅을 밟아본 적도, 그 문화를 경험한 적도 없다. 자동차 산업의 거물로 자리 잡고, 그 과정에서 자동차가 상징하는 미국의 근대화를 주도하느라 여가를 즐길 틈도 없었던 것이다. 그런 도즈워스가 유럽 여행, 혹은 유럽 체류의 뜻을 밝히자 친구인 터브는 유럽에 대해 미국인이 지니는 전형적인 선입견을 드러낸다. 유럽은 쇠퇴했고, 정체되어 있으며, 무능한 예술가에게나 어울리는 곳이라는 것이다. 그러나 도즈워스는 이런 시각을 그대로 수용하기를 거부한다. 자신이 평생 맡아온 역할, 더욱 큰 대기업의 제2인자 자리를 버리고 떠난 그는 스스로 체화한 미국 사회의 가치관을 비판적으로 바라보게 된다.

또 한 가지, 그리고 더 중요한 이 여정의 의미는 샘 도즈워스라는 성공한 미국인 내면의 탐색이다. 도즈워스의 독백이 계속될수록 그의 마음속에는 성취에 대한 만족보다 소심함과 의존성이 드러난다. 그는 당당한 체격과 고급스러운 차림새, 가는 곳마다 최고급 호텔의 스위트룸을 빌릴 수 있는 재력과 젊고 아름다운 아내를 가졌지만 누군가 알아주고 챙겨주지 않으면 위축되고 불안해하는 전형적인 중년 남성이다. 평생 자동차 생산에 헌신했음에도 불구하고, 중년의 도즈워스가 직접 차를 모는 장면이 없는 것은 이런 면에서 상징적이다. 제니스에서는 개인 기사에게, 유럽과 뉴욕에서는 택시와 리무진 기사, 심지어 아내의 연애 상대에게 운전대를 맡겨야 하는 그는 젊은 시절 새 차를 몰고 프랜을 향해 질주하던 청년 도즈워스와는 달리 수동적이고 소극적이다. 그리고 유럽 여행은 회사와 집을 오가는 삶 속에서 도즈워스가 깨닫지 못했던 문제를 제기하고, 그의 정체성과 삶의 의미, 그리고 꿈을 묻는다.

도즈워스의 여행이 자아의 탐색이라면, 그것은 주로 사랑하는 아내 프랜과의 관계가 무엇인지 각성하는 과정에서 이루어진다고 볼 수 있다. 독일계 부친을 가진 프랜은 유럽에서 잠시 체류한 경험과 얼마 안 되는 외국어 능력을 가지고 남편과의 사이에서 유럽 전문가로 나선다. 남편의 재력이 제공하는 지위는 누리되 그것을 가능하게 한 삶의 방식, 미국적인 모든 것을 경멸하는 프랜은 유럽의 가장 속물적인 면면을 추종하는 속물 미국인의 전형이다. 그러나 도즈워스는 유럽의 남자들을 연달아 유혹하는 젊고 아름답고 변덕스러운 아내에게 어쩔 줄 몰라 하며 휘둘린다. 도즈워스는 프랜이 아이일 뿐이라고, 스스로를 자상한 아버지의 입장에 두고 이해해보려고 노력하지만, 프랜의 외도와 심리적 조종은 계속된다. 프랜은 남편과 그의 취향, 그가 어울리는 모두가 천박하고 촌스러우며 무능하다고 다그친다.

도즈워스는 어째서 프랜을 사랑할까? 이 소설을 읽는 독자들이라면 도즈워스 자신만큼이나 자주 던지게 될 질문이다. 미국 문학사에서 《위대한 개츠비》의 여주인공 데이지 뷰캐넌에 비견되곤 하는 프랜 도즈워스는 나이 들지 않는, 그래서 철도 들지 않는 요정이며 낭만적 동경의 대상이다. 남편인 도즈워스가 결혼한 딸을 둔 나이를 믿지 못할 정도로 젊은 아내. (남편뿐 아니라 거의 모든 남성에 대한) 성적 냉담과 무관심까지, 프랜은 영원한 흠모와 욕망의 대상이다. 하얀 드레스를 입고 추종자들에게 에워싸여 빛나던 그녀에게 한눈에 반한 도즈워스 역시 지나치게 낭만적이고 비현실적인 연애관을 지닌 인물이었다. 그리고 세월이 지나도 그 점은 전혀 변하지 않았던 것이다.

도즈워스의 낭만적 성격은 영국 여행에서도 관찰된다. 런던 교외의 시골 여행 중 귀족들과의 교유 관계에서 프랜이 허영심을 만족시키는 동안 도즈워스는 소년 시절 읽었던 《아이반호》와 셰익스피어, 기사들과 공주들이 등장하는 로맨스를 떠올리며 감동한다. 자동차 업계의 거물이란 이면에 감추어진 의외의 면모는 그가 지닌 순수함이나 이상주의를 나타내기도 하지만, 루이스는 그것을 긍정적으로만 보지는 않는 듯하다. 성숙하고 통합적인 자아 정체성을 지니지 못한 도즈워스와 철없는 프랜의 관계는 그들 각자만큼이나 미성숙하고 불안정하다. 그것은 그릇된 선망과 자아도취에 기반한 판타지에 불과하다.

도즈워스가 자아 정체성을 찾아가는 여정은 프랜과의 관계에서 벗어나 좀 더 올바르고 성숙한 관계를 찾아 올바르게, 상식적으로 나아가는 과정이다. 그리고 그 첫걸음은 프랜과의 관계를, 그리고 자신을 직시하는 것이다. 도즈워스가 그 경지에 도달하기란 결코 쉽지 않다. 그와 그의 세계를 이루는 모든 것을 프랜이 무시하고 조롱해도, 파리에 찾아온 친구 터브의 아내 메이티가 염려 어린 조언을 해도 도즈워스는 프랜을 어린 딸처럼 사랑할 것이라고 다짐한다. 그녀와의 결혼 생활이 실패임을, 자신이 그 관계 속에서 어떤 통제력이나 자주성도 갖지 못함을 인정하지 못하기 때문이다.

도즈워스가 자신을 마주하는 데는 말 그대로 삶과 죽음을 넘나드는 경험이 요구된다. 파리에서 터브 부부를 만난 뒤 도즈워스는 프랜의 외도를 막아야 한다는 생각에 항공편으로 베를린으로 돌아간다. 잔뜩 긴장했던 것이 무색할 만큼 조용한 비행은 곧 폭풍우와 함께 격동을 겪는다. 여객기에 탄 점잖은 손님들의 실감 나는 반응 속에서 놓칠 수 없는 점은, 드디어 도즈워스가 어찌해야 할지 알 수 없는 수동적, 타율적 상태를 인지한다는 것이다. 이는 곧 새로운 시작의 표지다.

혼자가 되어 우울과 상실감에 빠진 도즈워스는 이디스 코트라이트를 만나 치유받고 재활한다. 베네치아에서 우연히 재회한 이디스를 보고 도즈워스는 그리스 화병을 떠올린다.

물론 그녀는 도즈워스의 삶 속에 고요와 평정을 선사하며, 진정한 예술의 가치와 삶의 의미를 사색하게 만드는 존재다. 이디스는 마치 단테를 이끄는 베아트리체처럼 도즈워스를 좌충우돌의 여정으로부터 끌어내 에덴 같은 이탈리아의 바닷가 마을로 안내한다. 이디스는 도즈워스를 구해낸다.

이디스는 소설 속에서 줄곧 벌어지던 유럽과 미국 사이의 충돌, 양 대륙 사이에 그어지던 선을 지우는 존재다. 프랜이 끊임없이 유럽과 미국을 비교하고 전자에 대한 동경을 후자에 대한 경멸로 드러냈다면, 이디스에게서는 유럽과 미국의 면면이 조화롭게 수용된다. 영국인 외교관과 결혼했던 그녀는 베네치아의 귀족 저택을 개조한 공간을 빌려 편안하고 아늑하게 꾸민다. 귀족들과 편안하게 친구 사이가 되면서 동시에 페이스트리 가게 제빵사와는 케이크 가격을 놓고 적당한 흥정을 벌인다. 집에서 일하는 고용인들과의 사이에서 고용주로서 확실한 선을 긋고 대하는 프랜과 달리 집사와 언쟁을 벌이고 토론하며 동등한 사람으로 상대하는 이디스의 태도는 샘에게 강한 인상을 남긴다. 매사를 경쟁이나 도전의 구도로 보는 대신 수용하고 이해하고자 하는 이디스 곁에서 도즈워스는 불안한 자의식으로부터 자유로워지고 새로워진다.

이처럼 이 소설은 한 미국인 중년 남성의 자아 탐색을 줄거리로 삼고 있으나, 등장하는 여성 인물이 발휘하는 힘은 결코 적지도, 부차적이지도 않다. 독자를 분노하게 만드는 자기중심적 사고와 논리의 소유자인 프랜과 사려 깊고 사색적인 이디스는, 극적으로 대조적인 여성 인물로서 소설에서 담당하는 역할도 다르지만, 이들이 단순히 '나쁜' 혹은 '착한' 여성 인물로 기능하는 데서 그치지 않는다는 점에 주목해야 할 것이다. 프랜과 이디스는, 도즈워스가 그렇듯이 개성적인 말투와 행동거지의 디테일, 일관성과 (특히 이디스의 경우에는) 심리적·감정적 깊이를 지니도록 공들여 구축한 인물이다. 전혀 다른 두 여성 인물의 배후에 당시 여성관과 사회가 규정한 성역할의 고정관념이 작용하고 있음을 루이스는 면밀히 감지하고 드러낸다. 세상과 사회를 바라보는 여성의 시각에 대한 루이스의 관심은 이후 당대로서는 획기적인 여성주의 소설《앤 비커스》를 통해 개진된다.

오디세우스로부터 돈키호테, 레뮤얼 걸리버로부터 허클베리 핀에 이르기까지 우리의 호기심과 상상력을 자극해온 모험담과 여행기의 주인공들은 여행의 말미에 고향으로 돌아가거나 새로운 길을 떠나며 여정의 의미를 찾는다. 도즈워스가 유럽 여행을 마치며 세우는 계획은 모험과 안주를 모두 놓칠 수 없는 야심가의 선택처럼 보인다. 집, 가정의 안락함을 선사하는 넓은 공간에 바퀴를 달아 어디로든지 움직일 수 있게 한다는 그의 이동주택은 인간의 두 가지 상충적인 소망, 끝없는 방황과 영원한 안착을 동시에 이루어주기 때문이다.

이나경

휴머니스트 세계문학 010

도즈워스

1판 1쇄 발행일 2022년 6월 20일

지은이 싱클레어 루이스
옮긴이 이나경

발행인 김학원
발행처 (주)휴머니스트출판그룹
출판등록 제313-2007-000007호(2007년 1월 5일)
주소 (03991) 서울시 마포구 동교로23길 76(연남동)
전화 02-335-4422 **팩스** 02-334-3427
저자·독자 서비스 humanist@humanistbooks.com
홈페이지 www.humanistbooks.com
유튜브 youtube.com/user/humanistma **포스트** post.naver.com/hmcv
페이스북 facebook.com/hmcv2001 **인스타그램** @boooook.h

편집주간 황서현 **편집** 이성근 이은서 김선경 **디자인** 김태형
조판 이희수com. **용지** 화인페이퍼 **인쇄** 청아디앤피 **제본** 민성사

ISBN 979-11-6080-417-1 04840
979-11-6080-785-1 (세트)